吉本隆明全集

9

1964–1968

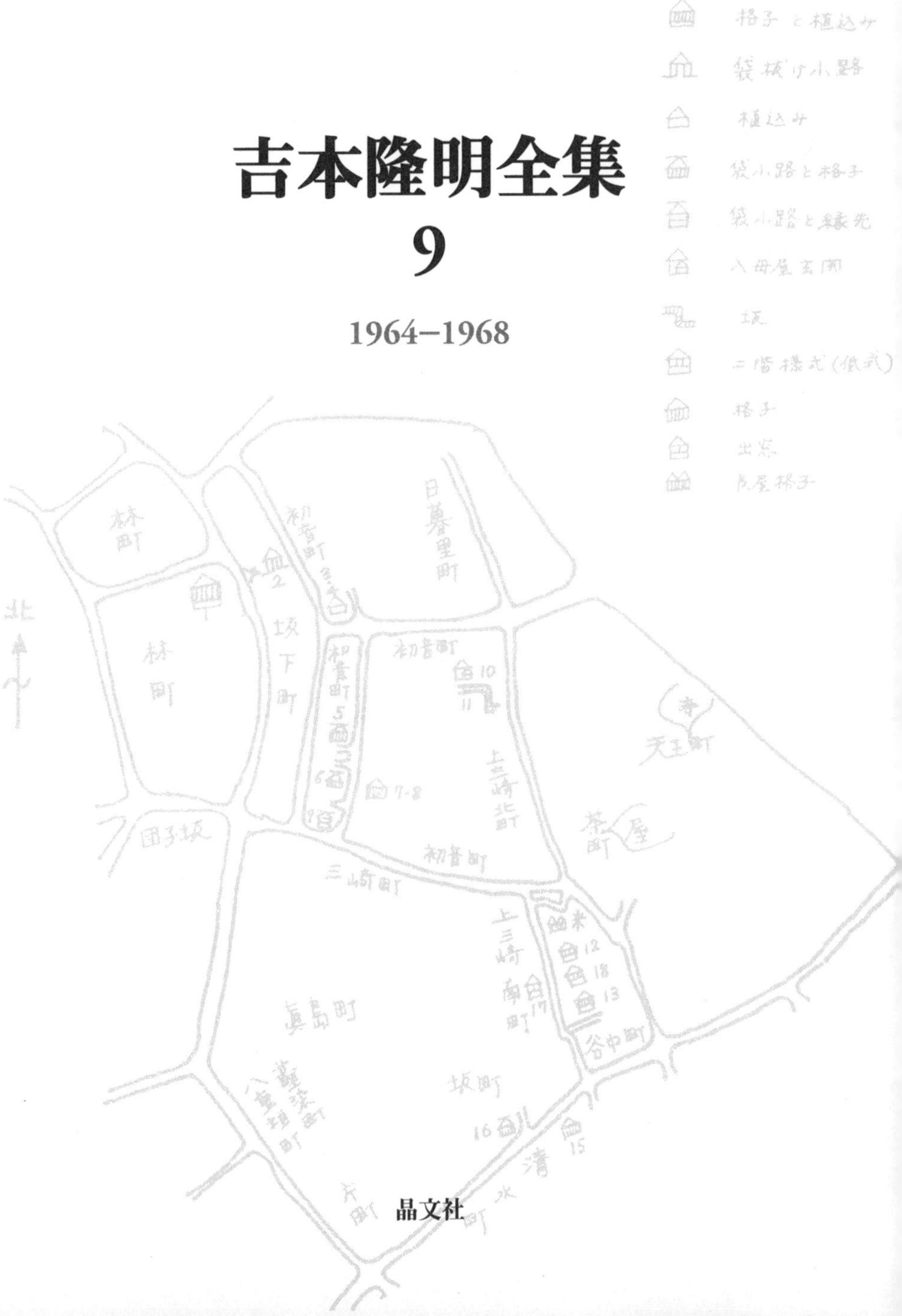

晶文社

吉本隆明全集9　目次

凡例

一、本全集は、著者の書いたものを断簡零墨にいたるまですべて収録の対象とし、ほぼ発表年代順に巻を構成した。

一、一つの巻に複数の著作が収録される場合、詩と散文は部立てを別とした。散文は、長編の著作や作家論、書評、あとがき類など形がそろうものは、さらに部立てを別にしたが、おおむね主題や長短の別にかかわらず、発表年代順に配列した。

一、巻ごとに、収録された著作の発表年代を表示した。

一、語ったものをもとに手を加えたものも、書いたものに準じて収録の対象としたが、構成者や聞き手の名前が表示されているものは収録しなかった。

一、原則として、講演、談話、インタヴュー、対談は収録の対象としなかったが、一部のものは収録した。

一、収録作品は、『吉本隆明全著作集』に収められた著作については『全著作集』を底本とし、そのうち『吉本隆明全集撰』に再録されたもの、あるいはのちに改稿がなされた著作は、『全集撰』あるいは最新の刊本を底本とした。また『全著作集』以後に刊行された著作については最新の刊本を底本とした。それぞれ他の刊本および初出を必要に応じて校合し本文を定めた。また単行本に未収録のものは初出によった。

一、漢字については、原則として新字体を用いた。芥川龍之介など一部の人名について旧字に統一したものもあるが、人名その他の固有名詞は当時の表記を底本ごとに踏襲した。また一般的には誤字、誤用であっても、著者特有の用字、特有の誤用とみなされる場合は、改めなかったものもある。

一、仮名遣いについては、原則として底本を尊重したが、新仮名遣いのなかにまれに旧仮名遣いが混用されるような場合、詩以外の著作では新仮名遣いに統一した。

一、新聞・雑誌・書籍名の引用符は、二重鉤括弧『　』で統一したが、作品名などの表示は底本ごとの表記を踏襲した。

一、独立した引用文は、引用符の一重鉤括弧「　」を外し前後一行空けの形にして統一した。

吉本隆明全集9

1964
|
1968

表紙カバー＝「佃んべえ」より
本扉＝「都市はなぜ都市であるか」より

I

この執着はなぜ

〈この執着は真昼間なぜ身すぎ世すぎをはなれないか？
そしてすべての思想は夕刻とおくとおく飛翔してしまうか？
わたしは仕事をおえてかえり
それからひとつの世界にはいるまでに
日ごと千里も魂を遊行させなければならない〉

きみの嘆きはありふれたことだ
一片のパンから一片の感覚の色彩までに
すべてのものは千里も魂を走らせる
それは不思議でない
つみあげられた石が
きみの背丈よりも遥かに高かったとしたら
きみはどういう姿勢でその上に石を積むか
だからそれは不思議ではない

不思議はからみあった色彩として
きみが時間と空間を生活することだ
あるばあいそれは遥かの街の烟のように遠く
あるばあいきみが世界を紡いでいるように近いことだ

あらゆる複雑さ　不思議さ　不可解さの中心に
きみがじぶんを見つけだすということは
きみの魂を遊行させる
きみはそのとき幻の主体となり
馳せてゆく馬になり
穴居へもどってゆく蟻になり
わずか一羽の小鳥がとびたっただけで
驚く樹木の雫となり
また陳列された博物館の古銭となる

きみはいま
〈友よ　一九四〇年代には　われわれは透明な球のように
また泥地に寄生している蔦のように
暗くそして明るかった
そしてわれわれにとって戦争とは偉大な卑小であり
傷が弾丸となってわれわれを貫くために

ひとびとが平和と名づけた幾歳月が必要であった〉
と呼びかける者をもっていない

きみは渦巻のような夢が
うちくだかれる音を
佇ちつくして聴いている
ひとつのにぎやかな古戦場の市街にいる

告知する歌

Ⅰ

今日あたたかい真綿の雲にくるまれた
幻の都市をみた
その眠りの深さが胴体にあり
その醒めた危機が頭骸にあり
その喧騒が怠惰な四肢にあった
もうおおくのものは憤怒にちぎれたまま
黄昏の街路の傍に落ちる視えない風になっていた
市民に出あうことも
学者に出あうことも
政治家に出あうことも
ただ薬莢のない銃眼にうつる憎悪の標的であった
かれらを射殺するために
自動車の往還する鋪装路をあるいて

とおいとおい無為とビジネスからこぼれおちる
穀倉を占拠しなければならなかった
重たい口唇からかすれた声がもれても
ここからは世界の底はあまりに遥かだった
いじけた虚構の村は緑で
遊ぶ無心の子供たちと
もみがらを掌の上で吹いている老婆とは
失われた涙のなかに乾いている夢であった
どうすればこの都市から
黙示のように深く伝道のようにはげしく
空しさはたたかいとなるか
不機嫌な思想から
虚空が落ちてくるか
今日数々のひとびとが幻の都市をみた
やっと雑沓をゆく群衆の内側に触れようとして
優しさを交ぜた声で
あなたたちはやがて富むことによって亡びねばならぬ
未来をもっているると告げるために
未来はいままで一度もこの世界をおとずれたことはない
その時間を下水道にしずめるために
そうだ未来はいちどもなかった

その時間の通りかたではだめだと告げるために
どこか虚空にただよう都市
そら色の樹木におおわれた村々
約束よりもすこしはやく訪れてくる
約束をむすぶために
鳥たちと結婚するために
魚の泪に濡れたコートをビルディングにかけるために
今日瞋りにえぐりとられた高速道路を
都市はもっていた
そのなかに視えない風になった戦士をもっていた

Ⅱ

（空に血がまじると眼の底に虹がかかる
石段から登ると樹木が逆さに茂っている
この小さな区劃にどれほどの骨が埋められていても
記念すべきたたかいは
空に骨を埋めている

生まれたときから死にたえるまでに
たくさんの蟻をつかまえて樹木に登らせるほどのことを

おわりまで見とどけずにするということは
すべてのうちでいちばん価値あることだ
この街ではすべてのひとが視る暇もないうちに
すべてのことが過ぎてゆく

墓地には函がこしらえてあり
かつて暇がなくて地上も街々も
そのうえにかかる冷たく訣れてゆく空も視ずに
ただ生活してきたひとびとが
生活をやめて蓋を閉されている

空には血が残り
右手を握りしめてなぐるように拭くと
さっと引き裂かれる雲となる

これがすべてのはじまりだ
生活が墓石のしたの函におわるとき
それを見とどけるわずかな休暇をもったあと
ほんのすこしわだかまるこころを
死者にたいしてもったあと
空に刷かれる落日の反射を

ほんの一瞬みたあと
じつは幼い娘に冬の昆虫の穴居をおしえたあと
おそらくわれわれの誰もが
貨幣のもっとおくにある物神の所有について
重たい心をもってかえってゆく
この心を告げるべきひとびとが死んだかもしれないことを知りながら
われわれは空に
幻のような戦跡を刻むことをかんがえる
ひとびとの気づかぬうちにひとびとのこころに
たしかに入りこむ夢をおくために)

Ⅲ

(見なれないひとつの街とこの街をおもうとき
空と夕陽が高台から拡がっているのに
それが視えないで地面を視てあるいているとき
時間の流れがわからずに
いつの間にか盛り場の真ん中をとおりすぎているとき

こころよ
いま余裕をうしなっているとおもうな

生活よ
これは一時的な苦境だとかんがえるな
この世界と激突するために
ほんの少し異った空間と
ほんの少し異った律動の時間を
凝固するように歩いている
それはわたしの影であるとおもうな
するとわたしは退行しただ独りで解放されてしまうから
それは汗にまみれ
カラーの汚れた
浴場の温水を永続的にわすれた皮膚をもった
ひとりの由緒のない労働者のすがただ
とおもうな
そうするとわたしは独身者の思想に似てくるから
絶えずささいなテープによって
港から旅行するひとびとを見送っている
岸壁に佇った留守番のように
わたしひとりでは何処へもゆけない
ひとりの多角的な夢想だとおもうな

〈明日が確かな足どりでやってくれば

この街は住みなれた街になり
つと石段のうえに佇ちどまって
空と夕陽を視あげることができる〉
ふと通りすぎるこの救済の思想に狎れるな
いつも今日とおなじ形でおなじ異空間のなかで
出遇ったひとに呼びかけられると
ほんの一瞬おくれてこわばった貌の筋肉をときほぐし
しずかに微笑をかえす
こころよ
生涯はこの一瞬のおくれのなかにある〉

Ⅳ

われわれはその名をよべばかならず傷つく
その土地の奥深くには奇怪な儀式がある
もし風景が解放しなかったら魂を穴居させ
たれも出口をみつけることができない
アスファルトの鋪装路と潜函の深く埋められたビルディングのあいだでは
あらゆるアメリカとあらゆるヨーロッパが
アメリカよりもヨーロッパよりも沢山ある
ひろい浅い集塵器の底に

たまった芥粉のようにわれわれは異色を失う
われわれは叫ぶ
魂について信仰するな　言葉について信仰せよ
出来事について判断するな　概念について判断せよ
昔　キリシタン衆が聖書を土人の儀式にかえ
実行を神憑りによって動かしたように
そうするのが嫌だったらこうするほかはない
とわれわれは誰にむかっていう?
たれも聴き手がないので
仕方なしに群衆にむかって叫んでいるようだが
ほんとうはわれわれの空洞にむかってつぶやいているにすぎない

ひとりの拒絶《ネガチヴイズム》症患者が応えた
〈嫌だ嫌だインテリゲンチャよ
顔をそむけずにきみと街で出遇うことは
腸管の奥をのぞくように管々しい弁明に出遇うことだ
嫌だ嫌だ群衆よ
奇怪な発端から這いだして
いまは衣に擬制を着こんでいる
一杯の酒を愉しむためにどうして
コーヒー・ショップまでつき合わなければならないか

一片の知識を販るためになぜ一度は下水道の内側を
想い出すのか
嫌だ嫌だ学者よ
きみの研究と出遇うためにどんなに
生きた蝮の袋をすてねばならないか
嫌だ嫌だ政治家よ
きみの貌をみることは世界でもっとも卑小をみることだ
きみを一掃するためにすべてを支払ってもいいほどだ
きみの思想をみることは
どぶ泥をかきまわすことだ
嫌だ嫌だ芸術家よ
屑のなかから屑をとりだしてもきみよりは
たかく販れる
嫌だ嫌だ皇帝とその一族
スポーツを観るためにどうしてきみの貌をみなければならないか
その様式化は帽子の振りかたと手の振りかたのなかにある

影だ　いっさいは影だ
何ものかの何かとしての影だ
いちばん動けばいいものがいちばん動かない
いちばん動かなければいいものがいちばん動く

昨日の夢から復讐されているわれわれの姿は
皇帝の帽子と手の振りかた
それをブラウン管の額縁にはめたがる趣味を
有難がる群衆に慄然とするわれわれの生活
のなかの孤立と知識の擬連帯のきしみのなかに
もうそれは不快なさびしさ　どうすることもできない
否定として存在する

今日の瞬間が愉しくてならない株式会社のデスク
奇妙に安定した月給取《サラリーマン》のすがたから
不思議な侘しさが発散する
その匂いはかつて文献のなかでしか出あわなかった匂いだ
嫌だ嫌だ
口をひらくのがいやだ　同席がいやだ
明日が愉しくてならないような文化の村落
てれもせず語られる革命のプラン
匂ってくるのは否定を肯定におきかえたとき
きみが口に出したはずの羞恥のつぶやきだ
嫌だ嫌だ
きみと同類とみなされることの貧弱な認識が
いま活字となってひとびとの頭脳を訪問しつづけているという想像〉

女優がとおくで云った
〈お仕事のあい間には文芸物を読みます〉
歌手がヴィデオテープのなかで唱った〈愛と死をみつめて〉
アナウンサーがある早朝に喋った
〈七・五・三は母親の虚栄心からでた猿芝居だ〉
文芸なんて知らない
愛も死も知らない
祭りも母親も知らない
者たちがそういった

なぜたれのために一篇の詩をかくか
われわれは拒絶されるためにかく
この世界を三界にわたって否認するために
不生女の胎内から石ころのような思想をとりだすために
もしも手品がひつようならば
言葉を種にしてもっと強くふかく虚構するために
読まれる恥かしさから
逃れるために

われわれは一九六〇年代の黄昏に佇ってこう告知する

〈いまや一切が終ったからほんとうにはじまる
いまやほんとうにはじまるから一切が終った
見事に思想の死が思想によって語られるとき
われわれはただ
拒絶がしずかな思想の着地であることを思う
友よ　われわれはビルディングのなかで土葬されてゆく
群衆の魂について関心をもち
ナイフとフォークでレストランのテーブルで演ぜられる
最後の洗練された魂の聖職者の晩餐について考察する
かれらの貌には紫色のさびしい翳がある〉

II

カール・マルクス

二十一世紀のマルクス

——文庫版のための序文——

現在（二〇〇六年二月）までのわたしの理解では、『資本論』の大切な枠組みは二つあると考える。一つは天然水と天然の空気は使用価値はどこまでも拡大してゆく可能性をもつが、交換価値（いわゆる経済的価値）はゼロだという認識だ。ふつうの言い方に直せば、水と空気はまだまだ様々な用途が拡がる可能性があるが、ただだという考え方だ。もう一つは人間の外界にたいする働きかけは、一つの時代水準（たとえば現在）を社会的に想定（仮定）すれば一定の、そのときの水準をもつと言うことだ。ふつうの言葉でいえば個々の働き手の働きかけ方に、体の丈夫なもの、身体の弱いもの、あるいは勤勉なもの、怠け勝ちのもの、男性と女性のちがいなど、千差万別あるが、一つの時代の社会的な働きかけを考えるばあいは同等の一水準を想定すればよいということだ。わたしの言い方がまずいから、さまざまな疑問を覚えるかもしれない。わたし自身ももっといい言葉を使いたいくらいだから、とりあえず許しておいてもらいたい。

ところで直ぐ疑問がわく。だいたい日本国だけを考えても、一九七二年ごろから天然水（たとえば六甲山の山水）をペットボトルに詰めて商品として販り出されたではないか。また気圏の上層にも生活圏の上空にも二酸化炭素の含量が増大して地球の気温と空気汚染がハードになり、専門家会議や国際協定で産業的制約が課せられるようになっているではないか。そう考えると天然水と空気は使用価値の可能性は増加するばかりだが、交換価値（価値）はゼロだという古典的な経済学の枠組みは疑問にさらされ、先進地域から危機を拡げていっている。また後進中進の地域は地域産業の進歩を制約されると反撥している。これはわたし個人の見解で必ずしも普遍性があるとは主張しないでおく。『資本論』の価値説は、経済学上、もっとも整ったものだ。そうだとすれば近代経済学を含む経済学上の価値論はすべて枠組みを危機にさらされていると言ってよい。

よく知られているようにマルクスは『資本論』の序文のなかで二つの大切なことを述べていると思う。一つは、自分はこの著作のなかで「資本家」を否定的に扱っている個所があるが、それは「資本家」個人の人格の否定を云々しているのではなく、〈制度としての資本家〉に視点をおいて云々しているのだという旨を述べている。わたしの類推では当時資本家と言えばお腹をでっぷり膨らませて、人を人とも思わず、自己の利得ばかりのために働く人間をこき使う悪人だというイメージを抱く人々がいっぱい存在したから、こんな注釈が必要だったのだろう。もう一つ述べていることがある。ダンテの言葉を引用して「汝の道を歩め、人々をして彼等の言うにまかせよ」という主意を記していることだ。それはたぶん人を人とも思わず、自己の利潤ばかりしか考えない、でっぷりお腹を膨らませた資本家やその追従者が実際にいて、マルクスたちを悪魔の化身のように言いふらしているものがあったからだと思う。運命はいつも人間をそのように訪れやすいものだ。けれどわたしが思うには、マルクスは親友エンゲルスが述べているように、「幾世紀を通じて世界最大の思想家だと、誰もが認めざるを得ない」人物であることは疑いない。わたしのコメントをつけ加えれば、けち臭い党派や党派性などで引き裂かれるような凡庸な政治運動家や思想家ではない。

マルクスがあまりに偉大だったために言ったほうがいいのかも知れないが、現在（二〇〇六年二月）でも『資本論』の序で提出された卑小な党派性のもたらす問題は、世界の後進中進地域を蝕んでいるし、マルクスが天然水と空気の牧歌性を平穏の印しのように考えていた枠組みの崩壊の徴候は、世界の先進的な地域を如実に破壊させていることを考える新たなる課題とみなすべきだと思う。

わたしはマルクスのような偉大を目指すものでもないし、その器量をもつものでもない。でも自分のちっぽけなマルクス論の冒頭に、最小限これだけのことを註記しておきたかった。言うべきことは後から後からつきるところはないのだが、中世の偉大な日本の僧にあやかって、自己主体への慰安として「非行非善」とだけは述べて、思想の直接性を主張しておきたい。

二〇〇六年二月十五日　　吉本隆明

マルクス紀行

I

書物は、読むたびにあたらしく問いかけるものをもっている。いや、たえずあたらしく問いかけてくるものをさして書物と呼ぶといってもおなじだ。書物がむこうがわに固定しているのに、読むものが、書物にたいして成熟し、流動していくからである。書物のがわからするこの問いかけが、こういう流動にたえてなおその世界にひきずりこむ力をもち、ある逃れられないつよさをもって、読むものを束縛するとき、わたしたちは、その書物を古典と呼んでいいであろう。

一般に古典的な著作とよばれているものは、こちらがわの動きや深さによって、本来、同じ文字がならべられているだけなのに、なお動きや深さの変化としてあらわれるものをさしている。古典的な著作のがわのこの動きや深さは、ある普遍性と個性とに、また、べつの言葉でいえば歴史性と現存性のかたい核につきあたるように感じられる。このような書物に遭遇したという感じを、わたしは、あまりたくさんもっていない。それは幸か不幸かはしらないが、わたしたちの時代は、それほど現実そのものがせわしない時代なのだ。

かつて、マルクスの主著にはじめて遭遇したのは、敗戦から数年後、特別研究生として大学に舞いもどっていたときであった。現実はいまのように索漠としていたが、その索漠の色はまだ濃いのが救いであった。その頃、大阪の藤村青一氏らの詩誌『詩文化』にかいた「ラムボオ若くはカール・マルクスの方法に就ての諸註」が、わたしのそのときの遭遇の面影をとどめている。たんに、ほん訳が悪文であるというだけばかりでなく、マルクスの文体が独特なドイツ的弁証法であるため、奇妙な影響力があり、その文体の力から逃れることが、難しかったのを記憶している。しかし、詩がうまくかけなかった時期だったので、喜んでその影響にひたった。やがて、詩がかけるようになると、マルクスを読むのをやめてしまった。詩というものは、あたかも樹木があり石があるのとおなじような意味で、意識の実在を信ずることなしには創りえない。意識が意識された実在にしかすぎないというマルクスの思想は、いわば非詩的なものとして、詩的なものと逆立する。それは、対立というよりも、おおよそ、極北なるもののふたつの形式にほかならないのではないか、とわたしの初期の文章はかいているはずである。

いま、おそらくわたしは敗戦の数年後よりも、はるかによくマルクスの思想を理解している。それとともに、かつて及びがたしとかんがえたマルクスは、いま、あるゆとりの像のなかで、おなじように及びがたしという意識となってあらわれてくる。ひとは、あるいは、書物を、とくにマルクスの著作を、個人対個人の契機でよむのは不当だというかもしれないが、それはかれのほうが間違っているのだ。絵画とか映画とかとちがって、書物（文字でかかれたもの）ほど、個人対個人の契機を要求するものはないのである。たとえ、科学的著作であっても、そこから個人対個人の要求をはずしては、真に読みえないものなのだ。

かつて、詩的なものと非詩的なものとの逆立というかたちでのべた幼ないわたしのマルクス理解は、いまも、それほど間違っているとはおもっていない。偶然、マルクスを手掛けることになったいま、かれにおける詩的なものと、非詩的なものとの逆立が、わたしの二十代の理解のなかでの詩的なものと非詩的なものとの逆立という定式と、どこで共鳴し、どこで火花が散るかをあきらかにするほかになすべきことはないのである。ただ、いまのわたしは、詩的なものと非詩的なものとの逆立という言葉を、マルクスにおける幻想的なもの〈法、国家〉と、非幻想的なもの〈市民社会、自然〉との逆立という概念でおきかえられる程度の理解は、もつようになったというにすぎない。

わたしの現在の理解では、マルクスの思想体系は、二十代の半ばすぎ、一八四三年から四四年にかけて完成されたすがたをとっている。これは『ユダヤ人問題によせて』、『ヘーゲル法哲学批判』、『経済学と哲学とにかんする手稿』によって象徴させることができる。もしも、個人の生涯の思想が、処女作にむかって成熟し、本質的にはそこですべての芽がでそろうものとすれば、これらはマルクスの真の意味での処女作であり、かれは、生涯これをこえることはなかったといっていい。

これらの論策で、マルクスは、宗教、法、国家という幻想性と幻想的な共同性についてかんがえつくし、ある意味でこの幻想性の起源でありながら、この幻想性と対立する市民社会の構造としての経済的なカテゴリーの骨組を定め、そしてこれらの考察の根源にあるかれ自身の〈自然〉哲学を、三位一体として環のようにむすびつけ、からみあわせながらひとつの体系を完結したのである。ひとびとは、いまさらマルクスでもあるまいなどと云うべきではない。とくに、マルクス思想のロシア的展開を、マルクス思想ととりちがえている〈マルクス〉主義者や、それを藁人形にしたてて射撃している反〈マルクス〉主義者は、そうである。余裕があれば、それらをひとつひとつ書誌的に批判してみせてもいいが、もし、わたしが新しい意味をマルクスの思想に発見しえなかったら、かれらはわたしを嗤うがよろしいとおもう。わたしが、かれらをいつも嘲笑しつづけてきたように。

現存している現実とそこに生きている人間関係とを、じぶんの哲学によって考察しつくそうとする衝動は、青年期のすべての思想的人間をとらえるだろうが、かれほどの徹底性と論理的な情熱をもって、とにかく青年期の願望を成遂したものは、数世紀を通じてあらわれなかった。いま、かれの全体系をたどろうとするものは、たれも、かれの思想から三つの旅程をみつけることができるはずである。

ひとつは、宗教から法、国家へと流れくだる道であり、**もうひとつ**は、当時の市民社会の構造を解明するカギとしての経済学であり、さらに、**第三**には、かれみずからの形成した〈自然〉哲学の道である。

ひとはたれでも個人としては、生涯のうちに、おおくの道を奥深くつきすすむことはできない。それは、生涯の時間がかぎられているからではなく、個の生涯をおとずれる現実が、どうしてもあるひとつの道をゆくことを強いるからである。かれが思考し、生活し、活動すること自体が、どうしてもそれだけしか歩めない道を、この現実に用意させるからである。すくなくとも、人間を個としてみるかぎりは、これを免れえない。これを常識的に、現実体験とか体験思想とか呼んだとしても、人間が生涯のうちに体験するできごとと、そこからみちびきだした思想のからみあいは、ふつう、ひとがかんがえるよりもはるかに深刻な重要な意味をもっている。

マルクスが、青年期につくりあげた三つの道は、やがてそのなかのひとつの道を太くさせ、そのほかを間道に転化させる。これをかれ自身の体験が強いたものとみるかぎり、たれも、それに文句をつけることはできない。よく踏まれた道が太くなり、だいたい踏まれることのすくない道は、草が茂り、灌木が連なり細ってゆくことは当然だからだ。現在、みることができる資料によるかぎりは、『ヘーゲル法哲学批判』以後に、宗教、法、国家、いいかえれば、総体的には幻想性にたいする考察はマルクスからあとを断っている。

また、かれの〈自然〉哲学は、ただ経済学的なカテゴリーのなかでだけ、『資本論』にいたるまでの道をたもっているにすぎない。

なぜ、非詩的なものの考察だけが、かれの生涯の王道としてのこされたのだろうか？

わたしは、〈マルクス〉主義者と自称しているじっさいは一九一〇年代以後に発生した、マルクス思想のロシア的形態の信奉者のいうことを一貫して信用してこなかった。ただ、マルクス自身を必然的にそこへ強いていった歴史的現実の現存性ともいうべきものを信じているだけだ。なぜならば、それだけが個人の思想に時代を超えて生きさせるものを与えるなにかだからだ。そこでだけ個人としての人間の思想は、類としての思想につながる。ひとが思想的に生きるのは、いつも現存性と歴史性との交点の契機によってであり、〈信仰〉によっても、〈科学〉によっても生きるものではない。自然と社会の科学が、〈科学〉であらざるをえなかったとすれば、まったくやむをえない必然によっている。それはどういう意味かといえば、いったん究明された対象は、おおくの人間と、いくつもの時代に担われて累積されてゆき、ついに、なにかまったく発生の当初とはちがった血脈や細胞までもつくられてしまい、おわりには、それが完備された生き物のように人間からはなれて、つぎの時代に、またべつの個人に運ばれてゆくといった奇怪さは、人間の思考とその産物とのあいだにさけることができない過程だからだ。科学はただ人間的対象から遠ざかった人間的対象の別名にすぎない。

マルクス思想には、まず、はじめに三つの道があり、やがてひとつの道が街道となり、ほかのふたつは間道になってゆく。わたしは、あるときは鼻歌をうたいながら、あるときは嘲弄しながら、またあるときは、まったく申し分のない完全舗装路をあるくように快適さを感じながらそれをたどらねばならぬ。

Ⅱ

たとえばこういう文句がある。

人間の普遍性は実践的には〈〈自然〉や〈社会〉への働きかけという意味では――註〉まさに、（一）直接的生活手段である自然についても、また（二）彼の生活活動の材料、対象、道具である自然についても、全自然を彼の非有機的肉体とするという、その普遍性のなかにあらわれる。

死は、個人にたいする類の冷酷な勝利のようにみえ、またそれらの統一に矛盾するようにみえる。しかし特定の個人とは、たんに一つの限定された類的存在にすぎず、そのようなものとして死ぬべきものである。

いずれも、『経済学と哲学とにかんする手稿』にある言葉だ。人間の普遍的な性格が、自然との関係でどうかんがえられるか、個人としての人間が、生誕しそして死ぬというかたちでしか繰返されないのに、人間の類（人類）という概念がなぜなりたつのかを、鮮やかに、だが〈自然〉と〈死〉とに偏執したかたちで徹底的に云いきっている。ここにマルクスの〈自然〉哲学の根源がよく象徴されている。わたしのかんがえでは、このような〈自然〉や〈死〉への偏執を、かれはギリシア自然哲学から、とくに青春前期に執着したエピクロスから学んだのである。かれがヘーゲル哲学の言葉遣いをかりて解こうしたイエーナ大学への学位論文のギリシア〈自然〉哲学から、『手稿』のなかのかれ自身の〈自然〉哲学の形成にいたる道が、わたしのまずたどってみたい旅程である。おおくの〈マルクス〉主義哲学者や政治学者たちは、良心的であればあるほど、（つまり〈疎外〉とか〈自己疎外〉とかいうマルクスの概念を再検討すべきだとかんがえればかんがえるほど）誤解したがるが、いわゆる〈疎外〉あるいは、〈自己疎外〉というかれの概念は、その〈自然〉哲学のカテゴリーから発生したもので、じかに市民社会の構造としての経済的なカテゴリーから生まれたものではないことに注意すべきである。

全自然を、じぶんの〈非有機的肉体〉（自然の人間化）となしうるという人間だけがもつようになった特性は、逆に、全人間を、自然の〈有機的自然〉たらしめるという反作用なしには不可能であり、この全自然と全人間の相互のからみ合いを、マルクスは〈自然〉哲学のカテゴリーで、〈疎外〉または〈自己疎外〉とかんがえたのである。これを、市民社会の経済的なカテゴリーに表象させて労働する者とその生産物のあいだ、生産行為と労働(働きかけること)とのあいだ、人間と人間の自己自身の存在のあいだ、について拡張したり、微分化していても、その根源には、かれの〈自然〉哲学がひそんでおり、現実社会での〈疎外〉概念がこの〈自然〉哲学から発生していることはうたがうべくもない。

ところで、〈死〉んでしまえば、すくなくとも個々の人間にとって、全自然がかれの〈非有機的肉体〉となり、そのことからかれのほうは自然の〈有機的自然〉となるという〈疎外〉の関係は消滅するようにみえる。そしてたしかに個人としての〈かれ〉にとっては消滅するのだ。しかし、生きている他の人間たちのあいだではこの全自然と全人間の関係は消滅しない。これを市民社会の経済的なカテゴリーである人間と人間の関係、人間と自然との関係に表象したときの現実的なもろもろのもんだいは、社会がかわれば、かわってしまうし、社会的に消滅させようとすれば消滅するが、自然と人間の存在のあいだではかわらないのである。〈自然〉哲学のカテゴリーで、〈死〉によって消滅するようにみえる自然と人間とのあいだの〈疎外〉関係の矛盾を、かれは、類と個の関係としてきりぬけるのである。

ふつう、いわゆる〈マルクス〉主義者たちは、マルクスの〈自然〉哲学の本質としての人間と、自然のあいだの〈疎外〉関係と、それを市民社会に表象したときにかんがえられる経済的カテゴリーとしての〈疎外〉とを混同し、おなじ次元でとりあつかおうとしている。だから、いっぽうでマルクスの初期の手稿にある〈疎外〉または〈自己疎外〉は、観念論の残りかすをひきずった未熟な概念だという男がいるかとおもうと、またいっぽうでは、初期のマルクスの〈疎外〉論を再評価すべきだという論議を、社会の経済的カテゴリーから説き起こす男もいるのだ。しかし、わたしのかんがえでは、このいずれもつまらぬ語り草にしかすぎない。〈人間〉と〈自然〉のすべてを、自然に突入させ解消させながら、なお〈類〉という概念によって人間の存在の永続性を救抜しようとするかれの〈自然〉哲学の徹底したすがたをもんだいにせずして、かれの〈疎外〉論の当否をあげつらうことはできない。

マルクスの〈自然〉哲学のなかに人間と自然の相互関係を表象するものとしてあらわれる〈疎外〉または〈自己疎外〉の概念は、本質的な、それゆえ不変の概念であり、社会がかわればかわるというふうにかんがえられてはいない。しかし、現実の社会の経済的なカテゴリーとして表象される〈疎外〉〈疎外された労働〉は、社会がかわれば消滅することもでき、またそれを人間社会の自己目的としうる概念としてあらわれている。

わたしは、さきごろ笠啓一という「新日文」の文学青年が、いまどきマルクスの〈疎外〉論などを云々している知識人諸君などは……といったようなことをかいているのをよんで、ほとんど吹き出しそうになった。〈疎外〉論をまともにふりまわせる知識人は、わたしがしっているかぎり、日本に指折り数えるほどしかいないはずである。〈疎外〉についても〈階級〉についても、笠啓一やその仲間のようにしったかぶりをしている人物はごまんといるが、こういう箸にも棒にもかからぬしったかぶりの空威張りこそ、まっさきに粉砕しなければならないのだ。マルクスの〈自然〉哲学の本質にある〈疎外〉または〈自己疎外〉の概念は、レーニンもスターリンも、毛沢東もしらなかった。しかし、それは読んだことがなかったという明瞭な理由をもっている。しかし、笠啓一などが、それをしらないのは、まずしろうとしないからであり、また、しろうとするにはすでにどうしようもないまでに、ロシア現代哲学と芸術理論の慢心が全身を侵しているからである。

わたしは、個人がたれでも誤謬をもつものだということを、個性の本質として信じる。しかし、誤謬に普遍性や組織性の後光をかぶせて語ろうとするものをみると、憎悪を感じる。なぜならば、それは人間の弱さを普遍性として提出しようとしているからであり、弱さは個人の内部に個性としてあるときにだけ美しいからだ。

マルクスの〈自然〉哲学の本質である〈疎外〉は、現実社会の経済的カテゴリーのなかに表象されてはいりこんでゆくやいなや個別的な〈階級〉概念となってあらわれる。ここでは、資本家であるとともに労働者であったり、労働者であるとともに資本家であったりというような、個々の人間の存在にまつわるあるがままの複雑な関係が存在している。また資本家の血族や友人が労働者であったり、労働者の伯父や同輩が資本家であったりというように、こういうあるがままの現実社会では、〈階級〉は個別的に存在するだけである。ところで、あるがままの現実社会が、政治的な法・国家をその頭の幻想部に認識せざるをえなくなるやいなや、現実社会の個別的な〈階級〉概念は、公的な〈階級〉概念となってあらわれる。これが政治的な意味での、マルクスの〈階級〉概念である。

マルクスの〈自然〉哲学の本質である人間と自然とのあいだの〈疎外〉関係という概念は、かれが、それ以外の関係が人間と自然の相互規定性としてありえないとかんがえているがゆえに、マルクスにとって不変の概念である。

マルクスは、なぜ、そしてどこから、かれ自身の〈自然〉哲学をとりだしてきたのだろうか？

一八四一年に、かれは、イエーナ大学に『デモクリットとエピクールとの自然哲学の差異』という学位論文を提出している。人間が赤ん坊のときから唯物論者でなければ気のすまない、また唯物論者であるということだけで優位性をもつものだと錯覚している〈マルクス〉主義者は、かれのこの論文がまだ観念論のうちにあってかかれているとか、ヘーゲル哲学の影響下にありながら、それをはみだす鋭さをしめしているとか、無理に未成熟を強調したり、逆にもったいをつけたりしているが、そんなことはもんだいではない。個人の生涯の著作や、人類史のすべての発展を、そんな具合に片付けられてはたまったものではない。それらはソ連官学者や亜流ではあっても、マルクスの思想とはなんの関係もないし、わが国ではけっして普遍性としてのさばることはできないことを銘記すべきである。

現実的には世界の谷間でしかないこの国では、だが理論は豊饒な土壌をもっており、ソ・中の亜流などが通用してゆく余地は、すでに超えられつつあるのだ。

その学位論文で重要なことは、マルクスがギリシア〈自然〉哲学に着目したことと、エピクロスが、デモクリトスのたんなる模倣者であるというおおくのエピクロス評価のなかから、エピクロス哲学の独自性をとりだして評価していることである。エピクロスの〈自然〉哲学への深入りは、かれにエピクロスからのおおきな影響となってはねかえり、『手稿』にいたってかれ自身の〈自然〉哲学の形成をみちびく。それをたどることがかれの〈自然〉哲学への旅程である。

Ⅲ

キリスト教批判が若いヘーゲル派にとって一種の熱気であり、D・シュトラウスが『イエスの生涯』を公刊し、大フォイエルバッハが『キリスト教の本質』を刊行するといった雰囲気のなかで、マルクスがギリシア〈自然〉哲学にこったのは、なみなみならぬ〈自然〉への嗜好を語っている。もちろん、かれは当時のドイツ思想界の流行と熱気とをしらぬはずがなく、数年後には、意識における人間的本質と自然的本質にかんする鋭い考察からはじまったフォイエルバッハのキリスト教批判を触媒にして、じぶんもその気流にとびこんでゆくのだが、すくなくともギリシア〈自然〉哲学にうちこんでいるかれのすがたは、じぶんの嗜好にかたちをあたえる意味のほうが重要であった。かれはここで一見するとドイツ思想界の尖端に背をむけながら、黙々とみずからの根拠に孔をうがち、ふかく潜行していたのである。かれの心はやったろうが、この古代ギリシア〈自然〉哲学への潜行はけっして、無意味ではなかった。

現在、わが国のギリシア学者たちが、完全なかたちでギリシア哲学を移植していないため、若いマルクスの学位論文を、研究史のなかに位置づけることも、どの程度のできばえをしめしているかを指摘することも、原典のよめないわたしには不可能である。

ただ、ここで重要なのは、マルクスが『経済学と哲学とにかんする手稿』でうちだしたかれ自身の〈自然〉哲学が、いかにエピクロスの〈自然〉哲学から影響をうけているか、ということである。これは予想外に深刻な意味をはらんでいる。わたしの知識のはんいでは、デモクリトスの〈自然〉哲学はつぎの四つをもとにしてかんがえることができる。

(1) すべての〈要素〉は、〈充てるもの〉と〈空なるもの〉であり、そのうち充ちて堅いものは〈有るもの〉であり、空なるものは〈有らぬもの〉と呼ばれる。

(2) もろもろの世界は、たくさんの物体が切りはなされて大きな空虚へ運ばれて渦巻をつくり、相互に衝突し、回転しているうちに区別されて、軽いものは外方の空虚へゆき、残りはいっしょになって最初の球体をつくり、これらが物体を包んだ膜のようなものとして分離してゆく。

(3) すべての事物はこのような渦流から必然的に生成する。

(4) 認識には知覚によるものと、思惟によるものとがあり、知覚による認識は、〈闇のもの〉であり、視覚・聴覚・嗅覚・味覚・触覚がこれに属し、思惟によるものは、〈真正のもの〉で、〈闇のもの〉から隔離される。（『初期ギリシア哲学者断片集』山本光雄訳編参照）

マルクスが学位論文でもかんがえているように、エピクロスがデモクリトスからうけついだのは、〈要素〉が〈有るもの〉と〈有らぬもの〉のふたつとしてかんがえられるという点であり、デモクリトスと区別されるのは、感覚を主体にするかぎりは、世界はすべて〈有るもの〉であり、〈有らぬもの〉は存在しないという点であった。

エピクロスは、デモクリトスとちがって、思惟よりも感覚におもきをおき、「確証の期待されるものや不明なものごとを解釈しうる拠りどころをもつためには、すべてを、感覚にしたがってみるべきである」(『エピクロス』出・岩崎訳)としたのである。

したがって、世界はエピクロスによれば〈物体と場所〉であり、〈物体〉の有ることは感覚が立証しているとおりで疑うことができず、〈場所〉は、物体が運動するものとして感覚にあらわれるかぎり、〈有らぬもの〉ではなく〈有るもの〉の存在を知覚的にしめしたものを意味している。

エピクロスによって、世界は感覚的対象とされているという点は、マルクスがヘーゲルの語彙をつかって適確に評価したところであった。そのために、デモクリトスとエピクロスが知覚と思惟の伝導体とかんがえたエイドーラ(剝離像)という概念は、物体と知覚や思惟のあいだでニュアンスがちがってくる。デモクリトスでは、物体からエイドーラが剝離し流れこんで人間感覚に到達するのだが、エピクロスでは物体と感覚は相互概念としてあらわれる。マルクスは、一見するとデモクリトスの唯物的客観性にたいして、主観的・感覚的な観念性とみえるエピクロスの修正を、じつは相互規定性の概念をふまえたものとして評価したのである。

しかし、マルクスの『手稿』のなかの〈自然〉哲学が、人間の存在と対象的な自然とのあいだで、徹底したすがたをとるとき、かならずおおきな影響をもってあらわれるのは、エピクロスの〈霊魂〉と〈死〉とについての説教である。

エピクロスによれば、感覚のもっともおもな原因は〈霊魂〉である。〈霊魂〉は微細な部分から成り、全組織体にくまなく分布しており、熱をある割合で混合している「風」にもっともよく似ている物体である。〈霊魂〉は、組織体の残りの部分(身体)によってかこまれて発散しないために、感覚の原因でありうるので、その意味では、〈身体〉もまた感覚という偶発性に関与しているとされる。

この素朴なエピクロスのアトミスムは、マルクスの〈自然〉哲学における〈疎外〉に、おおきな影響をあたえた。

　もっと端的に人間の動物とちがう普遍性は、自然を人間の〈非有機的身体〉とさせうることにあり、そのことによって人間は自然の〈有機的自然〉に転化するほかはないという〈疎外〉観は、語彙そのものからすでに、ギリシア初期〈自然〉哲学、とくにエピクロスのものである。

第一に、〈霊魂〉が微細な物体であるという概念、そして第二にこの物体が身体にくまなく分布され、かこまれているという概念は、自然が人間の〈非有機的身体〉となるところに人間の本質があるというマルクスの〈疎外〉の概念を生きたままうつしている。もし、ここに、フォイエルバッハによってつきつめられた「動物はたしかに個体としては自己に対象的になって居る。それ故にこそ動物は自己感情をもって居るのである。然し動物は種属としては自己に対象的になって居ない。」(『キリスト教の本質』)という、意識の自然性と人間性についての洞察を接ぎ木するならば、〈霊魂〉、〈物体〉、〈身体〉、人間の〈意識〉の普遍性という連鎖のなかで、マルクスの〈自然〉哲学としての〈疎外〉、いいかえれば、〈非有機的身体〉と〈有機的自然〉との関係はおのずから形成されることをしることができる。かれはフォイエルバッハを現存性の踏み台として、エピクロスの自然哲学を、徹底したすがたで蘇生させたのである。

この影響は、言語観についても、あらわれる。

それゆえ、事物の名称も、最初から人為的な定めによって生じたのではない。むしろ、ほかならぬ人間の自然的本性が、おのおのの種族ごとに、それぞれ固有な感情をいだき固有な印象をもち、これら固有な感情と印象のおのおのによって型を与えられた空気を、それぞれ異なる固有な仕方で(音声として)発したのである。この場合、この仕方は、それぞれの種族の住む地域の違いによる種族間の違いによっても異なっていた。(『エピクロス』出・岩崎訳)

もちろん、フォイエルバッハ論のなかでつかわれている言語観は、語彙そのものからして、エピクロスのアトミスムの面影をつたえている。「『精神』は元来物質に『憑かれ』てゐるといふ呪はれたる運命を担つてゐる。現に今、物質は、運動する空気層として、音といふ形をとつて、要するに言語の形をとつて現はれる。」(『ドイツ・イデオロギー』)というように。

「運動する空気層」というような言葉は、現在わたしどもを感心させないとしても、デモクリトスやエピクロスをよろこばせる言葉であり、マルクスにおけるギリシア〈自然〉哲学のアトミスムのつよい影響のかげをとどめるものということができる。ただ〈霊魂〉というような言葉を、〈精神〉とか〈意識〉とかいう言葉におきかえるために、どんな手続きがいるかについては、ヘーゲル哲学の批判と、キリスト教神学の批判とを対応させることによって、フォイエルバッハが精密に展開していた。マルクスはフォイエルバッハを現存性の鏡として、エピクロス哲学をまねきよせる。あるいは、エピクロスの〈自然〉哲学を蘇生させるために、フォイエルバッハを媒介につかったといってもよかった。

エピクロスによれば、〈霊魂〉の特質は、天体の動きのような客観的存在、自然物を「至福なものであり不死のものであると判断しながら、しかも同時に、意志だの行為だの動機だのという至福や不死とは正反対のものをもっているかのように判断するところに」あった。そこに動揺がうまれる。これがこうじてゆくと〈霊魂〉は不合理な勝手な妄想をいだき、〈死〉んで感覚がうしなわれること自体をあたかもわれわれ人間にかかわることでもあるかのように、恐怖したり懸念したりするようになる。

マルクスが『手稿』のなかで、徹底した哲学のすがたをみせるとき、〈死〉にこだわり、類と個にかかずらうのはエピクロスの影響であり、また、かれの〈自然〉哲学からはどうしても、それをとりあげざるをえなかったのである。

エピクロスの〈霊魂〉は、それ以外の人間のアトムに、つまり肉体に微細に分布されており、客観的自然物にたいしては、対象的感覚として作用するというふうにかんがえられている。これにたいしてマルクスの〈自然〉哲学は、人間は自然の〈有機的自然〉として対象的自然を、人間の〈非有機的肉体〉となしうるという〈疎外〉の関係として設定される。感覚にうつった自然も、おなじように人間の感覚的な自然となる。〈意識〉も、自己にとっての意識という特質から、自然を意識においてとらえるやいなや、意識は自然の意識として存在するというように。

エピクロスにおいては、〈死〉は、〈霊魂〉を閉じこめている残りのもの〈身体〉が、閉じこめる力をもたなくなったため、感覚が欠如するということにすぎないものである。それは、〈霊魂〉という熱のような風のような微細な物体が、身体という物体を閉じこめているわくからはなれることだ。

それゆえに、死は、もろもろの悪いもののうちで最も恐ろしいものとされているが、じつはわれわれにとって何ものでもないのである。なぜかといえば、われわれが存するかぎり、死は現に存せず、死が現に存するときには、もはやわれわれは存しないからである。そこで、死は、生きているものにも、すでに死んだものにも、かかわりがない、なぜなら、生きているもののところには、死は現に存しないのであり、他方、死んだものはもはや存しないからである。(『エピクロス』)

このアトミスムに由来するエピクロスの〈自然〉哲学は、人間を個々に点在する人形《ひとがた》のようにかんがえている。

しかし、死がおそろしいのは、それが妄想であれ愛惜であれ、関係の意識が人間に存在するからである。人間を自然の一部とかんがえるかどうかにかかわりなく、人間がじぶんの生存とじぶんの死を関係として妄想したり愛惜したりするのは、それが、じぶんの生存と他人の死との関係としてあらわれるか、じぶんの死と他人の生存との関係としてかんがえるためである。それは他人の死を目撃するとか、じぶんの死にたいする他人の嘆きを妄想するとかいうこととかかわりない。人間のじぶん自身の生存とじぶん自身の死との関係が、じぶんと他との関係としてあらわれるほかないからである。

Ⅳ

〈死〉は、マルクスにとって、エピクロスのようなわけにはいかなかった。現に生きているものにとって〈死〉は存在せず、死んだものにとって〈死〉はかんがえられないから、けっきょく、妄想よりほかに〈死〉がおそろしくありえないというふうには。

たとえ、〈かれ〉が、個人の内部でエピクロス風に〈死〉と〈生〉を断層だとおもっていても、〈かれ〉の死は、〈かれ〉と他人との関係で表現されるほかはない。マルクスにとっては、〈かれ〉の〈死〉は、根源的には〈かれ〉と〈自然〉とのあいだのぬきさしならない〈疎外〉関係の死としてあらわれる。そして、その根源的関係の表象として、はじめて〈かれ〉と他人との関係として現実にあらわれるのである。これを丁寧に追ってゆけばつぎのようになる。

〈かれ〉の個体が〈死〉ぬと、〈かれ〉と〈自然〉とのあいだにあった〈疎外〉関係は、いいかえれば〈かれ〉が自然をかれの〈非有機的身体〉とし、かれ自身は自然の〈有機的自然〉となるという関係は、ひとつの空孔をもつ。

この空孔は、たれか他の人間の〈自然〉との〈疎外〉関係によって空席をうずめられるはずである。そういいたくなければ〈かれ〉の個体の死は、かならず他人に影響をあたえるはずである。このようにして、〈かれ〉の〈死〉がエピクロスのいうようにおそれる必要のないものとかんがえたとしても、〈かれ〉の〈死〉は、必然的に他人にとっての悲嘆やおそろしさとしてあらわれ、それは〈かれ〉の個体にとってもおそろしさや悲嘆の妄想となってはねかえってくる。マルクスの〈自然〉哲学では、〈自然〉を媒体にして〈かれ〉と他の人間とはぬきさしならぬ関係、つまり〈疎外〉関係として表象されるのである。

エピクロス風な、個体の感覚の欠如、〈霊魂〉という物体の霧散だけでは、個人の〈死〉さえもかんがえることはできない。〈かれ〉の〈死〉にたいする諦念が、他人との関係で悲嘆となるか、おそれとなるかは、エピクロスの〈自然〉哲学によっては解きえないからである。これは、〈かれ〉にとって〈かれ〉自身の死が悲嘆やおそれの妄想となるかどうかについても、なにも解きえないことを意味している。

もちろん、これは、マルクスの〈自然〉哲学の本質である〈疎外〉でも、現実的には解くことはできない。ただ、〈自然〉哲学のカテゴリーでは、〈個〉と〈類〉との関係として〈かれ〉の〈死〉を位置づけることは自明であったにすぎない。すなわち、

死は、個人にたいする類の冷酷な勝利のようにみえ、またそれらの統一に矛盾するようにみえる。しかし特定の個人とは、たんに一つの限定された類的存在にすぎず、そのようなものとして死ぬべきものである。

と……。

いうまでもなく、こういったマルクスの〈自然〉哲学のカテゴリーにあらわれる〈死〉の概念は、生ま身の現実的人間マルクスの〈死〉にたいする感性と混同することはできない。それは、あたかも〈自然〉哲学のカテゴリーでの〈疎外〉と、経済的カテゴリーにあらわれる〈疎外〉とを混同できないのとおなじだ。さもないと、マルクスという奴は、なんと冷酷なことをいう奴だといった、人情的な反〈マルクス〉に到達するだろうから。マルクスは、当時の革命屋ぶった連中から〈市民マルクス〉とよばれていたように、ありふれた生活人のこころをもっていた。かれを神人に仕立てたのは、神聖ロシア帝国

の進歩派とその亜流にすぎない。

この種の混同は、世のいわゆる〈マルクス〉主義哲学者や政治学者や文学者に、〈哲学的〉な、〈政治学的〉な、〈文学的〉な、〈死〉をもたらしてきたように、こういう〈死〉人を標的にしてきた反〈マルクス〉主義に〈死〉をもたらしてきたのだ。ひとは賛成するためにも、反対するためにもそれを理解しなければならぬ、といった初歩的な原則を説教している暇はいまのわたしにはない。ただ、そういう連中とわたしとは無関係だと宣告してやればよい。

わたしたちは、ここでマルクスの〈自然〉哲学の最終の旅程を問わねばならない。それは、当然、フォイエルバッハは〈自然〉哲学についてどこまでたどりついていたか？　という問いにならざるをえない。

若いマルクスの眼の前には、フォイエルバッハのふたつの優れた論策がそびえたっていた。ひとつは、一八四二年の『哲学改革への提言』であり、もうひとつはその前年の『キリスト教の本質』である。ことに、後者は、おどろくべき精緻さで、ヘーゲル哲学の本質が、必然的にキリスト教の護教であり、神学から変形された哲学であり、信仰から変形された理性であることを指摘していた。しかし、これらは、よりおおく宗教、法、国家への考察の原点にたっている。わたしは、ここで探りたいのは、そのなかにふくまれた〈自然〉哲学への寄与である。

フォイエルバッハは、人間論あるいは人神論のカテゴリーでは、あきらかにヘーゲル哲学の〈疎外〉あるいは〈自己疎外〉を、地上の、人間的な本質にまでひきずりおろしていた。しかし、〈自然〉哲学のカテゴリーではそこまではいっていなかった。かれは、こうかんがえた。

自然は存在から区別されてゐない本質であり、人間は自身を存在から区別する本質である。区別しない本質は区別する本質の基底である——自然は乃ち人間の基底である。(『哲学改革への提言』)

自然は存在そのものが本質であるが、人間はじぶんの自然的存在そのものからじぶんを区別することをしっているものである。べつの言葉でいえば、自己を自己意識によって対象化しうるものであるが、その根柢にあるのは、自然、すなわち自然的な存在であるということである。これは喩えてみれば、人間と自然とは、地殻の底ではどろどろの熔岩として共通でありながら、地表ではいっぽうは尖った岩石としてそびえ、いっぽうは平たんな地面であるといっているようなものである。

しかし、自己を自己意識によって対象化しているという意味では、動物と人間とは区別することができないのではないか。犬や猫も自己感情をもっていることでは、人間とすこしもかわらない。せいぜい程度のちがいがあるだけである。フォイエルバッハは、ここで〈種属〉の意識という概念をみちびきいれる。動物にある自己感情は、たかだか個体的であるだけだから、〈種属〉(いいかえれば抽象的な共通性)の意識をもつことができない。そのため、自己をある〈種属〉としての共通の名辞で対象化することはできない。猫や犬は、自己を猫という種属として対象化することはできない。

これをフォイエルバッハが『キリスト教の本質』のなかでつかっている喩にいいかえれば、一定の種類の植物に寄生して生活している毛虫の意識は、この種の植物の領域以上にひろがることはできない。毛虫は、じぶんの生活と挙動に適する植物を、他の種類の植物から区別する意識をもち、それは制限された意識だから過失することもなく正確であるが、普遍的なものでも、無限の意識でもない。このような意識は、本能とよばれて、人間の意識と区別される。

若し植物が、眼、趣味、判断力をもっていたとしたならば、どの植物も自分の花こそ最も美しい花であると断言するであろう。何故ならその植物の悟性やその植物の趣味はその植物の本質の生産力以上には達しないであろうからである。（『キリスト教の本質』船山信一訳）

ひとは、たれでもフォイエルバッハのこの洞察が、ほとんどマルクスと紙一重であることをしることができるはずだ。そういった意味では、この紙一重を超えることが思想家の生命であり、もともとひょうたんから駒がでるような独創性などは、この世にはありえないのである。

マルクスにとっては、フォイエルバッハのように、〈自然〉は、人間と自然とに共通な基底ではなかった。それは〈非有機的身体〉と〈有機的自然〉として相互に滲潤しあい、また相互に対立しあう〈疎外〉関係であった。わたしのかんがえでは、フォイエルバッハが、あたかも光を波動とかんがえたとすれば、マルクスはそれを粒子という側面でかんがえてみたのである。それは、マルクスがギリシア〈自然〉哲学の原子説を生かしきったことを意味している。フォイエルバッハの〈共通の基底〉を、〈疎外〉にまで展開させたおおきな力は、この紙一重の契機であった。

いつの時代でも、進歩派ぶった進歩派ほど始末に悪いものはない。シュトラウスやバウエルは、この意味ではフォイエルバッハの徒であり、フォイエルバッハを逃れることができなかった。マルクスは、フォイエルバッハを紙一重のところで超えていた。マルクスを真に亡霊のように悩ませ、巨大な壁としてかれのまえにたちふさがり、そして真に学ぶべき卓越した存在としてみえたのは進歩派ではなく、プロイセン国家哲学の反動的な巨匠ヘーゲルであった。こういった思想の構図もまたいつの時代でもかわらないものである。わたしどもは現在、進歩派の愚物から学ぶことなどなにもないのに、ブルジョア的な思想家や文学者から学ぶべきことがおおいのは、進歩派がつねにわたしどもから、最良のばあいでも紙一重おくれた存在にすぎないのに、ブルジョア的な思想家や文学者の一級品は、無意識のうちにこだわらずに、現存性にいたるまでの過去の思想と文学の達成をふまえて立っているからである。

V

政治過程の考察が、幻想性（正確にいえば幻想性の外化）の考察であるように、政治についての学は、幻想性についての学のひとつである。幻想性の外化は人間にとってまず宗教の意識となってあらわれた。宗教の意識は、漠然とした自然への畏怖にはじまり、自然崇拝や偶像信仰や汎神論をへて一神教の神学にまで結晶する。マルクスの政治哲学が成立する過程も、この一般的な原則のほかにたつものではなかった。宗教から法へ、法から国家の実体へとくだる道が、マルクスがたどった政治哲学の道であった。ドイツでは、宗教については、フォイエルバッハの考察が、いわば群鶏中の一鶴としてかれの眼前にあった。法・国家哲学についてはヘーゲルの法哲学がそびえていた。

まず、わたしたちは、宗教についてマルクスがどこから出発すればよかったかをはっきりさせておかねばならぬ。できあがった土壌がどれだけのものであったかを問わなければ、マルクスのたどった道中が、どれだけ骨の折れるものであったかどうかしることはできないからである。

フォイエルバッハは、人間の認識のがわから、〈自然〉についての悟性と、〈宗教〉についての感性が、どうちがうかを、『キリスト教の本質』のなかであきらかにしていた。〈自然〉哲学と〈政治〉哲学の道は、たんなる乗り替えやちがったべつの幹線ではない。フォイエルバッハによれば、人間の悟性はすべての物や本質へ無差別にはたらきかけ対象としての興味を感じる。〈かれ〉は宗教に魅せられるとまったくおなじように、植物学や鉱物学や動物学や物理学や天文学に魅せられるはずである。つまり、悟性は普遍的で汎神的な本質であり、〈宇宙にたいする愛〉である。

しかし、〈宗教〉とくにキリスト教は、人間のじぶん自身にたいする〈排他的な愛〉であり、自己肯定である。

このちがいは、たとえばギリシア〈自然〉哲学と、ヘブライ宗教とのちがいである。〈自然〉についての意識は、自己意識とはちがっているが、〈宗教的対象〉についての意識は自己意識と一致する。〈自然〉の対象は人間の外にあるが、宗教的な対象は人間の中にある内面的な対象である。べつの言葉でいえば、フォイエルバッハのいう人間と自然との〈基底の共通性〉からかんがえるなら、人間がまだ自然人であったときには、神もまた自然神であり、人間が建物に住んでいるときには、神もまた神殿に住んでいる。神殿というのは、じつは人間が家屋を美しくしたいとかんがえ、もっとも美しい家屋とみとめるものがつくられているにほかならないので、べつに神が住んでいる家屋ではない。なぜなら、神は、人間が自己意識を無限であり、至上であるとかんがえる意識の対象化されたもので、もともと人間の自己意識のなかにしか住んでいないからである。

人間が〈宗教〉の意識のうちでやることは、じぶんの本質を対象化し、この対象化した本質を、ふたたびじぶんの対象にするという過程である。いいかえれば人間は〈宗教〉においてじぶんの本質をじぶんの外へ投げだし、その投げだした本質をじぶんの中にとり入れる。

ここで、いくらか、わき道にそれてみると、〈芸術〉の意識もまた、人間がじぶんの本質をじぶんの外に対象化し、ふたたびじぶんの対象にすることではないのか?

これについては、フォイエルバッハは、〈宗教〉と〈芸術〉の意識のちがいとして説明している。宗教——ことにキリスト教のような一神教では、人間の本質を無限のものとかんがえ、至上のものとするという自己意識は、ひとたび無限者としての神（キリスト）として外化され、それがふたたび自己意識のなかにかえってくる。だから、神は無限者であるとともに人間であるという両義性としてあらわれる。しかし〈芸術〉の意識は、人間の現実的な本質を、至上のものであり、無限のものであるとする自己意識が、〈作品〉となって外化され、それがふたたび自己意識にかえってくる。〈作品〉にはその意味で人間の意識にとっての両義性は存在しない。

べつの言葉でいえば、〈宗教〉は神を至上物として外化するから、自己意識にとってあたかも神が第一義のものであり、それを外化した人間は第二義のものとなる。しかし〈芸術〉では、人間の現実的な本質を至上物としてかんがえる意識が外化され、それが自己意識にかえってくるから、あくまでも自己を至上のものとする意識の幻想性として一義性である。

フォイエルバッハによれば、キリスト教がすぐれた宗教的芸術をうみだしえないのは、その一神教的な性格が、芸術そのものと同質でありながら、こういった神を至上のものとする意識と人間を至上のものとする意識とが矛盾をつくりだすからである。〈芸術〉や〈学問〉の源泉でありうるのは、多神教あるいは偶像崇拝あるいは、汎自然の意識だけであり、一神教はそれ自体で芸術と矛盾する。

たとえば、現今の〈政治と文学〉論が、あたかも〈政治〉を一神教のように信仰しており、すこしも科学としてとらえていない論者たちによって提起されるとき、ろくな作品もろくな理論もうみだされない理由は、すでにフォイエルバッハのこういった指摘のうちにふくまれている。

フォイエルバッハの洞察は、〈疎外〉の意味をほんとうに理解せずに『芸術と疎外』などという誤謬だらけのつまらぬ本をかいている人物よりも、はるかに優れている。〈自然〉意識にあらわれる対象的な自然が、自然崇拝の段階にあったときに、はじめて人間は宗教の意識と芸術の意識がある交点をむすぶ契機をもったのである。フォイエルバッハの段階にさえない論理構成で、芸術と疎外を論じようなどというのは、まったく無理なはなしで、困ったものが再生産されるものだと、舌打ちでもしておくより仕方がない。いい気になるな、とでもいっておくより方法がないのだ。

フォイエルバッハは、ユダヤ教——いいかえればキリスト教以前のヘブライ宗教的な原理を、「自然をもっぱら恣意的な目的のために使用するところの利己主義の客体としている」というふうにとらえた。なぜならば、ユダヤ教では、エホバが命ずれば、海はふたつに裂け、流水は血にかわり、山はうごくのであり、それはもっぱらイスラエル民族の利益のために、民族神エホバによって行使される奇蹟であるからである。

マルクスの眼にうつったいわゆる〈ユダヤ人問題〉は、西欧諸国家の内部で、まず、ひとつにはフォイエルバッハのいう排他的な宗教原理として、もうひとつには宗教原理内部での排他的な戒律のもんだいとしてあらわれていた。フォイエルバッハの洞察は、このかぎりでは、あますところなく宗教一般の本質と、ユダヤ教とキリスト教の宗教的対立について解きあかしていたといえる。

それゆえ、フォイエルバッハの深い影響下にあり、けっしてその認識をこえようとしなかったバウエルのようなラジカル・ヘーゲリアンたちの眼には、ユダヤ教とおなじように、キリスト教もまたなんら国教として保護されるべきではなく、すべて個人の恣意的な信仰のもんだいだと宣告すれば解消しうるものとかんがえられたのである。つまり、国家からの宗教の解放、いいかえれば政治的解放のもんだいであるとかんがえられたのである。

この認識は、ある意味で、宗教だけではなく、芸術や法・国家のような幻想性の外化されたものに共通する。現在でも、進歩派の芸術運動は、芸術内部で進歩的な党派性につけば、そして芸術内部での保守的な党派性と対立しこれをつぶしたり、引き寄せれば、それがなにごとかであるかのように錯覚している。しかし、人間が解放されなくても、政治的な解放はありうるし、人間が現実的に自由ではなくても、芸術は自由でありうることを、かれらはしらないのだ。芸術にレーニン的党派性などは存在しない。存在するかのような仮象が成立するのは、芸術的な偏執が、あらゆる姿でなりたちうるという自由社会〈資本制社会〉の自由の〈仮象〉の表象のひとつにしかすぎないのである。一見すると進歩的にみえたり、ラジカリズムにみえたりするこの種の退行は、〈マルクス主義〉芸術論と名のってロシアに発祥し、半世紀ちかくも亡霊のように各国に存続してきたのである。

マルクスは、進歩派ヘーゲリアンの一見するとラジカルにみえる愚論に当面していた。宗教的な幻想性は、政治的な共同体の内部では、〈法〉を至上物のようにかんがえ、人間自身を第二義のようにかんがえる自己意識、いいかえれば国家法のなかに実現され、それが人間にはねかえってくることは、すでに、フォイエルバッハが『キリスト教の本質』のなかで暗示していた。これを洞察しきれなかったのは、現在の芸術的な愚物とおなじように存在した、当時の政治的愚物たちであった。まず、芸術的に進歩的であることは、政治的に進歩的であることの第一歩であり、また逆に、政治的に進歩的であることは、芸術的に進歩的であることの第一歩である、などという現在の芸術進歩派が愚かであるのとおなじように、ユダヤ教の排他原理と戒律を、キリスト教的国家のなかで捨てさることが、政治的に解放されるはじめであるという見解は愚かである。マルクスはこの種の進歩派ぶった進歩派にむかってこうかいている。

だから、吾々はユダヤ人にむかって、バウアーのように、君たちはユダヤ教から徹底的にみずからを解放しないでは政治的に解放されることはできぬ、とはいわない。吾々はむしろ彼らにむかってこういう、君たちは、ユダヤ教から完全に、矛盾のないかたちで絶縁しないでも政治的に解放されうるのだから、政治的解放そのものは人間的解放ではない、と。もし君たちユダヤ人が、みずからを人間として解放しないで政治的に解放されたがっているとすれば、その中途はんぱと矛盾とは、君たちにばかりあるのではない。それは政治的解放の本質と範疇とのなかにあるのだ。(『ユダヤ人問題によせて』)

人間が自己の本質を宗教として〈疎外〉するとき、自己意識のなかには、自己を至上物とする意識と現実的な自己意識とが二重になって存在するように、人間が現実的な社会（市民社会）のなかで、社会の本質を政治的共同性（つまり国家）として〈疎外〉するとき、人間は社会的にと政治的にと二重に生活する。社会的な生活では具体的に私的に、他人を食ったり食われたり、他人たちの共同性から食われたり食ったりする生活をやり、政治的な生活ではあたかも公的な共同的な一員であるかのように生活する。そして私的であり具体的であるときに現実生活のなかにあり、共同的であるときに幻想生活のなかにある。

マルクスのこういった見解は、フォイエルバッハの〈宗教〉についての洞察を、〈法〉についての洞察におきかえ、〈宗教〉の論理を、政治的共同体（ここでは近代国家）の論理におきかえたものということができる。思想のほんとうの展開というものはそういうもので、マルクスにたいする〈マルクス〉主義のように垂直にとざされた壁のうちで定式化の定式化をおこなうことではない。バウエルとマルクスのフォイエルバッハにたいする関係のちがいは、そこにあらわれたのである。マルクスは、フォイエルバッハの〈宗教〉的な疎外にたいする人間の自己意識の関係の考察を一歩すすめて、これを政治的共同体内の〈法〉的な疎外にたいする市民社会の〈自己意識〉（共同意識）の関係への考察に拡張した。

人間は、そのもっとも直接的な現実、つまり市民社会のなかでは、現世的存在である。人間が自他にたいして現実的個人として通用するここでは、人間は一つの真実ならざる現象である。これに反して、人間が類的存在として通用する国家のなかでは、人間は空想的主権の想像的一員であり、自己の現実的・個人的生活をうばわれて、非現実的普遍性をもってみたされている。（『ユダヤ人問題によせて』）

——というように。

いうまでもなく、マルクスの〈法〉、〈国家〉にたいするこの考察は、フォイエルバッハの〈宗教〉にたいする考察が、完全な宗教意識——いいかえれば神学の成立を前提としているように、完全な政治的国家——つまり政治的共同体の体制の成立を前提としている。

それゆえ、かれは、現実的にはプロイセンのような〈神聖〉国家では、ユダヤ人問題はキリスト教とユダヤ教の宗教的対立としてあらわれ、フランスのような立憲国家では半端な宗教的対立と半端な政治的対立のもんだいとしてあらわれ、信教の自由がみとめられている北アメリカでは、はじめて現世的なもんだいとしてあらわれるというようにかんがえたのである。

〈宗教〉は、政治的な共同体がまだととのっていない段階では、自己を至上のものとかんがえる人間の自己意識の表象であるが、政治的な共同体が整備された近代国家では、〈法〉を至上物とかんがえる人間の自己意識の表象となってあらわれるというかんがえは、マルクスがフォイエルバッハを、正確に読みこむことによって手に入れた展開であった。そして、〈法〉、〈国家〉を実体的なものとしてとらえようとしたとき、ヘーゲルの国家哲学、法哲学が巨大な相でたちふさがったのである。かれは、ここではじめて本質的な意味でヘーゲル哲学に直面する。学生時代、当時の思想界の流行にしたがって、ヘーゲルの語彙をつかったことはあるが、それは表面的な意味にすぎなかった。ヘーゲルという巨大な反動は、そんなことで片付かない偉大な存在であった。ヘーゲルの国家・法哲学に批判的に傾倒することによって、かれが手に入れようとしたのは全西欧の現実運動の頭脳であった。

マルクスが、ヘーゲルの法哲学と国法論の主要な個条を批判的にとりあげることによってあきらかにしようとしたのは、政治的国家の実体構造であり、これに対応する市民社会の政治的要素とはなにか、であったということができる。

まず、政治的国家というものは、〈家族〉という人間の自然的な基礎と、〈市民社会〉という人工的な基礎が、自己自身を〈国家〉にまで疎外するものであるにもかかわらず、ヘーゲルは、逆に、現実的理念によって国家がつくられたようにかんがえているというのが、マルクスの根本的なヘーゲル批判であった。

たとえば、古代の国家では、政治的な国家がすべてであり、人間の現実的な社会は、すみずみまで政治的な国家の手足のように存在している。しかし、近代資本制国家では、政治的な国家と非政治的な国家とが〈法〉によって調節されて二重に存在している。政治的国家は、非政治的国家の具体性である市民社会を内容としながら、それから疎外された形式上の共同性として存在する。だから国家と、家族や市民社会とはヘーゲルのいうような矛盾のない存在ではありえない。国家は、家族や市民社会自体の生活過程が表象されたものではなく、家族や市民社会が、自己から区別し分離する（〈疎外〉する）理念の生活過程である。だから、この理念の生活過程を政治的に集中した〈法〉（憲法＝政治的国家制度）は、国民の現実的な生活の地上性に対立する普遍性の宗教的な天国である。

政治的国家を実体的に（いいかえれば形式と内容との幻想の合一として）ささえているのは官僚制であり、この官僚制の内部では、実在の国家とならんだ想像上の国家が成立している。

このように幻想的な国家が、行政権をもって市民社会にのぞむとき、市民社会はなにによってこの幻想的な国家にのぞむだろうか？

市民社会の内部では、人間はなにものかとしてあらわれる。靴屋でなければ魚屋であり、サラリーマンであり、プロレタリアートであるというように、職業的人間であるほかはない。この職業的人間でしかありえないということは、人間の労働の本質からは歪みであり部分部分にある疎外であり、かれの本質をかれ以外ならしめるものである。職業的な個別性の共同体である職能団体は、市民社会の内部にある小さな国家であり、官僚制であり、部分的共同意識であり共同意志である。この要素は国家になろうとし、また国家の実体でありうる萌芽である。市民社会が政治的国家にたいしてさしだすのは、この要素にほかならない。国家があるがままの国家であるとき、身分、地位、教養などがその現実的人間を区別するものにすぎなかった。ところで、政治的国家が、実体として官僚制というべつの国家、あるいは国家の職能グループを組織して〈法〉的にむかうとき、市民社会は、職能組織を市民社会の官僚制としてこれにたちむかうのである。これを、マルクスの宗教・法・国家の連環哲学の表現でいえばつぎのように要約される。

官僚主義的精神は、徹頭徹尾ジェズイット的神学的な精神である。官僚たちは、国家のジェズイット僧であり、国家の神学者である。官僚制は僧侶の共和国である。(『ヘーゲル国法論の批判』)

これにたいして、市民社会は、なにを僧侶としてさしだすか?

君主が市民社会のキリストとしての行政権によって市民社会とむすびつくように、市民社会は、自己の僧侶としての国会によって君主とむすびつくのである。(同右)

ここで、断わっておかなければならないが、わたしは、本稿の当初からしばしば、〈表象〉という言葉をつかっている。ところで、芸術論(たとえば『言語にとって美とはなにか』)では、おなじことを

〈表出〉という言葉でのべている。

芸術と疎外について誤謬だらけの見解をのべている人物と同類の男たちが誤解するから断わっておくが、わたしの〈表象〉あるいは〈表出〉という言葉は、〈疎外〉すなわち〈疎外〉の止揚の欲求を意味している。ただし、現実的カテゴリーでの〈疎外〉（疎外された労働）という誤謬の〈疎外〉をまったく意味していない。

まず、人間と自然との相互規定としての〈疎外〉が、マルクスの自然哲学の根源としてあり、それが現実の市民社会に〈表象〉されるとき、〈疎外された労働〉から派生する現実的〈疎外〉の種々相があらわれる。

市民社会の〈自己意識〉（いいかえれば共同意識）は、あたかも、共同性の意識の〈表象〉として現実的国家を〈疎外〉する。ところで、市民社会の〈自己意識〉は、あたかも宗教として神という至上物を〈疎外〉するように、市民社会の至上の〈自己意識〉として政治的国家制度、政治的国家、法を〈疎外〉するのである。

これを宗教、法、国家という歴史的な現存性への接近としてかんがえるとき、政治（哲）学のもんだいがあらわれる。〈表象〉あるいは〈表出〉あるいは〈疎外〉は、すなわち〈表象〉あるいは〈表出〉あるいは〈疎外〉を打消す反作用である。高速度フィルムを現実あるいは観念の過程の速度ととりまちがえて〈疎外〉という「心臓収縮」（フォイエルバッハ）と、それをふたたび自分のなかにとり入れる「心臓伸張」とを別途のようにとりあつかっていると、脈搏は緩慢になる。すなわち〈死〉ぬのだ。ひとびとの〈疎外〉が〈死〉ぬのは、そのためである。誤謬は、自己自身の脳髄のなかにしかないので、つまらぬ本をかいて同類の箸にも棒にもかからぬ連中にほめそやされても、自惚れるべきではない。批判に価しないから批判しないだけだ、ということもこの世にはありうるのである。

なぜ、マルクスの〈自然〉哲学のカテゴリーとしての人間と自然との〈疎外〉が、市民社会の経済的カテゴリーに〈表象〉〈疎外〉されるとき〈資本家〉と〈労働者〉という対極概念があらわれるか？〈資本家〉、〈労働者〉とは、なにを意味しているのか？『手稿』は、はじめてこの問いをめぐって現実社会の経済的カテゴリーのもんだいとしてあらわれる。

VII

『経済学と哲学とにかんする手稿』は、市民社会の構造を解明するためのカギとして経済的なカテゴリーを設定している。ここでは、後年、『経済学批判』で最初に明瞭な概念として提出したような、生産社会の歴史的な段階としての市民社会の土台という意味はもっていない。かれは、現存する西欧社会の生々しい現実性にメスをいれるためにのみ経済的なカテゴリーをかんがえたのである。まだ、経済的カテゴリーは、かれの体系にとって手段の分野をなしていた。またそれゆえに生き生きとした総体性の環のなかにはめこまれていたともいうことができる。したがって、わたしたちは、どこからでも『手稿』の経済的なカテゴリーにはいることができる。

わたしたちは、これをふたつの方向からかんがえることにする。ひとつは、根源としての〈自然〉哲学のカテゴリーで、本質的に人間と自然を相互に規定している〈疎外〉が表象されたものとして、もうひとつは、宗教、法、国家、いいかえれば外化された幻想性と対立し、またこの幻想性の基盤でもある非幻想性の領域としてである。このことは、市民社会の経済的なカテゴリーが、マルクスのなかで、〈自然〉哲学と政治哲学の矛盾する現実的な領域として成立しているというわたしのかんがえを暗示している。

もしも、わたしたちが、いわゆる〈マルクス〉主義者のように『経済学と哲学とにかんする手稿』にのべられた、市民社会の経済的カテゴリーとしての〈疎外〉〈疎外された労働〉を、幻想性と本質性の矛盾として存在する現実性、いいかえれば社会の現実的存在とかんがえずに、じかに疎外された労働からはじめ、そこで終れば、かれらとおなじ嗤うべき世界認識に従属しなければならないだろう。それは唯物（タダモノ）主義者や経済主義者が、芸術、文学、政治学のような幻想性の領域でも、いまも存在するのを、認めることを意味する。せっかく芸術と疎外の関係を論じてみても、リアリズムやドキュメンタリズム、主題と素材とを至上物として自己〈疎外〉することしかできないのでは、救いようがないのだ。そして救いようがないのは、進歩派の一般なので、個々人は、たんにその一象徴にしかすぎないといえる。

わたしは、まず〈自然〉哲学の表象としての経済的カテゴリーというかたちから、このもんだいにはいってみるが、うまくゆくかどうかはわからぬ。

人間と自然との関係のなかで、人間が自然の〈有機的自然〉となり、自然は人間の〈非有機的身体〉となるという〈疎外〉の関係は、必然的に、市民社会の経済的カテゴリーに表象されると、具体的な、直接の単純労働によって〈自然〉との関係（生産）にはいる人間を基底としてかんがえることを要求する。そして複雑な労働は単純な労働の累積であり、市民社会内部の複雑な関係は、単純な関係の累積である。このようにしてプロレタリアートという概念は、市民社会の経済的なカテゴリーとしての人間の基底として登場する。マルクスのプロレタリアートという概念が、現実のプロレタリアートそのものでないのは、経済的カテゴリーとしての人間が、全人間的存在でないのとおなじであり、おなじ度合においてである。

単純な具体的な労働は、加工された自然物（生産物）を、労働者の外に、また労働するという対象化行為を、労働そのものの外に、また総体的に労働する者を、自然の外に置き、そのことによって労働者を自己自身の外に、人間の存在を、その普遍性の外におくという反作用をもたらすのである。

ところで単純な具体的な労働をする〈かれ〉が、労働によって全体的に対象的世界と〈疎外〉関係にはいるとき、かれは、必然的に〈他の人間〉との関係において、それを表象するほかはない。この〈他の人間〉は、資本家として結果的に表象されるのである。

単純な具体労働をする人間以外のすべてのものは、あるがままの市民社会では、大なり小なり〈かれ〉にたいして〈他の人間〉（資本家）としてあらわれざるをえないし、また、〈かれ〉自身も大なり小なり〈かれ〉にたいして〈他の人間〉（資本家）としてあらわれることがありうるのである。すなわちプロレタリアートが、他の場面で資本家としてあらわれるということもありうるのである。これが市民社会における全疎外の意味する上位概念である。ただ、これらの二重関係は、究極的には、〈法〉・〈国家〉を、自己の普遍的な本質性として振舞いうる資本家（制度としての資本家）の消滅によって、系列として必然的に消滅する概念にすぎない。

もしも、〈疎外された労働〉という市民社会の経済的なカテゴリーが総体性をもち、総体と関連してとりあげることができるとすれば、これは、当然、根源としての〈自然〉哲学からの表象としてばかりでなく、幻想性、いいかえれば現実社会の〈自己意識〉（共同意識）の〈疎外〉としての幻想性一般からも類比することができるものでなければならない。これは、〈疎外された労働〉の概念が、宗教、法、国家の哲学、いいかえれば政治（哲）学のカテゴリーと類比できる関係になければならないことを意味している。ここに、わたしたちが『手稿』の市民社会の経済的カテゴリーとしての〈疎外〉〈疎外された労働〉を、こんどはかれの幻想性の考察、いいかえれば政治（哲）学のカテゴリーから、くりかえしてとりあげてみようとする根拠があるのだ。これもまた、うまくゆくかどうかはわからぬ。

宗教において、神は、人間の本質が無限であるという自己意識が外化されたものであり、外化された象徴として、神は第一義のものとして人間の自己意識にはねかえるように、〈疎外された労働〉が現実的に存在する市民社会では、労働の生産物は、労働者に〈神〉のような自己意識としてあらわれ、〈神〉

のように第一義の強力となって、生産した者を第二義以下の自己意識にするように、はねかえってくる。おなじように労働の内部では、労働するという行為にたいして、労働そのものが〈神〉のように支配的にはねかえってくる。また、おなじように、資本は労働にたいして〈神学〉のようにはねかえり、資本家は労働者にたいして〈唯一神〉のように第一義となり、労働者は、みずからがささえつくりだしたものから第二義以下におとしめられる。

そして、資本、制度としての資本家を、〈神〉から〈神学〉へと転化させるためには、〈法〉、〈国家〉のような幻想性が、普遍性として〈疎外された労働〉に参与することがひつようである。『手稿』にはそんなことは露わにかかれていないから、ひとびとは、『手稿』の経済的カテゴリーをわたしが無用に改作し、拡張しているとかんがえるかもしれないが、けっしてそうではない。ただ、わたしは『手稿』についても、定式化の定式化をやっている世のいわゆる創造的〈マルクス〉主義者に与しないだけだ。

もっとも基本的な意味で、経済的なカテゴリーとしての〈疎外〉〈疎外された労働〉は、三つの意味をもってあらわれるということができる。第一は、〈自然〉哲学のカテゴリーの〈表象〉として、第二には、もっとも単純に、具体的に、人間が市民社会（それは具体的であるがゆえに歴史的な社会である）で働くことによって自然の素材を加工したり、自然をじぶんの生産手段にしたりするとき、じぶんを有機的な自然とするほかはないという具体的な関係として、第三は、このような具体的な関係が、そのままじぶんの本質を、じぶんの外におき、そのことによって自己の存在と自己の自然としての存在を自己意識のなかで区別し対立させ、これが必然的に幻想性一般として、非幻想性一般と、また政治的共同性として非政治的な現実社会と分離し、これが自己意識と、その共同性の二重の意味で経済的カテゴリーにかえってくるということである。

幻想的な個別性や共同性のカテゴリーが全現実的人間よりも小さいように、また経済的カテゴリーが全現実的カテゴリーよりも小さいように、また人間と自然との関係が、全人間的存在の対象性よりも小さいように、経済的カテゴリーが、直接の具体的な意味のなかに、三重の累積された意味をはらまざるをえないのは明瞭である。

〈疎外〉という概念は、マルクスによって、あるばあいには、非幻想的なものから幻想性が抽出され、そのことによって非幻想的なものが反作用をうけるという意味で、またあるばあいには、人間の自然規定としてぬきさしならぬ不変の概念であり、したがって人間の自己自身にたいするまた他の人間にたいする不変の概念として、またあるばあいには、〈労働〉により対象物と〈労働者〉とのあいだに、したがってその対象物を私有するものとのあいだに、具体的におこる私的な階級の概念としてつかわれているが、もちろんかれの思想にとって重要なのは、それがどのようにつかわれていても、累層と連環によって他の概念におおわれているという点にあった。そこにマルクス思想の総体性が存在している。

かれの思想が、宗教・法・国家・市民社会・自然をつなぐ総体性として完結したとき、まだ、ほんとうの意味で社会の歴史的現存性のおそろしさをしらぬ青年であった。なぜ、愚劣な社会が国家として現存し、たれにでもわかる愚劣な人物たちが牛耳っているこの社会は亡びないのか？　なぜ、一見すると脆弱そうにみえるこの不合理な社会はこれほど強固なのか？　マルクスが、こういう自問自答をほんとうの意味で強いられたのは、西欧のデモクラートの蜂起が挫折し、そのあおりをくらって解体した〈共産主義者同盟〉が内紛のうちにかれをしめだし、かれが貧困のさ中に公然と孤立したときである。ここで、マルクスの現実的な体験が、転向としてその思想に関与する。その意味は、マルクス自身がかんがえたよりも、おそらく重要であった。

世のいわゆる〈マルクス〉主義者が、かつぎまわっているマルクスの思想的棺は、現存する社会を歴史的な累積として検討するために、かれがのめりこんでいったそれ以後の経済的カテゴリーを第一義とする思想にかぎられている。わたしは、ただ、かれらのような棺のかつぎかたをしないということだけをいってこの稿と訣れなければならぬ。もはや、読者はそれぞれの道をゆくべきときだ。わたしは啓蒙家をいつも侮蔑してきたが、ここで、いささか啓蒙家であらざるをえなかったとすれば、まずなによりも、わたしがわたし自身にたいしてそうあらざるをえなかったという理由によっている。もし、いささかの冒険があったとすれば、ただ、マルクスとその先行者だけにしか依らなかったという理由によっている。もし、おまえの云ったことなど、おれがとうに云いつくしたことだというひとがあったら、かれは、まだ遇わぬわたしの思想の恋人であるかもしれぬ。

マルクス伝

プロローグ

ある人物の生涯を追いかけることは、その一生が記録や著述にのこされていても、また、いつどの時代に生き、なにをして生活し、いつ何歳で死んだかわからない人物をあつかっても、おなじ難しさにであう。この難しさは、しかし、簡単な理由に帰着する。かれが、かれ自身につきうごかされて生きようとしても、もともと生きていることが現実ときりはなせないために、かれが力をいれればいれるほど、現実は強固な壁になってたちふさがるはずだ。つまり、いつでも、果たそうとしたことと、果たしてしまったものはちがった貌で、生ま身の人間におとずれる。これを、隈なくすくいあげることは、どんな記録や思想上の共鳴をもってしても、できそうもない。つまり、現実のほうが手をかした部分だけは、いつも秘されている。

ここでとりあげる人物は、きっと、千年に一度しかこの世界にあらわれないといった巨匠なのだが、その生涯を再現する難しさは、市井の片隅に生き死にした人物の生涯とべつにかわりはない。市井の片隅に生まれ、そだち、子を生み、生活し、老いて死ぬといった生涯をくりかえした無数の人物は、千年に一度しかこの世にあらわれない人物の価値とまったくおなじである。人間が知識——それはここでとりあげる人物の云いかたをかりれば人間の意識の唯一の行為である——を獲得するにつれて、その知識が歴史のなかで累積され、実現して、また記述の歴史にかえるといったことは必然の経路である。そして、これをみとめれば、知識について関与せず生き死にした市井の無数の人物よりも、知識に関与し、記述の歴史に登場したものは価値があり、またなみはずれて関与したものは、なみはずれて価値あるものであると幻想することも、人間にとって必然であるといえる。しかし、この種の認識はあくまでも幻想の領域に属している。幻想の領域から、現実の領域へとはせくだるとき、じつはこういった判断がなりたたないことがすぐにわかる。市井の片隅に生き死にした人物のほうが、判断の蓄積や、生涯にであったことの累積について、けっして単純でもなければ劣っているわけでもない。これは、じつはわたしたちがかんがえているよりもずっと怖ろしいことである。

千年に一度しかあらわれない巨匠と、市井の片隅で生き死にする無数の大衆とのこの〈等しさ〉を、歴史はひとつの〈時代〉性として抽出する。

ある〈時代〉性が、ひとりの人物を、その時代と、それにつづく時代から屹立させるには、かならずかれが幻想の領域の価値に参与しなければならない。幻想の領域で巨匠でなければ、歴史はかれを〈時代〉性から保存しはしないのである。たとえかれがその時代では巨大な富を擁してもてはやされた富豪であっても、市井の片隅でその日ぐらしのまま生き死にしようとも、歴史は〈時代〉性の消滅といっしょにかれを圧殺してしまう。これは重大なことなのだ。たくさんのひとびとが記述の世界に、つまり幻想と観念を外化する世界にわずかでも爪をかけ、わずかでも登場したいとねがうことは、歴史のある時代のなかで〈時代〉性をこえたいという衝動ににている。そのために、かれは現実社会での生活をさえ祭壇の供物に供し、係累するひとびとに、とばっちりをあびせかける。これが人間をけっして愉しくするはずもないのに、この衝動はやめさせることができない。こういう人間の存在の性格のなかに、歴史のなかの知識のありかたがかくされている。しかしけっきょくは、こんな知識の行動は、欲望の衝動とおなじようにたいしたことではない。幻想と観念を表現したい衝動のおそろしさに目覚めることだけが、思想的になにごとかである。生まれ、婚姻し、子を生み、老いて死ぬという繰返しのおそろしさに目覚めることだけが、生活にとってなにごとかであるように。

人間は生まれたとき、すでにある特定の条件におかれている。この条件は、個人の生涯のおわりまでつきまとう。だから結果としてかれが何々であった、ということにはほんとうは意味がない。意味があるのは、何々であった、あるいは何々になった、ということの根柢によこたわっている普遍性である。その普遍性を、かれがどれだけ自覚的にとりだしたか、である。記述したかどうかはもんだいではないのだ。ここでとりあつかう人物は、幾世紀を通じて、幻想と観念を表現する領域では最大の巨匠と目されてきた。しかし、誤解すべきではない。現実の世界では、きわめてありふれた生活人である。そこで、かれがこの幻想と現実の総体に、個と普遍性の全体に、どれだけ自覚的な根拠をあたえたかがもんだいになる。その余は神話好きや、かれの思想を浮力にして浮き沈みをくりかえしている思想のやくざにまかせておけばよい。

1　デモクリットの哲学とエピクールの哲学

一八一八年五月五日、カール・マルクスはドイツのライン州トリエルで生まれた。ユダヤ系の中産階級の子弟として生まれた、というほかにとくべつな意味はない。人間はたれでも生誕にたいして責任をおうものではない。一八二九年に、生まれた町トリエルの〈ギムナジウム〉（文科系中等学校）に入学し、一八三五年まで生徒であった。この年の秋に、法律学研究を志してボン大学に入学し、翌年、一八三六年ベルリン大学に移った。大ヘーゲルは、すでに数年まえに死んでいたが、かれの哲学はおおきな積乱雲のように全ドイツの思想界をおおっていた。微細に研究した伝記者でないかぎり、この時期のマルクスを、自由主義的な進歩的な雰囲気のなかに息をすっているふつうの学生であり、詩をかく青年であったという特徴で片づけるべきであろう。

この時期のマルクスにとって重要なことをあげるとすれば、ひとつは、一八三六年のダヴィット・シュトラウス『イエスの生涯』の刊行と、イエニー・フォン・ヴェストファーレンとの婚約であった。なぜならば、前者は、ヘーゲル学派の歴史哲学が〈宗教〉信仰にたいする人間からの批判にむかったことを象徴し、後者は、マルクスが生涯の生活的な苦難を、いわば台所（糧道）の苦難をおわせるひとを見出したということだからである。宗教・法・国家という主題は、初期のマルクスがかかわった最大のものであり、また、もっともかれの思想を難しくし、正解を困難にさせている。この主題にむけられたマルクスの錯綜した思考と論理をうまくたどれば、そのあとほとんど誤解することはない。そして、宗教批判は当時の流行であったが、その先鞭をつけたのはダヴィット・シュトラウスの『イエスの生涯』だったのである。プロイセンの〈神聖〉国家のなかで、シュトラウスのイエス伝は、画期的な意義をもっていた。

イエニー・フォン・ヴェストファーレンは、姉の学校友達で年上の女性だったが、彼女が、後年マルクス夫人として支払った生涯をその眼底に焼付けることができるならば、マルクスの生涯と思想を誤解せずにすむはずだ。この世界には、とんでもない〈マルクス〉主義者や反〈マルクス〉主義者がおおすぎて、ほとんどサジを投げたほうがいいくらいである。この世には、神も悪魔も人間のかたちで生きているわけではない。ある思想と生涯をどこまでもつきつめてゆきたいという願望は、たれにでもつきまとっているだろうが、そういった願望がとことんまで生きられるのは観念の世界だけである。現実のかれは最小限度で、ふつうの生活人であるほかにありえない。ただ観念の世界においてさえも、とことんまで生きられるものは稀である。とくにマルクスほどに。それは才能のもんだいではなく、観念もまた世界として外に化けるかぎりは、かれの生活人とたえずぶつかる。それだけのことであり、それがなによりもたいへんなことなのだ。

一八三七年、ベルリン大学入学の前後に、マルクスはふた種類の意味ぶかい手紙をかいている。

詩作はたんに伴奏でしかありえないし、またそうあるべきでした。私は法律学を勉強しなければなりませんでした。しかし、とりわけ哲学に惹かれるものを感じていました。（一八三七年十一月十日父親宛）

僕は貴女の許を去ったとき、或る一つの新しい世界が僕に開けていました。それは恋の世界、初めから憧れに酔いしれた、希望のない恋の世界でした。ベルリンへの旅も、他の時でしたら僕を魅了し、僕の自然研究を刺戟し、また僕の生への欲望を掻き立てたでしょうに、僕を情熱的にはしてくれませんでした。そうです、それは僕の気分とは全然ちぐはぐだったのです。何故なら、僕の見た岩石は僕の感情以上に索漠でも嶮阻でもなく、広大な町々も僕自身の血液以上に生々と熱く鼓動してはいませんでしたし、宿屋の御馳走も僕自身の空想の中身以上に詰め込みすぎて不消化なものではありませんでした。そして芸術も僕のイエニーほど美しくはありません……。（一八三七年九月イエニー宛）

ある覚醒の予感と、過剰な情感が、ふみしめている現実の足元をこえかねてためらうといった有様が、ようするに青春が語られている。すでに一八三六年には〈義人連盟〉がパリ在住のドイツ人の職人たちによって設立されており、また〈四季協会〉がブランキイを主導者として形成されるような情勢が、〈社会〉としてあった。また、イエニーは、マルクスにくらべて手のとどかなそうな上層階級の娘としてあった。

想像をたくましくするほかないが、かれのもっと学ばなければならないという焦慮の彼岸に、あるときは〈社会〉が幻のようにあらわれ過剰すぎる破滅の予感がおとずれるかとおもえば、あるときはイエニーを傍にしたしずかな学究の世界の空想がどこまでもつづいているという具合であった。思考を極度に引き裂いてみせるといったかれの性癖のようなものが、あやうく均衡をたもっていた。まだ、どこへむかって生涯を歩ませることになるのかわからなかった。いや、もともと、生涯というものは、個人にとってはどこへどうゆくかというふうにできていないことがわからなかった。

一八四一年四月に、マルクスがイエーナ大学に、学位論文として提出したのは『デモクリット（デモクリトス）とエピクール（エピクロス）との自然哲学の差異』である。この論文で注目すべき点は依然として、さきにかれの父親と婚約者にあてた手紙に要約されるものとおなじである。

かれが古代ギリシアの自然哲学に注目したことは、あるいはシュトラウスの『イエスの生涯』がヘブライ宗教に着目してかかれたことを念頭においていたのかもしれない。〈自然〉がまずかれの主題として登場したことは、この論文がヘーゲルの方法をかなりなふかさで身につけていることとともに、ひとつの運命であった、ともいえようか。かれの思想は、生涯にわたって〈自然〉哲学のうえをはなれることはなかったからである。マルクスは、まず余技のような〈自然〉哲学についてかんがえ、法律学はそのあとで、かれ自身の〈自然〉哲学とむすびついてあらわれる。この順列は計画的ではなく、むしろ摂理的なものである。

デモクリットの哲学の原理は、真に実際的なものは〈アトム〉と〈空〉とであって、そのほかのものは主観的なものにすぎないという点にあった。感覚的にみえる世界は、そのまま実際的なものではなく、そこから主観性をとりのぞいてゆくとき、独立な実在になる。だから感覚的な現象の世界は、主観面と客観面とをもつ対象世界だということになる。エピクールの哲学では感覚的に写る世界が実在するもので、感官はこの世界を人間に伝達する。エピクールでは、〈アトム〉は理性や理念によって認識されるものではなく、〈アトム〉（デモクリットのいうような）が感覚の対象像となってはじめて認識される。

すなわち本質的な〈自然〉な、属性によって、あるいは形式によって、あるいは対象化された像によって本性をもつことになる。マルクスのいいかたをかりれば、「エピクールに於て始めて、現象は現象として、換言すれば本質の疎外として理解せられ」、デモクリットによれば、現象は、〈アトム〉の錯合によってはじめて対象像となるから、この対象像は、いつも主観性と客観性のふたつの面からみることができ、そしてその本質には〈アトム〉か〈空〉があることになる。

啓蒙的な、いわば十八世紀的な唯物論によれば、デモクリットの〈アトム〉説は、理性におもきをおくという意味で、きわめて唯物的な理解をしめしている。これに反し、エピクールの哲学は、感覚的な世界におもきをおく観念的な理解である。しかし、ヘーゲルを身につけたマルクスは、デモクリットの唯物論には啓蒙的な意味しかないが、エピクールの感覚哲学には、観念の疎外としての世界という概念の喰い入る余地があるとかんがえたのである。まず、自然と人間との対象的な関係に着眼してあらわれたマルクスの学位論文は、緻密ではあるがけっして鋭くはない。だが、ふつうの論文という全体の印象にもかかわらず、けっしてできの悪いものではなかった。ある意味で、運命的と後世からは呼んでいいくらいのものである。

マルクスが、この論文で、まず〈自然〉に執着してあらわれた意味は、のちに、宗教・法・国家の考察という山脈をひとつこえて、一八四四年の『経済学と哲学とにかんする手稿』(『経済学・哲学手稿〈草稿〉』)ではじめて、かれ自身の〈自然〉哲学として実をむすぶ。マルクスの学位論文は、かれが父親にあてた手紙のなかで、法律学を勉強しながら、哲学に惹かれるものを感ずる、とかいた意味と主題をよくかたっている。しかし、それとともに、かれのイエニーとの恋愛の経験が、この学問的な関心を、どれだけ現実そのものにひきもどし、思弁のスコラ性を救っているかがわかる。かれは、学位論文に附せられた『エピクールの神学に対するプルタルクの論難の批判』のなかで、つぎのような意味のことをかいている。

ここに妻子をうしなったものがいるとする。かれは妻子がまったく死んでしまうよりも、むしろ不仕合せであっても、どこかに〈存在〉していることをねがう。このばあい、もしかれの関心が、愛そのものにあるとするなら、もっとも純粋にかれのこころの裡にあるはずで、妻子が〈存在〉しているか〈死亡〉しているかはどちらでもおなじはずである。このように愛は、人間のこころのうちにあるものとすれば、それは経験的な〈存在〉よりも高級な〈存在〉というべきである。

しかし事実はちがっている。

> 彼等の属する個人も経験的に生存する限り、妻子も亦妻子としてたゞ経験的生存の裡にのみ存する。其故、妻子が何処にも存在しないよりも何処にか感覚し得る空間の中に仮令不仕合にあふとも存在してゐるを寧ろ知りたいと思ふ、といふことは、結局個人が自己自身の経験的生存の意識を有しようと欲することに外ならない。愛の仮面はたゞ蔭に過ぎなかつた。赤裸々の経験的自我、自己愛、即ち最も古くより存する愛が核心である。其がこれよりも具体的な理想的な形に於て若返つたことは曾てないのである。

ここに学問上のはげしい思想的関心をいだきながら、過敏な心情をもてあましているひとりの青年を想定することができる。かれにとって自尊と恋愛と自己愛とをうまく択りわけることはできない。論理は人間の愛というもののかたちを自己愛にまでつきつめながら、心臓は現世的な、経験的な恋愛にひきとめられ、独り角力をし、錯乱するといったような。ここでは、マルクスは才気ある学徒、自己意識と情感に過剰な青年というありふれた像としてあらわれている。

人間が経験的な生存のうちにあるかぎり、他にたいする愛は、自己愛の対象的な疎外であり、それはもっとも古い原始時代にも、（あるいは動物生の時代にも）あったものだ、という α《アルファ》 と ω《オメガ》 を糸でむすぶ思考は、とくに興味ぶかいものである。あとになって、マルクスの思想から、なんべんもそのパターンをうけとることができるだろうから。

学位をとったあとすぐに、マルクスは、生まれた土地トリエルにたちより親たちと許婚者にあい、当時、ボン大学の講師になっていたラジカルなヘーゲル学徒ブルーノ・バウエルのグループに投ずるために出発した。かれの望みは、このグループたちと研鑽の道をつくり、職業として大学の教師をえらび、イエニーとの家庭をもつことであった。ブルーノ・バウエルはシュトラウスの『イエスの生涯』の強い影響下に、『共観福音書の歴史的批判』を公刊した時期にあたっていた。E・H・カーの『カール・マルクス』によれば、マルクスは到達後、このグループのラジカル・ヘーゲリアンの雰囲気のなかでバウエルとの共著で『ヘーゲルに対する最後の審判の切札』というパンフレットを出版している。バウエルのキリスト教批判とヘーゲリアン・ラジカリズムは、政府の忌憚にふれてバウエルは教授としての職を停止された。もちろん、キリスト教批判そのものが〈神聖〉プロイセン国家を批判することと同義をなすことを当局はしっていたからであって、あまり頭脳のさえない、いくらか薄手の新しがりやといった恰好の一大学教師をおそれたわけではあるまい。これは同時にマルクスが大学に職をうるという道をみずから閉ざしたことを意味するものであった。おそらくマルクスの脳裡には、当時青年知識人の一般的な風潮のなかでラジカル・ヘーゲリアンとして振舞い、その地点で大学の教師を職業としながら学問的な研鑽をふかめるといった以上の望みはなかった。だが、ある時代のある個人の望みが、望みどおりには達成されないという意味は、個人の強固な意志を前提としてもどうすることもできないものである。現実のほうは、かれの望みにたいして現実的契機として外から力をくわえる。かれは、やむをえずその望みをべつのかたちによって実現してしまうのである。この意味は、ふつう、ひとびとがかんがえているよりもはるかにふかい根拠をもっている。かれは意識しつつ、それとしりながらべつのかたちでかれの望みを貫徹するほかはない。頭脳が観念の世界を切開する力は、ついに生活を破ることができるものである。

ラジカル・ヘーゲリアンたちが、一八四一年の夏から企画していた『ライン新聞』は、一八四二年にはじめて発刊された。マルクスがここでふりあてたみずからの役割は、プロイセンの検閲令についての政論、出版の自由に関する政論をかくことであった。反政府的な新聞として検閲になやまされながら、もっとも非学問的な文章をかきつづけたのだが、この体験によってはじめて、マルクスは現実の政治に接触し、そこでどうふるまうかの方法を体得した。かれは、微小な青年学徒であるじぶんが、おおくロクでなしの集りである政治的世界で、どれだけ過大視されるものであるかもしりぬいたであろう。それはマルクスに学問の世界以外で自信をあたえたにちがいない。この年の十一月末に、終生の盟友であるエンゲルスが、『ライン新聞』の事務所にたちより、マルクスとはじめて出遇っている。十月には、マルクスはこの新聞の主筆になっていたのである。この急速な変貌と生涯のコースの変更は、マルクス自身にも説明がつかなかっただろう。説明できるのは現実のほうだけだ。また、現実的な人間としてのかれ自身だけだ。ただ、検閲をくぐりぬける手段についても、ジャーナルな文章についても、かれのほうで相応の手腕を発揮したのはたしかである。

『ライン新聞』は、翌年（四三年）には検閲当局から発行を停止されていたが、マルクスは、この年の夏に、すでにクロイツナッハに移住していたフォン・ヴェストファーレン男爵家に赴き、娘イエニーと結婚した。そしてここでしばらく滞在したのち、秋にはおおくのドイツ人亡命者をふくむ亡命者たちがあつまっているパリにむけて出発した。〈義人連盟〉はエーヴェルベックの下に復活し、カール・グリューンというドイツ人学生たちは〈真正社会主義者〉のグループをつくっていた。

マルクスはのちにエーヴェルベックとは現実上の訣別をとげ、グリューンとは、『ドイツ・イデオロギー』で、思想上の喧嘩をやるべき運命にあったが、いまはどうでもよい。〈神聖〉プロイセン国家からの新入りの亡命者として、花のパリへやってきたのである。喧嘩早いマルクスの性格と徹底性をぬきにしても、まず、現実との対立は、イデオロギーの対立からはじまるという、後進国家のイデオロギー的な習性を、マルクスはけっしてさけようとはしなかった。なによりも面憎いのは正義を旗幟にした虚偽とあいまいさと不徹底な思想だ。なぜなら、それは眼にみえないかたちで、いやおうなしにひとびとの頭脳をかすめるからである。眼にみえる虚偽は、認識としてはずっと易しいし、ふっきれている。ごまかされるのは、よほどの馬鹿だけである。

マルクスは、亡命者的な生活にはいる前後から、ほとんど奇蹟のようにかれの思想の骨格を完成してあらわれる。

2 マルクス思想の形成

一八四三年から四四年は、マルクスの思想にとってもっとも重要な年であった。ルーゲなどとともに『独仏年誌』という一号雑誌を計画し、すぐにつぶれてしまったということは、これら若いドイツ人ラジカリストたちが、国際的な舞台の俳優としていかに無力であったか、いかにドイツ的自己過信が、花のパリで流通性をもたなかったかをしめす挿話にしかすぎなかったが、すくなくとも『独仏年誌』を中心にしてかかれたマルクスの『ユダヤ人問題によせて』、『ヘーゲル法哲学批判』、『経済学と哲学とにかんする手稿』とは、マルクスの〈自然〉哲学を、宗教、法、国家という当時のいちばん尖端にある主題とむすびつけた一体系の成立を告げる鶏鳴であった。以後、数世紀どのような立場のものであれ思想にかかわるかぎり逃れえないマルクス思想は、はじめてここで産声をあげる。

一八四一年に、ルードウィッヒ・フォイエルバッハは、『キリスト教の本質』をかいていた。そこで、フォイエルバッハはすでに、宗教は、人間が、じぶんの本質、しかもかぎりのある本質ではなく無限な本質についてもっている意識であり、したがって、無限者である神にたいする人間の意識である宗教信仰が、じつは意識を無限だとおもっている自己意識にほかならないことを洞察していた。人間の感性的な世界にたいする意識は、対象にたいするものであるから自己意識から区別できる。ところが宗教のばあいには対象についての意識は自己意識に合致する。宗教的な対象としての神は、人間の内面が表出されたものだが、宗教の信仰においては、人間がじぶんの自己意識の無限性と合致しているということをじぶんではしらないでいるという特徴をもっている。フォイエルバッハは、このような宗教の一般的な本質のなかから、キリスト教の〈受難〉や〈三位一体〉や〈奇蹟〉や〈天国〉を解明していた。

ところで、フォイエルバッハの理解によればユダヤ教の創造説は主観または利己的な原理であり、人間が実践的に〈自然〉をじぶんの意志と欲求に服従させ、じぶんの表象力のなかのこしらえもの、いいかえれば、意志の産物へと低下させようとするものであった。そこでは自然と神とは直観的には区別されない概念である。「海が二つに割れたり、又は恰も固体のようにまるまったりする。塵が虱に転化し、棒が蛇に転化し、流水が血に転化し、岩石が泉に転化する。光と闇とが同時に同一の場所に存在する。太陽は或いは運行中静止し、或いは逆行する。そして、これらの反自然的なことは凡て全くエホバの命に基いて、イスラエルの利益のために起るのである。エホバはイスラエル以外の事は何も気にかけず、凡ての他の民族を排斥してイスラエル民族の我欲を人格化したものに他ならない。エホバは絶対的不寛容である。之が一神論の秘密である。」

いくぶんユダヤ教に意地がわるいが、これらはフォイエルバッハが、ユダヤ教とキリスト教の区別を哲学的にいいなおしたものである。

マルクスは、もちろんフォイエルバッハのふかい影響下にこのユダヤ教とキリスト教のちがいの現実が、当時の西欧諸国をとらえていることをみたのだが、マルクスがもっともおおく関心をひかれたのは、フォイエルバッハのつぎのようなかんがえであった。

政治的協同体――民族（然しながら民族の政治は宗教という形式に於いて言表される）――の最高概念―神―は、法律であり、法律を絶対的な神的威力として意識することである。人間の非世俗的非政治的心情の最高概念―神―は愛である。愛は愛人のために天上並びに地上に於ける凡ての宝と立派なものとを犠牲に供する。愛の掟は愛人の願望であり、愛の威力は空想や叡智的な奇蹟行為やの無制限な威力である。

フォイエルバッハの狙いは、現実にほんやくすれば、プロイセンの〈神聖〉国家、その法律にあり、哲学上の狙いはヘーゲルにあったことを推測するにかたくない。マルクスもおそらくここに吸いよせられたのである。かくして、マルクスの『ユダヤ人問題によせて』がはじめられた。『ユダヤ人問題によせて』のなかで、マルクスは、ブルーノ・バウエルの著書『ユダヤ人問題』、『現今のユダヤ人およびキリスト教徒の自由になる能力』を俎上にのせた。バウエルのユダヤ人問題批判を批判することからはじめたのである。バウエルもまた、フォイエルバッハのふかい影響下にあったが、マルクスは、ただそれがフォイエルバッハの鏡にすぎないことを洞察した。

バウエルはユダヤ人問題をつぎのようにかんがえた。

現在、ヨーロッパで存在しているユダヤ人とキリスト教徒の間の対立は宗教上の対立である。この宗教的対立は宗教的対立を不可能にすること、いいかえれば宗教を揚棄することによってしか解決されない。ユダヤ教もキリスト教も、宗教が、人間のかぶっていた衣にすぎないことを認めるようになり、批判的、科学的、人間的な関係にたったとき、科学がユダヤ教とキリスト教の対立を統一させるものとなる。ドイツでは、このユダヤ人問題は、政治的解決の欠如と、国家自体のキリスト教的な性格に当面している。ここから、たんにドイツ的なもんだいだけではなく、宗教対国家の関係、宗教的偏執と政治的解放との矛盾のもんだいという一般的な性格に普遍化することができる。もしも国家が、ユダヤ人にたいしてユダヤ教的な律法をまもるかまもらないかは純粋に私事であり、キリスト教もまたなんら特権的な宗教ではなく私事であることを、生活のすみずみにまでゆきわたらせることができるならば、それはユダヤ教の廃止、キリスト教の廃止、したがって人間の宗教からの脱皮を意味する。また、いっぽうで、この宗教からの解放は、国家にたいしても、そのうちの人間にとっても政治的な解放のもんだいとして提起されるはずだ……と。

しかし、マルクスはつぎのようにバウエルを批判する。バウエルはたんに、ユダヤ人問題から、その宗教のもんだいから発して、現に、ユダヤ教にたいしてキリスト教国家として現存している国家の批判だけをやっている。しかし〈国家〉そのものの本質を批判しようとはしていない。また、バウエルは、政治的解放を云々するが政治的解放と人間的な解放との関係をつかまえようとはしていない。政治的解放ということから、ほんとうにユダヤ人のユダヤ教からの解放、キリスト教徒のキリスト教からの解放、人間の宗教からの解放はやってくるだろうか？

マルクスは、ユダヤ人問題を、現にユダヤ人が居住する国家の現状でちがったあらわれかたをするとかんがえ、おおよそ三つの例をあげる。

第一に、プロイセン的ドイツのように国家が近代的な政治的国家になっていない国家では、ユダヤ人問題は、純神学のもんだいであるにすぎず、ユダヤ人はキリスト教を宗教とした国家にたいして、宗教的対立のなかにある。

第二に、フランスのような立憲制国家のなかでは、憲法（国法）のもんだい、いいかえればはんぱな政治的解放のもんだいである。もっとべつのいいかたをもってすれば、外見的に宗教的な対立のかたちであらわれる国教にたいする批判のもんだいとなる。

第三に、北アメリカの自由な諸州では、憲法がある一宗教にどんな政治的特権をもあたえていないから、ここでは神学的な批判ではなく、政治的国家批判のもんだいになる。べつのいいかたをすれば、真の意味で現世のもんだいになる。
マルクスはここでなにをいいたいのだろうか？　宗教が、国法を媒介として、しだいに国家のもんだいに転化する過程をのべている。国法が宗教を附着している度合に応じて宗教は国家のもんだいになり、法が宗教を放棄するやいなや、宗教のもんだいは、天上から現世のもんだいに変る、と。〈政治的解放〉の限界は、人間が解放されていなくても、国家は解放されていることがありうるという点にあらわれる。人間は自由な人間でなくても、国家は自由国家でありうる。ここでマルクスの国家観は、はじめて徹底したすがたであらわれる。

完成した政治的国家は、その本質からみれば、人間の物質生活に対立する、人間の類生活である。この利己的生活の諸前提のすべては、国家の圏外に、市民社会のうちに存続したままである。ただし、市民社会の諸特質として。政治的国家がその真の完成にたっした場合には、人間は思惟のうち、意識のうちばかりでなく、現実のうち、生活のうちでも、天上と地上との二重の生活をおくる。つまり、人間が自分自身にたいして共同的存在（Gemeinwesen）として通用するところの政治的共同体（Politisches Gemeinwesen）内の生活と、人間が私人として行動し、他人を手段とみなし、みずからをも手段にまで下落させ、他勢力の玩具となるところの市民社会内の生活とである。（『ユダヤ人問題によせて』）

また、こうもいう。

人間は、そのもっとも直接的な現実、つまり市民社会のなかでは、現世的存在である。人間が自他にたいして現実的個人として通用するここでは、人間は一つの真実ならざる現象である。これに反して、人間が類的存在として通用する国家のなかでは、人間は空想的主権の想像的一員であり、自己の現実的・個人的生活をうばわれて、非現実的普遍性をもってみたされている。（同右）

バウエルのいうように、宗教が国法に附着したものではなく、個人の恣意にまかせられるように、人間が宗教から政治的に解放されたばあいには、宗教は国家の精神ではなく、市民社会の精神になり、したがって共同性ではなく差別性に転化する。人間が共同体から、またじぶん自身から、そして他の人間から分離したことの表象となる。もともとこれが宗教の本性である、とマルクスはかんがえる。

もはやここまで宗教がさしくだってきたとき、「宗教の批判は法の批判に、神学の批判は政治の批判にかわる」（『ヘーゲル法哲学批判』）のである。

マルクスは、直接の批判の矢をかつての師友ブルーノ・バウエルに放った。しかしすでにバウエルがもんだいなのではなく、フォイエルバッハがもんだいであった。フォイエルバッハのいう〈宗教〉が〈法律〉にかわったとき、〈法律〉を普遍原理とする〈国家〉にたいして、当然、人間の個別的な、そして利己的な原理として〈市民社会〉が登場しなければならない。宗教が、人間の自己意識の無限性を、自身で理解しないというかたちでおとずれる無限性の意識であるとするならば、宗教のように、たかだかキリスト教、ユダヤ教、何々教というかたちで人間をおとずれずに、国家内の普遍的な一般性のような貌をしておとずれる〈法〉・〈国家〉にたいしては、人間の自己意識の無限性ではなくて、人間と人間との関係の無限性のような貌をしている〈市民社会〉が登場しなければならない。こういうマルクスのかんがえはフォイエルバッハから直接に当然にやってきたのである。ただ、国家は、かならずしもヨーロッパにおいて完全な政治国家として存在しているとは、かぎらなかった。したがって、市民社会も完全な市民社会としてあらわれるとはかぎらなかったのである。マルクスにとってフォイエルバッハは、これだけのことを学べばすむ存在であった。フォイエルバッハはマルクスに示唆をあたえる身近な存在であったが、大ヘーゲルの遺産は、対立を強いる巨きな亡霊であった。

マルクスは〈法〉の批判を、ヘーゲルの法哲学の批判というかたちでおこなっている。なぜか？さきにのべたように、マルクスにとって、ドイツは近代政治国家の体をなしていない〈神聖〉国家であった。そしてこの近代的国家になっていないドイツは、ドイツの法・国家哲学を足駄のようにはいて、はじめて額面上、近代的ヨーロッパの現在と背をならべている存在であった。だからドイツ哲学は、ドイツ史の観念的延長であり、この延長の頂点にヘーゲルの法哲学があるとみなされたのである。ヘーゲルの法哲学をとりあげることは、なによりも他の同時代の近代的国家で現実上のもんだいをとりあげるのとおなじことであり、ヘーゲルの法哲学を批判することは、他の近代国家では、国家の現実そのものを批判することと同価であり、ヘーゲルの法哲学と決裂することは、他の近代国家で、その現実状態と決裂することとおなじ意味をもつものとかれにはおもわれたのである。ドイツの法・国家哲学の現状は、ライン河のむこうにある他の近代国家の欠陥をあらわにする理論的表現にほかならないとマルクスはかんがえた。

『ヘーゲル法哲学批判』の序説のなかで、マルクスが執拗にこだわり、着目しているのは、絶望的なまでのドイツの国家的な後進性と、それゆえに肥大したドイツ法・国家哲学の透徹性であった。この現実的なおくれのうえに接ぎ木されている観念的な肥大と透徹性というふたつのドイツ的特質は、マルクスにつぎのようなふたつの認識をあたえた。ひとつは、ドイツの人間的解放は、たんなる政治的な解放によってはとげられず、人間を人間の至上物とかんがえる根柢的な解放によるほかはないこと。もうひとつは、このような解放が、肥大し透徹したドイツ法・国家哲学を、逆手に使用することなしには不可能であること。そして、この転倒されたドイツ法・国家哲学は、そのときライン河をこえて他の成長した近代国家をおおい、また逆に、ライン河の彼岸にあるプロレタリアートの現実運動は、ライン河をわたってドイツの人間的な解放をおおうだろうということである。

こういったマルクスの前口上は、かれがヘーゲルの法哲学に執着した意味を普遍化するための口実であったという辛辣な解釈もできる。マルクスにとって、ヘーゲルの法・国家哲学を官許し、ヘーゲルからでてラジカリズムに走ったブルーノ・バウエルのグループを追放したプロイセン的国家の反動性は忘れることはできなかったはずである。ライン河のあちらがわでは労働者の現実運動といえるものが乱立しながら、それらを指導している頭脳は貧弱であった。ライン河のこちらがわの国では、すべての現実は神秘的な〈神聖〉国家のなかで眠っていたが、その法・国家哲学は巨大な頭脳によって展開されており、ただもぎとって吟味さえすればよい豊饒な果実であるにはちがいなかった。わたしたちは、若いマルクスをおとずれたこの認識を嗤うことはできない。やがて現実が、この認識の是非をこころみ、マルクスの思想がいくらかべつの軸を導入することを余儀なくされたとしても。形成された青年の思想は、ただ現実がこれをこころみるほかにないのである。

『ヘーゲル法哲学批判』は『ユダヤ人問題によせて』の〈法〉・〈国家〉の位置づけにたいして、その細部にわたる追及にあたっている。あらゆる批判は、現実の批判を思弁的にやることからはじまるということは、プロイセン的な後進国家にそだち、そこからはなれなければ安住の地をみつけだせなかったマルクスが、胆に銘じた教訓であった。そして、それは後進社会の知識人をおとずれる一般的な課題に通じている。〈官僚政治〉とかれがいうとき、その背後にはプロイセンの現実が生々しくつきまとっていたにちがいない。

マルクスによれば、**官僚政治**は、市民社会を内容とし、市民社会の外にある国家の形式〈主義〉であり、これをひとつの集合としてみたとき〈国家意識〉であり、〈国家意志〉であり、〈国家権力〉であり、それは〈実在〉の国家とならんだ〈幻想〉の国家である。国家は、市民社会の外にあるから、代理人によって市民社会に接触するが、この代理人は両者の対立をなだめるよりも、むしろ〈法〉によって固定した対立を仲介するだけである。

しかし、市民はたれでも国家試験をうければ**官僚**になれる資格をもっている。このことは国家と市民社会との対立を和らげるよりも、もともと市民に市民的な権利がないことを象徴しているにすぎない。**立法権**は国家が市民社会を普遍性によって組織しようとする権力であり、普遍性をもって、という意味では**憲法**をおおう権力であるが、逆な意味では**憲法**に適応しなければならないから**憲法**にふくまれる。**憲法**は、**立法権**に法律をあたえるから、また**立法権**の外にあるとおなじように〈**法**〉の外にある。この**憲法**の性格は、政治としての国家と現実の非政治国家のあいだをつなぐ調節弁の役割をもつものである。ヘーゲルの法哲学が展開しているような意味での近代国家では、ヘーゲルの理解しているのとは逆に、普遍性のあるものは形式的にしか、いいかえれば幻想としてしか実現されず、市民社会のような具体的現実のなかでは特殊性あるいは個別性しか存在していない。たとえば立憲国家というのは、国家利益が、市民の現実的な利益としては形式的にしか存在せず、しかも一定の形式として現実の国家とならんで存在している幻想の国家のことである。

このような、国家と市民社会との法的な矛盾が**階級**であり、また矛盾であるかぎりそれを解消しようとする要求でもある。**階級**は市民社会の内部だけでかんがえれば、国家ではない国家を表象するものだから、市民社会内部での階級は私的なものである。もし国家の立法権が普遍性のようにふるまうならば、市民社会はもともと国家の外にあるのだから、階級もまた私的な自己を放棄して「政治的意義と作用」をもたざるをえないのである。

一見すると複雑なようにみえ、事実、複雑でもあるマルクスの〈法〉、〈国家〉、〈市民社会〉の関係の考察は、じつは、精緻な類推と対応の魔力からなりたっている。

眼を市民社会の中に転じてみよう。市民社会の特色は、その私的階級が恣意的であるため、貨幣と教養を基準にして流動し、ただ普遍的な形式上の区別は、都市と地方の区別だけである。また、無所有、直接労働、具体労働の階級が、そのなかでいちばん下方の土台をなしている。

市民社会が政治社会から分離しているように、市民社会はその内部で**階級**と**社会的地位**に分裂している。このあいだをむすぶものは享有と享有の能力である。

だから市民社会での市民の生活、活動などは、かれを社会の成員として機能させるものではなく、かれを社会の例外としてそばだてる。それが共同性をむすぶことによって擁護されるということは、その例外性を解消するものではなく、例外性の表現であるにすぎない。つまり、**階級**は社会の分裂にもとづくばかりでなく、かれを人間の普遍的な本質からひきはなして、その職業に合致する動物にさせるようにする。

立法権によって、階級的要素としての市民社会と、行政的要素としての支配権が、現実的な直接の敵対関係にはいる。

また、いっぽう、**立法権**は全体であり、そのなかには(一)支配的原理である行政権、(二)市民社会の象徴である階級的要素、(三)市民社会はそのなかにふくまれないのに、その対極である支配的原理はふくまれるという性質をもっている。

しかし、政治としての国家にとって**立法権**は国家そのものであるから、市民社会は政治としてそこに従属してしまう。だから市民社会は支配の原理に対して、階級的要素でたちあらわれるほかはないのである……等々。

マルクスの『ヘーゲル法哲学批判』は、法、国家、市民社会のひとつひとつの柱の構造にわたっており、それを再現するにはさらにおおくの手数をひつようとしている。しかし、要約はけっして不可能ではない。

国家と市民社会とは現実上、矛盾した対立のなかにあるから、人間は市民社会にあるときは、現実的な生活人でありながら、人間の本質としては存在しえず、また政治的国家の一員としては、普遍的な幻想としてしか存在しえない。ところで、〈法〉はどのようにあらわれ、なにを表現するか?

これにたいするこたえが、マルクスの解明しているすべてである。わたしたちはここで、いったいマルクスのなににおどろいたらよいのか？　もしも、ヘーゲル法哲学の見事な改作におどろくだけならば、かれは幻想の普遍性に参門しなければならぬ。そのとき、かれの私的階級性は放棄される。おどろきは、いつも二重でなければならぬ。認識のおどろきと、その認識のおどろきが、わたしたちの現実性、具体性、歴史性とあまりに遠くにあるというおどろきと。わたしたちの現実に、マルクスの認識を接ぎ木すれば、わたしたちは現実と自己意識とによって二重に自己を消失しなければならないだろう。そこでは思想は現実〈宗教〉としてあらわれるほかはない。むしろ、マルクスの認識のうえに、わたしたちの具体的な現実的な歴史的な社会を接ぎ木してみることが第一歩である。けっしてω《オメガ》ではないとしても。

ヘーゲルの法哲学は、国家が市民社会の外にあり市民社会と対立することをみちびきだしているにもかかわらず、そのすぐあとで、国家・法の合理的な弁証法的な解釈に転化しているものであった。それはヘーゲルが、現状の国家を、永続的な本質とみなすことからきている。

ヘーゲルの法哲学の条々が難解なように、ヘーゲルが法、国家の解釈に転ずるちょうどその地点で、解釈を切開して論理がどうしてもたどらざるをえない水門をこじあけてみせるマルクスの解釈もまた難解である。

しかし重要なのはつぎのような点だけだ。

〈法〉によって国家は二重になってあらわれる。政治としての〈政治的〉国家と、現実の国家と。そしてこの二重の国家を調節するのが〈憲法〉である。また、国家を普遍性として組織しようとする権力は〈立法権〉であり、それは政治的国家の全体を意味している。政治的にみるかぎり〈憲法〉は〈立法権〉に包括されるが、また国家の二重性を調節するものとしての〈憲法〉は、〈立法権〉に法律をあたえるものであるから、〈立法権〉の外にあり、また〈法〉の外にある〈法〉である。

〈法〉が介入してくることによってうまれる国家の二重化は、国家の外にありそれと対立している市民社会にどのような関係をもたらすだろうか。人間が具体的に市民社会にあるかぎり、そこでの階級は、教養とか富とかによってべつべつに存在する私的な階級である。そこで普遍的に区別されるとかんがえられるのは都市と地方という区別くらいのものである。しかし、政治としての国家が〈立法権〉によってなりたつところでは、市民社会はたんに私的な階級であったものから、「政治作用と意義」をもつものに転化する。市民社会の内部では、階級と社会的地位とは分裂している。そこでの市民の生活と活動は、そのまま社会のなかで職能的な特殊化を意味している。かれは職能的な特殊人に適合することによって、人間の本質からはなれてゆく。市民社会の基盤をなすものは、恣意的な市民であるよりも、直接労働を具体的にくりかえしている人間（プロレタリアート）である。

〈立法権〉は、支配者の実質と行政権と市民社会を普遍的な権力としておおうが、おなじようにそれは市民社会の外にある政治としての国家の〈法〉であるから、支配権にのみ一般性があたえられており、したがって市民社会はこれにたいして政治作用としての階級的要素を対置させるほかにない。

マルクスのこのような考察は、〈宗教〉から〈法〉への下降が、市民社会の外に国家をつくりだすことと対応するように、国家が〈法〉によって政治的国家の意味を二重化してゆくときの国家内部と市民社会との直接の対立の意味をあきらかにするものといえる。このようにして、〈宗教〉・〈法〉・〈国家〉・〈市民社会〉の連環の系列は、マルクスのなかで統一した原理によって徹底したすがたでとらえられる。この認識が、認識としてわたしたちにおしえるところは、具体的に生きているわたしたち人間の存在は、市民社会の内部では階級によって疎外され、市民社会の外では、〈法〉によって疎外されているという二重性をもっているということである。

ところで、マルクス自身の哲学は、どこへいったのか？　たんにヘーゲルの批判的な転倒によって、これらの西欧的な近代国家の柱をなすさまざまな連環を、ライン河の此岸と彼岸とをつなぐ政治的な現実の課題のなかに解消させることにあったのか？

一八四三年から四四年にかけて、マルクスの思想的模索はすすみ、ほぼ完成されたすがたをとっている。そして『ヘーゲル法哲学批判』をもって、国家とそれに普遍的な権限をあたえるかのように塗装している〈法〉の考察を、憲法・立法権・行政権、それらの代理人としての官僚、集約である君主権等々について内在的にすすめたのち、市民社会内部の実体の考察にうつらねばならなかった。

しかし、市民社会内部の構造にとりくむために、国家・法・政治的共同体と市民社会内での共同体のあいだに、外がわから（対象として）比重をあたえねばならない。〈国家〉・〈法〉がいっそうもんだいなのか？　その外にあり具体的であるとともに個別的である市民社会のほうがよりもんだいなのか？このふたつは対象として、どのような関係にあるとかんがえるべきなのか？　たとえば、一八四四年にかかれた、『プロシア人著「プロシア王と社会改革」にたいする批判的傍註』という文章はこれに触れたひとつである。マルクスは市民社会内での生活共同体は、労働によって分離される生活それ自体であり、いいかえれば肉体と精神の生活、人間の道徳・活動・享楽などのすべて、つまり人間の本質であり、この本質から孤立することは、政治的共同体から孤立するよりも、もっと全面的な、おそろしいことであるとかんがえている。人間であることのほうが（人間の実存が）、公民（政治的人間）であることよりも無限におおきいように、人間生活のほうが政治生活よりもずっとおおきい。人間の生活共同体からの孤立を揚棄するための〈蜂起〉のほうが、どんなに部分的にみえようとも、普遍的な仮装をとった政治的な〈蜂起〉よりもおおきいものだ、と評価した。それは、政治が幻想の共同性であり、社会が個別的な具体性であるからという理由によるのではなく、社会が政治よりもおおきいことは、〈人間〉が〈政治的〉人間よりもおおきいように、疑うべくもなかったからである。

市民社会内部の考察は、おおきな比重をもたなければならぬ。かれの眼のまえには、すでにフランスの社会主義的経済学があり、ドイツ的には『独仏年誌』に掲載されたエンゲルスの『国民経済学批判大綱』があった。

四四年の『経済学と哲学とにかんする手稿』（『経済学・哲学草稿』）が、いきなり〈労賃〉からはじまり、また、いきなり〈資本家〉と〈労働者〉からはじまるのは、古典経済学の歴史が、マルクスの眼のまえにいたるまでに、こういう概念をつかいふるしていたからばかりではなく、マルクス自身の内的形成の必然からは、市民社会内部の考察をはじめるばあい、その基礎となっている直接的な具体労働をやっている人間（労働者）と、間接に利潤を蓄積する抽象的な循環労働をやっている人間（資本家）とを対極におくことは、もっとも重要な、もっともあたりまえな、もっとも端緒をなすものであったからである。

『手稿』の〈資本家〉、〈労働者〉という概念は、マルクスにとって歴史的な現存であるとともに、また内的な追及の必然であるという二重の意味をもつことを忘れるべきではない。超時代的な〈資本家〉や〈労働者〉がもんだいなのではなく、時代的な、そして市民社会内部の構造としての〈資本家〉や〈労働者〉がもんだいにされているのだ。ここに『手稿』の経済的範疇の意味があった。〈法〉・〈国家〉の考察ではヘーゲルの法哲学が批判の対象であったように、ここでは〈国民経済学者〉が対象になる。『手稿』のほんとうの重要さは、市民社会の考察の底に、かれの〈自然〉にたいする哲学があらわれるという点にある。〈人間〉にとって〈自然〉とはなにかというマルクスの哲学が、市民社会内部の対極である〈資本家〉と〈労働者〉との対置の基礎にあらわれる。『ヘーゲル法哲学批判』で、〈法〉・〈国家〉が市民社会の外にあらわれたように、こんどは市民社会が、〈自然〉の外に、〈自然〉にたいする人間の働きかけの対象化としてあらわれるのである。

労働者は〈自然〉が、つまり、感性的な外界がなければなにもつくることができない。その意味で、〈自然〉は労働に生活手段をあたえ、またせまい意味で、労働者が肉体的に生きる手段（天然食糧等）をも提供する。だが労働によって、労働者が感性的な自然をものにすればするほど、自然は労働の対象としてせまくなり、またせまい意味で肉体的生存のための手段であることをやめる。つまり天然としての性格をうしなう。

こういう〈自然〉と〈労働者〉との関係は、べつな言葉でいえば、労働がうみだしたもの、いいかえれば加工された〈自然〉と労働のじかの関係が、労働者と生産の対象にたいする関係であることを意味する。この生産の対象にたいする〈資本家〉の関係はそこからでてきた帰結であるにすぎない。

この労働者の〈自然にたいする労働の結果としてあらわれる〉生産物との関係を、〈疎外〉とよべば、この〈疎外〉は、結果にだけではなく、労働行為の内部にもあらわれる。生産するということが、労働者にとって自己外化〈疎外〉の活動であるから、集約された結果との関係も〈疎外〉である。

労働は労働者にとって〈疎外〉であるため、それはかれの本質の外にあり、幸福に感ぜず不幸を感じ、消耗を感じ、したがって労働の外にあるとき〈享楽・休息・生活等〉自己自身のうちにあると感じ、労働の内では自己自身の外にあると感ずる。

ここで、じっさいにふたつのことがもんだいとなる。ひとつはマルクスの〈自然〉哲学そのものにたいするもんだいであり、他のひとつは労働が愉しくて仕方がなく、労働の内にあるときじぶん自身であるかのように感じ、衣食住の生活では不快しか感じない〈労働者〉もいるではないかということである。

たしかに、労働の内部ではじぶん自身であるかのように感じ、その外では、じぶん以外のように感ずる〈労働者〉もいる。このような個別性が、具体的にありうるということは、私的なものであり、ここでは〈人間〉と〈自然〉との個別性から抽出された普遍性がもんだいなのだ。そして、この普遍性が単なる抽象ではなく、個別性からうみだされるということがもんだいなのだ。個人として労働者が、労働をどうかんがえようとも、それをかれがつきつめていけば、かならずそうなるという普遍性がかたられているのである。ところで、労働が労働者にとってかれの外にあるとすれば、それはかれ以外のたれかに属していなければならない。人間は、じぶんがじぶん自身でないと感じているときは、かならず他人に従属しているのとおなじように。

〈人間〉は、自己の内部では普遍的な自由な存在にたいするようにふるまうことができる。いいかえれば意識の内容をもってふるまうことができる。これを〈人間〉と〈自然〉の関係としていいかえれば、〈人間〉は〈自然〉を、人間の無機的な身体とすることを意味している。人間は死なないためには、〈自然〉をたえず過程のうちにとどまらせ、人間の有機的でない身体のようにしておかねばならない。「人間の肉体的および精神的生活が自然と連関しているということは、自然が自然自身と連関していること以外のなにごとをも意味しはしない。というのは、人間は自然の一部だからである。」

しかし、人間は労働のばあい、つまり自然にたいするばあい、かれの本質を、たんに生存の一手段とするようにしか存在しえていない。これは自然の自然からの疎外であり、同時に、人間の人間からの疎外である。

わたしたちは、ここに、マルクスが青春の一時代にこったギリシア〈自然〉哲学が、動的なかたちで蘇っているのをみないだろうか？　『手稿』における経済的な範疇はすべて、人間は自然の一部であるから、人間と人間との関係、人間と自然との関係は、自然の自然にたいする関係であるという〈アトム〉説からみちびかれたものであり、それは必然でもある。

しかし、わたしのかんがえでは、人間の自然にたいする関係が、すべて人間と人間化された自然〈加工された自然〉となるところでは、マルクスの〈自然〉哲学は改訂をひつようとしている。つまり農村が完全に絶滅したところでは。

たとえば、現在、アメリカでは、もっともそれに近づいており、ソ連、日本、ドイツ、フランスではそれにおくればせている。中国ではやっと都市と農村との分離がもんだいになり、農本主義を修正する段階にせまられている。現在の情況から、どのような理想型もかんがえることができないとしても、人間の自然との関係が、加工された自然との関係として完全にあらわれるやいなや、人間の意識内容のなかで、自然的な意識（外界の意識）は、自己増殖と、その自己増殖の内部での自然意識と幻想的な自然意識との分離と対象化の相互関係にはいる。このことは、社会内部では、自然と人間の関係が、あたかも自然的加工と自然的加工の幻想との関係のようにあらわれる。だが、わたしはここでは遠くまでゆくまい。マルクスをマルクスであらしめよ。なんとなれば、現在の情況で、わたしたちがみているのは、〈マルクス〉主義と反〈マルクス〉主義、あるいは〈マルクス〉主義内部の愚劇であり、マルクスとはなんの関係もないからだ。

マルクスによれば、〈疎外〉からの解放は、労働者の解放という政治的なかたちであらわされるほかないが、じつは人間一般の解放がそのなかにふくまれるのは、それが〈自然〉と社会的な意味での〈人間〉との普遍的関係をふくむからである。「人間が肉体的で自然力のある、生きた、現実的で感性的で対象的な存在であるということは、人間が現実的な感性的な諸対象を、自分の本質の対象として、自分の生命発現の対象としてもっているということ、あるいは、人間がただ現実的な感性的な諸対象によってのみ自分の生命を発現できるということを意味するのである。対象的、自然的、感性的であるということと、自己の外部に対象、自然、感性をもつということ、あるいは第三者に対してみずからが対象、自然、感性であるということは、同一のことである。」

ヘーゲルにおいて、〈疎外〉は、あるがままの自己と対象化された自己との対立、意識と自己意識の対立、客観と主観の対立である。いいかえれば抽象的思惟と現実的感性との思想そのものの内部での対立である。それは人間の本質が、みずからを非人間的に、非有機的な身体としての〈自然〉の内部で、じぶん自身との対立において対象化されるという意味ではない。

ここでわたしは『手稿』について傍註をするひつようがあるだろうか？

おそらく、『手稿』にかかれた内容については、なにも傍註をつけるひつようはない。たとえ、表現がものなれずいくらか難解にみえても、たれでもただそれを手にとってよみさえすれば理解できるはずだから。ルフェーブルのようなつまらぬ〈マルクス〉主義者、それよりもつまらぬもろもろのスターリン的世界の〈マルクス〉主義者、マルクーゼのようなつまらぬ研究家が、それについてはたくさんの悪い解釈をつけてくれている。

だから、わたしはただ『手稿』のなかの諸概念の位置、『手稿』そのものの位置だけをはっきりさせておけばよい。

『手稿』は、マルクスの思想にとって、市民社会内部の構造の探求にあたっている。それは『ヘーゲル法哲学批判』が、〈法〉・〈国家〉、いいかえれば政治的国家内部の構造の探究であったとおなじように。そして政治的国家には、この国家の外にある政治的市民社会が対置されているように、『手稿』では、市民社会の内部で〈資本家〉と〈労働者〉が対置されている。そしてこのような対置は、それだけかんがえれば、〈経済〉的な範疇であるが、その基礎にあるのは、自然的人間と人間的自然との相互規定性であり、それは〈疎外〉として一般化される。それは究極において自然史の部分としての歴史、またはマルクスの〈自然〉哲学のなかに解消する。

わたしたちは、〈階級〉と〈疎外〉とはちがうとか、おなじだとか、初期マルクスと後期マルクスとはちがうとか、その関連だとかいうもろもろの駄弁にわずらわされることはないだろう。なんとなれば、〈疎外〉は市民社会の基礎であるマルクスの〈自然〉哲学、労働をプロセスとする自然の人間化と人間の自然化のなかであらわれ、〈階級〉は、市民社会内部で私的な階級としてあらわれ、政治的国家との関係において政治的階級の概念としてあらわれているからである。

『手稿』において、〈資本〉、〈労賃〉、〈私有財産〉、〈貨幣〉、〈生産物〉等々といった経済的な範疇は、あたかも政治的国家を考察したばあいの〈法〉とおなじような概念としてあらわれている。重要なのはこのような類推が、マルクスの思想の発展のうちに存在したこと、そして同時に、それが十九世紀半ばまでの古典経済学の発展のなかで、直感的に存在した経済的な範疇の明確な論理づけ、集大成の意味をもったこと、という二重性のうちに理解するということだけである。

一八四三年から四四年のうちに、マルクスの思想は、ほぼ完結した体系をなした。二十代半ばをいくらかすぎた時期であった。そこで完結したのは、〈宗教〉・〈法〉・〈国家〉・〈市民社会〉・〈自然〉をつなぐひとつの連環である。『ユダヤ人問題によせて』、『ヘーゲル法哲学批判』、『経済学と哲学とにかんする手稿』が、これらの連環をつなぐ鎖をなしている。この総体の連環をとらえることなしに、マルクスを理解することはできない。たとえ、かれが思想としての反〈マルクス〉であろうと正〈マルクス〉であろうと、この連環の総体にたいして〈反〉であり〈正〉であるほかはない。〈マルクス〉主義者にたいしては反〈マルクス〉主義者が対応するだけだ。それは、マルクスの思想とは関係はない。愚物に愚物が対立しているだけで、思想的無意味と実践的有害とがその対立からうみだされる。

そこで、このマルクスの思想の連環については、すくなくとも傍註がひつようであるとおもう。

シュトラウスの『イエスの生涯』がかかれ、フォイエルバッハの『キリスト教の本質』があらわれ、師友であったブルーノ・バウエルが共観福音書の批判をかくという時代的な情況のなかで、マルクスが、宗教の批判がすべての批判の前提をなすとかんがえたのは、いわれのないことではなかった。そして、この宗教のもんだいは、もっとも現実的な意味では、ユダヤ人問題としてあらわれたのである。ユダヤ人問題は、ドイツのように近代国家になっていない〈神聖〉国家では、ユダヤ教対キリスト教の宗教的な対立のもんだいであり、フランスのような政治的国家になりかかった、キリスト教国家では、人間のもんだいとしての宗教のもんだいであり、信教が自由である近代政治国家（北アメリカ）のなかでは、それは国家そのもの、国家と市民社会のもんだいのなかにあった。

あるがままの（現実の）国家は、あるがままの市民社会に対応して、その外にあるが、〈法〉が国家の普遍的な組織力として登場するやいなや、国家は、あるがままの国家と政治的国家に二重に解像され、このふたつの調節は、〈憲法〉によっておこなわれる。あるがままの国家の外で、国家と対立している市民社会の内部では、人間は私的な階級であるにすぎないが、政治的国家のなかでは、国家の普遍的組織力である〈立法権〉にたいして、政治的な階級要素をもって対立するにいたるほかはない。

国家および政治的国家の内部的な構造は、〈法〉の構造の考察によっておこなわれる。おなじように、市民社会内部での〈階級〉の考察は、経済的な範疇によって考察される。そしてこれらの経済的な範疇の基をなすものは、直接労働をする人間と、その成果を享受する人間との関係の考察である。その根源にあるのは、労働〈働きかけ〉を過程的な活動として、人間の鏡をさしだす〈自然〉と、自然の像をさしだす〈人間〉の存在とである。

かつて、ギリシア古代の自然哲学に考察をくわえたマルクスは、この〈宗教〉・〈法〉・〈国家〉・〈市民社会〉・〈自然〉の連環を探究する過程で、かれ自身の〈自然〉哲学となって完結するのである。マルクス個人にとって、このことは、その法律や哲学への学問的な関心と、その情念と自己意識にまつわる生活体験からの思想との統一を意味した。おなじようにその自然主義＝人間主義哲学のうえにたつ、全現実とそれからみちびきだされる全政治的幻想についての体系の完成であった。

3　マルクス思想の体験と転回

一八四五年の春に、プロイセン国家は、ギゾーの内閣をけしかけてマルクスをフランスから追放させることに成功した。マルクスはブリュッセルに滞在したが、このときエンゲルスもブリュッセルにやってきて、ふたりはイギリスに旅行をこころみたりした。マルクスにとってすでに全現実の考察は完了しており、さまざまなニュアンスをもったドイツのイデオロギー形態にたいして批判をくわえることは容易であった。『ドイツ・イデオロギー』（一八四五年）でみるべきものは、「フォイエルバッハ論」だけであるといっていい。一時代に流行し、やがて消えてしまうイデオローグにたいする批判は、批判自体もまた消えてゆく。かれが「フォイエルバッハ論」で、あらたにつけくわえたのはただ現実運動の条件だけであるが、そのなかで〈共産主義〉は経験的には、支配的な諸民族の行為として〈一挙〉に乃至は同時にでなければ可能でないこと、そして〈共産主義〉はそうならなければならない理想ではなくて、現在の状態を止揚するための現実的な運動であり、世界市場の成立を前提とするため〈世界史的〉な運動であらざるをえないということであった。

マルクスのこの見解はいわゆる〈世界革命〉論として流布され、また、いっぽうでは現在スターリン＝フルシチョフによるソ連は二、三十年のうちに〈共産主義〉社会にはいるという馬鹿げた民族〈共産主義〉論として現実につたえられている。そうかとおもうと、未来は〈共産主義〉だとか、二十世紀の後半は社会主義への全世界的な移行の時代だとかいう〈宗教〉として流布されている。しかし、これらの流布されている俗見は、たんなる政治革命論か、または生産社会のみの決定論にしかすぎず、本来的にマルクスの思想とはかかわりがないものである。すくなくとも、マルクスはここでは政治共同体と社会共同体の双方にわたる全現実をふまえており、わけても経済的な範疇としての世界市場を前提としてものをいっている。したがって、じっさいは国家共同性のもとにある政治的な現実運動のもんだいと、経済的社会の世界共同性との矛盾のうちに現実的な課題があることを前提として、マルクスの見解は理解されるひつようがある。宗教的な理念と、それみたことか現実世界はマルクスのいったようにはいかなかったではないか、といった修正意見や反対意見は、まずはじめから、なにごとをも意味してはいない。反対するためにも修正するためにも、まず理解することは前提だからだ。

マルクスの完結した体系は、当時も（そしていまも）よく理解されていなかったが、理論がかれを実践のほうへ必然的につれてゆくようにできあがっていた。

一八四六年に、在ブリュッセルのドイツの亡命者、社会主義者があつまって、〈ブリュッセル委員会〉が組織される。労働者は理論家や知識人などあてにしたり信用したりすることはいらない、ただ労働者への実行をよびかける活動こそが重要だというもっともらしいことをいう〈目覚めた労働者〉の使徒が、いつのときでもいるものである。ヴァイトリングが三月三十日の会議で演じた役割はそれであった。エンゲルスの冷静な発言をしりぞけて、はっきりした基盤のうえにたたず労働者を煽動することは、馬鹿げた使徒と、それにききいる馬鹿げたロバをつくりだすだけだと、マルクスははげしくヴァイトリングをきめつけた。ヴァイトリングは、抽象的な分析ではこの世界はかわらない、とのべて応酬する。マルクスはおわりに、テーブルをひとびとがとびあがるような勢いで叩いて叫んだ、「無知が役にたったためしはない。」

これは、マルクスとヴァイトリングの訣別をいみしたばかりでなく、ヘーゲルの哲学をわがものにすることによって、みずからの理論が全ヨーロッパ的な規模での頭脳でありうることを信じていたマルクスと、はるかに理論よりも実感的であり、階級対立よりも階級憎悪であった労働者的な現実運動とのわかれであった。こういった対立的な場面で、マルクスは勝利者であったわけではない。ほとんどの場合、少数者または孤立者として終始している。マルクスの思想は簡単でもなければ、理解しやすくもなかった。全ヨーロッパでも指をかぞえるほどのものしか、それを理解することはできなかったはずだ。

マルクスは〈共産主義通信委員会〉を設立し、翌一八四七年六月に、再建された〈共産主義者同盟〉の第二回大会で、かれはブリュッセル支部の責任者に、エンゲルスはパリ支部の責任者になる。あるときはマルクスをまきこみ、あるときは冷淡にあしらい、といったかたちでおとずれた亡命者集団の離合集散をかたることは、あまり興味ぶかいものではない。いつの時代にもいる退廃した実践的な愚物が、マルクスをかついだりかつがなかったりしたのだし、マルクスのほうでも、かれらにあるときは望みをかけ、あるときは失望してといったことを繰返したにすぎない。ただ、かれの理論的な、そして思想的な影響は、こういった離合集散のあいだに、いくぶんか実践的な労働者運動の分野にひろがっていった。

無知なくせに、目覚めたつもりになった労働者あがりとつきあうほど気骨のおれることはないし、情けないおもいをすることはない。マルクス自身も、おれの理論はこんな連中とのいたちごっこに望みをかけるほかはないのか、という感懐を禁じえなかったにちがいない。亡命、秩序からへだてられた吹き溜りというものは、いつもみじめであるほかはないだろう。腐ってゆく部分のかげりと死臭はかれをとりまいていた。

バクーニンは、友人たちにあてて、このころかいている。

　マルクスはここで以前とあいもかわらぬからさわぎをやらかし、労働者を小理屈屋にして台なしにしている。あいもかわらぬ理論的狂気と満たされざる自己満足だ。

　ひとことでいえば、虚言と愚昧、愚昧と虚言。この連中のなかでは、自由に深々といきをするなんかできない。ぼくは彼らから遠ざかっている。そしてはっきりいってやった、ぼくは彼らの共産主義的手工職人協会などにははいらない。こんなものとはまったくかかずらわりたくない。

これは正確であったにちがいない。新約聖書の登場人物たちのように、天国は間近にありなどと信じている愚物たちのなかで、かれの理論などはまったく理解の外にあるような労働者的なくずれ亡命者のあいだで、努力をかたむけ相談にのりなどということをやっている根気が、どんな徒労にすぎないかを、マルクス自身が万々承知していることを、バクーニンが理解しなかった、という点をのぞいては。

ブリュッセルのマルクスを中心とする研究会は、外見上愉しいものであったというデータもある。マルクス夫人がときには詩を朗読し、ひとびとは合唱しダンスをしたりした。また、すでに、ものにしていた経済学の講義を集ってくるものたちにしてやったりしていた。

すでに前年、プルードンの『貧困の哲学』を批判するために、『哲学の貧困』をかいていたマルクスは、プルードンの〈構成された価値〉に対して、労働が価値の源泉であり、その尺度は時間であるから、生産物の相対的価値は、そのためについやされた労働時間によって構成されるというかんがえをあきらかにしていた。かれがひとびとに語ってきかせた経済学の内容が、どんなものであったか、そしてひとびとはそれを理解したかどうか、というようなことはおおよそ見当をつけることができる。ついでに、ひとびとの貌さえ浮かびあがってくるような気がする。

なぜ、労働の量だけが、質にはかかわりなく価値の尺度となりうるか？　ここが重要なんだといわんばかりにマルクスは、ひとびとの貌を見わたすといった光景がそこにある。それは単純労働が生産の基軸となっており、人間は機械に従属するものとなっているから、多種の労働は分業によって平等なものとみなされるようになっている。人間の影響は影をひそめることになる。これを正確にいえば、一労働時間の甲という労働者は、一労働時間の乙という労働者と等価であるということになる。

時間がすべてであって人間はもはやなにものでもない、人間はせいぜいのところ時間の殻《カルカッス》にすぎない。もはや質の問題は存在しない、量だけですべてが決定される。時間にたいして時間、日にたいして日である。しかしこの労働の平等化は、プルードン君の永遠の正義の所産では全然ない。それはまったく近代産業のしわざなのである。（『哲学の貧困』）

これは、もうすこし砕いてかんがえてみるとこうなる。いまいった〈時間〉が、部分的には体質、年齢、性別のような生理的原因や、忍耐、苦痛不感、勤勉などのような精神的な原因に作用するものだから、量的な差異も、質的な差異になりうるが、そうだとしてももっともちいさな質としてかんがえられるだけである。プルードンは、労働の価値によって商品の相対価値をはかろうとしているが、それは労働量したがって労働時間によってきめられるのである。労働の価値は、かれの生活をたもち、子をうみ、といったような労働を生産することに欠くことのできない物を生産するにひつような労働時間によってきめられるもので、けっしてそれによって商品の相対価値をきめることはできない。マルクスがブリュッセルのサークルで講義したものは、おそらくこういった経済的概念にたいする従来の概念からの明瞭な区別であったとおもわれる。

一八四八年は、ヨーロッパの現実的な激動の時期にあたっていた。一月にデモクラートたちはイタリアで蜂起し、パリの革命がはじまった。自由主義者たちは、みずからの権力によって共和制を実施すると称してだましつけ、ブリュッセル周辺に軍隊を結集して、デモクラートを包囲した。デモクラートたちはデモンストレーションを計画したが、軍隊によって鎮圧されてしまった。自由主義者の政府は亡命デモクラートのリストをつくり追放した。マルクスは三月に捕えられ、マルクス夫人も放浪人という名目でとらえられ、追放された。マルクスは、ブリュッセルからパリへ向った。

ここでは、ドイツ亡命者たちの手によって武装集団がつくられてドイツを解放しようとしていたが、マルクスは情勢がそこにないことを判断し、デモクラートたちがこの武装集団にくわわらずに、パリにとどまってつぎの事態にそなえるよう説得した。かれは、そのため〈裏切りもの〉、〈卑怯もの〉と罵られ、ドイツのデモクラートたちの組織と訣別することを余儀なくされた。〈共産主義者同盟〉は、この余波をくらって解散し、〈ケルン民主主義協会〉が設立されて、その機関紙『新ライン新聞』がマルクスらによって、発刊された。マルクスは、このヨーロッパ的な蜂起にほとんど関与していないし、〈共産主義者同盟〉もそれにたいして現実的には寄与をしていないといえる。武装集団はマルクスをののしり、訣別し、みずから粉砕された。マルクスは、これらの教訓から、およそデモクラシーなるものが、自由主義者によっても真のデモクラートによってもつかわれうる両義性をもつことを肝に銘ずることになった。いまや〈民主主義〉という概念は不信の種であった。ようするに、いつの時代でもあり勝ちなことだが、人民的な民主主義者たちは、リベラル・デモクラートたちにうまくしてやられたのだ。かれらは政権とむすびつくやいなや、デモクラシーを実行すると称して軍隊をさしむけたのである。

ドイツの蜂起は、翌一八四九年におこった。ドレスデン、プファルツ、バーデン、エルバーフェルトの労働者が相ついで蜂起したが、プロイセン政府は軍隊をケルンに集結してこれを鎮圧した。マルクスは追放令をうけ、『新ライン新聞』は、五月に最終号をだして消滅した。

マルクスは、夏、パリをへてロンドンに向い、ロンドンに永住の居をさだめた。夫人と三人の子供は、あとからやってきて合流し、ロンドン郊外の貸間に居をかまえた。すぐにもうひとりの子供がうまれた。

自由主義者たちのデモクラシーに失望を味わったマルクスは、一八四九年に労働者の啓蒙の企図をもって演述された『賃労働と資本』のなかで、「〈革命的反乱〉というものは」とのべている。「その目的が階級闘争からいかにかけはなれているようにみえようとも、革命的労働者階級が勝利するまでは、失敗せざるをえないということ、社会改良というものはすべてプロレタリア革命と封建的反革命とが、一つの世界戦争で武器をとって勝敗を決するまでは、一つのユートピアにとどまるということである」と。よほど腹に据えかねたにちがいない。ここにはマルクスの舌打ちが響いている。そしてあきらかにマルクスの眼前にあらわれた全欧州的な挫折をふまえてかかれている。論理よりも情況のもんだいが、字義よりも内心の失望感のもんだいだが、よりおおい比重をこめてかたられている。

だが、『賃労働と資本』に重要な理論上の展開がないわけではない。かれは、『資本論』にゆきつくのが宿命であるかのように、ひとつひとつ経済的範疇の薄紙をはがしている。

労働と労働力と労働者。たとえば、資本家は貨幣をもって労働を買い、労働者は貨幣とひきかえに労働を売るようにみえるが、それは外見であり、労働者が貨幣とひきかえに売るのは、その**労働力**である。いっぽう、**労働者**が商品なので、**労働力**が商品なのではない。

資本。あらたな生産のための手段としてやくだつ蓄積労働が**資本**である。資本が増大し、労働者の物質的生活が改善されたとしても、資本家の利害と労働者の利害の対立がなくなるのではなく、この場合でも利潤と労賃とは逆比例している。

これらの経済的な範疇の整序づけは、いわばかれの〈自然〉哲学の場へ、古典経済学の既成概念をちかづけようとする努力にあたっている。ここに労働者があり、労働することによって資本家から貨幣をうけとって生きている。このときかれの労働が売られるのだろうか、かれのなかにある労働する能力がうられるのだろうか？　また、いっぽう資本家のほうからみて商品、とくべつな価値増殖をやる商品とよびうるものは、労働であろうか、労働力であろうか、労働者であろうか？　これらの混乱を、賃金が上れば利潤がすくなくなるというもっともらしい国民経済学の通念のなかで整理すればよかったのである。

マルクスは孤立のなかで、けっこう愉しくやっていた。また、いっぽうで敗残者の渦流のなかで神経をすりへらしていた。ようするに、生活していたのだ。このころのマルクスからいずれかいっぽうをとりだせば、うそになるだろう。生活とはそういうものであるほかはない。

ロンドンに永住をよぎなくされたマルクスの周辺では、依然として、亡命者団体のあぶくのような離合集散がくりかえされた。五〇年三月には共産主義者同盟中央委の回状が起草され、ハインリッヒ・バウエルがこれをドイツにもたらした。四月には〈万国革命的共産主義者協会〉が設立される。そして、九月には、マルクスとヴィリッヒとのあいだに決裂がおこり、マルクスは〈共産主義者同盟〉から手をひき、〈協会〉を解体する。

この一八五〇年は、マルクスの生涯にとって転回点であった。マルクスとその僚友エンゲルスとは、亡命革命家集団から孤立する。かれらは、亡命者集団、亡命した革命家たちの吹き溜りに嫌悪を感じ、かれらを政治的屑と罵る。あるのは正義をかかげた虚栄心、くだらぬ退廃した生活、小陰謀にあけくれする日々だけである。まったく挫折した政治屋は、どこでも時代をこえておなじであり、やくにたたない。すでにあらゆることに足をひっぱり、狐のように振舞うことに興味を感ずるだけの存在になる。

なかのものは（亡命者集団の——註）だれでもさっと阿呆や頓馬やくだらぬやくざ者になる一種の施設であり、彼らはそこからすっかりぬけだしもしないが、さりとていわゆる革命的党派などにはいっこうおかまいなしの独立的著作家の地位にも満足していない、ということが、だんだんわかってくる。（エンゲルス）

われわれふたり、きみとぼくとがいま公式に孤立していることは、ぼくにはじつに愉快だ。これはまったくわれわれの地位とわれわれの主義とにふさわしい。相互の譲歩とか、体裁上がまんするどっちつかずの状態とかの体制、また公衆の面前で、党内のばかばかしいことにも、こういうすべての頓馬どもの片棒をかつがねばならないなどという義務、こんなことはいまやおわってしまった。（マルクス）

われわれはいまやとうとうまた——ながい月日のあとではじめて——人気もいらない、どこかの国のどの党の支持もいらない、われわれの立場はそんな瑣事にはまったくわずらわされない、ということをしめす機会がきた。こんどはただ自分自身に責任をもつだけだ。（中略）それにしてもわれわれは、よく考えてみれば、けちな大人物がわれわれを忌避しているのを、なにもこぼす理由はないのだ。われわれは、ずっとむかしから、党などというものは全然なかったのに、そしてわれわれが党員にかぞえていた連中が、すくなくとも公式にはわれわれの大業の初歩すらも理解していなかったのに、野次馬連が党であるかのようによそおってこなかったであろうか。（エンゲルス）

いつの時代でも思想とその実践のあいだには、これくらいのちがいがある。思想は現実的であればあるほど、こういうことになる。初歩的なことで、なにも理解できなくても、おこなうことはできる。看板だけは担いでもらいたくないとマルクスはかんがえなかったろうか。孤立は、思想にとって苦痛でもなければ、不自由でもない。「むしろ喜んで公生涯から書斎へ退いた」のである。

大英博物館に累積している経済学の歴史に関する資料、ロンドンの有利な位置、カリフォルニアおよびオーストラリアの金の発見とともにはじまったかのように見えたブルジョア社会の新しい発展段階、これらの条件をまえにしてマルクスの研鑽がふたたびはじまった。『ニューヨーク・トリビューン』紙への時事論文の寄稿（これはエンゲルスの代筆ともいわれる）が唯一の生活収入源であったが、その稿料の入手もおもうにまかせず、エンゲルスのときどきの援助も焼け石に水であった。

政治的孤立と経済的困窮と、学問的な研鑽とが重なっていっぺんにマルクスをおとずれた。家賃はとどこおり、差押えはいやおうなしにやってきた。マルクス夫人は、ワイデマイヤーにあてて、わたしのこころを底の底までむちゃくちゃにし、血をはくおもいをさせるのは、夫があんなにもつまらぬことをおおくしなければならないことであり、夫をたすけることができないことであり、あんなにおおくのひとびとをたすけたかれが、こんなに孤立無援でいることです、といったような手紙をかいた。

その夫（マルクス）は、おなじようにワイデマイヤーあてにかいた。こんな暗澹たる生活状態が長くつづいたら、ぼくの妻はくたばってしまうだろう。そのうえぼくの敵どもは、市民的にぼくをうろんくさいとおもわせるようにしたり、中傷したり、ひとにいえないような罵詈讒謗を流布したりすることで、無力のはらいせをしている。神経系統を疲労させている妻の耳へ**民主主義的疫病**のみなぎる下水道の発散物をふりまいては、妻の気分をますます悪くさせてゆく、といったような手紙を。

政治的孤立、生活的窮乏、政治的中傷とフレーム・アップ（陰謀）などの騒音が、マルクスのこの時期を色彩るものであった。なかでも、もっともひどいのは、イエニー夫人の兄がプロイセンの内務大臣であったこととむすびつけて、政治的屑のつくっていたジャーナリズムが、マルクスをプロイセンの反動に身を売ったと非難したことである。かれはこの中傷をくわえたジャーナリストに決闘を申込んで、これを取下げさせた。こういったなかで、朝から晩まで大英博物館に通いつめて経済学の諸範疇のなかにわけいってゆくという日々がつづいた。『ニューヨーク・トリビューン』紙への寄稿は、五一年から五二年にかけてつづき、わずかの収入がえられたが貧困は和らぐことはなかった。家賃の滞納のために、マルクス一家はロンドンの下層街ソーホーの小さな二部屋に七人で住まっていた。伝染病の流行は不衛生なこの地区でもっともひどく、三人の子供たちは、つぎつぎに死んだ。イエニー夫人が、主人は資本について研究することより、資本をつくってくれたらと知人に嘆いたのも無理のないことだった。すべての貧困のしわよせは夫人のところへやってきたのだから。エンゲルスは父の商会の使用人として、マルクスへの金銭上の援助を惜しまなかった。

政治的な公活動は、レーニンがマルクスの思想をロシア的に改訂したときから、強固な官僚性とむすびつくようになったが、まだマルクスにとっては牧歌はのこっていた。しかし、政治の政治たるゆえんはいつもかわらぬものである。もともと、マルクスが組織的に介入した亡命革命家集団にどれだけの意味があったのか？　マルクスの経済学への探究の成果に、はたして三人の子供たちの死と貧困に価するものがあったのだろうか？　こういう問いさえでてきそうである。前者については、マルクスとエンゲルスが往復書簡のなかで、見切りをつけている。だが、後者の意味はわからない。もしも、マルクスの『資本論』が、現在のロシアや中国をうみだしたではないか、というのが答えにすぎないならば、だ。赤いセールスマンである中央委員よ、もう三十年でロシアに共産主義社会ができると称する大ぼらふきの指導者よ、マルクスの思想は、とうにそこでは、死んでしまっているではないか。マルクスは、わずか数人の弟言動のどこをひろってきても、大ぼらをふいている個処はみつからない。マルクスは、わずか数人の弟子や友人にかこまれて死んだのだが、かれの思想は人類にとってなにものかであった。しかし、大ぼらふきとその社会はなにものでもないことはたしかである。

偶然か必然か、マルクスが政治的な公活動から退いた時期と、経済学の支脈にわけ入った時期とは一致している。

すでに、一八四三年から四四年にかけて、かれの思想の全体系は完成したすがたをもっていた。この考察から、かれがみちびきだしたものは、市民社会が国家・政治社会より無限におおきいことは、人間の存在がその公民性よりも無限におおきいことと同義であるという概括であった。そこで市民社会の内部構造は、経済的な諸範疇によってとらえられるとかんがえられた。べつの言葉でいえば、市民社会の国家社会にたいする構造を究明するためにのみ、古典経済学的な諸概念がひつようであった。

四三年から四四年にかけての『経済学と哲学とにかんする手稿』においては、あきらかに経済学は市民社会を究明するための手段という意味をもっている。主辞にたいする賓辞であった。

しかし、いまや、経済学の意味は、マルクスのなかでいくらかニュアンスのちがったものになってくる。全現実の究明のための基礎として経済学的な範疇がかんがえられはじめている。政治的孤立以後、経済学的な範疇の意味は、社会の歴史的発展の段階を劃する中核という意義を担うにいたった。それは、また資本制にいたるまでの全歴史過程の現存する土台であるというように。

わたしのみるところでは、マルクスは、はじめて現存性から経済的な土台をかんがえるという立場を拡張して、現存性を歴史的段階のひとつとみなすにいたっている。

一八四八年以後の散発的ではあるが、全ヨーロッパ的な規模での蜂起と、その挫折、政治的公生活からの孤立は、おそらくマルクスに、現存する社会の歴史的な根拠を探求することを強いたのである。かれは、おおくのデモクラートたちの蜂起にたいして、現実にはひかえ目であったとはいえ、まだたくさんの望みを托してもいた。なぜ、政治的反動と頑迷さが支配する現存社会が、これほどの強い根拠をもち、崩壊しそうでしないのだろうか?

頭脳はドイツ哲学の批判的な止揚によって、心臓は全ヨーロッパのプロレタリアートによって、というマルクスのかんがえは、すくなくともここで、自己検討を強いられざるをえなかった。いまや〈自然〉哲学のうえに全体系を構築するよりも、現存する社会を歴史的に凝縮されたものとしてみなおすという軸がひつようであった。マルクスは『経済学批判』の序のなかで、かれが経済学にのめりこんだ理由のひとつとして、「カリフォルニアおよびオーストラリアの金の発見とともに始まつたやうに見えたブルジョア社会の新しき発展段階」を強調しているが、わたしにはそれほどおおく信じられない。むしろ一八四八年以後のヨーロッパの蜂起とその敗北、そしてマルクス自身の公生活からの孤立が、「私をしてもう一度すつかり初めからやり直し、新しい材料によつて、批判的に仕事をし上げようと決意させた」モチーフであったとおもわれる。ここで、経済学は市民社会内部の構造を解明するというモチーフから、経済的な範疇こそが、社会を資本制市民社会にいたるまで発展させてきた歴史の第一次的な要素であるというように転化される。この微妙なマルクスの点のうちかたの移動は、一八四八年以後のヨーロッパの蜂起とその挫折、それにともなうマルクスの政治的公生活からの疎外、つもりかさなる家庭生活の貧困といったような全情況の集約された表現であった。

マルクスの思想的重点の移動が正当であったかどうか、たれもはかることができない。

以後、無数の唯物(タダモノ)主義者と経済主義者が、〈マルクス〉主義者と称して亡霊のように列をなし、かれの思想的棺をかつぎあるいているとしても、マルクスになんの関係があろう。なんの責任があろう。ひとりの人間が公民として、また人間的存在として、どのような思想をいだくか、どのように転移するかはこの意味では時代と個との不可避の邂逅によっている。

マルクスの思想の転回は、一八五七年から五八年にかけての『資本主義的生産に先行する諸形態』と、五九年の『経済学批判』となって結晶した。そこではじめて、人間の具体的社会の考察に歴史性の軸が導入される。その歴史性の軸は、つぎのような数行に要約することができる。

人々は、その生活の社会的生産において、特定の、必然的な、彼らの意思に依存せざる諸関係を結び、この生産関係は、彼らの物質的生産力の特定の発達段階に応当するものである。これらの生産関係の総体は、社会の経済的構造を形づくり、これが実在的の基礎であって、その基礎の上に法律的および政治的の上部構造が立ち、その基礎に相応して特定の社会的意識諸形態がある。（『経済学批判』）

一つの社会構成は、そこに発展する余地あるすべての生産諸力が発展しきらないうちに破滅することは決してなく、また新しい一そう高級な生産諸関係は、それらにとっての物質的生存条件が、旧社会それ自体の胎内に孕まれないうちに出現することは決してない。さればこそ人類は、いつも自分で解決しうる問題のみを提起する。（同右）

ここにはマルクスの挫折の体験が鼓動している。かつての〈法〉的なまたは〈政治〉的な普遍性が、市民社会からでて、市民社会の外に疎外された利害の共同性であるというような表現にかわって、ここでは社会の経済的構造が実在の基礎であり、〈法〉的なそして〈政治〉的な一般性は、この上に立つ上部構造であるというように表現されている！　また、かれの〈自然〉哲学の基礎をなした自然と人間との関係は、客体と主体の関係ではなく、労働（働きかけ）を媒体にして〈自然〉は人間化され、〈人間〉は自然化されるという関係であるという概念は、あとかたもなくけしとんでいるようにみえる……。

どうしたことか？

ひとびとは、たれでもマルクスの思想の重点が、ここで移動されていることを感取するだろう。この移動をつかさどるものは、歴史としての社会という観点の導入であった。しかし、それにもかかわらず、かれの〈法〉・〈国家〉と市民社会との関連性にたいする考察と、かれ自身の〈自然〉哲学がここであとかたもなく消えてしまい、この消えてしまったことが、その思想の進展とかんがえれば、おおくの経済的範疇への誤解と、それとは逆な意味での〈初期マルクス〉の分離をもたらすものというほかはない。

ひとはたれでも青年期に表現を完了するという言葉が真実であるという意味では、すでに一八四三年から四四年にかけて、かれの思想はすべて完結されている。そのあとにはなにがくるのか？ 現実と時代とがかれに強いたものが、ひとつの思想の展開としてやってくるのだ。このような意味で、いまやマルクスに生産的社会の歴史的な考察と、生産的社会そのものの内部構造の究明という課題がやってくる。

近代市民社会にいたるまでの全生産社会の歴史的発展を追及することは、必然的に巨視的なものを、つまりいままでの考察がたかだか百年に充たない時間のなかでおこなわれた変化を対象としたのにたいして、かなりおおくの世紀にわたる時間のなかでの変化という軸をみちびくことになる。

一八四八年以後のマルクスの経済的な範疇の考察で、この巨視性を無視すれば、さまざまな誤解を生ずることになる。〈上部構造〉という概念は、この巨視性をみちびいたことの産物である。マルクスは一八五二年のワイデマイヤーあての書簡で、じぶんがあらたに証明したことは、諸階級は生産の特定な歴史的な発展段階にむすびついていること、階級闘争はプロレタリアートの独裁をまねくこと、この独裁は、階級の揚棄と無階級社会にいたる過程をなすこと、などであるとかいているが、これを巨視的な時間を（つまり歴史性を）導入したうえでかたられた証明としてうけとらなければ、現在のフルシチョフやトリアッティやその一派のように、もう三十年もたてばソ連に一国共産主義が出現するというようなたわ言をいうことになる。歴史は、ひとびとが自己の生涯を一単位時間としてはかるような早急なものではない。また、ただ一回の政治革命がそのまま社会革命でもないし、逆もどりの政治革命もまた存在する。

わたしには、マルクスが、かなり無造作に生産社会の究明へと全力を集中し、俗な言葉でいえば、経済学の批判としての経済学にこっていたことが不思議なことのようにおもわれる。たえず〈法〉・〈国家〉哲学との関連をおもいえがきながら、経済学的な範疇にのめりこむといった用意は、それほど周到にはなされていない。文字どおりかれは経済学へとのめり込んでゆくようにおもわれる。この点について、あたらしい資料の発見を期待してもよさそうである。そうなれば、〈マルクス〉主義として流通してきた、マルクス思想のロシア的な改訂はたれの目からもついえ去るだろうが。マルクスが、経済的な範疇の考察からみちびいたと信じたことは、それだけとりだしても、またそれを固定化しても、あまりおおきな意味をもちえないようにおもわれる。すくなくともそこでの巨視的な時間は、ひとりの人間が、なぜ、どうして、なにをなして生きそして死なねばならないかについては、爪をかけることもできない。もろもろの〈マルクス〉主義者が、一種の信仰家、あるいは占い師あるいはマゾヒストとしてしか機能できないのは、この巨視的な時間に、自己の一生涯を対置させようとこころみるからである。

いうまでもなく、そこでは、かれはかれ自身の生涯を疎外する以外には、この巨視性に参与することはできない。かれは政治生活という幻想生活の有機的な幻想となるか、一種の無機機能に化する以外にはない。あるいは個人としては、私生活と公生活の矛盾をおおいかぶせるほかにない。

だが、わたしたち人間は、つねにある時代を生涯として生きるのである。生産社会の発展段階よりも、小さな波長で。だからこそ、かれは、たえず現在を止揚するといわざるをえなかったのである。

マルクスが、近代市民社会の成立までにいたる全社会の段階のもっとも中核をなすとかんがえた生産関係としての社会、そして生産社会の発展を自然史の過程とみなしたことによってうみだされた経済学批判としての経済学的な範疇については、一八五九年の『経済学批判』よりも、一八六七年の『資本論』で、もっと完璧なすがたを見つけることができる。

4 晩節について

うわべはしずかに、隠遁と経済学の研究と貧困とが、以後十年以上つづいた。それは、一八五〇年末ごろから一八六四年の〈国際労働者協会〉(いわゆる第一インターナショナル)の設立までとかんがえてよい。この間、少数の知人と、ときどき〈相談〉をしかけてくる政治運動家たちをのぞいては、ひどい貧困と家族だけが伴侶であった。

記憶にのこることといえば、一八六〇年のカール・フォークトの事件であった。フォークトは『〈アルゲマイネ・ツァイトゥング〉紙にたいするわが告訴』という標題の本を公刊した。現在でも老朽した元何々がかきたがる〈想い出〉のたぐいとおなじものとかんがえるべきである。そのなかには「フォークトがすでにビールの『ハンデルスクーリエ』紙にのせた『シュウェーフェルバンデ』のふるいうわさ話の詳細な複刻もあった。」(メーリング『カール・マルクス』)

マルクスはゆすりの一団の頭目にされており、「一通どころか、数百通の手紙がこの人々の手で書かれてドイツにおくられたが、手紙の内容は、もしもきめた時までに、ある一定の金額を一定のアドレスにとどけなければ、われわれはおまえが革命中甲または乙の運動に参加したことを密告するぞ、というむきだしの合言葉であった。」(同右)

こういうもんだいは、政治的な屑になった亡命者くずれと、他人の足をひっぱるためには、向う脛をかっぱらうのを常道にする自称革命家のあいだで、いつでも起こるものである。面白がって伴奏する連中が、もっともらしい顔をして自称革命家に同伴している進歩屋であるというのも、いつでもおなじだ。この材料は、マルクスの孤立を、埋葬にまでもっていきたがった全欧州の新聞種にされた。

マルクスは激怒し、夫人は病気と貧困のなかでますます神経をすりへらし苛だった。伝記作家は、ほぼ一年にわたり、マルクスが告訴し、材料と証言をとりあつめ、このフレーム・アップ(陰謀)とたたかうために時間の空費を余儀なくされたことをかたっている。政治というものは、いつもこういうことになるらしい。権力政治家にとっては、おどしやゆすりは、それ自体政治の一部を構成しているから騒ぎたてる材料にもならないが、反権力の政治にとっては、なにかフレーム・アップが致命傷を負わせる手段となるという幻想があるのである。小はチンピラの学生運動家やジャーナリズムに巣くったくずれ左翼から、大は労働者の〈党〉と称する組織にいたるまで、あけてもくれてもそういったことが職業の一部をなす。それがゴロ左翼によってつかさどられる進歩的な文化雑誌や新聞にまで模倣される。わたしたちは、公権力に逆らうものは、たえず内的な腐蝕にさらされる、ということを実感したときだけは、いわば内的な恐怖を感ずる。その余の恐怖はたんに生理的なものにしかすぎない。ちょうど崖からおちそうになったときに感ずる恐怖のように。

マルクスのとった執拗さは、驚嘆に価するものであった。こんどは決闘申込みなどではおさまりがつかず、全文筆力を動員して応酬した。勝利はなく徒労だけがあるといった仕事であった。ただ明瞭なことは、かれの思想が、埋葬できないように、かれを埋葬することは自称革命家集団には不可能だということであった。なぜならば、思想は物質ではなく外化された観念であるということを、かれの敵たちが理解しなかったからである。観念の運動は観念によってしか埋葬されず、甲の観念は、乙の観念がそれを包括し、止揚することによってしか、いいかえれば甲の観念を生かして袋に入れることによってしか亡びないからである。

一八六四年九月二十八日、セント・マーチンス・ホールで〈国際労働者協会〉（インターナショナル）の設立集会がひらかれた。

すでに、社会を生産の諸関係においてとらえ、この生産社会の発展の段階に、歴史性の軸を導入していたマルクスは、〈創立宣言〉のなかで、イギリスの労働者たちが十時間労働法を成立させたことと、協同組合工場をいくつか成立させたことを、〈二つの偉大な事実〉として指摘している。もちろん、それは偉大な事実ではなく、ささいな事実だったが、マルクスの目には、それが原理の、あるいは理論の勝利としてうつったのである。〈宣言〉は、この事実につぎのような但し書きをつけている。この〈偉大な事実〉は、もし個々の労働者の偶然の努力とせまい範囲にとじこめておくならば、限界をもつことがあきらかであり、これは国民的規模に拡大され、国家的手段で育成されねばならず、それは当然、政治権力の獲得におよばなければならない。それには国際政策に通じ、政府の行為を監視すること、また個々人の関係をささえる道徳と正義の法則を、諸国民のあいだの交通の最高原則として承認することがひつようであると結論している。

『共産党宣言』もそうであるが、こういう〈宣言〉になると、マルクスの思想は脳髄と心臓とをくっつけた奇形児のような印象をあたえる。煽動的な効果をふくむため、という以外のなにかがここには介在している。かれが〈万国〉というとき〈西欧国家〉を意味したように、歴史性の軸を導入することによって、〈法〉・〈国家〉のもんだいを生産社会の発展段階のもんだいに還元したとき、〈法〉・〈国家〉のもんだいは、かれの〈万国〉の理念に復讐したのではなかったろうか？　この矛盾をかれの〈宣言〉はすくなくとも看過しているようにおもわれる。

もうひとつのできごとといえば、総務委員会で、〈ふるいオーウェン主義者〉であるウェストンの経済講演に反駁するかたちでなされたマルクスの講演『賃金・価格および利潤』であった。すでに『資本論』第一巻の構想は熟しており、商品の価格が賃金によって左右されるというにひとしいウェストンの理解を反駁するのは容易であったにちがいない。「しかしここで論争されているすべての経済問題を理論的準備のない人たちに説明するのは、やさしいことではない」（エンゲルス宛書簡）というもんだいがつきまとっただけである。

インターナショナルの第二回大会はローザンヌで一八六七年九月に、第三回大会は、翌六八年九月にブリュッセルでひらかれた。マルクスの起草した〈ブリュッセル大会への総務委員会の報告〉によれば、

「協会は成長し、支配階級の兇暴な攻撃と政府の敵意ある行動をよびおこしはじめたほど強力になった」のである。

インターナショナルとマルクスがいうとき、西欧世界しかかれの念頭を占めていないように、インターナショナルの歴史ほどつまらぬ退屈なものはない。

一八六九年の第四回バーゼル大会は、いくらか睡気ざましのようなものであった。バクーニンは国際労働者協会とはべつに、国際社会民主同盟を組織し、〈偉大な平等の原理にもとづいて政治的および哲学的諸問題の研究を特殊任務〉とすることを銘うった。マルクスは主として組織的な観点から、これを、〈国際労働者協会の内部とともに外部で活動する第二の国際組織の存在は、組織解体のなにより確実な手段である〉とみなし、国際社会民主同盟と国際労働者協会の関係を規定するバクーニンらの同盟規約は無効でありとりさげられること、同盟は協会の一部門としては加入されないことを、総務委員会の委任として議長および各国担当通信書記、総務委員会書記の連名で決議した。

エンゲルスはマルクスにあてて、つぎのように半分はマルクスをなだめるように、半分はマルクスの態度に賛意を表するように手紙をかいている。

僕がもっともよかろうと信じていることは、この人々のインタナショナルにもぐりこみたいという僭望を、しずかに、だがきっぱりと拒絶すること、さらに、自分の期待どおりになる特別な領域をさがしだすがよいといってやること、さらに、一協会の成員が他の協会の成員ともなることには、さしあたってはなんの故障もないだろうといってやることだ。連中はくだらぬこと以外にはまったくなんの活動分野ももたないものだから、彼らはさっそくたがいにおそろしくたいくつするであろうし、またほかから大入をとることもないから（この状態では）、この雑貨屋はまもなく瓦解することであろう。だが君がこのロシア人の陰謀にたいしてはげしい態度をとるならば、労働者（ことにスイスの）のなかまにたくさんいる俗物根性の人々を無益にけしかけ、インタナショナルに害となるだろう。ロシア人にたいしては（ここにはロシア人が婦人をのぞいて四人いる）、ロシア人にたいしてはけっしてかんしゃくをおこしてはならない。

理論的綱領くらい気の毒なものはよんだことがない。シベリアと、胃と、わかいポーランド婦人が、バクーニンを申しぶんのない牡牛にしたてたのだ。（一八六八年十二月十八日）

まったく、くだらぬことだというほかにいいようがない。〈インターナショナルにかんする〉マルクスとエンゲルスの書簡は、こういったたぐいのことと、誰某の奴はあまりあてになるとかならぬとかいうことで充ち充ちている。誰某があてにならぬとか信じられぬとかかんがえるやいなや、相手のほうもマルクスやエンゲルスをあてにならぬとか信じられぬとかんがえるにいたるものであること、こういった人間の関係は相互規定的なものであるから、きっぱりと絶縁する覚悟がなければ、口にすべき事柄でないこと、こういうアントロポロジーをポリティカル・センスに富んだマルクスがしらなかったはずがない。世の常の政治屋が、この巨大な頭脳のなかにもまた住まっていたのである。

バクーニンは、この時期のマルクスをこう評している。

マルクスは思想家としては正道をあゆんでいる。歴史における宗教的・政治的および法律的発展は経済的発展の原因ではなくて結果であるということを原則として定立した。これは偉大な、実りの多い思想であるが、マルクスが無造作に考え出したものではない。それは彼以前の他の多くの人々が予感し、部分的には言っていたことなのである。しかしこの思想を科学的に展開し、彼の全経済的体系の基礎として定置したほまれは、ついに彼に帰せられる。他面においてはプルードンはマルクスよりもはるかによく自由を解し感じていた。プルードンは教条や空想を売物にしなかったが、革命家の真の本能を有し、サタンを崇拝し、無政府を告知した。マルクスがプルードンよりもさらに合理的な自由の体系に高まることはきわめて可能なことだ。しかしプルードンの本能が彼にはかけていた。ドイツ人でありユダヤ人である彼は、頭の天辺から足の爪先まで権威を重んじる男だった。

一八六九年が、国際労働者協会の内部的な混乱の年だとすれば、一八七〇年は、外騒の年であった。七月にフランスとプロイセンとは戦争にはいった。

パリ・コンミューンは、プロイセンの軍隊がパリの城門にせまっていたときに蜂起した。マルクスはフランスの労働者に市民としての義務をはたすべきこと、同時にみずからを共和制のもつあらゆる法的自由を利用して階級に組織すべきこと、というほとんど現実には絶対的に矛盾する二重の課題をもってたちあがることを要請した。パリ・コンミューンの蜂起は、少数のブランキイ派とプルードン派をもまじえた自発的な蜂起であったが、ほとんど絶望的な蜂起を承知しながら、マルクスはかれらの勇気と創意を賞讃せずにはおられなかった。情況は、もちろん、マルクスが頭脳のなかで理想的な経路として描いているようにはいかなかった。

マルクスは、バクーニンがかれを嘲笑したのとちょうど合致するように、クーゲルマンへの手紙のなかで、コンミューンの敗北を、かれらの〈お人よし〉の罪に帰している。マルクスの頭脳作戦によれば、「まずヴィノア軍が、ついでパリ国家防衛軍中の反動的部分までが退却したのち、ただちにヴェルサイユに進軍すべきであった。ところがこの絶好の機会は、彼らがためらっているあいだに、逸せられてしまった。人々は邪悪な不具者ティエールが、パリの武装解除のくわだてをやってすでに内乱をはじめたことをしらないかのように、内乱の火ぶたをきろうともしなかった。第二の失敗は、コンミューンに席をゆずるために、中央委員会があまりにはやくその権力を放棄したことである。これまた『尊敬すべ

き』慎重さのためである。」（一八七一年四月十二日）

巨大な頭脳と現実的な戦闘にたいする無知が、マルクスのなかで同居している。戦いの現場とそこで起こることの必然は戦ったものでなければわからないか、おおきな想像力にしか理解できない。後世、〈前衛〉と自称する大口をたたく無知な連中と、リアリティがなにかをしらない政治運動家をうみだしたゆえんである。わたしならば、こうマルクスにいうところだ。お前さんがじぶんでやってごらんなさい、戦いはそんな具合にはいかないよ、と。

国際労働者協会パリ支部は、けっしてパリ・コンミューンを主導したわけではなかったが、コンミューン敗北のあとかたづけは、おもに協会が負うようなことになった。マルクスは、かつてドイツ人亡命者といっしょにやったのとおなじことを、ふたたびフランス人亡命者とやらなければならなかった。世話をやき相談にのり、小陰謀と中傷と反目とがまきちらされる不潔な小世界で時間と精神をすり減らす。権力からの敗北は、いつもおなじであり、亡命者と敗北者は、原始キリスト教以来、いつもおなじこころをもっている。同情すべき、賞讃すべきものと、箸にも棒にもかからぬ、性根のわからぬ嫌悪すべきものとが同居している。つかいものにならぬほど傷めつけられたものが、奇怪な夢を織り、過去の栄光をわすれかねている、といった具合に。マルクスは、ときに憤懣やるかたなくぶつくさをもらしている。しかし、思想の生命というものはそういったものだ。関与したものを避けてとおりすぎることはできない。あと始末は、ぜんぶひきうけなければならない。勝利にとって重要なのは行動である。しかし、敗北にとって重要なささえは思想だけだ。行為はこのときは死ぬが、しかし行方をくらますこともできる。思想は行方をくらますことができない。どんな敗北のときでも。

マルクスの生涯にとって、パリ・コンミューンの敗北は、実践的な最後であり座礁であった。かれの健康は数年のうちに衰え、神経症と脳病に周期的になやまされるようになった。医師のすすめにしたがって、ときどき転地しながら数年間をすごした。肝臓病はおかげでなおったが神経症や胃病はなおらず、不眠症もおさまらなかった。

かれは絶望ということをしらなかったようにみえる。が、そんなことはたれにもわからないだけだ。口にだされ、かかれる絶望などはもともとたかがしれている。かれは、思想上のぐちをこぼすかわりに、ますます腰をいれて研究に没入する。もうかれの生涯もあまりのこされてはいなかったし、パリ・コンミューンの敗北が、全西欧にもたらしたものが、急速に回復するなどとはかんがえてもみなかったであろう。いまは、透徹した思想をのこすべきときだ。

マルクスの晩年に起こった最大の思想的事件は、『資本論』第一巻の完成であった。『経済学と哲学とにかんする手稿』が、市民社会の内部構造としての経済学の範疇をとりあつかったものとすれば、『資本論』は、人類の生産社会の歴史的発展段階としての資本制社会を、資本と労働との総過程としてあつかったものということができる。また、『経済学と哲学とにかんする手稿』が、マルクスの〈自然〉哲学のうえに構成されたものとすれば、『資本論』は、生産社会の発展段階を〈自然〉史の過程とみなすという哲学のうえに構成されている。だから、『手稿』が現存性のなかに凝縮された社会の歴史性とすれば、『資本論』は、歴史性のなかに展開された社会の現存性の考察である。ふたたび、だからひとりの任意の人間が『手稿』に接近するとき、現存性という一点に凝縮されるが、『資本論』に接近する人間は、人類史の全歴史過程へと拡散される。『手稿』が人間の主体にかかわるように感ぜられるが、『資本論』が人間の主体を排除するように感じさせるのはそのためである。そこで、マルクスは『資本論』の序文のなかで、こう断わっている。

起りうべき誤解を避けるために一言する。私はけっして、資本家や土地所有者の姿態の光明面を描いてはいない。しかし、ここで諸人格が問題となるのは、ただ彼等が経済的諸範疇の人格化であり、一定の階級諸関係および利害関係の担い手であるかぎりにおいてである。経済的な社会構造の発展を一の自然史的過程と解する私の立場は、他のどの立場よりも、個人をして、諸関係——すなわち、いかに彼が主観的にはそれらを超越しようとも、社会的には彼がそれらの被造物たるにとどまる諸関係の、責任者たらしめることはできぬのである。

と……。

『資本論』にとかれていることは『経済学批判』以来、部分的には『賃労働と資本』や『賃金・価格および利潤』や『資本主義的生産に先行する諸形態』などによって小出しにうちだされていたものである。それらの綜合のうえに、経済学についての草稿のすべてをふくめて、ひとつの体系的な叙述をこころみたものということができる。

いまや、かれはスミス、リカード以来の先行する古典経済学の範疇を、かれの〈自然〉哲学の基底にまでひきよせることができたと信じた。『資本論』では、かれの〈自然〉哲学は、一分のすきもなく経済的な範疇とむすびついている。どこからはじめても、かれの〈自然〉哲学は、生産社会の歴史的な発展の現段階としての資本制生産社会の構造という問題意識と交点をむすぶ。かれは『資本論』で、〈商品〉の解析からはじめているが、なにからはじめたとしてもすでにうごかし難い緊密さが、資本制の経済的な範疇を歴史性と現存性の交点からとらえられるのである。

『資本論』で、はじめて明確にされたとかんがえられる**価値**の概念から、すこしく基礎的なもんだいをスケッチしてみよう。

ある物品が有用であることは、その物品を**使用価値**にさせる。げんみつにいえば、有用な物品が使用価値でもなく、有用であることが使用価値でもなく、有用であるという作用的なものが、物品を使用価値という表現たらしめるのである。

使用価値として表現される物品（**商品**）はさまざまなちがった質をもっている。これはたれにでもわかることである。ところが、ある物品が他の物品と交換されるということからうまれる物品の**交換価値**は、さまざまなちがった量でありうるだけで、使用価値がどうであるかということは、すこしもふくまれない。

たとえば、上質のノートと並質のノートがあるとき、上質のノートは並質にくらべより大きい使用価値である。ところで、単純にするために、まったく等質の鉛筆をかんがえて、上質のノートは鉛筆十本と、並質のノートは鉛筆五本と交換するに価するとしてみれば、ノートの交換価値としての表現は、ただ十本または五本という量によってあらわされ、そのノートがどんなに有用であるか、ないか、という表現はかかわってこない。いや、ノートが上質であるか並質であるかということが、十本または五本という量のちがいになっているのではないか。そうだとすれば交換価値という概念には、使用価値がふくまれるのではないか。たしかにふくまれるようにみえるが、それは人間の思惟のなかにあるか、あるいはノートまたは鉛筆の全社会的な生産における位置によってきまるのであって、ノートそのもの鉛筆そのものの交換価値が、いぜんとして量のちがいによってのみ表現されることにはかわりない。

つぎに、ある物品が**価値**をもつのは、そのなかに抽象的な、人間の**労働**が対象化されているからである。その価値の大小はそれにふくまれている労働の分量によってはかられ、労働の分量は労働時間を尺度にしてきめられる。

この概念は、じつは『賃労働と資本』いらい、かれがくりかえし説いてきたところで、その意味ではしたしくなっていて、あらためてふれるひつようもないほどである。

労働の生産力が大きいほど、ある物品をつくるための労働時間がそれだけ小さくなるから、その物品の価値は小である。つまり商品の価値の大いさは、**労働の分量**に比例し、その**生産力**に逆比例してかわる。

しかし、ある種の物品は、価値ではないのに使用価値でありうるし、また商品ではないのに価値でありうる。たとえば、空気、処女地、自然の草地、野生の立木などは、どんな労働の対象化もふくまないのに使用価値でありうる。また、労働によりつくられたものをじぶん自身が消費するならば、それは価値ではあるが社会的な使用価値ではない。

さて、ここまでスケッチしたとき、マルクスの〈価値〉概念は、かれの〈自然〉哲学と接触する。あるものが価値をもつためには、人間は自然とのあいだに質料変換をおこなわなければならない。自然のものにたいしてくわえられる労働は、自然物を加工物たらしめるが、この加工物が有用性として機能するやいなや、それは、表現としての〈価値〉をうみだすのである。このような意味では、労働は、どんな社会形態ともかかわりない生存条件であり、人間の生活を媒介するための、永続する自然的必然である。

たとえば上衣とか亜麻布などのような商品は、自然物質と労働というふたつの要素がむすびついたものであるが、ここからすべての有用な労働をとりさってしまえば、天然に現存している物質的な素材がのこるだけである。人間は、労働（働きかけ）のばあいに〈自然〉とおなじように振舞いその物質的な素材のかたちをかえるのだが、このかたちの変化は自然の〈人間化〉であり、いいかえれば自然によって人間的にたすけられている。「ウィリアム・ペティがいうように、労働は質料的富の父であって、土地はその母である。」（『資本論』）

ここで、『手稿』をささえたマルクスの〈自然〉哲学は、そのまま蘇っている。かれはここで〈価値〉概念を、その哲学のうえに、またその哲学のところまでおろさずには、それ自体が不安定なものであることをしっていた。

誤解がおこらないように、拙ない傍註をつけさせてもらおう。**価値**はつくられた**商品**に附着する表象であって、**労働**や**労働力**や**労働者**に附随するものではない。このことは、労働なくしては労働の対象化された商品は、どのような価値をもうみださず、したがって価値は労働者の存在を必須の前提としているということと混同されてはならないのである。労働する人間はこちらがわにあるのに、**価値**はいつもあちらがわに、いいかえればつくられた商品に附着しており、これを相互に（つまり自然と人間に）架橋するものが労働であるというにほかならない。

ところで、自然と人間との対象化関係がうみだした商品の〈価値〉という概念は、流通の場では、その〈対他〉性としての**等価**として流通するほかにない。いいかえれば、商品は自身が他の商品と関係することなしには、自身を〈価値〉たらしめることはできない。ここで『資本論』は、その〈等価〉形態をもんだいとするのである。

このことは、同時に自然に対する対象化としての〈労働〉が、具体的な労働を現象とせずしては、自身を〈労働〉たらしめえないことを意味する。

またこのことは個人的な〈労働〉は、社会的労働となることなしには、自身を個人的な〈労働〉となしえないことと同義である。

わたしは『資本論』の根柢にある〈自然〉哲学を、若干の概念をかりて、わたし流に註釈しているにすぎない。よみたい奴は、じぶんの手にとってもっと巧くかかれている本文をよむがよかろうとおもう。しかし、わたしのみたところでは、マルクスは古典経済学の範疇をよくかんがえぬかれたかたちでかれ自身の〈自然〉哲学のところまで接着するために、じつにおおくの時間をついやしているのだ。そしてこの〈自然〉哲学に、歴史的な生産段階の中核としての経済的な範疇が交わったところに『資本論』は位置しているのである。

このような**価値**の対自・対他関係の本質に、歴史性の軸を導入したときにどうなるか？　いいかえれば、このような本質的な関係が、歴史のすべての生産社会の段階をへて実現されてゆくときどうなるか？

〈価値〉は商品間の関係としての〈等価〉を、ますます個別性から普遍的等価へおしすすめ、貨幣・紙幣・有価証券等々のかたちとして自己を実現する。

おなじように、〈労働〉はある市場意図のもとにおこなわれるようになり、それにつれて、使用価値は、交換のための使用価値、いいかえれば交換価値とますます分離するようになる。

この歴史性の軸を現存している資本制の現在に交叉させるとき、価値としての商品の流通は、〈資本〉となってあらわれるのである。〈資本〉は、つぎのようにかんがえることができる。

商品が流通する直接の形は、W（商品）→G（貨幣）→W（商品）のように、商品を貨幣にかえ、貨幣をふたたび商品にかえるというかたちである。

このかたちとは別個に、G（貨幣）→W（商品）→G（貨幣）というかたちをかんがえることができる。つまり貨幣を商品にかえ、この商品を販売してふたたび貨幣にかえるのである。この後者のばあい貨幣は〈資本〉に転化する。だから、資本家にとっては商品の使用価値が目的とならず、また個々の利得ももんだいではなく、〈G→W→G〉の無限乗のくりかえしがもんだいなのだ。ここでは商品の価値は、みずから運動しつつある実体としてあらわれる。

このことはなにを意味するのか？

それは価値が剰余価値としての自己自身から、自己を区別し、しかも価値プラス剰余価値がふたたび価値としてあらわれる自己運動の過程をどこまでもくりかえすことである。これを資本の本性とかんがえることができる。

しかし、価値がみずから剰余価値として自己価値と区別し対立するという手品をやってのけるばあいには、どうしてもいっぽうに、つまりこの過程の外に、使用価値そのものが価値の源泉であるという特殊な商品が、なければならないはずである。なぜならば、価値が使用価値そのものであるものがなければ、他方で価値が自己増殖的に価値であるというような内部性をもちうるはずがないからである。この使用価値そのものが価値の源泉であるような特殊な商品が労働力である。そして労働力は労働者の内部にあり、おなじように自己再生する。

労働力という特殊な商品を所有した人間・労働者は、市場にでかけてゆき、貨幣をもった人間と関係をむすぶ。そして、この関係を永続きさせるには、労働力をもった人間はある時間だけそれを売って、またひきかえし労働力の所有権だけは手ばなさないようにしなければならぬ。

労働力の価値はなにによってきまるか?

それはほかの商品とおなじように、労働力をつくりだすために必要な労働量すなわち時間によってである。ところが、労働力をうみだすための労働時間、つまり労働力の価値は、その国の気候とか文化の段階とか、どんな条件でその労働力を所有した人間が社会的に形成されたかによってちがってくる。つまり他の商品とちがって歴史的な因子や精神的な因子がからまってくるが、ある国のある時代には平均範囲がかんがえられるのである。

ところで価値の自己増殖が流通の段階でとるかたちは、貨幣資本と商品資本であり、生産の段階でとるかたちが生産資本であり、総体の過程で、ときに応じてこれらに転化したりする資本が産業資本である。しかし、このような区別の細目にわたることはここではもんだいではない。生産社会の歴史性は、基本的には労働者と生産手段のむすびつきかたの様式によって区別することができるとされるのである。

わたしは、『資本論』の基本的な構造について、なおいくらかの傍註をひつようとするだろうか?さしてひつようでないはずである。タテ軸に、マルクスの〈自然〉哲学によって規定された自然と人間との相互対象化としての関係が〈労働〉として存在しており、その結果の生産物の表現としての〈価値〉が、どのようにして現象形態としての価値となり、それが歴史的な発展段階としての資本制社会では、どのようなかたちをとるかという考察が『資本論』の基本構造である。たとえ、ひとびとが、『資本論』でとかれている経済的な範疇をディテールにわたって検討する労を惜しんでも惜しまなくても、そこに記述された範疇が歴史的であれば現存性と交わり、現存的であれば歴史性と交わったところで提起されていることをしれば充分である。
『資本論』の理解はそれほど困難ではない。かれがその基底においている〈自然〉哲学は、『手稿』とすこしもちがっていないのだ。ただ、かれがあらたに考察の軸として導き入れたのは、自然史の過程としての歴史、という〈歴史〉哲学であった。そしてかれがもっとも難渋したのは、いかにして〈自然〉史学としての歴史哲学を、かれ自体の主体的立場としての〈自然〉哲学と接着させるかという点であった。ひとびとが躓くとすれば、〈自然〉としての人間がこちらがわにあるのに、いったん〈労働〉〈働きかけ〉として〈自然〉の対象世界にむかうやいなや、〈価値〉があちらがわに、いいかえれば手をくわえた〈自然〉〈商品〉の表象としてあらわれるか、という秘密にある。『手稿』のなかの〈疎外〉という概念が、『資本論』の〈価値〉概念と交わり、接着するのは、この点においてである。これだけのことがわかっていれば、たれでも手にとりさえすれば『資本論』を理解するには、こと欠かないはずだ。

　かれの、人間と〈自然〉との関係としての〈自然〉哲学と、自然史の過程としての歴史という〈歴史〉哲学は、後世、悪い註釈家によって弁証法的唯物論と史的唯物論というようなかたちで定式化された。いいかえればロシア的〈マルクス〉主義に転化した。しかし、かれらは、〈人間〉と、人間が欲するといなとにかかわらず形成してしまった〈社会〉とを、徹底的に〈自然〉そのものに解消するというマルクスの〈思想〉のおそろしさをとうてい理解しているとはおもわれない。すべての思想は、その中枢にこういうおそろしさをもっているということをしらぬ〈マルクス〉主義者などは、ごまんとあつまっても解釈学を、いいかえれば学問的屑をつみかさねるだけである。

　マルクスの汎〈自然〉哲学は、どこで終焉するか？　その条件をかぞえることはできるが、いまは予見をかまえて逸脱するばあいではあるまい。あまり忠実でないかれの理論の素描を、ここで終るべきだ。

　マルクス夫人は一八八一年十二月二日に死んだ。死病は、癌であった。貧困と若い子女の死亡と、おおくはただの政治的な屑にすぎない連中とのつきあいや、中傷や、離反、そして緩慢なたえまない全欧州の官憲からの圧迫と亡命の生活のうちで、すべてのしわよせがじぶんにおしかかるというように生きたこの女性は、

きずというものは、ことに、人の子の母の心の中のきずはけっしてすっかりなおるものではありませんが、しかし、だんだんまたあらたな苦しみとあらたな悦びをうけいれるあたらしい力や、それればかりか、そういうものを鋭敏に感じるあたらしい力が、気持のなかにめざめてまいります。こうしてひとはきずついてはいても、つねにまち望む心をいだいて生きつづけているうちに、ついにはまったく動かなくなって、永遠の平和がおとずれてまいります。


と、ゾルゲあての手紙にかいたように、永遠の平和が、彼女におとずれたのである。

マルクスは、「精神的には、妻の死のために不具になり、そして肉体的には、肋膜が肥厚し気管支が刺戟されやすくなったために不具になっ」て、あと一年と幾カ月か生きたが、一八八三年三月十四日に、「二分間たらずしかひとりにしておかなかったのに、部屋にはいると、彼は安楽椅子のなかでしずかに――だが永久に、眠りについていた。」（エンゲルス）

幾世紀にかけて世界最大の思想家であるとたれもが認めざるをえない巨匠が死んだ。

かれは、二十代の終り頃に、独自の〈自然〉哲学のうえに、市民社会の構造をつらぬく法則と、その社会から疎外された共同性としての国家と、国家を政治的に機能させる〈法〉の構造と、〈法〉がよってきたる源泉である〈宗教〉とを、いいかえれば、具体的な現実社会と観念がうみだす社会とをふくめた全総体をつなぐ体系的な思想をつくりあげていた。人間とそれをとりまく〈自然〉との関係は、人間

の自然物質にくわえる〈労働〉（働きかけ）が、〈自然〉のほうからは人間的な対象化であり、このとき人間はじぶん自身から疎外されてみずからの働きかけたものと対立し、〈自然〉もまた人間化されることにより〈自然〉から疎外されるという哲学がその根柢にあった。この哲学はかれ以前にひとびとのものであったことはない。

この哲学は、社会を生産の諸関係の構造のもとに考察することをおしえた。そこにかれは資本の運動と〈労働〉の性質とのあらゆる連関をつかさどる形態を経済的な範疇によって見出した。かれのもっとも見事な考察は、〈法〉、〈国家〉が社会から幻想の共同性として抽出されて社会の外にたち、それが〈法〉という普遍権力によって社会と対立するという点であった。そして、このとき社会の内部では、具体的な地位・身分・職能としてある人間の私的な差別（階級）が、政治的な階級として、かれの幻想である政治的国家とじかに対立関係にはいるということであった。

のちに、かれはこの考察が、歴史的ないくつかの段階の果てにおとずれたものだという機軸を導入することにより巨視的なものにつくりかえた。人間の歴史は、生産社会としての社会の発展する段階をへて、いわば自然史の部分として形成され、それ以外の幻想は、そこからうみだされていくものだというかんがえに到達した。このかんがえは晩年にいたるまで、かれを経済学へのめりこませ、そこで古典経済学の総仕上げであり、その後の世界の指針である不朽の著書を結晶させた。

かれが、幻想性、観念性の一般理論に『ヘーゲル法哲学批判』以後あまりかかわっていないことを嘆くひつようはない。その余の時間を、かれは〈共産主義者同盟〉、〈国際労働者協会〉（インターナショナル）の隔絶した頭脳としてついやした。かれの体験したものは、亡命者団体の挫折したすがたであり、パリ・コンミューンの敗北に象徴される西欧の労働者の運動の敗北であった。そのたびごとに、挫折した戦士たちの世話をやき、相談役となり、また頭脳となり、そのことにより当の挫折者からの反感と中傷を一身に浴びた。全欧州の官憲はかれを敵視した。しかし、かれは孤立のなかでもくじけることなく、研究に没頭した。よく生き場所と死に場所をしっていたし、生活を貧困のうちで愉しむこともしっていた。その綜合的な力量においてかれに匹敵する思想家を人類が見出すことは、いまでも、これからも困難であろう。

人間の類としての歴史を、α《アルファ》とω《オメガ》にむすびつけて考察することは、かれの〈嗜好〉であった。偶然が、わたしにかれの個としての生涯を概観する機会をあたえたとすれば、わたしがかれの思想の生涯のα《アルファ》とω《オメガ》とをむすびつけることも許されるだろう。かつて、まだ、年若い詩人であったとき、かれはこうかいている。

何と、何と！　われはあやまたずつきさす、
血に染む剣を汝のたましひにつきさす、
　神は芸術を知らず、神は芸術を尚ばず、
芸術は地獄の塵の中より頭に上り、

遂に頭脳は狂ひ、心は乱れる、
われはそれを悪魔より授けられた。
　悪魔はわがために拍子《タクト》をとり、譜をしるした、
われは物狂しく死の進行曲を奏でねばならぬ、

われは暗く、われは明るく奏でねばならぬ、
　遂に心が糸と弓とをもて破るゝまで。

（マルクス「楽人」河野密訳）

本稿の伝記的事実については、H・ルフェーヴル（吉田静一訳）『カール・マルクス』ミネルヴァ書房、昭和三十五年九月二十日刊。E・H・カー（石上良平訳）『カール・マルクス』未来社、昭和三十六年二月二十日刊。カール・カウツキー（櫛田民蔵・大内兵衛訳）『カール・マルクス』同人社、大正十五年七月六日刊。フランツ・メーリング（栗原佑訳）『カール・マルクス』大月書店、昭和二十八年六月二十五日刊。エンゲルス『カール・マルクス』大月書店版〈マルクス・エンゲルス選集第十二巻〉、昭和二十九年六月十五日刊。その他を参照した。とくにカーとメーリングの著書に負うところがおおい。マルクスの思想的理解については、わたし自身が責任をもつことをあきらかにしておく。

マルクス年譜ノート

引用文献

Ⅰ　H・ルフェーヴル（吉田静一訳）『カール・マルクス』ミネルヴァ書房　昭和三十五年九月二十日発行

Ⅱ　E・H・カー（石上良平訳）『カール・マルクス』未来社　昭和三十六年二月二十日発行

Ⅲ　カール・カウツキー（櫛田民蔵・大内兵衛訳）『カール・マルクス』同人社　大正十五年七月六日発行

Ⅳ　フランツ・メーリング（栗原佑訳）『カール・マルクス』大月書店　昭和二十八年六月二十五日発行

Ⅴ　エンゲルス『カール・マルクス』大月書店〈マルクス・エンゲルス選集第十二巻〉昭和二十九年六月十五日発行

一八一八年（一歳）

カール・マルクスは、一八一八年五月五日に、九人の子供の三番目として生まれた。Ⅰ

一八一八年の五月五日、午前二時に、ヘンリエッテが彼女の二番目の子で長男であるカールを生み落した。Ⅱ

一八一八年五月五日、トリエルでうまれた。Ⅳ

一八二九年（一二歳）

トリエルの「ギムナジウム」に入学。Ⅱ

一八三一年（一四歳）

ヘーゲルの死。Ⅱ

一八三五年（一八歳）

一八三五年までトリールの高等学校の生徒であった。この年の末、法学研究のためにボン大学に入った。Ⅰ

一八三五年十月、マルクスは法学研究のためにボン大学に入り、一年後にベルリン大学へ移った。Ⅱ

彼はうまれた都市のギュムナジウム〔文科系統中学

校」をすこぶる若いうちに卒業した。卒業証書は一八三五年八月二十五日の日づけになっている。Ⅳ

一八三五年、ダヴィド・シュトラウス『イエスの生涯』。Ⅳ

一八三六年（一九歳）

カール・マルクスが加わった《詩人クラブ》（彼は詩を書き、一生を文学に捧げようとしたらしい）は、自由主義的ブルジョアジーの子弟の集りであった。一八三六年の春、これらの自主的なクラブと、貴族的反動的組織である《コール・ボルュシァ》との間に激しい争いが突発した。

カール・マルクスは、《コール》のメンバーの一人と決闘し、左眼の上に傷をうけた。Ⅰ

イェニー・フォン・ヴェストファーレン（四つ年上）と婚約した。（ルフェーヴルによれば、一八三六年にマルクスは十八歳である。）Ⅰ

「正義者連盟」が、パリー居住の数名のドイツ人の職人たちによって設立された。Ⅱ

「四季協会」、フランス的団体で、ブランキーによって指導されていた。Ⅱ

一八三六年十月二十二日、カール・マルクスはベルリン大学入学を許可された。Ⅳ

一八三七年（二〇歳）

ベルリン大学の法科に入学。（十九歳となっている。）Ⅰ

一八三七年七月、イェニー宛の長い手紙。Ⅱ

一八三八年（二一歳）

父ヒルシェル・マルクスの死。（カーによればマルクス二十歳。）Ⅱ

一八三九年（二二歳）

一八三九年に彼は凡ゆる国民の八十篇の民謡集を作って、〈わが心の甘美なるイェニー〉に献げた。そして一八四一年の初めに二篇の叙情詩が彼の署名をもってベルリンの『アテーネウム』に現われた。Ⅱ

一八四一年（二四歳）

一八四一年三月三十日、マルクスはベルリン大学から学業修了証書を得た。そして四月十五日、学位論文『デモクリトスとエピクロスの自然哲学の相違について』をイェナ大学に提出した。Ⅰ

イェーナで学位をとると、マルクスは一八四一年の春にラインランドに帰った。彼はトリエルに母親と花嫁たるべき人とを訪問して敬意を表し、今ではボン大学の講師になっていたブルーノ・バウエルと仲間になるべく出発した。Ⅱ

一八四一年の夏に、ラインランドの「青年ヘーゲル派」の一団が、新しい日刊紙を創刊しようという野心的な企てを始めた。(《ライン新聞》四二年にあらわる。)Ⅱ

一八四一年四月十五日、彼は『デモクリトスとエピクロスの自然哲学の差違』を論じた論文にもとづき、欠席のままイェナ大学で、ドクトルの学位をうけた。Ⅳ

一八四二年（二五歳）

《プロイセン検閲令》に関する論文をかく。（発表は一年後スイスで。）Ⅰ

五月五日、出版の自由に関する論文をかく。Ⅰ

彼はこの頃、エドガー・バウアー、ブルーノ・バウアー両兄弟のたんなる《急進主義》さえをも拒否していた。彼は、《憲法の枠内にとどまって自由のためにたたかうというつつましい役割を引受ける、自由穏健》派の一人であろうとしていたのである。Ⅰ

《ライン新聞》は一八四二年一月一日に初めて現われた。（十月、編集長。）Ⅱ

一八四二年の秋に兵役期間が終ると、エンゲルスはマンチェスターの「エルメン・ウント・エンゲルス」会社に勤務すべく、父の命令で出発した。途中、彼は《ライン新聞》の事務所を訪ねた。そしてそこで初めて彼はカール・マルクスに会った――一八四二年十一月下旬のことである。Ⅱ

一八四三年（二六歳）

ケルンで『ライン新聞』を創刊。Ⅴ

一月四日、ツァーならびにロシヤ大使の干渉によって、新聞は発行を禁止され、その最終号は三月三十一日に出された。Ｉ

カール・マルクスとイェニー・フォン・ヴェストファーレンとの結婚は、一八四三年六月二十三日、クロイツナハでおこなわれた。Ｉ

十月、パリ居住。Ｉ

そして六月の十二日、「ケルン居住、哲学博士、カール・マルクス」は「クロイツナッハ居住、無職、ヨハンナ・ベルタ・ユーリア・イェニー・フォン・ヴェストファーレン」と結婚した。Ⅱ

一八四三年から一八四六年に至る三年間は、彼の思想の発展における極めて重要な時期である。Ⅱ

「正義者連盟」の復活、エーヴェルベック。Ⅱ

「真正社会主義者」の指導者カール・グリューン。Ⅱ

十一月、パリー移住。Ⅱ

マルクスは、その夏イェニー・フォン・ウェストファーレンと結婚し、それからパリにうつった。Ｖ

一八四四年（二七歳）

マルクス『独仏年誌』第一号、一八四四年二月刊。ここに《ユダヤ人問題》掲載。Ｉ

ヴァイトリング、《義人同盟》設立。Ｉ

『経済学・哲学草稿』Ｉ

《ドイツ・フランス年誌》の唯一の号に対するマルクスの主な寄稿は、ヘーゲルの『法の哲学』に関する論文であった。Ⅱ

一月二月合併号が一八四四年の三月の初めに発行された。Ⅱ

バクーニンは、警察のためにドイツから、またスイスからという具合に次々と追出された挙句、一八四四年の七月に、見さかいのない情熱と伝道的熱意に

満ち、「ヘーゲルと革命」の旗幟を翻えしながら、パリーに到着した。Ⅱ

一八四五年（二八歳）

一八四五年三月、《フォイエルバハに関するテーゼ》Ⅰ

一八四五年九月——一八四六年八月、『ドイツ・イデオロギー』Ⅰ

一八四五年春、エンゲルスもブリュッセルにやってき、そして両友はイギリスへ六週間にわたる共同研究旅行をした。Ⅳ

一八四五年の春には、プロシャ当局は、ギゾー内閣を説得してこの犯罪人をフランスから追放する命令をださせることによって、うらみをはらした。Ⅴ

一八四六年（二九歳）

一八四六年三月三十日、ブリュッセル委員会の重要な会議が開かれた。マルクスとエンゲルスも出席した。Ⅰ

マルクスは、ロンドンの《ドイツ労働者委員会》と連絡を保つ《共産主義通信委員会》をブリュッセル、パリ、およびドイツに組織した。Ⅰ

一八四七年（三〇歳）

「共産主義者同盟」、一八四七年六月一日。Ⅰ

第二回大会、パリ支部代表エンゲルス、ブリュッセル代表マルクス。マルクスは、一八四七年十一月十九日にひらかれた《友愛民主主義者》の大会に、《ブリュッセル民主主義協会》を代表して出席するためもあって、ロンドンにやってきた。翌日、共産主義者の大会は開かれた。Ⅰ

一八四七年に、彼と彼の政治上のなかまが、すでに数年間秘密結社として存在していた「共産主義者同盟」に加入するやいなや、彼は革命運動にさらにいっそう活発に関係するようになった。Ⅴ

一八四八年（三一歳）

マルクスによって活気づけられたブリュッセルの「研究サークル」の影響力は、この数年間に急速に大きくなった。

（ルフェーヴルでは、三十歳になっている。）Ｉ

一八四八年一月に、民主主義者たちはイタリア南部で蜂起した。Ｉ

『共産党宣言』公刊。Ｉ

マルクスは、革命的ロマン主義と陶酔のただなかにあるパリに到着した（四八年三月）。Ｉ

マルクス、「ケルン民主主義協会」を設立。機関紙『新ライン新聞』。その第一号は一八四八年六月一日に出た。マルクスは、「共産主義者同盟」の解散を声明した。Ｉ

革命の波は西ヨーロッパに広がり、一八四八年を一八一五年以来のヨーロッパ史上最も記憶さるべき年にした。Ⅱ

一八四八年六月――一八四九年の五月十九日まで『新ライン新聞』発行。Ｖ

一八四九年（三一歳）

五月、ドイツ革命は最後の試みをおこなった。ドレスデンが蜂起し（リヒァルト・ヴァーグナーがその戦闘員の一人であったことは有名である）、ついでプファルツ、バーデン公領、エルバーフェルトのライン労働者が蜂起した。プロイセン政府はもっとも信頼しうる軍隊をケルンに集結した。一八四九年五月十六日、マルクスは追放令の通告をうけた。五月十八日、『新ライン新聞』の最終号が赤刷りで発行された。Ｉ

一八四九年八月二十九日、パリからロンドンに着いた。Ｉ

一八四九年の八月か九月かに、彼はロンドンに永久的に居を定めた。二、三週間おくれて彼の家族も来た。Ⅱ

一八四九年の秋に、新たにロンドンに着いたマルクスの家族は、キャンバーウェルの一流人士の住む郊外の家具附きの貸間に落ち着いた。今では三人の子供がいた――母親の名に因んで名附けられたイェニーは五歳、ラウラは四歳、そしてエドガーは二歳であった。そして到着後一カ月で、もう一人の息子の

グイドーが生まれた。傭人は家婢のエレーネ・デムートト、略称レンヒェンだけであった。Ⅱ

一八五〇年（三三歳）

三月、同盟中央委員会（マルクス、エンゲルス、バウアー、エッカリウス、プフェンダー、シャッパー、その他）の署名になる重要な回状が起草された。Ⅰ

四月、《万国革命的共産主義者協会》が設立された。Ⅰ

一八五〇年九月十五日に、マルクスとヴィリヒとのあいだに決裂がおこる。分裂後、マルクスは《共産主義者同盟》の活動から手を引いた。《万国協会》を解体した。Ⅰ

一八五〇年の四月か五月かに、イェニー・マルクスが、窮乏と精神的苦悩にやつれ果てながらも、なお一人の病児に乳を飲ませるのに必死になっていたとき、家賃不払いのために差押え処分が行われた。執達吏が来て財産を差押えた。商人たちは勘定書をそれっとばかりに突きつけて来た。マルクスの僅かな持物は、寝具や赤ん坊の揺籃に至るまで押収されて売られ、一家は無残にも路頭に追い出された。Ⅱ

一八五〇年三月の日づけの、マルクスとエンゲルスが起草し、ハインリヒ・バウアーが密使としてドイツにもたらした中央委員会回状は、共産主義者同盟の再建を規定していた。Ⅳ

マルクス、エンゲルスの孤立。Ⅳ

一八五一年（三四歳）

一八五一年のはじめからマルクスとエンゲルスは、ほとんど孤立状態にあった。Ⅰ

彼は、一八五一年の夏に、「だいたい九時から七時まで大英博物館に坐って」経済学の〈ごたごたした支脈〉に没入していた、と書いている。Ⅱ

一八五二年（三五歳）

一八五二年から、そのごの数年は、カール・マルクスの生涯のうちでもっとも苦しい時期であった。

『ニューヨーク・トリビュン』紙への寄稿。（一八五一年八月――一八五二年十一月。）その署名はマル

クスになっているが、本当はエンゲルスの執筆であった。Ⅰ

これらの論文のおかげで一、二ポンドの収入がえられたが、それによって貧困がやわらぐというようなことはなかった。マルクスの家族は住居を追われ、ロンドンのもっとも貧しい地区ソーホーの、小さな二部屋に——七人で——住まうことを余儀なくされた。伝染病の猖獗は、他のどこよりもひどかった。三人の子供が世を去った……。もしエンゲルスが援助しなかったなら、マルクスと彼の家族は飢え死にしてしまったことだろう。エンゲルスは、彼の父がマンチェスターで経営していた紡績工場に、一介の使用人としてはいり、そのときから彼の給料の大部分を友人〔マルクス〕に送ることにしていた。衣服を抵当にして金を借りたために、マルクスが外に出られないときもあった。Ⅰ

一八五三年（三六歳）

プロイセン対ロシア戦争。Ⅰ

一八五七年（四〇歳）

バクーニンは一八五七年ペーテル＝パウル要塞からシベリアに護送されたが、一八六一年にそこから首尾よく脱出して、日本やアメリカ大陸を通ってロンドンにやってきた。Ⅳ

一八五八年（四一歳）

一八五八——九年の冬は、マルクスがこの二、三年来占めてきた隠遁静寂の地位から起ち上がったことによって、一時期を画するものであった。Ⅱ

一八五八年のクリスマスのころ、彼の家庭のなかは、かつてないほど暗澹たる絶望的様相を呈した。Ⅳ

一八五九年（四二歳）

『経済学批判序説』刊行。Ⅰ

一八六四年（四七歳）

九月二十八日、ロンドンの《セント・マーチン会館》で、「第一インターナショナル」（『国際労働者協会』）設立の集会がひらかれた。Ⅰ

一八六五年（四八歳）

一八六五年九月二十五日——二十九日。インタナショナル・ロンドン臨時協議会。Ⅳ

一八六六年（四九歳）

一八六六年一月から一八六七年三月までにこのとてつもない巨塊から、マルクスは、古典的文体にもられた『資本論』第一巻を、「間然するところなき芸術品」としてつくり出した。Ⅳ

一八六七年（五〇歳）

『資本論』第一巻の出るすこし前、一八六七年九月二日から八日にかけて、インタナショナルの第二回大会がローザンヌで開かれた。Ⅳ

マルクスは総務委員会のドイツ担当通信書記だった。Ⅳ

ハンブルグで『資本論』出版。Ⅴ

一八六八年（五一歳）

インタナショナルの第三回大会は一八六八年九月六日から十三日までブリュッセルでひらかれた。Ⅳ

一八六九年（五二歳）

一八六九年、インターナショナル、バーゼル大会。

Ⅱ

長い激しい討論の末、バクーニンとその友人たちと総務評議会を代表するエカリウスとから、相対立する二つの決議案が大会に提出された。前者は純然たる遺産相続の廃止を提案し、後者は遺産相続の廃止は私有財産一般の廃止の一部をなすもので、別個の目的として扱い得ないものであると主張した。Ⅱ

一八六九年九月五日と六日に開催された年次大会で、インタナショナルはその成立第五年目の閲兵式を挙行した。Ⅳ

一八七〇年（五三歳）

フランス＝プロイセン戦争。Ⅱ

インタナショナルが、パリ・コンミュンの敗北の責を負い、亡命者の世話に手をやく。Ⅳ

一八七一年（五四歳）

パリ・コミューン国民軍中央委員会の宣言（三月十八日）をマルクスは支持。Ⅰ

五月三十日、カール・マルクス、パリ・コミューンあての「檄文」をかく。Ⅰ

一八七二年（五五歳）
九月二日、「国際労働者協会」ハーグ大会。Ⅰ

一八七三年（五六歳）
彼の最後の十年間は「緩慢な死」だといわれてきたが、しかしそれは大きな誇張である。なるほどコンミュンの倒れて以来の闘争は、彼の健康にまたもや手ごわい打撃をあたえた。すなわち、一八七三年秋重い脳病にかかり、卒中発作という非常な危険に瀕した。Ⅳ

一八七四年（五七歳）
グンペルトの忠言にしたがって、マルクスは一八七四年カルルスバードへゆくことにきめ、その翌年もそこに出かけた。Ⅳ

一八七五年（五八歳）
一八七五年五月二十二日、ゴータ大会が開かれた。Ⅰ

一八七六年（五九歳）
七月一日、バクーニンはベルリンで死んだ。Ⅳ

一八七七年（六〇歳）
一八七七年には気分を転換するためにノイエンアールをえらんだ。それから一八七八年にはドイツ皇帝にたいする両度の暗殺事件と、それに関連しておこなわれた社会主義者迫害のために、彼は大陸にゆけなくなった。とにかく、カルルスバードで三回養生したことが、とくに彼のからだに「奇蹟的」にきき、むかしからの肝臓病がほとんどすっかりなおった。まだ慢性的胃病と神経衰弱がなおらずにいたが、神経衰弱は頭痛と、そして多くは頑固な不眠症となってあらわれた。Ⅳ

一八八一年（六四歳）
マルクス夫人、一八八一年十二月二日死亡。Ⅳ

一八八三年（六六歳）
マルクスの晩年は、喪と病とのために暗い晩年であった。彼の妻は一八八一年十二月二日に世を去り、娘ジェニー・ロンゲは一八八三年の始めに世を去った。同じ年、彼も世を去った。そして、ハイゲート

墓地に埋葬された。Ⅰ

三月十四日正午、カール・マルクスはやすらかに、苦しみもなく、肱掛椅子に身をうずめたまま永眠していた。Ⅳ

三月十七日、この日は土曜日だったが、カール・マルクスは彼の夫人のかたわらに埋葬された。この人がもし生きていたならすげなくことわったであろうような「儀式はいっさい」家族の人々はうまく辞退した。彼に忠誠だった人々がわずかに埋葬の場に会しただけだった。すなわち、エンゲルスのほかに、共産主義者同盟以来の古い同志であるレスナーとロホナー。フランスからはラファルグとロンゲ、ドイツからはリープクネヒトがやってきた。科学者は二人の第一流の学者、化学者ショルレンマーおよび動物学者レイ・ランキャスターを代表者とした。Ⅳ

ある感想

わたしが、マルクスの著作にかなり熱心にうち込んだのは、敗戦後三、四年を出ない頃と、ここ数年まえのふたつの時期である。その間に十年余りの歳月が隔っている。それぞれの時期に、読後いくつかの感想や評論を公けにした。

いま、わたしにとってマルクスとはなにか？　という自問を発してみるとさまざまな反応が蘇ってくる。敗戦間もない頃には、はじめて接した未知の世界という驚きがつよかった。ここ数年前には、マルクスの救出という当為がつよかった。マルクスの救出とは、戦後二十年にして崩壊しつつある古典左翼の抱き合い心中から、マルクスを救出しようとするという意味である。かれらは死ぬが、ただマルクスの虚像を抱いて死ぬのであり、マルクスは、かれらと心中させるにはあまりに実像を拓かれていないというのがわたしの感懐であった。

かつては、それがわたしにとってまったく未知の世界であるという理由で、わたしはマルクスにたいして緊張した。こんどは、それを救出することができなければ、この世界は、わたしにとって思想的にはすべて崩壊するという思いのために緊張した。わたしは、いまもマルクスの著作から基本的にあらを見つけだすことができないということに驚いた。つまりマルクスの思想的力量に驚いたのである。ただ、かつてとちがって、マルクスのやったことと、やりえなかったこととは、わたしに相当よく見えるようになっていた。わたしが思想的にやるべきことは残されているという思いと、かつてあり、いまもある誰のマルクス理解にたいしても、それはちがうという思いとが、本書の底に流れるものである。これをわたしたちの出版部から出版することは、わたしのひそかな念願であった。

本書の内容について註記すれば、「マルクス紀行」は、かつて『図書新聞』に連載したものを、「マルクス伝」は、『世界の知識人』（『20世紀を動かした人々』1）（講談社）の「カール・マルクス」を、それぞれ補筆改訂したものである。「マルクス年譜ノート」は、もともと『伝記執筆のための年譜ノート』として、個人的な作業の補助としてなりたったものであるが、このたび、その『ノート』を原テキストとして、純粋に年譜的な部分を抜萃し、参考のため巻末に掲げた。

吉本隆明

一九六六年九月

Ⅲ

自立の思想的拠点

1

わたしたちはいま、たくさんの思想的な死語にかこまれて生きている。〈プロレタリアート〉とか〈階級〉とかいう言葉は、すでにあまりつかわれなくなった。代りに〈社会主義体制と資本主義体制の平和的共存〉とか〈核戦争反対〉とかいう言葉が流布されている。言葉が失われてゆく痛覚もなしにたどってゆくこの推移は、思想の風流化として古くからわが国の思想的伝統につきまとっている。けっして新しい事態などというものではない。当人たちもそれをよく知っていて、階級闘争と平和共存の課題の矛盾と同一性を発見するのだというような論理のつじつまあわせに打ちこんでいる。しかし、思想の言葉は論理のくみたてでは蘇生できるものではない。いま失われてゆくものは、根深い現実的な根拠をもっているのだ。

いっぽうでは、言葉を名辞だけで固守しようとする傾向がある。そこでは〈プロレタリアート〉とか〈階級〉とかいう言葉が、言葉自体の像としてはどんな現実にも触れえない。ただの名辞として流布されている。これもまた思想のモダニズムとしてわが国の伝統のなかに古くから沈積している。こういう情況では、思想の言葉はそれに対応する現実を腐蝕させるためにあるのか、あるいは移ろってゆく現実から、名辞だけをしばしとどめるための符牒としてあるのかのいずれかになっている。

言葉が死語になるのは、語に責任があるのではなく、話し、書きとめているものと、それをうけとめるものに死が存在している象徴である。すると、わたしたちは、言葉を死の領域でしかあつかえなくなった多くの思想の、言葉を死の徴としてしかうけとれなくなった内在的な死に直面しているのだ。嘘だ嘘だとおもわずには、どんな言葉もうけとめられないし、話し、書いた瞬間から、言葉を嘘だとおもわずにはおられない失禁感があるとすれば、それがまぎれもなく思想の現状を占う深い資料になっている。

言葉の質をきめる力は、本質的には言語体験がつみ重ねられてきた長い歴史と、現にその言葉がつかわれている社会の現情況とである。思想的な死語を賦活させる力も、したがってこのふたつのなかにしか存在しない。ある言葉を言語体験のつみ重ねられた歴史のどこに位置するかをはっきりと測定すること、ある言葉が現実の情況から訣別したがっている根拠をつきとめること、処方箋はこのふたつしかない。

わたしはいま、〈プロレタリアート〉や〈階級〉という言葉だけを蘇生させようとかんがえない。それだけを切りはなして賦活させることはできないし、たんに名辞としてだけならば、現在、世界の半分のひとびとがつかっている一種の流行語でさえあるからだ。一連の思想の言葉の環のなかに、これらの言葉ははめこまれており、その環の性格のなかに、死の原因がひそんでいる。その環をとりあげることによって、まず、これらの言葉に対象的になることが、現在の思想の情況にひとつの里程標をたてるゆえんである。

各時代は、それぞれ思想の尖端をつとめる言葉をもっている。一九二〇年代から三〇年代にかけてそれは〈プロレタリアートへの階級移行〉であり、それから四〇年代にかけては〈八紘一宇〉や〈東亜協同体〉であった。四〇年代から五〇年代にかけては〈社会主義体制〉と〈資本主義体制〉の対立と共存であった。

しかし、現在、思想はどんな尖端的な象徴をももっていない。それぞれの主観のなかに小さな尖端があり、それはランダムな方位をさしているといった典型的な混乱をみせている。もちろん、それぞれの時代は、渦中にあるものにとって混乱しかないとしても、現在ほど何が去って還ることはないか、何がやってくるかを知らない喪失の時代はないのだ。どんな指導の言葉も、明日を保証されるための基盤をもっていない。

こういう時期には、名分を現実にかかわりなく固執することと、移りやすい尖端的な言葉よりも連続的にしか移ってゆかない土俗の言葉に生命をもとめようとする態度とは、同じ安易な固定化を意味している。また、移りやすい尖端の言葉を、世界のすぐあとから追いもとめることはもっとも安易なモダニズムである。わたしたちは、すでにこれらすべてを等質の態度とみなしてきたのである。

わが国では、思想の尖端をゆく言葉は短命で移ろいやすい。それを補償するように、なかなか死滅しない土俗的な言葉が地中にひそんでいる。この土俗的な言葉の百年ちかくもかわらなかった象徴を〈天皇制〉という語で象徴させることができる。わが国で思想の問題というばあい、その時代の尖端をゆく言葉の移ってゆく周期を追うことであり、その周期があまりにはやいので、一世代の人間は二〇年代には〈プロレタリアートへの階級移行〉という思想を体験しながら、四〇年代には〈八紘一宇〉や〈東亜協同体〉に移り、現在では〈社会主義体制〉と〈資本主義体制〉の対立と共存という課題にとびうつるということを一生涯に体験できるほどである。また、一つの時代の尖端的な言語が死滅するのは、思想の内在的な格闘によるのではなく、外部の情況によるだけだから、いったん埋葬された思想は、十年あるいは二十年まてばふたたび季節にむかえられて、新しい装いで再生することができるほどである。

この現象は尖端的な言語と土俗的な言語との交替であり、古典的な転向論のカテゴリーでとらえると、反体制思想と体制思想の同一人か別人による交換であるようにみえる。しかし、ほんとうは尖端的な言語と土俗的な言語のあいだに捩れの構造があるために、思想言語の全空間を想定し、見透すことができなかったという問題に帰せられる。わが国で、尖端的な言語をえらぶことと、土俗や農耕の言葉の永続的な流れをえらぶことが、ともに不毛であって、たんに季節のような周期に身をゆだねるほかないのは、この両端に古典マルクス主義や戦後プラグマチズムが想定しているような線型（リニアー）の媒介関係がないからである。

土俗的な言葉に着眼し、それをおしすすめて思想の原型をつくろうとしても、尖端的な課題にゆきつくことはできないし、また逆に世界の尖端的な言語から土俗的な言語をとらえかえすことができないという結節や屈折の構造があり、戦前から戦後にかけて、大衆的な課題を視界にいれようとした思想は、この不可視の結節をかんがえることができなかったために、虚構の大衆像をとらえざるをえなかった。

わたしが課題としたい思想的な言葉は、この各時代の尖端と土俗とのあいだに張られる言語空間の構造を下降し、また上昇しうることにおかれている。わが国では大衆的な言葉に固執する思想は、かならず世捨て人の思想である。おなじように尖端的な言葉に固執する思想は、かならずモダニズムの思想とならざるをえないのである。わが国の古典マルクス主義の言語思想の歴史は、昭和初年以来、尖端的な言葉から大衆の言葉をとらえ、あるいは大衆の言葉が尖端的な言葉をとらえることに、〈階級〉的な課題があるかのようにかんがえてきている。しかし、よく想定すればわかるように、この方法では現実がどこかで幻想に屈折し、体験がどこかで知解に屈折するために、総体的な課題に到達しえないのである。むしろ古典的な転向論のどれもが指摘したように、土俗から尖端へ、尖端から土俗への回帰しかおこらなかった。問題の発端は、現実がどこで幻想に折れ、どこで体験が知解にかわるか、その屈折点の構造をあきらかにすることにこそあった。

戦後プラグマチズムの言語思想は、鶴見俊輔に象徴されるように、戦争期のモダニズムとしての敗北をふまえて、土俗の言葉に着目してきたが、土俗的な言語が原型ではあるがそれ自体ではなにも意味しないこと、あるいはなにも意味しないが原型でありうること、という矛盾した構造をもつことをとらええなかった。そこでは、大衆的な言葉がそのまま大衆的な思想の現実であるかのようにあつかわれてき

たのである。たとえば、

つれなのふりや
すげなの顔や
あのやうな人が
はたと落つる

（『隆達小唄集』）

こういう俗謡は、戦後プラグマチズムの言語思想からは、つれないふり、すげない顔をしていた男女が、急に相手を好いてしまった思いがけぬ男女のあいだを唄ったもので、土俗的な色恋ざたの実相がえがかれているものとなる。そしてこの庶民の色恋ざたの機微をとりあげること自体に、無量の思想的な重みがこめられるのである。土俗のあいだをしずかに常住に流れてゆく情感を掘りおこす、そのことに思想の意義が発見される。何となく被支配者的であり、また何となく原型的であり、そしてこの何となくということに大衆の発生期の状態（ナッセント・ステート）と可能性が想定される。もちろんこの戦後プラグマチズムの態度は、何はともあれ、土俗の実相を実相として探り、目録をあつめなければ、何ごともはじまらないという踏み込みとして、古典マルクス主義の態度に先んずるものであった。たとえば、古典マルクス主義の言語思想からは、この俗謡には、まだ目覚めていない状態の大衆の情緒が、封鎖された色恋ざたの主題のなかにこめられて唄われていることになる。この古びたうずくまった情緒を、開明的な感覚にまで変革することが、言語思想の課題であるという問題意識はうまれても、俗謡自体として探るという踏み込みはうまれにくいのである。

しかし、わたしの言語思想からは、人間がしばしば、その表現と現実とを逆立していることがありうるし、人間と人間との現実的な関係のなかでは、しばしば表現は、現実にある状態と逆立したり、屈折したりしてあらわれ、その逆立や屈折の構造のなかに言葉の現実性があることがみちびきだされる。そして言葉は、しばしばそこに表現された言葉そのものとしてみるべきではなく、この逆立や屈折や捩れによって、瞬間的に視える現実性の構造から、縦深的に割りだされるプロセスの累積としてみるべきことが理解される。

素っけないふりをしていた男または女が、急に相手といい仲になってしまったという表現は、はるかに人間のあいだの関係の意識が、逆立した契機をもって現実に存在していることへの認識と対応している。この俗謡が男女の関係のある機微をとらえているとすれば、ここに表現された機微なるものが、人間と人間が社会にあるばあいの普遍的な契機につながっていることを俗謡の言葉そのものが内包しているからである。

このように捉えうる言語思想は、積極的な主題の表現がしばしば現実における主題の喪失に対応したり、土俗的な言語が、しばしば支配への最短の反映路であったり、〈階級〉意識の強調が、じっさいは〈階級〉概念の紛失に該当していたりすることをおしえる。わたしの知っているかぎりでは、こうした問題にたいしてはっきりした手続きをもっている言語思想は存在しないのである。

思想的な死語が、なぜ死語でしかありえないかといえば、論理的にはこの手続きをもたず、言葉が言葉として先験的にかんがえられているからである。わたしが古典的党派性の棄揚というとき、それがプラグマチズムとプラグマ＝マルクス主義にたいする決定的な対立の形をとらざるをえないのは、わたしどもが言葉をあたかもそう欲したためにそう表現されたものとみる、これらのべったりとした機能的な言語思想の渦中にあるからである。

機能・能率・効用という近代経済学の語彙が、これらの言語思想にますます簡便化の根拠をあたえる。そして世界の社会経済の構成の変化がこの方向を裏づけているようにみえる。これらの党派的な言語思想は安心してよいであろうか？

そうはいかないのである。

社会が、ますます機能化と能率化を高度におしすすめてゆくとき、言葉は言葉の本質の内部では、ますます現実から背き、ますます現実からとおく疎遠になるという面をもつものであり、言語は機能化にむかえばむかうほど、この言語本質の内部での疎遠な面を無声化し、沈黙に似た重さをその背後に背負おうとする。つまり、コミュニケイションの機能であることを拒否しようとする。

プラグマチズムとプラグマ＝マルクス主義の言語思想は、この観念の運動の固有な面が、思想として意味するものをつかまえることができない。たんに言葉についてだけではなく、人間の観念がつくりあげることができるすべての領域にわたってこの欠陥は拡大されている。それは世界の理解にかかわっている。

2

どんな思想も、言葉によって語られ、書かれるということは、途方もなく思想のもつ位相を混乱させるものである。言葉そのものの内在的な構造のなかでは、言葉の歴史の制約から自由に飛躍して過去を断絶することはできないし、言葉はその本質の外部でそれを発したものが、いまどんな現実世界に生きているかという問題をたちきることがまったくできない。これは言葉のもつ矛盾した性格である。かれがまったく新しい世界をたずさえて言葉の表現に参加したとしても、ひとりでに言葉の歴史の現在にたってているだけだし、また、どんな密室のなかで言葉を練ったとしても、現実社会の息づかいのなかに流動している。だから欲しないにもかかわらず別の意味をはらんでしまうという言葉の性格は、かならずしも全部が個人によって左右できる自由ではない。かれは鳥のように鳴いたにもかかわらず、その声は鳩のように貫徹されるということが、現実の世界で、言葉を決定づけているのだ。

この矛盾した性格が言語思想についてのプラグマチズムと古典マルクス主義の立場を傷つけてきたことは確かである。それらは、言葉を確定するものが言葉という機能であり、言葉の概念を確定するものが社会的現実であるという、線型の等式によって言語思想をおしすすめてきたのである。その結果もたらされたものが文学・芸術の上で何であったか、思想のうえで何であったかは、多くの表現史によって確かめることができる。

G・ルカーチは、わたしどもの知っているかぎりでは、現存する古典マルクス主義のもっとも象徴的な哲学者であるが、かれの初期の優れた考察はこの問題をもっとも鮮やかに露出している。


社会的存在の客観的現実性はその直接性においては、プロレタリアートにとってもブルジョワジーにとっても「同じ」である。だがこの反面で、この直接性をば両階級の意識にまで高め、単なる直接的な現実を両階級にとって本来的な客観的現実たらしめる特殊な媒介のカテゴリーはといえば、「同じ」経済過程のなかでも、二つの階級状態のちがいにおうじて基本的に異ならざるをえないのである。(『歴史と階級意識』平井俊彦訳)

ところが、ブルジョワ思想はもう一歩つっこんだ媒介を見いだすことができないために、より具体的にいえば、ブルジョワ社会の存在と成立をば、概念化される認識総体を「産出」した主体の産物として把握できないために、ブルジョワ思想の思惟全体を決定づける究極の立場は、単なる直接性の立場となるのである。(同右)

このスコラ的な美文を、やさしくいい直せば、現実社会というものは、ブルジョアジイにとってもプロレタリアートにとっても、おなじ現実としてあるにすぎないが、このあるがままの現実を、両方の階級の意識をもってみると、おなじ現実が異なったものとして視えざるをえない。ブルジョアジイにとっては、この社会は、まさに社会そのものとして映り、この映り方がほんとうはかれらの立場によるのだということを把握できないため、現実社会はどこまでいっても、現実そのものとしてしか視ることができない、ということになる。

このようなルカーチのブルジョア思想についての批判の方法は、本質的にはそのままルカーチにあてはまる。ルカーチは〈プロレタリアート〉を資本制における実存の次元でとらえるのではなく、先験的な存在としてみており、その度合におうじて〈マルクス主義〉という〈立場〉を獲得しているのである。ルカーチの先験的なプロレタリアートは、すこしも現実的なプロレタリアートを意味していない。おなじように理念としてのプロレタリアートをも意味しない。ただの先験性しかない直接的な立場である。ルカーチにとって〈プロレタリアート〉や〈階級〉という言葉が、現実と理念とのあいだにはさまれた先験的な、いわば書誌的なプロレタリアートにすぎないのは、言語思想としていえば、理念―表現―現実という環について、かれが哲学を欠いているため、そこだけが人間の社会的実存にたいして、無雑作になっているからである。〈プロレタリアート〉や〈階級〉や〈ブルジョアジイ〉という言葉が、どれだけの手続きをふんで現実に到達するかについて、ここで、ルカーチを支配している立場は、たんなる直覚とたんなる書誌学とにほかならない。

現実のプロレタリアートはもちろんさまざまの夾雑物をもって生活している存在である。これを極端にしていえば、ある場面ではプロレタリアートであり、ある場面ではブルジョアジイであるといったことがおこりうる。ルカーチにはこの媒介概念がはじめからないから、かれのプロレタリアートは「直接性」であり、この「直接性」がかれを〈マルクス主義〉者にしているにすぎない。二〇年代以後のロシアは、この種の〈マルクス主義〉をうみだし、分娩の際に各国に種子を播いてあるいた。反省もよければ、居直りや修正もわるくないが、疑うならば全体を疑うのがいいのだ。

すくなくともマルクスは、〈プロレタリアート〉や〈階級〉をみちびきだすのに周到な手続きをふんだ。かれは、まずいっぽうで人間と自然との疎外関係を基底にして、単純な直接労働を担うものという単位から現実のプロレタリアートに到達しようとする。もう一方では、人間の観念がうみだす幻想の現実性を宗教から法へ、法から国家へと追いもとめていった。わたしの理解しているかぎりでは、マルクスの〈プロレタリアート〉や〈階級〉という言葉は、先験的でもなければ直接性でもない。人間の幻想と自然とからはさまれた媒介性としてとらえられている。

ルカーチがもしほんとうに〈マルクス主義〉者でありたければ、人間の社会的実存の自然基底と幻想の両極からマルクスがやったとおなじ手続きを、ちがった時代的現実にそくしてやることができたはずである。

〈プロレタリアート〉とか〈階級〉とかいう言葉は、ルカーチがやっているようなあいまいな手続きで、現実の社会との対応性をみつけだされるわけではない。すくなくともルカーチに象徴される〈古典マルクス主義〉がかんがえるように、「社会的存在の客観的現実性」をもんだいとしているかぎりこれらの概念はみちびきだせないのである。みちびきだせたら手品師であり、手品の種をにぎっているのは、ロシアや中共にいるとんでもないイデオローグたちである。ルカーチのいっていることをやさしく諷刺すれば、階級意識に目覚めよ、するとこの社会は階級的に視えてくるだろう、あるいは、階級社会は存在する、ゆえに人間は階級意識に目覚めるだろう、という観念の循環論であることがわかる。

ルカーチの言語思想では、〈プロレタリアート〉とか〈階級〉とかいう言葉は、歴史的な言語体験の累積として、あるいは現在の情況との連関としてとらえられていない、べったりとした直接性だから、はたしてこれらの言葉がある概念としてあるのか、現実としてあるのか、あるいは抽象としてあるのか、具体的にあるものを指しているのかは、まったく理解できないようになっている。こういう疑問自体を提起することすら、かれの哲学の範囲内では不可能である。

ここで、わたしたちは古典マルクス主義とプラグマチズムに共通した言語思想、いいかえれば、言語が現実にたいして直接性、あるいは直通性であるという根本思想に直面しているのである。なぜ、ルカーチが〈プロレタリアート〉や〈階級〉という言葉にたいして直接性、あるいは先験性でしかありえないのか?

論理よりもさきに、一方では文献が、一方では心情や肉体のほうがべったりだったからだ、というような半畳をいれることは、この高名な〈マルクス主義〉哲学者にたいして礼を失するからやめることにして、あくまでも論理の言葉をつかうことにしよう。かれはロシア・マルクス主義の慣例にならって〈プロレタリアート〉や〈階級〉を「社会的存在の客観的現実性」からみちびきだそうとしたのだ。そして気の毒というよりほかないが、「階級意識」という奇妙な〈意識〉を想定したのだが、この〈意識〉たるや、もともと根拠のないものであるため、「階級意識」をもつと、この社会の「客観的現実性」が、階級的に視えてくるのか、あるいはこの社会の現実を本来的にみてくると、視るものに「階級意識」がうまれてくるのか、ようするに鶏が先か、卵が先かわからなくなってきたのだ。じじつルカーチはさきの論文で「適切な正しい意識がその客体の変革を、なによりも意識それ自体の変革を意味するということにあるのである。」と書いている。

わたしは家系のないことを誇りにしているので、古学派的にふるまうのが好きではないが、このばあい必要なので言及する。マルクスは〈プロレタリアート〉や〈階級〉をみちびきだすのに、社会的人間と経済社会の構成とのあいだからはじめる直接性から出発していない。かれは周到にも、人間と自然との相互規定性という媒介と、宗教・法・国家というような、社会的人間の幻想的な疎外の性格という媒介をもうけ、その両端からおもむろに人間の社会的な存在の像を浮かびあがらせている。じじつ、このような媒体がなければ〈プロレタリアート〉や〈階級〉は、思想の言葉として成立しないのである。

「社会的存在の客観的現実性」としては、人間はたかだか無数にちがった境涯にばらまかれた知識や貧富や地位やらのちがいとして存在し、このちがいによってさまざまにちがったかんがえをもち、幻想をうみだしているだけである。プロレタリアートもある場面でブルジョアであり、ブルジョアもある場面でプロレタリアートである。都市民と農民だけが自然との関係で普遍的な位相のちがいとして存在しているにすぎない。Aという人物にとってBが社会的特権人であるように、BにとってCは社会的特権人だという関係しかない。ルカーチのいうようなところでは無数にちがった社会の意識がばらまかれているだけで、〈プロレタリアート〉も〈階級〉もないのである。そしてただ無数の層の共同性があるといえるだけである。

こういった思想言語の一連の環については、わたしたちはじつにたくさんのいかものを文学や芸術から政治思想にわたって喰わされてきている。現実に体験しているものをよく観察したところと、理念として喰わされている悪食とをひそかにおもいくらべて驚いたことがないものはまれであろう。〈プロレタリアート〉や〈階級〉が、思想の言葉として成立するためには、どうしても宗教から法へ、法から国家へというような幻想の歴史が媒介として論理のなかにはいってこなければならない。

まず宗教が人間にとって絶対者である神の意識を幻想的にうみだしたとき、この幻想と人間との関係は、無限なものと限りあるものとの自己意識のなかでの二重性になってあらわれる。これは祈りやお告げによって、あるときは人間が無限なものになりたいと願い、あるときは無限なものへの祭拝となってあらわれる。そして、このような自己意識の内部での無限と有限との葛藤は、現実の社会では他の人間との関係となってあらわれるほかはない。人間は他の人間になりたいと願ったり、お告げをうけたいと祈ったりするのである。

こういう宗教の意識は、もし人間が動物にちかいように、食べたい自然のものを食べたいときに食べて生活することができなくなり、すこしでも社会を構成して利害を共にするほかに生活してゆけなくなるまでになると、はじめはただ能力の大きいものと能力の小さいものとの優劣関係しかなかった人間の社会構成が、この宗教の意識にたいして現世的な利害を対応させるようになるのである。こうなれば宗教は掟（法）の意味をもたざるをえなくなる。そして法は、じぶんが住みつくことができる人間の社会の構成をかぎってゆく。それは国家の原型のもんだいである。

このように人間の幻想的な疎外が、しだいに現世的になってゆき、はじめはたんに幻想の自己意識の内部での表出であったものが、現実につくっている社会の生活の関係と対応するようになって、はじめて幻想的な理念であるとともに、現実をも象徴するような言葉が生きることができる。〈プロレタリアート〉とか〈階級〉とかいう言葉は、このような幻想の歴史と「社会的存在の客観的現実性」とが、二重に関与しないかぎり成立しないのである。そしておなじように、言葉は幻想の表出と現実にむかう対応性という二重化された象徴として言葉なのであって、ルカーチの思想言語がかんがえているように、またプラグマチズムが主張するように、「社会的存在の客観的現実性」との対応や指示によって言葉なのではない。〈プロレタリアート〉とか〈階級〉とかいう理念の言葉が、生命をふきこまれるためには、この言葉の現実にたいする水準と、幻想性にたいする水準とがはっきりと確定されていなければならない。ルカーチに象徴される古典マルクス主義の哲学では、はじめから生命をふきこむ余地がない言語思想が支配しているのである。

わたしが、これはおかしいこれはおかしいと感じながら批判的にかかわってきた世界思想は、事実と言葉との密着という詐術によってしか成立しないものであった。これに気づいたとき、欠陥を対象とすることは、たとえ批判または否定であってさえも、対象的欠陥にしかすぎないことを体験的にしったのである。すくなくともわたしの言語思想が自立の相貌をおびて展開されたのはそれ以後である。マルクスの思想は、わけ入ればわけ入るほど、古典マルクス主義とちがった貌をしてあらわれてくる。このことは、多くの古学派的な思想家が気づいて指摘しているところである。ただ古学派的な思想は、祖を離れて祖に帰るという認識の運動を踏まないため、多くが解釈の学にとどまっており、そのために思想的な拠点をつくりあげることができなかったのである。

不毛な思想的対象にかかわりあい、それを補完しようとして対象的不毛に達しているひとつの例としてJ＝P・サルトルの思想をあげることができる。

J＝P・サルトルの近著『方法の問題』は奇妙な矛盾をふくんだ書物である。そこでは、まずマルクス主義とはかくかくのものであるというカテゴリーが無意識のうちに対象的につくられていて、その哲学を前提として区切りながら実存主義的思想の自律性がたもたれる所以が論証される。〈マルクス主義〉はサルトルによって語られるかぎりでは、ルカーチ的な物化の理論をさしており、サルトルはこの物化の理論を実存主義によって補完しようとするために、大著をさしむけている。サルトルの思想は、ここでは〈マルクス主義〉に随伴する影となり、〈マルクス主義〉が、いいかえればロシア・マルクス思想が消滅すれば消滅してしまうのだ。もちろんこの消滅は、〈階級〉の消滅とは関係なしに、特殊化された理念の消滅として起こりうるものである。

サルトルは、西欧のマルクス主義思想に絶望して、その欠陥をみずからの理念でおぎなおうとかんがえる。かれは善意であり、そしてすくなくともここでは駄目なのだ。けっして〈マルクス主義〉自体に疑問を投げかけないし、その根柢を掘りかえそうとしない。対立手はルカーチでありルフェーブルであって、方法そのものではない。

サルトルの言語思想が、〈マルクス主義〉に随伴する思想としてしか成立しないのは、思想的に臆病だからでもなく、マルクスを理解しないからでもなく、またかれ自身がいうように〈マルクス主義〉が歴史的であり構成的でもある可能性をもった、現存するただひとつの人間学であることを尊重しているからでもないとおもえる。

かれがまず自分の手でつくった〈マルクス主義〉という皮膜が強固であるために、メスがその骨髄にとどかないのである。

なぜ、サルトルの言葉がつくりあげた〈マルクス主義〉が強固な皮膜をもっているのだろうか？　そこには、サルトルが目撃し、体験した歴史が息づいている。第二次大戦で、何はともあれナチズムと対抗し、これの支柱となりえたものはあの奇怪な〈マルクス主義〉の変態であるスターリニズムであり、サルトルはすくなくとも同意しなくても加担したのである。サルトルにとってどんな欠陥もこの支柱自体を疑うほどに大きくはないとかんがえられたとしても当然であった。

ナチズムと天皇制に屈伏し、合流した必然をもつ〈マルクス主義〉の日本的変態を目撃してきたわたしどもの言葉が、サルトルと異なり、サルトルの欠陥をそこにみることができるのも当然ということができる。サルトルの言葉はわたしどもの言語思想からは、その支柱の一つを欠いている。

サルトルの言語思想は、言語体験の歴史的な累積について自覚的ではなく、無条件にそのうえにたって思想を展開できるという幸運な文化の位相にあるため、言葉が生命をふきこまれるために必要なひとつの与件を省略することができている。この省略は、かれの思想を無意識のうちに〈マルクス主義〉の物化の理論とおなじ水準に運んでいるのだ。サルトルにとっては、現存している西欧の言語思想の尖端である〈マルクス主義〉を、さらに尖端化しようとする試みが思想の行為でありうる。この試みが、そのまま現存する世界の尖端であるという課題において、サルトルは先験的なのだ。自然な知識的な課題のいとなみを、世界が尖端と認めてくれる位相にあるため、自覚や乖離や危惧は、サルトルの思想的な試みのなかに不要であり、きわめて当然の貌をすることができている。この位相を理解するには、知識についてしめす寛大さが、寛大さとして他者にうけとられるかどうかを意識する必要のない富者、という比喩をおもいうかべればよい。わたしのかんがえでは、すくなくとも、〈マルクス主義〉を補完しようとする際だけは、サルトルのスコラ的な論議は、この位相に由来する不毛さをしめしている。

わが国では、まだ信ずべからざるものを理念として信ずるという牧歌が知識人のあいだにのこっている。この世界の尖端にある課題は無条件にすべての地域にとって尖端的であるという遺制も現実もある。しかし、ひとたびこれにとらえられるとき、観念の生活と現実の生活のあいだに、とうていサルトルなどが自覚しなくてもすみ、意識しなくてもすむような緊張の構造がつくられる。そしてこの緊張した結節点で屈折や乖離を感じるとき、大衆の貌が、つまり土俗の言語が登場してくる余地がある。この大衆の貌は〈プロレタリアート〉ではなく土俗としての大衆であり、また〈階級〉としての大衆ではなく支配に直通することができる大衆の貌である。わたしたちがナショナリズムとよぶものは、この尖端的な言語思想とともによびおこされ、それをひきもどそうとする土俗的な言語思想をしか意味しない。

サルトルにとって古典マルクス主義の実存的な深化が課題であるとき、あたかもこの課題を斜めに過ぎるような課題をわたしたちによびおこすのは、この土俗的な言語思想の影である。そしてたとえ思想の空間としてここ四十年の歴史を失おうとも、サルトルにはけっして気づかれない古典マルクス主義の欠陥をわたしたちに気づかせるのも、この斜めに過ぎるものの影によってである。

わたしが世界の尖端的な言葉についてかんがえようとするやいなや、古典マルクス主義の大衆概念の四十年の歴史なしに、大衆の言語思想をまねきよせ、それを土俗の言葉として考察することができる。サルトルの思想は、たんに尖端的な知識人の思想でしかない。しかしわたしどもが知識人であろうとすれば、必然的に土俗的な大衆の思想をくりこみ、投影せざるをえないのである。このように投影される大衆の影が、古典マルクス主義のまねきよせた大衆の像と、どれだけかけ離れているか、どれだけ一致しえないか、どれだけ逆立するかという課題こそが、わが国の四十年来の転向・戦争・戦後のあらゆる思想的な中心の課題であった。この中心的な課題を、たんに世界史の尖端から流れくだる理念にとびつって、進歩と反動との交替する波形、あるいはファシズムとデモクラシーの交替する情況として理解しようとしてきた〈マルクス主義〉と〈プラグマチズム〉の日本的な形態は、たとえわたしの批判をまたずとも、思想的な意味をなさないのである。それらは、ただ交替する現象でしかない。

わたしたちが、現在、サルトルのように古典マルクス主義の実存主義的な深化ではなく、古典マルクス主義の提起した基本的な言語である〈プロレタリアート〉、〈階級〉、〈党派性〉などを根柢的に掘りかえす作業を強いられている根拠はこの点にある。サルトルにとって現存する尖端的な言語（古典マルクス主義）の尖端化（実存化）が課題だとすれば、すくなくともわたしにとっては、尖端的な言語と土俗的な言語とのあいだでつくられる緊張した屈折や乖離の構造を、はせ昇りまたはせ降ることができる言語思想（自立化）の発見が課題とならざるをえない。

柳田学が膨大な資料を集積し、戦後プラグマチズムと古典マルクス主義の部分が模倣しているように、土俗的な言語をどれだけ集積し、どの観点からとりあげようとも、わが国ではけっして尖端的な言語思想の課題にゆきつくことはできない。おなじように、かれらが試みている尖端的な言語から土俗の言語へはせ降り、これを大衆思想あるいは思想大衆化の課題とすることはできない。わたしどもの言語思想からは、尖端的な言語のたゆみない追求が必然的に随伴し分離してくる土俗的言語にだけ、所定の思想的な意味がかんがえられるのである。

いうまでもなく、このわたしどもの言語思想は、古典マルクス主義とプラグマチズムが提起した全思想領域に拡大することができる。思想的対立の主戦場はいたるところに存在しているのだ。

3

わが国の政治思想史の文脈をながめてみると、おおすじのところで、講座派の思想は共産党に流れてゆき、労農派の思想は社会党に流れてゆき、これらの変態である社会ファシズムの思想は、このふたつの党派に分配されていることがわかる。いわゆる超国家主義の思想だけが右翼的な諸形態をとって潜在していることがよく了解される。そしてこれらの古典的な党派をわかった分岐点は〈天皇制〉の問題にほかならなかったといいうる。

〈天皇制〉の問題はなぜ過去をなやませ、なぜ奇妙な独特の脅威と吸引力をもってすべての古典的な党派性の概念を混乱させたのだろうか?

わたしたちはここで古典的な党派性を棄揚するもんだいに当面するとともに、国家論のもんだいにゆきあたっているのである。

よくしられているように、過去に、講座派と労農派のあいだで近代日本の国家権力の性格についてはげしい論争がかわされ、その論争はそのままかれらの党派をわかつものとなった。さまざまなニュアンスのちがいはあっても、講座派によってとらえられた近代国家の像は、明治維新いらい天皇制絶対主義の性格をもちつづけながら、ブルジョアジイの興隆とともに、地主とブルジョアジイの両端の利益を代表するものに転移し、それ自体が絶対主義としての独立性を保ちつづけた権力であるとされた。労農派によってとらえられた近代国家は、明治維新によって成立した天皇制絶対主義が、ブルジョアジイの興隆とともにさまざまな遺制をのこしながらも、ブルジョアジイ国家権力に転化されたというものであった。

この論争は、日本資本主義論争とよばれているように、農業構造と産業構造のもんだいが微にいり細にうがって論ぜられ、もはや講座派と労農派の見解は、色をひとつくわえるかくわえないかで連結しているプリズムのような観を呈するにいたった。きみはどれを択ぶか、色見本はよりどりみどりだといった見解の標本ができあがったのである。

いうまでもなく、この論争は国家権力の性格を、経済社会構成と対比させようとする点で一致しており、その点でまさに致命的な欠陥をもつものであった。わたしたちは何らかの意味で、マルクスの方法がここにあるかのように錯覚し、まだ若年でみずから創造する能力のなかった戦後のある時期に、この愚かしい論争を追体験したのである。内心では、天皇制近代国家は、こんな単純なものでも、こういう馬鹿げた方法で包括されるものでもないという疑念をもち、それゆえに戦争責任とはなにか、戦後に生きる課題とはなにかを、自らに提起せずにはおられなかった。そしていま、やっとこれらの論争の基本的な性格を批判する視点を獲得することができたのであり、葬送の歌をあたえる段階に到達したのだ。

講座派や労農派によってとらえられた〈国家〉は、いわば社会的国家であって、国家そのものではない。そして、この社会的国家はそのまま政治的国家と等記号でつながれていたのである。この論争は、近代日本の経済社会の構造についてさまざまなことをあきらかにしたが、ついに天皇制国家の本質、その実体をあきらかにすることはできなかった。

これらは、ロシア・マルクス主義のひそみにならって経済社会構成を、階級的な構成とかんがえ、この階級的な構成の上層によって占められた国家権力を想定して、これを国家そのものの本質とみなした。

ここにはふた色の錯誤がある。

さきにものべたように、経済社会の構成に着目するかぎり、そこでの〈階級〉はたんに個別的なものにすぎず、ただ都市と農村のちがいだけが普遍的な意味をもちうるにすぎない。そこでは、より権限あるものとより権限なきものとが社会的地位によって無数に区別されるにすぎないのである。

国家権力は、経済社会構成の上層に地位を占めるものがよりあつまってつくられるものではないから、社会的国家に公的権力が存在するのではない。社会的国家は、法によって政治的国家と二重化されるとき、はじめて権力をもち、普遍的な〈階級〉のもんだいがあらわれる。それゆえ、国家を宗教から法へ、法から国家へと下降する歴史的な現存として考察しないかぎり、国家の本質と、そこからうまれる権力の総体はとらえることができないのである。

当時、おぼろげながらもこれに気づき言及したのは、神山茂夫の戦時下に書かれた『天皇制に関する理論的諸問題』だけであった。「だが、世界に類例のない日本憲法の真の秘密は、その近代的粉飾にもかかわらず、その根本思想が氏族的古代的精神によって貫かれているところにある。」というように。
神山茂夫の限界は、レーニンの『国家と革命』の特殊機能化された国家論の限界内にあり、三二テーゼの限界であった。

日本の古典マルクス主義によってとらえられた天皇制国家は、当然ながら、世襲的な祭司であり、儀礼主宰者であり、原始シャーマン的宗教信仰の対象であることによって、近代思想として思想的強力でありえた天皇制国家の理念権力としての強大さと特殊さをとらえることができなかった。それは、宗教・法・国家の古代からの累積された強力を保有することでもちうる権力性を、国家本質内の本質としてとらえる方法をもたなかったからである。

明治憲法の第一条が「大日本帝国ハ万世一系ノ天皇之ヲ統治ス」とうたったとき、政治的国家としての天皇制は、宗教と法の歴代の累積する思想的強力をもふくめた綜合性を意味したのである。この近代日本の国家本質を、たんに、経済社会構成から類比しようとする古典マルクス主義の方法は、何よりもわが国の国家論でもっとも欠陥をあらわにしたということができる。

社会的国家の概念からは、天皇族はたんに大土地と財産の所有者であり、その所有の程度におうじてブルジョア的な社会的特権力をもっているにすぎない。しかし、政治的国家の概念からは、古代以来の宗教と法の理念を綜合する権力を意味した。この国家の独自な性格は、すくなくとも講座派や労農派によっておこなわれた資本主義論争の範囲をまったくこえるものであった。

法・国家というものは、何らかの意味で人間の観念が無限の自己としてうみだした宗教が、個別的なものから共同的なものへ転化され、それによって社会的国家の外に国家をうみだしたものである。信仰がもっている憧憬と戒律の二重性は、それゆえ法や国家の本質につきまとっている。

国家本質の内部では、国家は宗教を源泉としている。この国家本質は、そのまま矛盾なしに社会的国家と接続したり、対立したりすることはありえない。一般的にいって国家の成立ということと、経済的社会構成が国家を成立せしめるまでに発展したということは、まったく別問題であることを、古典マルクス主義はとらえることができなかった。講座派や労農派がつまずき、いまもその流れをくむ古典マルクス主義がつまずいているのはその点である。

　宗教が人間にとって無限の能力でありたい願望として外にあらわれ、それが現実には有限の能力である人間におおいかぶさる強迫と憧憬であるとすれば、共同的な宗教である法や国家が、「万世一系ノ天皇」にまで近代理念として累積されたとき、これを信仰思想の対象としてかんがえる理念がうまれるのは必然であった。ここに近代日本に特有な超国家主義がうまれる基盤があったのである。超国家主義が丸山学派がいうように、論理と心理と病理のもんだいでもなければ、古典マルクス主義がいうようにファシズムの問題でもないことは論をまたないことである。

　超国家主義は、北一輝や大川周明に象徴されるように、天皇制軍事社会主義から、権藤成卿や橘孝三郎に象徴されるような天皇制農本主義にいたるまで、さまざまな形をとって出現した。この思想的な形態は、経済社会構成と類比される意味でとらえられた絶対主義やボナパルチズムの概念の水準でとどまれば、とうていとらえることができないものであった。自然宗教の幻想が、現世に降ってゆくばあいの思想的強力がはらむものを国家として考察することなしには、とうていつかみえない思想力をうみだしたのである。

　超国家主義の思想は、国家本質の内部では、西欧の近代国家のなかで、キリスト教的な急進社会主義や、クエーカー教的な共同主義が成り立つのとおなじ位相でとらえられる面をもっている。ただ、西欧の宗教的な社会主義が究極には個人の信仰の理念に収斂するほかないように、超国家主義は、究極的には天皇を超越的にいただく自然的な共同体の観念に収斂するほかはなかったのである。プロテスタント主義と資本制とを結びつけて考察するM・ウェーバーを評価することを知っている丸山学派が、超国家主義を反動の論理と心理のもんだいにしか還元できなかったところに、その国家理論のモダニズムの不備がよこたわっている。

北が天皇制を逆手にして資本主義を廃絶しようとする方策をあみだし、権藤成卿が天皇制国家権力と反国家権力としての農村共同主義を折りあわせようとして〈国家〉と〈社稷〉というふたつの概念をあみだしたというようなことは、古典マルクス主義がかんがえるよりもはるかに深刻な意味をはらんでいる。なぜならば、国家本質論の内部では、キリスト教社会主義の存在を認めるならば、天皇制社会主義も矛盾なしに認めねばならないという側面を、超国家主義はもっていたからである。講座派や労農派が天皇制国家の把握に失敗したのは、宗教的な疎外の累進した共同性として法・国家の本質をつきつめるという面が欠落していたからであり、丸山学派がこの把握に失敗しているのは、国家本質論をもっていないうえに、古典時代のリベラル・モダニズムの戦争体験を刻印されていたからである。

制度の変革は、さらに端を改めて詳説せねばならぬが、制度がいかに更改されても、動かすべからざるものは、社稷の観念である。衣食住の安固を度外視して、人類は存活し得べきものではない。世界みな日本の版図に帰せば、日本国という観念は、不必要に帰するであろう。けれども社稷という観念は、取除くことができぬ。国とは、一つの国が、他の国と対立する場合に用いらるる語である。すなわち世界の地図の色分けである。社稷とは各人共存の必要に応じ、まず郷邑の集団となり、郡となり、都市となる。その構成の、内容実質の帰着するところである。各国ことごとくその国境を撤去するも、人類の存在する限りは、社稷の観念は損滅を容すべきものでない。（権藤成卿『自治民政理』）

ここでいわれている「国」が政治的国家にあたっており、「社稷」が社会的国家を意味することは、たやすく類比することができる。権藤の政治思想の範囲では、「国」のなかに天皇制が住みつき、「社稷」のなかに農民の共同体が住みついていた。権藤が平等な農民の共同体のようなものを構想しながら、超国家主義一般のなかに姿を没してゆかねばならなかったのは、かれのいう「社稷」が、矛盾や逆立なしに「国」の概念に到達しえないことを洞察しきれなかったためであった。すくなくとも権藤は古典マルクス主義よりも一歩ふみこんで〈階級〉の概念が発生する基盤には着眼したのだが、政治的国家と社会的国家を二重の屋根のようにかんがえたのである。権藤がもしも、郷邑の集団となり、郡となり、都市となるとかんがえた「社稷」を、そこに抽出される約定（法）の面で把握していたとすれば、これらもまた小さな〈国家〉と〈社稷〉に分立していることを洞察しえたはずであり、「国」と「社稷」は二重の屋根ではなく、現実の生活と幻想の生活とが法によって対立する法国家本質であることをつかみえていたはずである。

純思想的に問題をあつかうとすれば、古典マルクス主義の近代天皇制国家論は、近代主義と社会ファシズムまでをその範囲にひきよせることができた。しかしその方法がどうしてもとりのこした空洞は、超国家主義をうみだすほかはなかったのである。

いうまでもなく、わたしたちの思想情況はいまも、思想を識別するのに古典的党派をもってし、個々人の心情的なさわりを進歩派とか保守派とか呼びならわす常識のなかにいる。しかし、すべての常識的な思想の党派のなかでは、かれがもっとも憎悪するのは、かれのもっとも近い隣人であるという原則しか実際は存在してはいないのだ。現在の情況は、ますますこの自己偽瞞の構造を追いつめ、ひとびとが鳴り物入りの党派にみている虚像は、ますますその実体から遠ざかっているのである。わたしが古典的な党派の理論を批判するとき、それは同時にこれらすべての党派性を対象化しようとする課題によってであり、けっしてかれらのように古典的超国家主義を思考の範囲からとりこぼしたり、回避したりする方法をえらばないのである。超国家主義は、純然たる国家理論の問題である。

4

わたしの思想言語からは、ナショナリズムという概念は、世界の尖端的な思想の言語を課題とするときに必然的に伴われる土俗的な思想の言語という以外のどんな意味ももちえない。それは思想が不可避的にともなう象徴ではあっても、けっして積極的な契機ではありえないのである。世界史の尖端的な課題を思想的に提起しえないかぎり、ナショナリズムの問題も発生しうるはずがないのだ。

ここ一、二年のあいだに、わが国でおこなわれているナショナリズムの論議は、これとはまったく質がちがっている。それらは、日本資本制国家を前提として恒久化したうえでおこる政治的な、あるいは経済的な、あるいは思想的な技術問題は如何という意味しかもっていない。そこには尖端的な思想の言葉にとりつこうとする緊張がないから、土俗的な課題もともなわれることはなく、日本資本制国家の資本制の性格一般のもんだいがあるだけである。そこには超国家主義がもっていた衝撃力もなければ、古典マルクス主義がもっていた先験的な政策論の大だんびらもひらめかせる余地はないのである。

わたしたちは、ただ思想の風流としてのナショナリズム論議に当面しているだけである。そしてこの単なる風化にすぎないものが、近代主義やプラグマチズムの機能的な衣裳をつけているところにほんとうの問題があらわれている。

つまらぬ進歩派が、反動の復活であるかのように大さわぎしている林房雄の『大東亜戦争肯定論』で、わたしがもっとも失望したのはこの点であった。戦争期に林房雄がもっていた思想の遠心力は、ここではすべて喪われ、風化した近代主義の変態にかわっている。林房雄が戦争期に「勤皇の心」などでもっていた超国家主義の緊張と軋みと弾みはあとかたもなく、ただ近代日本の国家についての解釈のちがいが、もともととるにたりない学者の論議を相手に小股をすくう形で展開されているだけである。

林房雄の論旨は、講座派と労農派によって性格づけられた明治維新論への疑念から端を発し、西欧列強の植民地化政策にとりかこまれて一国資本主義の建設を強いられねばならなかった近代日本国家の擁護をモチーフとして、一路太平洋戦争にいたる全過程を必然とみなしているものである。これを反動の復活として批判する進歩派は、ロシア革命に端を発して、帝国主義列強にかこまれて一国社会主義の建設を強いられねばならなかったソ連の擁護をモチーフとして、第二次大戦後の「社会主義」圏の成立にいたる全過程を必然とみなすモチーフに貫かれている。たしかに、このふた色の見解は、一方が明治維新による近代日本国家の成立をみとめるかぎり、また一方がロシア革命による一国社会主義の成立をみとめるかぎり、前提として成り立つにはちがいないが、成り立つという以外にあまり正当性をもたないことは論をまたない。わたしたちが、わが国における思想的な流行の転変にどんなに不感症になっていると仮定しても、こういった〈進歩派〉と〈反動派〉との対立の仕方には食欲を感ずるわけにはいかないのである。戦後二十年、無駄飯を喰ってきたわけではないから、わたしどもは、それ相当の思想的な美食家になっているのだ。

ナショナリズムの論議において、わたしたちはつまらぬ思想の葛藤をみせつけられているのだ。戦後二十年のあいだ国家理論ひとつ創造しようとせず、ロシア・マルクス主義の国家論を口まねしてきた怠惰と追従主義が舞台を退くべき間際に、戦後二十年のあいだ冷飯を喰ってきたが、冷飯の味から何も学んではこなかったものから追いうちをかけられているといった、わが国の思想にとってはありふれた芝居をみせつけられているのである。罰は両者がともにうけるべきであり、わたしはいずれにも加担する必要をみとめない。

わたしの思想的なモチーフのなかでは両者はともに冥界に入っており、ただこれらを棄揚しうることにだけ思想の責任を負っている。

擬実証的であり擬理論的である思想の交替はいつも心理の帯域のなかでおこなわれる。思想が心理的にみられるかぎりでは、一朝にして目覚めれば、この世界は変って視えるということはありうるのである。現在の思想情況では、真の行動家たちはすでに堕ちるところまで堕ちてしまっている。そして行動家たちは、思想によって立っているだれにも非難されず、かえってこれを非難する根拠をいつも手にもっているものである。よくたたかいえないものがよく崩壊しえない姿勢を空疎につらぬいているというように。そしてこの論理は、だれでもが行動家であるときいだきうるものである。

こういった思想の季節におこなわれている現在のナショナリズムの論議はすべて心理の帯域の問題にすぎないことをはっきりさせておくべきである。そこには世界の尖端に位する思想もなければ、生まれ、その土地を離れずに生活し、どんな思想的な音もあげないかわりに、他人の思想事など何の関心もないといった大衆の閉ざされた土俗性の思想もない。

林房雄の『大東亜戦争肯定論』がつまらないのは、おおくの進歩派がかんがえているように、赦すべからざる戦争犯罪的なかんがえが復元しているからではない。そのモチーフが、現在すでに戦争はどのような立場からも悪であり、平和こそ何にもましてつらぬかるべきものであるという立場に安堵した上で、その戦争の終曲である太平洋戦争にいたるまでの近代日本の国家行動を必然として考えようとしている点にある。そこには戦争挑発の声もない代りに、現況を否認しようとする衝撃力もなくなってしまっているのだ。この論議が、限られた政策言語の範囲で進歩的であるにすぎないくだらぬ進歩派しか憤らせることができないのはそのためである。

すでにわが国の社会情況は、思想の言語が中間的な帯域のなかでしか流通できなくなっている。世界史の尖端にわたりあう緊張した言語も土俗の奥深くひそんでいる言語も、どんな意味でも公共の場に貌をだすことができなくなっているという認知こそが、現在重要である。すでに思想の世界そのものが、それを好まなくなっており、それに触れるものは、ただ障害しか与えられなくなっている。

わたしどもの戦後の過程は、土俗的な言語を切開しながら尖端的な言語思想に到達しようとする試みであった。そしてこの過程に切開するべきたくさんの結節の構造を発見することが戦後のいとなみをなしてきたのである。

この立場は、尖端的な言語思想をそのまま拡大させて、〈社会主義〉国家同盟と〈資本主義〉国家同盟の対立と共存という思想につくことによっても、土俗的な言語思想を貫通させて、明治以後の近代天皇制国家の軌跡を「肯定」することによっても獲取されないものである。そして、おそらく、尖端的な言語と土俗的言語のあいだの結節を流通させる方法を発見することによってはじめて可能な立場である。いいかえれば、近代天皇制国家権力の本質と実体とを、普遍言語をつかって現実的に位置づけることによって、まず思想的な階梯がふみだされるはずである。

国家をとらえるために、経済社会の構成からとらえようとする方法は、講座派・労農派いらいの古典マルクス主義と、戦後プラグマチズムにとって共通のものである。もし、思想の正誤表をつけねばならないとすれば、戦後プラグマチズムの国家論は、もっとも多量の朱線を入れられねばならないだろう。そして、もしかすると歴史の時間の縮尺に誤認があるばかりではなく、人間の存在もそこでは縮尺に入れられているかもしれないのである。

わたしたちは、確かに戦後はるかな歳月を歩んできた。はじめに、ひそかな共感をよせることができる思想的なモチーフから出発したものたちも、いまではほとんど了解を拒絶するような地点までへだたってしまっている。かつて敗戦が不可解な思想の様相をかいまみせたように、いま、わたしの思想のモチーフのもっとも真近かから出発したものが、どんな絶望をも表白することなしに、戦後の資本制国家の軌道を恒久化したうえで、あれこれの処方箋を嬉々としてカプセルにいれているのをみるのは、もっとも不可解である。この不可解さのなかに、はるかな歳月がかくされている。

上山春平の『大東亜戦争の意味』は、戦後プラグマチズムの国家論を象徴するとともに、わたしに、戦後のはるかな歳月を感じさせる書物のひとつである。了解の可能な領域から了解を拒絶する地点へ歩み去ってゆくおなじ世代の袂れを、これほど鮮やかにみせてくれるものはない。かつて時代が国家を神にまでおしあげていたときも、国家はわたしたちの年代にとって関心の対象であった。国家の信仰が死滅しなければならなかった戦後の道程でも、国家はわたしたちの関心の対象であった。いま、わたしたちの年代の距離のおおきさは、おなじように国家をめぐって確かめあうことができる。

上山春平によれば、人類史の総過程は、農業社会と、それ以前の自然社会とそれ以後の産業社会とに区分される。自然社会から農業社会への移行期に、血縁共同体が国家と地域共同体に分化し、現在進行中の農業社会から産業社会への移行期には、主権国家の機能が国際機構と非主権国家とに分化するだろうというのが、そこで展開されている原理的な国家観である。そして、この原理から自衛隊の職能代表による管理機構や、全人民の自衛隊への参加義務が論ぜられるのである。

上山春平の国家論は、べつにあたらしいものではなく、F・オッペンハイマーの国家論などによって、わたしたちがかなりよく知っている考え方に類似している。けっして戯画的なものではなく、ともすれば、人類の社会を、主要な生産の様式にそくして、自然社会・農業社会・産業（工業）社会というように区分けして、発展段階の総体をおさえようという誘惑は、プラグマチズムの思考方法としてさけがたいものだということができる。そして、この千年を尺度としてかんがえられる社会の段階に、共同体の体制の変貌を対応させたいという意図も、意図として了解できないものではない。なぜならば、そのような巨視的な尺度で人類史を区切れば、確率からいっても、共同体の変貌が、おおざっぱな対応性をもつとかんがえられるのは当然だからだ。だが、このような論議は、それ自体が百年以内を尺度とする人間の存在の現存性にたいして現実的な意味をもちえない。

だが、わたしがここで関心をもつのは尺度ではなく、その国家論の批判である。

ここでかんがえられている〈国家〉は、じつは、社会的国家であって〈国家〉そのものではない。人類史がうみだしていった〈国家〉は、もともと上山春平のいうような社会的機能としての共同体という権限を超えたところで、はじめて〈国家〉としての本質を結んだのである。社会的機能の範囲でかんがえるかぎりは、〈国家〉そのものは問題にふくまれず、ただ拡大した職能共同体の問題があるだけである。〈国家〉は、社会の共同性が、法によって政治的国家、いいかえれば職能的な機能を超え、これと矛盾する法的理念として結晶したときはじめて〈国家〉とよばれるのである。だから「主権国家」という言葉がつかわれていても、ここでとらえられている国家は、職能的な機能が大規模に発展したものという意味しかもたず、〈国家〉そのものが、はじめから上山春平の思考には存在していないのである。

　上山春平は、しばしば、マルクスから影響をうけたと書いているが、そのばあいマルクスは、『資本主義的生産に先行する諸形態』に代表されている。この著作の時間的尺度も考慮されていないし、マルクスの体系のなかでの位相もかんがえられていない。マルクスは、この著作で国家論をまったく度外において、生産様式の歴史性についてのみ触れているということも忘れられている。

〈国家〉とそれに先行する国家、いいかえれば宗教・法・国家は、その本質の内部では社会の生産の様式の発展史とは関係がないのである。それはそれ自体の発展の様式をもっている幻想の共同性の発展である。また幻想的な疎外の特殊性から一般性への発展であり、わずかにその本質の外部で、社会の経済的な構成と、無数の環によって対応させて考察することができるにすぎない。それゆえ、自然社会・農業社会・産業社会という発展を、国家の起源から国家の国際機構への統合と結びつけてかんがえる上山春平の思考法は、それ自体が誤解であり、その誤解はとうぜん国家ではなく社会的共同機能の国家的な規模を、国家と考えちがいするところにゆきつくほかはないのである。

　上山春平が、サルの社会と人類の社会を連続としてとらえているところにはっきりとあらわれているが、幻想を幻想の共同性の意識として表出するという人間のみに特有な幻想性の発展の仕方を視点としてもたなければ、社会の生産様式を考察できても、〈国家〉を考察することはまったくできないのである。もちろん国家の先行形態は、はじめからサルの社会とは無関係なのである。このような誤解は、上山春平のばあいには、さまざまな学説を、つづれ織のようにとりあつめてじぶんのかんがえに組立てるという作業の結果としてあらわれているが、この誤解の根源は、もっと根深いところにみつけることができる。それは、現在、古典マルクス主義のすべての国家論をおなじようにとらえている。

よくしられているように、エンゲルスの『家族、私有財産及び国家の起源』は、レーニンをはじめとする古典マルクス主義の国家論の大きな源泉であった。エンゲルスは、この論文でモルガンの古代社会についての研究に、経済社会的な発展の内容を付与することによって、国家学説をつくりだした。エンゲルスは、氏族制の内部から、諸産業が農業や商取引が分化して発達し、氏族の血縁法の範囲では統御できない問題がうまれるようになって、各種の共同利益をまもるための政治的職業団体が派生し、それらが共同の利益をまもるために、個々の自己利益をまもるという意味とは別の公的な権力をそれ自体としてつくりだし、このつくりだされた権力が、それ自体で独立の威力をふるうまでになったところに国家の成立をみた。

エンゲルスのこの考察には、各種産業の利益をまもるための共同の官制が、官制として組織されると、それ自体で公的に独立した権力をふるう集団機能に転化するという思考が貫かれている。

わたしどもはここに『猿の人類化への労働の関与』にあらわれたエンゲルスの言語思想に対応する思考法と、同一の結果をみることができる。

しかし、わたしのかんがえでは、エンゲルスは、人間の思考法についての基本的な考察の環を欠いている。それは、サルに宗教がないように、はじめに自然宗教として発生した人間に固有な幻想の表出法が、やがて法をさまざまな家族や血族の慣習的な掟としてつくりだし、国家にまで貫徹されるという幻想の表出法の共同性である。このようにして〈国家〉は、エンゲルスが考察した国家成立の過程の内部に、宗教的な表出法の変化と発展という固有の本質をもたなければならない。このようにかんがえるとき、「国家の本質的な特徴は人民大衆と分離した公的権力に存する」というエンゲルスの『起源』が語る特質の内部に、ひとつの内在的な本質が想定されなければならない。

上山春平の国家論は、もちろんエンゲルスのいう意味での公的権力という概念さえも欠いていて、社会の発展とともに拡大してゆく職能的な共同制が、そのまま国家的な規模に拡大されたものを国家とよんでいるにすぎない。はじめから国家そのものの考察が存在していないのである。それゆえ、やがて農業社会から産業社会へと世界が移行してゆくと、国際機構がうまれて非主権的な地域国家の問題を処理するようになるというイリュージョンにみちびかれるのは当然である。ここに、閉じられたナショナリズムから開かれたナショナリズムへという『大東亜戦争の意味』をつらぬくモチーフがうまれている。

戦争期の超国家主義を閉じられたナショナリズムとよぶことが、天皇制近代国家のなかの支配に直通する土俗的な言語の重さと混沌の意味をつき刺せないモダニズムの開明さにすぎないように、国際機構下における地域社会国家を想定する開かれたナショナリズムが、国家理論におけるプラグマチズムの錯誤に由来することはあきらかである。

エンゲルスの国家学説は、機能的な言語思想が到達できる極限をさしており、レーニンによって特殊化された後に、古典マルクス主義は、もっぱら開化風にこれを水うめするという方法的な泥沼にはいったということができる。

上山春平の原理的な思考は、さらに極端な開化論であって、観念の運動が生みだす幻想性の社会的な在り方ということをぬきにしては、国家そのものが論じられないというような、国家をもんだいにするばあいのいちばん基本的な環が忘れられてしまっている。

古典マルクス主義の言語思想を機能的な言語思想とかんがえれば、上山春平に象徴的にあらわれている言語思想は、機能言語の能率化とよぶことができる。

国家は国家本質の内部では、宗教を起源として法と国家にまで普遍化される観念の運動のつくりあげたものであり、この本質の内在性は、社会の経済構成の発展とは別個のものとして、ただ巨視的な尺度のうちで対応性が成り立つものとみなすわたしどものかんがえは、言語本質の内在性を自己表出とみなす言語思想と一致している。そしてこの考察は、言語を指示性・コミュニケーションとしてみるべきではなく、言語本質の内部では自己表出であり、その外部本質では指示表出であるような構造とみなすことをおしえるのである。

国家は国家本質の内部では、種族に固有の宗教がさまざまな時代の現実性の波をかぶりながら連続的に推移し、累積された共同的な宗教の展開されたものであり、国家本質の外部では、各時代の社会の現実的な構成にある仕方で対応して変化するものとかんがえることができる。

わたしの認識では、世界史の動向が、古典マルクス主義とプラグマチズムの融着の方向をさすとかんがえる現代マルクス主義と戦後プラグマチズムの思想は、ただ幻想の世界体制を自然過程のようにみなす矛盾を語るだけで、どんな意味でも転倒の課題を荷ってはいない。わたしは国家の本質とわが国におけるその実体をこれらの党派のとってきた誤解から解き放つという課題をつうじて、そこから発生する思想的拠点から、これらの党派的思想に逆流する方法をえらばざるをえない。

わたしは、現在の思想的情況のなかで、古典マルクス主義の諸変態と戦後プラグマチズムの思想がとっている立場にたいして原理的に対立するもんだいを、思想の基本的な言葉について羅列してきた。ここに、現在の思想の課題のすべてがあるわけではないとしても、中心的な課題はこめられている。なおしばらくの期間、思想の基本的な言葉について、その概念、それに近づく方法、世界にたいする態度にわたって古典的党派と異同を争わなければならないだろう。これらの争点において、古典的諸党派が内在的に棄揚されるのは必至であり、この意味でわたしにはただ時が欲しいだけである。

頽廃の名簿

文人A　きみの「自立の思想的拠点」（『展望』三月号）について批判が出つくしたところだし、批判した方も三倍くらいおまけがついてはね反ってくるのを愉しみにまっているだろうから、ここいらで批判の批判というのをやってみてはどうかね。もっとも正気ではつきあいかねる批判ばかりで張あいないだろうけど、茶化してみれば、面倒くさいつきあいも悪くないとおもうよ。

吉本　なに、面倒なことはないさ。おれは大体スターリン主義者や同伴者の批判には、律気に反批判することにしているのだ。それらは自己の思想的責任において発言するのではなく、嫌がっている〈正義〉を抱えこんで無理に心中しようとしている男たちだからね。甘やかしておけば複数者の理念が頽廃してゆくんだ。残酷にやるべきだよ。

文人A　ひとつ「新日文」の三人のラビたちの座談会「戦後文学の完成と変革」（四月号）からとりあげるか。おれたちがこの無能なラビたちを批判に価するとでもおもっているといった自惚れを与える惧れはあるけれどな。

政客A　おい、その〈ラビ〉というのは何のことだ。おれは文学には弱いんだ。

文人A　ラビというのは文学用語じゃないよ。ユダヤ教の律法学者のことさ。マタイ伝はこういう男たちをイエスに攻撃させているぜ。「学者とパリサイ人とはモーセの座を占む。されば凡てその言ふ所は守りて行へ、されどその所作には効ふな、彼らは言ふのみにて行はぬなり。また重き荷を括りて人の肩にのせ、己は指にて之を動かさんともせず。凡てその所作は人に見られん為にするなり。即ちその経札を幅ひろくし、衣の総を大くし、饗宴の上席、会堂の上座、市場にての敬礼、また人にラビと呼ばるることを好む。」第二十三章にあるとおりさ。もっともこの男たちの云うところには、守りて行うべきところなどないという意味で、ユダヤ教のラビ以下だけどさ。

「崩解感覚」以後、崩壊の一途をたどり通俗化していっている野間宏、ルカーチをもちあげるくらいでは情況のバスに乗りおくれるので、あわてて中井正一なぞから音楽少女まで担ぎ出し、おおよそ大学で美学を専攻したとはかんがえられない無内容な解説屋になっている針生一郎、ほんとうの情況の曲り角ではだんまりをきめこみ、自己を賭けなければ物が言えない契機をやりすごして、あとからつまらぬ時期おくれの政策論をやっている武井昭夫。マス・コミの読者向けのごまかしでもっているこの連中の自信をささえているのは、ただ無智ということだけだよ。無智の強さと狡さだよ。

吉本　そういえば『展望』の五月号には、玉城素という著述業者が投書をして、おれの論文に「このようなテーマを扱い、古典的諸党派を棄揚するために必要なのは、蛮勇や歌ではなくきびしい思想的営為である。」などとかいていたぜ。この男は、じぶんが『思想の科学』（五月号）にかいている「堺利彦」が、きびしい思想的営為どころか、思想的な営為にもなっていない紹介文であることを自覚しているのかね。よくも恥しらずなことがいえるな。「きびしい思想的営為」を説教できる資格をもっているやつは、日本にはいないはずだぜ。ほんとうの思想論文など読解する力もない無能な学者ジャーナリストが、商業雑誌と八百長で何をほざくのだ。『展望』四月号の藤田省三の女々しい雑文もおなじだ。この先生はじぶんが専門をもった学者のつもりかね。おれにいわせれば、この先生の論文なぞ素人にかけるものばかりだぜ。おまけにもっといけないのは、自分自身の知力で立てないで、〈大衆〉のためといった安楽椅子をかかえこんで物を言う根性がまだ直らないことだ。〈大衆〉はこんな先生の恣意になる人形でもなければ、「新日文」のラビに未来をゆだねるほど馬鹿じゃないよ。苛しゃくなくいまに審判を下すだろうよ。そのとき原告の側にたつ資格をもっているラビなぞはいないし、そんな組織なぞは存在しないのだ。誰でも（むろんおれもだが）被告になるつもりでいたほうがいい。それが思想の自負というものだ。もちろん藤田省三なぞ被告中の被告さ。

文人A　まあそうむきになるなよ。（笑）藤田にあるのは心情的な善意だけだ。何が大衆のためかという自己措定すらないのだよ。それにもう十年たてば天国が到来するなどと本気で書いているところなんざあ、ほんとうの無智じゃあないか。

思想が被告の覚悟をもつということは、思想が敗北するイメージをもたねばならぬということだろう。思想というものは敗北する経路のイメージが、勝利する経路のイメージとともにつきつめられていなければ、現実の事実に拮抗できないんだよ。ただの平和業者や共存業者や革命業者が駄目なのは、その点だよ。景気がよさそうに主観的にみえれば空威張りするし、景気がわるくなればポンコツになって口もきけなくなる。

政客A　その言には賛成だな。政治運動の理念といえども敗北したときの経路のイメージも、勝利したときのイメージもあるべきだよ。そのとき日共はどうなっているか、社会党はどうなっているか。もろもろの業者たちはどうなっているか。

文人A　野間宏は、戦後の知識人の『往生要集』をかくなどといっているが、ほんとうは戦後スターリン主義にいかれた知識人の〈往生集〉でもかいたほうがいいんじゃないかね。日本の知識人が戦後みんなスターリン主義にいかれたなどとかんがえるのはせん越で、ごうまんだよ。スターリン主義にもいかれず反動にも保守にも加わらず、戦後思想の経路を独自に開拓してきた「きびしい思想的営為」も、日本に存在しているんだ。

吉本　野間宏の「日本共産党との二十年」（『展望』四月号）などをよむと、人間はこうも厚顔無慚になりうるものかとおもうね。こんどの座談会でも、おれのエンゲルス批判にたいして、一生懸命エンゲルスが墓の中で泣き出したくなるような弁護をやっているけれど、この調子で野間宏は戦後スターリン讃歌の詩をかき、文学を政策の用具にしてきた過去をもっているわけだ。針生一郎にしてもおなじで、もちろんスターリン批判を徹底的にやれば、この連中は、自分自身を抹殺するほかはない、という自己意識すらもっていないから、無智の空威張りになる。武井昭夫をふくめて、この三ラビは、もっと勉強しなくちゃだめだよ。無智の厚かましさでマス・コミ読者向けの放送をしているうちに、文学も政治もこの連中を捨ててゆくのだ。この連中の無智と丁度つり合った進歩コマーシャル・ジャーナリストの無智だけが現在この連中の支柱になっているのだよ。

武井昭夫だけがこのなかでは政治的にましだとおもう。しかし、どうしてこういう連中とつまらぬ座談会につきあったりしているのかね。政治的にも文学的にも自滅だよ。それに段々とぼけてきている。国家論でも中ソ論争でも言語論でも、じぶんの精神の身銭をきってやってみることだ。それにはもっと根柢から勉強しなくちゃだめだ。他人の借物で物を言ったり、小松茂夫のような堕落した学者の「丸山真男」論の口まねをして、おれの丸山論を手製だといってみたりしてね。冗談じゃないよ。十年も作家論や文芸批判をやってきたおれが、そんな見当外れをやるとおもうかね。おれの丸山真男論が、丸山の方法、思想、その発想の根拠を押えきっていることは、丸山真男自身がよく知っているはずだよ。武井昭夫の悪いくせで、というのは口頭のコミュニケーションを過信してきた政治運動家の悪いくせで、他人の口から口への借物の評判でしかものがいえなくなっているのだ。丸山真男なぞ、おれが論じた以上でもなければ、以下でもない進歩ジャーナリズムに弱いただの学者だよ。

武井昭夫が講座派や労農派を否定できないのは、武井の「科学的認識」というのが、二十円入れると結果がでる電子占い程度のスターリン主義手製の認識論にすぎないことにもよるが、それよりもこれを否定すれば、戦後の自己自身を否定することになり、けっきょく無駄骨をおってきた自分が愛しいという心情だけがのこるというのが真実なんだ。べつに透かしてみなくてもその心情はわかるさ。しかし、そういうじぶんの過去の路を否定できることがじぶんの過去を愛惜することだよ。無智なはったり屋をあつめた文学部落などで温もっているようじゃ、それだけでおしまいさ。

文人A　この連中の奥野健男や磯田光一にたいする批判なぞみると、無智な岡っ引きがふんぞりかえっているといった具合だな。無智が空威張りの武器になるのは、いまでは、「新日文」くらいしかないよ。野間宏とか針生一郎とか武井昭夫などを、文学を本気でやっている人間が問題にしているとでもおもっているのかね。こと文学に関するかぎり現在、奥野健男や磯田光一のほうが、精神の身銭をきったいい仕事をしているよ。

政客A　もちろんおれたちの志向している革命のイメージのなかでは、こういった文学官僚は全部死滅させる。文学の運動は文学専門家が精神の身銭をきって文学をやるところ以外ではない。

吉本　いつまでたっても駄目なんだな。この連中のもっとも堕落した形態が、文学でいえば小田切秀雄や佐々木基一だし、哲学的には山田宗睦だ。いまこの連中は、社会ファシズムに変質しつつあるといっていい。社会ファシズムの現在的な特徴は、⑴科学的認識を偽装すること。⑵文化現象を平板な二分法でしかとらえられないこと。⑶資質、力量、想像力その他において及ばない連中にいいまかされるとみだりに反動よばわりしつつ、自滅の道をたどってゆくこと。⑷実践的空語。⑸口をそろえておなじことを囀る組織形態。⑹独占資本との融着。

ようするに、ぜんぶこの連中そのものだよ。スターリニズムは必然的に官僚化するか、社会ファシズムに変質するんだ。

個々の創造家の傾向、時代の文化的な潮流をうみだす必然は、文化そのものの内部だけでは考察しきれないということがほんとうの意味でわからないのだ。三島由紀夫にしろ江藤淳にしろ、どこからみても現代の一級の文学者だ。おれならば文学をやる人間は、否定するにしろ、肯定するにしろ、批判するにしろ、もってこれらの文学者を範とすべきだというね。

政客A　野間や針生や武井の政治意識は、それ自体がこぢんまりした四級品なんだよ。レーニンのように、きみたちがきみたちの好む文学の存在を主張するように、おれたちがおれたちの好む文学の存在を主張することも認めるべきだ、といってのける気迫すらないのだよ。資本制マス・コミ現象が全てになっちゃって、一生懸命その小世界で敵と争っているつもりになっているんだ。まぎれもなくスターリン以後の発想だよ。文化の世界から現実が変ることはありえないし、現実が変るから文化が変るのだという契機こそが、逆に文化の創造を想像力として独立させている根拠だということが、この連中の頭の中では逆立ちしちゃっているのだ。

だいたい、野間宏や針生一郎や山田宗睦のような札つきの政治的変節漢が、奥野健男や江藤淳の変説を云々する資格があるかね。何ならば、一つ一つデータをあげて野間や針生や山田の変説を立証してもいいんだ。

吉本　同感だな。かれらは、安保闘争のとき、「若い日本の会」にあって、民主主義を守るために岸に抗議せよと江藤淳が主張したとき江藤淳を味方だとおもっていたんだ。そして闘争後に安保知識人の破産を論じたとき敵に廻ったと錯覚しているのだよ。

しかし、おれは安保闘争中、民主主義を守れなどといっていた連中を敵だとおもっていたから江藤淳を敵だとおもっていた。しかし、この敵は熱にうかれた進歩知識人にくらべれば立派な敵だった。江藤が日共の反米愛国闘争の発現としてのハガチー・デモに失望してペシミスチックな論調になったとき、おれにはそれがよく了解できた。おれも、ハガチー・デモを馬鹿なことをしやがって、とおもったからな。安保闘争後もおれは江藤淳を立派な敵だとおもっている。民主主義を守れなどといっている連中を下らぬ敵だとおもっている。おれはいまも、公的に野間や針生や山田よりも、江藤淳や三島由紀夫の方を信頼する。戦後、公的に振舞った野間や針生や山田がどんなに信頼できないか、どんなにみじめな有為転変をくりかえしてきたかを、おれはよくしっているからな。武井昭夫はこれらと比較にならぬほど公的には信頼すべき体面をもってきているよ。だが、いつも表面《おもてづら》だけを看板にして、危険はよけてとおるといった習性は、ますますひどくなっているじゃないか。馬鹿といちゃついてなんかいないで、政治家でも文学者でもいいから、ほんものになろうとすべきだよ。何かね、最近のベトナム問題での恥っさらしぶりは。

政客A そうおこるなよ。かれの反省能力なきスターリニズム的現実認識の限界だよ。きみの安保闘争のときの仲間だって、ベトコン義勇兵をおくれとか何とかいって、精神病院行きだぜ。

吉本 小オルガナイザーというのは仕方のないものだな。ほんとうに戦争というのがわかっていないいんだ。ただ、ラジカルな姿勢がちがうだけで、戦争をロマンチックに肯定したり、ロマンチックに否定したりしているわが進歩屋や大江健三郎などとちっともかわらないんだ。商業新聞のルポ写真や記事をよんで、ベトコンが藪の中をはいずりまわって弾丸をうちあっているところしか空想しないんだ。大抵のときは昼寝でもしているか、マージャンでもやっているだろうぜ。それがたたかいじゃあないか。日本の国家権力のもとで不在なたたかいが、ベトコンの中に存在するとおもうことがだめなんだ。ここに無いものは世界中どこにもないさ。ここにあるものだけしか、世界中にはないさ。社会主義圏と資本主義圏などという世界権力の二分法にあらわれた古典インターナショナリズムが、世界にどんな悲劇をまきちらしてゆくかの標本なんだ、ベトナム戦というのはな。いまのところ世界には国家権力にたいするたたかいを媒介しないどんなたたかいも成立しないんだ。悲劇の責任は、権力と反権力の指導者の非自立性がまず、第一に負うべきなんだ。そこから世界思想が貫徹される道がひらけるのだよ。

文人A よせよせ。コマーシャル・ジャーナリズムから梯子を引はずされたらぺしゃんとなる連中のやることなど問題にならないよ。おれたちはそれらの理念とたたかうためにここ数年拠点をすえてきたわけじゃないか。前へ前へすすむべきだよ。

それよりも、三浦つとむの『読書新聞』(二月二十二日号)のきみの論文にたいする批判はどうかね。

吉本　つまらないとおもうよ。だって三浦つとむならこういうだろうな、とおもったとおりのことを言っているものね。この人の着想だけは、〈マルクス主義〉哲学者のなかで一番いいとおもう。だが呑み込みの半助的なところがあるから、梅本克己のような出鱈目な見解であっても、それを、ちみつに展開している同学にしてやられたりするんだ。おれが宗教が個別的なものから共同的なものへ転化され、それが社会的国家の外に国家をうみだした、とかいたモチーフを判っちゃいないいじゃあないか。かれは、おれを批判したつもりで、宗教は自然諸力を人間が無自覚に幻想的に人間化するものだが、社会の掟は自然諸力ではなく集団の利害を自覚的につくりあげたもので宗教と本質的に異っているとかいている。しかし、これだけなら唯物《タダモノ》主義だから「この本質的な差異は、掟に対して宗教的な戒律が浸透してくることを何ら否定するものではない。ただ、宗教そのものから掟をひきだし『転化』したものだという主張を、拒否するだけである。」とつけくわえている。問題なのはそこだよ。

おれは、宗教的な戒律や無限者への憧憬といった要素が浸透してゆくことを、国家本質の構造に繰り込む方法を論じているんだ。エンゲルス批判は、もっぱらその構造にかかわってくるのだ。「宗教的な戒律が浸透してくることを何ら否定するものではない」じゃあなくて、それは、法、国家本質の構造的な要素だとして貫通させせようというモチーフをもってかいているのさ。この先生には学説とか理論とかの発達の意味がわかるまいな。そこが三浦つとむのだめなところだ。

このちがいは、かれが〈マルクス主義〉を物化している度合と丁度見合っている。物化＝物指しが微妙なところで三浦つとむをおしとどめて、真実を主張すれば、ロシア的マルクス主義や中国的マルクス主義が崩れてしまうところに、現代の思想的課題があるというところへ貫きえないのだ。

おれの政治的、思想的評論は、お道楽で、文学が専門なのだから、好漢自重せよという、にいたっては、何をいってやがるんだといいたいわ。政治や思想や文学は誰にとってもみんな道楽なんで、生活とその再生産のため直接関与することだけが、人間にとって道楽ではないわけだから、道楽と専門は、べつに対立概念なんかなさないよ、とでもいうより仕方がない。

だいたい、おれがある分野で専門家としてみとめる人物は、折口信夫や柳田国男くらいしかいないよ。あとはぜんぶ、素人が為せば成るといった程度のものだよ。哲学者も政治学者も経済学者も政治家もへったくれもあるものか。全部、素人にできる程度のことしかやっていないじゃあないか。

三浦つとむには、おれが「国家本質の内部では」とか、「関係がない」とかわざわざ傍点をふった意味がわかっちゃあいないさ。だから、ルカーチの「上部構造としての文学」のような出鱈目な論文を、ひそかにスターリンの上部構造論を批判するモチーフをかくしていたなどと擁護しておきながら、おれがその当時、二重の上部構造性とか、上部構造性と非上部構造といったような奇想をあやつったのが、スターリンの上部構造論にたいする強力な批判だといえないのだ。

これから、もっと、おれは精神医学者や経済学者も、ひんしゅくさせる論文をかいてゆくつもりさ。

文人A　そろそろ結論へきたようだな。しめくくるとまず構改派としてあらわれた古典マルクス主義の頽廃という思想情況の問題がでてくる。その頽廃の完成と墓標の一つが、山田宗睦の『危険な思想家』であり、それに宣伝文をよせている進歩的同伴者ということになるな。戦後二十年を否定した戦前の古くさい図式がこの山田の発想の中にこそあるのだよ。それにしても、哲学者のうちではとびぬけた思想の読解力をもっているはずの久野収や鶴見俊輔が、こういう犯罪的な駄本にコミットしているのには涙がでたな。ほかの推せん屋は、どうせその程度の連中なんだけどね。野間宏、日高六郎、長洲一二、小田実、家永三郎その他大ぜいの恥っさらしな推せん文をよんだかね。こういう馬鹿がいるから左翼全体がなめられて、村松剛のようなごみ屑をのさばらせるのだ。はっきりとこういう連中が馬鹿なことを仕出かしても連帯責任は決してとらないと明言しておきたいね。

山田宗睦は、図々しくもじぶんを戦中派になぞらえているが、嘘も休み休み言え。山田の思想的立場は、古典マルクス主義右翼、つまりれっきとした構改派だよ。おれが戦中派思想の典型とおもっているものならば、戦後二十年思想について苦労をつんできているからこんな頓馬なことを本質的にかかないよ。つまり、山田は「新日文」の野間宏や武井昭夫の一般報告の延長線上にあって、その一般報告の頽廃を象徴している人物というべきだよ。岡っ引の手先をつとめている下っ引なんで、「戦後民主主義」なんてものは、理念としてはこの連中に象徴されるような薄っぺらなものにすぎなかった、という結論を出してくれたようなものだ。生活原理として大衆が戦後身につけた民主主義は、無言のうちにかれらの中に流れているさ。それは、この連中なんかと関係のないものさ。そして大衆のもっている民主主義というのは、思想化するばあいに否定すべき媒体であり、生活化するばあいには、幻想としてその中へ入ってゆくべき対象だよ。

詩論について

もう何年もまえのことだ。明治以後の近代詩の論争について調べていたことがあった。その余燼がまださめないころ小田久郎から詩論大系のようなものを作るについて、編者として名を連ねてくれるよう委嘱されたことを記憶している。たしか調査の進展にもなることだしとかんがえて気やすくうけ負ったとおもう。

こんどこの企てが再燃することになったが、わたしのほうは気が重くなっているし、日本の詩論史に打ちこんでゆけるゆとりは思想的にも生活的にもわたしからは失われている。あのときはおれの思想も、もっと退いたところで、それ相当の空間をみつけだして、何やかややっていたな。ところでいまのおれはどうだ。なんだか寒風に吹きっさらされてじっとつっ立って何かを耐えている風ではないか。ただつっ立っていることに眼に視えない全エネルギーをこめ、そのエネルギーが拡散しないように深みへ深みへと杭をうちこんでいるといった具合だ。呑気な奴にはつっ立ってじっとしているように視えるらしいが、それだけで大変難しい情況になってしまった。昔は手をだせば届きそうな奴もいたが、いまはただ了解不可能の気圏ばかりが、さむざむとあたりに吹きっさらしている。何年かまえのことなのに、詩論大系を編むのを請負った頃は、遠い小さい記憶になってしまった。おれが変ったのか時代が変ったのか、わかち難い領域がある。そこが問題なのだ。

率直にいって現在のわたしは詩論の〈アンソロジイ〉を編むといった心的な情況にはない。それにこの種の仕事は、ほんとうに打ち込みだすと、ほとんどきりのない眼くばりと善意を必要とするものである。どこまで資料にあたっても、これで充分という限度がないのだ。泥沼をかきまわしながら歩いてゆくようなものである。その労苦は体験しないものにはちょっと伝え難い。

生活は手仕事の放棄をゆるさず、思想はもっとさきへ、もっとさきへという手さぐりの触覚の果てに凝縮することをたえずもとめている。とうてい詩論を編むことはできないのだ。

しかし、一方でわたしの心は自問自答を暗黙のうちに繰返していた。おれの四十年の生涯のうちで、いくたびか生活的にも精神的にも危機に直面したとき、おれが救援されたのは、口にはださずにおれの危機の焦点をよくしっていて、黙ってにぎり飯でも置くように、心や物をそこに置いて知らぬ顔をしてくれた人々ではないか? おれがちょっと顔をほころばせて記憶のなかから取出せる他人の顔は、それらだけではないか? そういうおれにしてからが、他の個人や集団にたいして、それに似た行為を暗黙のうちにやったことに、芒っと明りがさすような記憶をもっているではないか? おれが生涯の道を自分で破り棄てることをしたとき、結果としてみれば、それらの心のなかの芒っとした明るみと交換したのではないか? 人はじぶん以外のために何かをなしうる余裕をこしらえうるならば、それをすべきである。おれはこれからも思想的に文学的に敵たちと残酷にたたかうだろう。しかし、ここではそれを行使してはならない。柄にあわなくとも無償の善意を行使する休暇をもつことができる。だが、おれの行使できる労力には限度があり、多くの時間をつかって資料の探索を納得できるまでやることは不可能だ。

こころはそうなっていても結局は不完全きわまる編集をさしだすほかはなかった。

現在、わたしたちが詩論というとき、さまざまな形をとってあらわれている。ひとつには詩を主題にした政治論、思想論であり、もうひとつは詩人論であり、さらにもうひとつは詩の表現論である。あるひとつの詩論がこれらを不完全に混合していることはあっても、これらのすべてを根柢的に包括していることはない。また、これらのいずれかひとつに属する詩論はあっても、根柢的にいずれかひとつに立っているという詩論もない。わたしたちの詩論の段階が、そういう水準にあるとかんがえるのが適切な理解であるとおもう。しかし、ここでいう〈段階〉とか〈水準〉とかいう意味は、けっして各個人がその程度に未熟な詩論しかかけないのだということを意味するのではない。どのような力量の持主が詩について論じても、不可避的にそうならざるを得ない〈段階〉、〈水準〉ということを意味している。

どのような詩論にとっても、すでに存在している詩論をふまえてそれを深化したり批判的に展開したりできるということが、わが国の詩の世界ではいまのところ不可能である。詩論は脈絡なく各詩人や批評家によってかかれて存在しており、したがって各個人にとって詩を論ずることは、ゼロからはじまって三にいたり、また別の論者がゼロからはじまって三に終るといったことの繰返しになっている。すくなくとも次の段階では、三からはじめることができるということがありえないのだ。

これはいうまでもなく、わが国の詩論が未成熟な萌芽の状態にあり、詩論が詩論として独立した分野を形成しえない段階を意味している。詩論は可能性としては思想的な視野を根柢として文明批評から詩の表現にいたる総体性をもたなければならないし、それが可能なところに、詩についての考察がはらむ独自な性格が存在している。詩はもっとも主体的な創造でありながら、同時に全現実と全幻想の領域の表現であるという矛盾した綜合をなしとげうる唯一の文学領域であるといえる。詩論はこの総体性に論理をあたえることによって、詩についての考察でありながら個別性の根拠と全現実の批判とを綜合することによって、詩の外へ独歩してゆく可能性をもっているはずである。

しかし、わたしたちが視ることができる詩論は、もっと以前のところにある。詩人たちが全文学の領域のなかで、小集落をつくっているか、まったく現実の層面に相互にかかわりなく点在しているのが現状であるように、詩論もまた局部的な集落のなかにあるか、あるいは脈絡のないモチーフの層面に点在しているか、そのいずれかの状態にある。

まったく意外にも、このような状態では、まずできるだけ完全な目録を素材として集め、そしてある観念から分類し、脱欠は逐次的に補ってゆくという力仕事が、必然的な意味を帯びてくるようにおもわれる。

もし、いま、わたしが詩論をかきたいとすれば、その詩論はげんみつな詩人論であるか、あるいは原理的な思想論になるだろう。この何れの分野も、現在のわが国の職業的なジャーナリズムでは欠けている目録であり、そこで実現されるのは不可能である。これを詩人や批評家が、現在のわが国の詩の世界でやろうとすれば、ちょうど現在、詩論がおちいっている小集落の論理におちこまざるをえない。この情況を詩論が詩論自体の力で脱出するには、ちょっと類のない膂力か、無数の人々による無数の蓄積が徐々につくってゆく力を信ずるほかないだろう。

わたしは分類しながら、脈絡なくかかれている詩論が、思いがけないところで他の詩論と連絡するという状態を空想していた。分類はこの連絡ができやすくなるための分類でなければならないとかんがえた。しかし結果としては可能なかぎり接近させたつもりであっても、連絡をつけうるまでになっていないことを知った。わたしのかんがえでは、これが率直にみたわが国の詩論の段階である。詩の表現論が、詩の政治思想論とかかわり、詩人論が詩の思想論とかかわり、言語論と呼応するといったことは、すくなくとも現在の段階ではありえないのである。そして多くの詩論は、じぶんの詩論が可能性としての詩論のどこに位置するかをかんがえる暇もなく恣意的にかかれているにすぎない。

わたしは、この時期に、思潮社版の『現代アメリカ詩論大系』と『現代フランス詩論大系』を通読したが、ここでも詩論と呼ぶに価する詩論は、ほとんどないことがわかる。詩の運命がそうであるように、詩論の運命も現代では世界のどこでも不遇であり、不毛であるらしい。わたしは、わが国における詩論を、現在の段階では、これでよしとしなければならないとおもった。可能性としての詩論の実現は、〈時〉の手と無数の人の手をかりずしては不可能であり、しかし、それは必ず実現されるとおもう。

わたしの好悪感をもとにしていえば、わたしがもっている物心の条件から最大限の広さと質とであつめたつもりのこれらの詩論は、いま、いずれも遥かに遠い対象のようにみえる。べつないい方をすれば純物理的な対象のように陳列されているといった印象がつよい。わたしが反応をおこすとすれば、これらの全ての詩論が云わなかったこと、またどのような分類や脈絡をつけようとする努力にもかかわらず、ぶっつりと切れているようにみえる個所にある。わたしは、いまも詩のかき手として、また詩論のかき手として異常な力をこめて手をのばしたい衝動を禁じえないのは、そのぶっつりと切れた空間である。それは原理的にかならず思想と幻想の両端にまたがる課題をはらんでいる空間である。

思想的弁護論

――六・一五事件公判について――

1 序論

わたしが、六・一五事件裁判の一被告のために思想的な弁護をしようとする理由は、二つある。

わたしは、この裁判の公訴の対象になっている昭和三十五年六月十五日の国会南通用門における共産主義者同盟の主導下の全学連学生と警官隊との第一次衝突に、まったく偶然の事故から参加しえなかった。もちろん時間を遅延させる事故がなかったならば当然参加していたとかんがえる。したがって、わたしは、この裁判の公訴にたいして架空の被告としての思想的連帯感をもっている。そして、わたしのかんがえによれば、わたしの被告は六・一五国会構内集会の思想をもっともよく体現している者である。

わたしが、刑法第百三十条（住居侵入[註1]）現行犯容疑として逮捕された、いわゆる昭和三十五年六月十六日午前一時過ぎにおける警官隊による第三次襲撃が、本裁判の対象から除外されているため、わたしは現在起訴対象となっていない。この意味からも架空の被告、公訴批判者としてもっとも適任な者の一人であると自ら認めてよいと信じている。

また、わたしが思想的な弁護をしようとするべつの客観的な理由は、六・一五国会構内の抗議集会が、あきらかに安保闘争のもっとも豊かな思想の集約的表現であったにもかかわらず、検察官によって提起された公訴事由が、住居侵入、公務執行妨害、傷害等おおよそ思想的な問題とはかかわりない次元にあることである。

これはわたしにとっても、わたしの被告にたいしても思想と行為事実とのあいだの鋭い矛盾を提起せずにはおかない。すくなくともこの法廷では、安保闘争の思想が、公権力の思想と正面から対峙しているのではなく、思想の表現としてのみ成立した行為事実が分断されて「暴力行為等処罰ニ関スル法律」、「刑法」などの条項にあてはまるか否かが争われている。

もちろんどんな豊富な思想の表現も、いったん行為事実に還元されれば、ありふれたものとならざるをえない。これは残念ながら真実である。しかし、思想がこのときうけとらねばならない矛盾や卑小感や滑稽感は思想自体にとって鋭い問題を投げかけずにはおかないのである。もしも行為者の次元にじぶんを還元してしまえば、もっともありふれた行為しかしていない人間の像がえられる。また思想者の次元にじぶんを抽象してしまえば、膨大な思想の像がえられる。そしてこのいずれも同一の人間がもちうる可能性であることはいうまでもないことである。

この裁判で安保闘争のもっとも豊かな思想がであっているこの矛盾は、たんに検察官と弁護人との法廷技術上の争点にゆだねらるべきでなく、あきらかにまた思想が介入することによってはじめて解きうる本質をもっている。これは、わたしにとって、思想的な弁護を行わせる重要な動機になっている。

おなじ問題は、六・一五裁判以前に、おなじような公訴事由によって起訴された全学連の指導部によって気付かれていた。

「十一・二七事件、羽田事件、四・二六事件」担当の裁判官横川敏雄、緒方誠哉、吉丸真は、その「判決文」のなかで、この問題に触れて、つぎのようにのべている。

被告人等は、最終陳述で、ほとんど異口同音に、「われわれは安保改定を阻止することが正しいことであると確信し、安保改定を推進しようとする政府と政治的に真正面から対決したのである。

われわれは、この政治的信念及び行動が誤っているということで裁かれるのであるならば幾らでも闘う自信がある。しかし、われわれは、建造物侵入とか、威力業務妨害とか、公務執行妨害とかいう意外な罪名で起訴された。これは、政府が全学連という最も強力な反対勢力を倒すために、その権力を濫用した陰謀であるとしか思われない。われわれは、この裁判によって何ら裁かれているものでないような気がする。」との旨述べている。しかし、思想、言論の自由が認められている憲法のもとでは、政治的思想や信念自体の是非を裁くことができない反面、どういう政治的思想や信念の持主であろうとも、その行為が法にふれる場合には、法に照して責任を問わなければならない。これらのけじめがはっきりつけられることによって、初めて思想、言論の自由も、これらを基本とする民主主義も守られるといえるのである。(「被告人および弁護人の主張に対する判断──一般」の四)

裁判官によるこの「判決文」が、現在の秩序内進歩派の主張とよく一致することがわかるだろう。ここには、現在の法の担当者がしめしうる見解の自由さの極限が示されているといって過言ではない。しかし、この裁判官は、現在の進歩派とおなじように、すべての思想的な表現は、なぜ法的国家の本質と正面から対峙することができず、運用法規の次元でのみ法と接触し、その圏内でのみ対峙するに至るのか? という問題になにも本質的に答えていない。

これを具体的にいいなおせば、現在の憲法＝法的国家が、その第一条に「主権の存する日本国民」を明記し、第十五条が「公務員を選定し、及びこれを罷免することは、国民固有の権利である。すべての公務員は、全体の奉仕者であつて、一部の奉仕者ではない。」と明記しているにもかかわらず、運用法規の次元まで下ってくると、「一部の奉仕者」というところに逆倒して適用されるに至るか? という法の本質にかかわる問題について何も答えていないということである。

この憲法＝法的国家と運用法規との間は、どのような過程によって逆倒するにいたるか? こういう問題に関与しうるのは思想の力だけである。そしてこの問題は、あらゆる思想は現実性に還元されるとき、どこで矛盾と逆倒に当面するか？　という問いと同義である。そして、わたしのかんがえでは、この逆倒の契機、その屈折点を確定するものは、現在の社会の幻想性の一般的な水準と現実性の水準との切点にほかならない。

わが国の大衆の多くの部分は、その幻想性の水準において現行の憲法＝法国家の水準にさえおくれている。またわが国の一部の知識人の幻想の水準は、現行の憲法＝法国家の水準に達している。そしてこの一部の知識人は慣用の言葉で「進歩的知識人」とよばれている。そしてまた極く少数の知識人が現行の憲法＝法国家を棄揚しうる幻想性の水準をもっている。しかし、わたしのかんがえでは、大衆の大部分が現行の憲法＝法国家の幻想性に達しないということは、かならずしもその欠陥ではないのである。「進歩的知識人」によれば、これらの大衆は未熟な啓蒙すべき存在であり、憲法感覚とやらを身につけねばならず、憲法＝法国家を守らねばならないとされるのである。

しかし、わたしは、大衆の大部分が現行の憲法＝法国家の幻想性に達しないということは、そのまま美点に転化しうるものであり、「進歩的知識人」を棄揚する契機を手にもっていることも意味しているとかんがえる。

わが国におけるこの社会の現実性と幻想性との切点の乱れこそは、じつは、憲法＝法国家と、そのもとにある具体的な運用法規との矛盾をはかるべき本質的な尺度である。

当日、すべての進歩勢力は、六・一五国会構内抗議集会に集約された安保闘争の思想を非難し、これに背をむけて流れ去った。しかし、嗤われたのはかれらの貧弱な思想である。かれらは、どんな豊かな思想も現実性に還元するときは、ありふれた行為事実の断片によってしか表現されないという思想の本質にたいする無智をさらけだしたのである。

現在、かれらが「ベトナム問題」を素材にして観客をあつめ、思想と精神の「国外逃亡」をくわだて、何らの本質的な寄与ももちえない理念の喜劇を演じているとき、わたしとわたしの被告とは、思想の本質的契機によって観客のない法廷に立ち、思想が本来、空虚としかみえない現実性の内にのみ存在し、そこで表現されるものであることを、立証しようとしているのである。

わたしとわたしの被告が立っている場所こそが現在の世界のもっとも困難な課題が存在する場所であり、世界のあらゆる困難な場所におけるたたかいと本質的に連関する場所であるということは、この弁護論の前提であり、また当然の帰結である。昭和三十五年六月十五日当日においても（現在においても）わたしたちは政治的「主題」が他動的にあたえられれば、観客をあつめる公活動には事欠かないといった諸勢力と無縁な思想的な立脚点にたっていたので（あり、いるので）ある。

（註1）　刑法第百三十条（住居侵入）
故ナク人ノ住居又ハ人ノ看守スル邸宅、建造物若クハ艦船ニ侵入シ又ハ要求ヲ受ケテ其場所ヨリ退去セサル者ハ三年以下ノ懲役又ハ五十円以下ノ罰金ニ処ス

2　六・一五事件の背景について

この裁判が、六月十五日夕刻の国会南通用門における第一次及び第二次衝突に限定されているため、検察官と弁護人の争論は、この第一次及び第二次国会構内突入の動機付けを前提としておこなわれている。わたしはこの動機付けの前提において検察官と弁護人の論述をまったく納得しない。

東京地方検察庁検事松本正平は「冒頭陳述書」において、第一次国会構内集会の前提をなしている共産主義者同盟および全学連の情況判断と意企についてつぎのように述べている。

全日本学生自治会総連合（以下全学連と略記）およびその中心となっている共産主義者同盟は、日米安全保障条約改定に反対し、数次にわたり、はげしいデモを行なってきたが、昨年六月十日の所謂「ハガチー事件」以後当面の情勢について次のような判断を下した。すなわち五月二十日以降、労働者階級の安保改定反対闘争は、一段ともり上りを示し、情勢は有利となっていたが、六月十日の「ハガチー事件」以後、情勢に変化が生じた。

アイゼンハウアーの訪日をめぐって、共産党は、その訪日阻止をめざす反米闘争に重点を向け、自民党は内実はいぜんとして高姿勢を崩さないが、表面は対米親善を看板にして、議決休会等をちらつかせ、この間にあって、社会党、総評は動揺をきたし、安保闘争について危機が生じようとしているとの判断である。

このような情勢判断から、彼らは、六月十五日労働者の第二次ゼネスト当日に、強力な国会デモを行ない、これによって前述の沈滞した空気を打破することを計画し、これを傘下の各大学自治会を通じて、学生によびかけた。（「第一、本件に至るまでの経緯」の「二、全学連、共産同等の動向」の（一））

おなじ問題について、弁護人（統一グループ）倉田哲治、坂本福子、相磯まつ江、岡村勲、鳥生忠佑、松尾翼、儀同保、内田剛弘は「冒頭陳述書」中でつぎのようにのべている。

国民の中には議会主義の墓場と化した空虚な国会を本来の国民の民主的最高機関として復活するために、憲法第十二条、第九十七条(註2)がみとめる遵法としての抵抗権の行使として国会構内で集会を開くことこそなさなければならないという意欲が澎湃として台頭した。国民の先頭にたってたたかってきた青年、学生のすべての心の中にわれわれこそ国会構内集会をもって岸内閣を打倒し、国会を国民のものにしようという熱っぽい決意が自然に育っていった。（「第五、安保改定阻止、岸内閣打倒

の学生運動の展開」の「四、六・一五前夜」の項）

この日の統一行動は、アイク訪日に対する政治休戦態勢の空気を一掃する最後の機会と考え、この行動の重要性を強調した全学連（主流派）傘下の学生は同日午後二時頃より漸次国会正門前に集会し始め、二時三十分頃には約四千人が集った。国会正門は十三台のトラックが並置され、バリケードを作ってあり、その内側には大森大隊が配置されてあった。（「第六、六月十五日当日の行動」の「二、全学連の行動」の項）

（註2）（イ）憲法第十二条（自由、権利の保持と公共の福祉）

この憲法が国民に保障する自由及び権利は、国民の不断の努力によつて、これを保持しなければならない。又、国民は、これを濫用してはならないのであつて、常に公共の福祉のためにこれを利用する責任を負ふ。
（ロ）憲法第九十七条（基本的人権の本質）
この憲法が日本国民に保障する基本的人権は、人類の多年にわたる自由獲得の努力の成果であつて、これらの権利は、過去幾多の試錬に堪へ、現在及び将来の国民に対し、侵すことのできない永久の権利として信託されたものである。

1　検察官の論述に対する批判

検察官の前記の論述は、東京大学教養学部集会の内容そのほかの断片的な証拠を裏付けとして行われている。弁護人も引用の後半において、ほぼこれとおなじ見解を述べていることがわかる。

しかしこれらの見解はいずれも思想の表現としての行為事実を、強いてこの裁判の対象に還元し、縮小せしめたもので、もっとも主要であるべき思想的動機付けを欠落し、とうてい首肯し難いものである。

この思想的な動機付けの欠落がこの裁判における検察官と統一グループ弁護人の争点を、六・一五国会構内集会の主意とまったく異ったところへ誘導し、たんに被告だけではなく、心あるものにとっても事実に反する意味付けを行わせるまでにいたっている。

わたしは法廷技術上の問題に関与しないが、六・一五国会構内集会の主意を法廷技術の具に供する態度を認めえないのである。

第一に、六月十日、日本共産党の反米愛国路線によって主導された「ハガチー事件」と、六月十五日に共産主義者同盟、全学連によって主導された「六・一五国会構内デモ」とは、思想的動機において無関係なものであった。

このことは第二次国会構内集会に参加したわたしの体験と主観によっても断言することができる。六月十五日当日において、共産主義者同盟の主導下における全学連の国会第一次衝突の最中に、負傷者が救急車によって運びさられていく国会南門側方の道路を行進中の国民共闘会議主宰のデモ隊が、国会構内集会へ参加しようとする意志を、ピケラインによってもっとも強力に阻止したのは、「ハガチー・デモ」を主導した日本共産党であることは、わたしがこれを目撃し、またこの阻止ラインと衝突したものの一人として証言することができる。

また、当時も現在もかわらないわたしの基本的なかんがえでは、改訂安保条約は、日本国家＝憲法の対米従属の表現ではなくて、戦後日本資本主義の安定膨脹と強化に伴い、米国と対等の位置を占めようとする日本国家資本主義の米国との相対的な連衡の意志を象徴する法的な表現であった。改訂安保条約の第二条（経済的協力の促進）における「締約国は、その国際経済政策におけるくい違いを除くことに努め、また、両国の間の経済的協力を促進する」という表現、第三条（自衛力の維持発展）における「憲法上の規定に従うことを条件として」という表現、第五条（共同防衛）における「自国の憲法上の規定及び手続に従って」という表現、第八条（批准）の「各自の憲法上の手続に従って」という表現、等はこのことを明示しているといえる。それゆえ、昭和三十五年六月十五日に最大の表現を見出した一連の行動は、岸政権によって保持されている憲法＝法国家を本質的に対象とする思想の表現であり、これを媒介とせずしてはどのようなたたかいも維持されないという理念にもとづいていた。「ハガチー・デモ」に最大の象徴を見出される日本共産党の思想は、このとき改訂安保条約を対米従属の表現とみる無媒介な反米愛国路線にもとづいており、おなじように市民民主主義者によってとられた一連の行動は、憲法＝法国家の範囲内において、その自由な正当な履行を政府に求める請願をモットーとする思想にささえられていたのである。それゆえ、検察官の陳述するような、共産主義者同盟主導下の全学連、及び市民労働者が「ハガチー事件」によって沈滞した運動を盛り上げるために、六・一五国会強力デモを企図したというようなことは、思想的に明確な他党派との相違と断絶からしてありえないのである。六・一五国会構内集会の参加者は、安保条約改訂反対運動の当初から独自な思想的判断のもとに、独自な表現をとげて六・一五国会構内集会にいたったのである。

わたしは、当時「ハガチー・デモ」を排外主義的な愚行とかんがえていた。この愚行は、日本共産党＝中国共産党の安保闘争の理念にたいする本質的な誤謬にもとづき行われたのである。安保闘争の思想をたんなる反米愛国主義によって埋葬し、大衆をその方向に誘導しようとするものであり、すでに理念として六・一五国会構内抗議集会と相容れる余地はなかったのである。

検察官が「冒頭陳述書」および「論告要旨」においてとっている全学連が「ハガチー事件」以後安保闘争の停滞を打破しようとして六・一五国会デモを強力に行う必要があったという動機づけが、誤りであることは、たんにわたしの主観ではなく、おおくの公刊された記述によって証明することができる。

この問題は、一見するとこの裁判の公訴事由と検察官および統一グループ弁護人の争点にたいしてさして重要性をもたないとかんがえられるかもしれない。しかし、たんに思想的な重要性ばかりでなく、この裁判の公訴事由に対して本質的な関連をもっているのである。たんに検察官の公訴事由にたいして不服であるばかりでなく、統一グループ弁護人の弁護事由にたいして不服であるというわたしおよびわたしの被告の立場は、ここから発祥している。
市民民主主義派の安保闘争を主導した思想家竹内好は、その著書『不服従の遺産』（筑摩書房刊・昭和三十六年七月十五日発行）のなかで、六・一五国会構内集会について次のように述べている。

六月十五日の、全学連主流派の方針——国会の構内へ入つて、あそこで抗議集会をするという、これは事前に方針が出ていたということですが、あれは非常にまずいと思う。何のためにそういうことをやるのか、のみ込めないのであります。これは明らかにエラーだと思うのですが、相手にはそれを上回るエラーがあつた。過大な恐怖感から、警察をまつたくの暴力化した使い方をしたために、逆にこちらが有利な態勢にその後なつたと考えられます。（同書「五・一九前後の大衆運動をどう見るか」二〇九頁）

市民民主主義派の指導者は、何のために六月十五日、国会構内で抗議集会をもつかという思想をまったく理解できなかったのである。市民民主主義派の指導者が、六・一五国会構内抗議集会に集約された思想をまったく理解できず、たんなる暴発やエラーとしてしか理解できなかったということは、市民民主主義の多数の大衆が、それを理解できなかったということを直ちに意味するものではない。しかし、ここに六・一五の思想が如何に他党派から理解されなかったかいかに隔絶した思想であったかを物語る資料があるとかんがえることは不当ではない。
ラジカルな労働問題研究家として全学連の行動に親近性をもっていた斎藤一郎はその著書『安保闘争史』（三一書房刊・一九六二年三月十五日発行）の中で、次のようにかいている。

乱闘がつづいているとき、ひとりの女子学生は旗をふって「いま学生がたくさん殺されています。

労働者のみなさんもいっしょにたたかってください」と泣きながらうったえた。しかし労働者のデモ隊はそれにこたえず、あらぬ方向に行進していって、学生を見ごろしにした。日本の労働者は、この日、世界の解放闘争史上、かってない汚れた一ページを自分の手でかいたのである。社会党(日本共産党の誤り—註)の腕章をまいた連中は「整然たるデモを」といって、労働者と学生が合流するのを阻止した。また、共産党員はトロツキストの挑発にのるなといって、デモを銀座にながした。全学連反主流派は国会正門前にすわりこんでいる傷ついた学生たちにむかって「トロツキストたちは国民会議の統制にしたがわず、挑発的な国会構内突入をやった」と悪罵しながらとおりすぎていった。(同書二五〇頁)

この記述は、六・一五国会構内集会の思想が、日本共産党、国民会議の思想と如何に無縁であるかを証左するための資料となっている。六・一五国会構内集会の参加者は、警備警察官の阻止権力に直面するとともに、安保闘争の全党派の阻止強力に直面していたのである。統一グループ弁護人は検察官とともに六・一五の思想に虚像を与えようとしており、また滑稽なことに国会構内抗議集会を一人の不明な挑発者の挑発というおおよそ大衆闘争の実質を知らぬ理由に帰着させようとさえしている。騒然とした大衆行動の情況下では、少数の潜入者が存在したり、挑発したりすることがあっても、それは何の動因ともなりえないのである。検察官の公訴事由に対抗するために、ついに六・一五集会の思想を愚弄し、そこに参加した学生、市民、労働者の一人一人をおとしめるまでに至っている統一グループ弁護人の論証は強く非難さるべきである。

穏健な市民民主主義の立場で、「若い日本の会」の主宰者の一人であった文芸批評家江藤淳は、その著書『日附のある文章』(筑摩書房刊・昭和三十五年十月二十五日発行)で、六・一五事件に触れて次のように書きとめている。

十五―十六日に、右翼に挑発されたという直情径行の学生たちが、激情にかられて国会構内に乱入したのはいかにも非常識であろう。そうしないで、非常識きわまる岸内閣とその支持者の横暴をこらえているのは私の常識である。しかし、今は、私の常識の内で、彼ら学生が行動に示したと同じ火が燃えている。そうでないということは、私の文学者としての眼が許さない。だが私は大人だから耐えている。それを社会的には子どもである学生たちは耐え切れなかったというだけの違いである。

いったい、権力の行う武装された暴力を「正義」といい、素手で警棒の乱打にあっている社会的な未成年者の激情を「暴力」というのであろうか? 当夜、テレビを見ながら、私はこの疑念を禁じえなかった。ラジオ関東は午前二時過ぎまで混乱の実況を中継していたが、警官隊はアナウンサーをなぐり、マイクをひったくろうとして、その怒号は生々しく私の耳を打った。警官の非常識と、感情を抑えながら眼に映じたところを正確に伝えようとしているアナウンサーの常識との対照は感動的であった。（同書「政治と常識　六・一五デモがあたえたもの」四四―四五頁）

ここでも六・一五国会構内集会の思想的な意味は理解されておらず、全学連を「社会的には子どもである学生たち」とよぶことによって、それがたんに激情にかられた行動であるかのように見做している。たとえ政治の本質について不案内であり、また不案内であることが決して恥ずべきことでもない文芸批評家の常識的な感想であるとしても、ひとつの大衆行動は単なる直情や激情にうごかされるのではなく、はっきりした思想にもとづいていて表現されることを理解していない点で致命的な文章である。しかし、穏健な知識人がいかに六・一五集会の思想を理解しなかったかの一資料であることは疑うべくもない。六・一五国会構内集会の思想が、どのような文化的な情況にかこまれ、またどのように口にあらわさない無言の大衆の共感にささえられていたかを知ることは重要であるとかんがえる。

当時、日本共産党の中央委員であった作家中野重治はその著書『活字以前の世界』（筑摩書房刊・昭和三十七年二月二十八日発行）のなかでその前年十一月二十七日の国会デモにふれてつぎのように述べている。


国会「乱入」などというが、どこにそんなことがあったのか、またあり得たのか。半びらきの門をおしあけてはいつたから、それで「乱入」だとでもいうのだろうか。しかし国会の門は八文字に開いているべきであつた。だれがあれを国民の前に閉すことができたか。しかし閉したものがあり、また誘惑的にこれを半びらきにしたものがあつた。手のこんだ、腹に一物あるゴロツキが確かにそこにいたと見なければなるまい。むろん私たちは、手のこんだ、腹に一物あるゴロツキの手に乗るのが正義の士の道だとは思わない。ただ「乱入」はない。「乱入」はゴロツキが言いがかりとしてふりまわした。（同書「ゴロツキはごめんである。」九四頁）

これは、十一・二七事件に関連してかかれているが、たんに政治家として、政治行動の動因について無智であるばかりでなく、共産主義者同盟及び全学連に主導された国会構内デモがどのような思想の集約的な表現としておこなわれたものであるかをまったく理解せず、本来開かれて大衆の前にあるべき国会の門がとざされバリケードをはられていたため、「誘惑的」にこれを強力におし開こうとしたもので、いわば挑発に乗った行動であるかのように暗示しようとしている。玄人ぶった政治的無能者の言葉と感覚が滲みでており、凡そ思想というものの本質と、その表現としての政治的行動がどのようなものであるかを知らぬ空疎な言葉で行為事実が捉えられている。

また、市民民主主義派の主導的な思想家であった日高六郎編『一九六〇年五月一九日』（岩波書店刊・一九六〇年十月二十日発行）は、六・一五事件についてつぎのように書いている。

条約の成立期限を深夜にひかえる一八日まで、予定された大規模な統一行動は一五日をおいてほかにはなかった。したがって、問題を真剣に見つめようとした活動家たちの眼には、一五日は一種の極限の時点とうつったこともやむを得ない。それは、大統領の警備のさいにはすべての不祥事に警察の責任が追及されると信じていた警察官においても同様だったろう。こうして、対峙する双方が、みずからを極限状況におくという異常な緊張が、国会まえに現出した。学生の集団を包むことなく流れ去った十万余のデモの流れは、学生の孤立感をたかめ、それゆえに逆に彼らの使命感をいちずなものとせずにはいなかった。(同書「VI 六・一五と七社共同宣言」二〇三頁)

六・一五国会構内集会の参加者が孤立感のゆえにいちずに使命感を表現しようとした、ということの見解は、同情に似て、実は参加者の思想を幼稚なものであるかのように解しているにすぎない。

いずれにせよ、以上、当時にあって、安保闘争について触れたもっとも主要な著書は、一様に六・一五国会構内集会の行動が、日本共産党、日本社会党、国民会議、市民民主主義の思想と無縁であり、それらの批判の包囲のもとにあって独自におこなわれたものであることを証左する記述をおこなっている。

検察官は、安保条約改訂の阻止のための運動を単色にみようとしているために、断片的な証拠によって「ハガチー事件」と「六・一五事件」とを関連あるもののようにとらえようとしている。思想の表現としての政治的行動は、行為事実としてみれば、たしかに大衆の示威行動がどの方向に向ったか、どのコースに流れていったか、何に関与したか、というような小さな相違としてしかあらわれない。しかしその行動をみちびく思想的な原理は、ほとんど了解を絶するほどかけはなれているものである。本件の公訴事由を、たんに、「暴力行為等処罰ニ関スル法律」と「刑法」の条文にまで分解させようとするときは、たんに六・一五国会構内集会に参加したもの、主導したもの、条文の罰則に触れる行為をしたものは誰で、これに参加しなかったもの、別の行動に参加したものは誰であるといったような、もっとも基本的な意味で身体をどう動かしたかという次元に還元されてしまう。しかし、思想の表現としての行為は、その思想がたどる過程をつうじて表現されたものとして、ある行為事実を理解しなければ、全く了解することができないものである。検察官は法の適用において事実主義に立っているが、事実が包括している本質的過程が法の適用にとって基本的なものであることを理解しようとしていない。

この裁判の公訴事実の範囲内では、検察官の「六・一五」行動の動機付けの誤謬を指摘することは法的に何らの実効性をもたないようにみえるかもしれない。しかし、現行の憲法＝法的国家が、いったん法の幻想的本質をはなれて、運用法規の次元にまで下降して振舞おうとするや否や、いかに倒錯したものとなって行為事実に適用されるものであるか、という認識は一貫して検察官に欠けている。

このような検察官の認識の不備は、憲法第十五条(註3)に反する違法行為として検察官にはね反ってくるのである。

わたしは統一グループ弁護人のように六・一五国会構内抗議集会が、全国民の総意を象徴するものであったというような虚構を述べようとはおもわない。しかし、その参加者が憲法第十五条の規定の範囲内では、国民の一部であることは疑うべくもないのであり、国民の一部として、警備警察官に奉仕を求める権利を有することもまた疑うべくもないのである。

（註3）　憲法第十五条
公務員を選定し、及びこれを罷免することは、国民固有の権利である。
すべて公務員は、全体の奉仕者であつて、一部の奉仕者ではない。

2　統一グループ公判における弁護人の陳述に対する批判

さきに引用した弁護人（統一グループ）の陳述の後段は、検察官の陳述とほぼ一致するのであらためてふれない。

弁護人（統一グループ）はさきの引用の個所の前段において、六・一五国会構内集会を、憲法第十二条、第九十七条にみとめられる遵法としての抵抗権の行使の「意欲」として動機づけようとしている。しかしこの見解は事実に反するだけでなく、六・一五国会構内集会の思想にも反している。

当時、市民民主主義派の学者、思想家たちのあいだで、抵抗権、請願権についての論議がなされたことは知っている。また、法理論学者のあいだで現行憲法の条文のもとで、抵抗権は実定法の水準で導きうるか、あるいは自然法の概念として考えられるべきかという論議のあるのを承知している。しかし、抵抗権という概念は、政治的近圏目標として、たとえ改訂安保条約反対、岸政府の打倒を目指すものであったとしても、原理的な遠圏目標として憲法＝法国家に対峙し、これを貫通しようとする思想過程の表現であった六・一五国会構内集会の思想にとってまったく無縁というべきである。事実第二次国会構内集会の参加者の一人として、わたしの念頭には抵抗権の行使という意識はなかった。参加者の多数にこの意識がなかったと信ずべき十分な根拠も考えられるのである。弁護人（統一グループ）のいう抵抗権は現行憲法＝法国家内部における「遵法」の理念の範囲内でしか想定されないものである。たとえ事実行動の次元では「遵法」であることを確信していたとしても、思想の究極の像としてたえず現行憲法＝法国家との対決の過程を模索しつつあった六・一五国会構内集会の参加者にとって、抵抗権の概念は念頭におかるべきはずがなかったのである。

わたしは、本裁判で弁護人が、検察官の公訴事由に対抗するために、不知不識のうちに市民民主主義派の概念を援用して弁護論を展開している態度を遺憾とせずにはいられない。その結果は、六・一五裁判について自らも信じえないだろう争点を提起して弁護論を展開する結果になっている。

安保闘争に参加したわたしが、たえず感じつつ反すうした問題は要約すればつぎのようなことである。

いまわたしたちが、どんな強力な大衆行動によって安保条約改訂反対の運動を展開したとしても、わたしたちの成就しうる最大限の実質的効果は、高々岸政権に代るに他の保守政権をもってし、条約改訂の批准を阻止しうるということに止まるだろう。なぜならば、すでに戦後の組織労働者運動は政治的ストライキを殆んど打ちえない状態にあることは明らかであるからである。しかし、それにもかかわらず、激しく強力な大衆行動なしには、岸政権の退陣、条約改訂の批准の阻止ですら不可能であることははっきりとしている。そしてわたしは一貫して、もっとも強力な共産主義者同盟、全学連の大衆行動を最良のものとかんがえ、その強力の尖端と共同の行動をとろうと意志してきた。

六月十五日、国会構内抗議集会に参加し、いわゆる第二次国会構内衝突を体験したとき、わたしが自分につきつけた問いは、自分はここで生命を失うかもしれない。しかしこの行動の結果がもたらすものは、最大限に見積って岸政権の退陣と条約改訂批准の阻止ということが限度であることは、全体的な情況の分析から明白である。おまえはおまえの生命をこの限界つきの政治的効果と交換しうるか？

わたしがこの問いに空しさを感じ、卑小な岸政府の退陣と改訂安保条約批准の阻止と、自分の生命をとりかえるわけにはいかないと考えたとき、少なくともわたしの主観の内部では安保闘争は敗北していたのである。もしも安保闘争の思想に現実的な構想を与えうるならば、卑小な政治的効果の背後に生々しい国家＝憲法との対決の構図を透視しえたはずであり、少なくとも少数の指導部が卑小な政治的効果に生命を賭けるだけの逆倒を成遂しえていたはずであった。そうであれば、情況は別の展開をとげていた筈である。

もちろん革新派の政治家ども、穏健主義者、市民民主主義者、政党諸派、マス・コミュニケーションの激しい批判にもかかわらず、わたしどもはその批判を架空の空疎なものとして嗤うことができた。

少なくともわたし（たち）が六・一五闘争で問われたのは、自己の生命という阻止線であり、おまえはどのような政治的実効性とならば生命を交換しうるかという自問のバリケードであった。そしてこのような自問を提起したとき安保闘争は敗北したのである。わたしたちは日本共産党、日本社会党を革命的政党とみとめないし、その指導性をもみとめないという最終の確定的な認識をこの日の闘争でつかんだ。それとともに、現在の情況で自らが真の指導性に耐ええないだろうというバリケードの前で敗北したのである。全党派と全権力による六・一五国会構内集会にたいする弾劾と弾圧は、いずれもわたしたちの敗北の本質に迫ることができない滑稽なものであった。

現在、六・一五国会構内集会に集約的に表現された安保闘争のもっとも豊かな思想を埋葬しようとする、どのような勢力の試みもそれを成功させることができない。六・一五に集約された安保闘争の思想を埋葬しうるものは、主導者、参加者の個々の自立的な力だけである。

運用法規の条項の範囲内では、六・一五国会構内闘争は弁護人のいうように「遵法」の範囲を出るものではない。しかし、その闘争の思想は、決して抵抗権の行使という意味合いをもつものではなかった。わたしも、わたしの被告も、安保闘争以後五年にわたって断乎として全党派からの自立を固守し、それに思想的な根拠を与えようとしてきた。いかなる権力も党派もわたしたちの六・一五体験の思想を揺がすことはできなかったのである。

3　検察官の共同謀議成立論に対する反論

検察官の公訴の事由を、その「冒頭陳述書」と「論告要旨」について検討するとき、それが二つの支柱によってささえられ構成されていることがわかる。

ひとつは六・一五第一次衝突における全学連による「共同謀議」の成立論であり、他のひとつは、当日国会構内にバリケードを築き数千の警察官、機動隊を配置し、全学連の構内へのデモ行為を阻止し、これらを死傷させた行為が公務執行の適法行為であったとする主張である。公訴の事由は、この二つの支柱が否認されるとき空中楼閣に転化することは、明瞭なことである。

わたしは思想的な弁護をおこなうという独自な領域で振舞うことを主旨としており、共謀共同正犯について紛糾している諸学説に法理論的に介入する意志も準備もことさらにもっていない。また、検察官の共同謀議成立の主張の拠りどころである刑法第六十条（共同正犯）についての最高裁判例を根拠とした「意思の連絡」または、「暗黙の意思の連絡」が共謀でありうるという主張に、法理論的に反論するつもりももっていない。しかし、検察官の公訴の根拠はきわめてあいまいであり、それが成立しえないことを主張しうる別途の道も存在しうるものと信じている。

東京地検検事松本正平は、「冒頭陳述書」中で、六・一五事件の共同謀議の成立について、次のようにのべている。

ついで被告人加藤（昇）が同じようにアジ演説を行ない、更に被告人北小路がふたたび前記宣伝カー上から「国会構内の抗議集会をかちとろう、明大・中大の学友諸君に先頭を切ってもらう」と指示し、また被告人北小路、つづいて同加藤（尚）、同加藤昇らが、宣伝カー上でワッショイワッショイの掛声の音頭をとって気勢を煽り、かくして、被告人等およびデモ隊員の多数の間に、相協力して衆議院議長管理に係る南通用門有刺鉄線柵及び前記の輸送車を破壊し、警察官の制止を暴力で排除し、あるいは阻止輸送車を門外に引出し、国会議事堂構内へ侵入し、同所で抗議集会を行なうという共謀が成立した。（「第二、南通用門破壊の開始から構内侵入まで」の「一、南通用門前集結から同門破壊までの状況」の「（一）」の項）

おなじように、検事松本正平は、弁護人の「釈明要求書」（Aとする）に答弁した「釈明書」（Bとする）において、「共謀」について見解を披瀝している。いま双方の該当個所を抄出すればつぎのようである。

A、第一の五、「他多数の学生ら」の範囲(大学名、学部、自治会名)、学生数、学生氏名を明確にされたい。

A、第一の六、「共謀」の日時、場所、関与者、内容を明らかにされたい。

B、第一の五及び六、所謂現場共謀で門扉破壊に着手する直前に成立したものである。共謀の内容は侵入の阻害となる物件を破壊除去し、警察官の阻止を暴力で排除して国会構内に侵入することである。共謀の関与者は被告人全員を含むデモ隊員数千名で、東大、明大、中大、法政大等のデモ隊が主である。

また、東京地検検察官検事矢実武男は、「論告要旨」中で、「共謀」の成立、その事実について次のように述べている。

(二)、被告人らと他の多数学生らとの間の共謀について

被告人及び弁護人らは、本件被告人らの行動に関し、被告人らの間には勿論のこと、他の学生らとの間にも共謀はなかったと主張しており、各被告人ら自身も、あたかも各個人独自の行動にすぎず、相被告人及びその他多数の学生らとの間に具体的な犯行についての協議はなく暗黙の意思の連絡すらなかった、と主張する。しかし以下に述べる各証拠に表われた具体的事実関係を総合してみると、被告人らと他の多数学生らとの間に、国会構内において、安保条約改定に関する抗議集会を開く目的をもって、右目的を達成するためにはそれを阻止するための国会側の諸設備を破壊し、警備に当っていた警察官に対し、暴行を加え、妨害を排除して構内に不法に侵入しようとの共通の意

思の連絡があり、かつ、具体的な実行行為のあったことが十分に認め得るのである。
以下それらの具体的事実を述べながら、共謀の事実を認定し得る理由を明らかにする。

（1） 共謀を認定し得る被告人ら及び多数学生らの行動

（イ） 被告人ら及び多数の学生らの間には本件当日以前からすでに、本件行動に出ずべき潜在的意識があったことが認められる。何故ならば全学連傘下の各学校自治会の学生らは、六月十五日初めて安保条約改定に反対する意思を表明したものではなく、すでにそれ以前から右のような意図を有し、しかもその意図を表現するために度々デモ行動ないし集会などを行っていたものである。それのみならず被告人及びその他の学生のうちには、かねてから国会構内における学生抗議集会を持つ必要があると考えていたという者もある。（各被告人らの公判当初の各意見陳述、被告人質問の際の各陳述、同人らの検察官に対する各供述調書の記載、下野順三郎その他弁護人側証人の各証言及び同人らの各証人尋問調書の記載）。

しかし、検察官は、このような本件行為以前の被告人ら及びその他学生らの言動を採って直ちに本件の共謀を認定しようとするものではない。しかし、被告人ら及びその他の多数学生が、かねてからこのような共通の意思を持っていたということは、すくなくとも、その目的実現のための行動につき共謀ありと認定する有力な一資料となるであろうことは疑いない。

（ロ） つぎに、すでに述べた如く、全学連においては、いわゆるハガチー事件以後の革新系の安保条約改定反対運動が低調となったと判断し、この沈滞した空気を打破しようと計画して、各大学の自治会を通じて学生らに呼びかけをしていたのである。かくの如き従来から行ってきた反対運動をもってしては所期の目的を達成し得ないものとして、あらたに強力な反対運動を展開しようということは何を意味するのであろうか。単に国会周辺などをプラカードを掲げシュプレヒコールをしながらデモンストレーションをしたり、議員の登院を阻止するためにピケを張るというようなことだけではあるまい。単にそれだけのことであるならば、とくに従来の反対運動と異なるところはないのであって全学連らの指導者が沈滞した反対運動を盛り上げて所期の目的を達成し得る強力な手段として考えたものはさらに激しい強力なものであった筈である。

（中略）

このように予定された計画に基き、その指揮に従って行動を起していることは、明らかにその場に集合した多数学生らの間に、共同の目的とその目的実現のための共通の意思があったことを明白に示すものである。もっとも以上の事実からすれば本件デモの指揮者と一部学生との間に、国会構内侵入の共謀があったとしても、その余の多数の学生らにまで、同一の結論を及ぼすことはできないかもしれない。

また右のような国会正門前のデモ隊の行動から考えると、多数学生らが、安保条約の改定に反対しそれを阻止するという意思を表現するためデモ行進をなすという共通の意思は十分に認め得るとしても、これだけで直ちに同人らまでが国会の構内に不法に侵入してまでも抗議の意思を表明しようとすることの共謀が成立したものと速断はできないであろう。したがって、検察官としても右の事実だけを捉えて被告人らと他の多数学生らとの間に本件のすべてに関する共謀があったと主張するものではない。

むしろ、以下にのべるような、被告人ら及び多数学生の衆議院南通用門付近における言動こそ、彼等の共謀を認定し得る有力にして確実な証拠と考えるのである。そしてさきにのべた諸事情はその共謀の証拠を評価するに当り欠くことのできない補強事実として考慮されねばならないと主張するのである。

（2） 意思の連絡の成立

国会の周囲をデモ行進した学生らは国会を約二周し、衆議院南通用門に体当りしながら、その付近の道路上にとどまり、同所で再び集会を持つに至ったのである。そしてその集会の中程、すなわち南通用門からやや衆議院通用門寄りに位置した宣伝カー上において、当日の学生デモの総指揮者の一人である被告人北小路が、拡声器を使用して「これから国会構内において抗議集会を行う、構内集会は我々の権利である」「国会構内の集会を目指して今日一日を闘おう」という趣旨のよびかけをなし（証人京谷茂、同佐藤英秀らの各証言及び同人らの各証人尋問調書の記載、被告人杉浦、同宮崎、同有賀らの各陳述）、続いて被告人加藤昇も同様に宣伝カーの上から拡声器を通じて「国会構内集会はわれわれの権利だ」「国会構内で大抗議集会を行って抗議しよう」と呼びかけをなしたところ、集合していた学生らは「ウワー」という喚声をあげ、拍手を送り、これに賛意を表したのである。（証人山本繁、同飯野静美、同佐藤英秀らの各証言及び同人らの各証人尋問調書の記載）。そして「構内集会はわれわれの権利だ」というシュプレヒコールを一斉に唱和し、そのあと被告人北小路が同所から「中大、明大の学友諸君は今までの闘争において立派な功績をあげた、今日の行動にも期待する」と、直接行動に出るべきことを求めたところ（証人京谷茂、同佐藤英秀、同松原文一、同飯野静美、同雨宮正雄、同井上春明、同山本繁らの各証言及び同人らの各証人尋問調書の記載）、同所付近にいた中大、明大を主とした学生多数から万雷の拍手で受け入れられたのである。（証人佐藤英秀、同松原文一の各証言及び同人らの各証人尋問調書の記載）。この結果、南通用門直前の道路上に集っていた中大、明大を主とする学生らは改めて隊伍を組み、南通用門の扉を破壊するための体制を整えたのである。（証人京谷茂、同佐藤英秀らの各証言及び同人らの各証人尋問調書の記載）。

南通用門に停止した際の指導者らの右のような発言と、これに対する多数学生らの言動こそ、すくなくともその現場において、警察官のいかなる阻止をも排除して国会構内に侵入し、同所で抗議集会を開くべき旨の意思の連絡が成立したものというべきである。

学生デモ隊員の中には、それまでは、学生デモの指導者らが国会構内への不法侵入を企図してい

ることを窺い知らなかった者もあったであろう。しかし、右のような指導者の演説ないし指示をき
き、多数の学生がこれに和して絶大な賛意を表した事実を知るに及んでは、もはやデモの指導者及
びその他の学生らが警察官の阻止を排除して、不法に国会構内へ侵入しようとしていることを知っ
たことは疑う余地のないところである。

（中略）

したがって当時南通用門付近に集合していた学生らで、通常の理解力を持った者は、右数名の学生と同じように被告人北小路、同加藤らの呼びかけ及びこれに賛意を表した学生らの状況からして、デモの指導者らがあくまでも国会侵入を企図しているものであることを十分に知り得た筈である。しかもなおその場に止まり、かつ、その呼びかけに応じて賛意を表し、その後、後記のように国会侵入のための破壊行為や、警備警察官らに対する暴行を行ったのであるから、これらの多数の学生の間には、明確な一つの共通目的に対する意思の連絡があり、かつその目的実現のための実行行為を担当したものというべきであって、共犯としての責任を負うべきものであることはいうまでもないところである。

（中略）

もっとも、国会構内への侵入の意図を読み取り、それに同調して国会構内に侵入したからといって、建造物侵入の共謀は認められても、その余の器物損壊あるいは公務執行妨害についてまで共謀関係を及ぼし得ないといわれるかも知れない。しかし、国会構内に侵入するためには必然的に阻止用物件を排除しなければならず、また、警備警察官の阻止行為に会うであろうことは、当日現場に在った者には、何人も予測し得た事である。

それを知りながら敢えて侵入の目的を達成しようとするからには、阻止用物件や警備警察官を実力を以て排除しようとの意図を有していたものと見なければならない。その後の学生らデモ隊の阻

止用物件に対する破壊行為および警察官らに対する暴行行為は、右の意図を実現したものである。また、警察官に対する暴行の犯意があれば、その結果である傷害についての認識を必要としないことはいうまでもない。

このように同じく国会構内への侵入という共通の目的を有する他の者がその目的達成のために当然ずい伴する行為に出た場合は、その事実についても共謀による責任を負担すべきは当然のことというべきであり、これをことさらに、別個のものと考え、目的と手段とに分析するようなことは事実を素直に正しく見ないもので具体的事実からことさらに遠ざかろうとするものであろう。

（中略）

そもそも、共謀というような主観的事実の認定に関しては、本件被告人らのようにほとんど黙秘権を行使する場合においては、他の客観的事実から推定して認定する以外に方法がない訳である。したがって、本件各被告人らが法廷において共謀の事実を否定したからといって直ちにそれを肯定すべきではあるまい。

本件において見られるように被告人及びその他多数学生らが一つの目的を達成するために一致した行動をとっている場合には被告人らの自供を待つまでもなく、当然彼らの間に共謀の事実を認定すべきものと確信する。

ここでも検察官の「共謀」成立論には、思想表現の共同性と、実行行為とのあいだの混同がみられるとかんがえる。国会構内集会はじぶんたちの権利だというような発言とこれにたいする応答とは、あきらかに思想表現の共同性が、そこにあったか否かという次元の問題として扱われるべきであり、警備用物件、警備警察官を排除するか否かという身体的な実行行為の次元とは別途に理解さるべきものである。そして、思想表現と身体行為とを、故意または偶然に混同することなしには、この場合刑法第六十条の共謀共同正犯は成立するはずがないのである。

本質的にいえば、政治思想「行為」は幻想の「行為」であり、身体「行為」は現実の具体的な「行為」であるということは、たんにこの論述における検察官ばかりでなく、わが進歩派、通俗的な「マルクス主義」者のあいだにも理解せられていない。この検察官の見解が本質的に提起している問題は、いうまでもなくわが進歩派の理念をうつす鏡であるという意味で重要であるとおもう。

このもっとも稠密に「共謀」の成立を立証しようとしている「論告要旨」について、項目ごとにその見解が失当であり、また否認さるべきである論拠を述べる。

A、㈡の（1）の（イ）について

検察官が、被告人らと多数の学生らの間に本件当日以前から、本件行動に出ずべき潜在的意識があったことが認められる、とのべていることは全く問題にならない。それは公訴事由と無関係である。どのような潜在的意識も刑法第六十条の条項に該当するか否かとは無関係だからである。人間は何人も生活過程の全体をとおして、四六時中ある一つの潜在的目的意識を持続するものではなく、すくなくとも所定の行為範疇内においてのみ目的は意識せられることがあるというにすぎない。六・一五第一次国会構内集会参加者といえども生活体であるという理由で、本件行動の潜在的意識を、公訴事由に該当するような形で持続的にもちうることはありうべきことではない。したがって、たとえどのような考えを被告がもっていたとしても、それが「共謀」を認定する資料とはなりえない。

B、㈡の（1）の（ロ）について

すでに述べたように「ハガチー事件」以後の革新系の安保条約改訂反対運動と六・一五国会構内集会とは思想的にも現実的にも無関係であるゆえに、それらの運動の沈滞を打破する目的で、より強力な手段を考えたという検察官の論述はまったく失当である。

C、㈡の（2）について

検察官は南通用門前における指導者の国会構内集会の呼びかけと、これにたいする参加学生の応呼の声があったことをもって、構内抗議集会を開くべき意思の連絡が成立したものと主張している。しかし、この見解は強いて六・一五第一次行動を刑法第六十条の判例に帰属させようとするためになされた付会と申すべきである。

一般的に、大衆行動の現場における即時的な指導者の呼びかけと、これに対する参列者の応呼とは、長い伝統をもった一つの慣習行為であり、いわば一つの気勢行為であって、それ自体が意思の連絡行為ではない。このような大衆行動の慣習行為を、「共謀」行為として参加者個人に対する罰条に還元することは、全く不当といわなければならない。本件において検察官はあきらかに、共産主義者同盟または全学連を公訴しておらず、参加者個人を公訴している。

各個人の「意思」は、それぞれに固有な歴史と現存性とをもって異なっている。やさしくいい直せば、各個人の「意思」はそれぞれの生い立ちの過程と、現在の生活過程によって、それぞれ異なった発現性をもっている。

それゆえ「意思」の連絡、あるいは「意思」の共同性が措定される場合を想定すれば、それは各個人によって異なっている「意思」の発現性を限定する一つの範疇の内部が考えられる場合においてのみである。いいかえれば、一般に「意思」の連絡あるいは意思の共同性は、かならずある局限された領域を呼びおこすのである。全円的な範疇のなかで（いいかえれば全生活体としての人間のあいだで）二人以上の意思が連絡したり共同したりすることは、人間相互の間では起りえないのである。

本件の場合、検察官が主張するような参加者各個人の間で「意思の連絡」が想定されうるとすれば、それは「政治」行為という範疇の内部においてのみであり、参加者各個人の意思の総体においてでないことは、あらためて申すまでもないことであろう。

「政治」行為という範疇は、いうまでもなく、門扉を破壊したとか建造物に侵入したとかいう身体的な行為の範疇とは全く異なった次元に属している。いいかえれば公訴事由とは無関係な範疇に属している。それ故検察官が六・一五第一次行動の参加者が安保条約改訂阻止、岸政権の打倒について参加者個人の相互間に意思の連絡が暗黙のうちに存在したと述べるならば、それは肯定せらるべきであるかもしれない。しかし、公訴事由になっている現実の実行行為について意思の連絡があったとするのは全く根拠がないのである。

六・一五第一次行動の参加者各個人が身体行為として国会構内に入ったという行為事実の範疇では、あきらかに参加者各個人の「意思」の発現形態のみが存在し、共謀もなければ、意思の連絡も存在しえないのである。

4　暴力行為等処罰ニ関スル法律第一条（集団的常習的暴行、脅迫、毀棄）、刑法第九十五条（公務執行妨害、職務強要）、刑法第二百四条（傷害）、刑法第百三十条（住居侵入）[註4]適用についての検察官の陳述について

わたしの被告の公訴事由は上記の罰条に該当するものとされている。しかし、すでに述べたように「共謀」が成立しないことが明瞭であるかぎり、罰条のうち問題となるのは刑法第九十五条と刑法第百三十条のみである。そしてこの二つの罰条の適用が正当か否かという問題は、六・一五国会構内集会の思想をぬきにしては論じえないということができる。

当日の警備警察官の行為が正当な公務の執行であるか否か、国会構内は建造物であるか否か、という争点は、その背後に国家機関員の公務執行とはなにか、国会構内とは何か、という根本的な問題を包括している。なぜならば、六・一五国会構内集会がたんに身体行為として存在したのではなく、思想の表現としてのみ存在したからである。思想の表現としてのみ存在しえた身体行為を、身体行為自体として

罰条に還元することは結果主義であり、法の適用の逆倒であるといわなければならない。この逆倒のゆえにのみ刑法第九十五条と第百三十条の適用は不当なのであって、検察官と弁護人との罰条をめぐっての争点は、これに比べて第二次的なものであるにすぎない。

(イ) 警察官の公務執行妨害の論拠について

六・一五第一次行動が公務執行妨害であるとするための東京地検矢実武男の「論告要旨」が指摘する点は、つぎのようなものである。

国会会期中の内部警察の権は国会法第百十四条、第百十五条(註5)によって各議院の議長にある。したがって、前記のように国会警備のために派遣された警察官は原則として、議長の指揮を受けることとなる訳である。ところで当日の国会警備に関し、衆議院議長が、その指揮下の警察官に指揮した警備方針は次のとおりであった。

すなわち、一、衆議院構内には一人たりとも不法侵入者がないように厳重に警戒すること、二、もし衆議院構内に不法に侵入するものがあった場合はこれを構内より退去させ、応じないものは実力をもってこれを構外に排除し、やむを得ないときは不法侵入者を逮捕すること、三、逮捕した者の処置は警視庁に引渡し、警察において処置すること、というのであった。(証人玉村四一、同小倉謙の各証言及び同人らの各証人尋問調書の記載)。このような衆議院議長の指揮の下に衆議院構内に配置されて、同構内に不法侵入を企てる者の阻止に当った警察官の行動は、正に公務の執行に従事していたものというべきである。仮りに衆議院議長から前記のような指揮を受けていなかったとしても、建造物侵入を企てている者を制止すること及び建造物侵入、器物破壊等の現行犯を阻止ないし逮捕することは、警察法及び刑事訴訟法により警察官の義務とされる行為であり公務の執行であることはいうまでもないことである。(「第三、争点に関する証拠と検察官の見解」の「一、事実関係」の「(一)全般的事実関係」の「(7)警察官の公務執行とこれに対する妨害」の項)

この検察官の陳述をみると、衆議院議長は、当日国会構内に入るものを排除するよう指揮しているが、排除するに際し、殴打、傷害、死殺等の行為をもって行ってもよいという指揮を与えていないことが判る。わずかにその手段を示唆するのは「実力をもって」という表現だけである。そしてこの「実力をもって」が殴打、傷害、死殺を意味しないことは、それにつづいて「やむを得ないときは不法侵入者を逮捕すること」とされていることからもあきらかである。即ち、ここで衆議院議長が警察官に与えた指揮は最大限において「逮捕すること」もやむなしというにすぎなかったことは、検察官の陳述から明瞭である。

しかし、警察官は、殴打、傷害、死者(樺美智子)を生ぜしめるまでにその実行行為をなしたことは明白であるので、あきらかにまずこの行為事実において国会法第百十四条、第百十五条を逸脱した行為であるということができる。

昭和三十五年八月号、雑誌『自由』には、大山幸雄(仮名)による「一機動隊員の六月十五日」という手記が掲載されている。警備警察官の立場からかかれており、参加学生を警棒で殴打、傷害、致死させたと判断させられるような発言は極度に抑制しているが、それにもかかわらずそれらの行為事実を読みとることができる個所が存在している。即ち、

われわれは、国会を警備するだけできているのだ。別に学生と闘いにきたわけじゃない。しかし、治安を乱すうえに、わが身の危険を感ずるとあれば、相手を制圧しないわけにはいかない。相手が棒でなぐりかかれば、身を守るために警棒で防戦するのは当り前だ。そして、防戦するだけで手一

杯なのだ。相手に打撃を与えなければ、こっちがやられるのだ。（同誌一〇一頁）

警棒をふるい、逃げる者をなぐったといわれるが、相手が〝武器〟を持っている時、相手に攻撃の意思がある時、素手で平身して説得しろというのか。学生は石で、棒でガラスで、火で攻撃しても良いが警官は防ぐことすらいけないというのか。個人的意見だが、あの事態は明らかに騒擾罪の適用をうけるべきであり、拳銃の使用も当然だったと考える。（同誌一〇二頁）

この信憑性の高い手記において第一次、第二次衝突で機動隊員は、警棒で、構内における学生を殴打し、打撃を与えたことを否定していない。

事実、この衝突において参加者が傷害をうけ、女子学生（樺美智子）が死殺されたことは事実であり、それが国会法に規定する衆議院議長の指揮範囲をこえた実行行為であることは論をまたないのである。

（ロ）警察官に対する傷害の論拠について

刑法第二百四条（傷害）を適用する根拠について「論告要旨」はつぎのようにのべている。

なお、右のように警察官の受傷が、被告人らを含む学生デモ隊の暴行によって惹起されたとしても、誰れの暴行がどの警察官を負傷させたものかが明らかでない、との主張がなされるかも知れない。

なるほど、本件においてはその点を明確ならしめる証拠はない。

しかし、警察官に対する暴行行為がつぎにのべるように被告人らと他の多数学生らとが共謀して加えたものであることの明らかな本件においては、加害行為者と受傷者との人的関連を特定する要

はないものと考える。（同前「(8) 警察官に対する傷害」の項）

この検察官の見解は、まったく根拠のないものである。国会構内における身体的行為について、既述のように参加学生のあいだに共謀はまったく存在しないからである。それ故、特定の個人が特定の警察官を傷害したという立証が存在しないかぎり、刑法第二百四条の傷害が適用されないことは論をまたない。

その上に、先の機動隊員の手記が明らかにしているように、国会構内衝突における警察官の傷害は、参加学生の傷害と関連する相互行為である。警備警察官の存在なしには学生の傷害もありえなかったし、学生の存在なしには警察官の傷害もありえなかった。このような相互行為において、一方的に刑法第二百四条を適用しようとすることは、あきらかに憲法第十五条の違反であるといわなければならない。

わたしは弁護人のように警察官に傷害があったとしても、参加学生の行為は刑法第三十五条（正当行為）、刑法第三十六条（正当防衛）、刑法第三十七条（緊急避難、過剰避難）等に該当するものであると主張しようとはおもわない。何故ならば、このように主張することは一種の「法律ごっこ」であり、ますます事実の実体から遠ざかるところに六・一五第一次衝突の実相をつれていってしまうからだ。直接に身体を触れ合うところで衝突した立場を異にする集団相互のあいだに起りうることは、このような検察官と弁護人のあいだの「法律ごっこ」の範疇をこえるものである。特定の個人が特定の個人を傷害したことが指摘できないことが、この実相をよく明らかにしている。わたしは刑法第二百四条の規定する範疇をこえたところに警官隊と参加学生の傷害の根拠をみるのであって、如何なる意味でもその条文を適用することはできないと考えざるをえない。

警備警察官の警棒による傷害行為は、この場合あきらかに現存する国家権力の秩序に抗しようとするものにたいする憎悪を象徴する行為であり、参加学生の行為は遵法行為のなかで現存する国家＝法秩序が、ただ職務という理由だけで不当に擁護されようとすることに対抗する思想を表現している。六・一五国会構内抗議集会の思想は、それ自体が国家権力でも何でもない警察官と衝突すること、それに対して傷害を加えることを目的とした行為でもなければ、衝突することを手段とした行為でもない。わたしたちの思想の表現を集約するためになされたものである。それゆえ警備警察官の多数が阻止線を構築して存在しなかったならば、何らの衝突なしに集会がもたれ、わたしたちの思想の表現は完成されたことは疑いないところである。

公訴事由のうち、刑法第二百四条（傷害）の適用は、第一に相互行為であるという理由で阻却さるべきであり、また第二に特定の個人が特定の個人を傷害する行為が存在しないにもかかわらず、相互傷害が生じたという事実が、この衝突の思想的な本質を示しているがゆえに、運用法規としての刑法の範疇と異なった次元の問題として阻却さるべきである。第一次衝突によって生じた傷害者と死者とは、刑法第二百四条に規定する傷害行為の結果ではなく、刑法の規定を超えたところで現行の憲法＝法国家を固守するものと、憲法＝法国家を否認しようとするものとの思想的な対立を表現するものであった。もしも相互が六・一五国会構内集会において受けた傷害を相対立的に公訴事由として提起するとすれば、それは刑法第二百四条をもってすべきではなく、現行の憲法＝法国家を否定するか否かという法の幻想的本質の次元の問題としてであり、それ自体が本裁判の範疇を逸脱するのである。

国会の建造物構内が公共物であり、「国有財産」であって、その管理が国会法によって、両院議長の権限にあることが規定されているため、議長の指示により、六月十五日、構内警備にあたった警察官の行為は適法であり、議長の許可なくして構内に入った全学連、共産主義者同盟の学生の行為は違法であるという検察官の主張は否定さるべきである。況んや、たとえ議長の指示がなくとも、他の管理下にある建造物に無断で侵入した全学連の行為は刑法第百三十条（住居侵入）により違法であり、これを阻止しようとした警察官の行為は適法であるという主張は否定さるべきである。

なぜならば、六・一五国会構内抗議集会は、ただ思想の表現行為としてのみ存在したのであり、参加者にとって思想の表現としてのみ重要な意味をもつことが自覚されていたからである。そうでなければ、集会が国会構内でなければならない理由が存立しえないからである。あきらかに六・一五行動は、共産党、国民共闘会議、市民民主主義者のような国会周辺の流れデモであってはならなかった。六・一五国会構内集会には、思想として憲法＝法国家と対峙する像が奥深く内蔵されていたからであり、それのみが、全安保闘争をつらぬく六・一五集会の参加者の行動を、他の諸党派と区別する特長であった。

国会の建造物構内が、国家に所属しているとすれば、現行憲法においてあきらかに主権が国民に存在することが明記されているかぎり、それは国民に帰属している。もちろん六・一五国会構内抗議集会の参加者は、国民の全体ではなく一部である。しかしこの一部も国家主権の体現者であるかぎりにおいて、国会の建造物構内を帰属せしめているものである。

国会法の規定は、たんに主権者より寄託されたものの運用権を規定するものであり、それ自体が法的な本質を包括するものではない。検察官の陳述、論告は一貫して、運用法規を絶対視し、単なる管理権限を法的な全体を含むもののように見倣している。

なぜ、憲法＝法国家が主権在民を明記しているにもかかわらず、国家に所属する建造物構内が主権者に帰属しないかのように運用法規（国会法、刑法）の規定は矛盾するのであるか？　ここに検察官が法の運用において考察すべき本質的な問題が存在している。そして、おそらくここには、国家法自体の存在がはらむ基本的問題が存在しているのである。

わたしは、統一グループ公判廷における本件の弁護人たちが、不知不識のうちにおちこんでいる検察官と何ら変らぬ弁護論を否定する。六・一五国会構内集会を、法令に基づく行為、正当防衛行為、自救行為、正当行為、抵抗権の行使等々、現行憲法及び刑法のなかから、いかにも妥当しそうな条項を択びだして、検察官の公訴事由に対抗している弁護人の態度を裏がえされた検察官、いいかえれば反体制内部における秩序擁護者の常套的方法として否定する。

六・一五国会構内集会は、日本資本主義の独立構造を土台とする憲法＝法国家との対決を内に模索した思想の表現であるとともに、日本共産党を頂点とする「反体制」運動のギマンと妨害とに耐えながら、これを真底から克服し揚棄しようとする課題をも内蔵するものであった。

（八）機動隊によるいわゆる第三次襲撃について

六月十六日、午前一時過ぎに行われた機動隊によるいわゆる第三次襲撃について、検察官は公訴を提起していない。東京地検検事松本正平の「冒頭陳述書」は次のようにデモ隊が国会周辺より「退去」したと述べているだけである。

南通用門外へ排除されたデモ隊は、午後十時半過より、南通用門より正門に通ずる道路上にデモ隊によって引出された滝野川運送株式会社所有に係る滝野川警察署借上トラック（1え二四一二号）、池袋警察署備付警備用輸送自動車（8た〇八九七号）外五台を次々と炎上せしめ、更にデモ隊は参議院第二通用門の前をデモ行進しながら国会正門に向い、同門前にて停止して気勢をあげると共に、同所に配置してあった阻止用輸送車十一台を次々に炎上せしめたりしてデモ隊は午前三時ごろまでには国会周辺より退去した。（「第五、その後のデモ隊の状況」）

これに対し、弁護人の「冒頭陳述書」は次のように述べている。

午前一時一〇分ごろ、学生の間には右翼の暴力団が襲撃するとの噂が流れていたが、そのころ、正面方向で炸裂音が再度起り、麹町警察署の催涙弾が学連の中に打ち込まれ、その直撃により負傷したり火傷を負う者が出た。学生隊は徐々に尾崎記念館の方向に後退したのであるが、この時正面から急に出て来た数百の武装警察隊が襲撃を行い、逃げ迷う者を背後から強打し、蹴り上げまたは負傷者を投げつけるなどの暴行を加え、このため多数の負傷者が続出し、特に後頭部に裂創を負った者が多かった。（「五、第三次襲撃」の（2））

少なくともこの個所に関するかぎり弁護人の陳述は正しいと証言することができる。わたしたちは、〝武装〟した警官、機動隊に追われてこのような情況のもとにぬかるみと暗黒のなかを傷害をうけ転倒しながら潰走したのである。わたしたちは、〝武器〟をもたない素手のままどうすることもならず、蹴散らされて敗走した。この時の精神と肉体との地獄絵図は、いまもわたしの脳裏に鮮やかに存在するが、ここでは敗走してわたしとともに警視庁の構内に追いつめられて逮捕された三十数名の学生（市民）（そのなかには負傷者、警棒で傷害をうけこんすいして病院に運ばれたものもある）が存在したことをそれらの名誉のために記録しておきたい。

わたしは六・一五国会構内集会において、真の指導性がこの国に存在しないという叱責を敗北のうちに自己につきつけ、この警官隊の第三次襲撃による潰走のなかから、〝武器〟なきたたかいの極限の実体を体験したのである。

架空の被告であるわたしと現実の被告であるわたしの被告は公訴事由に対して何れも無罪であるようなありふれた行為しかしていないが、六・一五体験の思想的意味について、どのような非難と孤立を支払おうとも、現在も、依然としてありあまる課題を自己につきつけ深化する行為をやめていない。

（註4）（イ）暴力行為等処罰ニ関スル法律第一条
①団体若クハ多衆ノ威力ヲ示シ、団体若クハ多衆ヲ仮装シテ威力ヲ示シ又ハ兇器ヲ示シ若クハ数人共同シテ刑

法第二百八条第一項、第二百二十二条又ハ第二百六十一条ノ罪ヲ犯シタル者ハ三年以下ノ懲役又ハ五百円以下ノ罰金ニ処ス

②常習トシテ前項ニ掲クル刑法各条ノ罪ヲ犯シタル者ノ罰亦前項ニ同シ

（ロ）　刑法第二百四条（傷害）

人ノ身体ヲ傷害シタル者ハ十年以下ノ懲役又ハ五百円以下ノ罰金若クハ科料ニ処ス

（ハ）　刑法第百三十条（住居侵入）

故ナク人ノ住居又ハ人ノ看守スル邸宅、建造物若クハ艦船ニ侵入シ又ハ要求ヲ受ケテ其場所ヨリ退去セサル者ハ三年以下ノ懲役又ハ五十円以下ノ罰金ニ処ス

（ニ）　刑法第九十五条（公務執行妨害、職務強要）

①公務員ノ職務ヲ執行スルニ当リ之ニ対シテ暴行又ハ脅迫ヲ加ヘタル者ハ三年以下ノ懲役又ハ禁錮ニ処ス

②公務員ヲシテ或処分ヲ為サシメ若クハ為ササラシムル為メ又ハ其職ヲ辞セシムル為メ暴行又ハ脅迫ヲ加ヘタル者亦同シ

（註5）（イ）　国会法第百十四条（内部警察権）

国会の会期中各議院の紀律を保持するため、内部警察の権は、この法律及び各議院の定める規則に従い、議長が、これを行う。閉会中もまた、同様とする。

（ロ）　国会法第百十五条（警察官の派出）

各議院において必要とする警察官は、議長の要求により内閣がこれを派出し、議長の指揮を受ける。

戦後思想の荒廃

――二十年目の思想情況――

1

本多秋五は、さいきん公刊された『物語戦後文学史』の完結篇を、たとえ戦後文学が全否定されるばあいであっても、最低の鞍部でとびこえられてほしくないといった、いかにも本多秋五らしい希求の言葉でむすんでいる。わたしはこの批評家の守ろうとするものが何であるのか、よく了解できるつもりだが、こういう結びの言葉は、空々しくきこえそれほど心をそそられなかった。しかし、こういう言葉に心をそそられるものたちは、おそらく最低の鞍部で心をそそられるにちがいない。わたしは、戦後文学の核心を否定し、絞殺したものは、ほかならぬ第一次戦後派の文学者自身であったということをその作品から信じている。かれらはじぶんでじぶんを殺し、じぶんでじぶんの初心を忘れてしまったのである。この戦後の現実を、せいいっぱい構造的に改革してゆくためには政策決定者に請願をつきつけるのがもっとも手っとりばやい有効な方法であり、日本共産党や日本社会党に心情を寄託して、この現実を変えてもらうことがもっとも好ましいことだという発想をとったとき、戦後派文学者は、じぶんでじぶんの文学を絞殺したのである。すくなくとも初期の戦後派には、じぶんの現実的な崩壊をささえうるのは、じぶんだけではないかという恐怖感にみちた自問があった。この問いを打ち消したのはほかならぬかれら自身であったことはその作品史から立証されることである。

ある文学的な思潮が、べつの文学的な思潮から袋だたきにされて〈殺される〉などといういい分をわたしは信じていない。ある文学流派が死ぬのも、生きるのも現実の社会動向にほんとうの根拠をおいている。だから、死ぬべき文学の思潮を死なせないためには、個々の文学者の持続的な努力によるほかはないのである。どんな文学的孤立にも、マス・コミからの孤立にも耐えて、じぶんを確めてゆく持続力だけが、現実離れの恐怖に耐えうる唯一の道であることは余りに自明である。第一次戦後派は、野間宏、椎名麟三、武田泰淳などの一人をとってきても、そういう割の悪い役をひきうけたものなどはいない。〈うまくやってやがる〉ものばかりである。一見そうはみえなくても戦後派文学を絞殺したのは特定の批評家たちでもなければイデオローグでもない、じぶんたち自身であるということを知ったほうがいいとおもう。

これは、文学だけではなく戦後思想の関与するどんな問題についてもあてはまる。戦後思想を最低の鞍部で擁護した山田宗睦の『危険な思想家』という著書には、戦後の平和・民主主義・進歩主義が戦後すぐにはみずみずしい魅力にあふれたものだったが、いまでは形骸化した陳腐なものになってきた、それをめがけて戦後の平和・民主主義・進歩主義は、すべて、虚妄だったという声があがってきたとかかれている。そして、戦後を擁護し、戦後を殺そうとするものたちを告発するためにこの著書をかいたというモチーフをのべている。しかし、ここで平和とか、民主主義とか進歩主義とかいわれているものの実体はなにを意味しているのか？　それを擁護するとは、殺すとはなにを意味するのか？　ただそういう言葉が物神としてあり、そこらを亡霊のように横行しているが、それがかれ自身にかかわるものとしては存在していない。だから擁護したり、殺したりできるのだ。かれが体験しきりひらいたものであり、その体験を思想化したものであり、またあるばあい生活化したものであるならば、それは擁護する前に存在し、殺そうとしても殺すことができないのである。

そこで、かれがいう平和や民主主義や進歩主義は、ある党派が旗じるしとして用いてきた象徴であり、これを擁護するというのは、その旗じるしをかかげてきた党派を擁護するということ以外の意味をもちえない。しかし、ひとつの党派が消滅するのは、一見すると他の党派によって殺されたようにみえても、じつは深い現実的な理由をもっており、また、党派が自らを殺す以外に、ある党派が死ぬことはありえないのである。

そこでわたしたちが山田宗睦の著書や、この著書におおげさな推せんの辞をよせている市民民主主義者や進歩主義者の心情から理解できるのは、じぶんたちがゆるく結んでいる連帯の人的なつながりや党派的なつながりが崩壊するのではないか、孤立しつつあるのではないかという深い危機感をかれらが抱きはじめているということだけである。そして、かれらの党派を崩壊させるような言葉をマス・コミのなかでふりまいているようにみえる文学者、政治学者、経済学者を〈告発〉しようというわけだ。しかし、これらの〈戦後民主主義〉者とやらは、思想と現実のあいだの契機を逆立ちさせたり、自らの存在を過大評価すべきではない。

わたしのかんがえでは、これらの〈戦後民主主義〉者をマス・コミの舞台に乗せ、おおよそ実定の水準にない〈民主主義〉という空疎な概念を振りまわすことをゆるしているのは、いうまでもなく、現在、労働者の運動が壊滅状態にあり、急進的な翼が深く根拠をほることを余儀なくされている現状があるからである。いいかえれば現在、〈戦後民主主義〉者の仇花のような言動こそが、〈戦後〉の崩壊を基盤にしてはじめて存在しているにすぎない。しかし、これらの〈戦後民主主義〉者は、いちどでもそのことをかんがえてみたことがあるのだろうか？　それとも知っていて知らぬ貌をしているのだろうか？　わたしは、こういうイデオローグがひとかどの貌をしてもっともらしいことをしゃべっているのをきくと、いつもうんざりしてくる。かれらが告発する相手が〈戦後民主主義〉を否定するものであるというならば、かれらは〈戦後〉そのものの崩壊によって浮びあがった水泡にしかすぎない。

しかし、思想がほんとうに怖ろしいのは、それが水泡にすぎなくても、またあたえられている現実支配を模写する思想にすぎなくても、公的な場面で振舞うとき、それぞれがくっきりとした輪郭をもった確定した思想のように機能することである。そしてこの確定した輪郭をもったとき、思想は内在性をはなれてそれぞれ異った方向を指す戦略や戦術としてあらわれてしまうのだ。いや、思想者が、じぶんの思想的な指向が確定した輪郭によってしか存在しなくなる過程を意識したとき、その思想を名辞として逆に現実の場面にあてはめて振舞おうとするにいたるのだ。このようにして、人はただじぶんが絞殺したにすぎない〈戦後文学〉や〈戦後民主主義〉を、他者によって絞殺されたと錯覚するのである。

しかし、わたしは一思想家や一文学集団の文化現象のなかでの消長や対立が、この世界の方向を決定するという情況喜劇を信じていない。情況劇の主役はいつも現実とそのなかで生きる人間の幻想とが錯綜した総体であり、たまたまある文学者や思想家や文学、思想集団が文化現象のなかで死ぬか生きるかということは、思想が戦略や戦術の名にかわってしまった位相では問題にならないのである。そして、それこそが、逆に、たんに一思想家が進歩的か保守的か革命的かが問題なのではなく、かれが如何に深い根柢をもつか、如何に何ものかの象徴であるかという位相で、その重要さ、貴重さを評価される理由があるのだ。つまらぬ進歩思想家よりも、すぐれた保守思想家が貴重であるという意味は、思想の内在的な領域では不滅の根拠をもっている。おなじように、マス・コミ現象の内部で、〈戦後民主主義〉を擁護するか、絞殺するかという問題は、何ものをも意味していない。もしも、絞殺されて惜しまれるような理念が存在するとすれば、それは文化現象より以前に、現実的な生活の領域で絞殺された後に、文化の領域にあらわれたものであることを、はっきりとさせておいた方がいい。

そうでないと、もともと最後にしか絞殺されることのない学者の学問の自由の弾圧で、権力の弾圧史を考察しようとしたり、もっとも無意味な学者の抵抗で、権力への抵抗史を論じたりする現在のような倒錯におちいってしまう。学問の自由が奪われたなどと学者が泣き言をいうときは、それよりもはるか以前に生活者の自由は奪われており、ただ声を出さないだけだということを知っておくのはよいことである。崩壊期を高揚期と錯覚し、敗北を勝利といいかえる戦前の再版を演じている進歩主義者たちの錯誤を見きわめるためには、文化は逆立ちすることによってはじめて現実に登場するものであるという認識は前提になければならない。

2

現在の世界では戦争が不可能であることは、すなわち平和が不可能だということであり、戦争が不可避であるということは、そのまま平和が不可避だということと同義であるという戦争と平和の同在性は、あらゆる情況の課題をはかるための前提である。そして、人間はこの戦争＝平和の不可避的な同在性のあいだに懸垂したまま宙に浮んでいるといった本質的な在り方をしかもちえないでいる。現在におけるすべての現実的な課題の困難さは、この懸垂の状態におかれた人間の情況に根拠をおいている。この情況をふまえないあらゆる論議は、眉につばをつけて聴くべきである。

わたしのかんがえでは、現在、進歩的知識人たちをとらえているベトナム論議は、本質的に戦争＝平和の不可避的な同在性にはさまれた懸垂状態から逃亡しようとする機制に根拠をおいている。都市や農村の生活民が夏祭りや秋祭りに興ずるのとまったくおなじように、かれらはベトナム祭りや原水禁祭りに興じているのだ。その祭りに夢中になることもできなければ、祭りのなかで醒めていることもできず、強いて悪酔いでもするより仕方がないといった位相もまったくおなじものである。

かつてかれらは五年前の国内闘争において、真にいわば不可避的にたたかったひとびとを集中的に非難し、敗北させながら、自らは〈民主主義〉の勝利を謳歌しえたように、いま不可避的にたたかっているベトナム民の一勢力を自滅させるために、ベトナム戦争反対や即時停戦をとなえている。もしも、かれらの桟敷席での戦争反対や即時和平の理念が勝利したとしたら、かれらは世界のインターナショナルな平和勢力の勝利を謳歌することができよう。しかし、そのとき真にたたかっているベトナム民の一勢力は、社会主義圏と資本主義圏という架空のインターナショナリズムに引裂かれて、自滅するよりほかにないのである。五年前の国内闘争で、社会主義の指導国家と称している中・ソがいずれもいかに見当外れの支援や評価をこの闘争にくだしたかを記憶しているものには、この自明の結末が理解できないはずはあるまい。かれらは自らの脳髄に宿っていて、ほかのどこにも実定性をもたない、戦争に捲きこまれたくないとか戦争は嫌だとかいう心情の理念に吐け口をあたえるために、五年前とおなじように不可避的にたたかっている他国の一人民勢力を死なせようとしているにすぎない。かつて国内で演じた罪を、こんどは国外のもんだいで重ねようとしている。そういう繰返しについて内省や自問自答がかれらを一度もおとずれたことはないのだろうか。ここでは厚かましさと無智による確信とがおなじ貌をしてあらわれているのである。

わざわざ縁もゆかりもないはずの東南アジア地域に出かけて他国の戦争に介入している米国も、口さきだけ他国の人民の一勢力の支援を宣言しながら、裏から武器を売りつけているだけである中・ソも、即時停戦や平和によって何も損害をうけないだろうし、またいったん事があれば不可避的にたたかわざるをえないゆえにたたかっているベトナムの一人民勢力の生死などは歯牙にもかけず蹂りんするという政治的リアリズムを身につけていることは疑うべくもない。しかし、わが進歩的知識人のベトナム問題への介入は、徹頭徹尾その理念のロマンチシズムを演じているだけである。理念によって現実生活を収奪されることと、脳髄のなかの幻想性を収奪されることとは、まったく等価であり、現在わたしたちが保守派と進歩派にみているベトナム問題についての政治喜劇は、ただ幻想を収奪されているか、現実を収奪されているかのちがいにすぎない。

現在の世界の情況では、戦争＝平和のはざまに懸垂された状態で生きてゆくことは、知識人にとっても組織的な労働者にとっても辛い困難な課題を強制している。現在の強制的な平和は人間にたいして、どんな生き方も卑小であり、どんな事件も卑小であり、それを出口なしの状態で日常的に耐えながら受けとめ、そこから思想の課題を組みあげるということを強要している。どのような無気力な現状肯定の思想にとっても、どのような気力ある変革の思想にとっても、卑小であるがゆえに一層困難な状態を強いている。この逆説的な情況に耐えられず、たとえ他国の出来事であり、遠隔と複雑さから真相がけっしてうかがいえないといった事件であっても、その主題に逃亡したいという機制がうまれ、ジャーナリズムを賑わし、そこに自己の〈平和〉理念とか〈反戦〉理念とかのハケ口をもとめようとする傾向をうみだし、賑やかなベトナム祭りや、原水禁祭りになだれこむ知識人が存在することもやむをえない弱小な思想の表現というべきである。

社・共のような卑俗リアリズム以外にとりえのない政党は、現在わが国の組織労働者が、けっして国家権力にたいして政治的レベルでのたたかいをなしえない壊滅状態にあることを熟知しているがゆえに、ベトナム問題や、原水禁問題に血道をあげることを余儀なくされているにすぎないが、進歩的知識人たちは、ただ自己の理念にとって出口がありそうにみえるために、やみくもにベトナム問題を口にしているだけで、かれらを支配しているのはただ世界の現在の情況と自国の情況にたいする無智を根拠にして、自己理念にたいするカタルシスのために、ベトナム戦争や原水禁問題を主題にとりあげようとすることだけである。

これらの理念上のロマンチストである〈お節介屋〉たちは、ありあまる自国の国家権力のもとでの課題に眼をそむけながら、ただ戦争と平和という理念をとおして世界の構図をみようとしているのだ。しかし、現実の情況は桟敷席から見極められるようなおあつらえむきのものではない。現在の世界は戦争が不可能なように平和が不可能であるという拘禁状態にその本質をもっている。かれらが戦争をみているところにじつは平和な人間の存在の仕方があり、かれらが平和をみているところに、じつは日常生活のような仮面をかぶった戦争があるといった現実の深い根拠を透視することができなければ、主観の如何にかかわらず、わたしたちは世界の情況に迫る本質的な課題から、ただ逃亡しているにすぎないというべきである。

3

開高健の『ベトナム戦記』をよんでみると、わが国の進歩的知識人の思想的な「国外逃亡」がどんなものであり、どのような荒廃にさらされているかを如実に知ることができる。なぜ、なんのためにこの作家はベトナムへ出かけていったのか。この著書を読みおわっても、なにもわからないのである。ある日、ジャーナリズムからベトナム問題のルポルタージュをやってみないかと勧誘されて出かけていったとでもかんがえるほかはない。もともと話体でしか作品がかけないこの作家にとって素材の軽重がそのまま作品の軽重にかかわってくる側面がある。生きているのか死んでいるのかわからないこの日本の平和情況とはちがった情況がベトナムにはあるにちがいない、なぜならそこでは内戦があり、国際勢力も陰に陽にここに集中している。ひとつ出かけて何でも見てやろう、とかんがえてジャーナリズムの勧誘に応じたとでも想像するより仕方がないようにこの「戦記」はかかれている。

予想にたがわずこの作家は、いやおうなしにベトナムの現実に立ちあわされ、ベトナム行きの動機が何であれ、しだいに精神はその素材にひきずりこまれてゆく。かれは南北ベトナムを走りまわって見聞をひろめ、紛争の当事者やベトナムの知識人に会見しては意見をきいてまわり判断の素材をあつめる。そしてついにベトコンの少年が銃殺される場面に観客としてつきあわされる。

銃音がとどろいたとき、私のなかの何かが粉砕された。膝がふるえ、熱い汗が全身を浸し、むかむかと吐気がこみあげた。たっていられなかったので、よろよろと歩いて足をたしかめた。（中略）

しかし、この広場では、私は《見る》ことだけを強制された。私は軍用トラックのかげに佇む安全な第三者であった。機械のごとく憲兵たちは並び、膝を折り、引金をひいて去った。子供は殺されねばならないようにして殺された。私は目撃者にすぎず、特権者であった。私を圧倒した説明しがたいなにものかはこの儀式化された蛮行を佇んで《見る》よりほかない立場から生れたのだ。安堵が私を粉砕したのだ。私の感じたものが《危機》であるとすると、それは安堵から生れたのだ。広場ではすべてが静止していた。すべてが薄明のなかに静止し、濃縮され、運動といってはただ眼をみはって《見る》ことだけであった。単純さに私は耐えられず、砕かれた。

そして「人間は何か《自然》のいたずらで地上に出現した、大脳の退化した二足獣なのだ」という感想を書きとめている。

この個所の悪達者な文章をよみながら、わたしは戦争中の丹羽文雄の『海戦』という悪達者な戦闘記録をおもいだした。もちろん、このとき開高健をおとずれたほんとうの破たんはこうである。

この作家が、人間が死ぬとすれば、病気か交通事故か、やくざの強盗殺人かしかなく、もしそう思いたければ平穏で卑小な出来事が昨日のように今日も続いており、また、もしそう思いたければ、こういう平穏さこそかつて体験したこともない深淵であり、未知の状況であるといったわが国の〈平和〉を逃れてベトナムへ取材にゆく職業記者とおなじレベルにじぶんをつきおとしたとき、すでにそれは文学者でなく、安全な〈第三者〉にしかすぎなかったのだ。ベトコン少年の銃殺を、軍用トラックのかげで〈見る〉だけだったから、安全な第三者なのでもなければ、ベトコンにもベトナム政府や米軍にも加担しなかったから第三者であるのでもない。また、みずからベトコンにかこまれて瀕死の体験をしたから第二者になるわけでもない。

人間の思想（幻想）のほんとうの恐ろしさは、戦闘を体験しても第三者、書斎に寝ころんでいても第二者であるという思想と現実の事件（素材）との不関性のなかに根拠をおいている。

開高健が、戦争も平和も不可能であり、不可避であり、戦争＝平和という同在性のあいだに懸垂された状態でしか、現在、世界が人間の存在をゆるしていないという情況から眼を外らし、ベトナム戦のルポルタージュから、戦争はある信念（思想という意味だろうか？）を支持するかしないかで、人間を〈英雄〉にもすれば〈殺人鬼〉にもするなどというしゃらくさい結論を戦争についてもちかえり、人間は蛮行をする二足獣だ、もっと人間は高級であって〈生命〉の奪いあいなどすべきではないなどといったたぐいのことを触れまわったとき、第三者は完成した姿をもったということができる。

この作家が、二十年にわたる〈平和〉な戦後の有難い〈民主主義〉とやらの現実のなかで、政治的なまた大衆的な国家権力とのたたかいのなかで敗れ、思想的に死んでいったひとびとや、〈平穏〉な日常生活のなかで、子を生み、育て、一言の思想的な音もあげずに死んでゆくひとびとを、〈銃殺〉された死者として〈見る〉ことができず、わざわざベトナム戦の現地へ出かけて、ベトコン少年の銃殺死を見物しなければ、人間の死や平和と戦争の同在性の意味を確認できなかったとき、幻想を透視する作家ではなくただ眼の前でみえるものしかみえない記者の眼しかもたない第三者にほかならないのだ。

わたしたちは、現在、進歩派によって興行されているベトナム祭りが、ことごとくこの種の第三者の眼によっておこなわれているものであることをけっして忘れまい。

この種のイデオローグが〈戦後民主主義〉に賭けるとか、民主教育のもとに育ったなどとやにさがるとき戦後思想は守るべき実体を失って荒廃の極に到達したということができる。

すくなくとも第一次戦後派が、初期において極限の情況に異常に執着したとき、その執着は、革命の死と戦争の死の体験に裏うちされていた。しかし、現在、戦後世代などと称するものが、戦争や平和に主題をもとめるとき単なる異常趣味にしかすぎない。第一次戦後派が、自らの恐怖感によって自らを絞殺したとき、戦後派に学んだと称するものたちはおおく異常趣味としてそれを学んだのである。この荒廃が継承されるのならば、第一次戦後派は、いさぎよく舞台のうえで死ぬべきである。最低の鞍部で生き恥をさらすことは、現実運動としても幻想運動としてもまったく必要性がないのだ。現在、戦後思想の荒廃はすさまじい速さと規模とで浸潤している。そしてこの傾向のほんとうの原因は、現実的な必要性と幻想的な拘禁状態の矛盾が、世界的な規模でひとびとをとらえてはなさないところに潜在している。わたしたちはある未踏な世界認識の方法を手にいれることを必要としているのだが、この方法はどこにも規範をもとめることができないのだ。そしてこの方法の探索を放棄するときわたしたちの演じなければならない悲喜劇は、ある確定したパターンをもっている。どんな仮装をこらそうともこのパターンを、わたしたちは荒廃として位置づけることができる。

大江健三郎の『ヒロシマ・ノート』があたえる問題も、開高健の異常趣味とすこしもちがったものではない。ただ開高健がその文学方法の必然からして空間的な異常趣味であるのにたいして、大江健三郎がその文学方法の必然からして時間的な異常趣味ともいうべきものに陥っているだけである。

大江の『ヒロシマ・ノート』も、なぜどんな理由から広島へでかけてゆき、被爆者にあい、原水禁大会を見物し、病院をおとずれ、医者にあいといったことを繰りかえすようになったかは明瞭ではない。ただ雑誌『世界』の編集部から広島の原爆体験者のその後の情況をルポしてみないか、原水禁大会を見物にいってみないかと勧誘されて出かけていったというモチーフを推察できるだけである。現地へ出かけてみると被爆者の現状はいまも生々しく戦争の惨禍をとどめており、政党に主導された原水禁大会がいずれも茶番劇にしかすぎないという現状をまざまざと見せつけられる。

被爆者のうえに、時間は二十年前の戦争から停止したままであることを大江は感受する。かれの文学方法は、この時間の停止にひかれそこにのめりこんでいくのである。そして、はじめはジャーナリズムの依頼で職業作家意識からルポに応じたにすぎない大江は、しまいには、「われわれがこの世界の終焉の光景への正当な想像力をもつ時、金井論説委員のいわゆる《被爆者の同志》たることは、すでに任意の選択ではない。われわれには《被爆者の同志》であるよりほかに、正気の人間としての生き様がない。」というふざけきった居直りをかくまでに到るのである。

職業作家が、どんなやくざな進歩雑誌からでもルポの依頼をうけて、それに応ずることはべつに不当なことではない。そして、被爆者の現状を視れば視るほどうっかりした職業意識をうち砕かれ、被爆者の惨劇をじぶんの思想にくりこまざるをえなくなったということもありうべきことできわめて当然の成行きというべきである。しかし、〈被爆者の同志〉であるよりほかに、正気の人間として生き様がないと居直るにいたって、じじつはたんなる異常趣味に陥こんでいったのだ。このとき、じつは〈被爆者の同志〉でもなんでもなく、第三者に転化したのである。

正常な想像力をもち、正常な論理力をもっているかぎり、核戦争は不可能であり、この核戦争の不可能は背中合せに平和の不可能と同在しているとかんがえるのが、もっとも正気な世界に対する現状認識である。

また、二十年まえの戦争の死者や被害者や不具者を典型的に想定しようとすれば、わたしならば、ざん壕で眠っているとき土砂が崩れおちて死んだ兵士とか、行軍中に病気にかかって行きたおれて死んだ兵士とか、食事中流れ弾丸にあたって戦死した兵士とか、輸送船が沈められて海に没した兵士とか、総じて無意味にたおれた大多数の兵士の死によって戦争の死をかんがえるだろう。おあつらえむきの戦闘に遭遇して死んだある意味でめぐまれた少数の死者で、戦争そのものの実相をかんがえようとしないだろう。また国内の死者や負傷者をかんがえるばあいでも空襲で無意味に死んだり負傷して不具になったりしたひとびとを典型的にかんがえるだろう。戦争はおあつらえむきのものでもなければ、異常なものでもない。だからこそ戦争はおもしろい体験だったとか、軍隊は結構愉しいところだったとかいう大多数の戦争参加者の声も、またジャーナリズムの上ではなく、現実社会のなかに潜在的に流れているのだ。こういった大衆の戦争体験の肯定が存在するがゆえに逆説的に戦争そのものの実体が悲惨なのであり、また、戦争はやむをえない当然の国家行為だったと居直る政治権力が、現在もまだ存立しうる根拠があるのだ。これが正当な想像力をもった人間が、戦争と全社会現実の考察からみちびきうる正当な前提である。そしてこの前提から、すべての課題は出発する。わたしは、広島の被爆体験者が、その本心では、他のすべての無意味な、何の資料をも核戦争の挑発者（核戦争の反対をヒステリックにわめきたてる国際的、国内的勢力はこれと背中合せにイコールである）に与えない、いわば価値なき国内の空襲被害者とおなじように、この社会に何ら特殊的にではなく、区別なしにまぎれこんで何気なく生きたいと希求しているだろうことを信じる。わたしは広島へ行ったこともなければ、商業雑誌に依頼され、被爆者に面談して〈ヒロシマ・ノート〉をかいたこともないが、わたしの正当な想像力と現実認識力を行使するかぎりこれは、あまりに自明のことである。

大江健三郎の異常趣味は、当然のことながら、国家権力とたたかいえない現状を熟知するがゆえに、ベトナム問題や原水禁大会に血道をあげている政党諸派や、この世界を社会主義圏と資本主義圏に国家同盟としてふわけしようとする古典的政治党派の趣向に投じ合体する。ひとりの善意な知識人が、政治指導者はすべての大衆の願いを政争の具にしてしまい信用できないから、戦争に反対し平和をまもるひとびとの自由な連帯を回復しようと意図しながら、けっきょくは脳髄をやくざな政治党派に収奪されてゆくのは、誰のせいでもないかれらの発想がそれに投ずる根拠をもっているからである。

わたしは、「日本原水爆被害者団体協議会の被爆体験資料収集と出版の事業にたいするアッピール」が、大江健三郎の署名で「一般に、ひとりの知識人が個人的にその書斎のなかで、自分自身と人類の運命について考えようとすれば、かれはつねに二十年前、現実に原爆を体験した人々について思いださざるをえないはずです。そして、かれの個人的な志が、そのまま被爆者たちの志につながるような、そうした方法はないものかと考えるはずであろうと思います。」というような文章を回状として送ってきたとき、人間の存在を馬鹿にしなさんなという思いを禁じえなかった。

わたしが、ひとりの知識人としてじぶんを自己限定するとすれば、なによりもさきに国家権力について思いをめぐらすだろうし、生活人としてじぶんを自己限定するとすれば、明日の食糧や生活についてかんがえるだろう。そして、「人類の運命」というものは、現在のところ国家権力への考察を媒介としないで考えられないこと、かんがえようとすれば架空の考察、せいぜい異常な想像の図絵におちいるほかないとかんがえざるをえないだろう。また、わたしが「日本原水爆被害者団体協議会」の組織的一員であったと仮定したら、知識人として機能している大江健三郎やわたし自身や政党などに協賛を依頼するような無惨なことをせずに、自力で被爆資料の収集と出版をやりとげるだろう。また、わたしがひとりの孤立したふつうの被爆者だったらこの社会に誰とも区別されず、さわがれもせず生きそして死ぬという生涯を念願するだろう。わたしが、ベトナム戦争介入反対というスローガンをかかげることがベトナム人民への連帯であると考えないように、原爆を体験した人々について思いだし、その事業に協力することが、被爆者への連帯とはかんがえないことは自明のことにすぎない。そうかんがえることは政治的あるいは知識的な第三者がたどる決定したコースであることは、戦後二十年の思想体験によって熟知されているからである。

4

おそらくわたしたちは現在ひどい思想情況にさらされているのだ。世界の現状認識にたいする無智からはじまり、急進的な労働者運動と知識人運動の壊滅のうえに狂い咲きした仇花を目撃しながら、その酸鼻をきわめた臭気をかぎわけることができず、かえってヒューマニズムと錯覚するといった現状のなかに、戦後二十年の平和のなかの悪戦が、いま葬られてゆくのを視ているのだ。そして不幸なことに、敗戦直後に近代思想史のうえで類例のない閃光を垣間見せた第一次戦後派の思想は、このような腐臭をじぶんの後継の思想の栄光とかんがえているのである。

戦争と平和とが不可避に同在している情況のもとに懸垂状態におかれている自己の存在の息苦しさにたえられないといった焦燥感は、たんに市民派知識人だけをとらえているのではない。人間の存在の仕方が偉大なばあいでも卑小なばあいでも自己肯定を喚びおこさないといった宙づりの状態は、現在の全世界的な人間の在り方を象徴しているからである。

戦争と平和とが同時に不可能であるということは、世界経済の問題に翻訳すれば、世界恐慌の不可能性と、社会主義と資本主義のふたつの圏における国家権力の解体の不可能性ということを意味している。恐慌による世界的な破局が不可能であるということと、現在の社会主義体制と資本主義体制における国家の解体が不可能であるということは、現在、世界のすべての政治思想的な課題を考察するばあいの前提条件をなしている。しかし、一見すると自明のようにおもわれるこの前提は、かならずしも自明のことになっていない。その理由は、この前提が自明となるためには、世界にたいする保守的な態度、いいかえれば現在世界が二つの政治体制に類別されているという既成の認識を、既成の事実としてみとめないという態度が必要だからだ。この認めないという態度がなぜ成立ちうるかといえば、政治的な体制が幻想の共同性を本質としているからである。

ここでわたしの立場は、たんに保守派ばかりでなくすべての進歩派と袂れるのである。

現在、古典左翼の戦後的な再版のあいだで日本資本主義の恐慌と危機的な破局とが陰に陽につぶやかれている。しかし、それは希望的な観測ではあっても、現実の課題ではないことをはっきりと云っておかねばならない。古典左翼の戦後的な変種たちは、いちように唯物《タダモノ》主義者であり、経済決定論の素朴さと誤謬のなかにあるため、この世界の全現実を決定するものが土台としての経済構造ではなく、経済構造の世界性と、幻想構造として経済的な境界を区切っている国家の本質とのあいだの矛盾であるということをとらええないのである。

こういう錯誤のもっとも公然たる主張者は、「世界資本主義」論を基底にすえて、現在、世界資本主義は史上第四番目の世界危機に直面しており、そのなかで日本資本主義は山陽特殊鋼の倒産に象徴されるように世界資本主義のもっとも弱い環として、いわば危機の前夜にあり、わが国の階級決戦は刻々と不可避的に近づいており、このような弱い環における日本革命は世界革命への突破口をなすものであるという教義を繰返し宣伝している岩田弘である。これを一経済学者が世界資本主義経済の分析からみちびいた空想的な理念としてみれば、けっして興味のないものではない。また、岩田の世界資本主義論の骨格は、単純明快でその意味ではけっして不愉快なものではない。しかしこういう馬鹿気た観測をもとにして革命を論じ、実践的な綱領をあたえようと振舞うとき、このおおよそ政治革命と社会革命の区別さえわからず、現実と幻想の普遍的な動因をしらぬ経済学者は、ひとりのドン・キホーテに転化するのだ。なぜならこういう馬鹿気た世界認識をもとにして、やがて古典左翼の変種たちはばかげた盲動を肩すかしされた焦慮で補わねばならないだろうからである。

わたしは、岩田弘がいたるところで書き散らしている低俗な世界認識論をよみながら、かつて戦前にプロレタリア文学運動と政治運動の崩壊期に、現在は革命の前夜にあるという情況認識をくりかえしかいた宮本顕治の文章をおもいだした。くだらぬ見解ほど再生産され易いものはないのである。

岩田弘の「世界資本主義」論なるものの骨格はつぎのような諸点に帰せられる。

一、資本主義は、その内部に非資本主義的な生産様式を保存しながら高度化してゆくもので宇野弘蔵のいうような純粋な資本主義的経済過程は現実的に想定しえないこと。しかし、あらゆる非資本主義的な要素は、商品過程をとおして資本主義的産業部門の周辺に特殊な形で編成されるもので、けっしてそれ自体を資本主義的産業部門として形成するものではないこと。そして世界の後進社会の経済社会的な諸問題は、世界資本主義のもっとも先進的な国における資本主義生産の内在的な関係によって集中的に表現されるものであること、などである。

二、ロシア革命につづく社会主義国家群の成立は、世界資本主義の展開と危機が生みだした歴史的属性であること。第二次大戦後のいわゆる社会主義圏の政治的な軍事的な成立は、世界資本主義の最後の帝国主義戦争の時代に、必然的にまきおこされた必要のうみだした歴史的属性であること。どのような休戦期をあいだにもっていても、第一次大戦後の全時代は、帝国主義の崩壊期としての全般的危機の時代として位置づけられること、などである。

岩田弘の「世界資本主義」論は、経済学の内部では検討に価する問題をかかえこんでいるだろう。しかしこれを世界認識論あるいは世界情況論としてみれば、児戯にひとしいものである。そのもっとも著しい特徴は、岩田がもっている素朴な経済決定論に象徴される俗流客観主義のステロタイプ化である。それはつぎのような矛盾としてあらわれる。

だいいちに岩田の「世界資本主義」論が、岩田自身を架空の桟敷席においているため、世界資本主義経済の機構を論じているばあいでも、じつは現実の経済過程を論じているのではなく、たんなる自己理念の経済学的な表白にしかなっていないことである。つぎに、〈社会主義〉国家圏を、架空の桟敷席においているため、その「世界資本主義」論は、じつは「半世界資本主義」論にしかなっていないことである。この矛盾は、もちろん素朴一元的な経済決定論からきている。したがって岩田は、「社会主義国家」群を、経済的には資本主義生産過程にあるものと規定するか、あるいは「社会主義」国家群を、世界資本主義市場に貿易によって登場することのない鉄のカーテンでかこまれた特等席とかんがえる以外に、自身の世界資本主義論の矛盾をなくすことはできない。

そしてこの経済学者がもっともくだらないのは、たとえば対馬忠行のようにソ連を経済的には資本主義経済の支配する特殊な国家であり、中共をようやく資本主義的生産に移行しようとしている農本国家であると論証するだけの度胸はなく、もっぱら架空の桟敷席を設けてその世界市場における影響を捨象して世界資本主義を論じていることである。もちろん「社会主義国家」が、経済的に世界市場に登場していないと主張することが事実に反していることは、子供にもわかることである。すると岩田は、もっとも鋭い自己矛盾を曖昧にしたまま、世界資本主義の現段階を、帝国主義的な永久戦争の時代、したがって世界革命の時代だと規定しているのだ。岩田が現在、不徹底なあいまいな急進スターリン主義者の政治運動の経済学的な支柱となっているのは、まったく当然といわなければならない。

経済社会的な構成の分析から政治革命の戦略や戦術をみちびきだそうとする講座派、労農派いらいの誤謬は、岩田弘の世界資本主義論によって拡大再生産されている。政治過程の本質は幻想過程であり、経済過程の本質は現実過程である。この幻想過程と現実過程との錯綜した世界の現状を、もっとも単純化すれば、現実過程としては世界市場の単一過程にありながら、幻想過程としては国家本質によって限定されているという矛盾に帰せられるものである。

岩田弘の世界資本主義論は、「社会主義」国家群を、経済的に中進あるいは後進資本主義国と規定するか、あるいは「社会主義国家群」が、政治的強力によって世界市場に登場することをまったく禁圧しているという架空の前提をもうける以外にその矛盾を無くすことはできない。

トロツキーの永続革命論は、ロシア政治革命の現実をふまえ、それが先進ヨーロッパにおける政治革命なしには、完成されないという現状をこえようとする視野を意味するものであった。しかし、岩田弘のトロツキーまがいの世界資本主義論や世界革命論は、現在の社会主義国家群を、国家単位のままつぎつぎに架空の桟敷席に投げこんでゆくことによって成立する架空の理念の経済学的な表白にすぎないのである。

いうまでもなくこのような岩田弘の論議は、世界戦争もなければ世界平和もないといった禁圧状態に耐えられない心情を逃れるために、世界の構図を経済社会構成に還元して世界資本主義論としてすっきりと割りつけたいという願望の表現以外のものではない。その世界資本主義論の矛盾と単純さは、つまるところその心情的な理念の単純さを表象しているだけである。

岩田弘の「世界資本主義」論の経済学の内部での検討は、経済学者にまかせてもよい。しかし、岩田がそれを世界認識論として提出して世界資本主義の危機の前夜、したがってそのもっとも弱い環である日本資本主義の崩壊の前夜を鳴物入りで宣伝するとき、市民主義進歩派とおなじ第三者の道を裏がえされた形で歩みつつあるのだ。もちろん日本資本主義は岩田の予見とは逆に政策的補修の次元で現在程度の危機を徐々に離脱するだろうことは正当な想像力と論理をもつかぎり自明のことである。

現在、生煮えのような懸垂状態から眼をそらし逃亡しようとする形が、たんに消極的な現状擁護の仮面によってばかりでなく、積極的な革命的主張の仮面をもってあらわれているところに、現状の困難な課題は集中してあらわれている。戦後思想の荒廃は現在知識人のあいだに不可解な形で浸透しつつあるということができる。わたしたちは、おそらくこの思想の荒廃を透徹した論理と想像力で見すえなければならない。ここでは、〈見る〉ということが第二者になることを意味するからである。これらの思想の荒廃に立ちあうことは、かならずしも現在の主要な思想的な課題ではないとしても、無意味に枯死するのをだまって観察するよりは、いくらか善意の表現でありうるからである。

佃んべえ

ここ四五年のうちに、わたしは佃渡しを二度わたった。はじめの一度は妻子といっしょに、もうかつての賑やかさもなくなって薄暗い電灯のような感じになってしまった佃祭りをみにいったのである。それは少年のころのじぶんの貌をみにゆくのとおなじであった。そのころ住んでいた家は面影は変っていたがのこっており、堀割のあいだに浮かんでいる隅田川の三角州の街という独特の感じが、そのときはまだあった。分別くさくはなっているが、いつかどこかで見おぼえのある貌だという貌にも出遇ったような気がした。二度目にいったのは縁者の急病のためだったが、このときは娘と二人だけだった。すでに佃大橋もできかかり、堀割は埋立てがすすんでおり、舗装路が貫通し、少年のころ住んでいた家のあとも、ひとつは完全に消失していた。もうおれは、用件以外の雰囲気をこめてこの街へ来まいとおもった。すでにそれは都市の膨化に追いたてられ、やむをえず改装され、ペンキをぬりかえられる場末の安キャバレーににていた。木下杢太郎よ、パンの会よ、明治の大川端趣味よ、おれがこの風景にとどめを刺してやるとおもって、「佃渡し」という詩をかいた。

しかし、路をこまかくくぐってゆくと少年のころ遊びまわり、隠れまわった露路は、ところどころにそのままの感じでのこっていた。そしてその露路裏で、ときどき見廻りにくる先生や巡査にかくれて、ズック床を移動し、べえ独楽《ごま》の勝負をやった自分や仲間の姿をおもい描くことができた。ゴザ床とズック床でちがうべえ独楽の弾き具合、廻り具合のイメージ、ヤスリをかけて独楽の先を尖がらした日々、あまり器用でなく負け込むことの多かったわが兄弟の姿などがそこにあった。もう残りすくなくなったべえ独楽をかぞえながら、しだいに過熱してゆく少年のじぶんのいだいた感じは、後年スマート・ボール屋にいりびたって景品を売りとばして儲けていた失業時代の敗けが込んだときのイメージと連環して蘇えってきた。

いまでも、べえ独楽が少年たちのあいだで禁制を犯してやられているかどうかしらない。最初の賭け事の心理、貫目にすれば金銭に換算できる遊びをわたしにはじめておしえたのはこのべえ独楽である。わたしたちが、このころ佃《つくだ》んべえとよんでいたべえ独楽があった。ふつうのべえ独楽とおなじように粗雑な鋳型に入れた鉄製なのだが、形がちがっていた。ふつうのべえ独楽を底円形の広い、いわば平たい円錐とすれば、底円形がそれよりも高い尖った円錐形をしていた。もうひとつの特徴は、円錐の底円

形に相当する部分の模様（上図）が、やや粗雑でなくきれいなことであった。そしてもうひとつ、これは記憶が危うくなっているが鋳鉄の質が炭素量のすくない、いくぶんか上質であるような手ごたえがあった。このべえ独楽が、じっさいに佃島の遊人かなにかの密造によったものかどうかは知らない。わたしたちは、佃《つくだ》んべえとよんでいて、勝負にそのべえがもちこまれると、いくらか眼の色をかえてそれを手に入れたがったのはたしかである。

少年の遊びの世界は、それ自体が閉じられた別の世界である。そこでは独特の掟がつくられ、独特の常識が流通し、独特の恐怖と歓びとがある。原始人や精神病者の世界のように荒唐無稽なことが信じられ、また独特の内閉的な価値感が支配している世界である。

ある時、べえ独楽をやっている現場を先生におさえられた生徒たちが、学校の朝礼のとき前に呼び出されて、見せしめのためなぐられたことがあった。わたしたち常習者は、緊張と安堵と後めたさのいりまじった感じで、しいんとしたまま耐えていた。少年の遊びの世界に流通する価値は、ほんとうはそれ以外の世界からはわからないのだが、それはたしかに先生と巡査からは禁制とされる世界の匂いをふく

んでいた。すでにその世界にほんとうに近づく手段は、わたしにはなくなっている。ほんとうは追憶も、類推もそれを再現できはしない。ゆいつの再現法はみずからが精神病者になることだが、それはこの世界の価値感と断絶するという代償なしには不可能である。追憶の虚妄であるのは未来感の虚妄であるのにひとしい。

情況とはなにか

1　知識人と大衆

もともと現実の世界の情況は、その実相を手に触れることはできないように仕組まれている。そこでは、だから想定される実相にたいしてどのような認識の水準をあらかじめとろうとするかが問題になる。わたしが確かに直かに体験した情況でさえあれば、ただちに真であるというわけではなく、そのばあいにはどんな総体的な現実のなかに体験が位置づけられるべきかが問題となる。逆に、わたしが手に触れうるものが、あらかじめきわめて微小なものにすぎない世界認識に関するものであれば、どのように真らしい書物によって知識をえたかが問題になるのではなく、わたしの判断や理念がどのように世界と触れあった感覚をあたえられたかが問題になる。

わたしは、ひとびとの世界認識と衝突してしまうことについては慣れきってしまっているが、じぶんの世界認識の根拠を確かめようという焦慮には、たえずつきあわされてきた。

ここいく年か、現実の情況について語るとき、いつもわすれずに強調してきたことがある。ひとつは「資本主義」国家同盟と「社会主義」国家同盟の対立という図式のうえにたった世界認識を打破しなければならないということである。もうひとつは、現在の世界情況のなかでは、国家権力というものが幻想的な共同性としてもっとも上位の概念であるということである。このふたつは、もちろんたがいに関連しているから、一方の世界認識はかならず他方の国家認識を誘導する。

こういう情況認識は、現在のところ、いつも障害感と抵抗にであっている。そのうちもっとも通俗的なものは、そういう情況認識は現実に見あった基盤をもたないから、どんな有効性もかんがえられないということであった。

しかし、わたしのかんがえでは、どんな思想もただちに有効性や現実的な基盤と結びつくものではない。またどんな現実的な行動もただちに思想に結びつくものではない。もしも、わたしたちが、行動にたいしては思想的であり、思想にたいしては行動的であるというようなメタスティブルな状態に身をおくことを拒否するとすれば、あらゆる思想は裏面からみられても思想でなければならないし、あらゆる行動は裏面からみられても行動でなければならない。ここに、いわば思想にも行動にも内在性の領域があらわれるようにおもわれる。

その領域では、世界は「否《いな》」として存在している。おまえは、この世界が「社会主義」体制と「資本主義」体制との対立として存在するという情況をみとめるか？　「否」。おまえは、人間の社会的存在が国家を超えて存在することを認めるか？　「否」。

いうまでもなく、この「否」の極限は、この世界は、国家権力とそのもとにある人間の社会的存在との対立として存在するという世界認識である。そして、わたしたちの思想はこのふたつの世界認識にないまぜられた構造として存在しているし、存在しうるのである。

ここで問いつめてゆかねばならないのは、あらゆる思想の裏面にある思想の貌から世界認識を構成することは、具体的にはなにを意味するのか、またそこから導きだされる具体的な問題はなにか、ということである。わたしの情況認識ができあうさまざまな障害感や抵抗の根柢には、ほんとうはどんな問題がひかえているのだろうか？

現在にいたるまで、知識人あるいはその政治的集団である前衛によって大衆の名が語られるとき、それは倫理的かあるいは現実的な拠りどころとして語られている。大衆はそのとき現に存在しているもの自体ではなく、かくあらねばならぬという当為か、かくなりうるはずだという可能性としての水準にすべりこむ。大衆は平和を愛好するはずだ、大衆は戦争に反対しているはずだ、大衆は未来の担い手であるはずだ、大衆は権力に抗するはずだ、そして最後にはずである大衆は、まだ真に覚醒をしめしていない存在であるということになるのだ。もちろん、こういう発想はまったく無意味である。「否」の構造をとって、大衆は平和を好まないはずだ、大衆は戦争に反対しないはずだ、大衆は未来の担い手でないはずだ、大衆は権力に抗しないはずだ、といってもおなじだからである。あらゆる啓蒙的な思考法の動と反動はこのはずである存在を未覚醒の状態とむすびつけることによって成立する。

しかし、わたしが大衆という名について語るとき、倫理的なあるいは政治的な拠りどころとして語っているのでもなければ、啓蒙的な思考法によって語っているのでもない。あるがままに現に存在する大衆を、あるがままとしてとらえるために、幻想として大衆の名を語るのである。

わたしたちが、情況について語るときには、社会的に語ろうとも政治的に語ろうとも、情況にかかわることが、現にわたしたちが存在することにとって不可欠なものであるという前提の下にたっている。たとえ社会の情況がどうあろうとも、政治的な情況がどうであろうとも、さしあたって「わたし」が現に生活し、明日も生活するということだけが重要なので、情況が直接にあるいは間接に「わたし」の生活に影響をおよぼしていようといまいと、それをかんがえる必要もないし、かんがえたとてどうなるものでもないという前提にたてば、情況について語ること自体が意味がないのである。これが、かんがえられるかぎり大衆が存在しているあるがままの原像である。

この大衆のあるがままの存在の原像は、わたしたちが多少でも知的な存在であろうとするとき思想が離陸してゆくべき最初の対象となる。そして離陸にさいしては、反動として砂塵をまきあげざるをえないように、大衆は政治的に啓蒙さるべき存在にみえ、知識を注ぎこまねばならない無智な存在にみえ、自己の生活にしがみつき、自己利益を追求するだけの亡者にみえてくる。これが現在、知識人とその政治的な集団である前衛の発想のカテゴリーにある知的なあるいは政治的な啓蒙思想のたどる必然的な経路である。しかし、大衆の存在する本質的な様式はなんであろうか?

大衆は社会の構成を生活の水準によってしかとらえず、けっしてそこを離陸しようとしないという理由で、きわめて強固な巨大な基盤のうえにたっている。それとともに、情況に着目しようとしないために、現況にたいしてはきわめて現象的な存在である。もっとも強固な巨大な生活基盤と、もっとも微小な幻想のなかに存在するという矛盾が大衆のもっている本質的な存在様式である。

知識人あるいは、知識人の政治的な集団としての前衛は、幻想として情況の世界水準にどこまでも上昇してゆくことができる存在である。たとえ未明の後進社会にあっても、知識人あるいは前衛は世界認識としては現存する世界のもっとも高度な水準にまで必然的に到達すべき宿命を、いいかえれば必然的な自然過程をもっている。それとともに、後進社会であればあるほど社会の構成を生活の水準によってとらえるという基盤を喪失するという宿命を、いいかえれば必然的な自然過程をもっている。このような矛盾が、知識人あるいは政治的な前衛がもっている本質的な存在様式である。わたしのかんがえでは、これが大衆と知識人あるいはその政治的集団である前衛にあたえうるゆいつの普遍的な存在規定である。

ロシア革命の理論的支柱であったレーニンとトロツキーは、この大衆と知識人の本質的な存在様式から、いくつかの重要な政治的な命題をみちびきだした。

そのひとつは、大衆はもしそのままに放置されるならば経済的な要求をかかげるという水準をこえて情況そのものに対立することはありえないだろうということである。そして経済的水準を超えるためには、知識人の政治的な前衛がその世界認識を外から大衆に注入し、啓蒙するほかにはありえないということである。

もうひとつは、知識人あるいはその政治的な集団である前衛は、世界認識としては、いかなる社会にあってもおなじ世界のもっとも高度な認識の水準に到達する必然をもつがゆえに、それらは国家のわく組みを超えて連合することができるし、連合しなければならないということである。

さらにもうひとつは、いかなる社会における革命も、世界のもっとも高度な社会における革命なしには、けっして完成されないだろうということである。したがって、ロシア革命が先進社会における革命の成立なしには完成されないということは、かれらにとって自明の認識であった。

これらの政治的な命題は、ロシア政治革命の成就と、その後、数十年間におけるロシア社会の体制的な変質によって、正しさを歴史的に立証されたといっていい。

ロシア政治革命が、一応成立した時期に、レーニンとトロツキーをもっともおびやかした問題は、大衆(プロレタリア)が自らきずく文化が、資本制にいたるまでの人類の全体の文化を大衆が摂取し完全に吸収したうえでなければ、けっして成立しないものだという認識であった。この茫漠として、いつ達成されるかわからないような課題に当面したときのレーニンとトロツキーの焦慮は、その言説のいたるところでばらまかれている。

プロレタリア文化はどこからともなく飛び出してくるのではなく、またプロレタリア文化の専門家と自称している人々の頭の中で作られるものでもない。これらはすべてまったくのたわごとである。プロレタリア文化は人類が資本主義社会、地主社会、官僚社会の圧迫のもとに作り上げた知識の蓄積の合法則的な発展でなければならない。(レーニン「演説」)

ブルジョア文化およびブルジョア芸術に、プロレタリア文化およびプロレタリア芸術を対置するのは根本的に不当である。これら後者は将来全然なくなってしまうものなのだ。というのは、プロレタリア体制は暫定的であり、過渡的であるからである。プロレタリア革命の歴史的意義および倫理的威容は、階級を外した、最初の正真な人間文化の基礎を築きつつあるということにあるのだ。

（トロツキー『文学と革命』）

これらの焦慮は、おもに善意の芸術的愚物、したがって政治的愚物にむけられている。しかしかれらを真におびやかし戦慄させたのは、もともと政治体制の幻想的な革命である政治革命が社会革命を意味するものでないことを、理論的には熟知しながらも、現実にその問題に直面したときの断層のすさまじさであった。かれらが権力を奪取したとき、じつは歴史の吹きっさらしのなかに裸のまま孤立していることを、革命とはそういうものであることをはじめて実感として体験したといっていい。無邪気な愚物は、いつの時代でも、どこの社会でも存在する。そういった政治的愚物が問題なのではない。真に問題なのは政治革命にはじまる全幻想領域の革命が、はたしていつの日にロシアのあるがままの大衆の生活基盤にまで錘鉛を下ろしうるかという危惧にあった。

レーニンとトロツキーの世界認識が、その後継者によって一掃されたあとのロシア社会の官僚殺戮体制への変質と文化の社会主義リアリズム的な変質、それを模倣した矮小なわが国のプロレタリア文化運動とその戦後版、スターリン体制のもとにおける三級哲学者をまねた毛沢東の『実践論』や『矛盾論』における世界認識、これらを歴史の刻印のなかでかんがえあわせると泣きだしたくなるようなものである。これが現在の「社会主義」体制をささえる根拠であり、それを信ずるわが進歩派の善意の正体なのだ。しかし、歴史は善意などで作られたためしはない。政治反動以外にはレーニンとトロツキーの世界認識のなかに問題はなかったのだろうかと問うものもなかったのである。

この問いは、もしただしく問おうとすれば、おそらく知識人と大衆との存在様式にたいするかれらの洞察のなかに解答のカギがかくされている。

トロツキーの自叙伝をよむと、ロシア大衆の自発的な蜂起を眼のまえにして、あまりの事の意外さに茫然自失し、つぎに何とかしてこの蜂起を理解し、それに方向をあたえようとして敏活に方針をうちだしてゆくレーニンとトロツキーの様子が活写されている。大衆の蜂起は、もちろんかれらの思惑をはるかにこえていた。かれらの政治理論的な想定によれば、大衆はそんなにもはやく、そんなにも無鉄砲に発火しないはずであった。なぜならば、大衆は政治的に未明であり、知的に整合されておらず、また容易に生活上の欲求をはみだして強大な専制権力にたいして蜂起することはないはずであった。そして蜂起がおこるやいなやこのふたりの卓越した指導者は、急速に大衆の行為に追いつきこれを追いこして方向をあたえるという処置に動いたのである。

大衆の存在様式の原像は、これをどんなに汲みとろうとしても、手の指からこぼれおちてしまうものをもっている。どんなに考えても考えすぎることはないといったふうに存在している。しかも、大衆はまたどんなに意味をつけようとしても、意味のつけようがないといった矛盾をも裏面にはらんでいる。レーニンとトロツキーが理論と方向をあたえたロシア政治革命においても、大衆の存在の様式はかれらの思惑をこえ、かれらの手からこぼれおちる本質を垣間見せたのである。この象徴的な政治指導者の大衆にたいする把握のなかにロシア政治革命の成立と、そのあとスターリン体制として結晶してゆく内閉性と、フルシチョフ体制以後にあらわれた大衆社会的に拡散し水を薄められていった情況のもっとも基本的な要因がかくされている。

わたしが到達しえた考察の範囲では、レーニンとトロツキーが、大衆がみずからの生活範囲でしか社会とかかわろうとせず、もっとも小さい幻想の領域でしか思考しないといった地点から、知識人の存在様式のほうへ知的に上昇し、情況への視野を拡大するとともに現実から離れるといった経路を、有意識的な過程であり、そのためにはすくなくとも世界にたいする情況認識を獲得した知識人が、外部からその世界認識を注入しなければならないとかんがえたところにこの思惑をこえた問題が集中的にあらわれたとおもえる。

大衆がその存在様式の原像から、知識人の政治集団のほうへ知的に上昇してゆく過程は、レーニンやトロツキーの考察とはちがって、じつはたんなる自然過程にしかすぎない。したがって「倫理的威容」の問題ではない。もしすべての現実的な条件がととのっていると仮定すれば、大衆から知識人への上昇過程は、どんな有意義性ももたない自然過程である。なによりもレーニンが知識人の政治的集団としての前衛を障害の条件のないところであらわれる幻想的な自然集団とかんがえずに、ひとつの有意義集団としてかんがえ、大衆にたいする政治的な啓蒙と宣伝と組織づけの機能を本質であるかのように提出したとき、おそらくはロシアの座礁とロシアを模倣した「社会主義」国家の座礁が根拠をもったのである。

もし、知識人の政治的集団を有意義集団として設定したいとすれば、その思想的課題は、かれらとは逆に大衆の存在様式の原像をたえず自己のなかに繰込んでゆくことにもとめるほかはない。それは啓蒙とか外部からのイデオロギーの注入とはまったく逆に、大衆の存在の原像を自らのなかに繰込むという課題にほかならない。

レーニンとトロツキーの発想は、さまざまな波紋をえがきながら変奏された誤解をうんだとかんがえられる。

そのひとつは、知識人の政治集団の世界連合としての古典インターナショナリズムである。ここで知的政治集団は、国家の幻想性をこえた架空間で横に連結されるものとかんがえられ、結果的には現在にいたるまでその連合を主導する国家内部の利益に従属せざるをえないものとなった。この歴史的な現在として存在する古典インターナショナリズムのあたえる教訓は、たんなる自然集団にしかすぎない知識人の政治集団の世界連合を、おなじように有意義連合とかんがえた点にもとめられる。よくかんがえれば、すぐに理解できるように、大衆が国家の幻想性によって制約されずに連合が可能であるという根拠は、社会の構成を生活過程の水準をはなれてはかんがえることがないという点にのみもとめられる。社会の構成のおもな過程が世界性としての経済過程であるため、生活水準としてけっしてそこからはなれない大衆の思想は、世界性という基盤をもっているのだ。これが労働者に国境がないということの本質的な意味である。

しかし、知識人の政治集団は、それが世界共通の認識の水準にむかって知的に上昇すればするほど、その社会の幻想的な共同性である国家の本質と衝突し、国家をかんがえることなしに世界的な連合はできないという矛盾をはらまざるを得ない。

国家を階級支配と抑圧のための手段をなす機構であるとかんがえるレーニンやトロツキーの国家論は発生史的なかんがえからは逆立ちしている。もちろんわが国のスターリン主義者、たとえば四級のスターリン哲学者クーシネンの日本国家論を後生大事にいまもかかえている西田勝のような書庫の煤払いや資料集めの停滞に身をゆだねて戦後を空費した文献業者や、レーニンの国家論を政治的機能と社会的機能とに二分割して構造改良してみせた津田道夫の国家論は、フルシチョフ体制以後のロシアの政策に追従することによって国家論をねじ曲げた、スターリン体制内の唯物論者にあり勝ちの誤謬にしかすぎない。

このような問題をめぐっては、逆に国家の共同的幻想をかんがえにいれずに、たんに経済過程にかかわる考察からは、階級概念自体が導きだせないということが重要なのだ。国家が階級支配の道具であるというようなレーニンやトロツキーの考察は、自然過程としての国家を問題にしたにすぎず、じじつは国家なくしては階級なしということが、真に国家の思想的な問題である。

思想の問題としての国家は、あるがままの大衆の存在様式の原像からうみだされた共同的な幻想として成立し、そこから大衆の生活過程と逆立し矛盾するにいたったものとして規定される。

それゆえ、知識人の政治的集団としての前衛が、大衆的な課題に接近しようとするとき、大衆の社会生活としての存在と逆立し、しかも大衆の幻想の共同的な鏡である国家と必然的に衝突し、それを第一義的な課題としてふまえざるをえないのである。

わたしが「社会主義」国家同盟と「資本主義」国家同盟との対立という世界認識を打破さるべきものと主張したとき、知識人の政治集団の自然連合にすぎないものが、はてしなくつみ重ねていった虚妄の幻想体制を虚像の極限のすがたとしてかんがえた。また現在までのところ国家が世界認識としてもっとも上位の概念であると強調したとき、それは大衆の存在様式に幻想として接近し、これをとりこむことが真の思想的課題であるという認識をふまえていた。

レーニンとトロツキーが、ロシアの大衆の自発的な蜂起にと惑いしたとき、そのと惑いの根源には、自然過程としての知的な上昇を、大衆からの目覚めの過程、啓蒙の過程と混同したという問題がふくまれていた。このロシア政治革命の卓越した指導者は、なぜに知識人の集団は、それが政治的であれ文化的であれ、大衆にたいして閉鎖されてゆくか、という未来の自己体制の問題に遭遇したのである。そして、あらゆる知的な集団あるいは個人が、必然的に大衆にたいして閉じられてしまい、ついにはそれと逆立するにいたるという課題を解きあかし、たえず開かれた存在とはなにを意味し、いかなる方法によって可能かという問いにこたえるためには、自然過程としての認識にすぎないものを、世界観や思想の問題であるかのようにかんがえる思考の様式を転倒するほかはない。

レーニンやトロツキーは正しかったが、スターリンは悪であるというのは、本質的には当っていない。スターリン体制の矮小性は、その起源をもっており、それはロシア・マルクス主義、あるいはマルクス思想のロシア的な様式自体のなかに問題をもっていた。そしてマルクス思想のロシア的な様式は、現在の「社会主義」国家同盟の唯一の母胎である。わたしたちはこれを継母の位置におきうるか否かという課題に直面しているといいえる。

2 戦後知識人の神話

ここで戦後知識人についての神話を語ろう。この神話はギリシャ神話のように、あるいは古事記神話のように重要なものではない。しかし、一度は確認しておいたほうがいいのだ。

誰でもが熟知しているように、わが情況においての政治的知識人は、「戦後民主主義者」と「自由民主主義者」とに大別される。このふた色の「民主主義者」は、時代体験に強調をおいて「民主主義」をかんがえるか、個的な「自由」に強調をおいて「民主主義」をかんがえるかによって識別される。もっと簡単な色分け法もある。前者は知識人の政治集団としての社共の周辺にむらがり、後者は政治集団としての自民の周辺にむらがっていることである。しかし、こんな色分けは、もともとなんの意義もないし、それらがむらがっている政治集団にもどんな意味もない。わたしたちは、このふた色の知識人とその政治集団を共通項としてくる方法はなにか、ということにだけ意義をみつけだすことができる。なぜならば、この共通項こそが、現在の復古的な情況を理解するための鍵であり、世界認識の方法につながる課題をはらんでいるからである。

わたしたちは、「戦後民主主義」と「自由民主主義」をくくる共通項を、わが国家権力に固有な位相（ファーゼ）での知的な閉鎖性にもとめることができる。いいかえれば、現在の知的な現象を、それ自体で閉じられた世界として了解し、解釈し、意味づける抜きがたい陋習を身につけていることである。この陋習は、いうまでもなくわが国の国家権力のもとで、面従腹背という二重操作によって戦争をくぐりぬけたふた色の「民主主義」の独特な位相に由来している。かれらは国家権力を相手に勇戦したこともなければ、国家権力の政策を、国家権力を超えて捨て身で積極化することもなかった。やることと腹のなかでおもっていることはまるでちがうという独特な方法を戦争期に身につけたのである。「戦後民主主義」と「自由民主主義」は、現在、ベトナム戦争の評価や、日韓条約問題についてはげしく対立しているようにみえる。しかし、これはほんの見掛け倒しのポーズにしかすぎない。その論理を心情的な次元から分離してみれば、両者のちがいはほんの微差にしかすぎず、その微差もつきつめてゆけば、「話せばわかる」程度のものであることがすぐに了解される。こんなちゃ、ちゃちな対立に大衆の運命がかけられてはたまったものではない。

しかし、両者の共通項がはらむ問題は、一見すると抽象的なようにみえても、上昇すれば世界認識の問題につながり、下降すれば大衆の運命にもつながっている。

大衆の原像をたえずみずからのなかに繰り込むという知識人の思想的な課題に照らして、戦後知識人と、その政治的集団である社共と自民が、現在まったく破産に瀕していることは印象的な事実である。

この破産は本質的な根拠を、両者の復古的な姿勢にもとめることができる。社共のような政治集団は、まさに古典インターナショナリズムに復帰しつつあり、かれらの政治的戦略が主導的な国家同盟への理念的な従属にかえりつつあることはたれの眼にも明視できる。

また、まったくおなじように自民が一連の反動立法によって新たな国家意志を復古的な姿勢で統合しようとしていることも見易い道理である。個々の知識人やその小集団もまた進歩的にあるいは保守的に復古の姿勢にかえりつつあることはその言論のはしばしから読みとることができる。しかし、かれらに共通した限界が、かれらを共通に悩ませ、足ぶみさせているようにみえる。「戦後民主主義」も「自由民主主義」も、「民主主義」という看板だけはおろすことができないということだ。この看板をおろしたときスターリニズムとその変態としてのファシズムの刻印をあからさまに背中に負わねばならないのである。また「戦後民主主義」も「自由民主主義」も、戦争期に身につけた方法によって、けっして戦闘的な「民主主義」となりえない限界をもっている。「民主主義」に知的世界に流通する手形としての名辞（ナーメンツァイヒェン）を賭けることはできても、死生を賭けることはできないということは先験的である。大悪の経験なし、しかるがゆえに大善たることあたわず、というやつである。かれらは、相互に危機感をあおり合っているが、わたしは「戦後民主主義」者の政治集団に、戦闘的な反戦能力があることも、「自由民主主義者」の政治集団に戦争担当能力があることも、からっきし信じていない。

せいぜいできても、いやいやながら「社会主義」国家同盟か、「資本主義」国家同盟に引きずられて面従腹背しながら泥沼のとばっちりを浴びるくらいが関の山だとかんがえている。なぜならば、かれらはただの一度も大衆の原像にせまり、これを自己思想に繰り込むという課題を真剣に自己に課したことはないからだ。

いささか私的な回顧めくが、記憶をたどってみると、戦後、「民主主義」という言葉と「市民」という言葉に最初の不信と疑惑をわたしに植えつけたのは、京都学派の哲学者鈴木成高であった。かれは太平洋戦争期に、あるときはランケを、あるときはマイネッケをかりて国家形成の理念を合理主義的に論理づけてみせた。国家はわたしにとってもっとも関心事のひとつであったので論理の空しさをたえず味わいながらも、その国家理念の形成の仕方を追ったことがある。ところで、敗戦がひとたびくるや否や、ほんの数カ月もたたぬうちに鈴木成高は突如として、わたしの耳がかつて戦争期にきいたこともない「民主主義」や「市民」という言葉をかりて平和を合理化する一文をある新聞に書いたのである。

知識を販《う》ること、文を売ること、思想を売ること、政治運動を売ることは怖ろしいことである。そして買いとったものをプラスを見込んで組織的に流布することは、さらに怖ろしいことである。

なぜ怖ろしいかといえば、これらは「行動」を売ることではなく「幻想」を売ることだからである。「やってみるだけ」を販ることではなく「言ってみるだけ」を販ることだからである。行動は、その行動がもたらす結果によって可視的であり、そのかぎりにおいてその行動のおよぼす影響、その行動の受けとり方にある明瞭な限定をおこなうことができる。その動機やその行動にいたる理念がかくされていたり難解であったりしても、行動そのものの評価はある限界のなかで可視的である。しかし、幻想はどのように表現されようとも可視的ではなく、その影響も測定が不可能である。ささいな表現が、雷鳴のとどろくような影響をあたえることがありうるのだ。

一般に学者は「幻想」を売ることにうぶであるため、「幻想」が商品として販れたり、「幻想」が閉じられた部分社会で学派らしきものを形成したりすると過剰に有頂点になったり、そり反ったりしてみせる。鈴木成高もおそらくただの学者一般であったにちがいない。しかし、かれは「幻想」を売ることの怖ろしさだけは自覚しない学者だったのだ。

『自由』の二月号の討議「終戦と知識人の動向」のなかで鈴木成高は、戦争期の自己の言動についてこう語っている。

私なんかは戦争にレーゾン・デートルを与えるというよりも、むしろ自分に受けとれるようにしたいというのが本音でした。満州事変から支那事変へかけての歴史過程で、私も始めはわれわれの物の見方とかけ離れた、あまりにも異質な面で歴史が動いていく、そのチグハグさについていけないものを感じていました。しかし、そういう時代が十年も続くと、あるいはこの現実がほんとうで、われわれの方が頭を切りかえねばならないのではないか（傍点引用者）、という気持になってくるんです。とにかく世界中が大きくかわりつつある。その転換を自分なりに納得して落着きたいという気持です。

この素直な述懐のなかには、現在もくみとることができる示唆がかくされている。「この現実がほんとうで」というのは、愉快な錯誤である。わたしたちが「現実」とよんでいるものは、「幻想」を媒介にして認識された事実であるか、行為によって生まれた「幻想」であるか、のいずれかである。それ自体が観念の水準と位相を想定される言葉である。この述懐はそれゆえじぶんが認識に耐えられなかった、あるいは自己の認識の世界を信じられなくなった、ということ以外を意味していない。ようするに執念ぶかくなかったのだ。しかし、これは、たんに鈴木成高の資質を語る言葉ではない。わたしたちのうけとりうる教訓は、これまた怖ろしいことに、「幻想」は、どんな世界情況のなかでも、

ることによって通ることができるということである。そして、「頭を切りかえ」ることによっては、どのような情況も通ることができないような「幻想」をつくりあげること、「幻想」とは本来そういう怖ろしい根の生えた世界だといった世界をつくりださねばならないという課題を負っている。

「幻想」は本来変化することができるが、けっして「切りかえ」ることはできないというふうに存在している。敗戦を境いにして鈴木成高は、頭をふたたび切りかえたのだが、その「切りかえ」はじつは復古を意味したのだ。わたしは、敗戦直後に、鈴木成高が頭を切りかえたことを了解することができたが、それが戦前にさかのぼる復古を意味することは当時了解できなかった。ただのオポチュニストにみえたのである。

しかし現在、「自由民主主義」者たちが、戦争期を素直に述懐し、敗戦時の和平工作について得々と語りうるという情況が存在することは、知識人とその政治集団一般が復古的に自己の穴にかえりつつあることを背景としている。

一方で「戦後民主主義」知識人たちとその政治集団もまた復古的に自己の穴にかえりつつあるという情況が存在している。

この「戦後民主主義」知識人の穴の深さその暗さも、現在の情況に照して検証される必要があるとおもう。

丸山真男は、増補版『現代政治の思想と行動』のなかで、安保闘争にふれてこうかいている。

およそ、議会制といわず、憲法といわず、現在の制度から提供されている機会を享受し、その可能性を最大限に活用する能力のない者にどうして将来の制度をにない動かす能力を期待できよう。現在の制度から自分にはどんな機会も提供されていないとこぼすものは、まさにその愚痴によつて、自らの想像力のおそるべき貧困を告白しているにひとしい。いわんや、現実の生活では現在の組織や制度が与える機会を結構享受していながら、自らはそれを意識せず、「外」にいるつもりで「疎外」のマゾヒズムをふりまわす人々を見ると、どうしても電車のなかで大の字になつて泣きわめいて親を困らせている子供を連想したくなる。どちらにも「反抗」の根底に「甘え」がひそんでいるからである。いうまでもなく民主主義は議会制民主主義の制度的表現につきるものではない。議会制民主主義は一定の歴史的状況における民主主義の制度的表現である。しかしおよそ民主主義はような制度というものは嘗ても将来もないのであつて、ひとはたかだかヨリ多い、あるいはヨリ少ない民主主義を語りうるにすぎない。その意味で「永久革命」とはまさに民主主義にこそふさわしい名辞である。なぜなら、民主主義はそもそも「人民の支配」という逆説を本質的に内包した思想だからである。「多数が支配し少数が支配されるのは不自然である」（ルソー）からこそ、民主主義は現実には民主化のプロセスとしてのみ存在し、いかなる制度にも完全に吸収されず、逆にこれを制御する運動としてギリシャの古から発展して来たのである。（「追記」）

制度の理解、たとえば憲法問題を基準にとるとすれば、「戦後民主主義者」と「自由民主主義者」とのちがいは、一方が民主化の契機をもつがゆえに現行の憲法は擁護さるべきだとかんがえ、一方がかれらにとって「自由」の契機が少ないがゆえに、より「自由」な意志によって憲法は改訂さるべきであるという微妙な差異にすぎないという点も、丸山真男のこの発言から汲み上げるべきである。そして両者の共通性は、制度の理解にあたって、大衆の原像を繰りこむという思想的な課題から疎遠なところで命題がたてられているということである。

つぎに、ここには安保闘争時におけるわたしたちの議会制民主主義の否認の思想的な根拠が、「戦後民主主義」派の自己弁護とからめて「甘え」であると批判されているために、すこし立ち入ってみよう。

ここには、おおよそ、政治学者の発言ともおもえぬ理論上のタワゴトがのべられている。一般にわたしたちが、どんな憲法のもとにあっても、どんな「制度」や「体制」のもとでも、また「制度」によって規制され、それが与える機会を享受して生活しながらも、それを否認し、その「外」にあるとかんがえ、それから「疎外」されているとみなし、それに「反抗」する自由と権利をもつのは、おおよそ「憲法」や「制度」が、「共同的幻想」を本質としているからである。また、大衆がそれを「意識」しないでも結構それを「享受」しうるのも、「制度」や「憲法」が「共同的幻想」であり、すこしも具体的な物質ではないからである。いいかえれば、「憲法」や「制度」は、げんこつや飴玉のように直接に痛かったり甘かったりするものとして人間にとって存在しないからである。

「僕は少なくも政治的判断の世界においては高度のプラグマティストでありたい。」と願うのは丸山真男の自由（恣意）に属している。しかし、これを勝手に拡張して政治過程そのものの本質を「プラクチカルなプロセス」と判断することは、政治理論上の錯誤にしかすぎない。政治過程そのものは「幻想的プロセス」であり、幻想的な手直しであり、幻想的な革命である。政治過程の処理のために議事堂という建物が実在し、議員と称する男女が実在し、政府という少数の支配者の集団がおり、多数の警察官によって守られ、自衛隊という軍隊によって予備暴力を擁していようとも、政治過程が幻想過程であるという本質の理解をさまたげるものではない。

もっと重要なことは「現在の制度から提供されている機会を享受し、その可能性を最大限に活用する能力のない」、丸山真男によれば未来を担当する能力がないと卜されている大衆が、「現在の制度」を超える可能性を行為と理念によってもちうるのも、「制度」が幻想的な共同性にほかならず、このような大衆が「幻想」をはなれた具体的な生活過程では、丸山真男を凌ぐ優れた現実認識者でありうるからである。

わたし（たち）は、安保闘争に「革命」の幻影をえがいたが、それは丸山真男の嘲笑しているように、

「革命が成就する」という幻影を描いたのではない。どのような激しい政治行動をとろうとも、最大限に見積って岸政権の打倒・安保条約の破棄という効果しか得られないことを熟知しながら、それをつらぬく幻想として「革命」の幻影を描いたのである。わたしの接触しえた範囲では、安保闘争を「革命」の幻影をえがいてたたかった者たちのなかで、丸山真男ら市民民主主義者や社、共などが嘲笑するような意味で、幼稚な政治意識と情況認識をもっていたものは、ひとりもいなかったと断言することができる。学者馬鹿になってひとをなめてはいけない。

丸山真男のみならず、戦後民主主義者と自称する追蹤者たちは、安保闘争以後の挫折感や敗北感を実質のない心情的なムードのように片付けたがるから、はっきりさせておくが、安保闘争が敗北であり挫折であり、戦後の政治的、大衆的なたたかいの転機であることは厳とした事実である。それ以後において知識人の政治集団である「前衛」の分裂と大衆運動の後退、公然たる構改論の登場などの現象が相ついであらわれたが、どの一つをとってきてもこの闘争の敗北が如何にそれらの現象に影響をあたえ、おおきな意味をもつものであったかを実証する素材とならないものはない。安保闘争の位置づけは、丸山のいうような世界中がこの闘争をどう評価したかできまるものではなく、あくまでもそれをたたかった主体がきめるものである。この敗北の意義を理解しないのはおおよそ政治運動の過程と大衆運動の過程を現実的に考察せずに、研究室とポリティカル・デシッダーへの請願の間を往復して、いかにも理性ある政治的判断のプラグマティストであるかのような顔をしている「甘ったれ」だけである。「甘ったれ」はただ主観的判断運動を繰返すだけであり、それはベトナム反戦運動から日韓条約批准反対運動をも貫徹している。しかし、真に挫折と敗北を前提としたものは、その課題をふまえて着々と苦戦を実らせようとしている。山田宗睦や「新日文」の復古的な戦前派への追蹤者たちの課題は、せいぜい安保以後の挫折ムードへの批判的ポーズや時代錯誤的な右翼ローマン派登場への危惧やらであるが、わたしたちの思想の情況的な課題は世界認識から個々の国家権力のもとで大衆の原像の把握にわたる全思想空間の奪取いがいにはない。わたしたちはこの課題の途上にたおれたものに礼をつくし、わたしたち自身が途上にたおれても、後から後からこの困難な課題に挑みつづけるだろう。

わたしは、あらぬ途に外れたのであろうか？

そうではない。丸山真男がとっている思考法のなかに刻印されているのは、どんな前進的な姿勢でもなく、じつは、知識人の思想的課題であり、また戦争があたえた最大の教訓である「大衆の原像をたえず自己思想のなかに繰り込む」という課題を放棄して、知的にあるいは知的政治集団として閉じられてしまうという戦前期の様式に復古しつつある姿勢なのだ。

そして丸山真男の復古的な姿勢は、丸山の「私自身の選択についていうならば、大日本帝国の『実在』よりも戦後民主主義の『虚妄』の方に賭ける。」（同書「増補版への後記」）という言葉にうながされて、その復古的な姿勢を通俗化してみせた山田宗睦の『危険な思想家』によって頽廃した決定版をもったということができる。

丸山真男の姿勢が戦後民主主義の復古的な「増補版」であるのにたいし、山田宗睦が復古的な「決定版」であるのは、山田のなかに丸山の嫌う進歩・保守の「一列横隊的価値判断」が存在し、その度合に対応してより低俗なものになっているからではない。山田の思考法のなかに「文化」現象を物神化し、その物神化の必然的な裏面として文化の世界を閉じられた完結した世界としてとりあつかい、価値判断しようとする姿勢が極度におしすすめられているからだ。いいかえれば知識人の知的交通の世界・知的表現の世界を閉鎖的に完結した世界としてみる度合におうじて、大衆の原像を無限の遠方に疎隔するという日本の知識人の伝統が復活しているのである。

わたしは、平野謙がいうような統一戦線的な見地から山田宗睦の「危険な決定版」を非難するのではない。「文化」現象を物神化したり、知的に閉鎖された世界とかんがえないかぎり、個々の知的な業績が、それを創造したものの政治思想によって判断さるべきではなく、いかにおおきくそれから学びうるかによって判断されることは自明だし、このような位相からは「文化」は原因ではなく、ただ情況の結果としてあらわれるということも自明だからだ。また、知的な作業が、個人としての知識人によって創造されるかぎり、たとえその個人が支配者を主観的に擁護しようとも、支配者のイデオロギーにゆきつかないことも自明のことである。真の政治支配者は、個人としても集団としても大衆芸術・通俗文化を愛好し、それを課題にするにきまっている。

これらに象徴される「戦後民主主義」知識人と「自由民主主義」知識人の復古的な姿勢の原点は、戦争期にあるのではなく戦前期にあるという点が重要である。これは丸山真男の姿勢からも鈴木成高の姿勢からも観取されるし、その政治的集団である社共や自民の姿勢からも感知することができる。

それらの原衝動は、いわば戦争期を「民主主義でない」あるいは「自由でない」時代としてやりすごし、面従腹背という二重操作によってとおりすぎてきたものの共通性である。敗戦をおなじように解放と感じ、言論の自由が復活したと感じたとしても、「戦後民主主義」者と「自由民主主義」者とは、その戦後反応の仕方がちがっていた。「戦後民主主義」者は、社共がどんな欠陥をもつものであるにしろ、それが「民主主義」を推進する力となりうるかぎり、これをおしつぶそうとするものから擁護すべきだ、という発想をとった。「自由民主主義」者は、画一主義に走らない（恣意的でありうる）「自由」を保持するために、それに好都合な体制（いうまでもなく資本主義体制こそ諸個人が恣意性を強制される社会である）を擁護せねばならぬという反応を呈したのである。これが、「戦後民主主義」知識人を社共へ近づけ、「自由民主主義」知識人を自民へ近づけた理由である。かれらにとっては、一様に戦争期は忘れたい（あるいは忘れがたい）悪夢であり、悪夢であるがゆえにできれば抹殺したい痕跡にほかならない。

それゆえ、わたしは、現在の「戦後民主主義」知識人と「自由民主主義」知識人の小競合いや、双方の願望を象徴する政治集団である社共と自民の反動よばわりと全体主義よばわりにもかかわらず、かれらやかれらの政治集団に反戦担当能力や戦争担当能力があることをまったく信じていない。戦争をくぐったということから媒介的な思想を汲みとれなかった知識人やその政治的集団に、戦争と平和のなんたるかを共同化する資格と能力があろうか。たとえ「言ってみるだけ」と「やってみるだけ」はできたとしても知的に閉鎖された復古的な世界での独言と独行にしかすぎないのである。その声は戦後マス・コミの膨化によって戦前の数十倍に増幅されるかもしれないが、大衆の原像にとどかぬ前に不可視の壁につきあたってはねかえってくるだけである。反響の大きさはあっても反響自体が、すでに閉じられた隔壁からの反響である。

わたしたちに問題なのは、現在の情況にあって威容あり気に対立したり告発したりしている「戦後民主主義」の学者や「自由民主主義」の学者をとらえて批判するという卑小なわざにつくことではない。いったい「民主主義」や「自由」を、空間をこえて普遍化することができ、時間をこえて永続化することができる概念とみなす知識人（集団）の対立に介入することにどんな意味があろうか？ それはただ、どんな知的な概念といえどもついには現実をはなれて閉じられた抽象の領域にはいることができる必然をもち、ほんらい幻想的な位相の水準を問われるべきものが、現実的であるかのように振舞っているにすぎないということを指摘すればたりるのである。

幻想にとってもっとも強力な磁場は、知的な個人にとっても知的な政治集団にとっても体験ということである。この磁場はかならずしも倫理的な意味をもっていないにもかかわらず、倫理としてそこに牽きよせられる。現在の知的個人や知的政治集団の復古的な現象を了解する共通な方法は、しだいに体験の磁場に牽きよせられている点にもとめられる。すでによるべき思想的な権威もなく、刻苦してきずきあげた思想も存在しないとき、体験に復帰するより仕方がないのだ。

このような文化現象の氾濫するなかで、文化の世界で思想的に孤立することは光栄ある孤立であるが、大衆の原像を忘却し、この原像から思想が孤立することは恥辱であるというように情況は存在している。

3　革命的空語の変質

安保闘争後、四分五裂の状態にある知識人の前衛的な政治集団のひとつが参院選挙のさいに発行したパンフレットに、哲学者梅本克己が青年学生を叱咤しているちいさな文章をよんで、わたしは啞然としてつぎに瞋りを感じたのをよくおぼえている。そして、そのパンフレットを持参した政治青年に、なんですかこれは、きみたちはこういうまやかしの哲学者たちを同伴者にしようとする根性を恥とすべきだとのべたのを記憶している。いまその文章が手元になく、そのまま引用できないのは残念だが、その要旨はわたしの記憶するかぎりつぎのようなものであった。

——諸君は、じぶんがもっとも頼みになる学生、青年の政治集団であるとおもっているが、諸君でさえも米国の帝国主義者がベトナム北爆を開始したときに、直ちに鮮烈なデモを米国大使館にかけえなかったというのはどういうことなのか、まことに残念である。こういうことについて諸君といますぐにでも話しあいたいような気持である——

わたしが啞然としたのは、なによりも、梅本克己のなかにかんがえられている政治的行動の判断はこの程度のものなのかという点であった。哲学も思想もへったくれもない。老いぼれて足腰のたたなくなった老人が、たまたま他発的に起った政治現象を焦慮するあまり激して青年学生を叱咤している像のほかに、そこにはどんな姿勢も存在していなかったのである。この構図は戦争中いつかみた構図である。米国がベトナム北爆を開始したとき、米国大使館に直ちにデモをかけなかったということが、なぜ叱咤されなければならないのか？　政治行動というものが、そして一般に政治の本質が、そういう反射運動の次元にあるとこの哲学者は本気でおもっているのだろうか？　政治の本質的な過程は縦深的な構造をもった幻想過程である。そして政治行動というものは所定の目的と結果の予測と判断をもってこの過程を現実化するひとつの行動であり、この目的への予測が裏目に出ることが綜合的に判断されるときは、つぎつぎに生起する政治的事象に対して反射運動を意識的におこさないこともありうるのだ。この哲学者はその程度のことも理解しないのだろうか？　そして何よりもわたしに瞋りを感じさせたのは安保闘争を革命的共産主義者同盟全国委のイデオロギー的な同伴者として体験したこの哲学者が、この闘争の敗北を主体的に自己思想の問題としてうけとめ深化するという作業を哲学的にじぶんに課することなく、まことに身軽に新左翼から構改派までをふくむ反日共政治集団の同伴者として転々とする思想的反射運動に身をゆだねていることであった。

ひとつの現実闘争が敗北したとき、それが政治運動であれ、大衆運動であれ、敗北の過程を現実的にも思想的にも深化して態勢をととのえるためには、すくなくとも十年はかかるものである。わたしは梅本克己が、安保闘争の後、当然、闇のなかに模索するような苦しく自己にきびしい哲学的な営為をつづけ、それが思想的な結実をもたらして登場する姿を想定していた。しかし、安保闘争後、梅本がやったのはただの哲学的な軽業と身売りであり、どんな思想的な営為でもなかった。上っ面の政治的現象への反射の次元だけでいかにも一貫性があるかのようにみせかけているそんじょそこらの「新日文」の自称楽天主義者や構改派や市民民主主義者とすこしもかわらない薄っぺらなものであった。もちろん「新日文」の自称楽天主義者や、構改派や市民民主主義者は、安保闘争にどんな本質的な役割も演じなかったゆえに擦り傷もおわず、ただその闘争の成果と敗北によってもたらされた情況に便乗しただけであるのも当然である。しかし、梅本克己は、かれらのようには身をかわすわけにいくまい。すくなくとも哲学者として、この敗北を主体的にうけとめ深化する十字架を背負ったはずである。またすすんで背負うべき立場にあったはずである。だが梅本がやった哲学的作業は、〈マルクス主義〉は閉鎖的な自己完結の円環のなかで硬化すべきではなく、近代政治学からも宇野経済学からも学ぶべきであるというような、スターリン主義者でないかぎり、戦後二十年たれもがやってきたことの蒸返しという他愛もないことである。そしてもっとふざけきったことは、構改派や市民民主主義者と口裏をあわせて、安保闘争を主導的にたたかったものたちを、トロツキズム派、棄教派、詩的・文学的発想派、民俗的土着派などわけのわからぬ分類でくくりだし足蹴にしていることである。

わたしは、梅本克己・佐藤昇・丸山真男の座談を編んだ『現代日本の革新思想』のなかで、棄教派と指名手配されている清水幾太郎でさえ、すくなくとも安保闘争後の思想的な営為とジャーナリズムにおける態度において、梅本や佐藤や丸山よりも立派なものだとおもっている。政治思想を、反射運動の反覆の次元に限定するものでないかぎり、いつの間にかなしくずしに転向していながら、反射現象の次元で一貫性の見せかけをもつものよりも、苦しい思想的な営為のうえに棄教したもののほうがはるかに豊富な思想の栄養をあたえるものであることは自明だからである。かれらは清水を「君子は豹変する」（梅本）といい、「ブルータス、汝もか」（佐藤）といい、「マッハ的速度」（丸山）の転向だと口裏をあわせて語っている。そしてこうした評語で安保後の清水幾太郎を片付けたうえで、座談会の記録は（笑）という言葉をさし挿んでいる。何が可笑しいのだ。梅本よ、佐藤よ、丸山よ。もともとジャーナリズムの世界がすべての仕事場であった清水幾太郎が、ジャーナリズムの世界からはじき出されるくらいは覚悟のうえで、文化人としてただひとり全学連主流派に同伴し、かれらとともに敗北の傷手を負い、安保後、ローザやトロツキーの思想をとりあげ、ロストウの経済発展の段階説を傾聴すべき説だと考えたということが、どうして嘲笑されねばならないのだ。安保後、ジャーナリズムと結託して甘ったれた革命的な空語と卑しい見当外れの他派批判の座談会を一本に編み、仕事らしい専門的な仕事は何ひとつしていない梅本や佐藤や丸山にどうして清水を嗤う資格があるのだ。自己の政治的生命はいわずもがな、ジャーナリストとしての生命さえあの闘争に賭けなかったきみたちに、どうして清水を非難する資格があるのだ。戦争中、陸軍省「軍事工業新聞」に勤めて棄教した佐藤昇や、文部省教学局に勤めて戦争の片棒をかついだ梅本や、陸軍一等兵として戦争に協力した丸山に、どうして他人の棄教を嗤う資格があるのだ。

わたしは安保闘争中しばしば清水幾太郎を真近かで目撃した。清水さんはよく勤めているな、というのがその時のわたしの感想であった。かれがすくなくともジャーナリズムの世界からはじきだされることを覚悟のうえであの集中的なジャーナリズムの非難の包囲のなかでとびまわっていることは、その姿から感得することができた。わたしは、すくなくとも、佐藤、梅本、丸山による不潔な座談会の雰囲気からは、清水幾太郎を擁護しなければならぬと信ずるものである。

おなじく座談会『現代日本の革新思想』のなかにこういう個所がある。

丸山　賛成だな。そういう体験主義にはコンプレックスがある。
佐藤　すねて甘えているようなところがある。これも丸山さんのいわれたことだけれど、実際には民主主義を享受していながら、〝民主主義がなんだ〟といって駄々っ児のようにわめいているような感じ……。
梅本　それが一番カリカチュアライズされたのが犯罪者同盟で、（笑）なんのことはない『悪徳の栄え』一冊万引しただけなんだな。（笑）

やろうとしても万引ひとつできない半病人が何をほざくのだ。犯罪者同盟が安保全学連のなかから派生したということは、ロシア革命成立前史が証明するように、あらゆる政治闘争がその敗北と退潮の情況でうみだすものの象徴であり、この象徴のなかに情況をはかる尺度をみつけだすことができるものである。

佐藤や梅本や丸山のようなリアルな政治過程や大衆運動の過程をしらぬ政治的ロマンチシストたちには、たまたま『悪徳の栄え』一冊を万引したところをタイホされるということが物笑いの種になるらしい。しかし、政治過程は、幻想過程を本質とするがゆえに、現実的にはどんな卑小性とも結びつくものである。一冊の本を万引したかどうか、流れ弾にあたって無意味に頓死したかどうか、味方に殺されたかどうかという事実に政治過程の本質があるのではない。一冊の本を万引するという行為の背後に、いいかえれば一般に卑小な行為の背後に、どんな巨大な思想が存在することもありうるのである。かれらにはパリ・コンミューンがかれらのような無限定な〈民主主義〉者の寝返りによって挫折したあと、貧困と神経症に悩まされながら経済学に没頭して死んだマルクスの精神はわかるまい。マルクスがなぜ神経症に悩まされたかを測るだけの思想の滲透力も持ちあわせてはいまい。

かれらは、マス・コミに活動する大向うだけを狙って恥しらずな座談を販っている。こういう色眼鏡からみれば、マス・コミからかき消されたものの思想的な営為や沈黙の声は棄教や犬よりも弱い一匹狼の遠吠にみえるらしい。もちろん、かれらから、「詩的・文学的発想派」とか「民俗的土着派」とか呼ばれているらしいわたしは、安保後、かれらよりもましな思想的営為を成就し、かれらよりも苦しいたたかいを持続してきたつもりである。また、わたしと同類にくくられている谷川雁を、たとえ現在、沈黙していても我が国でもっとも優れた信頼すべき政治運動家のひとりであるといまもわたしは確信している。そして、かれらにこういう大口をたたかせる情況をゆるしていることだけを残念だとおもっている。

おなじ座談会の記録のなかで、わたしたちを狙い撃ちしたつもりになって、丸山真男はこう発言している。

丸山　（前略）ただもう少し微視的に個々人を見てみると、こういうラディカルは政治的ラディカルというより、自分の精神に傷を負った心理的ラディカルが多いですね。その心の傷は、ある場合には党生活のなかでの個人的経験に根ざしているし、ある場合には戦中派の自己憎悪に発しているし、ある場合は、俺は一流大学を出て本来は大学教授（？）とか、もっと「プレスティジ」のある地位につく能力をもちながら、「しがない」「評論家」や「編集者」になっているという、自信と自己軽蔑のいりまじった心理に発している。（後略）

形式論理の言葉で政治思想を述べるときは一応よませる文章をかくこの男の内部に、どんな下司びた心情がかくされているかを語る好適な素材であり、もちろん詩的・文学的発想以前の問題である。そのうえ何よりも卑しいことは、それが政治的であれ、生活的であれ、この社会に生存することからいちども傷ついたこともなく（ほんとうは傷ついているはずなのに）、傷つくほどにも自己存在を賭けたこともない特権を社会的に享受していることが、この男にとってはなにか自慢のたねになっているらしいごうまんな心理が透けてみえることである。これこそが真のごうまんさなのだ。

たとえば、『資本論』の論理にしたがえば、労働力の商品としての価値は、男女の性別も、能力も、怠惰や勤勉も、個々の労働者がどんな心理状態にあるかも捨象されて、ただ労働時間に還元される。この論理の正当性は、具体的な情況の下で個々の労働者を、現実的な政治過程や大衆行動に向わせる動機が社会的劣等感であったり、丸山のいう「心の傷」であったりすることが有りうることの正当性と矛盾するものではない。それゆえにこの男のようにあらゆる政治過程の対象化行為を「微視的に個々人」の心理に還元して何かわかったつもりになるという論理の瞞着が許されないのだ。ここでは、政治過程の論理と個々人の心理の次元とをおなじ概念の水準にあるものとして短絡してしまう錯誤しか存在しないのである。

わたしたちはここで、一般的にはつねにじぶんは傷つかないですむ位相で語られる革命的空語の変質という問題に直面しているのだ。

革命的空語とは、まずなによりも表現行為という観念の外化の水準の内部で、革命的実践のプログラムを完結したもののように差しだすことである。表現行為の内部で、革命のプランを論理的に完結したもののようにさしだせば、さしだすほど、じつは空想に近づくのだが、それをあたかももっとも高度資本主義の現実に即したプランであるかのように錯覚し、その錯覚に無自覚であるのが、すくなくとも我が国の構改派やそれと融着した市民民主主義者の特質である。しかし、かれらが自らの革命のプランを、もっとも現実をふまえたものであるかのように考えれば考えるほど、じつはそのプランは表現行為の内部に閉じこめられる度合が増大するのである。これは、佐藤や梅本や丸山が、犯罪者同盟が『悪徳の栄え』を万引きしてタイホされたと嘲笑していることからわかるように、たとえばロシア革命の過程を、無数の棄教やうめきや、死や坐礁の背後過程のうえにつみあげられたものとしてみずに、レーニンやトロツキーに指導されたソ共の政策や政治理論によってしかつかまえようとしないことにあらわれている。革命のプランがレーニンやトロツキーやスターリンのような、おあつらえむきに運のいい奴だけで、しゃくり上げられたり、語られたりしたら、たまったものではない。

かれらは、座談会のなかで、心情左翼とか詩的・文学的ラディカリズムだとかいう言葉を乱発しているが、もちろんこれらの言葉は、夫子たち自身を規定するために使用すべきものである。ただ論理の言葉でみせかけているため、一層始末が悪いだけである。かれらが論理的に、あるいは理性的に、あるいは政策的に革命的プランを表現すればするほど、じつは空想のなかで完結し閉じられてしまうのである。かれらの政治能力などは、じっさいにやらせてみればすぐにもわかるが、犯罪者同盟以下、清水幾太郎以下であることは申すまでもない。

レーニンは、すくなくともその政治的アジテーションのなかで、じぶんが「言ってみるだけ」であることを自覚していたし、その「言ってみるだけ」の背後に無数の錯綜した現実的行為の存在を透視するだけの洞察力をもっていたことは、その文体をみればすぐに了解される。しかし、佐藤や梅本や丸山の革命のプランなるものの背後には、どんな現実過程のリアルな波動も洞察されていないことはたれの眼にもあきらかである。

まず、佐藤昇の見解にあらわれたかぎりの構改論はつぎのようなものである。

従来の社会主義革命観は、まず政治権力を奪取してから、経済制度を一挙に全面的に変革するという発想に立っていたが、構改論は、この逆に経済制度の国家管理機構に介入してまず市民社会のなかに足場をきずき、政治権力の奪取を最後の仕上げとしてかんがえる。この足場をきずくための理念は民主主義ということである……。

佐藤は、こういう虫のいいプランが実現できるとおもっているのかという疑問にたいし構改プランが武力革命とおなじようなミイラ取りがミイラになる危険な困難な、しかももっと散文的な過程であると説明しているから、そういう次元で半畳を入れることはさしひかえよう。

しかし、わたしのかんがえでは、なぜマルクスが政治革命を社会革命と区別し、政治革命をイニシアルなものとかんがえたかは、政治過程が幻想過程であり、しかもまず人間は幻想を媒介にして現実をみ、現実的行為をするという存在本質をもつものだからである。したがってまず経済制度に介入し、そこに足場をきずき、その仕上げとして政治権力を奪取するという佐藤のかんがえは、まったくの理論上の錯誤にしかすぎない。経済制度に介入し、市民社会のさまざまな次元の公的機関に塹壕や要塞をにぎってゆくということは、それ自体が幻想的な過程、いいかえれば政治的な過程であり、けっして社会過程ではない。そして佐藤の構改プランのなかで最後にのこるのは、一挙に政治権力を奪取するのではなく、構改派は徐々に政治過程を、国家管理の部分から変えていくようにするという改良的骨格だけである。いいかえれば、佐藤には国家とか公的制度とかいうものが、経済過程に介入しようがしまいが、幻想を本質として介入したりしなかったりするものであることがまったくわかっていないというにすぎない。要するに構改論は、古典マルクス主義（スターリン主義）の経済決定論の変質した一亜種にしかすぎないのである。

梅本は、こういう本質的な問題を構改論にたいして提起せずに、〈最後の仕上げ〉である権力奪取をどうするのかという馬鹿気た問いを発して、つぎのように発言する。

梅本　問題をはっきりさせるために権力奪取の問題を出すと、労働者階級のゼネストですね。これは一番犠牲が少ないわけだ。人も殺さないし、徹底した労働者階級のゼネストによる権力移行というのは一番平和的ですね。こういうのは構革派は考えていないわけですね。

現在の情況のなかで権力奪取の私製プランを照れもせず語っているもうろく振りはさておいて、労働者階級のゼネストが人を殺さないし、平和的であるという保証はどこから取りつけたのだ？　国家は警察力ももっていれば、自衛隊ももっている。安保闘争のようなはじめから限定された目標をもつ闘争でさえ人を殺している。また、労働者階級のゼネストが、どうして権力奪取とつながるのだ？　あらゆるものは、奪取する主体が奪取に動かなければ奪取されない。梅本の発言は、たんに情況にたいして無智であるばかりでなく、おおよそ具体的な政治過程について想像力を枯らしてしまった机上プランにすぎないのである。もちろんレーニンの政治的アジテーションも机上プランであった。しかし、かれは机上プランであることを自覚したうえで、なおその机上プランの背後にどれだけの錯綜した具体的情況が付随するものであるかを想像力としてあたうかぎり洞察していた。しかしここには具体的情況もなければ、具体的労働者階級もなく、具体的な権力奪取の像もないのである。一般的な命題とその演繹の次元に言葉の概念が封じこめられているだけである。ここには革命的プランなるものを現実的な条件を設定して語れば語るほど、知的に大衆の原像から疎遠になり閉じられてしまうというわが国の知識人の逆説的な存在様式の伝統が復活しているにすぎない。

革命の具体的過程などは、どのような情況にあっても、どんな卓越した政治指導者にとっても、知的な政治集団の恣意的なプランにゆだねられるはずはない。具体的な情況において、大衆の具体的な行動によって決められてゆくだけである。知的な政治集団はただ情況に即して、つねにこの大衆の原像の流動性を把握し、自己思想の共同性に繰込むという課題を具体化しうるにすぎない。

わたしは、いつから梅本が構改論の理解者になったのかを、その哲学的な業績にそくして検討したことはないから、その軽業の時期を明言することはできない。しかし、かれが哲学の深化と普遍化の課題をはなれて革命の具体的プランなるものについて語りはじめるとき、表現者のままで行動者であるかのように見せかけ、その見せかけの度合に応じて、現実過程から遠ざかるという矛盾に陥っていったということができる。この位相は、幻想過程である政治過程を、現実の革命的プランであるかのように了解し、高度資本主義の具体的条件を踏まえていると自称すればするほど、形式論理の抽象的普遍性にすべりこむという構改派の性格と親近する必然をもっていることは云うまでもない。谷川雁はかつて構改派を三流のスマート・ボーイと評したことがあるが、かれらが論理の現実性を、現実の論理性と混同し、それによってすべての具体的な現実過程にともなう泥を着衣からはたき落してゆくという意味で適評といわなければならない。

批判の均衡上、つぎに、丸山真男の発言をとりあげてみよう。丸山が〈社会主義〉にあたえている定義は、あまりに無惨であるため、その〈体制〉観を事例としてあげることにする。

丸山　（前略）マス・コミの問題ひとつとってみてもレーニンの国家独占資本主義の概念がどこまでこういう巨大な変化――必ずしも結構とばかりとはいえない変化を――予想して立てているのか。これは問題をひろげるときりがないんですが、マルクス主義者は「にもかかわらず階級支配は貫徹する」というでしょう。私もそういう術語はつかわないが、現代の国家が、いわゆる福祉国家もふくめて政治的機能においてニュートラルとは思わない。どうしてニュートラルにならないかというのは「ブルジョア政治学」の方法でも説明できると思うんですが、それはともかくとして、労働者階級が鉄鎖のほかに何も持たなかった状態、つまり、体制のアウツであったものがインズに転化してきたということは今日どんなマルクス主義者も認めるでしょう。転化して来たからこそ、それがさきほど論じられた社会民主主義の「堕落」を生むひとつの条件にもなっている。そこには両面があると思うんです。(後略)

いったい、何を言おうとしているのだろうか。〈体制〉というものが隔壁のように実在する物質であり、国家独占資本主義の段階では、労働者階級がその外側から内側に出入するものだとでもかんがえているのだろうか。〈体制〉というものは幻想である。「鉄鎖のほかに何も持たなかった」というのも幻想的に比喩の言葉である。したがって、鉄鎖のほか何も持たないかどうか、〈体制〉の内にあるか外にあるかという問題は、あくまでも幻想の問題である。いかなる〈体制〉のもとにあっても、(十九世紀の西欧資本主義体制のもとにあっても)その体制の内にあるか外にあるかとかんがえることは、個々の労働者階級にとっては、幻想的主観の問題に属している。そして、この個々の労働者階級にとっては主観的幻想の問題にすぎないものが、国家という共同的幻想との相関関係においてとらえられるとき、個々の幻想的主観もまた、ある共同的な主観としてかんがえられるのである。

佐藤昇は、梅本克己にむかって「いったいある人間がマルクス主義者であるといえるための最小限の条件はなんでしょうか」と問うている。これにたいして梅本は、プロレタリア独裁を認めるかどうかということが、いちばん簡明な基準だと答えている。愚問愚答の典型はこれである。佐藤昇や梅本克己は、マルクス主義者の立場としては、という言葉を連発している。いっぽうで丸山真男は、じぶんは非マルクス主義者であると繰返している。いったい何のことだ?

わたしにいわせれば、かれらはじぶんをマルクス主義者あるいは非マルクス主義者と規定する以前に、もういちど〈国家〉とか〈階級〉とか、〈プロレタリアート〉とかいう概念を明確に自己のものとしてとらえうるかどうかを検証してみるべきである。すくなくとも梅本克己は近著『マルクス主義における思想と科学』にいたるまで、いちども正当に〈国家〉や〈階級〉や〈プロレタリアート〉を把握してはいないし、佐藤昇は、いちども経済社会過程と政治体制過程との区別と本質をつかまえたことはないし、丸山真男は何をマルクス主義とかんがえるがゆえに、じぶんは非マルクス主義であるかをつきつめたことはないのである。何を社会主義とよび何を資本主義とよぶかという問題についても同様である。

ソ連や中共が、またかれら自身がプロレタリア独裁を認めるかどうかとか、そこで価値法則が貫徹されているかどうかとか、労働力の商品化が部分的に存在するかどうかとかいう課題は、かれらにとって彼岸の問題であるが、自己が〈国家〉や〈階級〉や〈プロレタリアート〉をどう把握しているかという問題は、それなくしてはマルクス主義者とか非マルクス主義者とかいう自己規定が無意味になる此岸の課題である。

4　国家・階級・党派の論理

わたしたちは、ここで一歩ふみこんで、〈国家〉・〈階級〉・〈党派〉の本質をどうとらえるべきか試みてみよう。わたしのかんがえでは、この課題は、ロシア・マルクス主義の発生いらい、いまだかつてまともにとらえられたことのないものである。もちろん、ただの亜流にすぎないわが国のスターリン主義者によっては手のとどかぬ彼岸の課題であり、それゆえにたんなる先験的な追従の問題としてあった。

たまたま、雑誌『新日本文学』四月号に、スターリン主義文化官僚武井昭夫が「現代日本の反動思想」という、もっとも幼稚な〈党派〉性の論理の見本を提供している。まず、前座としてこれを素材にとりあげよう。はじめに断っておかなければならないが、武井の論文は、妄想短絡（たとえばAなる保守あるいは反動思想の持主が、Bなる人物を賞讃したから、あるいはAなる人物と商業雑誌で対談して相互の意見を述べあって了解したからBなる人物は反動あるいは保守であるという短絡妄想）につらぬかれており、ディテールにわたっては、ただ精神病理学的診断にゆだねられるべきものである。

しかし、武井の文章は、新日文十二回大会への問題提起と銘うって、いわば共同性の見せかけのもとにかかれている。いかに反動化した妄想につらぬかれているとはいえ、これを批判的に粉砕しなければならないのは、この共同性の見せかけの内容を、現在の情況に照して検討するとき、スターリン主義文化理論が、世界的にたどってゆく反動的な経路が、ここでもまた不可避的にたどられているからである。武井もまたミニアチュアにすぎないとはいえ、かつてスターリンが、そして宮本顕治が、現在の津田孝がたどった道をたどりつつある。この道が「新日文」の徒党的必然ならば、かれらだけを地獄へ行かせねばならぬ。かれらに左翼や進歩の名と心中することをゆるしてはならない。

ここでとりあげるに価する問題意識を、武井昭夫の文章から抽出すれば、〈先験的な党派性〉とはなにかということに帰する。もちろん武井のような間歇温泉的に都合のいいときだけ登場する政治青年くずれの文芸時評家に〈党派性〉とはなにかの理論をもとめることは木によって魚をもとめるようなものである。しかし武井らに象徴される「新日文」などが、進歩的文学運動の幻想を、しかもかなり柔軟であるかのような見せかけのもとに、マス・コミ進歩派の読者にあたえている理由は、かれらの〈先験的な党派性〉の心情が、現在の情況でもなお心情的な共感の根をかなりの範囲でもっているからである。武井昭夫の〈先験的な党派性〉の心情につらぬかれた文章を粉砕するのは易しい。しかし、その根をマス・コミ進歩派の読者から粉砕するのはけっして容易なことではない。なぜならば、現在の情況に漠然と不満を感じているものが、みずからの心情を代理させ、みずからは情況から退化しようとするとき、恰好の拠り処を提供しているのは、こういった幼稚園左翼だからだ。官僚文化組織がいまもなお無内容なままでマス・コミを横行しうるのは、こういった非自立的なひとびとの〈無関心の共謀〉が根ぶかく参加しているからである。だからこそ武井の文章はそのものとして取上げるに価しないとしても、〈先験的な党派性〉は、どんな理論と心情から発生し、どこに誤謬があるかを追及する価値があるのだ。それは、武井の文章を一例として抽出すれば、つぎのように要約することができる。

(1) ある文学者または思想家が保守的あるいは反動的な政治的思想をもっているならば、その表現した作品または論文は否定さるべきである。また、逆にある文学者または思想家が進歩的な政治思想をもっているとすれば、そのかかれた作品または論文は擁護さるべきである、というのである。

(2) さらに病状が進化すると、つぎのようになる。すなわち、ある進歩的あるいは革命的政治思想をもった文学者または思想家が、おなじように進歩的または革命的政治思想をもった文学者または思想家と激しく対立した。しかるにかれは、明瞭に保守的政治思想をもった文学者または思想家ときわめて真摯に意見の交換をとげた。これはけしからぬ矛盾である、というのである。

(3) (2)と関連して、ある文学的な党派組織は、組織的にある個人の思想・作品・論文を非難する決議を行うことができるという妄想である。

武井昭夫の長々とかかれた駄文は、抽出すれば、こういう論理ともいえぬ単純な心情から成り立っている。そしてこの心情は、単純で幼稚であるがゆえに、まだ心情的な進歩派をとらえる情況的な根拠をもっているのである。

レーニンが、いんちき宗教に凝った時期のゴーリキーをその文学者としての力量を尊重するがゆえに政治主義的にではなく（心から）尊重し、いんちき社会主義（「新日文」のような）に接近したとき、あなたは不得手なことに手を出して、まやかしの社会主義思想などにかぶれるべきではないと戒しめたというような武井などには高級すぎる挿話を持ち出すまでもない。また、かしこい観念論は、おろかな唯物論よりもかしこい唯物論にちかい、という言葉を、レーニンが唯物論か観念論かという単純な二分法の範疇においてさえ、書きとめたことを持ちだすまでもない。

わたしにいわせれば、武井昭夫の駄文を、「新日本文学会第十二回大会への問題提起」と称して麗々しくかかげている「新日文」などは、江藤淳や福田恆存よりも、共同性を装っているがゆえに、一層たちの悪い、しかもおろかな進歩派にすぎないのである。試みに、かしこい唯物論の立場から、福田恆存、江藤淳、武井昭夫の批評の仕事を学びうる有効性という観点に限定して掲げてみよう。（表参照）

文学者名	学びうる有効性をもつ評論
福田恆存	『芸術とはなにか』『人間・この劇的なるもの』『批評家の手帖』『私の国語教室』
江藤　淳	『日附のある文章』を除いた全著作
武井昭夫	吉本との共著『文学者の戦争責任』のみ

かしこい唯物論の立場からすれば、武井昭夫の批評などから学びうるものは皆無にちかいが、福田や江藤からはおおくのことを批判的に摂取することができる。

武井昭夫は、福田恆存や江藤淳の業績を、一度でも総体的に検討したことはあるまい。マス・コミ現象のなかにたまたまあらわれる、かれらにとって不得手な領域の発言（それでさえ真理を衝いているところがあるが）を、言葉の切れはしをとらえて文化反動とか保守派とかいうレッテルで片付けているにすぎない。もちろん、批判は一般的に自由であり、またかれらの不得手な領域での発言のおぞましさを衝くことも具体的に自由である。しかし、そんなことは、じっさいには文化現象一般が現実の情況にたいして相対的であるのと、ちょうどおなじ程度に相対的であるにすぎない。福田恆存や江藤淳が、一個の知識人、あるいは文学者として発言するかぎり、それが政治的発言であっても、また、支配者を擁護する主観につらぬかれていても、けっして支配者になりえないし、また支配者のイデオロギーにゆきつくはずがないからだ。また、このような意味では、文化はただ情況の結果を象徴するものとしてあらわれるからだ。

文化の創造は、どのような情況のもとにあっても情況に還元されるものと、創造した個人に還元されるものとの交錯した構造としてあらわれる。創造された文化は情況に還元される意味では、ただ情況の結果として表われる。また、創造者個人に還元される意味では、創造内部での追求の高さが問われる。この論理を〈先験的な党派性〉によって歪曲したのは、いうまでもなくスターリン以後のことである。わが国のプロレタリア文化の運動とその戦後版である「新日文」の運動は、いうまでもなく、発生史的にはスターリン以後の誤謬の文化運動理論の産物である。これが文化理論としては全く否定さるべき存在であるにもかかわらず、創造された個々の業績について否定さるべきでないものを残したとすれば、それは否定さるべき文化理論のもとで、個々の創造者がその理論的誤謬に制約されながらも、個人的創造によって結果的にそれを破りうる少数の作品をうみだしたからに外ならない。

武井昭夫は、わたしが花田清輝とか野間宏とかを座談会で馬鹿呼ばわりし、江藤淳との対談で冷静に相互の意見のちがいを披瀝しあった、ということが不満らしい。そして、その不満の根拠は、花田や野間は政治的に進歩派であるが、江藤は保守派であるからだというのである。まったく、甘ったれるなといいたい。

「新日文」が大会の決議によってわたしを非難したかぎり、わたしは「新日文」の会員であるという理由だけで、その作品内容を問わず、特定の文学者を非難する権利を保有したことを意味する。こういう単純な論理が武井昭夫のような文化官僚や小林祥一郎などという進歩小僧には判らぬらしい。花田や野間をわたしが座談会で馬鹿呼ばわりすることは、まったく当然なことであり、「新日文」の会員であるかぎりその成員である文学者・思想家の誰をもわたしは非難しうるのである。なぜならば、かれらはわたしの非難決議に参加しているからだ。

じじつ、わたしは非難決議以来、「新日文」会員である文学者・詩人とまったく絶縁した。たとえ、かれがかつて個人的にわたしとの知人であってもだ。わたしは「新日文」のような文化官僚組織を、まったくくだらぬ運動体であるとおもっているし、大会で文学思想の動向について恣意的な決議をあたえることをスターリン主義文化理論の誤謬だとおもっている。しかし、誤謬を行うのは、かれらの恣意に属する。ただ、かれらは、そうすることによって、文学思想の創造された作品をぬきにして、組織の成員であるという理由だけで、かれらもまた批判されてよいという権利を、非会員に与えるということを忘れるべきではない。

ここには、一般的にいって〈先験的党派性〉の理念がたどる盲点があらわれている。そして、これだけが、おそらく武井の文章から取りあげるに価するのである。もちろん、武井昭夫のような頓馬なほまち時評家に、〈党派〉とはなにかについて理論的な解明をもとめようとはおもわない。わたしたちは、必然的にこの問題の解明の批判的な素材を他にもとめなければならない。

〈党派性〉・〈国家〉・〈階級〉などの問題について、ある程度まともにぶつかった〈マルクス主義〉哲学者は存在している。そのひとりは、わたしがさきに、まやかしの哲学者とよんだ梅本克己である。ここでは、すでに梅本克己の政治的まやかしに対してではなく、哲学的まやかしについて語るべき段階にきた。なぜならば発想の卓抜さという点での三浦つとむをのぞいて、現在、いわゆる〈マルクス主義〉哲学者は、ことごとくといっていいほど梅本克己以下の存在にすぎないからである。

梅本克己の哲学において〈自己疎外〉・〈国家〉・〈党派性〉の概念は、必然的に誤謬の連環をつくっている。いうまでもないことだが、この誤謬は、森信成、大井正、山田宗睦のような俗物唯物論的な誤謬ではない。いいかえれば、文学における「新日文」的な誤謬ではない。しかし、誤謬であることは覆うべくもない事実である。

学者などというものは、論理を装っているときよりも、座談会だとか註だとかいうような、ひとたびおのれの心情を参加させねばならなくなったときに論理的馬脚をあらわすものだから、『マルクス主義における思想と科学』のなかで、三浦つとむを〈相対主義〉者だと批判するためにつけた註のなかの挿話からはじめよう。ことはレーニンの『唯物論と経験批判論』における〈真理〉論の誤謬を、三浦つとむが正当に批判したところからはじまるのだが、ここでは問題を遡行させないことにしよう。

梅本克己はこういう例をさしだしている。たとえば松川事件の真犯人が誰だかわからないとしても、松川事件に〈真犯人がいる〉ということは絶対的真理であるというのである。それと、おなじように梅本は、唯物論は唯物論が絶対的真理であるということを前提として成立するもので、その前提を疑えば、唯物論は成りたたないとのべている。いいかえれば唯物論が絶対的真理であることを疑わないことが、唯物論にとって、いわば最後にのこる党派性であるといっているのだ。もちろん梅本はもうすこしこみ入った論理の展開で、こういう誤謬を論理化してみせているが、その骨格はただこれだけのものだといっていい。

いうまでもなく、松川事件に〈真犯人がいる〉ということは、偶然の事故を想定しないかぎり、対象的にみられた〈絶対的事実〉である。しかし、梅本のいうように〈絶対的真理〉ではありえない。なぜならば、〈真理〉とはすでに人間の判断力の参加によることを前提とするからである。いいかえれば客観的（自然的）事実が、対象的事実となったとき、はじめて〈真理〉であるか否かが問われるべき次元があらわれるものだからである。それゆえ、〈いる〉とか〈ある〉とかいう表象は、たとえどれほど広い範疇で客観的な妥当性が立証されようとも、〈絶対的真理〉ではない。梅本克己が松川事件に〈真犯人がいる（ある）〉ということは、絶対的真理などというと、初歩的な唯物論者はその通りだとおもうかもしれないが、じつは〈いる〉とか〈ある〉とかいう概念の水準を確定しないためにおこる誤謬にしかすぎない。〈いる〉とか〈ある〉とかいう概念は、人間にとって対象的になった概念であるため、すでに〈いない〉とか〈あらない〉とかいう判断を前提に包括することによって成りたつのである。おなじように、唯物論者にとって唯物論が絶対的真理であるということは疑いえない前提だと梅本克己がかんがえるとき、それは誤謬にすぎないのである。誤謬であるからこそ、おまえの云う〈唯物論〉とか〈マルクス主義〉とかいうのは、いったい何を指しているのだ？　という概念についての始原的な疑問が起りうるのである。このとき、じぶんの唯物論はレーニンが『経験批判論』で云っているものとおなじだとか、マルクスが『資本論』でのべた論理の踏襲だとか、ソ連や中共が〈社会主義〉国であることを認め、それに加担する立場だとかいっても、無限に始原的な設問を繰返させる同義反覆で、じっさいには何の答えにもならないのである。わたしたちは、おおくの自称マルクス主義者が、この種の心情的な信仰者にすぎないことを、いわば体験的によく知っている。梅本克己だとかルカーチだとかいうのは、ましな方の〈唯物論〉者だが、この種の堂々めぐりから逃れたことは一度もないのである。わたしにいわせれば、これは、ハイデッガー以前の俗物的な唯物論にしかすぎない。

ハイデッガーは、その主著『存在と時間』のなかで、人間は死ぬものであるという命題を例にして、この〈ある〉が、自己の死によって対自的事実に近づくか、自己が他者の死をみて判断したものの歴史的累積からくる人間の存在規定以外ではありえないことを厳密に論証してみせた。ハイデッガーは、梅本克己流に人間は死ぬものである、というのは絶対的真理だなどと馬鹿気たことは言わなかった。実存主義が克服することが困難な重みをもっているのは、たんにフッサール、ハイデッガー、ヤスパース、サルトル、メルロオ＝ポンティのような個人としての巨匠を系譜のなかにもっているからだけではない。人間の社会的存在が、たんに形式的存在にしかすぎない仮象をもってあらわれざるをえないほどアトマイゼーションをうけている現代の情況的課題を、本質論として哲学のなかに繰込んでいるからである。俗物的な唯物論をもってしては、ただ心情の先験的党派性以外の論理でこれを克服することはできないのだ。

もちろん、マルクスは梅本流の馬鹿気たことはいっていない。おなじく、人間は死ぬものであるという命題を例にとれば、「死は、個人にたいする類の冷酷な勝利のようにみえ、またそれらの統一に矛盾するようにみえる。しかし特定の個人とは、たんに一つの限定された類的存在にすぎず、そのようなものとして死ぬべきものである。」（『経哲手稿』）とのべて、類としてみられた人間の死が「限定された」、いいかえれば相対的なものであることを、まともに言いきっている。

梅本克己の真理概念の誤謬は、いわば先験的党派性として（武井のような心情の党派性よりましだが）、その〈自己疎外〉論をつらぬいている。そして梅本の〈自己疎外〉論は、かれの哲学の基底であるがゆえに、その〈国家〉論をも〈階級〉論をも貫徹している。

梅本克己によれば、マルクスの〈自己疎外〉の概念はつぎのように要約されている。

(1) 自己対象化一般ということであり、つぎに、

(2) この自己対象化があるばあいには人間の自己確認となり、あるばあいには人間の自己喪失となる。

(3) その理由は、自己対象化の土台としての現実の生活関係そのものの矛盾の中にもとめられねばならないということである。

そして、現在のマルクス主義者もそのように理解している、と梅本は断定している。わたしにいわせれば、この〈自己疎外〉の概念は、ヘーゲルの自己疎外の観念に、現実の生産力と生産関係の矛盾という内容を附録として接着しただけの、徹底的なヘーゲル主義にしかすぎない。これはあたかも蔵原惟人の『芸術論』や、その変種である戦後「新日文」の文学観（理論などはないから観としておく）が、徹底的なヘーゲル主義であるのと、まったく対応している。

梅本克己が、なぜこのような誤謬におちいったかといえば、はじめにその〈自然〉概念が観念的だからである。〈自然〉について『増補人間論』のなかで梅本はこうかいている。

(イ) 「だいいち人間は自然から生れて来たものであり、人間にたいする自然の先行性ということはゆるがすことのできない唯物論の根本前提である。」

(ロ)「自然は人間よりもふかいのである。」

(イ)は虚偽であり、(ロ)は自然の神秘化である。生物の以前に無生物（無機的自然）があったということは、唯物論か観念論かという問題とかかわりないもので、自然科学が現在の発展段階で確定的に推論している理解であるにすぎない。また、自然が人間より深いか浅いかなどというのは、ただの観照的な感慨による〈自然〉の神秘化にしかすぎない。

マルクスは〈自己疎外〉論を展開するにあたって、こんな馬鹿気た自然哲学をもたなかった。かれは、はっきりと「人間は自然の一部である」とかんがえたにすぎない。したがって、マルクスの〈自己疎外〉の概念は、梅本などと似ても似つかないものであり、梅本流に要約してみればつぎのようになる。

(1) 人間は、自然体である（自然の一部である）にもかかわらず外的自然と対象化関係に入ると自然を人間化し（自然の疎外態）、人間を自然化するという相互規定性をなすことによってしか存在しない。

これがマルクスの自然哲学である。

(2) この自然哲学は、社会（市民）の基底である生産諸関係という対象化の場においては自然を加工することによって自己を自己の生産物から疎遠にする。これが社会哲学または経済哲学である。

(3) 生産行為を基底とする社会的な自己対象化において人間は対自―対他構造である自己幻想をうみだす。これが観念の自己疎外の哲学である。その観念の自己疎外の哲学は、共同性の問題として、宗教・法・国家の哲学となる。

一般的にいってこれだけの単純化した規定は、ただの基本的な哲学にすぎない。したがって、社会の構成の多様化によって変化する内在性をもつことはいうまでもないし、自己幻想がその内部で自己幻想をうみだすこともいうまでもないことである。

梅本克己のマルクス理解は、一人の人間の初期から晩年にいたる思想的な展開が、直線的に転化し、未熟さから完成へむかってすすむものだという偏見にとらわれているため、初期のマルクスは、ヘーゲルやフォイエルバッハの観念論的な残渣を引きずっていたが、これが『経済学批判』から『資本論』にいたって、残渣を一掃して唯物論として完成されたといった馬鹿気た見解となってあらわれている。

梅本が、じぶんの青年期からの思想的展開のあとを自己内省してみればすぐにわかるはずだが、一人の思想家の初期から晩年にいたる思想的展開は、けっして点線をえがいてあちらの立場からこちらの立場へとびうつることによって成熟するものではなく、初期に存在したものを包括し止揚しながら成熟にいたるものであることはいうまでもない。これを識らない自称マルクス主義者は、たとえば武井昭夫のようにせっかく戦争責任論から出発しながら、戦争責任論以前の俗物的な唯物論に退化してしまうのである。

それゆえ、たとえば『資本論』は、市民社会の解剖学である経済学（経済哲学）を基底にして成立っており、それこそが成熟したマルクスの到達点であったという梅本の理解は、まったくの誤謬にすぎない。これこそが梅本の〈自己疎外〉論を、ヘーゲルの〈自己疎外〉に経済社会関係を内容として接着しただけの謬見に導いた理由であり、〈国家〉論を、経済社会関係から直ちに導き出せるかのような転倒に到らせた根本理由である。

『資本論』の基底にあるものは、初期マルクスにすでに存在した自然哲学である。いいかえれば、自然の一部である人間が、対象的自然と演ずる相互規定性としての自己疎外の哲学である。

だから、労働は、諸使用価値の産みの母としては、有用的労働としては、人間の、どんな社会形態とも係わりのない一生存条件であり、人間と自然との間の質料変換つまり人間の生活を媒介するための永久的な自然的必然である。（『資本論』第一巻）

ここに、マルクスの自然哲学の基底をよめなければ、ついにスターリン主義の経済決定論の一亜種に転化するほかはないのだ。なぜならば、この自然哲学としての〈自己疎外〉論なくしては、社会的人間の自己幻想の共同的な疎外態（三浦つとむ流にいえば観念の自己疎外）である国家の本質をとらえることはできないからだ。

梅本の〈国家〉論が、俗物唯物論の典型的な亜種におちいっていることは、次の諸引用から明白である。

国家とはこの統一、すなわち生産力と生産関係との統一としての生産様式を維持するための支配階級の権力機構であって、これが国家の本質である。

約言すれば、搾取の消滅を目標とする権力以外のすべての国家は、それ自身ひとつの疎外態として幻想の形態をとる。しかしその本質は幻想が生み出すのではない。その本質は少数者が多数者を搾取する生産様式の維持にあり、暴力に立脚した支配者階級の権力機構である。

幻想の発生は一定の生産様式内部における生産過程の肯定面の抽象の中からおこる。しかしマルクス主義において重要なことは、この抽象を単に抽象としてとらえるところにあるのではない。

ここで、梅本が「マルクス主義において重要なことは」とかいているのは、〈スターリン主義において重要なことは〉と読まるべきである。ちょうど「新日文」の文化官僚武井昭夫が、自己をマルクス主義者と妄想するとき、じつはスターリン主義者とかんがえるべきであるのとおなじように。

梅本克己の見解に反して、国家の本質は共同的な幻想である。この共同的な幻想は、政治的国家と社会的国家の二重性（二面性ではない）の錯合した構造としてあらわれる。

共同的な幻想である国家は、いうまでもなく国家内部のあらゆる成員の自己幻想の総和としての共同性として存在すべきはずである。しかし人間は、自然との単純関係においても、社会構成の複雑な生活関係のなかでも、自己を疎外態とすることによってしか自己幻想をうみだすこともできなければ、自然を加工することもできない。それゆえ、個々の成員の自己幻想の総和としての共同性（国家本質）は、幻想性一般としても、社会的（経済的）諸関係の人間的総和としても共同的疎外としてしかあらわれることはできない。このゆえに、この本質に附着して階級的支配と被支配が、国家において分化することが規定されうるのである。

梅本克己の見解に反して、国家が、たとえば戦争期のように、社会的国家としては高度資本主義国家としてあらわれながら、政治的国家としては古代遺制を強く引きずった天皇制国家としてあらわれるという矛盾した構造をもちうるのはそのためである。

国家が、生産力と生産関係の統一を強制的に維持するための支配階級の権力機構だ、などと現象論と先験的党派的心情の折衷でごまかしているうちは、永久に国家の本質を理解できはしないのだ。〈党派性〉の理解について梅本が陥っている謬見もまったく同質のものである。梅本のように生産過程からのみ、プロレタリアートの概念を得ようとすれば、いたるところでプロレタリアートにしてブルジョワジーという現象を体現している人間に出遇うだけであり、体制のインズだとかアウツだとかいう馬鹿気た見解や、構改論のようなまやかしの理論と同化するほかはなくなる。プロレタリアートという概念は共同的幻想としての国家を自己疎外し、そのことによって疎外態となった個々の成員の自己幻想の共同性という観点を導入することなしには成立しない。

梅本は「搾取の消滅を目標とする権力」を、国家本質から除外しようとしているが、馬鹿気たかんがえである。そのような国家〈たとえばソ連や中共〉もまた共同的幻想を本質とする国家以外のものではないからだ。あらゆる国家は、その成員にふさわしい国家本質としてしか現象しない。それは、少数の搾取者の法的恣意をゆるしている多数の人民の自己幻想の逆立した反映であることはいうまでもない。社会〈市民〉の経済構成の水準は、共同的幻想としての国家の二重性の一要素としてのみこの逆立した反映を規定するのである。

現在、野間宏や武井昭夫のような教科書さえあてがうには早すぎる幼稚園左翼文化官僚や、まやかしの哲学を学習用に販りさばいている梅本克己やそれ以下の存在などが、したり顔で進歩派づらをして横行している情況のなかで、思想的営為を強いられているわたし自身をけっして不幸だとはおもっていない。また、かれらの低級なデマゴギーも失笑の対象にしかならない。しかし、どんなに阿呆らしくても、〈眼には眼を〉という鉄則だけは守りたいとおもっている。なぜならば、それこそが人間だけが人間の至上物とかんがえる道へいたる過渡的な課題をつらぬく態度だからだ。

5　共同体の水準と位相

すでにわたしたちは、どんな擬制をもみちびきいれずに幻想しうる共同性の最高の水準が、現在の世界情況にあっても、いぜんとして国家本質であることに言及した。もちろん、ここで〈最高の〉というときたんに水準ばかりでなく位相性をも意味している。わたしたちは、必然的にこういう問いを発してみなくてはならない。

幻想の共同性の〈最低の〉水準はなにか？

そして〈最低の〉というのは、どんな構造と意味を担っているかをあきらかにすべきである。わたしたちは、ここで〈最低の〉共同的な幻想というとき、〈家〉または〈家族〉を想定する。そして〈家〉

または〈家族〉とはなにか、その幻想的な共同性の本質はなにか、という問題をとりあげざるをえないのである。

かつて、戦前に、あらゆる〈思想〉問題の内在的(自発的)な転変把握が、〈家〉にそむいたものが〈家〉にかえり、〈家〉をつくるにいたる経路としてみられる位相が存在した。それゆえ、秩序にそむく〈思想〉にとって〈家〉は軽蔑すべきものであるか、あるいは恥部として存在した。また、秩序を擁護する思想にとって〈家〉は、枯れることのない源泉であった。この問題に、真正面からつきあたり、それを文学表現に定着してみせたのは、たとえば「村の家」における中野重治であり、このもんだいをもっとも軽視してみせたのは、たとえば「党生活者」における小林多喜二である。

しかし、いずれのばあいも思想の問題としての〈家〉は、けっして経済社会的な共同性を意味しなかった。幻想性としての〈家〉の共同性にほかならなかった。なぜ、〈家〉は泣き所であるかに問題があり、扶養の義務や財産分配の問題は思想としては存在しなかったのである。

戦後民法によれば、〈家〉または〈家族〉は、家父長権を否定され、平等をもとにした構成員の愛情と自発性にもとづく友愛家族にかわった、というような論議は、戦後憲法によって平和と戦争放棄の理念が形成されたというのとおなじで、ただ〈戦後民主主義〉者と〈自由民主主義〉者のあいだに争わるべき問題であり、もとよりわたしには興味がない。なぜならば、すこしもこういう問題がじっさい的な課題として多数のまえにあらわれたことはないからだ。分与すべき私有も独占すべき私有ももたなかった父親にとって家父長権などはもとより行使しようもなかったし、扶養しなければ生存をつづけられない親をもつ子にとって親の扶養は義務権利、ようするにヘーゲルのいわゆる〈法〉以前の何ものか、いわば生存にともなう自然的な必然にすぎないからだ。こういう論議は、高等遊民と、高等遊民の政治集団にまかせるのがいちばんよい方法である。かれらにとって論議と啓蒙そのものが存在理由であり、また経済的必然でもあるからである。

ここで、ウエーバー流の〈社会科学方法論〉とスターリン流の経済決定論と柳田国男流の民俗学のはざまにサンドウィッチ的に発生した共同体論の学者が、〈家〉または〈家族〉にあたえている規定を例示してみる。

家は、世帯の共同とは関係のない血統集団であって、構成員の死亡・出生・結婚等による変動はあってもその同一性を保持して存続してゆくものだという信念を伴うところのもの、と定義することができるであろう。（川島武宜『イデオロギーとしての家族制度』）

第一に夫婦関係の存在であり、家とは夫婦関係を根拠とする集団となる。（中略）家は夫婦生活が中心となるので、血縁者が含まれても、含まれなくても、成立するばかりでなく、非血縁者が含まれても成立する。（有賀喜左衛門「日本の家」）

家族は夫婦、親子などの近親者を中心とした、日常生活を共同にする集団である。（大間知篤三『日本民俗学大系3』）

すなわち、同一家屋における夫婦、親子、兄弟などの比較的近い血縁関係にあるものを取り巻く人間集団、これが寝食、財産、信仰などを共同にする生活の単位を「家」というわけである。（島崎稔『日本農村社会の構造と論理』）

ただここで注意しておきたいのは、その系譜（一系型家族—註）がじつはさらにさかのぼってより古代的な労働統制のオヤ・コ〔血族的な親子ではない！〕関係を継承するものであり、それが、のちにさまざまの社会的結合形式に直接受けつがれるとともにそこに血族関係の擬制が導入されるようにもなったことである。このことは、たとい日本社会の基本構造を家族的構成とみるにしても単純に考えることはできないという意味で重要なのである。（神島二郎『近代日本の精神構造』）

これらは〈家〉とは〈家〉である、という同義反覆がならべられているだけだが、わたしたちの問題意識からは、有賀喜左衛門の規定を最上のものとかんがえることができる。

これらの学者たちの〈家〉または〈家族〉の規定がしめしている教訓は、ただつぎのことに帰せられる。

第一に、〈家〉または〈家族〉の本質にすこしも触れられていないため、あるばあい〈家〉は家屋の意味につかわれ、あるばあいファミリーの意味につかわれている。

第二に、〈家〉または〈家族〉を経済社会的な共同性とみるか、風俗、習慣、宗教の共同性に重点をおいてみるかによって、その規定がちがっていること。

第三に、いちように〈家〉または〈家族〉の現実性と幻想性という二重性をはっきりと構造的にとらえる問題意識をもっていないことである。

だから、あるばあい〈家〉または〈家族〉は、労働の必要からうまれた擬制の成員をもふくむ一世帯員であり、あるばあいには信仰や習俗を日常共にする単位共同体であり、あるばあいには血縁関係の一単位としてとらえられる。

のちに、いくらか立ちいって考察することができるだろうが、経済社会的な要因によるか、信仰や習俗の共同性の拡大という理由によるかはべつとしても、これらの共同体論の意識はいちように、〈家〉または〈家族〉の共同性を拡張してゆくときに、その延長線に社会共同体が想定されるという発想につらぬかれている。しかし、わたしのかんがえでは、〈家〉または〈家族〉の共同性をどこまで拡張しても、社会的な共同体（村落共同体または土地所有の共同体）にゆきつかないのである。そして、この障壁と断層のなかに社会的な共同性にたいする〈家〉または〈家族〉の共同性の特異な位相がおかれている。

わたしたちは、ただ、〈家〉または〈家族〉の本質とはなにかという問いにたいして、一対の男女の自然関係としての〈性〉を基にし、婚姻という社会的関係の水準で保持せられる共同性であると答えるべきである。〈家〉または〈家族〉の幻想としての共同性の特質はここからうみだされる。〈家〉または〈家族〉の幻想的な共同性が、あらゆる社会的な共同性とちがっている唯一のことは、それが、男女の〈幻想対〉としてしか疎外されないことである。そこでは、共同性はいつも一対の男女の関係からうみだされ、個人としての男女、あるいは集団としての男女がうみだす共同性と、ただ〈対〉となった共同性であるということだけによって区別される。そして、この区別だけが、〈家〉または〈家族〉のもつ本質的な位相を、他のあらゆる社会的な共同性にたいして特異なものにしたのである。しかし、この〈家〉または〈家族〉のもつ特異性は、あらゆる共同体論が考慮のそとにおいている。

この意味はもうすこしくだいて説明する必要がある。

国家を〈最高の〉水準とするあらゆる幻想的な共同性は、個々の人間の自己幻想の抽象的な一般性の集合としてかんがえることができる。ただ、〈家〉または〈家族〉の共同的な幻想だけは、個々の男または女の自己幻想を基底にすることができず、一対の男と女のあいだからしかうまれない対幻想を基底としている。これは一夫多妻または多夫一妻の制度的な規制のもとにあっても、すこしもその本質をかえない。このばあいでも一人の夫または妻は、多数の妻または夫と個別的に一対一の幻想対をうみだすにすぎない。このような幻想対は、ただ〈対〉であるという理由で、人間の存在の具体性をはなれることができない。幻想が幻想であるという理由で〈家〉または〈家族〉の幻想性も、その土台である自然をはなれるが、〈対〉であるという理由でたえず地上をはなれることができない。この矛盾こそが〈家〉

または〈家族〉の共同性を特異にする本質である。わたしたちが社会的人間として〈家〉に感ずる制約と親和との不可分な感情や、性的人間として〈社会〉に感ずる疎通感と違和感の不可分な感情は、〈家〉の幻想性がもつこの位相にもとづいている。

共同体論がふつうとっている問題意識は、土地所有を土台とする村落共同体が、その内部でどのような〈家族〉構造をもつか、それはどんな理由によるものかという課題と、資本制の進展にともなって共同体はその外部でどのような分解過程をとるかという課題に分化される。前者において共同体論は民俗学に接地し、後者において農業問題に接地する。このような問題意識のなかでは、〈家〉または〈家族〉は、村落共同体の一単位であり、共同体はその延長として位置づけられる。しかし、わたしのかんがえでは、〈家〉または〈家族〉は、どのような経済社会的なカテゴリーを導入しても村落共同体のなかに吸収されず、それからはみだすものであり、また、どのような共同体の解体過程においても〈家〉または〈家族〉は解体しないのである。なぜならば、〈家〉または〈家族〉の共同性は〈共同体としての性格は〉、幻想対の共同性を本質とするからである。そしてこの幻想対は人間と人間とのあいだの直かの自然関係を基底としているからである。

〈家〉または〈家族〉の認識については、わたしたちは戦前とあまりちがった位相にはいない。かつて小林秀雄はプロレタリア文学者の概念のぎまんをあばくつもりで、きみたちがどんな崇高そうな政治的理想を看板にかかげても、きみたちがどんな奇怪な〈家〉をいとなみ、むざんな夫婦の生活をやっているかよくしっているという論法をもちいたが、もちろんこの論法の背後にひそむものは、からめ手からみえる政治的人間の男女関係の醜悪さというようなものではなかった。また、戦後文学者によって提起されたような目的のためには手段をえらばない政治的人間の非人間性というもんだいでもなかった。あらゆる幻想的な共同性のなかで占める〈家〉の共同性の特異な位相を、政治的人間がよく認識しえたかどうかに真の問題はひそんでいたのである。べつに政治的人間とかぎらなくても、この世界にはその生活の共同性が、非人間的であることを強いられている人間がいくらでも存在している。また、ある瞬間には、どんな社会的人間も非人間的であることをよぎなくされることがあるのは、体験的によくわかっているはずである。また崇高そうな政治的看板が、むざんな夫婦生活と同居することがあるのも、きわめてありふれたことである。こういう問題について、偉そうな口をきく人物をわたしはあまり信じない。このような矛盾が、あらゆる外皮と意志的な持続にもかかわらずさけえないものだと仮定すれば、その矛盾は〈家〉そのものの共同性が本来もっている矛盾によるとかんがえるほかはない。

いまも小林秀雄のいわゆる〈からめ手〉からの認識法が絶えないのとちょうど対応して、いまも政治的人間が〈家〉の位相を認識しえないという事実はあるのだ。

民俗学における〈家〉または〈家族〉の考察の不毛さは、その幻想的な共同性の根幹を信仰、習俗においていることに由来している。また、農業共同体論の不毛さは、経済社会的な構成の変化が〈家〉または〈家族〉の構成的な変化を決定するという方法そのもののなかにあるということができる。じっさいには〈家〉または〈家族〉の幻想の共同性は人間と人間との直かの自然関係から疎外される幻想対に根幹があり、その現実的な共同性は、社会の全生活過程のなかに根幹をもっている。

よくしられているように、エンゲルスは『家族、私有財産及び国家の起源』のなかで、モルガンの『古代社会』の研究を整理しながら、人間の婚姻史を集団婚・対偶婚・単一婚という過程によってとらえた。モルガン＝エンゲルスの段階説が、現在の研究水準からは、累卵の危うきにさらされているとしても、エンゲルスが〈家族〉にたいしてくわえたつぎのような考察は、ほとんど危機をこうむっていないものである。

一八四六年マルクスと私とが起草した未発表原稿の中に次のような一節がある。「最初の分業は、子を産むことにおける男女の分業である。」そしていま私は更に附け加えることができる。歴史に現れた最初の階級対立は、単一婚における男女敵対の発展と一致し、また最初の階級圧迫は男性による女性の圧迫と一致すると。単一婚は偉大な歴史的進歩であったが、しかし同時に、それは奴隷制及び私有財産と共に、今日までつづいているかの時代——即ち、あらゆる進歩が同時に相対的退歩であり、一方の者の幸福と発展とが他の者の苦痛と抑圧とによって成就される時代——を開いたのである。単一婚は文明社会の細胞形態であって、我々はこれを通じて、文明社会で完全に展開されつつある対立と矛盾との性質を研究できるのである。（村井康男訳）

ここで「最初の分業」という言葉は、ただ人間と人間とのじかの自然関係（性関係）における必然的な疎外態という意味で理解しなければ、いいかえれば〈家〉または〈家族〉における幻想対の根源となる相互規定性という意味でつかわれなければ、まったく滑稽である。また「単一婚は文明社会の細胞形態であって」という言葉を、〈家〉または〈家族〉があつまって社会がつくられているという意味でつかえば愚かな結論にみちびかれる。単細胞をいくらつみかさねても構造的な総体がなければ人体の概念が成立しないのとおなじように、〈家〉または〈家族〉は、構造という媒介をとおしてしか社会的共同体にむすびつくことはないということを意味している。

エンゲルスは、その単一婚の考察において、一対の男女のじかの自然関係である性関係が、幻想対を疎外するものであるというもんだいを捨象した。もちろん、かれは〈家族〉・〈私有財産〉・〈国家〉の考察において迷路にたち入ることを避けたかったからにほかならない。しかし、単一婚が構成する共同体である〈家族〉をとりあつかうのに、その共同体の幻想の本質である〈幻想対〉を考察しないことはひとつの誤謬であることを失わない。エンゲルスは、注意ぶかく高等動物においては、集団と家族とは補いあうものでなく、対立するものであるというエスピナスの見解に特別の位置をあたえている。しかし、なぜ人間においても、〈家族〉と社会的共同体とは対立するか、そしてこの対立はただその対立を反省的に認識するということによってしか見かけ上の解消をえられないかは、エンゲルスのように単一婚における男性の嫉妬からの解放という機制や相互寛容という概念を導入することによってはうまく説明されない。この〈家〉または〈家族〉の共同性と、〈社会〉の共同性の本質的な対立は、そしてその対立を対自化することによってのみ解消されるこの対立は、ただ、幻想対の共同性である〈家〉または〈家族〉と、抽象的共同性の幻想である〈社会〉の共同性との対立によってしか理解されない。

幻想対はあくまでも人間の自然な直接関係にねざしており、そのなかで人間は個体的な具体的存在であるほかはない。だが、社会の共同性のなかでは、人間は自己を他者にするほかには、いいかえれば抽象的存在であらしめるほかには存在しえないのだ。それゆえ、〈家〉または〈家族〉の共同性と〈社会〉の共同性との対立は、もし還元するとすれば、人間存在の個体的な具象性と共同的な抽象性との対立に還元される。

わたしたちは、日常体験の世界から、子供のいない〈家族〉と、子供をうんだ〈家族〉とが、経済社会的に家族の構成員がふえたということではけっして解きえない異質のものに転化するのを知っている。いいかえれば、幻想対を本質とする〈家〉の本質周辺に、子供という成員がたんに組み入れられるだけのものではないことを知っている。この異質さは、幻想対の表出が、子供の存在によって媒介関係をもったということであり、その媒介にともなうエコーが、ほとんど質的な差異をおもわせる複雑な幻想対に転化させるのである。

民俗学者や村落共同体論の学者は、家族集団の構成を、血縁集団の共生や、経済社会的な理由による非血縁集団の導入というようなことによって区別しようとする。たとえば、有賀喜左衛門は、〈同族団〉と〈組〉という形で家の分化と拡大をとらえている。しかし、家族構成の拡大や多系化は、幻想対における媒介関係の複雑化に本質をおいており、家族の本質である幻想対が同居者の存在によって変化するわけではない。

吉本隆明全集9

月報6
2015年6月
晶文社

違和感からの出発

鹿島茂

吉本隆明の本質は「詩人性」にあるとよく言われるが、この「詩人性」とは何のことかというと、それは「人間の言葉では言えないこと」をあえて言おうとする態度だと思う。しからば、「人間の言葉では言えないこと」をあえて言おうとすることから、なにゆえに詩人が生まれるのだろうか？

それは人間の言葉というのは、すべてこれ「他人の言葉」であるからだ。人間の言葉で他人の言葉でないものはひとつもない。第一、「自分だけの言葉」というものは存在しない。「自分たちだけの言葉」というのも同じように存在しない。なぜなら、新しい言語を発明してそれを自分たちだけで使おうと約束した集団があったとして、その集団が新しい言語をつくり出すためには、すでにある言語によって新言語を翻訳する作業が必要になる。その結果、「新言語」は「旧言語」に影響を受けて、まったく新しい言語ではなくなってしまうのである。

だから、言葉を使うということは「他人の言葉」を使うことにほかならないのである。

ところで、大部分の人は「他人の言葉を使う」ということになんの違和感も感じない。違和感を感じなければ感じないだけ、他人の言葉を上手に話せるし、上手に書くことができる。

ところが、ごくまれにだが、「他人の言葉を使う」ことに強い違和感を感じる人が現れる。他人の言葉で自分が言いたいことを言おうとすると、なにか引っ掛かるものを感じ、本当に自分が言いたかったのはこんなことじゃないと思うのだ。そこで、自分の言葉をつくりだそうとするが、右に述べたように、言葉は全部他人の言葉だから、それは不可能な試みだ。しかたなく他人の言葉を自分なりに組み合わせて、本当に言いたいことに限りなく近づくよう試みる。だが、あくまで漸近線的に近づいたにすぎず、本当に言いたかったことはまだ言えてないと感じる。

こうした、甲斐なき努力を繰り返す人を、普通、「詩人」と呼ぶのである。

吉本隆明の本質が「詩人性」にあるというのは、吉本隆明が「他人の言葉」では表現しえない「本当のこと」を言おうともがいた詩人であり、その方法論を著作に応用したということにほかならない。

かくて、吉本隆明は当然のように詩人として出発するほかはなかった。どこにいても、どんなときでも強く意識せざるをえない違和感のために。

代表作の一つ『言語にとって美とはなにか』は、他人の言葉を違和感なく使うこと（指示表出）と、本当に言いたいことを他人の言葉で言おうとしてもうまくいかず七転八倒すること（自己表出）の二つがせめぎ合うところに言語の美はあらわれるとした本だが、多くの人が理解したのとは異なり、いささかも言語学的な著作ではない。本当に言いたいことが言えなくて沈黙を余儀なくされる「有意の沈黙」を巡る「詩論」というべきである。これと同じことが、『共同幻想論』についてもいえる。

出発点は、吉本隆明が、敗戦や組合活動などを通して強く感じた別種の違和感にある。すなわち、他人の言葉を違和感なく使っている大部分の人々（＝共同体）が無意識のうちに選びとる目に見えない習慣行動に対しても、同じように強い違和感を感じざるをえなくなったのだ。というのも、そうした無意識の習慣行動は、個々の意志の総和では決してない、「個々の人間を超えたところにあるなにか」に強く規程されているとしか思えないからだ。その「超えたところにあるなにか」とは、個々の人々の意識を加算していっても見えてくるものではない。いったい、それは何なのか？　どうやれば、この「超えたところにあるなにか」を掴むことができるのか？

これが『共同幻想論』の出発点であり、この作品もまた違和感から出発しているという意味で「詩論」なのである。

『心的現象論』はベクトルを逆にして、自分は他人と同じように優しい母親から生まれ、頼りがいのある父親の背中を見て育ったはずなのに、なにゆえにかくも強烈な違和感をもつに至ったのかという「生の違和感」をミクロの方向に向けて考察しようとした試みであり、これもまた違和感の探求という意味において「詩論」なのである。

このように、吉本隆明の著作は、一見、ハードな思想書のようにみえながら、その出発点において「私が感じるこの違和感はいったいなんだ？」という根源的な問題設定から出発しているという点で、すべて「詩論」にほかならず、極論すれば、散文のかたちをとった「詩」であるとさえいえるのだ。

だから、他人の言葉を使うことになんの違和感をもたない健全な人が読むと、吉本隆明の著作は、なにを言いたいのかさっぱりわからない難解な書物に映るはずだ。

反対に、他人の言葉や共同体の無意識の習慣行動などに強い違和感を感じざるをえない人にとっては、またとない導きの糸、もしかするとこの世で一本だけの導きの糸になるかもしれないのである。

見渡したところ、二一世紀の日本には、五十年前の日本よりもはるかにこうした違和感を抱えた人が増えているように見える。

いまこそ、吉本隆明が真剣に読み返されるべきときが来ているのである。


（かしま・しげる　作家・フランス文学者）

小さく稼ぐ

ハルノ宵子

ものすご～く誤解されている方が多いと思うが、モノ書きはおしなべてビンボーだ。

ことに父のように、エンタティメントやハウツー本と違い、読者層が限られる分野だと、まず初版は6千部程度だ。仮に1冊2千円の本で印税が10%として、とりあえず120万円が入る。しかし、あれだけのエネルギー値が込められた本だ。どうがんばっても、新刊は、年に2、3冊が限度だろう。その間増刷があったり、以前の著書が文庫化されても、基本年収は数百万円だ。

父は大学教授などの、定期収入のある職には就かなかったし、講演も主催者側の〝言い値〟で引き受けるので、自腹で遠方まで出向いても、5万円とかテレカ1枚の時もあった。こんな〝水商売〟で、よくぞ家族と猫を食わせてくれたものだと、今さらながら感服する。

父は贅沢品も買わないし、海外旅行にも高級グルメにも興味が無かった代わりに、〝節約〟を嫌った。

女性はあたり前に、小さくなった石鹸を2つくっつけて使ったりするが、父はまだ半分位で捨てていた。もったいないと咎めると、「石鹸くらい好きに使わせてくれよな。こんなの服1着買うのに比べれば、何でもないだろ」と言う。おっしゃる通り、石鹸1個は「どっちのTシャツ買おうかな」の、誤差の範囲内だし、買物途中のアイスの買い食いにも満たない。戦時中はさんざん暗いのをガマンしたんだからと、TVも電灯もつけっ放し。ひと部屋が寒いと家中が薄ら寒いと、使わない部屋も暖房をつけていた。みみっちい節約をするよりは快適を選び、その差額分は稼いでやる。という考え方だった。

それでも歳をとり、眼が悪くなり体力は落ち、新刊本は減ってくる。「お父っつぁん、今月は電気料金が落ちませんでした」と報告すると、「そうか〜…こういう時はな…小さく稼ぐに限る」と言う。「してその方法は?」と、私と万能助っ人の舎弟はぐぐっと身を乗り出す。

「よし!本を売ろう」という父の答えに、舎弟と大コケしながらも、半月ほどかけて献本分の自著やら贈呈本を整理する。神保町の老舗書店のおやじ様に来ていただき、売っ払うと数万円になる。それを「わーい!ボーナスだ」と、父と私と舎弟の3人で山分けしてしまうのだから、まったく意味が無い。

でも、ちょっぴり〝心〟が潤う。

節約しない。(贅沢はしないけど)ケチらない——は、〝常識のある方々〟からは、地球環境的にも間違っていると、非難されるかもしれないが、父はお金だけでなく、ムダに思える労力も惜しまなかった。放出したものは必ず循環する。どこかの誰かが、その数百円分で命を救われるかもしれないし、優れた科学者に廻って、さらに環境保護に役立つ研究をしてくれる可能性だってある。

夢物語のようだが、いわゆる『複雑系』を無意識の内にやっていたのかもしれない。それが巡り巡ってか、我が家の経済は(お金は溜まらないが)、いつもギリギリ成り立っていた。

あの時売っ払った本が〝神田古本まつり〟に並び、たまたまそれを手に取った学生が何かを感じ、将来父の考えを実践するような人として生きてくれれば、それが一番の幸いだと思う。

（はるの・よいこ　漫画家）

編集部より
＊次回配本（第10巻）は、２０１５年9月を予定しております。

ここで、わたしたちは、家族集団がどのように分化し拡大しても、歴史的にいえば氏族的な共同体へ、現実的にいえば村落共同体へ転化することはありえないという問題にであう。なぜならば、そのような分化や拡大は、ただ〈家族〉の共同的な幻想対に、複雑な媒介関係を挿入するにすぎないだろうからである。もしも、家族集団の集落が社会的共同体をむすぶとすれば、幻想対の共同性が、擬制的であれ〈対〉としての性格を破られなければならないはずである。しかも、幻想性自体の内部で破られなければならないはずである。そして、このような幻想対を破るものとしての幻想性は、人間の存在にとっても、人間と人間との直かの関係にとっても、いわば〈遠隔対象性〉ともいうべきものである。

幻想性としての〈遠隔対象性〉というのは、かんたんにいえば、人間の幻想性はかならずその対象性を第二の自然（慣行性）に転化し、その転化した度合におうじてより遠隔へ対象性を移すということであり、人間の存在がもっている幻想性としての本質にねざしている。このような遠隔対象性は、〈幻想対〉の対象をしだいに血縁以外のものに択ばせるようにした。いいかえれば、媒介として家族の〈幻想対〉に介入してくるものを対象から排除していったのである。そしてこの幻想対としての人間の存在がしだいに遠隔対象に移行することは、とりもなおさず逆に経済社会の構成的な空間を、同一の水準と位相にまねきよせたのである。歴史的には氏族制の成立にとって、現実的には村落共同体の成立にとって、〈家〉または〈家族〉の幻想対の共同性が、幻想性としての人間の固有性にぞくする遠隔対象化とむすびつくことは必須の要請であった。

いうまでもなく、民族的な信仰、風俗、習慣の意味は、〈家〉または〈家族〉の共同性の本質である幻想対が、それぞれ異種である社会構成によってあらわれる様式にほかならない。

わたしがここでつかった〈遠隔対象化〉の概念を、〈対〉としての人間の幻想的共同体がたどる選択の必然的な拡大とみずに、〈禁制〉としての習俗にむすびつけたのは、フロイトである。フロイトは『文化論』のなかで、民俗的慣行律であるトーテミズムと、外婚（部族外婚姻）とを連環させて、おなじトーテムをもつ部族内部での婚姻は〈禁制〉であり、しかもトーテムは伝承的なものであるため、必然的にエキゾガミー（外婚）は拡大されざるをえなくなったと説明している。そしてフロイトによれば〈禁制〉の根源は、さかのぼれば幻想対の表出にたいする〈怖れ〉であり、たんに異性的な接触ばかりでなく、あらゆる〈触れる〉ことへの〈怖れ〉に拡張され、この〈怖れ〉は転移性をもつために、しだいに遠隔世界をも呑みこんでしまうものとみた。

わたしのみたところでは、この点についてエンゲルスの見解はフロイトと大差ないようにおもわれる。ただ、エンゲルスは〈禁制〉というような概念を用いなかった。エンゲルスではフロイトの〈禁制〉に対応する概念は、親族体系（血族関係）という概念であり、この親族体系は、民俗的な信仰、習俗など総じて幻想性に属するものであり、これは現実の〈家族〉関係の進展と矛盾しても、その幻想体系としての相続性をもっており、これが一種の〈禁制〉の役割をもって、現実の〈家族〉関係を規定するものとかんがえたのである。

あらゆる共同的な幻想は、それにふさわしい水準と位相をもってあらわれる。このなかで〈家〉または〈家族〉の共同性は、もっとも自然なもっとも直接的な人間と人間の関係を基にするために、一種の永続性という仮象をおびてあらわれ、各時代をただ様式的な変化によってくぐりぬけながら、いわば社会的共同性のどんな位相ともちがった貌（幻想対の共同性）によってその本質をつらぬくものとかんがえることができる。現在の情況のもとで〈家〉または〈家族〉は、幸福の象徴であり、不幸の根源であり、侮蔑の対象であり、保守の温床であるといったあらゆる恣意的な論議の対象として存在している。わたしはこういった恣意的な仮構によって語られる〈家〉や〈家族〉の仮面にあまり興味がない。ただ、その本質が対幻想の共同体であるとかんがえることによってとらえられる特異な〈最低の〉水準と位相について是非とも触れておきたかった。

6 知識人・大衆・家

もう十年近くもまえのことだが、橋川文三といっしょに高崎行きの列車に乗りあわせたことがあった。わたしのほうは結婚したばかりで、橋川文三のほうはまだ独身であった。話はたまたま戦争時代のことにおちこんだが、わたしは橋川文三に、こんな意味のことを喋言ったのを覚えている。

――おれは戦争中のじぶんについて、どうしてもこれだけは駄目だったなあ、と戦後になって考えこんだことがふたつある。ひとつは世界認識の方法についてなにも学んでいなかったことである。もうひとつは庶民が町内会の面々にさかんな見送りをうけて兵士となるために〈家〉からでてゆくとき、元気で御奉公してまいりますといったような紋切型の挨拶を必ずやるのだが、あの挨拶の紋切型のもっている重たさを、ほんとうの意味ではわからなかったことだ。もちろん、おれだってひとかどの文学青年だったから、あの紋切型の挨拶の背後に、それぞれ陰えいのちがった〈家〉のもんだいを背負った世界があることとくらいは理解していた。しかし、それを掌のうえに乗せて測るような確かな重さでは理解できなかった――。

きいていた橋川文三は笑いながらいった。

――それ転向だな――。

わたしは、独身もののおめえにはわかるまいというようににやにやしながらも、〈野戦攻城〉をモットーにしている橋川文三が、〈それ転向だな〉というのを妙に鋭い印象で聴いた。橋川文三が〈それ転向だな〉といった意味は、なにをいまさら分別くさいことをいうのだ、出征兵士の紋切型の挨拶から、どんな重みをつかみとったとしても、歴史的な体験の総体性にとっては無関係なことであり、どんな意味ももちうるはずがない、というほどのことだったにちがいない。あるいは、もっと私的に、結婚したばかりで焼きがまわったなというほどのやゆだったかもしれない。いずれにせよ、わたしの印象にとって、それは別問題ではないとおもわれた。

もちろん、わたしはここで思想としての大衆の原像の問題は、その本質的な部分で〈家〉の問題に帰着するということについて触れようとしているのだ。

この問題は、たとえば、スターリン主義同伴者・中原浩（こと竹内芳郎）が、商業ジャーナリズムの上で二枚舌を使いわけながら、安保後、清水幾太郎主宰の全学連支持団体「現代思想研究会」から〈転向〉して、構改派の同伴者になり下がったというような〈知識人〉の軽薄な転身とはちがった、重たい意味をもっている。また、中原浩（こと竹内芳郎）が、国学院大学の教師でありながら、国学院大学の反動的な学是〈建学の精神〉について一言も触れたこともないくせに、口はばったくも日韓問題の重要さなどを説き、日韓闘争の敗北にどんな責任をもとらないですましているのと同日に論ずることはできない。また、中原浩（こと竹内芳郎）が、主体的に守るべき〈思想の陣地〉さえ持ちあわさぬホンヤク業者の分際で、いヽいヽしゃらくさくもスターリン文化官僚武井昭夫などの尻馬にのって戦後転向に言及するのとおなじ比重で語ることはできない。総じてかれらの論議は〈転向とはなにか〉という本質的な問いに自らが耐ええないがゆえにおびえて発問されるといった次元でしか論議そのものがなされていない。だが、橋川文三が、さり気ない調子でいった〈それ転向だな〉は、それを聴いた十年ばかり前も、現在も、大衆の原像をとらえる重要な問題をはらんでいると、わたしにはおもえる。

阪井敏郎の『家族社会学』の説くところによれば、軍事型の社会では、戦士が後髪をひかれたり、〈家〉の外で不安や苛立ちをもたないように、〈家〉の中では女性はたとえ非がじぶんになくとも男性への絶対服従を強いられ、また戦士がいつ死んでも〈家〉をまもっていくための剛毅さを要請されたそうである。もしそうだとすれば、戦争時代の大衆が出征にさいして町会の面々の前で、剛毅な紋切型の挨拶をやったということは、大衆の〈家〉が露わに社会的な規範力のまえに、はじめて登場したことを意味するはずである。なぜならば、大衆の〈家〉は、軍事型の社会であろうとなかろうと、もともと国家の規範力の前に露わにされることはありえないからだ。家族法や規範のまえに直かにさらされるのは、いつの時代でも知識人の〈家〉である。おそらく、戦争時代に、内心の思いとは裏はらに、紋切型の挨拶によって国家の規範力に形式的に応じたのは、知識人のほうであり、大衆の紋切型の挨拶のもつ意味は、これとはちがっていたはずである。大衆が、〈元気で御奉公してまいります〉といった体の挨拶を見送りの町内会の面々にむかってやってのけたとき、それは、国家の規範力に対応する形式的な意味での紋切型ではなく、〈家〉そのものの全重量と水準とを国家の規範力に同化させようとする悲劇性を意味していたようにおもわれる。それゆえ大衆の出征にさいしての紋切型の背後に個人的な哀切さをみようとするのは知識人的な感傷であって、哀切な大衆の〈家〉そのものが紋切型の挨拶によって国家への象徴同化作用をうみだしたのが事実であったというべきである。

ここで戦争期にはじめて〈家族国家〉の概念が擬制的に成立した。もともと、わが国家が家族国家的な形態で変態的に近代化したのでもなければ、国家と家族がわが国ではその本質をおなじくして存在したのでもない。戦争時代に、大衆が自らの〈家〉を紋切型にまで転化したとき、これを逆用することによって、はじめて〈家族国家〉の擬制が成立したのである。

戦後、新民法によって家父長権は否定された。しかし、このことは大衆の〈家〉にとってはたんなる形式的な意味をもっているにすぎない。いいかえれば法律的に規定された〈家〉は、いまもなお大衆にとって接触不可能な情況にすぎず、いわば〈手続き書類〉のもんだいにすぎない。そこでは〈法〉はたんなる形式的な存在であり大衆が自身で創出する幻想性と接触することはありえないのだ。このことは、二重の意味で重要である。ひとつは戦後民法により規定された近代主義的な、いわば友愛的な〈家〉の理念を棄揚する契機として、また他のひとつは大衆が〈家〉にいだいている情念と親和感が本質的になにを意味するかを解きあかす契機としてである。

近代主義者たちは、戦後憲法そのものを擁護しようとするのとまったくおなじように、戦後民法によって規定された〈友愛〉的な〈家〉の理念を擁護しようとする。そこでは、川島武宜のいわゆる「封建的儒教的家族」の理念が崩壊し、近代的な個人の自由な〈友愛〉によって成りたつ〈家〉の理念におきかえられたことが力説される。なるほど、たしかに戦後民法は、旧民法にくらべて〈進歩的〉であろう。しかし、あらゆる〈進歩的〉なるものは、じつは、秩序の露骨な現われであり、ただ、ヴェールをかぶせられていたものが、〈法〉によってヴェールをひきはがされたものにすぎないという鉄則は、〈家〉の問題にとってもあてはまる。戦後民法によって、はじめて資本制度はその着衣をぬぎすてて国家そのものの意志を〈家〉にたいして明らさまに強制したといえるのである。日本資本制は、もちろん戦後にはじまったのではなく、遠く明治にはじまっている。しかし、日本資本制が、自らの最高の水準での意志を露わにする機会をもったのはすくなくとも戦後である。そこに戦後民法にあらわれた友愛的な〈家〉の理念のほんとうの基盤が存在している。だから、わたしたちはこう云うことができる。もしも、〈自由〉な一対の男女が、「封建的儒教的家族」の束縛から解放されて、友愛的な〈家〉をいとなむやいや、この一対の男女の行手にはふたつの道しかのこされていないはずである。ひとつは〈飢える〉自由であり、ひとつは「封建的儒教的家族」と、物質的に密通する自由である、と。現在の情況のなかで近代主義的な一対の男女がいとなんでいる〈家〉がこの二つのいずれかにすぎないことを、わたしは論理的な帰結として確信する。

わたしは〈進歩的なもの〉の暗黒面を描くことが好きである。なぜならば、〈進歩的なもの〉のすべての幻想形態は、一定の条件のもとで、ただ露骨な権力の抑圧としてしか作用しないからである。これが、現在、〈進歩的なもの〉がたどりつつある運命であり、またその諸形態である。〈進歩的なもの〉に反するものは、かならずしも〈保守的なもの〉ではない。〈革命的なもの〉もまた〈進歩的なもの〉と反するのである。進歩主義者は、現在、夕暮れの星の数よりもすくない保守主義者を洗いたてて、これを否定することに意義を感じているようだが、それはもっとも悪質な自慰であり、かれらが数えつつある夕暮れの星とともに自滅すべきはずの理念である。〈家〉の問題においても、近代主義や進歩主義は、もっとも露骨に秩序そのものの象徴となってあらわれている。だが、大衆はこの問題でも、かれと無縁な存在にしかすぎない。川島武宜は『日本社会の家族的構成』のなかで、大衆の〈家〉についてつぎのようにのべている。

各人が固有の生産的労働を分担することに対応して、各人は家族中で固有の地位をもち、したがつて戸主権とともに、父権、夫権、主婦権等々が分化して成りたつている。人が人を支配するというあの儒教的な上下関係のかわりに、ここには、たがいにむつみあうところの横の協同関係が存在する。このことだけをみるならば、それは近代的であるかのごとき外観を呈する。しかし、この家族制度もまた近代的＝民主的とはいわれえぬのである。

すなわち、儒教的家族制度は、外的力そのものの強制によつて――だから政治権力や法律による強制によつて――維持されうるしまた維持される必然性をもつが、ここではそのような外的力によつては秩序は維持されないし、またそのようなものによつて維持される必然性もない。ここでは、人情・情緒が決定的である。

たしかに、大衆の〈家〉は、川島武宜のいうように、近代的＝民主的とはいえないし、人情・情緒が決定的であるだろう。しかし、また、明治以後、ただの一度も「封建的・儒教的」な民法と、真の意味で接触したこともないのである。この処女性こそは、また、近代的＝民主的なイデオロギーを棄揚するための真の基盤であるということができる。それは、大衆の〈家〉が、その幻想対の共同性において、国家の幻想的な共同性と不可視の火花を散らしながら、〈法律〉の規定内に低い水準で存在したという矛盾を意味しているからである。

川島武宜は、あらゆる近代主義者とおなじように、このような情緒的にむすびつけられた大衆の〈家〉が、家族の外で、いわば社会のなかでは、「親分子分」や「親方子方」や「大家店子」や「企業一家」のような非近代的な関係をうみだし、それがついに無能力未成年の「子」としての臣民と、「親心」をもって臣民を「指導」する政府とによってなりたつ「家父長制国家」にまでつながるものであったという見解をみちびいている。これは、旧天皇制国家を理解するのに、きわめて便利な側面をもっている。また、これは、経済的な要因に力点をおいた形で、玉城肇のような家族国家論者（『近代日本における家族構造』）をもとらえている見解である。

もちろん、この種の見解のもつ限界は、大衆の〈家〉にまつわる協同性や情緒のもんだいを、構造を無視して〈国家〉や〈社会〉の共同性にまで延長した点にある。なぜならば、〈国家〉は〈家〉であり、天皇は親、臣民は子であるという理念は、〈法〉の外に存在するかのように存在した大衆の〈家〉の理念にあわせてつくられた支配者の擬制の理念であり、真の国家の幻想的な共同性は、大衆の〈家〉の幻想対をらち外に追いやっていたにすぎないし、社会における「親分子分」的な関係は、じじつは大衆の〈家〉そのものと矛盾するものにすぎなかったからだ。わたしたちはここでもまた、依然として〈家〉の共同性の特異な位相についての無理解という欠陥にであうだけである。

近代主義者のつかう家族国家論的な範疇をつかうとすれば、「親分子分」や「企業一家」的な情緒が、もっとも露骨にヴェールをかなぐりすてた形ででてくるのは、知識人のいとなむ友愛的な〈家〉の理念の延長線においてである。なぜならば、このような〈家〉の理念は、〈法〉を媒介として国家の本質に接触する契機をもっているからである。そして、この場合に「親分子分」や「企業一家」的な関係を拒否するかどうかは個々人の恣意にゆだねられる。

現在の情況のもとであらわれている知識人の社会的な共同性が、アカデミズムから文学集団にいたるまでこの情緒的な関係に支配されて存在しており、それにもかかわらず、この情緒的な関係が公的な規範のヴェールの形式にくるまれて存在するという真の矛盾の根拠はそこにあるのだ。知識人の共同性のなかでは、私恨が私恨として語られることはなく、また情緒が情緒として語られることはない。いつでも、公的名分によって私的な関係が捨てられるのだという論理が用いられる。

たとえば、近代主義的知識人の俗悪な典型である中原浩（こと竹内芳郎）は、中島嶺雄という時評子に神経症的な反応をしめしながらこう書いている。

まず最初に氏に理解して欲しいと思うことは、ぼくの筆鋒がいかに烈しかったにせよ、それはあくまで思想上の問題の枠内に限定されて、些かも私怨に根ざす人身攻撃めいたものを含まぬよう周到に留意されていた筈だという点である。ぼくが武井に対して何らの憎悪も抱く理由のないことは今更断るまでもないと思うが、安保以後のその思想的姿勢にぼくがラディカルに反対を表明した当の吉本に対してさえも、ぼくは個人的には憎悪どころか深い敬意を払っているし、そのことは多少とも文面にも滲み出ていた筈だ。批判の烈しさを思想の次元で受け止めないで直ちに私怨に基づく人身攻撃と混同し、思想的連帯はいつも人間的結合の「にこにこクラブ」でしかできないと錯覚することは、日本的思想風土の悪しき因襲であって、こんなものからは一日も早く解放されることを、この若い思想家のために祈らざるを得ない。

じぶんの筆鋒が烈しいつもりでいるのなぞは、とんだ自惚れだが、ことわたしに関するかぎり、中原浩（こと竹内芳郎）から、思想的にラディカルに反対を公表された覚えもなければ、個人的に敬意を払われた覚えもない。安保後、清水幾太郎主宰の「現代思想研究会」に依頼されてかれらの研究会で報告したとき、たしかに「にこにこ」せずに、神経症的な眼つきで、異常な幼稚な質問を試みる中原浩（こと竹内芳郎）には、個人的にただ一度出会っただけである。だが、中原浩（こと竹内芳郎）にたいする徹底的な批判は別の機会にゆずろう。

ここでは、素材として日本的思想風土のなかの日本的な知識人の関係反応が典型的にあらわれていることだけを抽出しよう。だいいちに、じぶんの批判は私怨ではないとか、思想的連帯は「にこにこクラブ」的な人間的結合とはちがうとかいうように、川島武宜のいう「企業一家」的な情緒や私感情にもとづく関係にたいする〈禁制《タブー》〉が根づよく表明されている。フロイト的にいえば、このような根づよいタブーは、かえって情緒的、私感情の所在する場所を暗示するといいたいほど、このような関係反応は、日本的知識人の特有性である。そこには、憎悪を憎悪として語り、私怨を私怨として表明し、瞋りを瞋りとしてのべるという自由さも素直さもない。このことが、じつは逆に公的共同性を私的な情緒の関係の仮装に転化するわが国の近代主義知識人の特有性をなしている。

わたしならば、中原浩（こと竹内芳郎）や武井昭夫のような〈日本的〉知識人やその集団に特有の反応を拒否するだろう。私怨は私怨的に、憎悪は憎悪的に、瞋りは瞋り的に、情緒は情緒的に語り、信頼は信頼的に語るという素直な方法をえらび、いささかも公的名分を仮装しないだろう。それは、わたしがかれらのように「にこにこクラブ」的進歩屋と別物の〈非日本的〉存在だからである。

わたしは、生死をともにするというような大げさなことはいわなくても、思想的進退を共にするくらいの感性的共同性をもふくんだ総体的共同性を有しない思想的連帯なぞをまったく信じていない。したがって、武井昭夫とか中原浩とかの属する思想的共同性などに、いささかの有効性があることも実行力があることも信じていない。かれらは、ただ他者を裏切るため公共性という論理を使用しうる能力をもっているにすぎない。これが、おおよそスターリン主義とその同伴者が〈粛清〉によって同志を殺りくし、師友を官僚に売るときに用いた論理とおなじ、後進社会の後れた知識人に特有の関係反応である。いいかえれば、政治的病理集団の論理である。そしてこの論理は、文字通り「企業一家」的関係の位相と水準で戦争時代に群生した亜知識人の反動的病理集団の関係反応と表裏一体として考察さるべきものである。

大衆の社会的な共同性は、いまも昔もこれとはちがっている。大衆のいとなむ〈家〉の理念は、社会的共同性に延長しても、けっして、人情や情緒を拒否するか拒否しないかという選択の恣意性をあたえられていない。そこでは、それ以外にとりうる現実がないために、情緒的であり人情的であり、ある場合に非人間的であるにすぎない。そこでは、依然として公共性についての問題でさえも、私感情によって表明されるかもしれない。だが、知識人の社会的共同性とはちがって、友愛的な〈家〉の理念を拡大した個人主義的な感情によってではなく、注意ぶかく、このばあいには大衆は自らの〈家〉の理念をとっておきにしまっておいて、孤立した個人として私感性を行使するのである。

ヘーゲルは『精神現象学』のなかでかいている。

> 夫と妻の関係は、一方の意識が他方の意識のうちに、自分を直接認めることであり、互に認め合うという認識の関係である。この関係は、相互認識であっても自然的であり、人倫的認識ではないから、精神の表裏であり像であるに止まり、現実の精神そのものではない。それは精神を想い浮かべ、その像をもちはするが、それらの関係は、自分とは別のものにおいて現実となる。だからこの関係は自らにおいてではなく、子供達という他者において現実となる。

このような見解は、いうまでもなく、個人は市民としてのみ現実的であり、家族の一員としては非現実的で無力な幻想であるとするヘーゲルの〈家〉理念から当然、帰結される見解である。

しかし、事実はまさに逆である。人間は〈家〉において対となった共同性を獲得し、それが人間にとって自然関係であるがゆえに、ただ家において現実的であり、人間的であるにすぎない。市民としての人間という理念は、〈最高〉の共同性としての国家という理念なくしては成りたたない概念であり、国家の本質をうたがえば、人間の存在の基盤はただ〈家〉においてだけ実体的なものであるにすぎなくなる。だから、わたしたちは、ただ大衆の原像においてだけ現実的な思想をもちうるにすぎない。

よくしられているように、初期のマルクスは、〈意識〉への問いから発して、〈家族〉・〈市民社会〉・〈国家〉へといたるヘーゲルの『精神現象学』の考察にふかく執着した。精緻でしかも抜け孔のないヘーゲルの論理の糸のつながりを突破するためにマルクスがとった論理は、男性と女性の関係（性的関係）は、もっとも直接的な人間の自然関係であり、この自然関係をとおして、いかに自然が人間的になっており、人間が自然的になっているかを測ることができる関係とみなした。マルクスにおける〈家〉の理念とは、そこではじまり、そこで終っている。それ以上のことはかれにとって私的な、現実的なかれ自身のいとなむ〈家〉の問題であった。つまり、もっとも平凡な稼ぐことの下手な家族人であったというにすぎない。

しかし、わたしたちは、はっきりいっておく必要がある。〈家〉の共同性（対共同）は、習俗、信仰、感性の体系を、現実の家族関係と一見独立して進展させることはあっても、けっして社会の共同性をまねきよせることも、国家の共同性をまねきよせることもしないと。〈家〉の共同性が、社会や国家（このふたつは相互規定的である）をまねきよせるものとしたら、それは社会や国家がただ家族の成員の社会的幻想の表出を、ちょうどヴェールをはぎとるように、かすめとってゆく点においてだけである。ここでもまた、大衆の原像は、つねに〈まだ〉国家や社会になりきらない過渡的な存在であるとともに、すでに国家や社会もこえた何ものかである。

ポンチ絵のなかの思想

文人A　久しぶりに出合ったところで、アンドレ・ジッドをまねて〈架空の座談会〉とゆくか。おもわず、アンドレ・ジッドなどと口をすべらしたが、ジッドが好きで読みふけったころのおれの孤独にくらべれば、いまの孤独はもっと黒々としてなにかに耐えているといった荒々しい孤独だな。あの頃のおれのほうがいまのおれよりもずっといいな。しかし、人間は名状しがたいものに耐えていかなければしかたがない。後ろをむくことはできるが、後ろを懐かしむことは許されない傲慢だものな。

政客A　おい、そう独り言にうつつをぬかしてはこまるよ。いまは、困難な現実情況にさしかかっているんだ。もちろん、おれがいう困難は、綱渡りの好きな政治屋どもが日韓闘争の敗北のつぎは、ベトナム反戦の敗北といった、種子はつきない敗北や、敗北を意識しないことによって頽廃してゆく敗北のことをいっているわけじゃないよ。あらゆる現実批判的な思想や運動が、批判や革命をかかえこむほど、どうしようもなく荒廃し屍体となって浮きあがってゆくという困難さなんだ。だから、町内会〈マルクス〉主義にしがみついている集団や個人の思想ほど堕落しているんだ。この堕落は市民派が前景に出れば出るほど深まってゆく。市民主義進歩派は思想の淫売婦、町内会〈マルクス〉主義集団はポン引きの関係になってしまうわけだ。それが情況の困難さだよ。おれたちだけだよ、この困難を知って堕落に耐えているのは。

文人A　そういえば、小山弘健という思想のマンガ家が、町内会〈マルクス〉主義者と集団の系統図を

『図書新聞』にかいていたぜ。どこまで駄目なんだろうな、この人は。こういうマンガ家のかいている集団や個人によって日本の革命的政治動向が決定されるのではなくて、これが棄揚されることによって決定されてゆくのだとおもうよ。

政客A そんなことは自明なことさ。こういう連中は、つっかえ棒にしがみついているか、つっかえ棒を外されて右往左往している連中の標本みたいなものだ。ぶっ倒れるまで闘ったこともなければ、現在の世界思想の創出のために苦しみぬいたこともないで、いいかげんなところで手を引くことだけを覚えこんだ、つかいものにならない連中だよ。

文人A まったく、ポンチ絵的な思想情況になったものだな。詩もポンチ絵、小説もポンチ絵、思想もポンチ絵、政治もポンチ絵というわけか。

そういえば、竹内芳郎というサルトル翻訳者が、中原浩という変名で、『新日文』8月号に「吉本隆明への公開状」というポンチ絵をかいていたよ。思わず噴き出したがな。黒髪をふり乱したヒステリー女の独り角力という奴だな。

〈だれか妾の存在を認めてくださ い〉って公道にねころんでわめいているつもりなんだが、じつは公道ではなくて「新日文」というポン引き宿だったというわけさ。この竹内芳郎(こと中原浩)という男は、涙とともにパンを呑みこんだことのない甘ったれ野郎だが、もっと悪いのは涙とともに学問や文芸や思想や政治を呑みこんだことのない奴なんだ。

安保直後全学連支持を綱領にうたった(そのこと自体がもの嗤いのたねだったが)現代思想研究会にありながら、支持すべきつっかえ棒の全学連が空中分解したら、じぶんたちの内部意識まで空中分解してしまったなさけない連中のひとりだが、もっと悪いことには、さっそく構改派などに身を売りやがったことだ。香山健一とか中島嶺雄とかいう連中もちっとも上等ではないが、この竹内芳郎(こと中原浩)ほどみっともなくはないさね。だいいち、この男みたいに構改派への身売りの手土産にじぶんが属していた現代思想研究会の御大、清水幾太郎を転向者呼ばわりするというみじめなことは、香山や中島はさすがにやらないものな。政治を学生運動上り程度には判っているんだ。竹内芳郎（こと中原浩）というのは、政治などまるでわからないんだ。

若い身空で、安保後、もっと詳しくいえば「新日文」が日共から転向後に「新日文」にとびこんだ竹内泰宏というピンボケ野郎と同姓の誼みで好一対だよ。

青年はあのとき生命をまとに国家とたたかった後、「新日文」などというものが、日共とともにどんなに信用のならない集団であるかを、身をもって知った。ちょうどそのとき安全衛生的なことがわかったこの青年は「新日文」にとびこんだというわけさ。

おれたちは、たとえすべての進歩屋を敵にまわしても断じてそんなことはしない。

竹内芳郎（こと中原浩）という奴は、他人に喧嘩を買ってもらいたかったら、わが身を刻んでいい仕事をしてみせることだよ。それじゃぁなけりゃ、貌のひんまがるくらいの闘争をやってみせることだよ。そしたら相手になってやるさ。

政客A　まったく、この男は、どこまで頓馬で、甘ったれなのかな。「公開状」とは嗤わせるじゃないか。政治的敵にむかって「公開状」もへちまもない。倒すか倒されるかだけだよ。この思想の淫売婦は、「新日文」という典型な思想的ポン引きの組織に周旋されて躍らされているピエロなんだよ。政治なんて何もわからない生娘が戦後二十年、思想的ポン引きの遣り口だけは日共のような三流の政治組織で覚えこんだ三流のオルガナイザーに引っかかったというわけだ。まさに一幅のポンチ絵だ。竹内芳郎（こと中原浩）という温室育ちのサルトル気取りの馬鹿さ加減もさることながら、「新日文」もこういう思想的淫売をかくれみのに使ってひとりの敵を誹謗しなければならなくなったとは、落ちるところまで落ちた感じだな。竹内の「公開状」の政治的剰余価値だけは、ちゃっかり「新日文」がさらって、文責は竹内芳郎（こと中原浩）にあるという寸法になっている。いかにも三流のオルガナイザーのはきだめが考えつきそうなことだよ。それに、こんなポン引きと淫売婦の「御好意」による取引きで、他人に擦り傷でも負わせることができるとおもったり、他人が、こんなちゃちな挑発に乗る政治的お人好しだと少しでもおもっているところが、小賢かしいじゃないかね。

吉本　まあ、そう酷なことを言うなよ。おれは一度、国学院大学の「建学の精神」というのを盾に講演を拒否されたことがあってね。それにこの「建学の精神」の板ばさみで自殺した学生もあるんだ。竹内芳郎という野郎は、しゃあしゃあと国学院の教師でおさまりながら、竹内芳郎という商業ジャーナリズムでちゃんと通用している名前をつかわずに、中原浩などという変名で、ちっとも重要でない日韓問題などを重要だなどとかいていたんで、ちょっとからかってやったら、それが案外痛かったらしく半狂乱になっただけだよ。おれは一度会ったことがあるが政治なんて何もわからない質問ばかりやっていた。もともと甘ったれの神経質なブルジョワ文学青年上りなんだ。この思想的淫売は「公開状」などとかいているが、ちっとも「公開状」になってないんだ。安保以後、もっと詳しくいえば安保後の「新日文」の大会でのおれに対する非難決議以後、おれは「新日文」とは訣別しているわけだし、この野郎が戦後転向論などをかいている『現代の眼』は、読書新聞事件以後、おれが執筆拒否している雑誌なんだ。つまり、先験的に「公開状」ではなく、政治的敵対者の犬の遠吠えというだけなんだ。ようするに倒すか倒されるかだけだという関係の正体をこの男がはっきりさせたという収穫はあったわけだ。それでいい。㈠、変名（ペンネームということではなく二重名格のことだが）でしか書けない空威張りを商業ジャーナリズムで書くな。それは思想的サギだからな。㈡、お前は政治や思想の共同性に口をだしたいなら、闘いつくして敗れたおまえの昨日の師や友や同志を口がさけても誹謗するな。それが守れない奴はスターリン主義を抜けられないのだから。㈢、「公開状」などという甘ったれたものを金輪際かくな。わたしがおまえの敵だとおもうならば、どんな手段（暴力行為もふくめて）をつかっても、わたしを倒していいのだ。遠慮はいらない。わたしも遠慮しないで、おまえを倒す。ただそれだけさ。それだけの覚悟がないならば、つまらぬ構改派ジャーナリズムにおだてられて、横合いからくちばしをいれるな。わたしは、わたしを敵とみとめた組織と独力で、あらゆる架空の場面をもふくめて思想的に根深くたたかっているのだ。おまえのような甘っちょろい奴にはこの思想のたたかいの深い情況的意味はわからない。

これが、竹内芳郎（こと中原浩）にたいするおれの精いっぱいの好意ある返答さ。

猪瀬正、台弘、島崎敏樹編の『精神分裂病』という引用文献があったけれど、この男がメルロオ＝ポンティの『知覚の現象学』を共訳して近刊するというそいつに精出してくれた方がどんなに現在の思想情況に役立つかわからないよ。もともと転向もへちまもない奴が、変名じゃなくちゃ書けない戦後転向論なんて書いたって、このカボチャ野郎とおもうだけだよ。

おれたちは、戦後二十年、闘争に敗れれば見送る知識人も労働者もないという状態で、一人一人職を追われてゆくという体験を繰返してきたんだ。いまも追い出されれば、ジャーナリズムからも職からも独りで去らなきゃならないさ。こんな野郎に戦後転向などと口に出されると、転向という言葉の尊さの方を擁護したくなるのは当然だよ。

文人A　ホン訳文士というのは不思議だなあ。この男は、サルトルと同じように〈スターリン主義〉のことをマルクス主義だとおもっているんだ。ちっともマルクスなんて知らないんだ。その文学観ときたらただのスターリン文学観さ。サルトルをやっつけると自分がやっつけられたように錯覚していきり立つ。ルフェーブルをやっつけると森本和夫が自分がやっつけられたとおもう心情とおなじだ。じぶんが自身で創造することのおそろしさがわからないんだ。

吉本　それが日本の現代思想の正体なんだよ。戦時中、軍、官とのつながりを利用して、闇物資をたらふく喰うという特権を享受しながら、おれは醬油をのんで徴兵を忌避したなどというただのポンチ野郎が戦後おれは反戦思想だったなどと名のりでたのが戦後民主主義の正体さ。こういう奴にかぎって権力とどんなつながりもないために飢えそうになりながら、権力のまにまに戦争をやり、あるばあいやりすぎ、あるばあいあっさり戦争をやめすぎた大衆の戦争体験を蔑視しているんだ。永久にこういう連中には大衆がわからないよ。大衆がわからないことは革命がわからないことだ。せいぜいできるのはアカデミズムから疎外されたなどという泣き言をならべられるくらいさ。

天皇制権力のポンチさ加減の本性は、ただの道楽詩青年の同人誌からさえ思想的匂いをかぎつけたというちぐはぐさ加減にあった。それと同じポンチさ加減が、戦後資本制の権力にもあるんだ。それはどんな崇高な思想政治行動も、ただの道交法違反や建造物侵入でしか処理してくれないんだ。これが戦後の特徴だが、過大さと過小さのちがいはあれ、日本の国家権力のちぐはぐな現象形態は共通している。そして反権力思想のちぐはぐさは、ちょうどこれに対応しているんだ。

文人A　そういえば、きみは鮎川信夫の『戦中日記』の解説にそんなことをかいていたなあ。軍隊でいじめられた鮎川の体験の記述のところが、いちばん危うい個所だということをね。ところが、本屋のほうは、これをモダニストの反戦日記に仕立てて販りたいわけで、堀川正美という詩青年に頓馬な帯をかかせていたね。鮎川信夫のほうで、じぶんの日記を反戦日記に仕立てられたら恥かしくて顔を赫らめただろうと同情したね。そんな仕立てられ方が堕落であることを鮎川自身がよく知っているはずだものな。無智というものが手渡される受授の形式というのは本当にこわいなあ。

吉本　それは同感だな。おれたちが刻苦してやってきた戦後二十年の思想的な展開を、いままさに叩きつぶして戦争期に退行した道楽息子やポン引きの思想に引きもどそうとしているのが、マンガ家小山弘健の描いた系統図のなかの集団と個人だよ。そしてこういうポン引きにあやつられているのが、竹内芳郎(こと中原浩)のような思想的淫売だよ。

政客A　とうとう言いたいことをいいやがったな。しかし、きみたちの対話だけでは政治の課題は終らないよ。むしろ、それはただの始まりの思想だ。自明のところへ引きかえす必要はないし、武井昭夫や「新日文」のように戦後なんべん転向したかしれない奴のじぶんの胸に手をあてて考えてみたこともない戦後転向論などはむしろ最低の恥部なんだ。おれは最高の政治的展開をやりたい。どうしても対応する思想を欲しているのだ。きみたちがそれぞれの分野で死力をつくしてくれることが必要だ。たおれるまでやってくれないとだめだ。倒れたらあとからそれをのり超える。あとに続くものなぞ信じなくていいから、あとに続くものに意欲をかきたてるだけの思想を創出できなければそれはきみたちの責任だ。もちろんおれがマンガ家小山弘健の描いた諸集団と諸個人の政治的展開を棄揚できなければ、おれの責任だ。競争でゆくよ。

吉本 『新日文』9月号に小林祥一郎という進歩小僧が、竹内芳郎（こと中原浩）の「公開状」のなかの文句が気にかかって弁解文をかいていたな。恥の上塗りとはこれをいうのだ。「ポンチ絵をポンチ絵で消す三代目」という奴さ。竹内芳郎という頓馬がおれは銃をもって敵をやっつけるなどと噴飯ものの文句を「公開状」にかいたのが気になって、これは言葉のあやだなどと弁解しているのだ。この頓馬どもは、もうすこし、しっかりしたらどうかね。個人だって組織だって落ち目になるとよほど強い意志力をもたないと、こういう頓馬が幅をきかすんだ。鏡は遠からず、中共にありというわけだ。ひどい時代に入ったものだよ。この頽廃と解体期の様相を左翼思想に関心がある人士はつぶさに注視して欲しいね。おれたちは、少なくともこういう馬鹿どもと心中しないよ。おれたちの今後の文化と思想の創造を注視してもらいたい。時代にどう耐えるかをね。

なぜ書くか

わたしはなぜ文学に身を寄せてきたのだろうか？　わたしはなぜ一般に文学とよばれている対象のほかにも表現を移したりしながら、〈書く〉者であることをやめないのだろうか？　表現者（書くもの）という位相は、なぜ個人の内部で存続しうるのだろうか？

かつては、わたしもこの種の問いかけをじぶんに課すことを知らず、ただ知識にたいする欲求や感性的な解放だけをその都度味いながら無意識に〈書い〉ていた。もっと初期にさかのぼれば、わたしは自己慰安のため〈書き〉、うっとりとしていた。文学はわたしにとってにがくはなかった。もちろん甘美なことはなかったが、他者からみれば甘美にみえたにちがいない時期をもっていた。

しかし、ここ数年来、なぜ文学に身を寄せるか、なぜ〈書く〉かという素朴な問いをじぶんに発するようになった。おそらくわたしは、わたし自身に復讐されているのだ。あるいはわたし自身の思想のプリンチープに復讐されているのだ。わたしはまだ若年のころ、戦争のさ中にわが文学者たちの〈書くもの〉にむかって、あなたはなぜそんなことを書くのか、本心から書くのか、思想の伝染病にかかりやすいためにかくのか、世すぎのためにどうしてもかかざるをえないのかと執拗に、もちろん沈黙のうちに問いかけた。そして、わたしなりにわが文学者たちに等級をつけたり分類したりする基準をこしらえあげていた。まずこの基準のうち、第一原理は、かれのかくものに、かれにとって如何なる必然的な契機があるか、ということであった。そして、かれが、どんな現実思想をもつかということではなかった。

この基準は生活者である読者にとっては重たい根拠をもっていることをわたしは体験的に知っている。この第一原理にしたがえば、保田与重郎は、亀井勝一郎や浅野晃よりも等級がはるかに上であった。小林秀雄は中島健蔵よりはるかに上であった。横光利一や太宰治は徳永直よりもはるかに上であった。そして一般に従軍文学者よりも兵士となった大衆や生活者ははるかに上であった。

ここ数年来、もっと詳しくいえば一九六〇年以来、わたしは、わたしが戦争のさ中に読者としてわが文学者たちに問いかけた課題を、わたし自身に問いかけることを強いられたといえる。そして、わたしはなぜ文学に身を寄せるのか、なぜ〈書く〉かという疑問にふたたび回帰した。この問いかけは、必然的に〈書く〉ことよりも〈書かない〉ことの世界が重要さをもって迫ってくるように出来上っている。しかし、わたしは戦争のさ中におけるように文学を愛好し手すさびに自己慰安のために何か書いていたといった位相で〈書く〉という世界に等級をつけることはできない。なぜならば、わたし自身が〈書く〉という世界にすべりこんでいるからである。わたしの等級づけの基準は、こんどはこうならなければならない。

かれの〈書く〉ものは、かれにとって如何にして〈書かない〉ものの世界に拮抗する重量と契機を獲取しているか？　そして、わたしの〈書く〉ものは、わたしにとって如何にして〈書かない〉ものの世界に拮抗する重量と契機を獲取しているか？

この種の問いかけをじぶんに課してみるとき、いつも襲ってくるのは名状しがたいある困難さと当惑とのめりこんだものの仕方なさのようなものである。そしてこの名状しがたいものは、試みに表層だけで受けとめて、単純化すれば二つの系列に分解することができよう。ひとつは自己資質、もうひとつは習慣である。文学において自己資質という概念が通用するのは、表現者という位相より遥か以前の初期にあるもので、しかもこの概念は、書くという作業のはるか以前にじぶんの内外では路を絶ってしまう。自己資質という言葉が、ぴったりとあてはまったあの無償の〈書いた〉時期は、わたしにとっても、わたし以外のどんな表現者にとっても遥かな遠い以前の痕跡である。少年の日に家の前のにわとこの芽ぶきに純粋視覚を投入し、あるいは透明な時間をそこに滞留させたり、大風のあとの街中で、晴れて雲の刷かれた空と、その下の貧しい木造の屋根屋根とを情感によって放視することのできた時期のことである。つまり、わたしが、すくなくとも瞬間的には外界とまったく隔絶された世界を幻想として所有しえたとき、その世界はあきらかに自己資質であった。人間は生涯のこの時期には、昨日友人とささいな諍いをやったことが世界の滅亡よりも重たく心に懸っていたり、行きずりの少女に惹きつけられたことがこの世で至上の快楽であったりというような倒錯を平然とやって疑わない。それは独自の価値感が支配する世界であり、ほんとうは二度とその世界を内在的にうかがうことは、じぶん自身にも、また外部からもできないものである。

しかし、このような世界は手易く喪われる。そして習慣の世界がやってくる。わたしのかんがえでは、このような意味での自己資質は、少年のある時期に〈書く〉ものにとっても〈書かない〉ものにとっても共通のもので、したがって文学とはかかわりのないものである。文学は、あきらかに習慣の世界が心を占有したときに、はじめて完全にはじまる。そして、人はだれでも自己資質の世界が喪失する過程よりも、〈書く〉という習慣の世界がかろうじて早くやってきたとき表現者になり、ややおくれてやってきたとき表現者でないのではないか？

この意味では、表現者とその作品の世界（文学）は、ただ偶然の世界としてあるにすぎない。わたしは、わたしの偶然から始まった世界にたいしてどんな理くつをつけることもできないだろう。

ただ、こういう問いをふたたび発することができるだけである。

自己資質の世界が崩壊するよりもほんの少し前に、〈書く〉ということの習慣の世界がわたしに訪れたのは、どんな契機によるのだろうか？　そして、このとき喪失してしまった自己資質の世界は、いったいどんな変容をうけて習慣の世界にはいりこむのだろうか？

はじめの問いにたいして、わたしはつぎのようなことだけは確言できる。わたしは、そうしようともって文学の習慣的な世界に滑りこんでしまったのではない。わたしの戦後に小さな希望の世界があったとしたら、ひとりの化学技術者として、ごくふつうに大部分の時間は不満で化学実験に従事しているときだけはそのなかに這入りこんで不満を忘れているといった日常生活に従い、ひとなみに遊び、愉しみ、生活をくりかえすことを望んでいたのだ……と。しかし、現実のほうは、はたしてそれを許さなかった。現実はわたしの生存している性格、環境形成の奥の奥まで暴きたてずにはいなかった。わたしは、追いたてられ、わたしの戦後の小さな希望を根こそぎにするまでその暴威をやめなかった。わたしは小さな希望の世界をすてた。わたしはこの世界と激突するよりほかに幻想の世界が住みつく場所を見つけることはできなかった。

〈書く〉という不断の習慣の世界は、こうしてわたしにやってきた。つまり、文学の世界がわたしにとってやってきた。わたしの喪失した自己資質は、ここで拡大されて世界と激突するという幻想の世界に変容され、習慣的な〈書く〉という世界に這入りこんだ、とおもえる。わたしは、日常のある日に、突然、文学というものは生きて生活を繰返し、妻子をもち、生涯のおわりまで職業的人間の場所を離れないでは生きることができないというこの現実世界の成り立ちの根拠を認めるかぎりは、成立不可能なのではないかという自問自答がやってくることがある。その都度ひどく重たい名状しがたい心の状態におそわれる。〈書く〉という幻想の世界を習慣として受容しているうちに、やがて幻想の世界は無限大に膨れあがり、わたしはじぶんが人間以外の醜怪な化け者になってしまっているのではないか。試みにこれは実際に体験することもできる。わたしは不用意に幻想の世界の火照りをさまさないで電車に乗りあわせ、買物にでかける。するとそこで出逢う人々はわたしとまったく変らない見かけをもっているのに、そこで交されている会話は何か不可解で、這入りこめない遠い別世界のようにおもわれたりする。わたしは、おもわずはっとして醒める。わたしは覚悟をつくり変え、そして生活者の世界に何気なく這入りこむ。するとこんどは〈書く〉という世界は、はるかに遠くわたしがその世界に従事する必然はなんにもないようにおもわれてくる。

文学の世界は、どこまでもそれをつきすすんでゆくと、結局はじぶんの生活の世界、したがって生存の世界を破るのではないかというかんがえを捨てることができない。しかし、それにもかかわらず、わたしは〈書く〉という習慣の世界に身を寄せ、日常生活をくりかえし、けっこう暇をみつけだしては遊び、物を喰べ、明日はもう食えなくなるのではないかとか、明日はちょっと物質的に救われるのではないかという小さな希望や絶望を点滅させ、また、あたかもこの現実世界が強固な政治体制のなかに構築されており、それゆえにこの世界の体制は政治的に打破されなければならないのだという理念を疑問の余地ない強固なものとして提出したりしている。

こういうわたしの生存のわたしの文学にたいする関係の矛盾は、〈書く〉という習慣の世界における〈習慣〉の意味を変容させずには切りぬけられない。それは、あたかも習慣のように繰返えされる日常生活の意味を変容させる課題と似ている。わたしは、きっと、文学の世界に身を寄せても文学者の世界に身を寄せることはもっとも少ない人間であるとおもう。また、思想の世界に身を寄せても、思想者の世界に身を寄せることのもっとも少ない人間である。また、職業の世界に身を寄せても職業者の世界に身を寄せることのもっとも少ない人間であるにちがいない。しかし、日常生活の世界に身を寄せえても日常生活者の世界に身を寄せることのもっとも少ない人間であろうか。この最後の場面でわたしはいくらか努力の感をもふくめて日常生活者の世界に、もっとも多く身を寄せようとしているのではないか。ここで、わたしにとって日常生活の意味は必然的に転倒され、変容されなければならないという思想的課題に直面する。大衆の意味はここでもわたしに導入される。

習慣の世界は〈書く〉であれ〈生活する〉であれ、思想的にはある固定化された死物の世界としてかんがえられている。じじつ、わたしたちがわたしたちの行為と思想に早急であるとき、それは手ばやく片づけられたうえで、そこから脱出すべき世界の別名にほかならない。どこへゆくのか、それが欲求している真の状態なのかは判然としなくても、習慣の世界は、一刻も繰返えされるべきではない嫌悪の世界である。しかし、このような状態にあるとき、習慣の世界の彼岸には、どんな世界も存在しないのだ。わたしたちは逃れようとしながら依然として習慣の嫌悪すべき世界のほかに、どんな世界も実在しないことを識るほかはない。こういう行為と思想の状態で、救済はただひとつ夭折ということである。

夭折というのは、たとえ偶然のまったく外発的な事故死によるばあいでも、わたしたちにひとつの完結した生涯の感じを与える。啄木や透谷が、龍之介や中也や道造や太宰があたえるものはこの完結の感じである。また、文学者でなくて、身辺のごく親しい友人の夭折のばあいをかんがえても、この完結の感じはほとんどかわらないのである。それは短い生誕と死亡のあいだが、いかにもこまやかに詰っている感じである。啄木や透谷が、あるいは龍之介や中也や道造が、あれ以上生きていてもとうていすでに若年のうちに創造してしまっていた世界以上の世界を創造したとはかんがえられない。かれらは一様に、それ以上生きていたら、どこにでも珍らしくない成熟した凡庸な文学者と同じところに、しかもやっと到達した感じで到達してしまうのではないかと感じられる。また文学者を例にとらなくても、夭折した近親や知人を想いうかべてさえ、どこかにこの完結した異質さを感じさせるものがある。

夭折にたいするこの感じの共通性はどこからやってくるのか？

わたしには理由はただひとつのようにおもわれる。人間はすべて習慣ににた生存の世界を大なり小なり否定と嫌悪をもってみており、これが夭折者にたいしてせんぼうや及びがたい異質さの感じとなって反映するのではないかということである。たとえ、人間は日常は生きていることは死ぬよりもいいことだと安堵し、それを享受していても、夭折者には一種のせんぼうや及びがたい異質の感じを潜在的にもっているはずである。どんなに否定し嫌悪しようとも依然として生存することは、おそかれはやかれ習慣の世界に身を寄せることである。〈書く〉ということも、もしそれが持続の問題としてかんがえられるならば、習慣の世界のほかなにものでもない。

わたしは文学に愛着も嫌悪ももっていない。わたしの〈書く〉ものについてもまったくおなじである。本質的な意味でわたしが愛着したり嫌悪したりしているとすれば、文学一般についても〈わたし〉の文学についても〈書く〉という習慣の世界以前に書かれた初期のものについてだけである。〈書く〉ということは、わたしには耐えるということと同義である。そして時とともに、わたしは耐える力を増大し、さまざまの体験や探求の結果を耐える世界に導入することを覚えこんでいるようにおもわれる。

この世界の空気を大きく吸いこみ、強く吐きだすという形はしだいに影をひそめ、この世界の空気を小刻みに吸いこみ小刻みに吐きだすのだが、わたしが覚えこんだことは、吐く息は、おわりのほんの少しを懸垂状態のままにして、つぎの吸いこみに接続するという方法である。このことは、おそらく生存することの辛さの感じと対応している。そして、きっとそのために、わたしはわたしの〈書く〉ものについて峠をこしたとか、完成されたとかいう感じをもったことはなく、いつも過渡状態にあるような懸垂感しか覚えたことはない。しかし、わたしは一九六〇年以後において、この耐えるという世界に積極的な契機を与えようとしてきた。わたしの想定している大衆の原型は、まさに耐えるという意識すらとうの以前に無意味になったところで生活をくりかえしている存在を指すからである。そしてこの存在に拮抗しうる〈書く〉という幻想の世界は、耐えるという意識を無価値化するところで持続される作業のほかにかんがえられないからである。〈書く〉ことの空虚さが身に沁みる場面に当面すればするほど〈書く〉ことをやめるな、〈書く〉ことがおっくうであり困難であるという現実情況が身辺にも世界体制にもあればあるほど、じぶんの思想と文学の契機を公然と示すようにせよ、逃げることによって困難な情況をやりすごし一貫性を見せかけるな、これがわたしのわたし自身に課している公準である。

だが、つぎのような問いはなおのこるだろう。

わたしはどんな理由でどういう筈の経路を未来に想定しながら〈書いている〉のか？　わたしの〈書

く〉ものは、わたしをどこへつれてゆくはずだとひそかにかんがえているか？
想定すること、かんがえることは、そのまま実現されることはありえないという前提をもとにしても、なおこのような問いは切実なものとなりうるだろう。この世界に現実に生存をつづけることは〈耐える〉ことであるように、〈書く〉という世界をずっと歩むことは、その世界に耐えることだ、だから何のために、何を想定して〈書く〉かという問いの以前に、〈書く〉という行為はすでに存在していると答えることは、このばあいいわば受動的であるだけだ。

ひとは自己の解決しうる問題のみを提起するという巨匠の言葉を想起するまでもなく、すくなくともわたしが〈書く〉という世界のなかで想定し、その根拠をかんがえることは、その世界がわたしにとって解決しうるかにみえる経路とその根拠を残しているということを前提としている。そして、この前提は、わたしたちの文学の情況や現実の情況がわたしに誘いかける餌であり、いつも向うがわから誘惑する声である。

わたしは、じぶんを偉ぶってみせる必要はない。〈書く〉という世界で、わたしは人並に文学者の戦争責任について論じ、若年のころ影響をうけた高村光太郎について一冊の書物をつくり文学の習慣の世界に足をふみ入れた。そして、同時代の文学作品について時評めいた文章をかき、〈書く〉世界でときとして文壇現象につきあってきた。あまりつきあい上手ではなかったとしてもその世界に片足くらいは踏み入れ、味気ない匂いを、うなぎ屋の店先を通りぬけるほどには嗅ぐことができた。しかし、そういう行為でわたしの〈書く〉という世界の根拠と経路の未来像とを総体として測られたら、わたしの文学は不服をとなえるだろう。ことに一九六〇年以後のわたしは不服をとなえるだろう。

一九六〇年以後において、わたしの〈書く〉という世界を誘惑したのは、この世界には思想的に解決されていない課題が総体との関連で存在しており、その解決はわたしにとって可能である問題を提起しているようにみえたという契機であった。わたしの〈書く〉という世界は変容し、〈時間〉との格闘に類するものとなった。わたしの〈書く〉という世界に無関心でありながら、ただ攻撃するためにとりあげる愉快な人種と、ときとしてある月一冊の月刊雑誌を拾いよみしそれをつぎの瞬間には投げだして忘れてしまうといった、まったく健康な読者とは、わたしの内的変容に気付かなかったろうし、見当を外れた攻撃を加えてくる場面にも遭遇した。わたしたちはだれも自己以外のものに自己の理解を求めることはできない。それは許しがたい傲慢である。釈明をすることは一切無駄なことである。衝かれるような〈虚〉を内部にのこすことは表現者にとって恥辱である。一九六〇年以後において、わたしは一服の煙草を吸い、余暇には遊園地や動物園にゆき……ということとおなじ余裕をもってしか、これらの人種や読者につき合ったことはない。わたしは、この世界にわたしが解決可能なようにみえるという課題にむかうかぎり、いつも余裕がなかった。わたしは〈時間〉と格闘し、その格闘において身をけずりとられてきたとおもう。〈わたしに残された生！〉という感慨をあるときふと思いうかべたりするほど、わたしは老いぼれてはいないし、〈わたしに残された生！〉という焦慮にのたうちまわるほど若年でもない。ただ、〈わたしに残された未踏！〉という思いは静かな緊迫した時間のうちに、わたしの〈書く世界〉を、ときとして訪れることは確かである。すでに、そこでだけわたしは本来的である。しかし、わたしが喰い、生活の資をもとめ、日常生活を繰返しているのが事実であるように、これからもわたしの敵やわたしの優しい知友や、わたしと余裕をもてるほど隔った文学現象の世界ともつきあってゆくだろう。

中共の『文化革命』についての書簡

――内村剛介様――

マス・コミよりも、ディス・コミのほうがよい、広告するよりも、しないほうがよい、多数の浮動的な読者によまれるよりも、少数の定着した読者によまれるほうがよい、企図的な編集よりも、自立した主題の追及のほうがよい、知られるよりも知られないほうがよい、といった無数の〈転倒〉を課題として自らにつきつけながら出発して、『試行』もここで20号に達しました。そして『試行』は現在わが国の文学、文化、思想の領域において最大数の強固な固定読者層に支えられて存続していますが、依然として理想の〈転倒〉に向って上向線をたどっているようであります。逆のいい方をすれば、まだ麓のあたりをうろついているということになりましょう。文化における後進性が負うべき課題のもっとも基本的な性格のひとつは、あらゆる現実上の課題の解決は、まず思想上の課題の解決からはじまるし、またはじめざるをえないことであるとおもいます。そして、思想上の課題の解決は、もし共同性の問題を手ばなさないとすれば、文化の流布や伝播の現存する態様を〈転倒〉するところからはじまるかもしれません。そして〈転倒〉の課題はたんにαでありωではないのは申すまでもありませんが、ωの問題に踏み込んでいくだけの条件を『試行』は現在獲取していないことも事実です。そこで、『試行』は、まず当初に課した課題を逸脱せずに大過なくやってきたというのが唯一の取柄みたいになりますが、現在の段階では、それをよしとしなければならないとおもいます。

「文化」というものは、それをもっとも狭義に文化＝芸術と解しても、もっとも広義に文化＝全幻想領域の意味に解しても、じつに厄介な性格をもっています。まず、現実上の諸条件が変れば「文化」はかならず変化してゆきます。しかし、「文化」が変ることは現実上の諸条件が変化することを必ずしも意味しないことです。このことは「文化」が現実上の諸条件にたいして、いつも受身であることを意味するでしょうか？　たしかに巨視的にみればそう考えられる面をもっています。しかし、逆にいえば「文化」は微視的に、いいかえれば、「文化」の内部では、現実的な諸条件にたいして、能動的に〈自由〉に変化させることができることを意味しています。まして、「文化」がそれを創造する個人の内部でかんがえられるときは、まったく恣意的であるという仮象を呈します。

たまたま、中共で「文化」大革命なるものが進行中であることを新聞は刻々に伝えております。はじめに郭沫若の自己批判なるものが報道されて文芸についての理念上の内部対立のようにみえた問題は、中共における全幻想領域にわたる対立に波及していることは、間違いのないところだと思われます。郭沫若の自己批判が伝えられたころには、文化＝芸術の問題のようにみえました。現在では文化＝全幻想領域の問題として映っています。

わたしは本来的にいって、中共の「文化」大革命にそれほど関心があるわけではありません。スターリン主義者が上演している一連の愚劇の観客の一人だという位相で充分満足しています。ただ、たんなる観客以外の余剰があるとすれば、これらの愚劇が演出家たち、役者たちの全消滅をもって終幕となるほど徹底的であればよいという願望だけですが、とうていそこまでは行くはずがなく、中ソ対立の国内縮刷版程度で幕が下りることになるでしょう。そして泰山鳴動して鼠一匹という奴で、いっこうに変りばえのしない中共を再び眺めることでしょう。

わが国にも中国文学研究家とか中国問題の専門家とか称する連中がいて、ジャーナリズムのわたしたちに提供する情報に、解説的な根拠をあたえています。しかし、わたしの眼にうつったかぎりでは、ただ他者の血であがないつつある思想的対立を喰い散らしている五月の蠅ほどの手応えしか与えてくれません。わが国ではいつも事態はおなじことです。中国文学研究家とか中国問題専門家とか称する連中の解説的な合理づけに付きあってゆくには、馬鹿気たことにだけきき入るロバの耳をもつことが必要でしょう。ちょうどわが国のベトナム反戦運動に立ちあうにはくだらぬ国際的弥次馬や国際浮浪人の素っ頓興な言動に佇ちとまらなければならないのと同様です。「文化」の領域に関するかぎりほとんどわたしたちは気のきいたことをいう白痴どもにつきあわされているようなものです。

中共で現在行われている「文化」革命は、わたしが不正確なジャーナリズムの報道とその解説によって判断するかぎりでは、社会革命の意味を少しももっていないようにおもわれます。だから与えうる唯一の規定は、中共の政治体制を補強するための全幻想領域の修理工作であり、もっとせばめていえば国際的・国内的緊張に促された硬化スターリン主義者の必死の足掻きという意味しかもたないでしょう。学生や少年兵や軍隊を動かして毛沢東が強行している〈革命〉は、必然的に社会革命の内部に滲透できないわけです。第二次大戦末期におけるはじめの政治革命が学生や軍隊や知識人の先駆性のもとにおこなわれたのは、後進社会の必然であったといえます。しかし、二度目は茶番、しかも血のしたたる茶番だというわけです。これが中共の自称するようなコンミューン体制の確立だなどというのは、とてつもない大嘘です。中国に想定されるコンミューン体制の成立の唯一の基盤は、帝力われにおいて何かあらんや、という悠久の貌をした中国大衆が激動することでしょうが、そのような徴候は現在まったく気配さえも感じられません。そのような大衆が激動すれば、もちろん中共の全体制自体が消滅せざるをえないでしょう。そこで中共の「文化」大革命の相貌は、頭のいいある程度近代化したスターリン官僚が、頭の悪い、だが腕力のある軍封的なスターリン官僚によって排除されるという幕切れになるでしょう。

文学や思想の領域でいえば、陸定一や周揚のようなけっして頭は悪くはないが、どうしようもない文化官僚が、毛沢東の『文芸講話』を金科玉条として暗誦する頭の悪いどうしようもない文化官僚にとって代られるようなものです。これをわが国で比喩してみれば、「新日本文学会」が「民主文学同盟」によって駆逐されるようなもので、どうしようもないものがどうしようもないものと対立しつつ、何れ地獄で顔をあわせるほかどちらにも救いがないだけです。

わたしはすでにこの種の対立に何の意味もないことを自明の前提として『試行』を出発させてきました。わたしが、中共の「文化」革命の進行にどんな意義も見出しえないのもまったく当然のことです。そしてもし意義を見出したい奴がいたら、竹内好のように信頼できる中国研究家がじっくりとやってみればよいとかんがえているにすぎません。

〈自立〉の思想にとって中共の「文化」革命は何の意味ももちえないのです。そして意味を強いて発見しようとすれば、それが反動的な〈革命〉であると断言することになりましょう。つまり、世界のスターリン体制が拡散と凝集の両極に分解しようとするときの危機的な表現のひとつがソ連にあり、他のひとつの表現が中共に象徴されているとみられるだけです。

一九六〇年以後において、わたしたちが体験してきた諸情況と、いささか形成しようとしてきた政治思想文学上の課題に照らせば、中共の「文化」大革命にあらわれている基本的な問題は、はるかに以前にあるものといえます。この意味ではわたしたちの問題意識は世界の情況を先取していますし、いまも依然としてそうだと確信します。

しかしながら、古く根強くある問題に関していえば、中共の「文化」大革命を歯牙にもかけないわたしたちの思想は、その進行をジャーナリズムを介して眺めながらいささか皮肉な復讐をうけているのではないかとかんがえます。

わたしが、郭沫若の自己批判の情報が伝わってきた時期に、中共の「文化」革命の基本思想を戦時下の天皇制下における農本的ユトピストたちの思想になぞらえたとき、中島嶺雄という中国問題研究家は、中共の「文化」革命は「社会主義」国家の問題で、天皇制下の農本的ファシスムの問題と次元がちがうと批判していました。わたしは、そのときいささか天皇制の諸問題と戦時下の諸思想とについてこういう薄っぺらな〈戦後民主主義〉者のためにもっと精密なリアルな考察をのこしてやっておくべきだったという感想をもちました。わたしには毛の思想の基本的性格と日本の農本主義者の思想の基本的性格とがそれほどちがっているとはおもえませんし、紅衛兵の行動様式が日本の戦時下の少年兵の行動様式とちがっているとはおもえません。中島嶺雄は中国問題研究家としてジャーナリズムに踊るよりも、日本問題研究家としてもっとリアルに深層にわたって天皇制下のわが国の諸問題を考察したほうがよいとおもいました。戦時下の天皇制農本主義の軍封的な革命理念が幻影であったように、戦後スターリン主義の諸変態がまったくの幻影にしかすぎないということについて、わたしたちの思想情況は徹底的な認識を失っているとおもいます。そこで中途半端な居直りや、見せかけの理念がいまも離合を繰返しているのです。そういう情況のもとでは、中共の「文化」大革命が〈当惑〉であったり〈コンミューン〉の幻影にみえたりするのが当然でしょう。しかし、わたしには、徹底的な〈反動〉にみえるだけですし、中途半端なかっこうで〈当惑〉している連中が、まだ解体する余地のあるスターリン主義者にうつるだけです。マルクスはこういう連中の踊るさまをさして〈民主主義的疫病〉をふりまく連中と呼びました。そして、いま疫病がまんえんしているというわけです。

文化＝芸術の問題については、いささか身を寄せ、おもいをひそめる期間が長かったという理由もあって、わたしたちはもっとも進んだところまで到達しているはずです。ここでは毛沢東の『文芸講話』の思想が、反動以上の反動として映るだけです。なぜならば、ここには労働者や農民や兵士を無智のまま文化的不毛に封じこめながら、しかもかれらを馬鹿げた文化的神学でおだてあげようとする矛盾した理念が存在するからです。文化＝芸術について人類は数千年の蓄積をもっています。これが労働者や農民のような文化的不毛に不当に封じこめられたものも文化＝芸術を占有する権利があることを意識的にとり出した、たかだか五〇年来の方法によって直ちに代置されたり、抹殺されたりできるとかんがえることは馬鹿気ています。そのかぎりでは、繰返しそのことを強調したレーニンやトロツキーの文化＝

芸術論は立派な正しいものであったとかんがえます。もちろん、わたしにはレーニンやトロツキーの文化＝芸術論のうち正しいとかんがえていないことがあります。それはわたし自身でくりかえし指摘し、またそれに代るかんがえを展開してきたつもりです。さしずめ『展望』誌上に知ったかぶりの寝言を書きならべている酒井角三郎や、わたしが保守的文学者に免罪符を発行しているなどというぃっぱしのデマゴギーをかいている（わたしはこういう半端なホンヤク文学者でもデマゴギーだけは一人前にふりまわせることに驚嘆しますが）スターリン主義同伴者竹内芳郎などは、頓馬なロバにすぎないというわけです。まずかれらは書物の正確な読み方、現実を洞察する方法、知ったかぶりをしない自信、沈黙の声に聴き入ることのできる耳をもつことのほうからやり直した方がいいと感じました。

ところで抜群のソヴエト文学思想の研究家であり、中国土着民の俗習や思想に通暁している貴君は、わたしのこういう嘲弄的な「文化」革命にたいする感想には満足されないでしょう。そこで自由に貴君の見解を展開してくれれば、ジャーナリズムに横行する中国文学者や中国問題研究家の解説的な合理づけに飽きあきしているわたしも、傾聴する用意があることを伝えます。

沈黙の有意味性について

〈沈黙〉のもっている意味の重さをかんがえるとき、わたしはすぐにマタイ伝のなかのひとつの挿話をおもいおこす。イエスを捕えたものたちが学者、長老が集っている大祭司カヤバのもとにイエスをつれていったとき、ペテロはそしらぬ顔をして群衆のあいだにまぎれ、事の成行きを視まもっていた。

ペテロ外にて中庭に坐しゐたるに、一人の婢女きたりて言ふ「なんぢも、ガリラア人イエスと偕にゐたり」かれ凡ての人の前に肯はずして言ふ「われは汝の言ふことを知らず」かくて門まで出で往きたるとき、他の婢女かれを見て、其処にをる者どもに向ひて「この人はナザレ人イエスと偕にゐたり」と言へるに、重ねて肯はず、契ひて「我はその人を知らず」といふ。暫くして其処に立つ者ども近づきてペテロに言ふ「なんぢも慥にかの党与なり、汝の国訛なんぢを表せり」爰にペテロ盟ひ、かつ契ひて「我その人を知らず」と言ひ出づるをりしも、鶏鳴きぬ。ペテロ「にはとり鳴く前に、なんぢ三度われを否まん」と、イエスの言ひ給ひし御言を思ひ出し、外に出でて甚く泣けり。

（「マタイ伝」二六章六九―七五）

ここでは言葉を発することが人間のもつ弱さの象徴であり、しかもこの弱さは師を裏切ることという一点に集中され、それ以外のどんな意味ももちえないように描かれている。喋言ることは人間をあばきたてる苛酷さ以外の意味をもちえないのである。

この挿話は、わたしたちが言語を発すること、あるいは発せられた言語が、ほんとうはどんなに重たいものであるかを語っている。それとともに〈沈黙〉もまたどんなに重たいものであるかを自から象徴している。もしこの場合、ペテロが〈沈黙〉していたとすれば師イエスを裏切らなかったかもしれないが、イエスとともに十字架にかけられて生命を失ったかもしれないのだ。いいかえれば〈沈黙〉はペテロの全生存とおなじ重さをもっている。

現在、わたしたちは〈発語〉についても〈沈黙〉についてもペテロの挿話のもっている重さと切実さを実感しないですむ情況にかこまれている。喋言った方が勝ちさというのが、わたしたちをとりまいている情況の本質であるともいえる。しかし、ほんとうに喋言った方が勝ちなのであろうか？　わたしたちが〈沈黙〉によって事物の本質に到達するということはすでに不可能なのだろうか？

こういう問いを発したとき〈言語〉学はもっとも空しいものにみえる。なぜならば、かつて〈言語〉学は〈沈黙〉の言語的意味について考察したことはなかったからである。すくなくとも〈発語〉が危機の情況にあるときは〈沈黙〉もまた危機の情況にあるという意味で有意味的である。そこで〈沈黙〉の言語学は危機の言語学としてはじめて成立するということができる。

ペテロが前日、師イエスにむかって、わたしはあなたを裏切るようなことはありえませんと告げたとき、ペテロはたんにイエスにたいする信仰を告白したにすぎず、ペテロの言葉をとりまいていた情況は〈無〉にひとしいものであった。しかし人間が喋言ったこととちがうことを実現してしまうためには現実の方からある必然の契機が加担しなければならない。そしてある意味からは、人間はかならず語った言葉とは別のことを実現してしまうような存在本質である。

もしも聖書のペテロのように、前に語った言葉をあとに語った言葉によって打消してしまう結果をもたらしたとしたら、あとに語った言葉はそのままペテロにとって〈沈黙〉の言語的な意味の本質にほかならなかったといえる。聖書のペテロは後悔にかられていたく泣いた。しかし、わたしたちは現在〈沈黙〉の言語的意味をどんな生理的な行為によっても解消することはできないのである。そこではじめて、〈沈黙〉の言語学の問題がはじまる。

〈沈黙〉というものに、もし言語的な意味があるとすれば、このばあいの言語的という概念はふつう言語学があつかう水準に想定することはできない。言語を〈発語〉、いいかえれば言葉を発すること、あるいは発せられた言葉という水準でかんがえるとき、はじめて〈沈黙〉には一定の言語的な意味があらわれるということができよう。

いうまでもないことだが、わたしたちがただ〈言語〉(あるいは言語についての学)というばあい、〈言語〉という概念は、外的規範としての言語という水準に根拠をおいている。だから、このばあい〈言語〉は、風俗、習慣、生活、文化などの社会的現象とかかわりをもつという位相でかんがえられているものである。この位相では〈沈黙〉というのは、ただ〈なにもないこと〉というにすぎないから、どんな社会的現象とも結びつくことはできない。つまり、〈言語〉ではないから言語学の対象とはならないのである。

しかし、〈言語〉という概念をある特定の個体が表現したもの、いいかえれば〈発語〉という水準でかんがえたばあい、〈沈黙〉とはただたんに〈なんでもないこと〉ではなく、ある意味をもって存在しているとかんがえなければならない。いいかえれば、〈言語〉を〈発語〉という水準でかんがえはじめるやいなや、〈沈黙〉は有意味化される。このことは見やすい道理である。たとえば、わたしたちがある〈行為〉について他人から面罵されているとき、切りかえすべきたくさんの理由をもち、衝くべき反駁の言葉をもちながら〈沈黙〉していたとすれば、このばあいの〈沈黙〉は意味によって充たされている。また、ある〈社会的事件〉について大衆が言うべきたくさんの言葉をもちながら、社会的〈沈黙〉としてしかみえないとしたら、この〈沈黙〉には社会的な意味があるとかんがえることができるものである。啓蒙家というものの唯一の定義は〈よく喋言るもの〉あるいは〈よく書くもの〉であるから、啓蒙家がしばしば大衆の〈沈黙〉を〈無反応〉であると誤解したがるのは、いわばかれらの本性に根拠をもっている。しかし、思想家は啓蒙家とちがって〈沈黙に耳を傾けうるもの〉あるいは〈沈黙の意味を了解するもの〉である。だから真の思想家であるための最少限度の資質は、大衆の〈沈黙〉を了解し、これを組織しうるものであるということができよう。

現在のようにコミュニケーション理論が記号論理学や情報理論として発達し、一定の社会的有効性をもつようになると、〈沈黙〉の言語学はただ文学によってだけ保存され展開されるようになる。そして文学は、あたかも聖書のなかのペテロのように〈おまえは沈黙の領域を拡大させることによって文学の本質につくか、あるいはお喋言りの次元に同化することによって文学の本質を裏切るか〉という二者択一を迫られるようになる。現在、わたしたちが文学的情況のなかにみているものは、個々の文学者がこの問いに対してとっている解答である。あるものは文学の本質をかかえこむことによって〈沈黙〉にちかづき、あるものは文学の本質を裏切ることによってますますお喋言りの次元に同化してゆく。

そこでわたしたちはつぎのような問いを現在の切実な課題として発することができる。

現在の言語学の窮極の目的もまた〈沈黙〉の言語的な意味を体系のなかにとりこむことではないのか？　わたしが論理実証主義的な言語観や、記号論理学や情報理論に不信の念をいだいているのは、それらの学的体系が、先験的に〈沈黙〉の言語的な意味を排除しているようにみえるからである。しかし、わたしがなぜ文学者であるかは、わたしがなぜ〈書く〉かによって問われるとすれば、わたしの言語についての考察は、わたしがなぜあるばあい失語し、なぜあるばあい緘黙するかという問題を措定せざるを得ないのである。

いま、〈沈黙〉の言語的な意味をつぎのようにして単純に考察してみる。〈わたし〉がつぎのように〈発語〉したと仮定する。

彼は沈黙している。

はじめにこの〈発語〉が成立するために、〈彼〉からはじまって〈る〉にいたるまで一定の自然的時間（三秒か四秒）が流れるとかんがえることができる。しかし、この自然時間の流れはけっして単色ではない。人称名詞〈彼〉と助詞〈は〉のあいだにも、〈は〉と抽象名詞〈沈黙〉のあいだにも……〈句切り〉としての緩急の異った時間が介在している。そしてもし、この〈発語〉脈が、はじめの〈彼〉だけ発語されたまま、なんらかの理由で絶句されたと仮定すれば、〈彼〉という発語と、それ以下の〈沈黙〉とのあいだの異質の時間の流れは、〈句切り〉の〈間〉という意味から、〈発語〉と〈沈黙〉の〈間〉という意味に転化される。

つぎにこの〈発語〉脈を内的意識の問題としてかんがえてみよう。

「彼は沈黙している」という〈発語〉脈が成立するためには、〈発語〉した個体のなかで〈彼〉という概念の水準と〈は〉という概念の水準と、〈沈黙〉という概念の水準と、……が、いいかえれば、それぞれの〈詞〉と〈辞〉がそれぞれ異った位相にあるものとして〈わたし〉に了解されていなければならない。このそれぞれの概念の水準と位相は計量的《メトリカル》でないかもしれないが、それぞれ異っているということだけは疑いようがないのである。

それと同時に〈彼〉と〈は〉のあいだ、〈は〉と〈沈黙〉のあいだ……の〈句切り〉の意味は〈沈黙すること〉という概念に有意味的に転化される。いいかえれば、

　　　沈黙　　　　沈黙　　　　沈黙
〈彼〉——〈は〉——〈沈黙〉——……

というように、意識の時間は変化して流れる異質の時間として了解されていなければならない。そして、わたしの言語理論からは〈彼〉という発語の概念と、〈は〉という発語の概念と、〈沈黙〉という発語の概念と、……は、それぞれ異質の心的な了解の時間化度を根源として、〈発語〉されるものとされるのである。そしてこのばあい〈句切り〉の間にある〈沈黙〉の概念は、〈沈黙〉の言語的意味の根源をなすもので、おそらく〈わたし（発語者）が現にここにいる〉という自己了解の概念の心的時間化度に発祥している。

しかし、すぐにわかるように、これだけの理解からは〈彼〉のあとになぜ〈は〉がやってきて〈沈黙〉がやってこなかったか、という〈順序〉の意味を了解することができないだろう。言語学者は、そんなことはあたりまえで〈彼〉のあとに〈沈黙〉がやってきて、そのあとに〈は〉がやってきたら、文法的な規範（いいかえれば民族語の共同習慣の習いおぼえ）に違反するからだとこたえるかもしれない。しかし、こういう答えは言語学的な答えになっていても、〈発語〉（表現された言語）にたいする答えとはならないのである。なぜならば〈わたし〉を〈現にここにあるもの〉と解するかぎり〈わたし（発語者）〉にとって、本来的には〈彼〉のあとに〈は〉がやってくるべきで〈沈黙〉がやってくるべきではないという制約は存在しえないからである。だから精神病者の〈発語〉はしばしばこのような制約をはじめから受けつけない。

わたしたちはここでどうしても〈発語〉における心的な自己関係づけという概念を導入せざるをえない。いいかえれば、じぶんに対するじぶんの関係の空間化度ということである。この空間化度もまた計量的《メトリカル》ではないとしても、〈わたし（発語者）〉の〈彼〉という発語、〈は〉という発語、〈沈黙〉という発語……にたいする心的な空間化度はそれぞれ異っているとかんがえることができる。そしてこの対称的な空間化度は、〈わたし（発語者）がここにある〉というわたしのわたしにたいする場所的な空間認知に発祥しているために究極には言語にたいする心的な規範を成就させるということができる。このばあい〈句切り〉のあいだにかんがえる〈沈黙〉の心的空間化度は、ただ〈わたしがここにある〉という場所的なわたしの意識のわたしの存在にたいする関係づけの空間化度に根源をおいている。

そしてこのようにしてはじめて「彼は沈黙している」という発語が可能になるとかんがえられる。

こういう考察は、わたしたちに〈沈黙〉の言語的な意味がどこからやってくるかをおしえる。それは根源的には〈わたし（発語者）が現にある〉という時間の自己意識と、〈わたし（発語者）がここにある〉という空間の自己意識が同致《シンクロナイズ》されるところからきているようにみえる。

〈沈黙〉の言語的な意味はあきらかに人間の個体が、現にここにあるという存在の仕方の根源からやってくるのだから、現にここにあるという人間の存在の仕方が有意味的であるならば、〈沈黙〉の言語的な意味も有意味的である。もちろん〈発語〉も〈沈黙〉とおなじところから根源的に発祥している。そうだとすれば〈発語〉と〈沈黙〉とは本来的にはおなじことではないのか。もちろんおなじことである。わたしたちは〈発語〉するばあいかならず〈沈黙〉を有意味に転化するという心的な反作用なしには〈発語〉自体が不可能であることを経験的に知っている。

〈発語〉という概念はいままでみてきたとおり、個体の存在という前提をはなれては、概念自体として存在しえない。〈沈黙〉の言語的な意味も、まったくおなじことである。しかし、わたしたちは人間という概念をさまざまな範疇で存在しうる綜合的な存在としてつかいたいという欲求をもっているように、〈発語〉あるいは〈沈黙〉という概念を全範疇に拡張したいという欲求をもっている。

〈発語〉が個体をはなれて共同性の水準でかんがえられるとき共同規範の問題に転化する。それは民族語の文法的、音韻的などの共通性として文化や習俗や習い覚えの全体にかかわってくる。そしていわゆる〈言語〉学の問題が登場する。そしてこの共同規範は、〈性〉としての人間の関係、いいかえれば男・女の関係をかならず通過してゆくのである。ここで〈発語〉の共同性を〈沈黙〉の共同性と相伴う概念としてかんがえれば、共同規範もまた二重性を帯びてかんがえられてくる。

いま、比喩的に人間の〈性〉的な関係の根源において、男性は〈沈黙〉を背負い、女性は〈発語〉を背負っているとかんがえてみよう。男性はかれがほんとうに女性を〈愛〉したとき〈沈黙〉の言語的意味にちかづこうとする。しかしそれにつれて女性はますます〈わたしは貴女を愛している〉という〈発語〉をもとめようとし、その傾向は逆立する。言葉にあらわさなくてもそれはわかりきっていることではないかという論理は女性のもっとも了解しえないことである。もちろんこの関係は具体的な個々のばあいに逆であってもさしつかえない。男性が〈発語〉を背負い女性が〈沈黙〉の言語的な意味を背負ったとしても事態はいっこうにかわらない。なぜならば、いずれにせよ一対の男・女は、もし〈発語〉と〈沈黙〉とが相互規定的であるとすれば、いずれか一方が〈発語〉を背負うとすれば他の一方が〈沈黙〉を背負う以外にはありえないというにすぎないからである。この相互関係の秘密は、乳幼児がはじめの何歳かのあいだ〈発語〉することができず、ある時期からはじめて〈発語〉が可能になるという人間のみにあらわれる存在の仕方の最初の段階にかくされているとおもえる。そして〈性〉としての言語はあたかも自然そのものが〈沈黙〉の有意味性をもっているとおなじように、おなじ程度に〈沈黙〉の有意味性に徹底的に近づこうとする傾向にあるということができよう。それはほとんど絶対的な〈沈黙〉という概念を目指しているようにさえみえる。そして人間はこの自然のような徹底的な〈沈黙〉の有意味性に耐ええないために、桎梏であることがわかっている〈社会〉の次元に、〈発語〉と〈沈黙〉の意味を解き放とうとし、それによって必然的に自らつくった〈言語〉の共同性から復讐されるようになったということができよう。これをもっとも露わに象徴しているのは〈法〉的な言語であろう。

共同規範としての〈発語〉と〈沈黙〉の関係は、〈法〉的な言語によってもっとも象徴的にあらわれている。だから〈法〉的な言語、いいかえれば法律語の概念の水準とその拡がりを根源的に考察することによって、ある共同幻想体（たとえば国家）の水準を想定することができるものである。

このばあい、〈法〉的な〈発語〉を〈沈黙〉の有意味として受けとり、体現するものは誰であろうか？

それは原像として想定される〈大衆〉であって、それ以外のなにものでもない。原像としての〈大衆〉は、〈法〉的な発語を、いわば〈沈黙〉という反作用としてささえているものをさしている。この想定された〈大衆〉は、共同幻想の〈法〉的言語にただたんに服従しているのではなく、〈沈黙〉の有意味性として服従しているのである。だから、このような原像としての〈大衆〉の〈沈黙〉の有意味性を理解し逆倒する契機をしりえないかぎり、いかなる共同幻想も逆倒されないという課題は先験的である。この意味では、あらゆる種類の啓蒙家がたどる命運は一義的にきまっているといえる。かれらは〈大衆〉の〈発語〉にかかわり方向づけることはできても〈沈黙〉の有意味性を解き放つことはできないからである。

いまこういう問いを発してみよう。

ひとはなぜ、なにによって文学者なのだろうか？

わたしには、それが〈沈黙〉の言語的意味を理解することによってであるようにおもわれる。喋言ること〈発語〉によってもし〈わたし〉がすべて充たされると仮定するならば、〈わたし〉は〈書く〉〈発字〉という契機をもちえないだろう。〈書く〉ということは、いつも喋言ることに遅れて〈わたし〉をおとずれる。〈わたし〉が喋言った言葉、他者によって喋言られた言葉に充たされない思いが〈わたし〉の心を襲ったとき、〈わたし〉は〈書く〉ということに滑りこんでゆく。だから喋言ること〈発語〉と書くこと〈発字〉のあいだに挿まれた世界は〈沈黙〉の世界と〈発語〉の世界とが分岐するわかれの点である。

ここで、おそらく〈発語〉の〈脈絡〉という概念が登場する。発語の体系がある〈脈絡〉をもつためには、ひとつの発語系とつぎにやってくる発語系のあいだにある〈沈黙〉が、〈句切り〉とちがった次元で有意味的でなければならない。この有意味性は〈接続〉の意識である。そしてこの〈接続〉の意識を保証するのは〈記憶〉であろうか、〈統覚〉であろうか？　それとも、〈転換〉であろうか？

　わたしたちにとってすべてがうまくいっていれば、〈脈絡〉ある発語を継続することができる。どこかでうまくゆかなければ発語障害に陥る。いいかえれば〈接続〉の意識は混濁するか、または断たれてしまう。そうだとすれば、わたしたちは単に〈詞〉あるいは、〈辞〉の〈句切り〉の意味を〈沈黙〉としてもつだけでなく、ひとつの発語系とそれにつづくつぎの発語系のあいだの〈脈絡〉を〈沈黙〉の言語的意味としてもっていなければならない。いいかえれば〈詞〉または〈辞〉からなる一集合を、ある時代的な段階における心的な規範と概念の心的な了解との一集合に転化しえていなければならない。そしてこのような一集合によって充たされないとき、わたしたちは喋言ることから書くことへ転化してゆくのではなかろうか？　だから〈書く〉ということのなかには充たされない〈沈黙〉の集合がほとんど書かれた言葉とおなじ重さと量で伴われている。発語においてはまったくの〈沈黙〉とかんがえられるものが、発字のなかでは〈沈黙〉の言語的意味として存在する。この関係はちょうど〈言語〉学的な水準で〈沈黙〉が〈なんでもないこと〉を意味するのに、〈発語〉の水準では有意味性に転化するのと同じことである。わたしたちが言語の表現の理論が必要であるとかんがえたとき、じつは〈沈黙〉の有意味性を包括することが必要であるとかんがえたので、べつに認識と表現の関係がもとめられたわけではない。〈沈黙〉の有意味性の世界にとっては、いわゆる言語学者はたんに公営の清掃人という比喩的な意味しかもちえないが、言語の理論そのものにとっては未開の海溝のように暗い光を放っている世界である。

異常性をいかにとらえるか

人間の精神的な体験の仕方は個人によってさまざまでありうる。また、おなじ個人にとっても心身の状態によって異っていて、それほど一貫性をかんがえることはできない。しかし、人間が精神的な体験を**保存する**仕方にはある共通性をかんがえることができるようにおもわれる。たとえば、〈異常〉な事件に出会ったり、〈異常〉な人間に出会ったりすると、その〈出会い〉が全くはじめての体験ならば強い衝撃をうけとるにちがいない。その〈出会い〉が度重なって繰返されると、しまいには別段に衝撃を感じないようになる。わたしたちは通常、このような心的な現象を〈慣れ〉と呼んでいる。たとえば医師や看護婦は人間の〈死〉や〈病気〉についてふつうの生活者よりも〈慣れ〉ているだろう。おなじように文学者は、人間の〈精神〉の挙動について、おそらくはふつうの生活者よりも〈慣れ〉ているはずである。

このような〈慣れ〉の意識は、その〈慣れ〉の原因をつくった事柄について人間の精神をどこへつれてゆくだろうか？　そしてこの〈慣れ〉はいったいどういう構造をもっているのだろうか？　文学者はこういう〈精神〉についての〈慣れ〉に困惑して、じぶんを奇怪な人間であるかのように感ずるものである。ふつうの生活慣習にしたがって生活していても、じぶんの観念の世界は途方もなく膨らんでいると感じられる。また、生活慣習にしたがって生活しているじぶんの生活者としての姿は遥かむこうに遠退いて、何かくらげのように宙に浮いているように感ずる。生活しているじぶんと観念の世界を膨らましているじぶんとのこういう二律背反の姿が、文学者にとって〈慣れ〉の結果としてやってくる矛盾である。そしてこのような矛盾は、ある特定の事柄について〈慣れ〉ざるをえない人間の誰にも共通するものであるということができよう。

〈慣れ〉は現象的にみれば習慣化（すれっからし）のようにかんがえられるかもしれないが、本質的には全くちがっている。〈慣れ〉において人間はその対象を心的に繰込むことによって内在化し、いったん内在化された対象はすでに外的な対象といえども外的な対象の条件を失うために、人間は心的な対象を〈遠隔〉に移して択ぶようになる。これが〈慣れ〉の本質的な過程であり、この過程に関するかぎり、人間の精神は共通性をもつということができよう。

このように、ある対象について〈慣れ〉ざるをえない人間は、その対象についてはこ〈慣れ〉をもっていない人間からは〈異常〉にみえるのではないだろうか？　ただ、それが特定の対象について〈異常〉なだけで綜合的な人格崩壊をまぬかれているために、〈異常者〉と呼ばないだけである。そうだとすれば、わたしたちがこの世界に分業的に存在することは大なり小なりじぶんを〈異常〉にさせる原因を背負って生活していることになる。それが全人格に侵入するのを防いでいるのは、ただ人間が別の場面や対象に関しては〈慣れ〉ない部分をもっているからである。

このことは、わたしたちに心的な〈異常性〉というものを測る規準がほんとうは存在しないことを示唆している。つまり、人間は大なり小なり特定の場面で〈異常〉なのだといえるだけである。心的な〈異常〉というのは、ただ〈異常〉そのものに綜合的に〈慣れ〉た存在を指しているにすぎないだろう。心的な〈異常〉にとって〈慣れ〉の対象は〈異常〉そのものである。このことはけっして〈異常〉状態が慣習化しているということを意味しない。そうかんがえるのは現象的な理解にしかすぎない。〈異常〉そのものを〈慣れ〉の対象とするというのは、〈異常〉を内在化してしまったために、すでに〈異常〉以外のものしか対象になしえなくなったものを指している。だから、どんな極端な内閉性の〈異常〉者の世界も空虚であることはありえず、異常な世界を正常な世界として豊富にもっているとかんがえることができる。

すでに〈異常〉そのものを〈慣れ〉の対象にしてしまった人間にとって、環界は二者択一の世界に転化する。ひとつは環界をすべて〈異常〉に歪めることによって内在化してしまうために、環界というものがあたかも存在しないかのように閉じられた心的世界をもっているものである（例2）。もうひとつは、〈異常〉でないものしか対象にならないために対象が外に存在しているかぎりは、その対象だけが極度に拡大し強く執着されるということである。そのため、環界は執着される対象の世界だけが異様にくっきりと拡大されたいびつな世界に転化する（例1）。

1　僕はこのホテルの外に出ると、青ぞらの映つた雪解けの道をせつせと姉の家へ歩いて行つた。道に沿うた公園の樹木は皆枝や葉を黒ませてゐた。のみならずどれも一本ごとに丁度僕等人間のやうに前や後ろを具へてゐた。それも亦僕には不快より恐怖に近いものを運んで来た。僕はダンテの地獄の中にある、樹木になつた魂を思ひ出し、ビルデイングばかり並んでゐる電車線路の向ふを歩くことにした。（芥川龍之介「歯車」）

この〈僕〉の〈異常〉は、公園の樹木が魂を入れられたように黒ずんで前と後ろを具えているというように擬人化されて感ぜられている点にもとめられる。いわば、外の対象が何らかの理由で異様に拡大され執着されるために、樹木であるのに無気味な人間にみえて強迫を感じているということである。〈僕〉にとって公園の樹木は本来的には〈異常〉でない対象である。だが〈僕〉はただ眼の前の公園の樹木を風景としてみているのではなくて、〈異常〉でない対象として択んでみたために、何かを樹木に賦与し歪めざるをえなくなっている。強迫観念をあたえられてはじめて公園の樹木は〈異常〉でない対象として〈僕〉の外界に存在している。

2　しばらくの間彼女はじっと静かに腰をおろしていた。彼女の凝視は内界に向かって転じられたかに見えた。ゆっくりと痛々しく何かを想起していた。不意に身を起こすと彼女は足早にさっと大きな箱に向かって歩みより、それを開けると一冊の本をためらわずとり出した。それはさし絵入りの世界歴史の本であったが、彼女はその中からお気に入りのヒューマニストや社会改革者たちの肖像を指で示して見せはじめた。（シュヴィング『精神病者の魂への道』小川・船渡川訳）

ここで〈彼女〉が内界に凝視をむけた対象が何であるかは具体的には全くうかがうことができない。ただ、内在化されて〈慣れ〉てしまった対象を内視しようとしており、その〈慣れ〉をふたたび揺りもどそうとしていることはたしからしくおもわれる。そして、この内在化された対象は、〈彼女〉にとって〈異常〉そのものであるということができよう。すくなくともこの瞬間には、〈彼女〉にとって外界は存在していない。

ここでわたしたちは、**ある対象についての〈慣れ〉は、その対象について〈慣れ〉ないものにとって〈異常性〉とみえる**と定義しておこう。すると、わたしたちは〈異常性〉を測るべき規準をどこにももっていないことに気がつく。ただ、ある人間は別の人間にとって〈異常〉であるといいうるだけである。化学者が実験室にとじこもってガラス器具にむかって何か操作しているところを、酒屋の御用ききがみたとすればこの化学者は〈異常〉にみえるにちがいないし、医者が冷静に人体解剖をやっている場面を商事会社のサラリーマンがみたら、医者が〈異常〉にみえるようなものである。つまり、職業的人間の数だけ〈異常〉が存在するわけで、いいかえればある人間にとって他の人間は大なり小なり〈異常〉であるというのが、この世界の成立ちの根源のところに存在しているものである。

この〈異常性〉という概念がこうむる多角的な相対性は、これ以上かんがえを進めてもつき破ることができないものだろうか？　どこにも〈異常性〉を測る規準は存在しないのだろうか？

この規準をみつけだすための可能性はおそらくただ一つ存在している。それは、〈慣れ〉ているにもかかわらず〈慣れ〉ていないという矛盾した条件を具えた対象相互の関係を見つけだすことである。これをいま規準となる〈座〉と呼べば、この〈座〉の条件を充たすもののうち少くとも一つは人間の〈身体〉に対する〈精神〉という相関の〈座〉である。

たとえば、〈わたし〉の〈精神〉にとって〈わたし〉の〈身体〉は不可欠な前提である。〈わたし〉の〈身体〉がなければ〈わたし〉の〈精神〉は存在しえないから、〈わたし〉の〈精神〉にとって〈わたし〉の〈身体〉は、いわばもっとも〈慣れ〉きった存在である。それにもかかわらず、あまりに〈慣れ〉きっているために、〈わたし〉の〈精神〉は〈わたし〉の〈身体〉という意識をもつことは稀であり、その意味ではもっとも〈慣れ〉ていないもののひとつであるということができよう。このことは何を意味するかといえば、〈わたし〉の〈精神〉は、〈わたし〉の〈精神〉という意識を捨てる以外にわたしの〈身体〉という意識をもちえないことを意味している。そのために〈わたし〉の〈精神〉はわたしの〈身体〉という意識を、かならず実在する身体とはちがった次元に抽象することによってしかもちえないのである。

いま、この〈わたし〉の〈精神〉が〈わたし〉の〈身体〉を意識するばあいに起る**抽象**を**了解の時間性**と呼ぶとする。このばあいの抽象が実在の次元からどの位の度合のものであるかは問わないとしても、〈わたし〉の〈精神〉が〈わたし〉の〈身体〉を意識するばあいの抽象度であるから、この〈わたし〉を〈きみ〉や〈かれ〉という個体におきかえても質的には共通のものであると見做すことができる。

つぎに、〈わたし〉の〈精神〉が感官を用いて〈わたし〉の〈身体〉を意識したとする。たとえば、〈わたし〉は眼で〈わたし〉の〈身体〉をみた。そして足の爪がのびているとか、膝の上に切り傷の痕があるとかいうことを確かめた。いいかえれば、〈わたし〉の〈精神〉は〈わたし〉の〈身体〉を視覚的対象とした。そこで〈わたし〉の〈身体〉は、これこれの皮膚の色や切り傷の跡をもち、これこれの輪廓があることが確かめられた。そして、〈わたし〉の〈精神〉はしだいに視覚を離れて〈わたし〉の〈身体〉の内臓の調子について思いをめぐらし〈わたし〉の〈身体〉の全体的な状態をこうであると把握した。このばあいの〈わたし〉の〈精神〉と〈わたし〉の〈身体〉との**関係**を、**規範**（**関係づけ**）の**空間性**と呼ぶとする。これもまた、〈わたし〉の〈精神〉の〈わたし〉の〈身体〉にたいする関係であるから、〈わたし〉を〈きみ〉や〈かれ〉という個体におきかえても質的な共通性をもつとかんがえることができる。

このような考察は、わたしたちにつぎのような結論を許しているようにみえる。〈わたし〉の〈精神〉の〈わたし〉の〈身体〉にたいする了解の時間性と規範（関係づけ）の空間性は、個体に関するかぎり質的な共通性をもっているということである。そこでわたしたちは、〈正常性〉と〈異常性〉をつぎのように定義することができる。

人間がじぶんの〈精神〉の〈身体〉にたいする了解の時間性と規範（関係づけ）の空間性において質的な共通性をもつばあい〈正常〉と呼び、質的な共通性を欠いているときに〈異常性〉と呼ぶ。

もしも、〈正常性〉や〈異常性〉がこのように定義されるとすれば、それは社会的な生活を大過なく営んでゆけるかどうかとか、他人からみて〈正常〉にみえるか〈異常〉にみえるかとかいうこととは、直接には何のかかわりももたないことになる。しかし、こうかんがえるほかに〈正常性〉や〈異常性〉の概念が、いつも相対的なものにしかすぎないということから逃れる方法はないのである。もちろん、このように定義された〈正常性〉や〈異常性〉は、人間が行為の場面、いいかえれば、現実の場面で対象についてかんがえたり行動したり表現したりすると〈正常〉や〈異常〉となってあらわれるはずである。しかし、そうあらわれた結果から〈正常〉や〈異常〉と判断されるのではなくて、人間の個体のじぶん自身にたいする了解や関係づけの仕方のなかに〈正常〉や〈異常〉の根源がおかれるのである。

僕はそこを歩いてゐるうちにふと松林を思ひ出した。のみならず僕の視野のうちに妙なものを見つけ出した。妙なものを？――と云ふのは絶えずまはつてゐる半透明の歯車だつた。僕はかう云ふ経験を前にも何度か持ち合せてゐた。歯車は次第に数を殖やし、半ば僕の視野を塞いでしまふ、が、それも長いことではない、暫らくの後には消え失せる代りに今度は頭痛を感じはじめる、――それはいつも同じことだつた。眼科の医者はこの錯覚（？）の為に度々僕に節煙を命じた。しかしかう云ふ歯車は僕の煙草に親まない二十前にも見えないことはなかつた。僕は又はじまつたなと思ひ、左の眼の視力をためす為に片手に右の目を塞いで見た。左の目は果して何ともなかつた。しかし右の目の瞼の裏には歯車が幾つもまはつてゐた。僕は右側のビルディングの次第に消えてしまふのを見ながら、せつせと往来を歩いて行つた。（芥川龍之介「歯車」）

これは芥川龍之介を死の直前まで悩ました〈異常性〉のうちもっともはっきりした自覚的な症状だが、じつははっきりと器質的な（類てんかん的な）障害であるために、おそらくもっとも単純なものであった。右の眼に歯車がいくつもあらわれて視界をさえぎり、右眼の視野を脱欠させる。そしてつぎに頭痛がおとずれる。ここで〈異常性〉はただ右眼の瞼の裏に、本来は対象として存在していないはずの歯車がいくつも半透明にまわってみえるということにすぎない。本来的に実在しない対象も視える（ように了解される）のは、もともと〈視る〉ということが、自己の自己にたいする関係づけの空間性と自己の自己にたいする了解の時間性とに発祥しているからである。そこでは、関係づけの空間性と了解の時間性の与件を最小限度もっていさえすれば、〈視る〉対象となることができる。芥川龍之介の右眼にやってくる半透明な歯車は、それが器質的な障害におしだされたものであったとしても、〈半透明〉という色調や〈歯車〉の形態や数、〈まわる〉という運動性として空間性に関係づけられ、〈歯車〉の概念に同致する時間性として了解されるかぎり、そう〈視える〉対象の条件をもっていたということができよう。

わたしたちは、人間の精神をおとずれるあらゆる〈異常性〉の根源は、はじめに〈自己〉の〈精神〉の〈自己〉の〈身体〉に対する了解の時間性と関係づけの空間性の歪み、障害、毀損に発祥するとかんがえることができる。そして、このような自己の自己に対する了解や関係づけの障害は、人間がひとたび外界にむかって行為するときには〈外界〉にたいする了解や関係づけの障害となって外化される。

僕はこのホテルの部屋に午前八時頃に目を醒ました。が、ベツドをおりようとすると、スリツパアは不思議にも片つぽしかなかつた。それはこの一二年の間、いつも僕に恐怖だの不安だのを与へる現象だつた。のみならずサンダアルを片つぽだけはいた希臘《ギリシヤ》神話の中の王子を思ひ出させる現象だつた。僕はベルを押して給仕を呼び、スリツパアの片つぽを探して貰ふことにした。給仕はけげんな顔をしながら、狭い部屋の中を探しまはつた。

「ここにありました。このバスの部屋の中に。」

「どうして又そんな所に行つてゐたのだらう？」

「さあ、鼠かも知れません。」

（芥川龍之介「歯車」）

芥川龍之介を自殺の間際に本当に悩ませた原因は、右の眼の瞼の裏にあらわれる半透明の歯車のような器質的な障害ではなく、このような了解の時間性の坐礁であった。いうまでもなく、〈僕〉はじぶんでスリッパアを片っぽだけバス室に脱ぎ忘れてきたのだが、すでに〈僕〉にはバス室へ入ったことも、そこからスリッパアを片足だけはいて出てきたことも行為の自己了解の時間性としては存在しなかった。そのため、そこだけは入眠状態の行為にすぎなかった。この行為した時間の途切れは「歯車」のなかに沢山あらわれているが、それが〈僕〉を不安や恐怖に駆り立てた主要な脈絡であったということができる。

幻想としての人間

今日は「幻想としての人間」という題でお話しするわけですが、皆さんの大学が、禅宗の大学であるということはしっておりました。禅宗のなかにもいろいろあって、臨済宗の系統に属する学校であるということは、今日うかがったばかりです。

ぼく自身、禅というものにおおよそ無縁な人間なんですが、ただ、お話しの依頼にぼくが応じたのは、現在「心的現象論」という文章を書きつづけていて、そのなかで、人間の個体というものはなんなのか、それから、人間の幻想の世界あるいは観念の世界というものはなんなのかといった問題をずっと追求しています。それは、ある程度禅の問題とからみあうことができるんではないか、あるいはなんらかの意味で参考に供しうるんじゃないかという理由からであります。

むかし、戦争中だったとおもうんですが、岡本かの子という作家が『宝永噴火』という題の小説を書いていて、それを読んだ記憶があります。『宝永噴火』というのは、どういう小説かといいますと、白隠の若い時代のことを小説に書いているのです。細部にわたっては、筋を覚えていませんが、あらましはこうだったとおもいます。

白隠が富士山がまむかいにみえるお寺で、若いころ坐禅の修行をしております。とにかく、いくらかんがえてもなにがなんだかわからないで、おもい悩み鬱屈しております。そういうある日、白隠が坐禅していると、ちょうどそのときに宝永年間の噴火で富士山の噴火がみえます。その噴火の火煙みたいなものを白隠がみて、そのとき無意識のうちに〈ハクイン〉というふうに叫ぶわけです。その小説によりますと、〈ハクイン〉と叫んだときに悟りがひらけるんです。それで以後白隠と号したと小説ではなっています。富士山の噴火の火煙がたった瞬間になんか叫んで、そして、そこで悟りがひらけたというようなところは、ほんとはぼくにはよくわからないところです。

精神病理学的にいいますと、そういう対象自体に渾融した感じになる状態を入眠状態とよんでいます。白隠のそのときの状態は入眠状態じゃないのかとおもうのです。そこのところが禅についてわからないところだとおもいます。

禅は、かなり広範囲で日本の文学者に影響をあたえています。たとえば夏目漱石の『門』で、主人公が、三角関係にある友人の奥さんといっしょになってひっそりと暮らしていますと、妙な因縁で、その家を借りている大家さんの家に、そのかつての友人が大家さんの弟といっしょに満蒙から帰ってくるという筋立てになります。それをきいて主人公がとても動揺し、おもい悩んで、やはり禅によって救済されようということで、鎌倉の寺へ坐禅にゆくのです。その坐禅の描写は、ある程度漱石自身のじっさいの体験に根ざしているとおもわれます。その主人公はいくら坐禅をしてもすこしも悟りがひらけないし、心の動揺はしずまりません。なんにもうるところがないままに過ぎてしまいます。それでじぶんの前に門は永久に閉ざされているという感じで家に戻ってきます。そういう漱石自身の自己体験に根ざした小説です。漱石という文学者は、徹頭徹尾禅の悟りがわからないわけで、そのときに、父母未生以前のじぶんの姿とはなんなのか、という公案をあたえられるのですが、もともと理性的なひとですし、その公案についてちっとも答えることができません。それで、答えることができないまんま帰ってきますが、その友人が帰ってこないことになり、またしずかな生活がもどってくる。そんな筋立てだったとおもいます。

漱石自身が、いつまでも悟りもひらけない、それでおもい悩むというような、自我の問題をいくぶんかちがった視点でみ直せるようになったのは、修善寺にいて胃潰瘍で大吐血した体験からだったとされます。大吐血したあとで、貧血状態で身動きもならずに寝ている。そんな体験があって、そのときに漱石がどういうことをかんがえたか？　ということが、『思ひ出す事など』という晩年の小品のなかにでてきます。

漱石はどういっているかといいますと、もしもわれわれの生活を自主自営というような立場からみ直すならば、ちょうど四つに組んだお相撲さんが、それをはたからみているとすこしも動かないけれども、全精魂を傾けつくしていることはすぐにわかる、というのと似ているのではないか。すぐに汗がで、お腹が波うつというようなことになって、やはり、四つに組んで動かないようにみえて、じつは精魂傾けつくしている。そして、人間の生活を、自立自営というような立場から眺めていけば、お相撲さんが動かないようにみえて精魂を傾けているのに類するものではないのかというのです。つまり、日常生活は、はたからみれば、無事平穏に今日も流れ、そしてあしたもほぼおなじようなことをして流れ、という形で流れていくわけですが、しかしよくよくみると、そのなかで日々刻々力わざをやって精魂傾けている。そして、その精魂傾けているという問題をはっきりとりだしてみれば、たとえば自然は、公平なようにみえてひじょうに冷酷だったり、社会というものは、いっけん人情に富んでいるようにみえてひじょうに不公平なものであったりする。そしてまた、そういう観点からみれば、じぶんの細君といえどもまた敵である。それからまた、じぶん自身といえどもまたじぶんの敵である。そういうふうにみられるのではないか。つまり、そういうような力わざをやって、やがて疲れはて、そして老いて死ぬというのが、いっけんはたからみると、きわめて静かに流れている生活ではないのか。日常の生活のなかに、ある裂け目をみる眼をもてば、そんなふうに人間の生活はみえるのではないかとのべています。

またいっぽう漱石は、べつの屈折した見方を同時に披瀝しています。吐血して貧血のまま歩くこともならず動くこともならず病床にいる。するとあたかも生活のなかの力わざからいっけんしりぞいたところでただ寝ているほかない状態にいる。そうしてみると、あんがいじぶんがかんがえていたほど、生活というやつは深刻じゃないともいえるのではないか。また社会というものも、あんがいじぶんがかんがえているほど過酷ではない気もしてくる。そうすると、この世界を赦すことができるのではないか。そういう心境ものべているのです。

この振幅のある考え方が漱石の絶筆となった『明暗』という小説をつらぬいている考え方です。また『明暗』という小説を、ほかの小説にくらべてちょっと質がちがうと感じさせる要素になっています。

お相撲さんの勝負は、一分間かそこらで終わってしまいます。人間は一生そういう力わざをつづけて疲れはて、そして老いてしまう。そんな生活といえども、はたからみれば動かないようにみえる。だがよくよくみれば、そのなかに裂け目が走っている。その裂け目の貌をひとたびとりだすまなざしを獲得すれば、いっけん無事平穏にみえる生活といえども、力わざの連続であり、またじぶん自身を含めてすべてのものは敵だということにもなる。そういう観点は漱石の生涯の作品をつらぬいているといえます。

いま、人間はいったいなんなのか、また人間の個体とはなんなのかという問いを発してみます。たとえば人間は、生理的にみれば、自然の一部分であり、またまったく自然そのものであります。しかし、人間が人間であるというのは、自然であるということ、つまり生理体であることによってではなくて、そんな生理体が、どういうわけか観念の世界あるいは幻想の世界をもつようになったことに根本的な根拠があります。

人間は自然あるいは生理なのに、観念の世界を生みだし、そしてものを考え、感じることをやっている。そういう人間を解くためには三つの解き方が思いうかびます。ひとつには生理的人間として人間を解くという領域があるわけです。もうひとつは、人間の生みだす観念の世界あるいは幻想の世界を解きあかすことで、人間はなんであるかを解いていく。そんな解き方があります。それからもうひとつは、なぜ生理的な自然である人間が、観念の世界あるいは幻想の世界を生みだすかということです。つまり、観念の世界あるいは幻想の世界と、自然である人間とのあいだの境界領域はいったいどうなっているかを解いてゆくことです。

よくしられていますから例としてあげますが、鈴木大拙の禅についての論文をみますと、さきほどあげました、白隠が坐禅しているときたまたま富士山の噴火を目撃し、無意識のうちに〈ハクイン〉と叫んだ、それがひとつの悟りにつながるといった体験は、じぶんが富士山になりきることで富士山をして語らしめることで、そういうのが禅的な方法だとのべています。つまり、それが禅的な方法による私、つまり個体である人間と、それをとりまく外界あるいは対象との関係つけだということです。これは禅にたいしてひとつの解釈を成りたたせているので、悟りとはなにかということ自体にほんとは触れてはいないとかんがえます。

ぼくはじぶんの展開している「心的現象論」で、やはりひとつの解釈を提出していますから、人間とその人間をとりまく対象との関係つけの仕方のシステムをお話ししてみたいとおもいます。

今日の標題でいえば、幻想としての人間の個体はなにかといいますと、根本にあるのは自己抽象つけの意識ということです。つまり、じぶんをじぶんで抽象つけうるという意識です。もうひとつは、じぶんをじぶんで関係つけるという意識、つまりじぶんにたいするじぶんの関係つけの意識なんです。そのふたつの相交ったところで、人間の存在がかんがえられます。自己抽象つけと自己関係つけは、さきほどの観念の世界と自然体あるいは生理としての人間の境界領域としては、どんな問題になるかといえば、自己抽象つけの根本にあるのは、じぶんの身体が現にあるということ、つまり現にという時間性です。つまり、現にあるという時間性が、人間の自己抽象つけの意識の根源だとかんがえられます。それから、自己関係つけの根源はなにかといえば、じぶんがここにあるということです。つまり、ここにという場所的あるいは空間的な最初の意識というもの、それが自己関係つけの根源にあるとかんがえられます。

そうしますと、人間は、まず最初に根本的にはじぶんが現にここにあるという時間性および空間性として存在しているわけです。そして、この存在の仕方が、おそらく人間を人間たらしめている根本のところにあるものです。

そんな人間が、じぶん以外の他の対象にたいして相対するときに、どんな関係のむすびかたをするかかんがえてみます。眼のまえにある対象が机なら机だということを人間がみとめて、受けいれる仕方は、よくかんがえてみますと、自己関係つけの意識を、対象にたいして拡大したところでかんがえられます。対象が眼にみえる対象だとすれば、まず人間の感官のひとつである眼がその対象を受けいれます。そして、この受けいれは空間化ということです。対象の空間化ということなんです。この対象の空間化を成し遂げたつぎになにがくるかといいますと、自己抽象つけをやるわけです。つまり、こんどは時間化ということをやります。すると、眼にみえる対象は、まず受けいれとして空間化をやり、それから、あと自己抽象つけあるいは一般に了解作用としての時間化ということを成し遂げます。そういう過程が成就したときに、たとえば眼にみえる対象である机なら机が、あれは机だというふうに人間にみえ、そして了解される過程が完了していきます。

いま眼にみえる対象を例として限定しましたが、一般に五感と呼ばれる感覚すべてについて、そんなことはあてはまるわけです。眼にみえる対象、音楽のように耳にきこえる対象、あるいはなにかの匂いのような対象、そういう対象と人間とのあいだの知覚的な作用の関係はけっして計量したり、測ったりはできませんが、対象を空間として受けいれ、そして時間として了解するという作用をやり、そして、空間化と時間化との、いわば抽象性の度合がちがうことだけが、五感の位置をきめるだけです。それが眼にみえることと、耳にきこえることの差異の根源にあるものです。その差異はなにによって測られるかといえば、受けいれの空間化の度合と、了解するということの時間化の度合にちがいがあるということです。それが一般に感覚作用の受けとり方でふつう知覚といわれているものの根本にある構造です。

ここで人間に特異な知覚現象が生れます。特別な例外を除いては、視覚（つまり眼です）というものと、それから聴覚（つまり耳ですけれども）作用というものだけは、人間に特有な構造を呈します。たとえば眼にみえる対象あるいは耳にきこえる対象を空間化として受けいれたときに、その空間化ということを、即座に時間的な構造にかえられます。本来的な了解作用、つまり時間化の作用なしに、受けいれの空間性を即自的に即座に時間構造にかえうることが、視覚および聴覚についてはいえます。これは一般的に人間だけに特有なものです。

さきほどの例でいえば、白隠が富士山にむかって坐禅していたら、富士山がたまたま宝永年間の噴火で火を噴きだし、それをみて〈ハクイン〉というふうに叫んだ。そのばあいの富士山という対象と、それをみた白隠の関係はどう理解されるかといえば、富士山という対象が噴火するのが眼に映ったとき、眼に映った空間性が、即座に時間構造に転化したとかんがえられます。だから、それは擬似的な了解に類するだろうとかんがえられます。われわれは、その擬似的な了解に類するものを、一般的に視覚および聴覚にたいしてもっているわけです。それに類するものを、たとえば幻視、あるいは聴覚のばあいには幻聴というふうによんでいます。幻視、幻聴は、もともと視覚作用および聴覚作用について人間がもっている特異性、つまり、空間的な受けいれが即自的に時間構造に転化しうることを根拠にして、成りたつとかんがえられます。視覚と聴覚をくらべると、聴覚の空間化度および時間化度は、視覚のそれよりも高度にあるとみなされます。だから、たとえば精神分裂病者のばあいでは、幻視はわりあいにすくないんです。つまり、ほとんどないといっていいぐらいですが、幻聴はとてもおおいわけです。幻聴はなぜおおいかといえば、対象の空間的受けいれの作用を即座に時間構造に転化しうる可能性が聴覚のほうがおおいからです。つまり、聴覚のほうがそういう作用性をおおくもっているから、幻聴という現象が、たとえば分裂病者におこりうるわけです。だから、そこでは、たとえば針が落ちるほどの音が、雷鳴がとどろくほどのおおきな音にきこえたりします。この現象は異常現象ではありうるでしょうが、いつも病的な現象ではありません。

それからまた、白隠が坐っていたときに、富士山が噴火し、なんか富士山とじぶんとがいっしょになったような感じになって〈ハクイン〉というふうに叫んだ。そういう作用もまた、入眠状態としてふつう常識からいえば異常とかんがえられましょうが、けっして病的なものではないとおもいます。

幻視や幻聴が作為性として、つまり、なにかから命令されているようにおこったばあいに、病的な現象とよばれます。つまり作為体験が、異常と病的とを差別する重要なポイントになります。この作為性、つまり他から強制されたように幻視、幻聴というのがおこるのはなぜかといいますと、人間の心というもの、幻想としての人間は、いったん空間性として受けいれた対象がありますと、対象を受けいれたこと自体、また受けいれられた対象それ自体を、またふたたび対象となしうることに根拠があります。そのばあいには対象は外にはないわけで、かならず幻想の内部にあるわけです。だから、幻想のなかのそういう対象をふたたび対象として、空間的な受けいれ、そして時間的な了解としてふたたびそういう作用をなしえます。そういうことがおそらく他から強制されて幻視、幻聴がでてくる問題の根本にあるとかんがえられます。

音楽家や音楽の理論家が、音楽は時間性の芸術だというふうにいいますが、それはちがうので、音楽といえど聴覚に関与するかぎりは空間的受けいれであり、その空間的受けいれの時間化によって了解される作用です。ただささきほどいいましたが音楽は聴覚に関しますから、聴覚は受けいれの空間性それ自体を時間性に転化します。それ自体が時間性の構造でありうるために、しばしば時間性の芸術だといわれるゆえんが生じてきます。

ベルグソンなんかはちがう考え方をしています。聴覚をとれば、ある一瞬前のある音階の音《おん》と、つぎの瞬間楽器によって弾きだされる音階の音とは、人間の耳に、つまり感覚器官に到達するとき時間的な遅れがありましょう。そうかんがえていけば、ある音楽をきいていることは、自然の時間としてひじょうに微小ですが、時間差がある音階を、つぎつぎときいては、それを了解していることを意味します。

だから、音楽をきくばあいに、われわれはけっして現に鳴っている音楽をきいているのではない、現に鳴っている一音階がつぎの音階と時間的なずれを生じながらつぎつぎと空気を伝わってくる。われわれはけっして現在をきいているのではなく、かならず過去をきいているのだ、つまり、過去を現在化しているのだとかんがえます。だからベルグソンでは人間の記憶がとても重要な要素としてかんがえられます。しかし自然時間の遅れが、われわれの現在と過去あるいはまだ到達しない未来というものを決定するとはかんがえられません。だから、記憶という概念にすべてを負わすことはできないとおもっています。

さきほどいいましたように、自己関係つけの意識および自己抽象つけの意識のいわば錯合したひとつの構造は、人間の存在にとってとても本質的なものだとおもわれます。こういう考え方は、知覚作用と部分的にしか結びつきません。ほんとはなにに結びつくかといえば、言語に結びつきます。ある空間化の度合で自己関係つけの意識が生じたときに、それを心の規範とよぶことができましょう。それから、自己抽象つけの意識がある水準の時間性の度合をもったときに、それを概念あるいは心的な概念というふうによぶことができます。この心的な概念と心的な規範を人間の心の外においたときに、つまり外部にかんがえたとき、それを言語とよんでいるわけです。外におくこと、つまり発語です。言葉を発すること、あるいは言葉を表現すること、そういう次元で言語というものをかんがえると同時に、逆に言語というものが発語されたときに、人間の心にその発語自体がまきおこす反作用、心の反作用というものを、いわば心的な規範あるいは心的概念というふうにかんがえることができます。そして根本にはさきほど申しましたように、自己関係つけと自己抽象つけとして存在している人間であるとかんがえております。

禅的な立場からいえばただの解釈になってきますが、沈黙ということの言語的な意味はなにかということがここで問題になってきます。禅宗のほうでは不立文字というんでしょうか、つまり言葉でいいあらわせないものです。これは沈黙それ自体が言語的な意味をもつというふうにかんがえたいわけです。もし言語つまり言葉を、過去にある文章あるいはある記録なんかに記されたもの、ある時代ごとにのこされたものとしてかんがえれば、言語は、いわば共同的な規範であります。あるいは外的な規範です。だから文法であり、音韻であり、そして韻律でありというようなさまざまな規定性をもって存在しているわけです。これが、いわば言語学者があつかう次元での言語という概念です。言語学者があつかう言語という概念は、外的な規範あるいは共同的な規範として、そこにのこされ、そこに一定の法則を与えられます。つまり、主語のつぎには述語がきて、というような法則性をもつようになります。そういう規範としての言語は一般に言語学者があつかう言語ですが、こういう次元で言語をあつかえば、その対極にくる沈黙、つまりなにもいわないことは、なにものこさないこと、なにもないこと、つまりなんでもないことになっていきます。ところが、いったん言語というものを、発語あるいは表現、つまりある心がそれを表現したものという次元でかんがえると、その反作用として沈黙は言語的意味をもつとみなされます。そして、沈黙の言語的意味というものは、そういうものとして存在するのです。

話は面倒になっていきますが、なぜわたしたちは言語を発するのでしょうか。あるいは〈わたしはばかです〉というように、なぜ言葉を発することが可能でしょうか。

〈わたしはばかです〉と発語したばあいにあきらかに、〈わたし〉と発音したところから〈です〉といいおわったところまでには二秒なりの自然時間が流れています。だから、自然の時間が二秒流れていることは、いわば外的な意味で人間が〈わたしはばかです〉としゃべりうることの必要な条件です。ところで〈わたしはばかです〉というような言葉を、人間がなぜ発することができるかといいますと、ひとつには〈わたし〉という言葉の受けいれとしての空間性と了解としての時間性が、ある一定の度合をもっていること、そしてつぎの〈は〉という言葉の受けいれの空間性と時間性とが、またそれと異ったある一定の度合をもっていること、そして〈ばか〉という言葉の空間性と時間性が、またそれと異ったある一定の度合をもって、発したものの心に対象性として存在すること、そして、存在しなければならぬことはたしかです。

そうして〈わたし〉という言葉の受けいれとしての空間性と了解としての時間性の度合が、つぎの〈は〉の度合とちがい、〈ばか〉はまた度合がちがい、〈です〉はまたそれと度合がちがう。それはたしかなことです。これは文法的にいえば〈わたし〉は人称名詞だ、そして〈は〉は助詞だということですが、そういう区別は文法的です。いまの心と言葉を発する関係からいえば〈わたし〉の空間性の受けいれの度合と、了解の時間性の度合とが〈は〉の空間的受けいれと時間的了解の度合とは、測れるか測れないかはべつとして、ちがうことはたしかです。そして、〈ばか〉も、またちがう。こういうちがいを、わたしたちの意識は了解しています。

こういった了解がなしには〈わたしはばかです〉という言葉自体を発することはできません。もし各語がみんなおなじ受けいれの空間性と了解の時間性としてあるとすると、ただのっぺらぼうなひとつの対象性をみているだけです。発語が〈わたしはばかです〉という意味として理解されるはずがないのです。だから、これがあきらかに〈わたし〉と〈は〉と、それから〈ばか〉と〈です〉とは、それぞれがみなちがった受けいれとしての空間性と了解としての時間性をもつことを、わたしたちの意識が理解していることが〈わたしはばかです〉という言葉を発するための必須条件のひとつだとわかります。

もうひとつ文法的な規範としては簡単なことですが、〈わたし〉という言葉と〈は〉という言葉のあいだには、ちがった時間があります。それは文法的にいえば、言葉のあいだの句切りです。つまり〈わたし〉という言葉を発する意識の時間性と、それから〈は〉という言葉を発する時間のあいだに句切りとしてはさまる時間が異った時間だということです。それがちがっていなければ〈わたしは……〉なんていうことは、みんなのっぺらぼうになってしまいます。〈わたし〉それ自体と〈は〉それ自体とのちがった時間がそこに流れること、つまり外的な規範でいえば句切りであることですが、そういうものが介在します。だから〈わたしはばかです〉と発語したばあい、自然時間として二秒間、それから意識の時間としては、それはさまざまな形をとったさまざまな意識の時間を体験します。そのさまざまでありうる時間が、おのおの異質の時間として〈ばかです〉のところまでゆくだろうとかんがえられます。この異質の時間性の体験の差異が人間に可能だということが〈わたしはばかです〉という言葉を発するための根本条件なのです。

わたしたちが言葉を発することができないで沈黙しているという状態は、いまいったことが不可能な状態を意味しています。ところが沈黙がなぜ言語的意味をもつかといえば、いま申しあげた句切りの拡大、あるいは〈わたし〉と〈は〉のあいだにある時間の拡大が、ひじょうにおおきくなったばあいが沈黙の状態だとかんがえられるからです。〈わたしは〉とまでいいかけたんだが、つぎの〈ばかです〉という言葉はどうしてもでてこなかった。そんなばあいには人間は〈わたしは〉というところで、あと止まって口のなかでむにゃむにゃいうか、心のなかでむにゃむにゃいっていることになります。そういう句切りにおける異質の時間が拡大されたものが沈黙ということなのです。そうすると空虚な沈黙ではなくて、言葉を発しないために意識のほうではいっぱいなにかが塡まっている状態、つまり意味がいっぱい塡まっている状態がここにあるということです。だから〈わたしはばかです〉といいたいのに〈わたしは〉といったところであとがいえなくなってしまう。いえなくなった沈黙は、逆に心の状態としてはいっぱいなにかが塡まっている状態です。こういった問題が一般にわたしたちがかんがえている沈黙、それから沈黙の意味、なぜ人間が言葉を発することができるか、それからなぜ人間にとって言葉が本質的かという問題であります。

ところで、こんなふうに人間の心の状態を分析して、よくよく現実的に内省していきますと、いわば個体の問題だということがわかります。人間は、個体としてだけ対象との関係つけをやるわけではなく、他者との関係つけをやっています。

人間の個体が他者と行なう最初の関係つけの仕方はなにかといいますと、それは男性または女性としての人間ということです。つまり人間の個体がいったん他者とかかわりをもとうとするやいなや、人間は性として、つまり男または女としての人間としてあらわれます。

皆さんのほうは、禁欲的な戒律で承認されないのかもしれませんが、人間がいったん他者と関係つけを行なおうとすれば、かならず性としての人間として他者と関係つけられます。だから、男どうしの関係、たとえば友情というようなものでも、あるいは女どうしの友情というものでも、その関係の本質は性としての人間が原形になっています。それが人間の他者とかかわるばあいのいちばん最初の問題であります。

禅なんかでは、他者とのかかわりあいはあんまり問題にされないのかもしれないですし、ことに臨済禅じゃなくて曹洞の禅の考え方ではそうなのかもしれません。幻想としての人間が、ひとたび他者とかかわるばあいには性としての人間が根本的だということができます。人間は意識をもち観念の世界を作ります。でも自然体としては自然の一部だというように存在します。自然の一部としての人間というばあいには、他者も自己もない。それは人間の類です。そこでも自己対他者という意味をあたえようとすれば、自然的な性としての人間とかんがえるほかにありません。そのうえでなお観念の世界で自己対他者という関係つけをしたいとかんがえるばあいには、性的幻想としての人間、つまり男あるいは女としての人間という本質的な関係になってきます。

この領域は対幻想、つまりペアになった幻想の領域に属します。その領域の範囲内においては、フロイトの考え方というのは古典的で、またある意味で図式的ではありますがとても正当にさまざまな問題を提起しています。フロイトは他者との関係、いいかえれば性としての人間というものが人間の根本的な在り方だとかんがえました。もちろんフロイトはしばしば文化的なことにも、あるいは芸術的なことにも言及しています。けれどもその領域はまた異った領域だとおもいます。

その領域はなにかといえば、共同の幻想としての領域なんです。そして基盤になっているのは社会とか国家です。幻想性の領域は対なる幻想の基盤として家族とか婚姻形態をもっています。そこを通過して幻想の共同性に至ります。ですがけっして家族集団をたくさんかき集めれば共同幻想の領域に到達するわけではありません。共同幻想の領域と対幻想の領域とのあいだには、位相のちがった問題があらわれますから、まったく次元のちがった領域として理解しなくてはいけません。

共同の幻想の領域はいわば個人の幻想にたいしてさかさまになってしまいます。一対の男女の共同性はかならずしも共同の幻想性にたいして逆立ちはしませんが、まったく次元と位相がちがうところから由来する矛盾をかならずもっています。共同の幻想性をすぐに対なる幻想の領域の拡大されたものと理解すべきではないことがわかります。また幻想性としての個人をふたつ並べれば対幻想になるということでもありません。

総体的にいえば個人の幻想性からはじまった人間の幻想性の全領域は、けっして平面的にひきのばし単独を複数に、それから多数にひきのばすことで理解されるものではなくて、いわば立体的に位相と次元を異にして存在しているといえます。そのばあいに、個人幻想とそれから対となった幻想、それから共同的な幻想を基軸として考慮にいれればよいことになりましょう。

禅的な立場からはゆるされそうもない解釈、分析、理解に終始してしまいましたが、仏教的な悟りからいちばん遠い人間としての立場から、禅的な心の問題に接近しようとしておこる問題を、お話ししてみたいとおもいました。ご静聴ありがとうございました。

新体詩まで

日暮里駅を谷中の墓地側におりると、すぐ右手に長久山本行寺という寺がある。ある日、いつもの子守り歩きのついでに、市河寛斎の墓をちょっとたずねてみようとおもって境内にはいっていった。寛斎の墓は本堂の裏手のひと塊の墓群のなかにあった。墓標の傍に「文安先生市河子静墓銘」があり「故富山藩教授市河子静歿云々」という文字が刻まれている。ああここか、いつかもう一度墓銘でも写しにくるか、などとおもって寺の門を出た。

寛斎は、支那宋代の江湖派のひそみにならって、天明期以後の漢詩壇で、江戸に「江湖社」をつくった詩人儒者である。現在、わたしのような素人がふところ手で、寛斎の詩をよもうとすれば、日本古典文学大系（岩波版）の『五山文学集・江戸漢詩集』の巻に、三篇みつけられるだけである。それも特にいい詩ではない。しかし、寛斎がでて宋詩が流行したといえるほどの影響を、当時の詩壇にあたえた大きな存在であった。かりにおれがくたばったあと百年以上もたって、今日のおれほどにもおれの墓に付き合うやつはいまい。それならばこの詩人儒者はもって冥すべきだなどと勝手なことをかんがえていた。

詩人儒者とは、現代の言葉でいえば、詩人英文学者（あるいは仏文学者）といったものに相当する。現在わたしたちは漢詩をつくったり、漢文をかいたりする素養をまったく無くしてしまっている。しかし、ホン訳調の詩をつくったり、英文（あるいは仏文）をかいたりすることは、まんざらできないわけではない。ようするに漢文が英文（あるいは仏文）にかわっただけで、事態はそれほど変ってはいないのではないか。こういう疑問は、もうすこし緻密につきつめてみる必要があると思った。

またの日、子守り歩きのついでに、こんどは手帳と鉛筆をもって、寛斎の墓の前に立った。珍しい大雪が降ったあとで、風が冷たかったが、娘に鯛焼きを喰べさせておいて墓銘を写しだした。ほとんど大部分を写したころ、娘は鯛焼きをたべ尽くして、もう行こうよといいだした。誰もいない墓石のあいだで、こういうことをやっていることが、娘にどんな影響をあたえるだろうか、ふとそんな思いがかすめた。これはやめたほうがいいとおもって、手帳をしまいこんだ。ふとみると墓の後ろに一本、真新しい供養の木札がさしこんである。供養の主の名は「市河□喜」となって□の字のところだけは、何かにさまたげられて視えない。わたしは、それを英文学者市河三喜にちがいないと独り定めした。そうすればつじつまが合うのだ。

何故に儒学者は英文学者に照応し、事態はいっこうに変らないようにみえるのか。この問題には若干の歴史が介入しており、それを解き明かすにはすこし詳細な手続きを踏んだほうがいい。

寛斎が晩年唐詩をはなれて宋詩に惹かれていったのには、さぞかし個人的な理由があったにちがいない。それを臆測するだけの材料をもたないが、すくなくとも時代的な傾向だけはとりだすことができる。寛政当時すでに、家業を継ぐのが嫌な商家の子弟が、家督を弟に譲って、じぶんは漢籍を漁り詩文をひねるという風潮が横溢していた。また家から疎外された次男坊以下が、放浪しながら詩文をなすといったことも珍しくなかった。また幕府の下級官吏が、律義に勤めあげながら、こつこつ書籍をあさり、文章を書きつけるという例もあった。これらが寄り集まれば運座となり、遊興となり、名所詣でとなるということもさして奇異なことではなくなった。儒学が武家相手の旧態の伝授だけでなく、巷の町人たちのあいだに保持されるだけの基盤が生れつつあったのである。宋詩の俗世的な側面は、このような風潮が必然的にむかえたものである。漢詩人たちもまた、基盤のないところで、唐詩の雅調をまねることに耐えられなくなったといってよい。これはある意味で時代的な傾向であったため、漢詩人だけを襲ったものではなかった。寛斎たち「江湖社」の漢詩人をおとずれた課題は、いわゆる天明期以後の俳諧師たちをも見舞っている。

天明期俳諧の第一人者であった夜半亭蕪村には「春風馬堤曲」十八首がある。蕪村は興味ぶかいことにこれを歌曲とよんだ。当時の常識で〈歌曲〉というばあい、三味線にのせて唱われる俗曲節や浄瑠璃節を意味している。「馬堤曲」は発句と漢詩と和体に書き下した漢詞をつづりあわせた一種の語りの詩と呼べるものだが、蕪村はじぶんでは平易な俗体とかんがえたらしい。これは漢詩文に狎れていない現在のわたしたちには想像を超えている。漢詩文をもったいぶった大げさな表現とうけとっている現在の語感では、「馬堤曲」は高踏的なものと感じられるようになっている。

時代的な傾向から推定するかぎり、蕪村には漢詩文をあやつることは自在だったはずである。そのうち俳諧にとって芭蕉はすでに半ば伝説上の人に化しており、俗語を平然ととり入れ、俗事を季語によみこむ風はさかんになっていた。漢詩体と和詩体とは相互に対応する水準がはっきりと把まれていたと信ずべき根拠がある。

蕪村だけでなく、蓼太、几董、白雄、暁台など、天明俳諧の雄たちの発句がはっきりとしめしているように、こういった表現上の平俗化は、俳諧の性格にいちじるしい変化をあたえた。俳諧は自然を深く彫りこむための強い撰択力をもった〈眼〉によって成立つのではなく、仮構された意想の水準に〈自然〉をひき上げることによって成立つ象徴詩の性格を帯びるようになった。だから仮構の意想が完結しないかぎり、俳諧もまた完結しない。五・七・五で独立した詩形としての完結感を与えるのが俳諧だとすれば、すでに俳諧の独立性は危うくされていたといえる。ただ一句ずつを連ねて、一種の語り詩の性格をもたせる可能性もうまれたのである。

蕪村は自身が南北画をかいた画家でもあり、また芝居好きであった。幼童のとき、春になると故国の〈毛馬塘〉の堤にのぼって遊びくらした。河水には舟が上下し、堤には往来するひとびとがいる。そのなかには田舎娘が浪花に奉公しているうち、浪花風の化粧をおぼえこみ、髪かたちも妓家の風情をまねて、〈正伝しげ太夫の心中のうき名をうらやみ、故郷の兄弟を耻いやしむ〉態もあったが、さすがに故国を慕う情は切なく、親里に帰省するものであろう、ある日そういう女と一緒になった。蕪村は「春風馬堤曲」を〈浪花を出てより親里迄の道行にて、引道具の狂言、座元夜半亭〉というつもりでかいたのである。

余一日問耆老於故園。渡澱水過馬堤。偶逢女帰省郷者。先後行数里。相顧語。容姿嬋娟。癡情可憐。因製歌曲十八首。代女述意。題曰春風馬堤曲。

春風馬堤曲　十八首

やぶ入や浪花を出て長柄川
春風や堤長うして家遠し
堤下摘芳草　荊与蕀塞路
荊蕀何無情　裂裙且傷股。
渓流石点々　踏石撮香芹
多謝水上石　教儂不沾裙。
〈堤下ニ芳草ヲ摘レバ　荊ト蕀ト路ヲ塞グ
荊蕀何ンゾ無情ナル　裙ヲ裂キ且ツ股ヲ傷ク
渓流石ハ点々　石ヲ踏ンデ香芹ヲ撮ル
水上ノ石儂ニ教エテ裙ヲ沾サザルヲ多謝ス〉

一軒の茶見世の柳老にけり
茶店の老婆子儂を見て慇懃に
無恙を賀し且儂が春衣を美む。
店中有二客　能解江南語
酒銭擲三緡　迎我譲榻去。
〈店中ニ二客有リ　能ク江南ノ語ヲ解ス
　酒銭ヲ三緡ニ擲ツテ　我ヲ迎エテ榻ヲ譲リテ去ル〉
古駅三両家猫児妻を呼妻来らず
呼雛籬外鶏　籬外草満地
雛飛欲越籬　籬高堕三四。
〈雛ヲ呼ブ籬外ノ鶏　籬外ハ草地ニ満ツ
　雛ハ飛ンデ籬ヲ越エント欲シ　籬高クシテ三四ニ堕ツ〉
春艸路三叉中に捷径あり我を迎ふ。
たんぽゝ花咲り三々五々五々は黄に
三々は白し記得す去年此路よりす。
憐みとる蒲公茎短して乳を浥《アマす》。
むかし〳〵しきりにおもふ慈母の恩。
慈母の懐袍別に春あり。
春あり成長して浪花にあり。
梅は白し浪花橋辺財主の家。
春情まなび得たり浪花風流。

郷を辞し弟に負て身三春。
本をわすれ末を取接木の梅。
古郷春深し行々て又行々。
楊柳長堤道漸くくれたり。
矯首はじめて見る故園の家、
黄昏戸に倚る白髪の人、
弟を抱き我を待春又春。
君不見古人太祇が句
　藪入の寝るやひとりの親の側

萩原朔太郎は『郷愁の詩人与謝蕪村』で「馬堤曲」に触れてつぎのようにかいている。

単にこの種の詩ばかりでなく、前に評釈した俳句の中にも、詩想上に於て西欧詩と類縁があり、明治の新体詩より遥かに近代的のものがあつたのは、おそらく蕪村が万葉集を深く学んで、上古奈良朝時代の大陸的文化——それは唐を経てギリシアから伝来したものと言はれてる——を、本質の精神上に捉へて居た為であらう。とにかく徳川時代に於ける蕪村の新しさは、驚異的に類例のないものであつた。あの戯作者的、床屋俳句的卑俗趣味の流行した江戸末期に、蕪村が時潮の外に孤立させられ、殆んど理解者を持ち得なかつたことは、むしろ当然すぎるほど当然だつた。

朔太郎はまったく誤解している。当時そういう説——万葉集・大陸文化・ギリシアを結びつける——があって朔太郎を曳きずったにちがいない。蕪村は、もちろん「戯作者的、床屋俳句的卑俗趣味」から

「馬堤曲」を作ったのである。もっとはっきりいえば、芝居好きの蕪村が芝居の〈道行き〉を詩体でかくつもりであった。蕪村に有りったけの漢詩と俳諧の素地をはたいて、こういう語りににた〈歌曲〉をつくらせた情況は、俳諧も漢詩も卑俗で平明なところへ道連れにした素町人の巷（浮世）の興隆であった。朔太郎を誤解させたのは、かれの語感だが、その語感では「馬堤曲」を構成している俳諧と漢詩が高踏的なものと映ったのである。じつはまったく逆で、俳諧はあまりに平俗で詩形としての独立が危うくなり、漢詩は宋詩体のきわめて平明なありきたりのものに移りつつあった。朔太郎のいうように「馬堤曲」が〈近代的〉であるとすれば、蕪村が俳諧と漢詩体とがどうしようもなく平俗になってゆく趨勢を、試作の体験として同時代のたれよりも深刻な意味で体得していたからだとおもわれる。蕪村には俳諧と漢詩体が車の双輪のように呼応しながら、平俗へ平俗へと坂を下ってゆくさまが視えていた。だから、漢詩体を和体に書きくだせば俳諧に近づき、車の双輪を媒介することが信じられたのである。

この傾向が時代の趨勢を語っていることは、蓼太・几董・白雄・暁台など、天明期の代表的な俳諧師のすぐれた作品を拾いだしてみればよくわかる。

蓼太

沢蟹の鋏もうごくなづなかな
誰どの、御先追らむ朝がすみ
五月雨やある夜ひそかに松の月
雀子や余寒の蠅を追まはし
人ふまぬ都わづかに菫かな
消えかゝる燈もなまめかし夜の雛
あれ春が笠着て行はきてゆくは

野山より市のものなり夏の月
人ちかき命になりぬきり〴〵す
秋風に片羽煩ふ胡蝶かな
鐘つきにのぼるも見えて秋の暮

几董

野梅咲て挽歌きこえずなりにけり
凧《たこ》の尾の我家はなるるうれしさよ
野を焼や小町が髑髏不言《ものいはず》
むらさきに見よや桔梗を手向草

白雄

万歳の頤《おとがい》ながき旦かな
永き日や鶏はついばみ犬は寝る
みなあらた産家に隣る雛かざり
人恋し灯ともしころをさくらちる
立出て芙蓉の凋む日にあへり
うぶ髪の古郷遠き夜寒かな
木枯や市に業《たづき》の琴をきく
冬の海見よむさし野の比企野より

暁台

鏡餅母在して猶父恋し
閨ふかく牡丹にいどむ春の情
しらうをの骨身を浹《とほ》すかゞりかな
卵吸ふ顔に罪なしはるの人
なの花や半ば見え行く葬の人
なのはなや南は青く日はゆふべ
花のうへに海少しあれいせ桜
夕貌のはな踏む盲すゞめかな
うらがれや西日にむかふ鳩の胸

わたしの好みで択んだが、いずれも俳諧としてみれば、句切りの彫りが浅く不安定になっている。それとともに俗語の滲入が眼に立つほどである。大げさな思い入れや句切りで一句にとどめを打とうにも打てなくなっている。余情からではなくて、まだつづきがあるとおもわせながら句が終っている感じである。現在のわたしたちにも、巷（浮世）にはどんな顔をした男女が、どんな生活をし何をかんがえながら日を送っているのか、手にとるように想像できそうな気がしてくる。大衆の生活感性などは百年や百五十年へだたっても、それほどちがうものではないと思わせる側面で俳諧が成り立っている。天明俳諧がすでに常民的な感性のところまで平俗化を深め、そこに垂鉛をおろしたことを象徴している。そこまでゆけば、現在の情緒に生活民の貌が生々しく浮んでくるのは不思議ではない。

わたしは白雄の句が好きだが、「永き日や鶏はついばみ犬は寝る」、「人恋し灯ともしころをさくらちる」といった句は、あまりに平明すぎて現代の俳人でもつくらないだろう。べつな意味でもったいぶっているからである。だがこういう平明な句は、鶏がよちよち歩き犬が隅のほうで寝ころがっている農家の庭や、薄あたたかい夕ざくらの風景と人を、手でつかめるほどの至近の距離で感触させる。なんだそれほど昔のことでもないじゃないか、と。この感触は朔太郎を誤解させるに充分であった。

朔太郎がこういう感触を〈ハイカラ〉なものと誤解したのは、近代詩における西欧詩の〈ハイカラ〉な導入の仕方とアナロジカルに、天明俳諧における漢詩体の導入の意味をかんがえたからである。漢詩体はむしろ平俗化と解体の契機として俳諧に導入され、混和したということを朔太郎は考えあわせなかった。俳諧師たちにとっては漢詩体は、もてあそぼうとおもえば、かなり自在にあやつれるものになっていた。それは江戸幕府の官学であった儒学が、すでに巷（浮世）の町人たちのあいだに存立の基盤をもつまでに、下降していった事情を背景にしている。

さきにあげた蓼太の句

五月雨やある夜ひそかに松の月

を清人程劍南はつぎのように漢訳した。

長夏草堂寂。　連宵聴レ雨眠。
何時懸二月色一。　松影落二庭前一。

太田蜀山人はつぎのように漢訳した。

尋常五月多二陰雨一。　一夜松間微月露。

前者は意訳ともいうべきもので、後者は逐語訳ともいうべきものである。もちろん前者の訳が圧倒的に優秀である。「ある夜ひそかに」がふくんでいる誰かが束の間の月のはれ間をみたようでもあり、まただれにも知られずにまた夜のうちに長雨につながってしまったようでもあるといった感じは、「松影落庭前」という間接描写によってうまくとらえられている。蜀山人の訳では「ひそかに」以下は「微月露」としかなっていない。蜀山人は俳諧に通じていたし、狂詩をつくるほど漢詩の作法にも通暁していた。だから即座に和体の句と漢詩体とは相互転化しうるものであった。蓼太の句を背景まで含めてひとたび視覚像にしたのち、その情景を漢詩体に訳すということは想像力の働きとして迂遠におもわれたにちがいない。蜀山人の俳体の漢訳はわたしたちにつぎのようなことを推定させる。「五月雨やある夜ひそかに松の月」という蓼太の句を、現在、わたしたちは、かなり弾みのある軽い彫りの浅い句のようによむ。そして、蜀山人の逐語的な漢訳「尋常五月多陰雨。一夜松間微月露。」を物々しく重たい句としてうけとる。しかし、わたしたちの語感はおそらく誤解している。蓼太の句は、蓼太にとっては、わたしたちが現在うけとるより幾分か重たい句であり、また、蜀山人の漢訳はわたしたちが現在感ずるよりも、はるかに自在で軽いものであったにちがいないのである。

こうかんがえてくると、蕪村の「春風馬堤曲」は、ほとんど蕪村がじしんで言うように芝居の〈道行き〉くらいに軽く読まるべきであることが想像される。

漢詩文の素養などはまったくもっていないわたしたちは、現在、漢語の患わしさをできるだけ振りほどこうとしている。漢語をいわば滅亡の途上でみているため、ただ無縁な重みとしてしかうけとっていない。しかし当時は漢詩文を漢語表現の内部で平俗化する余地があったのである。そしてこの平俗化は、ただ和詩文の俗語の感性と漢詩文の感性を等価的におきかえることによってだけ可能であった。そこでは本来的に漢詩文がもっている意味が、まったく異ったふうに受けとられているかどうかは問題ではなかった。ただ感性的な等価が成立てば、和製の漢詩文でよかったのである。
この想定を裏づけるものとして、俗謡の漢詩訳の試みをあげることができる。

箱根八里は馬でもこすが、こすにこされぬ大井川
関山八十里。難険猶有レ路。
不レ似大堰川。渺漫動難レ渡。　（副士定）

月をみんとて薄雲みれば空に知られぬ微雪《こゆき》ふる
欲レ見二嫦娥一望二白雲一。春月朦朧微雪紛。　（清人某）

和体の俗謡はきわめて自在に漢詩体に転化されている。ただいったん漢詩体に転化したものは、すでに和体のニュアンスを失っている。「こすにこされぬ大井川」は、大井川が「渺漫動難レ渡」なのではなくて旅人の心が「こすにこされぬ」のであり、また、「空に知られぬ」は「春月朦朧」ではなく、心のうちに〈空に知られぬおもいの微雪〉がふることである。

また現代の西欧人の俳句のホン訳とおなじように、俗謡がもっている語の旋律のわい雑な曲線は、すべてなくなってしまっている。「月をみんとて」でも〈月みまく〉でも、ひとしく〈嫦娥ヲ見ント欲シテ〉でしかありえない。もしそうでなければ〈嫦娥ヲ見ント欲シテ〉という漢語の云いまわしのもっているニュアンスは、和文の感覚ではもともと了解し難いのだ。わたしたちはただこの種の俗謡の漢詩化の試みのなかから、漢詩体と和体との感性的な等価が信じられている微候を読みとるほかないのである。そして「朦朧」といえば現在の語感にひきよせて重たく受けとり、けっして「知られぬ」という意味に了解しないようになっていることを警戒すれば足りる。

こういう問題は逆な意味で漢詩人たちを悩ました。天明期以後の漢詩人たちが、唐詩体から宋詩体の模倣に移ったのは、無意識のうちにこの普遍的な問題にぶつかったからである。それは主題を日常の生活や自然の卑近なささいな対象にうつすことによって、俗世的なものに詩の関心をむけようとすることを意味した。いわば卑俗で何でもないようにみえる対象からさえ、委曲を汲みとろうとしたのである。たとえば、市河寛斎の晩作から例をひいてみる。

漁夫

晴江斜日繫孤舟　〈晴江ノ斜日ニ孤舟ヲ繫グ
水浄遊魚不受鉤　水浄クシテ遊魚鉤ヲ受ケズ
斟尽瓦甌眠欲熟　瓦甌《ガオウ》ヲ斟《ク》ミ尽シテ眠リ熟セント欲ス
蜻蜓閑上竹竿頭　蜻蜓ハ閑《シヅカ》ニ上リヌ竹竿ノ頭〉

この漢詩をいまわたしが和体に直してみれば、きっとつぎのようなものになる。

隅田川　夕陽の岸に釣舟よせりゃ
魚は澄む鉤《はり》みえるまで
徳利酒ほし板子をまくら
蜻蛉《とんぼ》がきて澄む竿のさき

そして、寛斎の漢詩をこれよりも高踏的にかんがえるのは、たぶん錯覚である。寛斎の好きだった宋の陸游の詩の一句「冷蛍堕水光熠熠」というようなところは「蜻蜓閑上竹竿頭」という結句を触発したかもしれないが、本来の意味はまったくちがっている。ある一こまのなんでもない風物を写すという以外の意味を、寛斎の詩はもっていないとおもえる。おなじく寛斎の、

僧院春日

木魚声静野僧家　〈木魚声静カナリ野僧ノ家
烟淡風軽日正斜　烟ハ淡ク風ハ軽ク日ハ正ニ斜ナリ
可惜送春前夜雨　惜ム可シ春ヲ送ル前夜ノ雨
満園紅紫半残花　満園ノ紅紫ハ半バ残花ナリ〉

これをかりにわたしが天明期俳体に似せて訳せば

行く春や花濡れのこる僧の家

平明で、市井の茶飯事に主題をもとめる天明から寛政期の漢詩人たちが目指したのは、宋詩体をまねて漢語による俗謡ともいうべきものをつくりあげることであったとおもえる。

わたしたちが無条件に江戸期における詩というとき俳諧のことを意味している。室町連歌の必然的な形式の転化という意味をもつものは俳諧だからである。この意味は江戸期の文学とはなにかを、無条件的に問うとき浄瑠璃（劇）と答えるのとおなじである。これにたいして江戸期の漢詩はまったく別の根拠から隆盛をみちびいている。その源泉は江戸幕府の官学としての儒学にさかのぼることができる。漢

詩人はおおく儒者か僧侶であった。しかし天明―寛政期以後になって、いくらか性質がちがってきた。漢詩人は官学とは直接関係のない下級武士や町家の好事家のなかから生れるようになった。作詩入門書がつくられ、寺子屋の教養も、詩にまで持続的に延長される可能性が巷（浮世）のなかでも生れるようになったのである。

頼山陽は絶句をおしえるのに

大阪本町の糸屋の娘　（起句）
姉が十六、妹は十四　（承句）
諸国大名は刀で斬るが　（転句）
いと屋の娘は目で殺す　（結句）

こういう俗謡の例で教えたといわれる。これは漢詩が俗謡の感性と等価であったことをよく象徴している挿話である。下級武士や巷（浮世）の町家の子弟は、私塾である寺子屋で漢籍の素読を習い、長ずれば仕事の傍に黄表紙本や絵草子をよみ、芝居見物や遊興街で浄瑠璃のさわりや俗曲を覚えこんだ。すなわち漢籍の素養は学校でおしえられる正科であり、小説、俗曲のたぐいは娯楽や趣味の意味をもっていた。幕府の官許の学か私学かという問題は、巷（浮世）では正科か趣味かという問題におきかえることができた。もしかれらが正科の延長で詩を作ることを覚えこんだとすれば漢詩をつくっただろう。趣味の延長で詩を思い描いたとすれば、とうぜん俳諧におもむいたにちがいない。こういう漢詩と俳諧の関係は、伝統的な詩形の感性にひきもどしてみれば、長歌・今様・俗曲歌謡の帯域に包括されるとかんがえることができる。

このうち、長歌・今様はもっとも〈高級〉なはずなのに、年来の旧形式に制約されてほとんど時代を背負いきれなかった。新しい素材のまえにはまったく無力であったといいうる。

看蒸気車走鉄道偶爾作歌　　僧弁玉

久かたの　空のどけきを　鳴神か　くづれおちくる　竜神か　いまきのぼれる　かきくらし　雲ぞおこれる　なりひびき　音ぞとゞろく　その雲は　たく火のけぶり　その音は　車のひゞき　立ちとまり　見るまもあらず　つらなれる　屋形のうちに　こゝばくの　人つどへのせ　しきわたす　くろがねの道　はしりてすぎぬ

伝信機　　日下田足穂

八千本の　柱を立て　ひとすぢの　糸金かけて　しほなわの　とゞまるきはみ　人くさの　おひたつかぎり　ひきわたす　糸伝ひゆく　ことづては　耳にもいらず　言の葉は　目にも見えねど　千里をも　一日のうちに　行きかへり　とへばこたふる　たよりをば　誰かはめでぬ　いとほそき　糸金ながら　いとふとき　いさをたてけり　八千本ばしら

電信機　　白石千別

浦島が子に　あらなくに　波の底にも　行きかよふ　奇しき線の　おとづれを　居ながら知る世と　なりにけり

蒸気車　同

轟きそむる　音につれ　竜かも翔ると　見るばかり　雲をおこして　磯ぎはを　はしり車ぞ　めざましき

いずれも明治十年代にでた大宮宗司編の『日本雅曲集』からとったものだが、これを長歌、今様が江戸末から明治にかけて蒙った宿命を象徴するものとかんがえていい。文明開化の風物がどんな語感でつかまえられているかがよくわかる。蒸気機関の音は「鳴神」であり、煙は「雲」であり、電信線は「糸金」である。つまり「鳴神」や「雲」や「糸金」が、新しい素材をあらわす景物によって首をすげかえられているだけである。

ただ長歌、今様の伝統的な感性がある力を獲取して蘇ったのは明治二十年代以後のことである。そのときはこの詩形は新しい素材を追いかける愚に気付いて、もっぱら伝統的な語感と形式の力を隠然と発揮して、新体詩の背後を強力に動かしたのである。

こういった事情のもとで、江戸末期の漢詩と俳諧とにうまく照応することができたのは俗謡の感性だけであったといっていい。

わたしたちは、江戸末期の俳諧と漢詩とが平俗化の一途をたどって巷（浮世）の俗謡のたぐいとしだいに感性的に照応しあうという過程をおもいうかべることができる。そしてこの過程は滅亡の過程であったかも知れなかった。また、逆に新時代へ逃げきる過程かも知れなかった。これを決定する要素は、おそらく詩（文学）そのものの内部には存在しない。

いったい現実社会の動乱が詩（文学）にあたえる影響はなんであろうか？

こういう問いにはさまざまの答えがかんがえられるし、影響の仕方も多様にわたるにちがいない。しかし、ただひとつだけ公理がかんがえられる。知的な尖端的な詩（文学）ほど本質的にはおおきな動揺を体験し、現象的には変化をうけにくいということである。そして常民的な感性の表象ほど本質的には変化をうけにくく、現象的には変化をこうむるということである。もしこの公理が信じられるとすれば、俳諧と漢詩は維新の動乱によって、もっとも本質的な打撃をうけたはずである。ただすでに江戸末期の俳諧と漢詩とは、俗謡の感性にあたうかぎり近づいていたから、打撃をうけたとしても見掛け上の大きさほどには感情の本質では変化を蒙っていないはずだということができる。

そして変化を与える方はなにかということにも公理があてはまるとすれば、それは動乱を主導した感性であるということができる。

江戸末期から明治へとうけわたされた詩は、漢詩・俳諧・和歌など詩形としては、多様であったが、その感性的な基盤をとりだせば俗謡の感性に包括することができる。そしてこの基礎的な感性にたいして、維新の動乱がただひとつ新たに導入したものがあるとすれば〈ホン訳〉された西欧詩、散文の影響であった。

いくらか皮肉をこめていえば、この問題はふたりの門外漢によって象徴させてみせることができる。ふたりとは勝海舟と福沢諭吉である。〈ホン訳〉の影響という意味はこのふたりに象徴的な意味をもってあらわれる。

勝海舟は現在しられているかぎりで、和歌・漢詩・俳句・長歌・歌曲（琵琶歌）などをのこしている。「おれは一体文学が大嫌だ。詩でも、歌でも、発句でも、皆でたらめだ、何一つ修業した事はない」とうそぶいているように、海舟の和歌・漢詩・俳句・長歌などのうちとるべきものは皆無にちかいといっていい。ただ青年時代に訳詩「思ひやつれし君」ひとつをのこしている。

『新体詩抄』の作者のひとりである外山正一はこれについてかいている。

余頃日勝海舟翁を訪ひ余輩の頃日著せる新体詩抄を贈りしに翁も嘗て新体詩に類するものをものせられしことある由にて即ちふるびたる手帳様のものを取出され其作を余に示されたり之を観るに或は西洋の詩を訳されたるものあり或は自作に係るものあり余思ず妙と云へり夫れ翁の佐久間象山吉田松陰等と共に世人に先立ち夙に開国の事に尽力せられたるは天下の普く知る処なり然れども思はざりき翁にして人に先立ち数十年の昔既に新体詩を作らるるの挙あらんとは英傑の人に先んずるとは実に斯の如きことを云ふならんか新体詩流にも翁の如きものあり今の新体詩を作る者何ぞ励まざるべけんや　左の詩は即ち翁の昔年蘭詩を訳されたるものなり今翁の許を得て学芸雑誌に載す

ただし外山正一が発表したものは詩意が不明だから、わたし流に海舟の訳詩を読みかえてみる。

蘭詩和歌長歌（青年時代）

Loefden Heer!

〔思ひやつれし君〕

なにすとて。　やつれし君ぞ。
あはれその。　思ひたわみて。
いたづらに。　わが世をへめや。
あまのはら。　ふりさけみつつ。
あらがねの。　土ふみたてて。
ますらをの。　心ふりおこし。

清き名を。　天にひびかし。
かぐはしき。　道のいさををを。
天つちの。　いや遠ながく。
聞く人の。　鑑みにせむと。
我はもよ。　思ひたわます。
おほろかに。　此世をへし人。
おもやつれじも。

原詩はわからないが、この訳詩調はすぐれたものである。おなじ海舟の創作した「上野広小路松源楼新築落成を祝ひて」の〈咲きにほふ上野の花は朝夕に、見れどもあかず葉ざくらに袂すゞしき不忍の、池の蓮のかげ清き露の白玉ほどもなく……〉といった俗曲調や、「西郷南洲追慕の歌」という琵琶歌の〈それ達人は大観す抜山蓋世の勇あるも、栄枯は夢かまぼろしか、大隅山のかりくらに、真如の月の影清く、無念無想を観ずらむ。……〉といった調子にくらべれば、原詩の存在がいかに勝に緊張を強いたかがわかる。

こういう訳詩のもつ緊密さは、ただ明治初年の小学唱歌や讃美歌のなかにだけ流露したものである。ここには長歌や今様が一節の転換ごとにもつ起承転結の思い入れや、俗謡がもつ一節ずつの思い入れが許されず、節から節への緊張の持続を強いる本来の意味での長詩の性格があらわれている。

いうまでもなくこの種の訳詩の作者は、海舟である必要はなかった。ただ江戸末期に蘭学を修めた書生でありさえすればよかったといっていい。勝が世人に先立って開国のことに従事した先見をもっていたように、新体詩においても人にさきだつ器量をもっていたという外山正一のことばはひいきのひきたおしにすぎない。海舟はもともと文学などには無縁であり、頼山陽の「雲耶山耶」という「泊天草灘」

の詩について、まだまだ小さいので、おれは「雪の峯すぐに向ふは揚子江」と詠んだといったようなことを平気で口にする程度だった。その意味では「思ひやつれし君」一篇が勝の手帳に書きのこされていたというのは、新体詩にとってはまったく偶然であったといってよい。ただ、長歌・今様・俗謡という和体の感性的な基盤のなかに、西欧的な詩の発想が滲入したとき、和体の歌曲がうけたシンタックスの必然的な緊張は偶然ではなかった。

江戸末期の蘭学書生海舟が遭遇したように、西欧詩の〈ホン訳〉が導入されたとき、和体の詩形が本来もっているはずの思い入れが許されず、行から行へと持続する緊張を強いられたのは確かである。それが和体の〈歌〉または〈謡〉が新体の〈詩〉に転化するための根本的な条件であった。しかし、そうなら〈ホン訳〉以前の西欧の原詩には思い入れや押韻の語呂合せがなかったのだろうか。もちろんそんなことはあり得なかった。それ故、新体の詩が当初にこうむった〈緊張〉は、和体の〈歌〉または〈謡〉と、西欧の詩とのちがいからくるというよりも、文化の落差から本質的にやってきたといっていい。いわば文化的な位負けの固さから〈緊張〉は直接にやってきたのである。ここのところにも、日本の近代詩がたどった微妙だが本質的な誤解がふくまれている。近代詩は当初に西欧詩の〈ホン訳〉からうけとった緊張を、和体の歌謡と西欧の詩との質的なちがいのようにうけとったのである。

福沢諭吉は、思想的にも新体詩の途上の人としても、このような〈緊張〉の意味をかなり正確に測っていたとおもわれるふしがある。福沢にとって西欧とはなにかを本質的にきわめるかどうかはそれほど問題ではなかった。それよりもどのように文化の落差を埋めつくすかが焦眉の課題であった。そのためには銃器の操法から洋食の喰べ方まで紹介する労をいとわなかったのである。そして啓蒙にあたっては徹底して俗習との対応性がつきつめられたのである。

福沢諭吉の『世界国尽』は明治二年に発刊された。さきに発刊された『掌中万国一覧』につづく地理、歴史の啓蒙書で「専ら児童婦女子の輩をして世界の形勢を解せしめ其智識の端緒を開き以て天下幸福の基を立ん」とする目的で、米英の地理、歴史書の類いから適当な個所だけ抄訳したものである。

世界は広し万国はおほしといへど大凡五に分けし名目《みようもく》は「亜細亜」「阿非利加」「欧羅巴」北と南の「亜米利加」に堺かぎりて五大州大洋洲は別にまた南の島の名称《となへ》なり土地の風俗人情も処変ればしなかはるその様々を知らざるは人のひとたる甲斐もなし学びて得べきことなれば文字に遊ぞぶ童子《わらべ》へ庭の訓の事始まづ筆とりて大略《あらまし》をしるす所は（『世界国尽』一之巻　発端）

福沢のこの俗謡調の和訳の仕方は、勝の手帳の訳詩とちがって偶然ではない。かれの啓蒙思想から直かに必然的にやってきたのである。

原文はもちろん散文だったろうが、福沢は耳目に入りやすいように俗謡調に訳しかえたのである。訳はよく自家の薬籠に入っておりその意味で優れている。そしてなによりも福沢のほかの啓蒙書とおなじように、訳にあたってかならずわが国の風俗との対応がかんがえに入れられている。

かれは〈づくし〉調が「児童婦女子」に世界地図を教えるのにもっとも受け入れられ易いことを信じていたかどうか疑わしい。ただ〈づくし〉調で地理書を訳したじぶんの啓蒙の執念だけは、読者に伝わるはずだということは疑ったことがなかったにちがいない。なぜなら福沢自身の体験にかんするかぎり〈づくし〉の唱える雰囲気は、かれにとってもっとも縁遠いものであったろうからである。

〈づくし〉の原型は俗曲のなかにいくつも見つけだすことができるが、その本質は俗謡のうちもっとも初原的なものであるということができる。それは〈づくし〉の対象となる景物や事柄に掛け言葉をつけてくりかえし反覆するもので、連環体よりもさらに原質的なものである。そこに啓蒙の様式をもとめたとすれば、福沢はもっとも初歩的な対象をしゃくりあげようとしたのである。

いま〈づくし〉の例を三味線歌や踊歌にもとめれば

浦づくし踊

和歌の浦なるいきかた男、恋に適はば千賀の浦、ふみとりかはす袖の浦、もみうら月裏浅黄裏、だてをするがの三保の浦、なりよきふりまき富士をになうた、たん〳〵たん田子の浦〳〵、晩にや必ず〳〵堅田の浦、どうでかつかひにくる夜の、君に大津の浦は七浦なん〳〵どっこい、なん〳〵なあ七浦、なん〳〵〳〵七浦、これからさきも七浦なん〳〵どっこい、なん〳〵なあ七浦、なん〳〵〳〵七浦、かはらでここにすまは明石の浦は高砂（『松の落葉』）

この種の〈づくし〉の原型は江戸末期から明治初期にかけて新体の詩が形成されようとするとき、感性的な最下限としてふくまれるものであった。福沢は俗曲〈づくし〉から情緒的なものを抜き去り、それを啓蒙の訴えに代えた。もしこういう思いきった改訳の試みが原著にたいする冒瀆ならば、その冒瀆のうしろめたさはじぶんが黙ってひきうければいい。それがあらゆる啓蒙家にとって最小限の覚悟であることを福沢はよくしっていたようにおもえる。もちろん、ほんとうの意味で、俗曲の心臓が近代の倦怠のある象徴として蘇るためにはスバル派の詩人、杢太郎、白秋、光太郎などをまたねばならなかった。

勝海舟の偶然の訳詩「思ひやつれし君」は、いわばまず明治の新体の詩の上限を象徴し、福沢が啓蒙の必然からみちびいた訳詞「世界国尽」は新体詩のもっとも下限を象徴することになった。かれらはそれぞれ詩について門外漢にすぎなかったが、それぞれの意味で、実践家としての体験に根ざした意力はあった。あらゆる行為にははじめに、王道がきまっているわけではないことを身をもって知っていた。

新体の詩とはなにかについて、かれらからは何もきくことはできない。しかしそれを聞くことができるようになったとき、わたしたちは何か重大なものについて聴きそびれているという思いを禁じえない。

新体の詩について最初の衝撃をあたえたのは三人の大学の教師である。明治十五年、外山正一、矢田部良吉、井上哲次郎により『新体詩抄』が発刊された。内容は雑然と訳された英詩と勝手につくられた卑俗な長詩であったが、それでも与えた反響は現在からは想像を絶するものであった。

三人は序文でそれぞれがかんがえている新体の詩なるものについて見解を披瀝している。

余又曰。誠如益軒氏所言也。我邦之人。可学和歌。不可学詩。詩雖今人之詩。而比諸和歌。則為難解矣。何不学和歌乎。後入大学。学泰西之詩。其短者雖似我短歌。而其長者至幾十巻。非我長歌之所能企及也。且夫泰西之詩。随世而変。故今之詩。用今之語。周到精緻。使人翫読不倦。於是乎又曰。古之和歌。不足取也。何不作新体之詩乎。既而又思。是大業也。非学和漢古今之詩歌。決不可能。乃復学和漢古今之詩歌。咀英嚼華。将以作新体詩。而未知其成与否也。

〈余又曰ク、誠ニ益軒氏ノ言ウ所ノ如キ也。我ガ邦ノ人、和歌ヲ学ブ可ク、詩ヲ学ブ可カラズ。詩ハ今人ノ詩ト雖モ、コレヲ和歌ニ比シテハ、則チ解シ難シト為ス。何ンゾ和歌ヲ学バザランヤ。後ニ大学ニ入リ、泰西ノ詩ヲ学ブ。其ノ短ナル者ハ我ガ短歌ニ似ルト雖モ、其ノ長ナル者ニ至リテハ幾十巻ニシテ、我ガ長歌ノ能ク企テ及ブ所ニ非ザル也。且ツ夫レ泰西ノ詩、世ニ随イテ変ル。故ニ今ノ詩ハ、今ノ語ヲ用イ、周到ニシテ精緻、人ヲシテ翫読倦マザラシム。ココニオイテカ又曰ク、古ノ和歌ハ、取ルニ足ラザル也。何ゾ新体ノ詩ヲ作ラザルヤ。既ニシテ又思ウ、是レ大業也。和漢古今ノ詩歌ヲ学ブニ非レバ、決シテ能ウベカラズ。乃チマタ和漢古今ノ詩歌ヲ学ビ、英ヲ咀シ華ヲ嚼シ、将ニ以テ新体詩ヲ作ラントス。而シテ未ダ其ノ成ト否トヲ知ラザル也。〉

井上哲次郎が「新体詩」ということで考えていたのは、長い詩篇を作りうる可能性と、現在つかっている平俗な言葉を使って微妙な言いまわしに委曲をつくしうるのではないかという点である。

これは矢田部良吉のばあいもおなじで「我邦人ノ従来平常ノ語ヲ用ヒテ詩歌ヲ作ル少ナキヲ嘆ジ西洋ノ風ニ模倣シテ一種新体ノ詩」をつくりだそうとしたのである。

また外山正一にあっても「線香烟花か流星《よばひぼし》」のようなものではなく「少しく連続したる思想内」にあって、人にわかりやすくということが外山のいう「長歌流新体」の本意であった。

かれらはいずれも学者であり、和漢の詩書に精通した西洋風の教養人であったが、海舟ほどの鉄火場の体験をつんだ実践家の厳しさもなければ、福沢のように、たとえどこまで日本の文物を〈比喩〉に陥しても、西欧を啓蒙せずにはおかないという意力ももたなかった。

井上哲次郎の『新体詩抄』の序文をみればわかるように、その漢籍の素養も、すでに漢文を自在に宋代的な水準であやつるという江戸末期漢詩人ほどのものではなくなっている。せいぜい何のニュアンスもない新聞記事的な漢体の作文ができるといった程度のものである。かれらの序文を逆さまに振っても、西欧の文学書を読み漁ったはてに偶然仲間うちで試みた欧詩の模倣が〈新体の詩〉を意味したという以上の動機をうけとることは難しい。ただかれらの訳詩や創作詩が俗謡調に衣を着せかえたところからでてきたのは、鷗外がくさしたように文学的な素養が乏しかったというよりも、俗謡体のほかには原形質をもとめられないほど、維新の動乱の影響が決定的であったからである。西欧詩のホン訳と模倣を、もっともポテンシャルの低い俗謡調からはじめるほかに術がなかったのである。

かれら啓蒙期の新体詩家たちには、青年期までにたくわえた漢籍の教養をそのまま西欧風の教養におきかえることで、ある程度まで文明開化をもたらすことができると信じられていた。かれらが詩体のうえで苦心を強いられたのは、何を新体の詩の基礎的な感性とするかという点であった。この意味で『新体詩抄』のもつ意味はどんなに強調されてもいいものであった。かれらの訳詩がつまらない原詩をとり、かれらの創作詩がそれ以上に低俗であったとしても、かれらのせいではない。時代の転変が詩に強いたもののせいである。

わたしたちがみてきたように、俗謡調よりほかに拠るべき感性がみつからなかったのである。

かれらが〈明治〉であり、わたしたちが〈現代〉であるというちがいがあるとすれば、かれらは新聞記事的な水準であっても、漢籍の素養と西欧的な素養とを湊合するだけの基盤をもっていたのに対し、わたしたちにはそれがまったく不可能であるという点にある。わたしたちは現在、西欧的な素養をあたうかぎり高度に使うことができるが、日本語をおなじ水準で高度にあやつることはできていない。

かれらの〈明治〉は、Ralph W. Emerson のつまらぬ寓話詩を、耻も外聞もなくもってきて、これを味も素っ気もない漢詩に転化する度胸だけはもっていた。

The Mountain and Squirrel

The mountain and the squirrel
Had a quarrel,
And the former called the latter "Little prig!"
Bun replied,
"You are doubtless very big—
But all sorts of things and weather
Must be taken in together
To make up a year,
And a sphere,

And I think it no disgrace
  To occupy my place,
If I'm not so large as you,
You are not so small as I,
  And not half so spry;
I'll not deny you make
A very pretty squirrel track,
Talents differ; all is well and wisely pat
If I can not carry forest on my back;
Neither can you crack a nut."

〈山とリス

山とリスとが
　けんかした
山はリスに「チンピラ奴！」
　ちっちゃなリスはやりかえした
「おまえはなるほどでかいよ
だけど季節や大空は
照る日　曇る日そのうえに
光の粉も刷毛もいる

おれはちびで
　結構さ
おれがでかではないならば
おまへはちびではないわけさ
それにすばしこさでは半人前
ちびっこリスのこのおれを
追ってくるならしんぜよう
分限がちがうさ　おまえはおまえおれはおれ
おれは森をおぶれない
おまえが胡桃をわれないように」〉

栗鼠与山闘

栗鼠与山闘。嘲罵何紛紛。山目栗鼠呼小賊。栗鼠所答頗堪聞。喬嶽吾許君形大。怪君何為漫驕泰。寒温与燥湿。往来成一年。洪繊及動静。森羅作乾坤。吾亦何優吾形小。随分効力吾事了。縦令吾形不能如君雄。君亦不得小而矯捷与吾同。君杲欲追蠢爾一小栗鼠。吾亦何所拒。物財固不斉。各因其是無高低。縦令吾不得背負森林如羽毛。君亦烏得劈胡桃。

わたしたちは現在もっと〈高級〉な撰択眼で西欧の同時代詩をえらぶことができるだろうが、それを七、五調の古語で訳すだけの度胸はもちあわせていない。かれらの〈明治〉にとっては、漢籍風の教養の延長線に、西欧風の教養をすげかえたとき〈近代〉が信じられたのだが、わたしたちの〈現代〉にとっては、伝統的な教養の果てに西欧の同時代をおもい描くことで〈現代〉を信ずることはできないからである。伝統的な教養などは爪のあかほどももたないが、同時代の西欧はいぜんとして〈現代〉のわたしたちにとって啓蒙的である。こういう馬鹿気た〈文明開化〉のために、わたしたちの眼の前には、依然として異った言葉が超え難い溝のように切実に道を塞いでいるだけである。それを模倣しようとすれば地すべりして遠ざかるという思いを逃れえたことはない。

もし、わたしたちが現在〈新体の詩〉を作りだそうとすれば、その詩は正体のわからない喪失と奈落を基礎的な感性とするほかないだろう。わたしたちは、かつて新体詩家たちがもっていた啓蒙意識も信じなければ、自らの伝統的な教養も信じていない。ただ、ここが現代世界の谷間であることが信じられるだけである。

註　引用の詩は、すべて何々氏の何という著書に依ると書きたいのだが、図書館で写しとってきたノートを紛失して判らない。気付かれた読者は御教示下されば幸甚である。

文芸的な、余りに文芸的な

芥川龍之介の時論集『文芸的な、余りに文芸的な』は、わたしがときどき取りだしては頁をえらばずに眺める本のひとつである。こういう時評めいた小論のたぐいには芥川の律気で妙に善良なところが露わに感じられる。そして四方八方に気を配ったり、多様なことに関心をもちつづけているさまがよくうかがわれる。わたしのように万事に物ぐさであり、他人の視線は意識して遮断することに慣れているものには、文芸百般の事象にいつも触手をのばしている芥川の様子が大奮闘の有様にうつってくる。そしてこの大奮闘にはいつも幼児のあえぎのようなものが発散しており、それが芥川の魅力になっているようにおもわれる。

文芸上の極北は——或は最も文芸的な文芸は僕等を静かにするだけである。僕等はそれ等の作品に接した時には恍惚となるより外に仕かたはない。文芸は——或は芸術はそこに恐しい魅力を持つてゐる。若しあらゆる人生の実行的側面を主とするとすれば、どう云ふ芸術も根柢には多少僕等を去勢する力を持つてゐるとも言はれるであらう。

僕はプロレタリアの戦士諸君の芸術を武器に選んでゐるのに可也興味を持つて眺めてゐる。諸君はいつもこの武器を自由自在に揮ふであらう。（勿論ハイネの下男ほども揮ふことの出来ないものは例外である。）しかし又この武器はいつの間にか諸君を静かに立たせるかも知れない。ハイネはこの武器に抑へられながら、しかもこの武器を揮つた一人である。ハイネの無言の呻吟は或はそこに潜んでゐたであらう。僕はこの武器の力を僕の全身に感じてゐる。従つて諸君のこの武器を揮ふのも人ごとのやうには眺めてゐない。就中《なかんづく》僕の尊敬してゐる一人はかう云ふ芸術の去勢力を忘れずにこの武器を揮つて貰ひたいと思つてゐた。が、それは仕合せにも僕の期待通りになつたやうである。（「文芸上の極北」）

ここで芥川が「僕の尊敬してゐる一人」と書いているのは若い日の中野重治のことであるかもしれない。芥川は柔かい感情でごく常識的なことを言っているだけだが、しかし、こういう常識からわたしがちがった糸をたぐりよせることができるとすれば、芥川は常識的なことを鋭い才気ある云い方で表現しているからだとおもえる。

わたしならば問題をべつのところからはじめるだろう。文芸上の極北は――ではなく、人が文芸にかかわりをもつのは――というのが問いのはじまりである。人が文芸にかかわりをもったのは、ある時期に日常の生活で何気なくやっていたお喋言が、じぶんを他人のところへ運ぶ乗物としてはまったく不完全であることにはっと気付いたときからである。乗物といわずに芥川のように武器と云ってもいい。いったんお喋言に疑いをもちはじめると、じぶんが他人にたいして云いつのるときも、逆に云いくるめられるときもお喋言がまったく疎通しないものであることがわかった。そしてその場では巧く云えなかったことが、あとになって浮んできてほぞを噛むといった体験を何遍もくりかえした。じぶんにとってもっとも適切だとおもわれる言葉は、いつも遅れてしかじぶんに到達しないという本質をもっている。この遅れを武器に転化する方法はただひとつ〈書く〉ということである。〈書く〉ということの速度はこの遅れの時差に照応しており、推敲のくりかえしは、内省を固める体験に照応している。

もし、お喋言のもつ不自由さが文芸作品に接することで解消されたと感じられるとすれば、人は文芸作品をあたかもわがことのように読むことができる。そのとき読むものは何も喋言る必要はない。黙って作品を読んでゆけばよいのである。

わたしは十七、八のころ漱石の「行人」をわがことのように読んだ記憶がある。また、高村光太郎の詩をわがことのように読んだ時期があった。なぜ、ある文芸作品にわがことのように読ませる力があるのかという根拠について、わたしにはいまでもよくわからないところがある。ただはっきりしていることは、いかなる文芸作品もその作者にとってだけは必ずわがことのように読めるはずだということだけである。そして文芸作品は、じぶんにとってだけでなく、できるだけ多数の他人にとってもまたわがことのように読めることを理想としていることは間違いない。ただ、このわがことのようにの秘密は、たんに多数の人に共通性をもったことが書かれているかどうかということにあるのではなく（もしそうなら多数の読者をもつ作品ほど良いことになる）、その共通性がいつもじぶんにだけわがことのように感じられるという内閉感を与えなければならないことは確からしくおもわれる。

このあとの条件において優れた文学者はいつも痛ましさの感じを伴っている。かれが棒にふったのは恋人であるのか、家庭であるのか、社会の序列であるのかその他であるのかよくわからない。ただ文芸作品が読むものに、じぶんだけのためにかかれているように感じさせる要素は文学者が創作のためにたんに労力や苦吟を支払ったのではなく、じっさいは現実に生きてゆくために必要な何かを棒にふってしまったことと対応している。そして優れた文学者が支払ったこういう現実上の欠如は、読むものを毒にあてる作用をするようにおもわれる。

すぐれた文芸作品がもつ毒が読むものをどこへ連れてゆくかについて、文芸作品はその作者とともにまったく責任をもっていない。もちえないのである。それは文芸作品が一般に無責任な空想の世界だからではなく、文芸作品を読む者の心の状態にたいして、この現実の社会が無責任だからである。だから読む者の心はそれぞれ個人的に異った可能性として存在している。わたしたち人間の歴史が教えているところでは、現在のところこのような社会が、人間の到達しえた最高の叡知の所産である。そこでは人間の自由の意識は個人の恣意性という意味で存在している。つまり現実上のさまざまな差別の条件のなかで、精神は無差別な自由を獲得する可能性があるというように存在しうるというのが、残念なことに現在この世界が到達しえている最上の状態である。

こういう状態がけっして人間にとって至上の世界ではないことは原理的には熟知されている。

文芸作品がどんな政治的な強制力によっても制約されないし、あらゆる政治的な強制力は文芸作品を束縛しうる可能性をもっていないことは先験的であるが、この先験性はかならずしも無条件に至上のものであるわけではない。なぜならば、現在までのところ、世界の何れの国家や権力のもとでも、現実上の差別のうえに精神の無差別な自由の可能性が乗っかっているという矛盾が、この文芸作品の無制約な自由を保証しているただひとつの根拠だからである。この根拠はリベラリストがかんがえるほど至上のものではない。またありふれたソシヤリストがかんがえるほど出鱈目ないわれのないものでもないのだ。

現在までのところ、人類がたどってきた社会の歴史が教えている鉄則によれば、世界のどこかの地域で殺りくが行われ、また別の地域では平和と繁栄が謳歌されており、またある国家の下であるものは富と安逸を謳歌しあるものは窮乏と切迫感で緊張を強いられているという現実があるとすれば、残念なことにこの分裂した現実こそが文芸作品の自由と多様性をささえている唯一の根拠であるということができる。文学はたんに現実にたいして何もなしえないばかりではない。現実の悲惨と安逸、窮乏と繁栄という両価性こそが文学の自由をささえているゆいいつの糧なのだ。ただ文学にも救いがないわけではない。現実社会の支配者や権力者は、他人の殺りくや窮乏を喰べて繁栄を獲得するのだが、文学は現実の殺りくと平和、窮乏と繁栄といった両価性だけを喰べて自由を獲取するということである。文芸作品は想像力が自由であるように、また自由でありうる丁度その度合でどのような世界を描くことも自由である可能性をもっている。しかし文芸作品の創造をささえている現実は、現在までのところ世界のどこへいってもこの両価性であることは動かすことのできない真理である。

真理はいつも人間にあらゆる事象にたいして、ちょうどそれと釣合った重量の精神を消費すべきで、過剰に支払うことも過小に支払うことも虚偽に導くことを教える。

文学もまた真理に従うよりほかにない。文学がもっている存在理由はあらゆる粉飾をとってしまえば、ただすでにそれが存在していたからいまも存在するということにすぎない。そしてわたしたちが文芸にかかわりをもつのは、すでに存在していた文学のほうへ参加してゆくということを意味しているだけである。それはすでに生誕してしまったから、いまも生きているし、方途も講ずるというのとまったくおなじことである。そんなことに意味がつけられるだろうか？

たとえ文学などは人間にとって三文の値打ちもないと万人が宣告したとしても、すでに存在している以上、だれかは作品を生みつづけるだろうし、文学ほどすばらしいものはないと万人が宣告したとしても、文学者を侮蔑するものは存在をつづけるだろう。いったいそういうことに何か意味があるのだろうか？

わたしは文学にたいして贔屓のひき倒しをやったり、過剰な重荷をおしつけたりする気にはなれない。わたしが文学を捨てないできた理由は、さまざまの偶然や必然の事情とともに、ほかのどんなことよりも執着の持続性が衰えなかったからだというだけで、特別に文学で何かをしようという抱負があったわけではない。しかし文学に執着してきたことからいくらか体得しえたことがある。そのもっとも枢要なことのひとつは、人間は生きることをやめると自ら意志しないかぎりは、必然的に生きる方途を講ずることを余儀なくされるように、文学に執着するかぎりはどんなに味気なくても、嫌でも〈書く〉こともやめてはならないということである。そうでなければもともと架空の情熱に属する文学の世界は、現実の情熱に属する行動の世界に拮抗することはできないだろう。

文学は何ができるかというのは理論の問題にはならない。また経験の問題にもならない。ただやりぬいてみなければわからない実践的な問題としてあるだけである。この問題にたいして実践的にいえば、わたしはただ現在のところ前提を獲得しているにとどまっている。

しかしかつてこういう問題が、理論の問題であったり、経験の問題であったりした時代があった。芥川龍之介は気を配りすぎて幾分この問題におびえ、早急な解答をもとめようとしたきらいがある。芥川はただこういえばよかったのである。

プロレタリア文学なんてものがないのは、ブルジョア文学なんてものがないのとおなじであると。芸術が芥川の云う人間を「静かに立たせる」「去勢力」をもっているのは、そしてそういう力をもっていない芸術などはあってもなくてもどちらでもよいというよりほかないことは、芸術がたえず現実から両価性を踏まえよという囁きをうけとっているからである。芸術によって去勢される勢力などはどうせたいした勢力ではないから、人間はそんなものを去勢されてしまったほうがいいのである。芸術によって「静かに立たせ」られたら、それは束の間に垣間見た別の世界だから醒めるまでは佇ちつくすのがよい。やがていやでも覚醒はやってくる。こんなことがどうして芥川のいうように「一大事」でありうるのだろうか。

わたしにとってわたしの文学をたえず批判しているものがあるとすれば、それは国家でもなければ政治運動家でもなく他の文学者でもなく、また現に窮乏している人々でもなければ、殺りくされている人々でもない。じつに文学とは何のかかわりもない、ましてやわたしの書くものなど読んだこともないという条件によって区別された生活者の眼である。こういう生活者の眼はもちろんわたしが勝手に想定したもので、実在の生活者とはかかわりないと云ってもいい。こういう生活者の眼はわたしに何を囁きかけるか?

わたしにはその囁きは窮乏を奨めているように聴える。窮乏というのは文芸的に、あまりに文芸的に云えば〈関係〉の窮乏ということで、物質的な窮乏か否かを指してはいない。〈モシオマエガ文学ヲヤルナラ関係ノ貧シサニ耐エルベキダ、ソウデナケレバオマエハ失ウベキ何モノカヲモツコトニナル〉

なぜ、生活者の眼はこういうことをわたしに囁くのか。これにはたくさんの由緒があるが、そのうちのひとつは、窮乏ということが人間を苦しめるとすれば、金銭や食物の飢えという即物的なこともさることながら、関係の飢えや窮乏であるということを信じているからである。

個人・家族・社会

ずっと以前に共観福音書についてしらべたことがあった。そのとき、わたしの心を最もひいたのは福音書にあらわれている人間観であった。人間観といっても、福音書にあらわれた人間の心身のドラマは単色ではない。もともと福音書にはいたるところに矛盾した考えが羅列されている。人間というものはときどきの場面のいかんによって、まったく矛盾した心身の行為を真実として提出できる逆説的な存在であり、またそういう矛盾を統覚しているひとつの線があるとすれば、それによって人間ははじめて人間らしくみえるという考えを福音書から学んだように思う。

ところで、人間が人間らしい条件とはどういうことなのか。この問いに直接答えるのはむつかしい。もし人間がすでに人間らしい存在であるとすれば、人間らしい条件という問いが無意味であり、もし人間がまだ人間らしくない存在であるとすれば、人間らしい条件という問いは架空の問題にしかならないだろうからである。わたしたちにはっきりしているのは、人間は〈個人〉であったり〈家族〉であったり〈社会〉であったりしながら存在しているということだけである。しかし、これとても人間が〈個人〉であるとはどういうことか、〈社会〉であるとはどういうことか、そしてそれが人間らしい条件とどうつながっているのかと問いつめてゆくと、それに答えることは意外にむつかしいことがわかる。

マタイ伝の十章、三四—三七につぎのような文句がある。

われ地に平和を投ぜんために来れりと思ふな、平和にあらず、反つて剣を投ぜん為に来れり。それ我が来れるは人をその父より、娘をその母より、嫁をその姑嫜《しうとめ》より分たん為なり。人の仇は、その家の者なるべし。我よりも父または母を愛する者は、我に相応《ふさは》しからず。我よりも息子または娘を愛する者は、我に相応《ふさは》しからず。

福音書では〈われ〉というのは見掛け上はイエスということになっているが、ほんとうは原始キリスト教の〈信仰〉ということを意味しているから、この場合は、原始キリスト教の〈信仰〉よりも〈家族〉をたいせつに思うものはだめなので、〈家族〉に対する愛などは放りだしてしまうものでなければ、原始キリスト教の〈信仰〉にはいる資格はないと述べていることになる。

しかし、人間が人間らしい条件にとって〈宗教〉を愛するほうが〈家族〉を愛するよりも重要だと考えることは意味があるのだろうか？　人間にとって最も切迫した課題はいうまでもなく人間そのものであり、それ以外の何ものでもない。人間そのものにとって宗教に対する〈信仰〉はどういう位置を占め、〈家族〉に対する愛はどういう位置を占めているのか。かりにこの二つが二律背反であるとして、人間にとって〈宗教〉とは何であり、〈家族〉とは何であるのか。

福音書はここであきらかに、自分たちに従って布教、伝道にたずさわろうとする行動にとって、最も敵対的な関係にあるものは〈家族〉の絆であると判断している。この判断はおそらくかれらの伝道体験からじかに体得したものである。福音書の主人公は〈神の国〉なるものと〈家族〉とは両端にかけられた秤であり、人間はいずれかひとつを択ぶよりほかに方法がないという口調でオルグ活動をやっている。この福音書の言葉は、ある意味できわめて鋭く真理を射ぬいているように思われる。

いまここで、福音書のいう原始キリスト教の〈信仰〉を、〈心的な共同性の世界〉というように一般化してみる。するとこの〈世界〉には共同性としてみられた宗教はもちろんのこと、習俗とか法（律）

とか国家とか社会とかいうものが包括されることがわかる。わたしたちがこの福音書の言葉に、真実の響きのようなものを少しでもきくことができるとすれば、それは別に〈家族〉より〈宗教〉の信仰のほうが大事だなどと思っているからではない。人間の心的な共同性の世界が〈家族〉の本質と矛盾するものだということを、大なり小なり経験的に知っているからである。もちろん、福音書のこの言葉にはさまざまな問題が含まれているが、ここで取り出したいのは、〈家族〉の共同性と〈宗教〉とか〈社会〉とかの共同性とは本質がまったくちがっているという問題である。福音書のこの言葉に、キリスト教を信仰するか信仰しないかにかかわらず、わたしたちの心をひくものがあるとすれば、福音書の作者が、布教とか伝道とかを実践している渦中で、迫害やさまざまの抵抗を押し切って自分たちの信仰に乗り出して参加するかどうかが、〈家族〉の絆のいかんによって左右されることを知り、そこに本質的な矛盾があることをみてとっていることがわかるからである。

〈家族〉というものは、なぜそれほど問題になるのだろうか。寝食を共にする生活の共同体だからだろうか。それとも血縁関係によってつながった人間の集まりだからだろうか。それとも、自由な両性の合意に基づいて構成される核だからだろうか。

わたしの考えではこのいずれでもないのである。〈家族〉が人間にとって本質的な点があるとすれば、それが〈個人〉としての人間がはじめて〈他者〉と出会うしかただということである。ひとりの人間は〈他者〉と友人として出会うこともできるし、同僚として出会うこともできる。また、親子や兄弟姉妹として出会うこともできる。しかし、これらの出会い方の原型をなすのは、〈性〉としての人間、いいかえれば男性または女性として〈他者〉と出会うということである。〈家族〉は、〈個人〉が〈性〉としての人間というところから〈他者〉と出会う根源的な場所を意味している。

それゆえ、〈家族〉の本質は、自然的な〈性〉行為をもとにして成り立つ男女の対〈ペアー〉となった幻想の共同性であると定義することができる。こういう条件を完全にそなえているのは、現在の婚姻制でいえば夫婦だけである。しかし、対となった幻想という条件だけでみてゆけば、兄と弟のあいだにも、姉と妹のあいだにも、兄と妹のあいだにも、弟と姉のあいだにも〈性〉的な関係があると考えてよい。だから、人間は〈家族〉の一員としては、必ず〈性〉としての人間というしかたで存在している。

わたしの考えでは、フロイトは〈家族〉のなかの〈性〉としての人間を、〈時間性〉として考えた。フロイトの方法にとっては、親の世代と子の世代のあいだの〈性〉の関係が基本的なものとみえた。〈父〉と〈娘〉あるいは〈母〉と〈息子〉のあいだの〈性〉的な関係に発祥する衝迫力を〈リビドー〉と名づけて、人間の個体の心的な世界を左右する第一次的な要因とみなしたのである。フロイトの考えはけっして根拠のないものではなかった。人間は、他の動物とちがって、〈子〉の世代が心的にも物質的にも〈親〉の世代から独立するまでに二十年ほどの歳月がかかり、これはまず〈母〉の胎内でのほぼ十か月と、乳幼児期の数年の保育と青年期までの十数年ほどの密接な関係が介在しているから、この期間における〈父〉や〈母〉との接触のしかたが、生涯を決定する心身の世界の第一次的な条件をあたえることは、きわめてありうべきことだからである。フロイトの方法には、おおざっぱにいって二つの欠陥があったと考えられる。

そのひとつは、人間の心的な世界は乳児期の〈親〉との〈性〉的な接触のしかたを〈無意識〉として、幼児期のそれを〈前意識〉として保存するという考え方である。この考えは一種の機械論ともいうべきもので、人間の心的な世界が、レンガを積み上げるように観念の体験を積み上げながら築かれてゆくというのに似ている。いいかえれば、心的な世界を、物質とおなじように積み上げたり崩したり歪んだりする実在のモデルで考えている。乳幼児期の心的な体験が現在でも記憶されたり保存されたりしているとすれば、ただ現在の心的な世界だということに意味があるので、乳幼児期の記憶がしまいこまれて残っているということに意味があるわけではない。

フロイトの方法のもうひとつの錯誤は〈性〉としての人間という範疇を〈個人〉の心的な世界の根源

であるかのように了解したことである。

もともと〈家族〉の内部で、〈親〉と〈子〉の〈性〉的な接触のしかたから導き出した〈リビドー〉という概念を、生長過程における〈子〉の個人的な心的世界のものとみなして移し換えたのである。もちろん、こういう考え方に根拠がないわけではない。乳幼児期から青年期までの〈親〉と〈子〉の〈性〉的な関係は、〈親〉から〈子〉のほうへ一方的に与えられるものとみなして大過ないから、〈子〉の心的な世界にすべてが流れ込んでゆくと考えるのは必ずしも不当ではないからだ。しかし、ここでもフロイトが〈性〉としての人間の関係を〈時間性〉として考えた問題があらわれる。いいかえれば、〈親〉の世代と〈子〉の世代のあいだの〈性〉的な関係を、人間の心的な世界の軸として考えたという欠陥があらわれる。

フロイトの了解とはちがって、〈性〉としての人間という概念は、本来的には〈個人〉の心的世界に属するものではなく、人間が〈個人〉として他の自分以外の〈個人〉と出会う時はじめてあらわれる概念である。〈個人〉という概念はさまざまな場面をもっている。〈個人〉は孤立したひとりの人間という意味でも、〈社会〉の共同性のなかの一員という局面でも、自分以外の別の〈個人〉と関係している場面でも〈個人〉という概念として存在しうる。このようなさまざまな場面のうち、ある〈個人〉が他のひとりの〈個人〉とだけ関係している時、わたしたちはその〈個人〉の関係のしかたを、はじめて〈性〉としての人間と呼ぶのである。いいかえれば、人間が〈個人〉として他のひとりの〈個人〉と出会うしかたを、わたしたちは〈性〉としての人間、あるいは男または女としての人間と呼ぶのである。だから、フロイトのいう〈リビドー〉という概念は〈個人〉の心的な世界ではなく、本当は対〈ペアー〉になった心的な世界であるということができる。

もちろん、現実には〈個人〉と他のひとりの〈個人〉とが男性同士の友情であったり、女性同士の友情であったりすることはありうる。また職場の同僚であることもありうる。しかし、この場合でも、その友情関係の原形は〈性〉としての人間という概念から成り立っているのである。誤解する余地はないと思われるが、わたしはひとりの人間と他のひとりの人間がなんらかの関係を結ぶとすれば、それは必ず同性愛か異性愛かのいずれかであるといおうとしているのではない。ひとりの人間が他のひとりの人間となんらかの意味で関係づけられる時、その関係づけの本質を、〈性〉としての人間というカテゴリーにおいているといっているのだ。

　フロイトは〈リビドー〉という概念を〈家族〉のあいだの時間性から導いた。いいかえれば、〈親〉の世代と〈子〉の世代との年代的な距離の関係から導いた。その結果、この関係は〈親〉の世代から〈子〉の世代へ心的に転移される個体の心的な世界に還元せられたのである。

　しかし、先にも述べたように〈家族〉にとって本質的なことは、一対の男女の自然な〈性〉行為を基盤とする対（ペアー）となった幻想の世界だということである。いいかえれば、〈家族〉とはひとりの〈個人〉が他のひとりの〈個人〉と出会うしかたがあらわになった様式のことを意味している。人間は、〈個人〉として他のひとりの〈個人〉と出会うしかたを心的に意識しはじめた時、はじめて〈家族〉を構成することを知ったのである。もちろん、人間以外の動物もひとつの〈個体〉が他のひとつの〈個体〉と出会うしかたを本能的に先験的に知っている。しかし、動物は心的に知ってはいないのである。

　太古のある時期に、このような最初の〈家族〉が、群居する集団の共同性と違和を覚えるようになったのは、〈子〉の世代においてであった。そして、〈子〉の世代における兄弟と姉妹のあいだの関係に自然な〈性〉行為を伴うかどうかということが、集団の共同性と〈家族〉とが違和をうみだすかどうかの分岐点になったのである。もし、兄弟と姉妹がひとりの〈個人〉として他のひとりの〈個人〉と出会うしかたをあらわに発動したとすれば、その関係自体が別の〈家族〉でなければならないはずである。歴史が教えているところでは、遠い太古にそのような時期があったと想定することは、必ずしも不都合ではないようにみえる。現在でも、歪んだ現象としてそういうことが絶無ではない。

兄弟と姉妹のあいだの〈性〉的な自然行為が、なんらかの理由で禁制とされた時、〈家族〉は〈社会〉の共同性とまったく別の次元におかれることになった。その理由は単純なことであった。母系制の社会だったら、兄弟と姉妹のあいだの婚姻が禁じられれば、姉妹の系列が他の〈家族〉あるいは種族から男性を迎えて〈親〉の世代を継ぎ、兄弟は別の地域や場所を求めてもとの〈家族〉を離れ、別の〈家族〉または種族の女性と婚姻して別の系列の〈家族〉をつくるだろうし、父系制の社会ではこの逆のことが考えられる。そうすれば、当然あるひとつの〈家族〉は、〈子〉の世代になるとそのもとの〈家族〉とまったく系列関係にない別の〈家族〉へと分化してゆくから、それらの〈家族〉の群を含んでいるひとつの〈社会〉は、地域的にも〈家族〉体系としても異質の〈家族〉群を多数包括することになる。そのようにして、異質の〈家族〉を含むひとつの〈社会〉の共同性は、もはやそのなかのどの〈家族〉の共同性とも別の次元になければならないはずである。そのようにして、血縁によってつながった〈社会〉の共同性は、血縁関係を断ち切られて、それ以外のもの、たとえば地縁によってだけ結ばれた共同性とならざるをえない。

現在でも、社会学者のなかには、〈社会〉とか〈国家〉とかの共同性は、多数の〈家族〉が集まってできているものだと考える人たちがいる。それがもっと極端になると、家族社会とか家族国家とかいう概念を平然と使ったりしている。しかし、そうみえるのはほんの見掛けだけのことであり、〈家族〉の共同性をどんなにかき集めても〈社会〉や〈国家〉の共同性にはなりうべくもないのである。〈家族〉と〈社会〉とはまったく次元のちがった世界に属しているとみなすべきである。たとえば、あるひとりの人間が〈家族〉を離れて職場へゆくとか、病院にはいるとかいうのは、まったく別の次元の世界へ出かけてゆくことを意味している。まったく同じように、もし、ひとつの宗教的なあるいは政治的な活動を共同性と考えるならば、その活動へ参加することは〈家族〉とはちがった次元の世界へゆくことを意味している。これが福音書の「人の仇は、その家の者なるべし」という言葉の宗教的な意味であり、

「それ我が来れるは人をその父より、娘をその母より、嫁をその姑嫜より分たん為なり」とか、「我よりも父または母を愛する者は、我に相応しからず。我よりも息子または娘を愛する者は、我に相応しからず」という言葉が、〈国家〉とか〈社会〉とか〈政治〉とか〈株式会社組織〉とかいう別の〈宗教〉に日常滲透されている現在のわたしたちにも、いいようのない真理をうがっているとみえる理由である。〈家族〉をわたしたちのように考えることは、フロイトと対称的に、〈性〉としての人間を〈空間性〉として考えることを意味している。いいかえれば、〈親〉の世代と〈子〉の世代の〈リビドー〉の関係を人間にとって重要なものとみなすのではなく、同じ世代、いいかえれば〈父〉と〈母〉あるいは〈兄弟〉と〈姉妹〉のあいだの〈性〉としての関係を、人間にとって主要なものとみなすことを意味している。そして、このことは、〈性〉としての人間というカテゴリーを、〈個人〉と他のひとりの〈個人〉とのあいだの対となった心的世界とみなしていることを意味している。人間とは何かという問いに答えられなければ、あるいは〈個人〉とは何かは了解できないものであるかもしれない。しかし、〈個人〉と他者である〈個人〉との関係とは何かという問いには、はっきりと〈性〉としての人間であると答えることができる。

人間が〈家族〉の一員として存在するということは、自然な〈性〉行為を伴う場合も、伴わない場合も、〈性〉としての人間というカテゴリーで存在していることを意味しているという今までの考察は、当然つぎのようなことを教えている。

ひとつには、〈家族〉というものは、〈父〉であり〈母〉であり、〈兄弟〉であり〈姉妹〉である〈個人〉が集まって構成されているのではないということである。かりに、〈個人〉という概念がひとりの人間存在ということを意味するとすれば、〈個人〉の本質はすべての意味で人間的であるということである。だが、〈家族〉のなかのひとりの人間は、本質的に〈性〉としての人間であって、ラジカルに人間的であるわけではない。ある任意の〈個人〉が、自分は優れた学者であり、優れた政治家であり、優れた俳優であり……と考えていたとしても、〈家族〉の人びとにとって彼（または彼女）は、ただ〈性〉としての人間という場面から切りとられたただの人であるにすぎないし、またそれ以外の何ものでもありえない。〈うちの主人（あるいは親）は偉い学者で（あるいは何々で）〉などということを鼻にかける細君や子供が頓馬であるのは、〈うちの主人（あるいは親）は能なしでちっともうだつがあがらない人間だ〉などと軽蔑する細君や子供が頓馬であるのと同様である。人間はだれでも、〈家族〉のなかでは〈性〉としての人間という場面からしかみられるはずがないというのは、真理とはいわないまでも、きわめて本質的なことだからだ。

マタイ伝の十三章、五四—五八につぎのような挿話が記されている。

己《おの》が郷《さと》にいたり、会堂にて教へ給へば、人々おどろきて言ふ「この人はこの智慧と此等の能力《ちから》とを何処より得しぞ。これ木匠《たくみ》の子にあらずや、其の母はマリヤ、其の兄弟はヤコブ、ヨセフ、シモン、ユダにあらずや。又その姉妹も皆われらと共にをるに非ずや。然るに此等のすべての事は何処より得しぞ」遂に人々かれに躓けり。イエス彼らに言ひたまふ「予言者はおのが郷おのが家の外にて尊ばれざる事なし」彼らの不信仰によりて、其処にては多くの能力《ちから》ある業を為し給はざりき。

この個処は〈予言者は故郷に容《い》れられない〉というコトワザの起源譚であるが、福音書のなかで本音が吐かれている数少い個処のひとつである。自分を神の子であり、偉大な救世主だと思っているキリスト・イエスが、自分を大工の子だとしかみていない故郷の近所合壁の人びとのからめ手からのリアルな眼にさらされて、超能力を発揮しようにもできなくなった根源の理由をよくとらえている。この場合、故郷の人びとの眼は、いわば〈家族〉の人びとの眼の延長したものであるということができる。キリスト・イエスがいかに自分を神の子であり、偉大な予言者だと思っていようと、出身の故郷の人びとはただ自分たちの仲間の大工の子としてキリストをとらえる眼しかもちあわせていない。それは当然のことである。奇蹟が相手の協力を必要とするものとすれば、そういうところではだれも奇蹟をなしうるはずがない。それは〈父〉や〈母〉や〈兄弟〉や〈姉妹〉が、〈家族〉のなかで奇蹟をなしえようはずがないのとまったくおなじことである。

この挿話には、人間の心的な世界が次元の異なった世界に当面した時ひきおこされる悲劇が象徴されている。〈個人〉に付随するどんな心的な世界も、〈家族〉とか〈故郷〉のような異なった位相にある世界ではとまどうよりほかはないのだ。人間の心的な世界は〈個人〉にとって単一で総体的なものだから、外部の世界がどんなにちがった次元の場面であっても、同じ価値で適応する能力をもっているはずだと考えるのは、血縁関係にある〈個人〉が幾人か同じ屋根の下に住んでいれば〈家族〉になり、相互に他者である〈個人〉が多数集まって生活していれば〈社会〉になるはずだと考えるのとおなじように馬鹿げている。〈個人〉は血縁関係にあってもなくても、ただ〈性〉としての人間というカテゴリーでだけ〈家族〉を構成することができるだけである。

つぎに問題となりうるのは、〈個人〉はどのようなものとして〈社会〉の共同性の一員であるのかという問題である。もっと厳密にいえば、〈個人〉の心的な世界は、〈社会〉の心的な共同性（共同幻想）とどのように関係づけられるかという問題である。

〈社会〉の心的な共同性は、現在では〈国家〉とか〈法律〉とかいう形であらわれている。古代では、共同の宗教という形であらわれたことがあった。もっと部分的な社会を考えれば、共同の風俗とか共同の習慣とか、共同の約束とか、共同の信仰とかがその小さな社会の共同の心として存在している。ある〈個人〉の心的な世界にとって、この〈社会〉の心的な共同性は、まったく快適なものと思われるかもしれない。また、別の〈個人〉の心的な世界にとって、この〈社会〉の心的な共同性は偽りのおいものとして映っていることもありうる。またある別の〈個人〉の心的な世界にとって、この〈社会〉の心的な共同性はまったく桎梏以外の何ものでもないと考えるほかはないかもしれない。この関係は考えられるかぎりさまざまでありうる。こう考えてゆくと、この〈社会〉の心的な共同性は、〈個人〉の心的な世界がそれぞれちがっていると同じように、ちがったものとして受けとられるほかはないようにみえる。そして、〈個人〉の環境がその生涯の線に沿ってさまざまでありうるように、〈社会〉の心的な共同性に対してもさまざまな評価がありうるのである。そして境界が類似しているところでは、その評価に共通な部分が生まれてくると考えることができる。

しかし、この場合、本質的なことはただひとつである。〈個人〉の心的な世界がこの〈社会〉の心的な共同性に向かう時は、あたかも心的な世界が現実的なもので、具体的に日常生活している自分は架空のものだという逆立によってしか、〈社会〉の心的な共同性に向かうことができないということである。いいかえれば、〈個人〉は自分が存在しているしかたを逆立させることによってしか、〈社会〉の心的な共同性に参加することができない。この関係は、人間にとって本質的なものである。

人間はもともと社会的人間なのではない。孤立した、自由に食べそして考えて生活している〈個人〉でありたかったにもかかわらず、不可避的に〈社会〉の共同性をつくりだしてしまったのである。そして、いったんつくりだされてしまった〈社会〉の共同性は、それをつくりだしたそれぞれの〈個人〉にとって、大なり小なり桎梏や矛盾や虚偽として作用するものとなったということができる。

それゆえ、〈社会〉の共同性のなかでは、〈個人〉の心的な世界は〈逆立〉した人間というカテゴリーでだけ存在するということができる。そして、この〈逆立〉という意味は、単に心的な世界を実在するかのように行使し、身体はただ抽象的な身体一般であるかのように行使するというばかりではなく、人間存在としても桎梏や矛盾や虚偽としてしか〈社会〉の共同性に参加することはできないということを意味している。〈社会〉の共同性のなかでは、〈個人〉は自分の労力を、心情を、あるいは知識を、財貨を、権威を、その他さまざまなものを行使することができる。しかし、彼（彼女）が人間としての人間性の根源的な総体を発現することはできないのだということは先験的である。この先験性が消滅するためには、社会の共同性（現在ではさまざまな形態をとった国家とか法とかに最もラジカルにあらわれている）そのものが消滅するほかはないということもまた先験的である。

学生について

昨年の秋に大学のお祭で頼まれると日付けの重複がないかぎりそれに応じて講演にでかけた。わたしはその過程で、だんだんじぶんがお祭りをあてに旅廻りをやってあるく芸人のような気がしてきた。ゆくさきざきであまり得意でもない口説をうってあるいているという思いのなかで、身体の消耗ばかりが重くのしかかってくる。そしていつまでたっても喋言るということに狃れることができない。ついに最後のころは、口をきくのもおっくうな状態になり、眼がかすんだようで後ろの席に坐っている人の顔がわからないまでになった。ところで、それほどまでして学生に話しかける義務を感じていたわけでもないし、緊急に訴えねばならないものをもっていたわけでもない。わたしの心境は出稼ぎ人の心にいちばん似ていたのではないかとおもう。そしてすべての出稼ぎ人が出稼ぎをおえたのちにフトコロ勘定してみたら、わずかな金しか残らず、ほんらいなら土地の労務者が半月で稼ぎだすのとおなじ程度であるのと似て、わたしのフトコロにはほとんど何も残らなかった。

だが、それでも自営の仕事の閑期に他郷へ出稼ぎにゆく人々がたえないのはなぜだろうか？

もちろん徒労であっても割が合わなくても現金《げんなま》が必要なのだという理由はあるだろう。しかしそれだけではなく、どこそこに出稼ぎにゆけば、こういう名物のうまいものが喰べられるはずだとか、こういう銘酒が飲めるはずだとか、こういう名所を見物できるにちがいないとかいう心躍りがあるからにちがいない。昔みた『海を渡る祭礼』という映画のなかで、戸上城太郎が扮する浪人が舟着き場の桟橋におり立って〈けうはなにかいいことがありそうな気がする〉といった科白をつぶやくところがあったが、それが出稼ぎ人や旅廻りの芸人の心境をゆくりなくも語っているようにおもえる。

ところが出稼ぎ先にきてみると、すべての心躍りは消えてしまう。かれは名物のうまい物を味って喰べるとか、土地の銘酒をかたむけて陶然とするとか、名所を見物する余裕などなすこともない。たまに少しの暇な時間があっても、疲れた身体を旅宿でごろりとさせているだけで、とても遊びにでかける心境にはならないのである。かくして出稼ぎの閑期はおわり、そろそろ家に帰らなければならない。かれは重たい心と疲れた身体を土産に列車にのりこむのである。もう二度とこういう無駄なことはするまいとかれは心のなかでつぶやく。しかし、また季節がめぐってくれば、性こりもなくいくばくかの心躍りと現金《げんなま》の必要が、かれを出稼ぎにかりたてるのである。

もちろん興業師でもあり観客でもある学生たちは、出稼ぎ人や旅廻りの芸人の心はわからない。出稼ぎ人や旅芸人のほうでも興業師や観客の知的なあるいは思想的な関心に一瞬の緊張を与え、それ以外のものを与えてはならない。かれらの教師たちは上品で酸敗した知識をかれらに与えることができるだろうが、出稼ぎ人や旅芸人の生活思想の匂いなどは与えられるわけがないから、なによりもかれらの反応は生活ゼロである。だが知的あるいは思想的な関心は外の世界でみられないほど高級である。

わたしのような出稼ぎや旅芸人の眼からみると、これほどの馬鹿とは思わなかったと落胆せざるをえないような大学教師から、日頃、知識をつめ込まれているのだから、学生が馬鹿でなかったら不思議である。つじつまがあわないのである。

だが、わたしの手ごたえのなかでは、とうてい馬鹿とはおもわれないような学生が確かに存在していた。それも駅弁大学などと皮肉られているような学校のなかにおおくいた。そういう名称の大学があるのをはじめて聞いたというような学校で、とうぜん馬鹿であるはずの学生がそうでないのを感じたときは、出稼ぎや旅芸人の心は一瞬和ごむのである。

わたしが地方巡業に出かけた前後から、さまざまな学校で学校騒動が起りはじめ、あれよあれよというまに、いたるところで学校騒動だらけになってきた。学校騒動にはさまざまな動機と原因があるにちがいない。だが、わたしには教師が馬鹿だから学生が騒ぐのだというのが、いちばん見つけやすい原因である。

大学の教師たちが、よくもこういう学問的にみて出鱈目なことを通俗化して書けるものだというような啓蒙書を書き散らして、じぶんの研究をおろそかにしたり、よくもこう思想的にインチキなことを云えるものだというようなことをマス・コミで云いふらしたり、これほどの馬鹿とはおもわなかった、精神鑑定をしてもらった方がいいとおもわれることに血道をあげたりしているうちに、足元から火がついたのである。師は師たらずとも弟子は弟子だというような学生はいまどきいるはずはない。教師がカッコイイことを云ったり書いたりすれば、学生だってカッコイイことをするにきまっている。教師が御用芸人として、われもわれもと知識に水を薄めて安売りすれば、学生だって馬鹿のひとつおぼえのインチキ・マルクス主義を安売りしたくなるのは当然である。

かれらはドゴールにしてやられた馬鹿なフランスの学生たちとおなじように、馬鹿な大学の教師の敷いたレールのうえを模倣して走るのである。

ただ、わたしは昨年秋の第何回目かの出稼ぎのときの感じから、とうぜん馬鹿でなければならないはずの学生のなかで馬鹿でない学生がいることを信じている。かれらは学校騒動のなかで、〈創造的な仕事、それは学校だめ〉ということをほんとうに知り、自ら内発的な研さんに旅立つにちがいない。また教師たちは学校騒動のなかで、自惚れていた自分が、ほんとうは想像以上の頓馬で無力であることを知るだろう。まったくいい薬だとおもう。すこしはぎょろりとしたことを云ったり書いたりできるようになるにちがいない。

かつて学生であったことのあるものなら、誰でも体験的に知っているように、学校は真理をきわめるのに好都合な雰囲気をもっているわけでもないし、勉強をするに適した場所でもない。わたしが最終の学校で学んだことは、〈無為〉ということの意味と、〈無為〉から脱出するために何が必要なのかということであった。そして結局は、〈無為〉と格闘しながら、自ら学ぼうと意志したことしか身にはつかないという実感であった。人間は結局、人に教えることもできなければ、人から教えられることもできないものである。

現在、さまざまな学校騒動のなかで、こういうことがあからさまに露呈しつつあることはよいことである。

一見するとこの情況は知的な荒廃であるようにみえる。しかし、ほんとうは、知識や思想の受授ははたして可能であるか、それにとって学校はふさわしい場であるかどうかを本質的に問われている情況であり、こういう情況がなければ、真に知的なものの創出は出発しないのだといえる。出発してどこへゆくのかは誰にもわからない。しかし、わたしが地方巡業のあいだで垣間みた〈当然、馬鹿でなければならないはずの学生が、どうかんがえても馬鹿であるとは云えない〉というあの実感を信ずるのである。それらの学生はまかりまちがえば自らつぶれるかもしれないが、真に知的なもの、真に思想的なもの、真に芸術的なもの、真に現実的なものの研さんにひそかに出発しつつあるかもしれないと想像する。ひそかな潜熱のような形で。これは出稼ぎや旅回りの感想である。

Ⅳ

鮎川信夫論

――交渉史について――

1

文学的な仕事よりも、生の人間によって影響をあたえ、ひとびとを触発し、その支柱となるといった逆説的な文学者はいるものだ。

かれは際立った個性をふりまくわけでもない。とくに鋭利な論理でじぶんをそば立たせるのでもない。また粘液質な感覚で、ひとびとを強制してしまうのでもない。そこにかれが存在するというだけですでに複数の人間を綜合した何かを発散する。鮎川信夫はそういう文学者のひとりだ。かれはお人好しでもなければ、他者に利用されやすい軽さももたない。また、いわゆる包容力ある人物ではない。ある半透明な柱のようにいつもそこに立ってしまう。

わたしは鮎川信夫の作品論をやるには最適の位置にいない。あまりに時代がくっつきすぎているからである。もっと後年代の人物が、探索するといった態度で、鮎川信夫の全業績にぶつかれば、わたしなどのとうてい気付かない意味を発見するにちがいない。それとおなじように、鮎川信夫の人物論をやるにもわたしは最適ではない。鮎川信夫とともに戦前から戦後にかけて文学と人間の両方から交渉をつづけてきた幾人かの詩人がいる。それらの詩人は鮎川の露路裏も、表通りも、迷路のひとつひとつも描けるはずである。これにくらべればわたしの鮎川信夫との交渉史は、戦後のわずかの数年であり、それもわたしの方からのほとんど一方的な交渉で、とうてい相手がどうおもってつきあっているのかなどとそんたくする余裕などない時期であった。いわば一方通行の表通りを勝手な速さで通っただけである。片面だけの、それもわたしの速さでしかとらえられない貌しか、わたしには判ってはいまい。

わたしは当時、回復するあてのない失職と、ややおくれてやってきた難かしい三角関係とで、ほとんど進退きわまっていた。

職を探しにでかけて、気が滅入ってくると、その頃青山にあったかれの家へ立ち寄った。そのままとりとめもない話をしては、夜分まで入りびたったりしていた。いまかんがえると不可思議で仕方がないが、その間、ただの一度も迷惑げな様子をみせたことはなかった。また、いつもその態度はかわらなかった。わたしの勝手な坐りこみは、おそらく鮎川信夫にとっては、たいへんな精神的な負担であったはずである。それに気づくにはわたしのほうがあまりに幼なく、また他人の心を測る余裕がなかったのである。

かれは、あるときわたしにむかって、「きみのつきあい方は、どんなに親しそうにみえても、ほんとうは明日からそのまま交渉がなくなってもちっともひっかからないといったつきあいかただな」といった。わたしは、べつに意識していたわけではないが、この鮎川の評言が人間にたいする関係について、わたしが漠然と自身に下していた判断と合致していたので、おもわずはっとなったことを覚えている。いつからか、あるいは弱年のころからか、わたしにはそういったネガティヴな関係が人間について慢性になっていた。しかし、おそらくわたしは核心のところでは古風な倫理を交友について描いている理想主義者であるかもしれない。しかし、わたしの判断では鮎川信夫は、人間関係についてちょっと珍らしい西欧的な精神のフォームを身につけた人物である。

幾年か交渉があったが、わたしは鮎川信夫に好きな女性がいるのかいないのか、なぜ結婚をしないのか、いつどこで詩や詩論をかいたり、ホン訳をやったりするのか皆目わからなかった。わたしが立入ったことを訊ねたりする性癖がなく、そういうことに好奇心がうすい性格だったのか。ひどいときは四六時中いりびたっていた時期でも、鮎川信夫の私生活についてなにも知らなかった。まったくうかつな話かも知れないが、わたしの知っている鮎川信夫は、人あつかいになれたすこし粋な名残をとどめた母親と二人でいる透明な生活だけである。

わたしが、鮎川信夫との無駄話の間で、かれから文学的に学んだのは、その発想の異質さである。わたしは戦後になって仕込んだ大なり小なりドイツ観念論の系譜の発想が身についていて、そこから、事物を裁断することになれており、わたしの知っている人物は大なり小なりそんな風な者が多かった。鮎川の発想はまったくちがっていた。思いがけない視点から事物を照しだされるのを感じて思わずうなったようなことがたびたびあった。

あるとき、かれがニューヨーク・タイムズの記事の話かなにかのついでに、ニューヨークの街は、こうなっていて、ここのところにこんな建物があって、と説明しだしたことがあった。ところで、その説明は、聴いているわたしにそこにどんな人間が住んで、何を朝食に喰べ、どうやって働き、どう暮しているか、といった具体的なイメージをはっきりと浮びあがらせる態のものであった。じっさいにニューヨークの街が、そのイメージにかなうのかどうかは問題ではない。かれが一度も訪れたことのない街を、他者にイメージをあたえうるように語れる想像的な才能におどろいた。わたしは、いわゆる消息通や外遊者の帰国記事のたぐいからそんなものを感じたことはない。いったいこの連中は何をしてきたんだと思うことがおおい。かりに御当人は何でも見てきたつもりでいたとしてもだ。わたしには日本以外の国について鮎川信夫のように語れる知人は、ソヴィエト・ロシア社会について語るときの内村剛介くらいしかいない。そして、おそらく日本には、それくらいしか、日本以外の国について語れるものはいないと断定してよさそうである。

わたしは、鮎川信夫の発想の異質さを、年代のちがいに帰していた。きっとかれの思想をささえている方法は、わたしなどの知らぬ戦前のモダニスムの教養によるだろうと推測した。この推測は、あまりはずれなかったとおもう。わたしは鮎川をつうじて、もやもやと明るく、そしてすこし頼りなく、頭のはたらきは悪くなく、事物にたいしてシニカルであり、遊びが好きなという一時代の青春と、一群の詩的青年たちのイメージを想像することができた。そして鮎川はこの種の青春のなかで、とびぬけた資質をもっていたにちがいないとおもった。

戦争は、おそらくこの種の一群の青春にふかい倫理性をあたえた。それが、どんな戦争のくぐりかたによるかは、それらの戦中体験の記述によって知るほかはないのである。

鮎川は、「戦中手記」のなかで、交友について、つぎのようにかいている。

　君は僕と親しくなりはじめた頃、「俺は必ず君を食ってやる」と云ったことを覚えてゐるだらうか。僕はその時以来、君ばかりではないすべての人間に対して極めて要心深い、策略的な人間になった。「俺に食はれない人間はない。Hの奴だって結局俺に食はれたのだからね」と君はおそろしい自信を正直に僕に仄めかした。君は僕にとって友人との交友に、さうした油断のならぬ毒のあることをはじめて意識させてくれたのである。僕はその時君の云った言葉によって、自分は今後どうしなければならぬか、何を怖れなければならぬかを一瞬にしてさとってしまった。僕はそれまでほんの子供だったのである。書物だけはおそろしく沢山読んでゐたので一度眼をひらくと、僕はすっかり外に対しては隙の無い偽善を身にまとひ、自分の新らしい態度にみづから満足を感ずるやうになったのであった。おそらく如何なる立派な精神の発展段階に於ても、すべてが理想的な謂はば神のこころに叶ふやうな澱みない生成を遂げるといふやうなことはあるまい。必ず途中に山もあり川もあり、苦痛や汚辱や褻《せつ》瀆もめずらしいものではないだらう。むしろ精神の高さは、その醜悪、卑少に対する理解の深さによって察しられるといってよい位、精神的苦痛の諸原因はむしろ偉大な豊饒を約束する肥料とも言ふべきだと思ふ。当時の僕の小賢しき政治的偽善は貧弱な自己を韜晦するためと自分の位置を常に有利にして置くことと、他の「怖るべき子供達」に対する自衛であった。そんなことは勿論、訳のわかるものは見ぬいてゐたことだらう。

わたしは、この種の交友を他者ともったことはない。沈黙していても他者の心は相互によくわかり、どうすれば他者は慰み、どこにその悲しみがあるのかを、黙って推測し、いたわりも温もりもただ沈黙のうちで了解できるといった古風なものしか、交友はなりたたない。それ以外は、交友はない。ただ現実上の必要から事務をまじえた交渉がなりたつだけである。

わたしは鮎川信夫とのわずかな交渉の期間に、〈食う〉ことも〈食われる〉ことも葛藤もない関係に終始した。またどんな作為も鮎川信夫にもたなかった。だいいちそういうおっくうなことは性にあわなかった。

鮎川は、窮乏したわたしに、ホン訳の下仕事をくれ、ホン訳料を先払いして助けてくれた。わたしの語学力は貧しいものだったから、かれにしてみれば、じぶんで訳したほうが、ずっと手間がかからず楽だったにちがいないが、嫌な顔もせずに、どうしょうもなくなっていたわたしの生活をおもんぱかってくれた。鮎川はわたしとの交渉で物心両面から何も得ることはなかったはずだ。ただとっつきの悪い、すくなくともかれの「交友」の概念にはまったくひっかかってこないわたしの方からの一方的な無愛想なつきあいを嫌な貌もせずにやっていたにちがいない。しかし、わたしのほうは物心の両方からたくさんの恩恵をうけた。

あるとき、わたしが夜分まで入りびたって帰らなかった日に、鮎川はボクシングの試合がみたかったにちがいない。「きみお茶でも飲みに出ないか」とわたしを誘った。青山の通りのちかくの喫茶店で、コーヒーか何かを飲みながら、テレビのボクシングの試合をみていた。「ボクシングは面白いですか」、と一向に浮かない顔でわたしは訊ねた。「面白いよ、ボクシングほど舞台裏の厳しいトレーニングを必要とするスポーツはないんだ。それがよくわかるんだ。」というようなことを答えた。かれは、けっしてきみボクシングをみないかとは言わなかった。そう言えば、一緒に出ましょう、ぼくはかえりますから、とわたしはこたえるにちがいなかった。かれはボクシングをみたくて仕方のないときも、おおよそそういう心境にないわたしに「お茶でも飲みに出ないか」という表現しかつかわなかった。いまにしておもえば、これは鮎川信夫の人間関係についての厳しいトレーニングの方法の現われであった。

2

鮎川信夫のほうでは、もっぱら一方的な援助者であり、物心両面から与えることはあっても、与えられることはないといった交渉であったにちがいないように、わたしの方からも物さびしい思いがすることが、まったくなかったわけではない。わたしが戦後歩んできた思想と現実上の行為に、ある理念的な意義をあたえてきた問題は、鮎川信夫にかかるとおおよそしないでもいいことに手をだし、ただ自業自得の結果をまねいたにすぎないという風に受けとられている危惧を感じた。そして始末の悪いことに、わたしはリアリズムの観点から鮎川のそういう理解の仕方のなかに、世の大人らしい生活者の現実感覚があるのを自身で理解していたのである。

他者のために奉仕することは悪なりや？　この社会で生きるとは何であるか？　現実に抗しようとする理念の幻想性と、それが招来する冷厳で卑小な結果とは何であるか？　わたしは何のために、なぜ生きるのであるか？　こういう内心のおもいは、鮎川信夫との交渉で、わたしが打ち出すことのできないものであった。それを打ち出すことのできない雰囲気を鮎川自身がもっていた。

いまでも覚えているが、鮎川信夫は或るときわたしに軍隊生活について喋言ったことがある。おそらく、わたしが野間宏の『真空地帯』などを話題にのせて、あれは軍隊のドキュメントとしては、嘘っ八で(フィクションという意味ではない)、まったく駄目な小説だというような意見をのべたにちがいない。あるいは、軍隊を悪い場所だとおもっていたのは僅く少数の知識人だけで、大部分の大衆はあれを社会生活よりもよい境遇の場所とおもっていたにちがいないといった意見をのべたのかもしれない。あるいは、石川達三の『風にそよぐ葦』の主人公のように、動作が鈍くて意地の悪い下士官みたいのにいじめられている厭戦的インテリをみていると、苛々して決して好感をもてないといったのかもしれない。あるいは、戦後になって、おれは醤油か何かをのんで徴兵を忌避したなどと名告りでた文学者がいたが、ただ軽蔑しかかんじない。リベラリズムというものが物質的な特権をもとにしてしか成立たないとするならば、大衆が軍隊生活に、現実社会での下積みの境遇を逃れるある程度居ごこちのよい場所を見つけたとしても、少しも否定さるべきだとはおもわないというような意見をのべたのかも知れない。この間の記憶は残っていないが、日頃からこんな種類の感想をいだいていたので、どうせ、この種のことをわたしが喋言ったのだ。

鮎川は、軍隊で優秀な兵士として上官に認められるには、秘訣があるのだ。それは人が嫌がること、たとえば罰を受けてなぐられるときには、いつも真っ先に受けるようにすればいいんだ。後から嫌々整列して後尾についたりしては駄目なんで、そんなとき、つまり嫌な目にあうときは、最前列に並んで、やられるようにすればいいんだ。すると上官は、此奴はいつもそういう積極的な兵士だとおもうようになるんだ、というようなことを云った。

わたしは、ここにはある人性上の、あるいは人間の関係のなかでの真理がふくまれているようにおもい感服して聴いたのを覚えている。鮎川は、何かをそのとき軍隊生活からつかんだのだ。それが人間の関係のなかでの技術であるのか、生の倫理であるのかはわからない。しかし何かを体得したのだとおもった。

わたしは戦後の現実のなかで、しばしば最前列に残って嫌な目をひき受けた体験をもっている。しかし、その場合、わたしの行為をささえたのは思想の倫理のようなものであり、またもっと人性上の必要にひきよせていえば、どうにもならない自己破滅の肯定のようなものであったとかんがえる。技術的にそう振舞ったことはない。しかし、鮎川信夫のばあいは、わたしのような倫理とはちがう。かれはおそらく献身は悪なりやという太宰治のような問いを、自己に発するという場所から距っている。

この問題を、鮎川信夫は、わたしに無駄話のあいだに語ったよりもはるかに精密に「戦中手記」のなかでかいている。

僕は要領の悪い人間だ。軍隊ほど要領を使はねば損な所はないのだが、僕は先天的に要領が悪い、その上に多少動作が鈍い。見掛けで大分損をしなければならない。そのうち僕は一番手数がかからず認められることを実行しはじめた。何でもない、殴られる時は率先して殴られること、——これである。お説教の集合のかかつたときはいつも右翼に出ること、いささかも逡巡の色を見せぬこと、——僕は率先右翼につき次第に認められるやうになった。さうした積極性が良いことに対しても、やはり僕が右翼であるといふ風に彼等を信じ込ませることに成功したのである。体力も大いに強くなり機関銃も重いとも思はぬようになった。七十瓩ほどの体重になってゐたから、一年と一寸で十八瓩の増加である。演習は心身の無我夢中の運動を要求し、その烈しさに耐へぬくといふことは一種の快楽とさへ感じられるやうに僕は変化したのである。僕は次第に優秀な兵隊になりつつあった。

これは鮎川の軍隊生活における宗教的な回心にも似た契機である。そして、そういう言葉をつかえば、たとえば、野間宏の『真空地帯』には、〈抵抗〉体験としてここにある程度の普遍的な真理性をさえ表現しえている個所は存在しない。

鮎川はここで「要領」というような言葉をつかっているが、もちろんここにある問題の核心は、人間がみずから積極的にじぶんを危機におこうと意志するとき、そこに遭遇する現実と自己のあいだにおこる契機とはなにか？　そして人は、それを生きる技術としておこなうか、破滅的な意志によっておこなうのか？　そうするより仕方がないという必然によっておこなうのか？　という問題である。

ここには鮎川信夫の重要な戦争体験の原型があるようにおもわれる。人は現実上の危機に直面したとき、みずから積極的に危機に割りこもうと意志する方法もある。あるいはみずから積極的に無為と化する方法もある。いずれに真理があるかわからないが、ここには〈撰択〉の問題がふくまれている。そして、人間が、宗教や理念（イデオロギー）の宗派に惹かれそれを撰択するのは、いつもこういった撰択が、新らしい人性上と現実体験上の地平を垣間見せるからである。

わたしは、丁度そのころ生活上の問題と女の問題と思想の問題とがからみあったところで、死ぬか、逃亡するか、あるいはこれに耐えられなければおれはどんなことにも耐えられないはずだと自分にいいきかせてその渦中に身をおいて外らさないか、という岐路にあったので、鮎川のこんな軍隊生活の話は、自分なりの勝手な色彩をおびて心に滲みた。

3

この時期、わたしの人性上の問題について、もっとも泥まみれの体験をあたえ、じぶんがどんなに卑小な人間にすぎないか、あるいは人間はいかに卑小な人間であるかを徹底的に思いしらせ、わたしのナルチシズムの核を決定的に粉砕したのは、失職後の生活上の危機と、難しい恋愛の問題との重なりあった体験であった。そうして、この体験においてわたしの人性上にもっとも痛い批判を与えたのは、記憶によれば、一方は鮎川信夫や奥野健男であり、一方は遠山啓氏であった。わたしは、ひとかどの理念上の大衆運動をやったうえで、職をおわれたとおもって無意識のうちにいい気になっていたが、現実のほうは、ただわたしをひとりの失職して途方にくれた無数の人間の一人としてしか遇しはしなかった。これはしごく当然であるが、当時の幼稚なわたしには衝撃であった。また、いっぽうでわたしは女の問題で足掻き苦しみながら、じぶんの精神を裸にされたただの人間にすぎなかった。

こんな体験のさ中で、鮎川信夫や奥野健男は、だまって、一言の批判がましいことを口にせず物や心をわたしの体験の核心においてじっと何気なくみているといった態度を一貫した。わたしにとっては、これは無言の批判であった。おれは他者にたいして、いつどうしてそんな態度をもてる日がくるか、とかんがえるとまったく茫洋とした気がした。遠山啓氏は「きみのように他人に嫌がられるほどしつっこく頭を下げるということを知らないものは、いつまでたっても生活してはいけないよ。他人はきみがじぶん自身をおもっているほどきみのことをおもっているわけではないよ」とあるときなに気なくわたしにいった。これも至極当然の言葉だが、わたしはわたしの人性上の核心をつかれたように、手痛い批判を感じた。わたしが、何か人間と人間の関係について、現実について、自己について新しい地平を垣間見たとおもったのは、このときの体験が最たるものである。けっしてわたしの心性はこれらの批判で直ったわけではなかったが。わたしは戦後、何回か大衆運動の失敗というようなことを体験してきたが、その困難さの構造は、けっしてこの時期の個人的な体験よりも大きいものではなかった。

どうやら、この個人的な体験をきりぬけたとき、思想的な問題についても、ある確信をもつことができるようになった。おそらく今後遭遇するどんな困難な問題や事件も、わたしを再起できぬほど打ちのめすことはできまいと思った。

わたしは鮎川信夫や奥野健男をかんがえると、〈男性の本質はマザーシップ（母性）ということだよ〉と学生のわたしにいった太宰治の言葉をおもいおこす。この資質がどこからくるのか、わたしにはよくわからない。わたしのかんがえる男性の本質は、父性《ファザーシップ》ということである。たくさんの困難を呑みこんで黙って耐えている孤独な鋼のような心の匂いをもった父親の像である。その魂の匂いのようなものである。そして、ときとして手きびしい批判を愚劣な子供にくわえる姿である。

しかし、鮎川信夫の心性の本質は、やりきれないみじめな心境の子供にたいして、父親に内証で、だまって小遣銭をわたしてやる母親ににている。

わたしは、いまでも心が痛むが、わたしの身辺の問題にどうやら片をつけ、生活も一刻一刻に危機があるといったところからいくらかずつまともになってゆくにつれて、いままでいりびたっていた鮎川信夫からなんとなく足が遠のいてしまった。わたしの倫理ではこれは逆にならなければならないはずであった。おそらくこんな背理がわたしに可能だったのは、鮎川信夫との交渉史で、かれのほうは一方的に与えるものであり、わたしのほうは一方的にもらうものであったからにちがいない。

4

わたしたちの年代のものが頽廃というとき、それは古風な、という形容をつけてもいいほどの倫理的な意味がこめられている。なによりもそれは外界にたいする決定的な態度であり、否認しようとする意志の表現である。頽廃が頽廃として享受されるという時期はまず典型的にはありえなかったといってよい。いわゆる〈遊ぶことの下手な世代〉に属している。戦争の現実が、わたしたちにそれを強いたといってもいい。しかしおなじ現実はすべての年代を強いたはずにもかかわらず、わたしたちは〈発生〉の当初にまず外界から強いられたものがあり、それは長く尾をひいたのである。

戦争中に、すでにわたしは、リベラルなかんがえ方をする三十年代の知識的な人物から、その匂いをかぎわけることができた。鮎川信夫からどこからともなく発する匂いはそれににている。それは正体をうばわれたものの倫理ともいうべき匂いである。おおよそ勝負事とか賭とかいうものを知らず、だいたい勝ったとか負けたとか、損したとか得したとかいうことが、意味をもつことはこの世にはありえないので、大抵のことはどうでもいいことだといった観念が身についているわたしにとって、鮎川信夫の発する戦前リベラリズムの名残りのような匂いは、まったく手のとどかないところにあった。遊びをやっても真面目なことになり、おおよそ愉しみを愉しむといった能力をはじめから奪われたものといったようなわたしにとって、鮎川信夫のそういう世界から発する匂いは縁がなかった。

そして、事実は、鮎川信夫の倫理的というほかはない作品や人性のあいだから洩れてくるこの微かな享楽の匂いこそは、ほんとうは、戦争がどんな痛ましい悲劇をかれにあたえたかをはかる尺度である。鮎川信夫は「戦中手記」のなかで、こうかいている。

いよいよ最後に僕は自分の希望について語らねばならぬ。一九四一、二年にあっては我々にとって希望は忌むべきものであり、絶望こそ正当な我々にふさわしいものと思はれた。我々は自分等の芸術的活動をいちぢるしく封殺せられ、世は挙げて愚昧、無味乾燥、無批判、の悪風によって最後の大戦争に不可避的に突入しつつあった。その結果については我々には解り過ぎるほど解ってゐた。絶望の足りない連中で時潮に抗すると当局から目をつけられた学者や批評家、運動家、思想家の中では国賊として検挙される者があらはれ、いよいよ与論の統一がやかましくなってきたのであった。我々はもう外でどんなことが起っても驚ろかなくなってしまった。我々は希望を全然持たなかった。絶望に陥ったといひたいところだが、そんな気力もなく単に快楽と刺戟のみを追求する蕩児となり、日本的自由主義の残滓である頽廃面に沈湎し競馬、博奕に凝り夕陽の街に享楽を求め、夜に快楽を漁る惰性の生活を続けてゐたに過ぎない。

一九四二年九月、君は召集せられた。僕は翌十月入営した。僕は入営期日迄、早くから解ってゐたので準備も出来てゐた。僕は軍隊に入るといふことは、とにかく今迄の自分の行き詰まった生活を別方向に展開せしめるといふだけでも、何かしら救ひになるに違ひないと期待してゐた。
かくて〈格闘する〉個人的時代は完全に過ぎたかに見えた。それが社会についても全く同じことが云へるのであった。

禁欲的なことが、そのまま先験的な現実であったわたしの年代にとって、戦争は、明日死ぬかもしれない空襲の中でも、三十歳まではとうていもつまいとおもわれたじぶんの生涯の感覚のなかでも、敗色の濃い戦局のなかでも、最後まで希望の幻色をみせつづけていたとおもう。しかし、このわたしにとって希望の幻色である戦争は、鮎川信夫にとっては、絶望する気力もなくなるまで痛めつけられた果ての終末であった。

こういう相違は、ふつうわたしたちがかんがえているよりもずっと怖ろしいことである。鮎川信夫の「戦中手記」を追っても、ここのところは、わたしには実感的に想像することはできない。分限者がしだいに貧乏になってゆくとき感ずるものとおなじではないのか、あるいは自由に遊び、愉しむ余裕と物質力とをもったものが、しだいに何もできなくなったときの悲鳴ではないのか、という比喩で語りうる印象以上のものはあたえられない。たとえ戦争がなくても虫のように死んでゆく人間はいるし、どんな自由な社会でも、自由の能力をゆるされない人間もいる、という考察は、ここには除外されている。戦争には正義の戦争もあり、不正義の戦争もあるといった中国共産党風のつまらぬ理念が、わたしたちに問題なのではない。たとえ戦争があろうと平和であろうと、自分の隣りにいる人間や、自分の肉親の死であっても、あるいはそういう親近な人間の窮乏や、絶望であっても、じぶんにはおなじ痛覚としてそれをかんずることはできないという人間の社会における存在の仕方、人間と人間の関係の仕方がおそろしいのである。

鮎川信夫は「戦中手記」で、軍隊生活で体験したじぶんの地獄篇の世界について縷々書きとめているが、この個所は、じつはいちばんわたしの関心をひかない、いわば危ういとおもわれる個所である。この地獄篇の世界を、じつは社会生活の窮乏からのがれ、下積みから解放され、すくなくとも体力と行動力さえあれば、どんな社会的地位の人間とも平等の出発点をもつことができる唯一の場所とかんがえて、天上篇の世界をみた人間がこの社会にあったこともまた事実だからである。すなわち、人間は他者を自分として感ずることができるか、という人性上の最後の設問にこたえるようにこの「手記」は存在していない。

しかし、戦後のわずかな交渉史で、わたしが鮎川信夫に感じたのは、人間は他者を自分として感ずることができるかという設問に、あたうかぎり近づいた人物であった。この人物の像が、わたし個人にとってのみ成立するものであったと仮定してもだ。鮎川信夫の存在することはわたしにとって希望であった。そして、鮎川信夫を思い浮べるとき、いつかわたしも人間は他者を自分として感ずることができるかという人間の社会的存在の仕方にとっての最後の問いにこたえねばならぬとかんがえた。たんに人性的にではなく、人間と人間の存在の関係が形づくる幻想と現実社会の総体にわたって、それにこたえないかぎり、鮎川信夫に負債をおっているという内心のおもいをいまもわたしは忘れかねている。

高村光太郎私誌

はじめて高村光太郎の詩にふれたのは、昭和十五年のことであった。江東区深川門前仲町にあった今氏乙治先生の私塾で、或る日先生は河出書房版の『現代詩集』の全三巻を、蔵書のなかからとりだしてきて読んでみたまえとわたしてくれた。わたしは勉強のあいまに童謡まがいの勝手な詩をつくっていたが、現に日本でどんな詩がかかれているのかまるで知らなかった。知ろうとするほどの関心もなかった。藤村とか白秋とか生田春月の詩はよんでいたが、現在どんな詩人が日本にいて、どんな詩をかいているのか、まるでわからなかったのである。年少のころの、はじめて詩をよみ詩をかいてみたい欲求には自救ともいえない自己慰安の意味しかあるまい。だから誰がどんな詩をかき、社会にどう流通しているかといったことは、どうでもよかったのである。ある精神の静寂のなかで、とおりすぎてじぶんを茫んやりとした眼差しにさせる想念を、言葉にかきとめることができれば充足感を味わうことができた。この状態を人間はだれでも二度と通過することができない。その意味で記憶は鮮やかにのこっている。今氏先生は、わたしの書きためる詩をよんでいて、たぶんもっと別の成熟した詩の世界があることを知らせたかったのだとおもう。

当時の感じ方では、『現代詩集』の第一巻にあった高村光太郎の「猛獣篇其他」の詩篇が、圧倒的にすぐれているとおもえた。言葉が硬質で無駄がなく、また、そこにならべられた詩人のなかでは知力がたかいことをすぐに感じさせた。収録された詩篇のなかでは、「寸言」という短詩と「老耼、道を行く」というかなり長い詩が心に刻みこまれた。「老聃、道を行く」は、ほとんど暗誦できるほど繰返しよんだ。そして、この詩と、『論語』の知識をもとにして、府立化工の電気化学科のガリ版のクラス雑誌『和楽路』に、「孔丘と老聃」というみじかい創作みたいなものをかいた。これは、わたしの『初期ノート』におさめられている。

高村光太郎という名は、中等学生のわたしにも何となく知られた名であったが、こういう詩をかくということをはじめて知ったのである。おなじとき第二巻で「原体剣舞連」という暗い異様な詩とともに宮沢賢治の名も記憶したが、宮沢賢治をよくよく読むようになったのは、府立化工を卒業して、米沢高等工業学校へ行ってからのことである。

わたしの私的な体験のなかでは、今氏先生に触発された詩の世界は、もっとも純体験にぞくするもので、高村光太郎は、まずこの純体験の出発点で偶然の機会からわたしをとらえたのである。純体験の特徴は、ただじぶんを慰安するために書き、そのために読めば充分であるという自己完結した態度を内包していることである。高村光太郎の詩はこういう体験のなかでわたしを慰安し、わたしに同化をゆるした。印象はつよくまた無害であった。ある瞬間には、詩をかいているじぶんは高村光太郎のような気がした。またある瞬間にはじぶんとおなじことをかんがえながら、じぶんの書きえないことを書いてくれる隔絶した代弁者であった。わたしは充分に満たされた内的な世界をもっていた。じぶんはどこへゆくかわからないが、現在がすべてであり、なにかをあてにするなどは純体験の内部では必要なかったのである。その頃、たやすく手にいれることのできた詩集『道程』、『智恵子抄』などは、くりかえしてよんだし、高村光太郎のかく戦争詩もほとんどもらさずに読みあさった。

戦争詩というのは、わたしなどの年代にとって戦争が環境そのものとして自然であったように、素材としてはきわめて自然であった。ただ、いかに、どのような必然から、どのような詩としての高さでかかれたかがもんだいである。わたしが戦後、進歩派の戦争責任論の虚偽をあばいたとき、わたしの対立手たちはほとんど素材として戦争をとりあげたことが、すでに悪であるという当為にとりつかれており、この当為自体が虚偽であったため、そこでのみ自己弁解がおこなわれたのである。わたしにとってそんなことは第二義以下のもんだいであり、なぜ、いかにかかれたかが問題であった。こういうことについて、見事だとおもえる戦前左翼の発言はひとつも存在しなかった。かれらはただ古傷をあばかれたという心情的な反応しかしめさなかったといえる。そうでなければ、じぶんは戦争中に悪をなしたというざんげばかりが良心的な貌をしておこなわれたのである。わたしは、このいずれの反応も理念として、また人間としてだめだとおもう。しかし、それを戦前の古典左翼にもとめることはまったく無理であることは、戦争責任論の過程ではっきりと知ることができた。

高村光太郎のかく戦争詩は、『道程』や『智恵子抄』や、「猛獣篇」の孤独な詩人の像とは、あまりそぐわないものであった。しかし、わたしのかすかな記憶によれば、あるとき、ある新聞にかいた文章によって、この詩人が不馴れな戦争政策の渦中に、意識的に腰をあげようとしている心事が手にとるようにわかり、感銘をうけた。こういう詩人が、雑然さしか役に立たない戦争政策の世界にふみこんでゆく姿は、痛ましくもあり、異様でもあり、また敢えてそうするのだという態度に共感をかんじたのである。こういう人が腰をあげてゆくのなら、精神的についていっても悔いるところはないなと内心で感じた。この文章は、戦後見つけだそうとして懸命になったが、とうとう見つけ出すことができなかった。高村光太郎のばあい戦争詩は、自覚的におおっぴらに、いわばじぶんはこういうものを今後かいてゆくぞという言葉のない宣言を自己にも他者にも発してかかれた。「沈思せよ蔣先生」のような作品をのぞいて戦争政策詩にはよい作品はないが、これほど悪びれずにやればよしあしをあげつらってもたいした意味はなく、概してつまらぬ詩であった。ただそれがどんな思想からかかれたかが、問題を提供している。

じゅうぶんにじぶんの思想を確立した人間が、現実に行為の場で振舞おうとするのをみるのは痛々しいものである。とくに行動者にとっては当然のように視える場所から、その行為をみるのは痛々しい。

わたしたちが馴致している思想と現実的行為についての慣習によれば、こういう場合、そんなことは行為の場にいるじぶんたちがやるから、思想者はそんなことにわずらわされずもっとじぶんの思想をつきつめてもらいたいという発想になる。わたしが戦争期の高村光太郎に感じたものもそれにちかかった。なんで不得手な戦争詩をかいたり、中央協力会議に出席したりするのだろう、そんなことよりももっと孤独にじぶんの思想を深化してすぐれた詩をかいてくれたほうが、行為者にとっては、どれだけよいかわからない。戦争なぞはどうせおれたちがやるのだし、実際に死ぬまでやるのはおれたちだけなんだ。戦争政策にも何にもなっていない大政翼賛会のつまらぬ会議や委員会などに出席して、文化政策についてつまらぬお喋言などを、この敬愛する詩人にはやってもらいたくないとおもった。

また、一方で、わたしたちの馴致している発想によれば、ひとびとは血を流し生命を代償にして戦場にでかけている。そんなときじぶんだけが安閑と芸術に没入しておられようか。ひとびとが生死のきわにあるならば、じぶんもできるかぎりの力をふるって、おなじ戦争の目的に寄与しなければならないという心情に駆られる。おそらく、これが高村光太郎を孤独な芸術の場から戦争政策の場へうながした内的なモチーフであった。

このふたいろの表現者と行為者とのすれちがう認識は、現在もかわらぬわたしたちの土俗的な発想である。

北川太一の「高村光太郎聞き書」（『光太郎資料2』所収）で、晩年の高村光太郎は、北川太一に日露戦争についてこう語っている。

「君死に給ふことなかれ」だって反戦でも何でもない。ただ弟に生きて帰れと言っただけなんだ。日露戦争は喧嘩みたいなもので、旅順だけが悲惨だった。悲惨でも今のとは違ってロマンチックなものだった。乃木さんの息子が死んだりしても……。それに一般庶民は戦争なんかしなくてもよかった。生活には影響がなかった。戦争をするのは兵隊だけだと思っていた。

これは、戦争のリアリズムをよくわきまえたものの言葉である。しかし、この認識は、本人が表現者の位置にすべりこんだばあい、行為者にたいして逆立してゆく。心情の核のところでは、高村光太郎にとって太平洋戦争も米英にたいする〈喧嘩〉であるとしてとらえられていなかったといえない。すると芸術家高村光太郎にとって、戦場に死にゆく〈一般庶民〉は、身内のものの死にひとしい心情でとらえられたとかんがえることは、たぶん間違っていない。

表現者の過剰な倫理と、行為者の過少な倫理とが、まさに逆立しながら交わることのない行きちがいを実現してしまうのは、わたしたちのもっている思想の風土の特質である。わたしにとって戦争期の高村光太郎は、まさに過剰な倫理から、自己の芸術をすてて戦争政策へとびだしてゆく表現者の位相にあった。そしてこの表現者の位相は、行為者はかならずしも、表現者にそれを望んでいるわけではなく、かえってかれの芸術表現を戦争にわずらわされずに深化してもらうことを望んでいるものだということを知らないときに悲劇的であった。現実が緊迫したときのわが国での芸術家の悲劇とは、いつもこのようなものを出ない。しかもこのような悲劇はじゅうぶん魅力的であるところに真の悲劇、必然の悲劇の根拠が存在している。しかしわたしのかんがえでは表現者を捨てずに行為者であるかのように振舞うものたちは、現在もいぜんとして不毛である。また、表現者にたいして、つねによき表現者たれといいえないで、行為の場にひきずりこもうとする行為者は不毛である。わたしたちが、現在もみている思想の風景は、こういった不毛の風景だけだといっていい。

わたしの眼にうつった戦争期の高村光太郎は、過剰な倫理を背負いこみながら、その倫理を意識的な決断によってじぶんに課している者としてとらえられた。この詩人は、戦争と心中するつもりだな、というのがわたしの感銘であった。

過剰な倫理を、芸術が芸術いがいの領域に拡大して背負いこむことは、客観的には独断であり、自己満足の変態である。しかし、それが意識され、自覚された決断によっていることがはっきりしているとき、自己思想の問題である。思想というものは、外部からは区別できない同質のものとして映るばあいに、その内部構造ではまったく異質であることを弁明しないという態度によって保証されるものの謂である。あんな奴らと一緒にしてもらいたくないというのは自己思想の内部でのあらゆる思想のねがいである。しかし、ここからは複数者を包括する思想はうまれない。思想の伝導性は、遠くでみればあいつらはみんな同類ではないかという外部からの視線にたいして、決して〈否〉と弁明しないという決断によって保証される。

この古典的な倫理は、孤独な彫刻家、詩人という内在構造から戦争政策への協力へのりだしたときの高村光太郎のものであった。高村に敬意をはらい、その先達性を信じていた同時代の詩人の幾人かは、かれにむかって、ああいう戦争詩を本気でかいているのか、と質問あるいは詰問している。もちろん高村光太郎は、おおまじめに本気だったのだ。詩の表現としてよりも、それ以前の決断の倫理において本気だったのだ。

わたしは、熱心な読者としてそれをよく了解していたとおもう。

戦後、なぜ、わたしは高村光太郎論をかいたか？　なぜ、年少の日の純体験の出発にまずあらわれ、戦争期をつうじて執着したこの詩人について一冊の書物をつくったか？

この問いにたいしては、さまざまな偶然をかんがえることができる。この偶然の要素をはずしていえば、戦後の世界のなかで、どうしても戦争期のじぶんの純体験の核が気がかりなまま残されていることに気づいたからである。この気がかりは、いつも危機の状態でやってきた。何か底をついた体験と思想に直面するとこの気がかりが浮びあがってきたのである。

まず、高村光太郎の戦後の思想にはじめて異和感を感じはじめ、この異和感の根源をさぐりたかった。

そして、この高村光太郎にたいする異和感の背景には、戦争の終り、敗戦をさかいにして、掌のひらをかえすように昨日の言説をかえてしまう表現者たちのすがたが一般的に存在した。なぜ、すべての表現者は、不可解な動機によって昨日までの戦争協力を、今日はデモクラシーや市民社会の強調にかえることができるか？　これは社会的風潮へのたんなる乗り換えであるのか、あるいはもともと内在的にもっていたが口には出しえなかった本音を、吐きだしたものであるのか？　心ならずも虚偽を表現してきたものが、本音をいってもさしつかえない時期に出遇って本音をはきだしたということなのか？

こういう疑問は、ほんとうは現実に存在している人間の在り方が不可解な複合であるのとおなじように、じっさいは容易に解きえない。現実社会に存在している人間が複雑なのとちょうどおなじように複雑な問題である。しかし、問題をあらかじめ一定の視界に限定してみれば、かならずしも解答できないはずはない。わたしは、純体験のもっとも核のところにある高村光太郎の生活史と芸術史をつうじて一般的にはこういう疑問へ近づきたいとかんがえた。

いまでも覚えているが、わたしが高村光太郎について追尋しつつあったとき、失職の時期にあたっていた。わたしは生活について閉ざされており、あてどないつてをたずねては食うための職をもとめており、しかも、まともな職には、とうてい就きえない状態にあった。この状態は、じぶんの意志と思想によって招いた結果であり、社会秩序という茫漠として巨大な対象を恨むよりほかに恨みようがなかったが、それにしてもきわめて追いつめられた状態にはちがいなかった。辞書でもめくっているか、あるいは書物にでも没入するほかに安堵をうることはなかった。かばんをさげて何やら目的がありそうに駅のホームや街頭をあるいている人々が、まるで異邦人のようにおもわれた。職を探しつかれると、ゆくところは映画館の薄暗がりか、図書館の中しかなかった。何ともいえない奇妙なデスペレートな状態で、高村光太郎についての文献を探しつつあった。日本の詩人は、ほとんど例外なしにそうであるが、とりわけ高村光太郎は、三号出してつぶれてしまったような小さな同人雑誌とか、名も知らない雑誌に文章や詩をかきのこしている。これをたどるのは容易なことではない。

現在では、日本でもっとも精密な高村光太郎の研究家であり、資料の発掘者として知られている北川太一とわたしとは、いわば高村光太郎の資料の探索については、草分けの存在であった。この年少のときからの知人は、ねばりつよくほとんどすべての高村光太郎の資料を発掘するまでにその探索をやめなかった。全集をはじめ、高村光太郎についてのあらゆる論の影にあって支柱となっているのは、北川太一である。わたしは、論そのものの成立をもとめて資料の探索はほどよいところで切りあげてしまった。ある意味で、それは高村光太郎についてわたしのもっている異和感のせいであり、ある意味でわたしが北川太一にくらべて、はるかに打ち込み方が足りなかったせいである。北川太一の存在をみると、わたしはある感銘をうける。文学研究の世界で、ほんとうに恐ろしいのはこういう存在だけである。高村光太郎という名目に巣くっているものたちは、いずれもつまらない存在のようにわたしにはおもえる。

北川太一は、高村光太郎から詩ではなく彫刻ではなく、ある人性上の秘密を学びとっている。謙虚であり開放的であり、また、高村光太郎に同化しているといった存在である。

近代以後の日本の文学者、芸術家のなかで、宗教的といっていいような影響力をあたえている存在は、高村光太郎と宮沢賢治しかいない。なぜこのふたりの詩人はそのような対象たりうるのであろうか？どこが他のすぐれた文学者、芸術家と異質なのだろうか？

だいいちに、その万能がかぞえられる。つぎに、このふたりが自己幻想にたいして、全生活そのものを同化させようとする資質を極度につらぬいているという点にある。近代日本のすべての文学者、芸術家は、ある実生活上の葛藤のうえに文学、芸術上の葛藤がくりひろげられるというように生き、生活と芸術とのあいだに、あるいは思想と生活とのあいだに乖離や矛盾や分裂をもたざるをえないという二律背反を、たえずその核にもっている。しかし高村光太郎や宮沢賢治では、このような近代芸術家のもっている本質的な特徴は存在するにしてもきわめて稀薄であるといえる。かれらがやったことは、自己幻想としての思想と芸術のほうへ、実生活そのものをひっぱりこみ、強引にそのなかにおしこめたため、外部からは自己幻想のために実生活、あるいは全現実存在を犠牲にし、放棄しているといった逆倒を成就しているように視えたということである。わたしたちはなによりも、この自己幻想のために実生活あるいは全現実的な存在を従属させるという倒錯した強大な精神の膂力をみるとき、隔絶した人間像を感ずるのである。この隔絶は信仰ににた距離感をあたえる根源をなしているとおもえる。

ある人物または芸術作品にたいする神話は定説が固定化され流布されたものをさしている。が、しかし、神格化はこれとちがっている。神格化は自己幻想に殉じたひとつの生涯があり、それを実生活に殉ずるほかなかったひとびとがじぶんと逆立している人間を感じたときに生まれる。高村光太郎とか宮沢賢治とかがひとびとに強いる神格化は、けっして完全なものではないがこれにちかい。こういう人物は、まれには存在するものである。わたしは高村光太郎の神格化をゆるす精神構造をそれ自体としてとりあげようとかんがえなかった。もともとそれはわたしの手に余るということがあった。だいいちに彫刻家、書家としての高村光太郎を論ずることは、わたしには不可能であった。こういう技術的な困難をべつにしても、わたしの関心は、もっとも正直に、もっとも愚かしく、したがって近代日本の知識人が愚かしかったとおなじような意味で、愚かしい軌跡をたどった高村光太郎の構造の必然をたどりたかったからである。

わたしは、高村光太郎がもっている神格化の雰囲気とちがったところでその作品と人間とをかんがえた。じっさいに一人の詩人、芸術家を論ずるばあい、もともと人間を論ずるもので、神格を論ずるのではないと強調するのにことさら労力が必要であった。わたしの高村論は、その意味で、眼にみえない無駄をやっている。そしてもうひとつの無駄といえば、資料を掘りだしながら、この詩人を論じなければならないことであった。

高村光太郎ほど本音をはかなかった文学者はめずらしい。『智恵子抄』の詩篇はもっともその典型ということができる。現実的には夫人の狂気以後の生活が、悲惨でみじめであったことは、この詩集ではますます美化の対象となるという逆立が成立している。また彫刻上でもっとも高く評価していた荻原守衛の生活と死についての評価にも、おなじようなことがいえる。「アトリエにて」その他のなかで荻原守衛の死について語ったとき、高村は、ほんのさわり程度に庇護者であった相馬黒光から荻原が心情をもてあそばれ、きりきりまいさせられた気味があるというようなことをはさんでいる。しかし、竹之内静雄に語ったところは、これとちがっている。

明治以来、あらゆる彫刻家のなかで、荻原守衛は、本質的に、最もすぐれている。ほんとうの彫刻家といえる、最初のやつだつた。

文展で、朝倉文夫が荻原より上の賞に入つたのは、じつに皮肉なことなのだ。

今からみれば、まつたく問題にならない。

その荻原は殺されたのだ。

S・Kにばいどくをうつされた。(高村さんはS・Kの固有名詞をはつきり言つた、それは私でさえ知つている名前であつた。)

病気が悪くなつてきて、荻原は絶望し、無謀な生活をかさねるようになり、結核にもかかつた。

S・Kはほかの男たちともそういう関係があつた。荻原を死においつめたのは、S・Kのもてあそびとばいどくだ。

荻原を殺すなんて、こんな理不尽なことはない。

あれが生きていたら、日本の彫刻は、もつと、もつと、よくなつていたろう。

高村が公的な表現でこういう苛酷なリアリズムをそのままとっていたら、とうてい神格化されることはなかったであろう。これは高村光太郎が、表て話と裏話を巧みにつかいわける術をしっていて、あたりさわりのないことを詩と芸術には表現したといったような問題ではない。おそらく、これは高村の本質的な心性に根ざしている。

もともと、高村光太郎の心性のなかには、人間と人間の関係の葛藤に耐ええないという特質がある。たれにとっても、他者との関係は、大なり小なりもたれあいと、葛藤から成りたっているが、この関係をどうさばくかという場合、ひとびとがとる方法は、この葛藤ともたれあいにのめりこんでゆき、そこに自己存在の場を確立することである。それが馴れあいであり、鈍麻であってもいっこうにさしつかえない。人間と人間との関係で自己存在の場所を確立しさえすればよいのだ。

高村は他者との関係でこういう発想をとりえなかった。かれは馴れる方法をしらなかった。それと同時に逃避する方法も知らなかったのである。かれは葛藤やもたれあいが他者との関係でうまれたとき、それを黙って心に湛えておき、その関係を超越する昇華した関係をみつけだし、そこにじぶんの関心を移しかえる。人間と人間との関係にたいする思想的方法は、ますます内在的に膨れあがってゆくしこりを包括したまま昇華される。心性の次元は、ますます人間の現実的な関係の水準からは離脱してゆく。しかもけっして人間関係に無関心になってゆくのではなく、関心を重ねあわせたまま昇華されてゆく。この高村の方法は、夫婦もまた他者と自己との関係であるという理由で夫人にたいしてもかわりなかった。高村が夫人を蹴りつけたり、叱りとばしたりしているところを想像することはできないが、それはけっして葛藤が存在しなかったことを意味するものではない。ただかれはそれを包括したまま昇華する方法を本質としただけである。『智恵子抄』が、その極端な表現であることはいうまでもないことである。

高村光太郎のこの心性の内在的な構造はどこから発祥したのであろうか。高村自身は「父と子」の関係から、あるいは「西欧と日本」との関係からと答えるかもしれない。また生のあくの強さをきらう江戸人の風土からとこたえることもできよう。貧困についての幼時記憶をもちながら、実際にはかなり豊かであったという矛盾からということもできよう。また、その女性的なネガティブな性格から由来するということもできよう。ようするに、これらの全ては原因をなし、複合されて構造を形づくっているかもしれない。

高村は「うつたうしきもの」という短詩でかいている。

一生かかつて
自己をジヤスチフアイしようとする。
そいつはなんだか卑しい
そいつはなんだかうつたうしい。

わたしが関心をもつのは、高村がじぶんの心性の構造を、いちども出生以前の問題に帰したこともなければ、出生以後の現実的な生活環境のせいにもしたことはないということである。自己がすでに存在し、また存在しつづけるということのなかにのみ、かれは自己の理由をみつけようとした。

ひとは人間嫌いを、自己を嫌うところからはじめるものである。高村の人間嫌いは、けっして自己抹殺の動機にまでは遡行しなかった。自己がこの世界に存在してしまったということだけは一度も拒否しようとしなかった。かれの精神上の幾度かの危機において、いちども自己抹殺をおもいたった形跡はない。最後には存在そのものは、自然とおなじようなものとしてかれの核をなしていた。それとともに、かれの幾度かの精神上の高揚期において自己の存在に尾びれをつけて誇大化した形跡もみあたらない。かれの自負には節度があり、その節度はけっして自負自体を抹殺しもしなければ、空想でふくれあがらせもしなかった。荻原守衛が相馬黒光から感情をもてあそばれ、ばいどくをうつされて殺されたようなものだ、と語ってもいわゆる裏話の陰湿さはないし、また、荻原が相馬黒光からきりきり舞いさせられたようなところがあると書いても、裏をしっているのに故意に知らぬふりをしているといった思わせぶりはない。そのいずれにおいても総体としての均衡性はおなじである。

高村光太郎の啄木評価は、きわめてよくこの高村の心性の構造を象徴する挿話である。

啄木の詩集「あこがれ」ですか？　あれはつまらぬ詩集ですね。僕の知ってるはじめの頃の啄木は、いかにも才子という人だった。一晩に百、歌を作るなんてことも一緒にやったんですが。アメリカに行くすぐ前、日本での最後の彫刻を仕上げようとしている頃に来たことがある。ばかに功名心に一ぱいのようで、僕はあまり好きじゃなかった。彫刻に気を取られていて、碌に話もしないで別れたんだが、あの頃の啄木というのは気負った文学青年で、啄木が、変ったのは、どうにもならない貧乏になってからですね。あんなに変った人というのは珍らしい。変ってからのものが良いんですね。晩年の歌、あれも高いものを作りあげているわけじゃない。みんなが感じて言いたいことを言っているところが一般にうけるんです。それに、もてはやされている歌は、みんな歌としては悪い。「山にむかひて言ふことなし」なんて。（北川太一「高村光太郎聞き書」）

山っ気と誇大な気負いをもった啄木が、本来の自己資質をしるには生活の不如意からぐうの音もでないほど痛めつけられることが必要であった。高村は若い啄木の山っ気と気負いを嫌い、それを剝離したあとの啄木をよしとしている。高村の啄木評価はきわめて正確であり、また正確というよりほかいいようのないものである。ここには過剰評価もなければ傾向評価もない。そしておなじように、啄木伝説の仮面をひきはがしてしまうという正宗白鳥的なリアリズムもない。この均衡のとれた心性は高村に本質的なものだが、この均衡はけっして中庸をえらぶとか、温和な人格だとかいう一種の処世術から由来するものではない。高村は人間を（ということは自己をということだが）残酷に解剖することをしっていたし、人間を無限に赦すこともしっていたはずである。とすると、高村の均衡のとれた心性の構造は、いわば矛盾と葛藤とをどこまでも内在的に繰込んでゆくその特質のあらわれにほかならなかったといえる。

おおくの知人たちは高村のこの特質を誤解した。誤解はふた色あるはずである。ひとつは高村光太郎を温厚な寛大な詩人、芸術家とまちがえたことである。高村がいかに思いやりと包容力のある巨きな人間であったか、という多くの述懐がのこされている。岡本潤は「高村さんに会って以来」でこう初対面を述懐している。

はじめての訪問でどんな話をしたかおぼえていないが、高村さんの巨木のような風格と、一片のこだわりもない爽やかな応待によって、わたしの気負った思いあがりが打ち砕かれたことは確かである。この異常にスケールの大きな詩人は、若気のわたしが侮蔑感をもって対していた日本詩壇の埒外にある芸術家だということがはっきりわかった。それからというもの、わたしは高村さんの作品をむさぼるように読み、T以上に熱烈な高村ファンになっていた。

この種の印象は、高村に接したものが異口同音に語っている。そしてけっして間違ってはいまい。人間として「巨木のような風格」は、人間と人間とのあいだの葛藤の繰り込みかたが内へ内へとこもってゆくところから蓄積されてきている。これは高村の精神の方法であってそれ以外の理窟をつけるわけにはいかないのである。

また、べつの高村が記録されている。真壁仁は「黒い靴」という文章のなかで、仙山線の車中で駅売りの牛乳をすすめようとしても「お茶なら車中でも飲みものがついてますがね。牛乳はあれがない。ぼくはたとえのどがさけるほど飲みたくても、じかに口をつけてはやれないから。」と断ったことをかいている。戦後の山小屋住いでも、農民たちが善意でもってきた食物を、不潔がってどうしてもたべられずに捨てたという挿話もある。このあたりの不可解さはまた数多くかくされているだろう。これらの挿話が、けっして寛容なこだわりのない温い人格であったという挿話の裏話ではなく、それなりに透明な表て話であり、おなじ均衡であるところに高村の心性があった。

高村光太郎が論じにくい存在であることはこの心性の構造に由来している。その生涯の生活の仕方が単純で、また明快であるということはなんの助けにもならない。また、すくなくとも外貌から判断するかぎり、その精神の動きは素直で、唐竹をわったようなという古い形容がぴったりする程度をでていない。わたしたちは近代文学史のなかで、作品からも外貌からもうかがえる心性がきわめて単純なものとしてみえながら、その奥底にはさまざまな複雑なかげが重なりあっている、といった精神の形式によく出遇うことができるが、高村光太郎を論ずることの困難さは、つづめてみればこのいずれにもあてはまらない点にあるということができる。

高村光太郎には、外貌は明快でありながら、からめ手からみるとさまざまの矛盾や葛藤が覗きみすることができるといった心性の構造は存在しないのだ。表からみても裏からみても側面からみても、葛藤と昇華とはある均衡をたもちながら透視することができる。このような精神の方法は、おそらく近代の日本の文学者、芸術家のなかに類型をもとめることはできないのである。わたしは「出さずにしまった手紙の一束」という文章を見つけだすまでは、ほとんどこの詩人を統一的に論ずる視点をみつけることができなかった。

おあつらえむきの興味深さは、この詩人の作品のなかにも生涯のなかにもないが、きわめて単純で素直にみえる詩作品もその生活史も、ほんとうはかなり異常である。留学の仕方も、結婚生活も、戦後の山小屋くらしも、けっして異常なことをやる自覚をもっていないが、ひとつとして尋常の優等な文学者、芸術家がやることとおなじ点はない。

おそらく、わたしの高村光太郎についての論は、「出さずにしまつた手紙の一束」という資料のもっている可能性を精いっぱいひきのばしたうえで、それをもとにしてこの詩人の生涯の生活史と作品とを戦争期のその挙動に収斂するようにふりつけたのである。

わたしの論は、高村光太郎の生涯の基本的な構造をおさえているはずだが、把握した掌の指のあいだから、湿気のようなものが逃げさるという感じがおおいえないのは、高村のこの心性の構造に由来している。

今度、春秋社の岩淵五郎氏の努力によって愛着のふかい高村光太郎に関する論稿が復元されるにさいして、この一文が総括としての意味を果しうれば、数年来この出版に執着された氏にいささか礼を返しえたことになり、もはやいうべきことはない。

ある編集者の死

岩淵五郎が死んだ。こう書いただけで、わたしにはじぶんのこれからの生が半ぶん萎えてゆくのを感ずるが、おおくのひとびとにはどこのだれとも知らないひとりの死としか受けとられないにちがいない。いくらかのひとびとは、二月四日の全日空機の遭難で難死した春秋社の編集長岩淵五郎の名を記憶しているだけだろう。しかし、かれに日常接していたひとびとは、岩淵五郎の死が、じぶんの生のある貴重な部分を突然奪っていってしまったという思いを疑いえないにちがいない。すくなくともわたしにとってはそうである。

わたしが岩淵五郎にはじめて接したのは、物書きのごたぶんにもれずひとりの編集者としてであった。物書きの方からみえる編集者にはおおよそ三つのタイプがある。ひとつはじぶんも物書きであるか物書きの候補者のにおいをもったものである。もうひとつはじぶんが所属している出版社を背光にして文壇的にか政治的にか物書きを将棋の駒のように並べたり牛耳ったりしてやろうと意識的にあるいは無意識のうちにかんがえているものである。あとのひとつは、他の職業とおなじような意味で偶然、出版社に職をえているといった薄ぼんやりしたものである。わたしに云わせれば、いずれもわざわざ因果な商売をしていることが嫌らしくて付き合いかねるタイプばかりである。

岩淵五郎も、いずれこの三つのタイプのどれかに属するはずであったにちがいない。しかし何かがかれを編集者のタイプから隔てていた。かれは物書きの虚栄心をくすぐったり、それにつけ込んだりすることもなければ、嫌らしい劣等感を背光にある出版社の看板に移譲して偉ぶることもなかった。また、薄ぼんやりした幼稚さもなかった。まぎれもなく現在のジャーナリズムでは第一級の編集者の敏腕をもっていたが、どんな作為もけっきょくわたしのような気むずかしい物書きを動かしえないことを熟知しているようにもおもわれた。

わたしは、いつのころからか物書きと編集者という立場を意識せずに、もっとも信頼するに足りるひとりの人間としてかれに接するようになっていた。そうするうちに、この自己について語りたがらない人物が、どこかでいつか〈放棄〉したにちがいない生の構造がおぼろげながらわかるようになった。岩淵五郎は、どんな理由で、なぜそうしたかは知らないが、過去のある時期にじぶんの人生を棄てたにちがいない。じぶんの人生を棄てるとはどういうことか？　それを確かな言葉でいっても仕方がない。わたしはそれがわかったときからこれからの生涯で二度と出遇うことはあるまいとおもわれる知友をかれに感じた。かれにもわたしの〈放棄〉の構造はみえていたはずである。かれの思い遣りは、だから透徹していて湿気がなかったが、ほとんどどんな事態にも手が届いていた。わたしは何度も、いつの間にか、かれの手がわたしの危機の構造にとどいている気配を感じて、内心でおもわずうなったのをおぼえている。

わたしは物書きとして多くの敵をもっているが、物書きである敵などはいずれもたいした敵ではない。しかし、岩淵五郎のような自己を放棄した敵がこの世に隠れているとすれば、現在のわたしはとうていそれに抵抗できないだろう。かれの存在をおもうたびに、わたしはいつもじぶんの書く物の届きえない存在がこの世にあるのを感じた。この世でわたしの書くものをひそかに肯定したり、わたしの書くものに微笑して激しい敵意を燃したりしてくれた存在を、いま、喪ったのである。

生きてゆくことは辛いことだなあという、何度も何度も訪れたことのある思いが、こんどは肉体までそぎとってゆくのを覚える。

ひとつの死

立山の弥陀ヶ原を眼の上にみあげる称名の平場に、称名ホテルという宿屋があった。ホテルとは名ばかりで、旅館というにさえそぐわず、またひとおもいに山小屋とよぶには大きくとといすぎ、旅宿とか宿屋とよぶのが丁度よくみあっているといった造作であった。魚津市に徴用動員でいたころだから、たしか昭和二十年の初夏のことである。五、六人で立山に登るつもりでこの宿に泊った。

宿はひっそりとして五十がらみの主人とその奥さんの二人しかいなかった。宿の主人は額はもう禿げあがっていたが、がっちりした体軀の顔のつやつやしたちょっと気圏のちがった風貌をもっていた。奥さんは屈たくのなさそうな、まめに動き、声をたてて笑う山家つくりのひとだった。山菜の夕食後、わたしたちをいろり端に案内し、主人は薪をくべ、奥さんは茶を汲んでもてなしながらとりとめのない話をきかせてくれた。山の中で夫婦二人きりでくらしていればこうなるよりほかないとおもわれるように、今日ついたばかりの眼にもふたりの間が温かくすっきりと疎通していることがすぐにわかった。当時、わたしは、いろいろな剰過観念に悩まされていて、われながら心の中は暗く濁ってくすぶっているような気がしていたので、この夫婦のたたずまいがうらやましくてならなかったのを記憶している。そして高地のせいか夫婦のどちらにも粘着するようなものはなく乾いてさぱさぱしているのも、わたしの眼には愉しかった。息子は出征していて、いまはこの宿の並びに畠をつくって自給しているといったことが、その夜いろり端できいた夫婦の身上であった。この夫婦は忘れがたい印象を弱年のわたしにのこした。

いろり端には、ときどき鼠がちょろちょろ出てきて、うろうろと餌になるものをさがしている様子だったが、驚いたことにわたしたちがいてもすこしも怖がらず、夫婦も追い払おうとしなかった。〈こんな山の中ですから鼠も家族みたいなもので〉といいながら、丁度飼い猫にいうように奥さんがときどき〈すこしあっちへいっておいで〉と鼠のほうへ声をかけ手で追うしぐさをする。奥さんにしいて追いはらうつもりがないので、鼠のほうも逃げる気はないらしい。どこかへ引っこんでは、またちょろちょろとあらわれるのだった。

ああ、この夫婦はいいな、この主人の声はすんでいていい声だ、この奥さんは親しそうでいて粘りっけがなくていい。こういう夫婦もこんな山だからこそ在りうるのだな。おれたちはどうせ戦争で駄目だが、こういう夫婦に偶然であったことは、おれにはどんなにこの世の土産になるかしれない、わたしはしきりにそんなことばかりかんがえていた。

わたしは、動員先にいるあいだ、〈称名のあの宿の主人夫婦はいいな〉とおもいだしたように仲間に口走ってかれらを苦笑させたのを覚えている。

岩淵五郎の風貌や立居振舞をおもいうかべると、称名の宿屋の主人の貌が自然におもいだされる。あれは戦争のただ中にあって、ほんの少しの余暇のあいだに出会ったまま二度と出会うことのなかった人物の印象であった。しかも、こちらは人との偶然の出会いを昇華して大切にしまっておかなければいられない情況と年齢であった。岩淵五郎との出会いは、もう〈戦後〉自体がくたびれかけ、あらゆることがただ煩さと無為に腐蝕しかかっている時期からはじまった。そして、ゆるやかに長く交渉はつづいた。わたしたちのつきあいは、おたがいに畳の上でしか死ぬことはあるまいというたるんだ気分も心のどこかにあって、会おうとおもえばいつでも会えるのだと油断していたかもしれない。しかし、人間と人間との交渉などは、そんなおあつらえむきのものではない。

岩淵五郎は、こちらのそんな油断を見すましていたかのように忽然と遭難死してしまった。〈まだ北海道は寒いでしょうから、風邪をひかないようにして下さいよ、もっとも暖房設備はととのっているのでしょうが。〉、〈いや、何から何までゆきとどいている招待旅行だから大丈夫ですよ。〉というような会話を戸口でさりげなく交して別れたまま、翌日発った北海道旅行からもうかえらなかったのである。ほんらい戦争のさ中で航空機を駆って特攻死すべき運命にありながら偶然がかれを死なせず、戦後は日本共産党にあって、つぎに離党して革命死をのぞみながら必然がかれを死なしめず、ついに偶然が東京の街の灯を真近かに俯瞰しながら二月四日航空機でかれを難死させたのはどういう意味があるのだろう？

わたしにとっては、よき生き場所とよき死に場所を戦後に心ひそかにもとめつづけ、それゆえに献身と思い遣りと自己の存在を埋没させようとする悲劇的な衝動とをつらぬきとおしたひとつの生涯の、突然の切断とおもえる。かれは、たんに信頼すべき存在というにとどまらなかった。この戦後という薄ぼけた時代、戦争を狡さだけでやりすごしてきた人間の思想的系譜が、まやかしを身上として文化の世界に空前の氾濫をとげている時代に、おそろしい存在もまだいることを身をもって立証してくれたかけがえのない存在であった。かれの死はあたかもこのような存在の全終焉を象徴するかのようなひとつの事件を意味している。

戦後を、まるで仮りの旅宿のように、ただ他者への献身だけで貫き、家族を愛し、他人に対してはおもいも及ばないような秘された手をさしのべ、それでいてどんな親しい家族にも自己の来歴について語ろうともせずに沈黙のまま生きた、わたしにとって思想的にも生活的にもかけがえのない存在は、あの日、突然、この世界から消えてしまった。かれの残像は、いまもわたしの思想的営為のなかに、家族のあいだに、戸口のところに佇ったまま消えようとしない。

いったい死者を悼む文章をかくのにどんな意味があるのか。ことに岩淵五郎のように自らは文章をかくことも、自分を押し出すこともしなかった存在の死をなぜどうかかねばならないのかをしらない。エンゲルスはマルクスの死にさいして「現存する世界最大の思想家が死んだ。」とかくことができた。そして、わたしは岩淵五郎の死を〈現存するもっとも優れた大衆が死んだ〉とかくべきだろうか。わたしが大衆とはなにかとかんがえるとき、父や少年時の私塾の教師といっしょに岩淵五郎のことを個的な原像としておもいうかべていたのはたしかである。わたしは思想の力によってこれらの原像にうち克ちたいという願望を手離さないできた。それが叶わぬうちにかれはこの世界から消えてしまった。かれはわたしが思想的に解かねばならぬ、そして解きがたい存在の象徴として、永続的にわたしの前から去ったのである。

葬儀の日、も一度かれの貌をみたくて、出棺の間際に、棺の間近かにつめ寄った。かれの躰に手をさしだし、〈さようなら〉とひそかにつぶやきかけた、しかし、その躰は冷たく硬く別物になっており、おもわずはっとして胸中の言葉はそのまま途中で凍りついた。これはいかん、無機物になってしまっているという思いが、わたしの沈黙の弔辞をおしとどめた。つい最近、徐々に温もりが消えてゆく兄の死に立会っていたわたしは、無意識のうちに岩淵五郎の死をおなじように錯覚していたのだった。〈死ねば死にきり　自然は水際立っている〉という詩人の言葉はこういうことなのか。わたしは何もかもわからないという気がする。

岩淵五郎よ、安かれ。あなたが、これからも永続的にわたしにとって生きつづけるとしたら、わたし自身さえも気付かないわたしの中においてである。

実践的矛盾について

——竹内好をめぐって——

竹内好は、わが国で類まれな異教的な思想家であるとおもう。わたしたちは柳田国男や折口信夫のようにすぐれた土着的な思想家や文学者をもっているが、すぐれた異教的な文学者や思想家をもっていない。つまり、骨の髄まで異教にひたり切るという徹底した思想的な伝統をもちあわせていないのだ。竹内好は数少い例外である。孫文以後の近代中国思想と中国文学に関するかぎり竹内の態度は無条件に中国的である。また、中国の大衆が日中戦争で日本の軍隊からうけた惨害について語るとき、竹内は無条件に中国的である。この竹内の一貫した戦後的な態度は、中国人といえばシナ人であり、中国兵といえばチャンコロであり、中共といえば八路軍だけが少しばかり手ごわい地方軍閥にしかすぎないといったわたしたちの年代の中国認識に少からぬ改訂を強いるものであった。ひとりの竹内好がなければ、現在もわが国の文化と思想は中国認識なしで済まされていたはずだ。もちろん、戦争中のチャンコロ認識を裏がえしたような中共崇拝者や組織などは、いくらあっても問題外の存在である。中共は御馳走にたかる蠅のようなぞうむぞうに握手したり憤がいしたりけしかけたりするよりも、わが国に訪れたらかならず竹内好だけには挨拶をおくるべきである。中共は労働者や農民や兵士を遇する方法をしっているかも知れないが、文学者や思想家を遇する方法をしらないのである。

竹内好は、中国と中国文学との最初の出会いについてこうかいている。

私の目的は、中国人の心をつかみたい、自分なりに理解したい、一歩でもその中に踏み込んでみたい、ということであった。行きずりの男たち女たち、朝晩顔をあわせる下宿のボーイたち、彼らが私にとって人間的な魅力を増していけばいくほど、ますます私は彼らとの内的な疎隔が不安になり、もどかしくなった。たしかに私と彼らの間には共通のルールが働いていることを感じるのだが、そのルールを取り出すことができない。そのルールは文学によってしか取り出せないことを、経験から私は確信していた。（「孫文観の問題点」）

この最初の中国体験から、文学は一民族の生活感情の総和であるという命題をつかみとってしまった竹内に、どんな事態がおこっても中国観の改訂を強いることはできまい。

現在、中共の支配下の大陸では整風運動がまきおこされており、毛沢東思想への帰順が政治指導者によって強調されていると新聞は報じている。竹内好には、どんな貌をして中国の知識人と大衆がこれをむかえているか、はっきりとイメージとして思いうかべられるにちがいあるまい。しかし、残念なことにわたしには整風運動というようなものの実体をまったくつかむことができない。ただこの種の報道をまえにして、体験的につぎのふたつのことだけは確言できる。

第一には、人間は知識人であれ大衆であれ、世界的視圏から封鎖された社会の組織化された集団の内部ではどんな気狂いじみたスローガンをうけいれることも、実行することもできる存在だということである。この思想の〈転移性〉には例外はない。つまり個人としてそれに耐えることは不可能にちかいということである。しかし、重要なのはそのあとにある問題である。この種の思想的集団化の波紋において究極的に勝利するのは、当の組織化された思想ではなくて、一見弱々しく狡猾にみえるリベラリズムだということである。わたしは、このことを倫理的な問題として、いいかえれば善悪の問題としていうのではない。歴史的公準としていっているのだ。

第二には、わが国の進歩的なあるいは保守的な知識人によってとらえられるソ連や中共におけるこの種の問題、たとえば整風運動とか芸術の党派性や政治と文学に関する政治指導者による発言などにたいする反応の仕方は、ほとんど過敏症的で、いつも事大的な虚像にしかすぎないということである。たとえば、ソ連や中共で、政治官僚や文化官僚によってある思想や芸術の傾向とか個人とかが口を極めて批判されたとする。しかし、批判された当のものは、〈何もわからぬ怠けものの官僚が知ったかぶりをしてつべこべ口をだすな〉と内心でおもっているか、公言しているにちがいないのに、ひとたびわが国の進歩的、保守的知識人にかかると天地が鳴動するような大騒ぎがはじまっているように受取られ、早速、追従者と恐怖者をうみだすことである。こういう知識人の愚劇については戦中・戦後にかけてわたしたちは三十年の体験をつんでいる。あらゆる国家官僚思想は、それが体制的であれ反体制的であれ黙って滅亡させるにしくはないのだ。わたしは、わが国の進歩派と保守派の知識人のこの種の反応の仕方にまったく興味がない。ただ、官僚思想を棄揚しうるにたりる文学・芸術の理論と思想を創造する課題を背負っているだけだとおもっている。

現在、竹内好の評論家廃業宣言とともに、その戦後の評論集が集大成されて刊行されつつあるとき、中国の整風運動の拡大がつたえられているのは、わたしには象徴的なことのようにおもわれる。現代中国思想と文学の日本における唯一の真の出店が閉店を宣言しつつ過去の決算書を提出しようとしているとき、大陸では現代中国思想の政治的頂点とみられている毛沢東の思想が知識人に帰順を強いつつあるというわけだ。毛に一片の国際感覚があるならば、竹内好の廃業宣言とその過去の業績にたいして敬意と哀悼の意をあらわすべき義務があるとわたしには思われる。

こんど、新聞が誇大に報道している郭沫若の自己批判というものの全文をよむことができた。わたしのような中国を知らぬものにとっては、よんで騒ぐほうがだまされるというような他愛のないものであった。郭の自己批判書でさわりの部分はおそらくつぎのような個所に帰する。

しかし、今日の基準からすれば、わたしが以前に書いたものは、厳格にいうなら、全部焼き捨てるべきで、いささかの価値もありません。

その主な原因は何か、毛主席の思想をしっかりと学ばず、毛主席の思想で自己を武装しなかった。そのため、階級観点が時には、不的確だったことです。（藤本幸三訳）

今のわたしのすべきことは、労働者・農民・兵士にしっかりと学ぶことであり、労働者・農民・兵士にどのように奉仕するかの問題は、いま話すことはできません。（同右）

わたしならば、以前に書いたものは焼き捨てずに、古本屋にたたき売っていくらか生活の足しにするだろうし、いまでもそうしている。郭がここでいっているような文学観の水準は、わが国でいえば蔵原惟人の『芸術論』の段階であってとうていまともにとりあげることはできないものである。だが郭の自己批判書にあらわれた文学観に真に責任をもたねばならないのは郭自身ではなく毛沢東である。文化における毛沢東の思想は『文芸講話』のなかに集約されてあらわれている。『文芸講話』は、竹内好によって訳されて岩波文庫に収められているが、この程度の文芸理論によって中国文学が規制されるということは、わたしにはほとんど別世界をみるように不可解である。そしてこの不可解さをとく鍵は、おそらく中国社会そのものにあるのだ。竹内好ならそれを解きうるはずだが、中国の民話のなかに住んでいる竹内は、わたしたちに納得のゆくような解説をやっていない。仕方なしに、わたしたちは『文芸講話』を一般理論としてよむほかはない。

『文芸講話』における毛のもっとも基本的な誤認は、文化は、あるいは文学・芸術は、いったん人類の手で創造されたうえは、けっして逆もどりしないということが、真の意味で理解されていないということである。それゆえ資本制にいたるまでの人類の文化は手本として摂取さるべきものであるという点で片づけられている。毛には、文化がその内部であたかも自己廻転してしまうかのように必然的に登高するものであるということの真の恐ろしさがまったくわかっていない。それが大衆（かれのいう労働者・農民・兵士大衆）の生活にたいする桎梏に転化し、大衆にたいしてたえず理解を強要するものになってしまっても、いったん創造された文化はとどめることはできず、これをとどめるには大衆がたんなる否定によってではなく止揚するまでに自己を動かすにいたるほかはないことが毛によっては、まったく理解の外におかれる。そして文学・芸術は人民のためのものであり、そのためには労働者・農民・兵士大衆のなかへはいって行ってその生活形態と闘争形態をいいかえればすべての人間、すべての階級、すべての文学・芸術の原型となる素材を観察し、体験し、研究し、分析してはじめて創造過程にはいるべきであると説かれる。

毛は、トロツキーの『文学と革命』にあらわれた文化思想を、「政治はマルクス主義的、芸術はブルジョア的」にという二元論だと嘲笑しているが、文学・芸術の本質についての洞察は『文学と革命』のほうが『文芸講和』などよりも比較にならぬほどすぐれている。トロツキーは、プロレタリア文化というものが植木鉢のなかで純粋培養してでき上るなどとかんがえるのは妄想だといっているにすぎない。かれは、資本制文化にいたる人類の文化の水準は、たんにこれを毛のように手本として学ぶだけでは超えることができず、ただ止揚することによってしか超えられないことを力説したのだ。毛の眼には自国の労働者・農民・兵士大衆の生活は生々しく写っているが、世界の文化の水準がどこにあるかは、まったく写っていない。そして、すくなくとも世界の文化の最高の水準を踏まえることなしには、自国のたとえ局限された延安地域の労働者・農民・兵士大衆のなかにさえ、文化として入っていくことはできないという認識は毛の文芸思想のなかに存在しない。そこに毛の普及の文学と高揚の文学という文学内部における二元論の発生の基盤が存在している。毛の文芸思想の範囲内でも封鎖的に純粋培養された新種の文化は芽をふくだろうが、それが資本制世界文化を凌駕することは先験的に不可能であり、この不可能さのゆえに文化の文化外強制による押しつけが論理づけられる必要が生じてくるのだ。

郭が自己批判書のなかで、じぶんの以前に書いたものは、いささかの価値もないものだというとき、毛の文化思想への同化を意味するのだが、この同化を強いるものは、現在の中国の情況的な必要とか、政治的必要とかの背後にひそむ中国社会の風土的な自然同化作用のようなものだとかんがえるほかに術がないようにおもわれる。しかし、そこまで問題にするのは竹内好の役目ではあっても、わたしの役目ではない。わたしはただ毛の文化思想が世界思想としては取るに足りないものであることを指摘すれば足りる。

毛の哲学的な主著『実践論』や『矛盾論』がはらむ問題もまったくおなじである。『実践論』は、世界認識としてみれば三十年代半ばのソ連哲学の引きうつしである。その要旨は、人間の認識の真理性を保証するものは社会的実践において認識が予想した結果になるかいなか、客観的な外界の法則性に合致したか否かによって確証されるもので、人間は認識―実践、再認識―実践の過程をくりかえすことによって深化されるものだということに尽きる。そして毛が社会的実践とよんでいるものは物質的生産の過程、階級闘争の過程、および科学的実験の過程である。では精神的生産や生活的生産はどこへいったのか？　認識―再認識という認識内部の自己過程が、すくなくとも現存する世界水準にいたるまでは必然的に深化され自己展開されるものだという問題はどこへいったのか？　生活過程においてもまた認識は深化されるという問題はどこへいったのか？　毛の認識論は、人間のすべての対象的行為を実践とよんだマルクスの徹底したかんがえにくらべればほとんど意味をなさないのである。そしてこの歪曲こそが、認識はそれ自体として現存する世界水準までは自己深化される必然をもつことをその政治思想から切りすてた根本的な原因であるということができる。

毛の〈実践〉という概念が、対象的行為という意味をはじめから社会的実践という概念に歪曲しながら、この歪曲化はいっそうひどくなり政治的実践の概念にまですりかえられてゆく過程は必然的である。

それとおなじように、はじめに〈変革〉という概念が人間と外的世界との相互規定性の意味にうけとられながら政治行為という概念にまで尻をつぼめてゆくのもまた必然である。毛が「梨のうまい味を知りたいならば、自分でそれをたべて、梨を変革しなければならない」というとき、〈変革〉の概念は、自然の人間化という意味をもっているのだが、いつの間にかこの概念は無媒介に政治制度の〈変革〉にすりかえられてゆく。政治制度は幻想であるから〈たべる〉わけにはいかない。幻想を〈たべる〉には幻想をもってするほかはないのである。だが毛の〈実践〉の概念は、幻想をたべるということを先験的に排除しているため、政治的実践の概念をひとつの機能概念としてしまっている。

毛の『実践論』の誤解はその〈真理〉論において究極までおしつめられる。


マルクス主義者は、宇宙の発展の絶対的な過程の全体にあっては、個々の具体的な過程の発展はすべて相対的であり、したがって、絶対的真理の大きな流れのなかでは、ある発展段階にある個々の具体的な過程についての人間の認識は、相対的な真理性しかもたないと考える。無数の相対的真理の総和が絶対的な真理なのである。（選集刊行会訳）

〈宇宙の発展〉という自然過程のなかに絶対的真理は解消されてしまっている。そこでは儒教的な自然〈〈天〉〉に人間の対象的判断力と範疇は溶解してしまうのである。人間は自然体でありながら、自然と対立し、この相互規定性によってしか存在せず、そこから幻想をうみだすといった人間の歴史的過程は、〈宇宙の発展〉の絶対的な流れのなかに押しこめられ、溶解されるのである。

毛のいう意味で〈相対的真理〉という言葉をつかったと仮定しても、その総和は〈絶対的真理〉などにはならないことは、いうまでもないことである。たかだか、わたしたちは相対的真理の総和は、絶対的真理になるはずだという加算的な規定が可能だといいうるだけである。しかし、相対的真理の総和がけっして絶対的真理にならないことこそが人間の過程の本質であり、社会の過程の本質であり、歴史の過程の本質である。

毛の『実践論』における〈真理〉論の誤謬は、『矛盾論』に拡張され、そこでは〈矛盾の普遍性（または絶対性）〉と〈矛盾の特殊性〉という概念におきかえられる。これは絶対的真理と相対的真理という概念を、関係概念におきかえただけで、『実践論』の内容とほとんどすべて対応づけることができるものである。そして、絶対的矛盾の流れのなかで、特殊な矛盾が位置づけられるために、何が主要な矛盾であり、何が副次的な矛盾であり、何が非敵対的な矛盾であり、何が敵対的な矛盾であるかを見出すことが重要であると力説される。しかし、真の矛盾は、人間が自然体であるにもかかわらず、外的な自然と対立し、相互規定的にしか存在せず、幻想をうみだすというところにしか存在しない。主要な矛盾、副次的な矛盾、敵対的矛盾、非敵対的矛盾というような概念は、ただの形式論理にしかすぎない。それは相対的真理の総和が絶対的真理であるというのが形式論理にすぎないのと同様である。

現在、中共支配下の整風運動が毛沢東思想に学べという形でおこなわれているとすれば、その方向と限界とは毛の三部作のなかに予見されるものである。第一にそれは、先験的に世界思想となりえないことである。第二に戦争期の日本の農本主義思想の運動と実践がたどったとおなじ命運を大陸でたどるだろうことである。毛の思想をもってしては、現存する世界のリベラリズムの思想すら棄揚することはできないことはあまりに明瞭だからだ。

ここまできて、わたしは中国の現在の整風運動について言及したり、毛沢東の三部作にあらわれた思想を批判するのに、ある空しさのようなものを感ずる。わたしの眼には現在の中国が、第二次大戦中の天皇制下の日本が世界的視圏から視えたにちがいない姿と二重写しになって視える。そして郭沫若の自己批判に象徴される中国知識人や大衆の姿が、戦争期のじぶんの姿と二重写しになって視えるのを感ずる。天皇制支配のもとでも、一国内部的な充実もあれば高揚もあり、躍進もあれば労働者・農民・兵士たちの健気な姿もあったように、現在の中共治下でもそれがあるだろうし、そのことはおそらく中共治下の大陸の民衆以外には、たれも理解できはしないのだ。わたし（たち）が太平洋戦争を帝国主義侵略戦争だという批判を承認したとしても、そのなかで体験した内的な真実の核は、その戦争に傍観的に協力したものには、絶対にわからないとかんがえるのとおなじように、世界思想としてはつまらぬ認識論にすぎない毛沢東思想へ帰順してゆく中共の知識人と大衆のなかにも、インターナショナルな他者へ伝達することのできない真実の核は存在しているにちがいないからだ。

ただ、わたしは体験的に、日本の農本主義的な思想の運命がそうであったように、毛沢東の思想をもってしては、世界のブルジョワ・リベラリズムの思想にさえ究極的にはしてやられるほかはないことを指摘するほかはない。

わたしは、わが国の外国文学者というものに失望しか感じたことはない。そして、こんどは中国文学者や学者に失望を感じた。かれらは中国大陸の整風運動をわが痛みとすることもわが誇りとすることもないただの解説者である本質をみせてくれた。竹内好はこの時期にあたって今後、思想的著述を行わないことを宣言した。わたしの推測では、これは安保闘争の敗北後にあたためつづけてきた竹内好のモチーフであり、それはわたしたちの思想情況にのみかかわっている。いぜんとしてかれは群鶏中の一鶴であるとわたしはおもう。

わたしは、ひそかに毛沢東思想の中国外部における唯一の取柄は、日本の竹内好という思想家をうみだしたことだとかんがえてきた。

竹内好は、現代中国の民話のなかで、日本に生きている異教的な思想家である。かれの著作をよむかぎりでは、論理的にどんな粗密があっても、この人は肉感のようなもので中国というものを判ってしまっているなという感じをいつもうけとることができる。たとえば、わたしが毛沢東の『実践論』や『矛盾論』や『文芸講話』をよめば、たんなる世界思想としてしか読めない。そして世界思想としてよむかぎり、毛の三部作は間違いだらけの三級品にすぎない。しかし、これを中国の民話思想としてよめばどうなるか？　わたしにはそれが読めない。しかし、竹内好はおそらくそれが判っているのだ。この間違いだらけのつまらぬ認識論の思想が、中国大衆のどれだけの原像をすくいとっているか、どれだけ背後に中国大衆の無声の声を背負っているかがわかっているのだ。それゆえに、竹内は、一方で、いわゆる中国路線などというものが、そのままわが国に移植さるべきでないことを強調しなければならないし、他方では北一輝や日本ローマン派や岡倉天心や樽井藤吉にこだわりそれを発掘しようとせざるをえないのである。

竹内好はこういうことを書いている。

> 東洋には、本来にはヨーロッパを理解する能力がないばかりでなく、東洋を理解する能力もない。東洋を理解し、東洋を実現したのは、ヨーロッパにおいてあるヨーロッパ的なものであった。東洋が可能になるのは、ヨーロッパにおいてである。（「中国の近代と日本の近代」）

それならば、日本が可能になるのは、中国においてある中国的なものではないのか、こういう問題意識がたえず竹内好につきまとっているようにみえる。しかし、一方でたえず竹内好をゆすぶっている疑問がある。それは、近代日本はヨーロッパの直接の嫡子であり、もともと中国大陸とは異質なものではないかという疑問である。福沢諭吉の「脱亜論」や梅棹忠夫の生態史観や、現在の近代主義者たちの見解にこだわるのはおそらくそのためである。

かつて行われたいわゆる国民文学論争のなかでも、竹内好は中共路線的な文学者と近代主義的な文学者の双方にこの疑問をぶつけた。中共路線的な文学者からはかれらがたんなる中国思想の輸入者にすぎない失望を味わった。西欧近代のたんなる移植者である近代主義的な文学者からは丁重にいなされた。その失望といなされ方の内容をここで問題にする必要はないとおもう。竹内はちょうど毛の『文芸講話』の思想と芸術論が、世界思想としてはとうてい問題にならないのとおなじ度合で失望といなされ方を味わったのである。

毛の『文芸講話』のなかにもっとも欠けている文学・芸術にたいする考察は、すくなくとも世界文化の最高の水準まで自力で到達しえない文学・芸術は、けっして土着的な大衆の生活の深部に文学・芸術として入りこむことはできないという洞察である。そしてこれが不可能な程度は、文化の後進性が負わねばならない重荷であるということである。

国民文学論議において論者たちが日本の近代文学と大衆の文化的な基盤の乖離を問題にし、その乖離を埋めるために、ナショナリズムとインターナショナリズムの接合点を歩んだ文学的系譜をつなぎあわせ、ここを掘りつくせば国民的な文学のうみだされる可能性があるという論議をやってのけたとき、かれらは無いものねだりをやったのである。なぜならば、この解決は文化そのものの内部ではどうすることもできないもので、真の根拠は日本の近代社会のなかにしか存在しないからだ。

竹内好の日本における思想的な悲劇は、けっして中国における魯迅の悲劇ではなく、むしろ毛沢東の悲劇ににている。はじめから世界思想となりえないことがわかっているわが国と中国の文学と思想の系譜だけをえらんで戦後二十年にわたって懸命に掘りつづけたのである。

男が璞《はく》を王に献じた。璞とは、磨けば玉になる原石である。「玉ではありません。ただの石です」と役人が言ったので、王は男を足斬りの刑に処した。二代目の王もまた同じであった。両足を斬られた男は、三代目の王のときは献上をあきらめた。璞を抱いて泣くこと三日三夜、ついに眼から血が流れた。王は玉人に命じて、試みに璞を磨かせてみた。稀代の重宝があらわれた。いわゆる和氏《かし》の璧《へき》である。

和氏でない私は、二十年かかって掘りおこしたものが、玉の原石であるか、それともただのガラクタ石であるか、自分では判定がつかない。王に献じなかったおかげで足は斬られずにすんだが、その代り、玉人に相させることも怠った。ひたすら発掘だけに熱中した。さて、気がついてみると、日はとうに西に傾いている。これから家に持ち帰って、自分で磨くだけの気力が残っているかどうかもあやしい。

いっそ大道に立って、通行人によびかけるのが得策かもしれない。「玉か石か保証はしないが、ひとつ試してみませんか」（竹内好「著者のことば」）

わたしには、竹内好が発掘したものは玉でもガラクタ石でもなく悲劇という抽象であるようにおもわれる。しかし、悲劇でない思想などは犬に喰われたほうがいいのである。

わたしは思想家としての竹内好が好きである。この好きであるということには説明がいるだろう。まず第一にわたしのような後世代からみて嘘がないただ一人といっていい思想家であるということである。嘘がないということは戦後、竹内が追及してきた思想的なモチーフに照合していいうる。竹内好はしばしば反革命的な思想や運動から革命的なものをつかみだすことが必要であると説き、それを実行して近代主義的な進歩派をひんしゅくさせている。わざわざソ連や中共に、文学と思想の保守や反動や進歩の自製レッテルを売りにでかけ、心の底から相手に軽蔑されてかえってくることを政治や学術や文化の交流だとかんがえているソ連派や中共派（自称のインターナショナリスト）の文化官僚から戦後反動の系譜にくりこまれたりしている。わたしは、竹内好を反動的な危険な思想家にくりこもうとしている現在のソ連派や中共派の岡っ引き的な文学者・思想家・学者を心底から嫌いである。もちろん理論的にも歯牙にもかけたくないほど軽視している。ただ嫌悪をぶつけるためにいつでも応戦して論争するだけである。これらを嫌悪するとおなじ位相で竹内好はわたしにとって好きな思想家であるということだ。

わたしのかんがえでは、ソ連や中共の思想的な根拠をなしているスターリン主義を進歩と呼び、日本の農本的思想の系譜を反動的とよぶことは、それ自体が無意味なことだし、またそこに現在の主要な思想的な課題は存在していない。

言葉のほんとうの意味で、現代中国思想の日本における出店である竹内好が日本のナショナリズムやウルトラ・ナショナリズムの思想に関心をもつのは当然だが、この当然さのなかには、それが無意味であるにもかかわらず、それでも必要なのだという屈折した執念はないようにみえる。それが竹内好の掘りだした悲劇性という抽象の真の意味である。竹内は日本の近代主義的左翼とリベラリズムに対してこういう系譜を掘りおこすことが有意義であるとかんがえ、それに対抗する意味でその有効性を信じているようにみえる。もし竹内好の思想に枷が働いているとすればこの点である。

わたしが竹内好にこの枷の強さを感じたのは安保闘争のさ中においてであった。思想の肉感としてわたしの好きなこの思想家が官職を放棄して闘争にのりだしたとき、わたしの共感は無条件的であった。しかし、竹内好が「民主か独裁か」という情況判断を提起し、いまは独裁を倒すのが当面のもんだいで安保条約に賛成か反対かを提起するのはその後のことであるという提案を公表したとき、ほとんど全面的に同意しがたいとかんがえた。これについては竹内好は評論集第二巻『新編日本イデオロギイ』の「解題」のなかで興味あるエピソードをかいて、この問題提起の背景を描いている。


「大事件と小事件」（『不服従の遺産』に収録）にも書かないで伏せてあることだが、五月の末のある日、私はある会合に招かれて出席した。その席で吉本隆明氏と激論になった。若い連中もみな吉本氏の味方で、私は孤立無援だった。清水幾太郎氏も同席だったが、清水氏は一言もしゃべらなかった。議論の内容は省くとして、対立の要点は、私がプログラムの必要を力説し、彼らが、その必要を感じていない、というよりもプログラム無用説だったことにある。それは私に、無鉄砲で、アナキイという印象で受けとられた。最後に、では双方わが道を行くほかない、ということで私は会を中座した。

この種のエピソードでわたし自身が語らないし、べつに語ろうともおもわないことは多数ある。それは政治行為が当面するさまざまな問題がけっして表現行為のうえにのぼらないで消えてしまう理由によって当事者が語る以外に記録のなかにのこされることはない。この種の黙殺されて政治行為のなかを流れてゆく無数のエピソードはつみかさなって政治行動家に腐蝕作用を及ぼすものである。わたしのかんがえでは第一級の政治運動家以外にはこの種の腐蝕に耐ええないとおもえる。おおくのつまらぬ政治運動家は挫折と転換とをくりかえしているうちに、人を見れば泥棒とおもえ、政治的対立者をみればスパイとおもえという体認を骨髄に刻みこむようになってゆく。つまり、こういう認識をうるまでに挫折をくりかえした内部的荒廃の持主は、ほんとうは運動家ぶることをやめたほうが、まぎらわしくなくてよいのである。

竹内好の描いているこのエピソードは、竹内好の主観的印象としては、たしかにそう思えたにちがいないといえるほど正確だとおもう。しかし、わたしがこの会合で竹内好と意見が対立し、竹内のいう「若い連中」が竹内と対立したのは、逆にわたしの方が竹内好の発言を無鉄砲でアナキイと感じたからである。そのとき出席していた政治運動の体験では、戦後左翼運動の中核をなしてきた「若い連中」が竹内に感じたのも、ほぼわたしとおなじであったとおもう。その対立は竹内の「民主か独裁か」に公然とかかれているように竹内好が「人民議会と人民政府をつくる」具体的プログラムの提示がわたしや「若い連中」に存在しないことをアナキイであると論難したことからうまれたのである。この竹内の情況判断と現に行われた市民派の実践行動とは、わたしや「若い連中」の判断や行動とほぼ逆立するものであった。わたし（たち）の情況判断は、安保闘争はたかだかうまくいって条約廃棄、岸政府の打倒にとどまるだろうということで一致していた。だから「人民議会や人民政府をつくる」基本的プログラムなどは思いも及ばないし、問題にはならなかったのである。また、一方では、わたし（たち）は実践的には、どんな激しい行動も行うつもりだったし、現にそうやってきた。これが「双方わが道を行くほか」なかった理由である。

「民主か独裁か」という問題提起に象徴される竹内好の政治思想は、ちょうど毛沢東の思想とおなじように肉感的な一体感、いいかえれば思想の筋肉のようなものは存在するが、立体的な構成をもった世界認識が存在しないということが、わたしたちを危惧させたのである。

わたしの戦後情況の認識といささかの大衆運動の体験では、安保闘争が三池闘争とともに戦後、後退につぐ後退をつづけてきたいわゆる〈反体制〉運動の最後の集約点であることは、はじめから自明であった。だからこそ政治行動としてはどんな激しさをも回避すべきではなく、またこの激しさの効果がきわめて消極的な効果にとどまるだろうことははじめから、熟知されていたのである。この情況判断の本質をべつにして〈大風を逃れて赤いとうがらし〉といった政治的な頓馬どもの安保後の発言をわたしはまったく信用していない。

それとともに、わたしは大風にもまれて深く傷ついた竹内好、鶴見俊輔、清水幾太郎に遠くから敬意と悲しみを寄せるほかはない。わたしは安保後、掌ににぎるべき杖は世界のどこにも現存しないという思想的前提のもとに、まず自分の杖を創出し、自立して歩むほかに道は存在しないということを情況判断として歩んできた。この確信をゆるがすに足りる情況に当面したことはいままでなかった。しかし、袂別の機会はいつどこにでも転がっている。わたしは竹内好とだけではなくすべてと袂れて「わが道を行くほか」なかったのである。

わたしの竹内好にたいする頌辞を云わしてもらえば、毛沢東は、中共支配下の大陸に政治的統制によって思想的追従者を、つまり実践的矛盾をうみだしつつあることを恥ずべきであるが、日本に竹内好というひとりの思想家をもっていることを誇るべきだということである。

一つの証言

江藤淳と文学者としての感度ではじめて触れあった思いをしたのは、安保闘争のさ中における全学連カンパ事件のときであった。

　当時、未来社に勤めていた松田政男がわたしのところへやってきて、こう学連の幹部たちが多量に検挙されている情態では、保釈金だけでも相当な額にのぼるだろう、カンパ組織でもつくるべきではないか、ひとつ腰を上げてみてはどうかというような相談があった。優れた中小企業的オルガナイザーである松田政男がほかにどんな意図をもっていたかは知らない。そういう相談をうけたわたしは、もともと腰が重いうえに、闘争の真只中にいる青年が文学者、知識人などをどんなに軽蔑するものであるかを経験的に知っていたので気乗り薄であった。それで一度全学連の方から説明をきいて、もしほんとにカンパ醵金が必要だというのならそうしようというようなことで説明会をひらいてもらった。埴谷雄高、竹内好、鶴見俊輔、黒田寛一が出席した。その説明会のあとで皆で手わけして醵金をという段取りになった。趣意書は松田政男が書いてわたしが手を入れたか、あるいはわたしが書いたか記憶が定かでない。発起人にその趣意書の文章をみせ、それぞれ出された意見にしたがって字句を訂正した。この文章では全学連だけがよく他の闘争はみな駄目だということになるからそこを訂正して欲しいという人、そこの文章はこうすべきではないかという人、そのままでいいという人、さまざまであった。わたしは金さえ集まればいいのだから訂正してほしいという人があればそれに応じていいのだとおもっていた。

ところで、動きまわっていた仲間のたれかが江藤淳のところに電話でカンパの趣意を説明しカンパを要請した。江藤淳は電話のむこうでカンシャクを起こし、じぶんがそんなことをしなければならないいわれはない旨を説いてにべもなくカンパを断ったという話を仲間からきいた。その仲間は大変不服そうな口調であった。しかし、わたしは江藤淳って人なかなかやるじゃないの、そういうの面白いよというようなことを口走って仲間をひんしゅくさせた。そのあと江藤淳はカンシャクの余勢をかって『論争』という雑誌に、そのいきさつを書き、ああいうものに血道をあげたり、カンパしたりするのは自ら行動できない左翼的知識人が政治運動にいだいている劣等感のなせるわざだという主旨を述べていた。その文章もかなりいいものであった。わたしは、この人はいける人だという印象を深めた。しかしカンパの趣意書にはわたしの手が入っている。そして注意深く、ただ金がより多くあつまればいいので劣等感などは抱く必要がない文章になっているはずである。一言なかるべからずというので、「カンパの主旨は明快」である旨の短い反論の文章をかいて、たかが金を集めるのに深刻な意味をつける必要はないじゃないか、金が出したくなければ黙って出さないのが宜しい旨を述べた。

当時の闘争は、コカコーラを飲むか飲まないかという論議に血道をあげたり、アメリカの新聞に反戦広告を出すのに意味をつけたり、北ベトナムに戦争遊覧船を出すなどという珍奇なことを考えたりする現今の国際的お節介屋の運動とはちがう。また当時の全学連は三派連合などというちゃちな発想をしたり、都会議員に立候補したりする頓馬な指導部をもっていなかった。「われわれは文化人などの政治的発言をみとめない」と、わたしたちの面前で揚言するだけの気量をもっていた。また戦争中、いやいや泣きべそをかきながら銃をかついで兵隊になって人殺しに加担した男の〈弁証法的復権〉などにごまかされないだけの学識をもっていた。わたしたちもまたデモの労働者ににやにやしながら挨拶している共産党の幹部（そして現離党派の幹部）を機関銃で殺してやりたいとおもっていた。

こういう渦巻きのなかで、江藤淳のとりえた態度をわたしはたいへん貴重なものだと感じた。わたしのうちなる文学者としての感度では、この人は政治的には敵であるかもしれないし敵になるかもしれないが、根っこからの文学者である資質をもっているとおもえた。わたしが仲間にはいうことのできない文学者としての感度はずいぶん情けないおもいをしていた。わたしは味方のなかに頼もしいとおもう文学者をみつけることはできなかったし、いまもできない。

その後、江藤淳が山田宗睦と戦後民主主義について論争した。事の発端は山田宗睦が『危険な思想家』という猥本を書いて江藤淳を反民主主義的な文学者のひとりとしてあげたところにあったのだろう。わたしは軍配をすぐに江藤淳に挙げる根拠をもっていた。なぜなら江藤淳は安保騒動のさ中に、きっぱりと加担を拒絶しえた気量をもっていたのに、山田宗睦は一旦ひきうけたカンパ（そうだたかがカンパ！）の発起人を何者かの圧力で引っこめた程度の気量しかもちあわせない人物だったからである。それに、わたしがその思想的業績を信頼しているただひとりの人物といっていいマルクスはもう一世紀もまえに「民主主義」的なお祭り屋たちにたいして「民主主義的疫病のみなぎる下水道の発散物ふりまく連中と称して軽蔑しているのをしっていたからである。

文学者としての江藤淳は日本のボクサーに喩えてみると世界タイトルに挑戦すれば15回までやって僅少差で判定負けするとおもう。さてそういうわたしはどうだろう？　6回までに相手をたおせればよし、そうでなければおそらく大差で判定負けするだろう。しかし、研鑽につぐ研鑽をかさね、かならず世界タイトルを奪取すべきだという日本の思想文化の負っている十字架を江藤淳はよく知っているひとだとわたしはかんがえている。かれの孤独はおそらくそのことを知っているものの孤独である。

メルロオ＝ポンティの哲学について

今日ではすでに思想の重みを、ちょうどその思想が捉えうる負数によって秤量しようとするすべての哲学が破産に瀕している。そしてその理由はきわめて単純である。思想はただじぶんの容貌に類似した負数を捉えうるだけで、まさにその思想が捉えようと欲した人々をとらえ得ないことが実践的に明らかになりつつあるからである。もちろん理論的にいえばこの事態はすでに可成り以前から明らかになっていた。しかし、人間は身につまされた体験や自己の眼ざしが確認した事実にしか動かされないように出来上っている。それで、理論が予告した破産が実践的な破産に裏打されるまでには多少の時間が必要だったわけである。

しかし多数を捉えそこなった思想のほうはいったいどんな命運をたどるのだろうか?

もっとも安直な道は、思想が本来的にもたねばならない〈それ自体で立つ〉という原理的な基礎工事を棄てて、それがどんなに通俗的で歪曲されていようと〈無いよりはまし〉である現実的な政策勢力に身を寄せ、いわば〈永遠の同伴者〉という役割に就職することである。サルトルの思想が典型的にたどったのはこの道であった。その行動はすでに神経症の領域にすべり込み、その哲学は永続的に何かを受け入れようとして待っている娼婦に似てしまっている。娼婦が相客を疑わないように、サルトルの思想は相客の素性を疑わない。問題なのはただ相客であるということだけなのだ。

しかし、思想はその本性上、ある抽象的な媒介をとび超えて政策勢力に結びつくものではない。また、心情の連鎖に曳かれてでなければ本来的に政策勢力を待ちうけることは不可能なはずである。そこに現在における思想のもつ困難があらわれる。そしてこの困難はまさしく困難以外のものによってとび超えようとすればたちまちやくざな政策勢力によって逆に捉えられてしまうのである。

そこで現在における思想は自身によって自身の基礎を固めなければならなくなってしまった。そこにだけおそらく哲学が現在も存在理由をもっている領域があるのだ。わたしたちの情況は退化してしまっているので、哲学はこの世界を解釈しているほどの余裕をもっていないばかりか、この世界を変えるためにも役立たなくなってしまっている。ただ、思想が思想であることを辛うじて保つためにだけ哲学は要請されるにすぎなくなっている。思想が政策でもなければ党派でもなくなってしまっているので、思想が思想として独り立ちするということは、それ自体では何も意味しているわけではない。思想はただ無効なのだ。だが、現在では思想が無効性を保つだけで大変な力技を必要とするようになってしまっている。そこで哲学は無効な力技を支える基礎工事としてだけ意味をもっているようにみえる。

わたしのかんがえでは、現在、緊急に要請されている哲学は、ただ二つにわけることができる。ひとつは個体性の哲学であり、もうひとつは共同性の哲学である。わたしたちは現在、個体としての人間と共同体としての人間とをまったく異なった次元でことさら分けて考察しなければならなくなっている。それは個体としての人間が、共同体としての人間という場所から切実な圧迫を実感しているからである。また一個人の内部でも個体としての人間と共同体としての人間は、たがいに眼ざしをそむけ合い疎遠なままで同居している。ここでもまた、共同性と個体とは逆立するという理論的には自明な結論にむかって、現実の世界はおくればせに到達しようとしているのだ。

メルロオ＝ポンティがサルトルよりも優れている点は、こういう現在の情況にたいして切実な点である。現実政策に直接にかぶり付いたとて哲学が情況にたいして切実になるわけではない。ただ是々非々主義をうみだすだけである。真に情況にたいして切実な哲学とは、この現実世界に現在の切実な課題がちらばっているように、その哲学の内部に世界の課題が胎生しているものをさしている。サルトルは哲学の課題を政策の課題に野合させて情況の切実さの外観を獲得しているにすぎないが、メルロオ＝ポンティはその哲学の胎内にこの世界の構造を内蔵させているという道を歩んだ。それが情況にたいして切実になっているという意味である。

個体性の哲学にとってもっとも中枢をなす課題は、身心相関の境界領域の問題である。メルロオ＝ポンティはこの問題を〈行動〉の構造の問題としてまず取扱っている。

> 行動の占める物理学的場――方向をもった諸力の体系――のうえに、生理学的場、つまり「圧力と歪み」の第二の体系の独自性を認めなくてはならないわけで、それだけが決定的な仕方で実際の行動を規定するのである。さらに、もし象徴的行動やそれの固有な特性を重視するなら、言葉の定義上われわれが〈心的場〉と呼ぼうとする第三の場を導入するのが当然であろう。
>
> 心と身体という二つの関係項が絶対的に区別されるということは、存在することを止めないかぎり、決してありえないことなのであり、したがって、経験的にそれらの密接な連関が認められるのは、物質の断片の中に〈意味〉を設定し、住まわせ、出現させ、存在させるような〈根源的作用〉にもとづくわけである。根源的実在としてのこの〈構造〉に立ちかえることによって、われわれは心身の区別と統一とを、同時に把握しうるようになる。（『行動の構造』滝浦・木田訳）

メルロオ＝ポンティはなぜ個体性の哲学の中心的な課題である身心相関の領域を〈行動〉の解析からはじめたのだろうか。

わたしにはあらゆる現象学的な考察があいまいにしている問題を、かれもまたあいまいなままに受け入れているためのようにおもわれる。メルロオ＝ポンティの〈行動〉という概念はすべての〈いいかえれば身心の〉〈対象的行為〉を意味している。〈対象的〉という概念は〈関係づけ〉という概念とおなじように、個体を〈関係〉という側面を中心として把握しようとする試みである。このような試みは、ミンコフスキーが分裂病者の心的な像を〈現実との生きた接触〉の喪失という面で捉えているのとよく類似しているようにみえる。個体は個体として自己に関係づけられるから、はじめて対象的に関係づけられるのだがメルロオ＝ポンティの考察では対象的に関係づけられて存在するのが個体なのである。

そのためにメルロオ＝ポンティはまずはじめに心身の相関性の把握に失敗しているようにみえる。なぜならば、もし対象的な関係づけが個体にとって本質的なものならば、たとえ何が〈身体〉と〈心〉とを媒介すると考えようと心身の区別と統一とは「同時に把握」されるほかないからである。しかし、人間的な〈行動〉において、よほどの僥倖をあてにしないかぎり、身心が別個の由来からやってきて統一的に〈同時〉に出会うためしはないのである。その理由は単純なことで、わたしたちの〈身体〉的な〈行動〉にとっては〈心〉はかならずしもその存在を主張しないが、〈心〉的な〈行動〉にとって、〈身体〉はかならず同伴することを強調するからである。〈行動〉においては心身のあいだには片道だけしか通ることのできない橋が架せられている。別のいい方をすれば行為と意識とのあいだには片道の相関性しかないため、行動を指令する〈心〉的な世界と、指令された〈行動〉とは無関係であるかのような外観をもつことができる。〈心〉が、ある行動を指令することは、かならずしもその行動が発動されることを意味しない。行動が発動されることは、指令することと別問題であり、そこに介在する断層には、個体が個体として存在することから直接やってくる自己影響の問題があらわれるのである。

だから、心身相関の領域の問題は、依然としてつぎのように問うことから出発するほかはない。

人間の心的な領域は身体の座がなければ存在することはできないが、身体の存在にとって心的な領域はかならずしも支配的な位置をもたないようにおもわれるのはなぜであろうか？

メルロオ＝ポンティの〈構造〉または〈根源的作用〉の概念は〈対象的行為〉の上にあらわれる。いいかえれば、個体としての人間が対象とつるむときにはじめて分娩される概念である。しかし個体が自己とつるむところに心身の相関性の領域がはじめて発祥するために、〈構造〉はまず個体の心的な領域にはじめてあらわれる。それゆえ〈構造〉は対象そのものの上にもあらわれるのである。

メルロオ＝ポンティはフロイトの方法を、人間的な〈行動〉の意味をすべて生理的〈生命的〉秩序に還元しようとするものだと批判しているが、この批判は当を得ていない。むしろ行動の構造を「癒合的形態」、「可換的形態」、「象徴的形態」あるいは〈物質的〉、〈生命的〉、〈精神的〉という次元に分類しているメルロオ＝ポンティのほうが、はるかに機械的であり形式論理的であるといえる。〈行動〉を心身の対象的行為と解するかぎり、その最初の根源的な対象性はあきらかにフロイトのいうように〈生理体〉にむかって志向されるということができる。いいかえれば性としての人間にむかって。

人間の心身の対象的行為は〈個体〉に関するかぎり〈自然〉を対象とするほかはない。そしてこの〈自然〉がもし他の人間としての〈個体〉であるとすれば、この対象的行為は人間を〈性〉としての人間というところに限定する。なぜならば、人間であり、〈個体〉と〈個体〉との関係づけであり、また同時に〈自然〉であるという条件を完備しているものは〈性〉としての人間いがいにありえないからである。つまりこのような条件のもとでは、人間の〈個体〉は男または女になるのだ。

わたしたちは〈性〉としての人間を〈生理〉的にではなく〈幻想〉的な領域に波及させる必要を感じている。なぜならば生理的に〈性〉的な行動をもたない〈個体〉と〈個体〉のあいだにも〈性〉的な関係づけをみとめうるからである。そして、かつて太古に生理的な〈性〉行動の対象であった〈個体〉と〈個体〉とが、いまではただ幻想的な〈性〉行動の対象になってしまった（たとえば兄弟と姉妹）という変遷の痕跡を現在のこっている人間の情動から想定することができる。

〈性〉としての人間という概念を、たんに生理的な自然行為という次元であつかうのではなく幻想的な領域の問題としても考慮するとすれば、わたしたちは人間的な対象としてあらわれる〈個体〉の身心の領域を、まず生理的な〈性〉行動を伴うか伴わないかによって、つぎに幻想的な〈性〉行動をあらわにもつか潜在的にもつかによって秩序づけることができる。そしてこの秩序づけが、人間を対象としたばあいの〈個体〉の行動の全領域である。

わたしは以前にあるひとつの研究報告をしっている。研究者は一定の多数の真正な分裂病患者と確定できる入院患者を択び、円陣のようなものを作って、ボール投げをさせるとき、患者はじぶんの視野に入ってくる別の患者のうち特定の方向または人物にむかって繰返し多数のボールを集中させるというものであった。また、別の研究報告は、教室で講義に参加する学生を対象として、どのような気質あるいは病質が教室空間のどの領域に座席をえらびやすいかを統計づけるものであった。

この種の行動科学的な適用は、ただ常同的な行動の反覆される量の多寡を確定するという以外に意味をもちえないようにおもわれる。いったい病院内における入院患者とか教室内における学生とかはどんな〈場〉におかれているとかんがえるべきだろうか。それらの被検者たちがおなじように〈共同性〉のなかの〈個体〉であることは確かである。だが確かなのはそれだけだ。この種の〈共同性〉は、フロイト的にいえば〈父親殺し〉をやっていない、未開社会の集団になぞらえるのがいちばん近いとかんがえられる。患者たちも学生たちも医者や教授に敬意をもっていると同時に軽蔑もしている。愛着をもっているかもしれないが、同時に憎しみももっている。また患者たちも学生たちもこの種の〈場〉のなかではある程度〈抽象〉された存在であり、だが同時にどこかの〈細孔〉を通して日常の社会生活の〈場〉とつながっている。こういう未開の共同性に類似するのがよいような〈場〉のなかで、その成員である〈個体〉が、どんな意味の確定した行動のパターンをとると仮定することもおぼつかないことである。この種の〈場〉のなかでの〈個体〉は、医師または教師にたいしては尊長と部民の関係であり、相互のあいだでは、まだ、共同性のなかの〈個体〉でありながら、同時に〈個体〉と〈個体〉の関係である

〈性〉としての人間の痕跡をもった矛盾した存在である。

この種の〈場〉を一定の度合まで抽象できるものと想定したとしても、なおボール投げや座席の位置によって〈個体〉の心身の行動のパターンについて、なにか意味ある結論を導きだすことは不可能であるとおもわれる。

常同症的な行動というのは環界にたいする適応が難かしかったり、環界にたいして心的に閉ざされたりしてしまった〈個体〉がもっとも経済的な楽な状態を保つために繰返してしまう行動であるとかんがえられている。けれど本来的には身体がもっとも心的な世界をじぶんから解放したいために行動を起こすのが常同的な行動なのだ。この種の〈場〉において被検者が特定の〈個体〉や〈座席〉にむかって常同的な行動をよりおおく集中するとすれば、被検者の心的な世界はもっとも解放されているとかんがえられるから、いったいその特定の位置にある座にたいして、どんな想考をいだいているのかは、あまり多様な解釈をゆるすので量りしれないといったほうがいい。

座席選択やボール投げの方向性を〈個体〉の心的な世界の特質に関係づけようとする行動科学の好んでとりあげるテーマは、けっきょく、まず〈個体〉と他の〈個体〉との関係づけられる特殊な〈場〉、いいかえれば〈性〉としての人間の〈場〉を考慮しないことによって、またつぎに〈共同性〉のなかの〈個体〉という特殊な〈場〉の問題を考慮しないことによって、第三にこの種の〈共同性〉そのものの性格を捨象することによって、ついにすべての〈行動〉を身体的な行動の回路の問題に帰着させてしまう。その結果がどんな傾向性の法則を確率論的にとりだし得たとしても、〈個体〉の心身の構造と相関について何も語らないようにおもわれる。

メルロオ＝ポンティは行動主義をゲシタルトという概念を導入することによって批判している。しかしじつは批判しているというよりものめりこんでいるといった方がいいのである。

行動と大脳の関係について、これまでの分析は二つの意味をもちうる。おそらくこの分析がさしあたって義務づけているのは、生理学のカテゴリーを変えて、そこにゲシタルトの概念を導入するということだけであろう。ゲシタルトは、われわれが定義した意味では、それから切りはなしうる諸部分の特性に比べて、独自な特性をもっている。そこでは各契機は他の契機の全体によって規定され、そしてそれら他の契機の値いはそれぞれ全体の平衡状態に依存するのであって、この平衡状態をあらわす定式こそ「ゲシタルト」の内在的性格をなすのである。その意味では、それは神経活動の説明に必要なすべての条件を充たすように思われる。したがって、神経活動を「図と地」型の過程と定義することができるだろう。ゲシタルトの局部的条件への依存には、金属枠に張られて圧力をかけられ、この圧力との関係で或る平衡状態を実現する膜のばあいから、何の局所的な支えなしでも安定した構造を実現する水上の油滴のばあいに至るまで、あらゆる段階がある。その意味でゲシタルトはさらに、末梢の水平的局在から中枢の垂直的局在にいたるまで、神経実質における場所というものの両義性（ambiguïté）を説明しうるように思われるのである。これらの機能局在には論議の余地はなく、それは本質的諸過程がくりひろげられる皮質の地点を示しているのであるが、やはりそれは全体的過程の「図」にあたるのであって、それを皮質の残り部分の活動である「地」から全く切りはなすことはとうていできないのである。したがって、神経活動のなかに「ゲシタルト」を導入するという条件でなら、厳密な心身平行論ないし「同型説」を支持することもできるであろう。（『行動の構造』滝浦・木田訳）

偶然の僥倖をあてにしてそれを普遍化することができないように、こういう大脳の機能的な局在論のモディフィケーションはとうてい是認されないようにおもわれる。現在のところ（おそらく将来も）、心身の〈行動〉が脳の指定部位に結びつけられてかんがえられるのは、脳の所定の部位を切除したりあるいは刺激的な変化をあたえたりすると、心身の〈行動〉のあるものが障害をうけるという事実によっている。しかし、このことから逆に心身の〈行動〉が障害をうけるのは脳の対応する部位が欠落しているか変化をこうむるためだという結論は一義的に得られそうもないのである。

メルロオ＝ポンティがとっている態度は、人間の心身の〈行動〉を脳のメカニズムに集中することであり、脳は心身の全背景をなしており、〈行動〉はその背景のなかで、個々の樹木や動物や人物といった添景がちょっと動くと全背景の構造が変ってくるといっているにすぎない。わたしたちは心身の諸行動に過剰な観念の意味を負わせることはできないが、しかし、まさか人間の諸行動がこれほどまでに安いものだと値踏むこともできないだろう。

わたしたちが、心身の〈行動〉に意味や価値を与えることができるのは、人間が他の動物とちがって、まず心的に〈行動〉し、つぎに身体的に〈行動〉するということを、おなじ対象性にたいしてなしうるということにのみ依存している。いいかえれば、人間の心的な世界が、大脳のメカニズムや神経組織の機能と無関係に存在しているかのように意味づけや価値づけが可能な点にかかっている。

メルロオ＝ポンティをひきずりまわしているのは、現代における行動科学の潮流であるが、行動科学をひきずりまわしたもっとも重要な源流は条件反射学説である。

パブロフは、精神分裂病の症状を慢性の催眠状態とみなした。パブロフによれば、分裂病者の無欲とか昏迷とか不動とかは催眠状態で普通の声では意志を疎通できないが、静かな環境でしずかに問いかければ疎通できるのとちょうどおなじ徴候をあらわし、拒絶症状は犬の催眠状態で拒食をしめしたものが、催眠を追っぱらえば摂食する状態とおなじであり、常同症状は、犬が催眠状態では異常に長くおなじ動作をくりかえすのとおなじであり、反響言語、反響行為（おうむ返しのこと—註）は、やはり催眠状態の誘導過程とおなじことである。

もちろん、この催眠の底にある究極的な基盤は、弱い神経系、ことに皮質細胞の弱さである。この弱さは多くの異った原因――遺伝性のもの、そして獲取性のもの――を有しうる。これらの原因についてはふれないでおこう。しかしこのような神経系が困難に出会うと、生理的の、または社会生活上の転機にもっとも多いのであるが、力不相応の興奮のあとで不可避的に過疲状態に移る。この過労は保護過程としてその制止過程を発生させるもっとも重要な生理的刺激の一つである。さまざまな広がりと緊張の程度を有する制止としての慢性催眠もここからでてくる。こうしてみると、この状態は、一方では患者から正常な活動をうばうのであるから病的なものである。また他方では、そのメカニズムの本質としては、皮質細胞の活動によるおそろしい破壊から守る生理的なもの、生理手段ともいえる。(パブロフ『生理学と精神医学』)

けっきょく、パブロフは分裂病患者の特徴的な〈行動〉の様式を「弱い神経系、ことに皮質細胞の弱さ」に還元している。なるほどこういう理論は〈安全〉なものである。一時的、人工的になら人間はそれでも「弱い神経系、ことに皮質細胞の弱さ」をもつことができるだろうから。しかし、分裂病患者の心的な世界は、もしこういう理論が成り立つならば、完全に身体の生理状態から独立して幽霊のように存在するとかんがえるほかはない。このことは、パブロフのいう「弱い神経系、ことに皮質細胞の弱さ」が実験的に将来確定されることがあろうがなかろうが、それとは無関係に考えうることである。人間の人間的な意味や価値は、たとえ二枚目の映画俳優をかんがえても身体の生理状態には与えられないし、そこでは無意味な概念であるにすぎない。

ここには一般的にいって、身体の反射行動を〈行動〉の初原的な形態とみなす考え方の問題が横たわっている。メルロオ＝ポンティも〈行動〉の考察においてけっして例外ではない。

フランスの実存主義的哲学者のたれにも感ずることだが、メルロオ＝ポンティにおいてもプラグマチズムと現象学との奇妙な結合がみられる。行動科学の先験的な導入と現象学の直接的な導入とがそれである。

人間的な〈行動〉の最初の形態は、けっして身体の反射行動ではない。身体の反射行動を人間の〈行動〉の初原的な形態とみなすかんがえかたは、パブロフのように大なり小なり動物的行動に〈行動〉の原型をみているのだ。けれど、動物の行動は、どんな意味でも人間の行動の範型とみなすことはできないものである。人間の行動が動物の行動の範型であるということはありうるとしても、だ。

わたしのかんがえでは、人間のもっとも初原的な〈行動〉の形態は、身体が行動しないことである。ここで身体が行動しないことはふたつの境界を暗示する。ひとつは心的な行動もしないことであり、もうひとつは心的な行動だけはするということである。この身体が行動しないことに伴う、心的な世界の分裂は、わたしたちに心身の相関する領域における観念的あるいは唯物的一元論が、観念的あるいは唯物的二元論とともに成りたたないことをおしえているようにみえる。そして、メルロオ＝ポンティは、ちょうど現象学的な人間理解が躓ずくところで、ちょうど躓ずいている。メルロオ＝ポンティは、かれの哲学のよってたつ原理である〈本質直観〉についてつぎのようにやさしく説明している。

本質を直観しようとするなら、一つの具体的経験を考察し、それを頭のなかで変容させ、それがあらゆる連関のもとで実際にどのように変容するかを想像することに努めればよいのであって、この変化を通じてそこに不変なままに止まるものがあれば、それこそが当該現象の本質をなすものなのです。たとえば空間形態というものの理念を形成しようとするなら、あるいは同じことですが、その本質に達しようと思うなら、われわれはたとえばこの電球のような或る空間形態の知覚を参照にし、この空間形態に含まれているすべての連関を想像のなかで変容させてみればよいわけです。そして、その対象そのものが消え去らないかぎり変容されないものがあれば、それがその対象の本質です。メロディというものの理念を形成するばあいを採ってみましょう。どこかで聞いたことのある歌を思い出し、そのすべての音符が変わり、音符相互の関係もすべて変わったと想定します。そこに変わらないままに止まり、それがなければもはやメロディというものもありえないといったものが残るでしょうが、それがメロディの本質です。（『眼と精神』滝浦・木田訳）

ある経験的な対象の本質は、ここではただ対象の〈意味性〉としてかんがえられているようにおもわれる。だから頭のなかで対象をあちらこちらからつつきまわしてころがしているうちに、最後に確からしさの構えでのこるようにおもわれるのが、直観的な本質だといっている。この直観的な本質は、身体の反射行動からはもっとも遠いから、そういういい方が成立つとすれば、もっとも高度な対象的な行動（の結果）を意味している。しかし、もし〈行動〉の初原的な形態は身体が行動しないことだという観念からすれば、メルロオ＝ポンティのいう直観的な本質はもっとも初原的な行動（の結果）として位置づけることも可能である。なぜならば、身体が行動しないことは、かならずしも心的な行動をしないことを意味していないからである。だからここには具体的な行動を断念したうえでおこなわれる心的な世界の行動の様式があるとかんがえることができる。そしてこの心的な世界の行動の様式が、有意味的であるとき本質直観とよばれているのである。

ところで、経験的な対象は有意味的でなくても有価値的であることができる。それがどんな場合かをここで問わないとしても、その初原的な形態は、身体が行動しないで、心的な世界も行動しない状態であることは確かである。メルロオ＝ポンティのかんがえ方では、この状態は空虚であるとするほかはない。しかしこの状態は無意味であるかもしれないが無価値ではないのである。なぜならば、身体が行動しないことのなかには、心的な世界が行動することと心的な世界が行動しないこととというふたつの極が存在しうるからである。わたしたちは一般に、ある経験的な対象が心身の世界に多義性《メールドイツテイヒカイト》を喚起するならば、その対象を有価値と判断することができる。そして対象が有価値ならば心身の行動も有価値である。

メルロオ＝ポンティの直観的な本質の概念はまったく逆である。比喩的にいえば、人間の心身の世界が経験的な対象にしゃぶりつき、なめまわして、もはやそれ以上に対象をいじれば対象としての意味もなくなるし、しゃぶりつきなめまわした心身の世界のほうも意味がなくなるという領域をもとめているのだ。この領域では対象もそれに志向する心身の世界も融通してしまう。

メルロオ＝ポンティが、精神病理学上のいわゆる〈考想化声〉に与えている解釈はそのことを典型的に語っている。

病者たちには、自分に話しかける声が、みぞおちの辺りとか腹とか、胸、頭などから聞こえてきます。昔の精神病医たちは、これは身体のいろいろな領域に関わる幻覚の問題であると考えたに違いありません。彼らは、患者の告げる不平を翻訳し、「表象化」してしまいました。彼らは、患者たちの言うことを文字通りに受けとっていたわけです。

現代の精神医学が教えるところでは、こうした現象において本質的で第一次的なものは、声が患者の身体のどこに位置しているかということではなく、対人関係の中に介入してくる一種の癒合性なのであり、そのおかげで他人の声も自分の身体の中に住まうようになるのです。もし患者にいろいろな声が自分の頭の中から聞こえてくるとすれば、それは彼がもはや自分を他人と完全には区別していないからであり、またたとえば自分が話すときにも、他人が話していると信ずることができるからです。ヴァロンの言うところでは、患者は他人に対して「境界がない」ような印象をもち、そこから、自分の行為や言葉や考えが、他人のものであるとか、また他人に強制されたものであるように思えたりするわけなのです。(『眼と精神』)

考想化声の意味するものは、おそらくこの解釈とは逆である。患者は、あらゆる〈他人〉があまりに他人すぎるために、自身をあまりに自身でありすぎるような状態におくということが考想化声の第一条件である。この心身の状態では、患者は自己を自己にたいして他人とするほかには対象世界にたいする心身の平衡を保つことができなくなる。そこで本来ならば、経験的な世界にあるべき対象を身心の内部に仮想し、そこで言語的な対象化をはじめる。

ふつうの言語的な表現の行動では、心的な世界が概念の形成にむかって集中し、それがある特定の時間的なまた空間的な水準にたっしたときに発語される。ところが考想化声では心身の行動はじぶんの心的な世界にたいしてむけられるから、じぶんの心身の世界がじぶんと他人の心身の世界に分割されるのである。だから考想化声は元来自覚的であるかどうかはべつとして、じぶんが志向した内容に限られるにもかかわらず、いやむしろじぶんが志向した内容に限られるがゆえにじぶんにたいして命令であったり強制であったりというように聴きとれるのである。

もしも、メルロオ＝ポンティがいうように、考想化声が患者にとって自他の癒合性に発祥するとすれば、これが分裂病患者にあらわれることは不可解でなければならない。何となれば、このような患者の心的な世界の特性は、分離性という点にもとめられるからである。

メルロオ＝ポンティの直観的本質の概念は、人間の存在とこの世界のあいだの二元的な性格を捨象できるかもしれないが、それを代償にして人間の心身の世界と経験的な世界とは抽象的な情動の世界に転化されてしまう。むしろ人間とこの世界の関係はまったく逆にかんがえられたほうがいい。

人間の心身の世界が経験的な世界を対象として望まなくとも、経験的な世界は存在するし、人間の心身の世界もそれとかかわりなく存在する。経験的な世界が存在することは認めてもよいとしても、対象化の行動なしに人間の心身の世界は存在しうるか？　この種の疑問にたいしてはただこう答えうるのみである。人間の心身の世界は、心的行動と身体的行動のあいだの多義《メールドイツテイツヒ》的な対応性にかんがみて、対象化なしには有意味的には存在しえないとしても、有価値的には存在しうるのである、と。

個体の心身相関の領域にとって、もっとも重要な査証となるものは〈知覚〉作用と〈言語〉作用とである。そこで一般に個体性の哲学にとって〈知覚〉と〈言語〉とはその哲学が試みられる試金石であるといえよう。

メルロオ＝ポンティにおいて〈知覚〉とはつぎのようにかんがえられている。

われわれの知覚しているものを、われわれの感官器官に働きかけて来る諸刺戟の物理的ならびに化学的諸特性によって一旦規定してしまうと、経験論は知覚から、私が或る顔のうえに読みとっているはずの怒りとか苦痛とかを排除してしまうし、私が或るためらいとか故意の言い落しのなかにその本質を捉えているはずの宗教的感情も排除してしまうし、私が巡査のもの腰や或る建造物の様式のなかにその構造を認めているはずの都市などを排除してしまう。もはや客観的精神なぞは存在し得なくなるわけであって、すなわち精神生活は、ただ内観だけに委ねられる孤立した個々の意識のなかにひっ込められて、現に見られるように、私が共に議論し共に生きている人々によって構成された人間的空間のなかに、私の労働の場や私の幸福の場のなかに展開されてゆくことは、なくなってしまうのである。歓びや悲しみ、活発さや遅鈍さは、内観のための所与ということになり、もしわれわれがそれらを風景なり他の人々にまとわせるなら、それはただ、われわれが自分自身のなかに、これらの内面的知覚と外面的標識との合致を確認したからであり、しかもこれら二つはわれわれの身体組織の偶然によって連合されているにすぎぬ、というわけである。このように貧困化された知覚は、一つの純粋認識操作、諸性質およびその最も慣例的な展開の一つの漸進的登録だということになり、知覚主体が世界にたいする態度は、あたかも科学者がその経験にたいする態度と同

じだということになる。（『知覚の現象学』Ｉ、竹内・小木訳）

もっとべつの個所から引用したとしても〈知覚〉という概念にメルロオ＝ポンティが着せている衣の全体性はおなじである。つまりメルロオ＝ポンティは、対象が個体の感官とむすぶ関係づけの意識が了解の構造に変容することが〈知覚〉であるということに充たされない遺恨をのこしている。対象を感官がうけいれるときにまつわる感情作用をも〈知覚〉のなかにとりこみたいわけである。なぜなら、そうかんがえるほうが、現象としての個体にふさわしいからだ。もうひとつは、知覚する個体〈知覚主体〉という概念に、感覚的な人間という意味以上の意味をあたえたいわけである。なぜならば、そのほうが直観本質という現象学的な人間解釈にかなうようにみえるからである。

しかしながら、わたしたちが〈知覚〉作用に感情的な選択の衣を着せるわけにはいかないのは、直観本質を人間の存在の本質的な仕方とかんがえないのとおなじである。わたしたちはけっして対象の知覚がいつも科学者の経験の仕方に似ているとはいわない。それが歓びや悲しみや選択をともなうことをしっている。しかし、このような感情作用は〈知覚〉そのものに伴うとしても〈知覚〉とはかかわりないものである。感情作用は一般に対象の了解そのものを対象となしうるという〈内観〉的な作用に属している。

メルロオ＝ポンティはいったい〈知覚〉作用の考察によって個体をどうしようとしているのだろうか？　すべての現象学的な人間解釈とおなじように、あるばあいは人間をしゃぶりつくして〈直観本質〉という骨ばかりに縮尺したいわけだし、あるばあいは人間の個体を酵母のように膨らませて「共に議論し共に生きている人々によって構成された人間的空間のなかに」おきたいわけである。

こういう虫のいい個体の人間存在はただ現象学がうみだしたものであるにすぎないといっても過言ではない。わたしたちは、やたらに事物を内観することもできないし、やたらに人々と共に生きたり共に論議したりできるわけではない。もしも〈知覚〉という査証がわたしたちの個体にあたえられているとすれば、それはただ感官を通じてのみ可能である。ところで感官の存在はあきらかに〈身体〉の存在に負っているが、対象世界が感官に到達したことを了解するためには心的な世界の参加を必要としている。そしてこのとき心的な世界はただ〈時間性〉としてだけ参加しうるのである。そしてこの〈時間性〉という意味は根源的であり、心的な世界が〈身体〉のように〈空間的〉な存在であり得ないために、時間性として参加するほかに参加する方法がないからである。

対象世界とわたしたちの〈身体〉との関係はただ〈空間的〉な配置である。だから対象世界にとって〈身体〉は空間的であるように、〈身体〉にとってすべての対象世界の配置はただ〈空間的〉であるにすぎない。感官は〈身体〉の一部であるかぎりにおいて、感官にやってくるすべての対象世界は〈空間的〉であるほかないのである。ただそれを了解するときに心的な世界によって〈時間化〉されるのである。わたしたちが〈知覚〉作用とよびうるのは、この〈空間的〉なものの〈時間化〉という以外の意味をもちえない。ところで、わたしたちは心的な世界の参加による了解作用のばあいに奇妙なことを伴うことができる。それは了解作用の本質である〈時間化〉を、そのままふたたび〈空間的〉な配置におくことができるということである。しかしこのばあい〈空間的〉な配置というのは、個体の外にある対象としてではなく、心的な意味での〈空間的〉な配置である。この心的な〈空間的〉な配置をわたしたちは〈感情〉作用と呼ぶのである。したがって〈感情〉において心的な世界は冪乗されて〈身体〉の感官化に参加する。そして対象世界は奇妙に変形されてとり込まれるのである。

もしも、わたしたちが対象世界の〈空間的〉な配置を〈時間化〉する過程をただ〈関係〉と〈抽象〉の過程として意識することができるならば、そのような心的な世界の働き方を〈言語〉作用とよぶことができる。そして一般にこの作用を個体がじぶんの外におくときわたしたちは〈言葉〉を発しているのである。

ただソシュールの言語概念にのみ依存しているメルロオ゠ポンティは〈知覚〉において着ぶくれしているように〈言語〉においても着ぶくれしている。もし、人間の存在にとって本質直観が最後にのこされなければならないとすれば、〈言語〉作用においても、それに相似の意味だけがのこされなければならない。ソシュールが規範言語と発語言語とを区別したところから出発してメルロオ゠ポンティはこの分裂をさらに極端化する。それは一元化するためである。

手もちの意味、つまり過去の表現行為の集積が、語る主体たちのあいだに一つの共通の世界を確立しており、現在使われるあたらしい言葉がそれに依拠することは、あたかも所作が感性的世界に依拠するのとおなじことである。そして言葉の意味とは、その言葉がこの〔共通の〕言語世界を使いこなす仕方、あるいはその言葉が既得の意味というこの鍵盤のうえで転調する仕方、以外の何ものでもない。私は言葉の意味を、一つの叫び声とおなじように簡潔な、渾然たる一つの行為のなかで捉えるのだ。(『知覚の現象学』Ⅰ)

メルロオ゠ポンティが〈言葉〉と〈言語〉とのあいだで当面している問題は、いうまでもなく「簡潔な、渾然たる一つの行為」という修辞のなかで一元化できるほど簡単なことではない。また共同規範としての言語の世界にかこまれて、言葉はかぼそい烟りのように一筋一筋うちあげられる花火でもない。メルロオ゠ポンティは、ここで〈言語〉作用の考察を媒体として人間の個体の世界と共同性の世界とはいかなる位相で関係づけられるべきかという問題に直面しているのだが、すべての現象学的な人間解釈にとって不可能であるこの課題の解決は、メルロオ゠ポンティにおいても不可能であり、つまりメルロオ゠ポンティに既得の言語世界のピアノのうえで言葉はそれぞれ固有の転調を奏でるだけなのである。つまりメルロオ゠ポンティにとって比喩の世界が可能であっても本質の世界は不明なのだ。しかし、わたしにとってはこの〈言語〉的な世界は明瞭である。

島尾敏雄『日を繫けて』

島尾敏雄は、じぶんの幼少年期を主題にした一種の自伝小説のなかで〈眼華〉と名づける病的な体験について触れている。それは激しい頭痛がやってきて、しばらくすると視野に欠落がうまれ、その欠落の個処に、ちょうど芥川龍之介の「歯車」にでてくるような歯車がまわりはじめ一定の時間がたつとおさまってくるという体験である。この病的な体験は「格子の眼」にはじまる自伝小説のなかでは、ほとんどフィクションをつかわずに描写されているようにみえる。わたしには、この病的な体験は、あたかもドストエフスキイにおけるテンカン発作の体験のように、島尾敏雄の文学をかんがえるばあい重要な意味をもつようにおもわれた。たとえば、わりあいに近年にかかれた「島へ」という作品のなかで雑木のやぶにかこまれた主人公の視野が突然に欠落し、不安定な宙にういているような感覚におそわれる描写にいたって、この病的な体験は島尾敏雄の文学的な方法自体にまで昇華されているのを感じた。

わたしはいつか島尾敏雄にどうしてその病的な体験を〈眼華〉と名づけたのか、たずねたことがあった。かれは何かの本にあった言葉をとってきたのだが、それが何であったかは覚えていないとこたえた。その後、わたしは漱石の漢詩をしらべていてこの言葉に偶然に遭遇した。

此の宿痾を奈何んせん
眼花　凝つて珂に似たり

豪懐　空しく挫折して
壮志　蹉跎せんと欲す
山老いて　雲行くこと急に
雨新にして　水響くこと多し
半宵　眠ることを得ず
燈下　黙して蛾を看る

わたしは島尾敏雄の〈眼華〉が、どこからとってきた言葉であるかを知るとともに、それをとってきたときの島尾の心事もわかるような気がした。わたしは高橋康郎の論文「周期性傾眠症の臨床的研究」などをよんで、島尾敏雄の〈眼華〉を、ナルコレプシーと周期性傾眠の中間状態ではないのかとひそかにおもっていた。しかしこういうことに素人判断は禁物である。そこで知人の精神病理学者に島尾敏雄の小説と小論のなかから、この病的体験に触れたすべての文章をえらびだして判断をもとめた。その判断は心的及び身体的なエピレプシーの症状であろうということであった。

ひとりの作家が身体的にどんな症状をもっていようとかれの文学とはなんの関係もないといってよいだろう。しかし心的な症状はかれの文学に無関係ではないとおもえる。「日を繋けて」のなかで、島尾敏雄は夫人を神経症に追いやった原因をなした女性を、はじめてあからさまに作品のなかに登場させている。そしてこれは異様な作品であるとおもえる。主人公と神経症の夫人とが引越した家に、主人公と関係をもった女性が訪れてくる。夫人は荒れ狂ってこの女性を地面におし倒したり曳きずりまわしたりする。ところで、主人公は夫人と協力してこの女性を押えつけたり、足をひっぱったりするのである。この修羅場で主人公は無力であるほかはないが、無倫理であるのは異様である。ごくふつうのばあい、主人公はじぶんにより近親であるものの無態をたしなめてその場面をおさめるはずである。しかしこの作品の主人公は荒れ狂った妻と協力して、訪ねてきた女性を痛めつけてしまうのである。

この主人公にとって世界は白日夢のなかにある。そこでは自己と他者との境界はあいまいである。そして他者はすべて同じ間隔で主人公をとりまいている。主人公にはじぶんの妻とじぶんの関係した女性との区別がうまくついていない。もし人間が倫理的でありうるとしたら、まずこの世界が自己にたいして外にあるという意識がなければならず、つぎに自己に対して他者は異った距離にあるという意識がなければならない。しかし、この主人公にはそういう意識がやってこない。主人公の行為はむちゃくちゃにこの世界の秩序を破壊してしまっている。主人公にとってこの世界は陥没してゆく世界である。

いったい主人公にとって、いつからこの世界は崩壊しつつあるという意識によってしか捉えられなくなったのだろうか。かんがえられるのは敗戦期に軍隊秩序が徐々に崩壊してゆくさまを小秩序の頂点で体験したときからである。その秩序のなかでは、人間はあることをやったかそれでなければやらないかのいずれかである。あることを自分がしたか、そうでなければしないかのいずれかであって、したのでもなければしないのでもないという加担の様式は成立しない。敗戦期に主人公はじぶんの関係していた部落の娘を、部下が酒に酔って脅したか脅さなかったかという問題で、部下たちを追及する。しかし、そこで得られた結果は、脅したのでもなければ脅さなかったのでもないというあいまいな結末である。主人公はそんなはずはないとかんがえるが、しかし崩壊しかかった世界ではそういう行為の位相はありうるのだ。このとき主人公ははじめてこの世界には人間があることをしたかしなかったかという排中律では片づかない位相がありうることを垣間見る。それは崩壊しかかった世界に固有のものである。

しかし主人公は、敗戦期の崩壊しかかった軍隊秩序のなかで、はじめてそういうあいまいな世界を体得したのだろうか？　もっと幼時からの資質の世界が、そのときどきの事件にふれて繰返し蘇えってきたというにすぎないのではないのか？

もしも、主人公の自己資質のいかんにかかわりなく、この世界にあいまいな位相がありうるとすれば、それはこの世界が共同性の仮装をおびているからである。しかし、主人公の自己資質に原因があるとすれば、この主人公の心的な世界がエピレプシーに固有の像をむすんでいるからである。

ここに島尾敏雄の作品世界にとって究極の謎が存在する。この謎はただ作品をかきつづけるという行為のなかでしか解きえない。そこに島尾敏雄の作家としての悲劇が繰返される。その悲劇は、島尾敏雄が作品「接触」のなかの主人公のように、授業中にアンパンを喰べたら死刑だという掟を肯定しなければならないような重量喪失の世界像をもっているためなのか、それともこの世界がただ掟ての重さとしてしか島尾敏雄に迫ってこないためなのか。ほかのすべてのものに自明であっても、作家島尾敏雄にとっては不可解なのだ。

橋本進吉について

わたしが橋本進吉の著書にはじめてお目にかかったのは、明世堂版の『古代国語の音韻に就いて』を古本屋でさがしてきたときである。よくしられているように、この著述は、万葉仮名の用法のせんさくを密に徹底的にやることで、カ行「キ」「ケ」「コ」、サ行「ソ」、タ行「ト」、ナ行「ノ」、ハ行「ヒ」「ヘ」、マ行「ミ」「メ」「モ」、ヤ行「ヨ」、ラ行「ロ」に二種類の明瞭な仮名のつかいわけがあり、これが何らかの意味で、語音の相異とかかわりがあることを確定したものである。その推理は稠密で一篇の推理小説をよむように見事であるという印象をうけた。

ところで、これもよた話にすぎないが、わたしはずっと以前に、あるいは橋本進吉の著書にお目にかかっていたかもしれない。そうだとすれば、旧制の中等学校時代の「国文法」の教科書いがいにはかんがえられない。わたしは国文法が苦が手で、どれだけまる暗記につとめても、十点満点として七点以上をとったことがなかったと覚えている。あらゆる科目中で、もっとも不愉快な学科であり、なんのために動詞や形容詞などの活用をおぼえなければならないのか、不可解であった。もし、橋本進吉がわたしたちの文法の教科書の編さんにあたっていたとしたら、またもっとも不愉快な形でわたしの記憶とつながっている。

そして尊敬すべきすぐれた学者橋本進吉と、もっとも不愉快な記憶とつながっている文法学者橋本進吉との矛盾は、わたしのなかではある象徴をおびてかんがえられる。このことは、もうすこし丁寧に考えなおして云いかえてみたほうがいいとおもう。すくなくとも橋本進吉の学問的な業蹟について何か感想をのべるとすれば、古代語の音韻についてのすぐれた仕事と、「国文法」の学習についての不愉快きわまる記憶について、もうすこし具体的に云っておいたほうがよいような気がする。
「国語音声史の研究」の冒頭で、橋本進吉は〈音声〉についてつぎのように云っている。

全体、言語といふものは、我々の思想感情を発表し、人に伝へる為の有意的動作の一つであつて、その方法として音声を用ゐるものである。言語である以上は必ず音声があるものであつて、言語は、思想感情を表はす音声といつてよい位である。

ここでいう〈音声〉が個々の具体的な音声の意味と、いわゆる〈音韻〉の意味とを二重にもつものでなければ、書き言葉については矛盾することは申すまでもない。そこで橋本は〈音声〉の概念を、書き言葉にも通用するようにつぎのように拡大している。

かやうに言語の音声といふものは、その時その時、耳に聞く具体的な音声のみを指すのではなく、我々の頭の中にある音声の観念をも指していふのである。さうであるからして我々は、言葉を使ふ場合には、実際具体的の音声を伴はない時もあるのである。例へば、文を書く時、或いは書いたものを黙読する時がそれである。しかしその時でも、音声の観念だけは必ずあるのであつて、必要の場合には直ちにこれを具体的音声にする事が出来るのである。

この〈音声〉観はかなり特異（奇異）なものである。ここに橋本に影響をあたえたヘルマン・パウルやソシュールの言語観をみるべきなのかもしれない。ここでつかわれている「我々の頭の中にある音声の観念」という言葉を、普遍性があるように云いなおせば〈音声の概念〉ということである。そこで橋本進吉は、言語の〈音声〉を、個々の人間が具体的に発する〈音声〉と、〈音声の概念〉とに分離し、前者を話し言葉に、後者を書き言葉に振り当てていることを意味している。

　このかんがえかたは橋本進吉の古代語の音韻についての画期的な発見にまでひきのばされていることは申すまでもない。橋本進吉の〈音声〉観からすれば、万葉仮名によって記述された古代語の仮名づかいのあるものが、二種類あるとすれば、それは〈音声の概念〉が二種類あることを意味することになる。はたしてそうであるか？

〈音声の概念〉が二種類あるということは、その音声に対応する言葉が、意味を異にして二種類あることを意味しており、二種類の音韻があることとまったく別のことである。いま万葉仮名でかかれた現在の「エ音」が、仮名の用法で、はっきり二種類にわけられていたとする。この二種類は橋本によれば〈音声の概念〉がちがっていることを意味している。そうであれば、現在の「エ音」に該当する言葉は古代では二種類の字義にわかれていたことを意味するので（e）音と（ye）音にわかれていたとか（e）音と（ë）音とにわかれていたとかいう音韻のちがいを、直ちに意味しないのである。ましてや、具体的な〈音声〉として、どう発音されていたかということについては、なにも云うことはできないはずである。なぜならば、おなじ現在の「エ」に該当する仮名が二種類に区別されて書かれているということは、「我々の頭の中にある音声の観念」が二種類あったという以外のことを意味しないからである。そしてこのことは書き言葉のなかの二種類の区別であって、話し言葉の音声の区別とはべつに対応しないからである。

　橋本進吉は、古代語の音韻についての考察で、表音的につかわれた仮名のあるものについて二種類の使いわけがあることを、ただちに音韻の相異にむすびつけ、音韻の相異をただちに発音の相異に帰している。この無雑作さは、はじめに言語の〈音声〉を具体的な〈音声〉と〈音声の概念〉にわけたところからきている。このことは、たとえ、結局において表音的につかわれた仮名のつかいわけが、発音の相異に帰せられるとしても、無雑作であることにはかわりない。

わたしたちが、或る時代、或る場所で個々の人々によって書き記された言語を、べつの時代、べつの場所で言語学的に取りあつかうとき、これを取りあつかいうる唯一の立場は、言語を共同規範としてあつかうということで、言語を言語の生きた総体としてあつかうことではない。そして共同規範としてあつかうときに、具体的にさまざまな音声や訛声で書きうつされたかもしれない言語は、ただ抽象された〈音声〉の共同性であつかいうるだけである。そしてこの抽象された〈音声〉の共同性を〈音韻〉と名づけるとすれば、この〈音韻〉は具体的な音声とも、じっさいの発音ともちがった位相にあるというほかはないのである。

わたしたちが〈言語〉とはなにかという問いを発するとき、この〈言語〉は具体的な個々の話し言葉とか書き言葉とかを意味していない。現れ方としては共同規範としての〈言語〉ということを意味しており、したがって、共同規範としての〈言語〉の現れ方から、〈言語〉の本質をたずねる経路がのこされているだけである。橋本進吉はなぜか〈言語〉を音声によってあらわされる思想感情というように、話し言葉としてかんがえている。そして書き言葉をも包括するために〈音声〉を具体的な〈音声〉と「我々の頭の中にある音声の観念」（音声の概念ということ）とに拡張している。そこで、おなじ音字にたいして二種類の仮名のつかいわけがたどれるとすれば、これをただちに音韻の相異にむすびつけ、ついには発音の相異におきかえている。

しかし、ここには本質的な意味で、〈言語〉概念の混乱があるようにみえる。

人間は具体的な個々の話し言葉や書き言葉については、ただそれを喋言り、あるいは書き、また聴きうるだけで、けっしてそれを〈考察〉したり〈分析〉したり〈法則〉をとらえたりすることはできないのである。反省的な言語意識にやってくる〈言語〉はつねに共同規範としての言語にかぎられている。

だから、古代語においておなじ「エ」音に二種類のつかいわけがあるとすれば、この二種類の「エ」音のそれぞれに、古代人が具体的にどんなちがった「思想感情」の区別をこめて発声したかはすこしも明瞭ではない。いいかえれば具体的な個々に話され書かれる言語については、なにもはっきりするわけではない。つまり具体的な言語としてはなにも語らないので、ただ共同規範としての言語の性質としてのみ、二種類の相異を知りえたというだけである。

わたしの云おうとしていることが、うまく伝えられているかどうかわからないが、さらに問題をひろげてかんがえることができる。すくなくとも、文法学者である橋本進吉の存在を問うところまでは拡大しておくことができる。

わたしが少年時代に「国文法」が不得手で不愉快でしかたがなかったという経験を合理化しようとは思わないが、この経験には〈言語〉についての本質的な問題が附随していることはたしかであると思われる。

〈わたし〉はすでに言葉（日本語）を喋言り、また書くことによって生活している存在である。そして〈わたし〉が言葉をよく喋言りよく書くものであるかどうかはわからないし、ただしく喋言りただしく書くものであるかどうかもわからない。しかし、〈わたし〉がすでに〈わたし〉を自覚していたとき、喋言り、書くことを習いおぼえによって既得していたことは確かである。

ところで、既得している言葉の用法について〈文法〉を学習するということはなにを意味しているのか？

いうまでもなく、〈文法〉的にあつかわれる〈言語〉の概念の水準は、具体的な個々の話し言葉や書き言葉の水準にはない。ただ、共同規範としての言語という水準にあるだけである。それゆえ、すでに習い覚えて存在している言語を〈文法〉によって学習することは、生きた言語の総体について自在に習熟している存在が、あらためて共同規範としての言語について学習することを意味している。そして生きた言語の総体が共同規範としての言語よりも上位概念であることは、身体の総体が、脳髄よりも包括的なのとおなじである。自国語の文法の学習が個々の存在にとって無意味に思われるのは当然でなければならない。

もし、自国語の〈文法〉を学習することが無意味の感じをともなわないで可能だとすれば、その前提となるのはただひとつのことである。それは、〈文法〉であつかわれる〈言語〉は共同規範としての言語という水準にあるので、生きた具体的な言語の総体という位相にあるのではないということに自覚的であるということである。

橋本進吉の文法論はこれについて自覚的であるだろうか?

文法は言語に属するものである。言語は前述の如く、人々の脳中に存するもので、之を外から直接に見る事が出来ないものである。かやうなものは内省法によつてのみ直接に観察する事が出来るものであるが、内省法自身は、研究法として、他の方法からの支持を要するものである上に、文法現象の如きは、前述の如く、漠然たる感じとして意識せられるだけのものであるから、一層内省法にたよりにくい。

さすれば、それが具現せられた、その場合その場合の具体的言語に基づいて観察する外はない。具体的言語は直接に耳にきき目に見る事が出来る外形をもつてゐる上に、その意味も、客観世界のものに関するものが少くない故、言語そのものを観察するにくらべて、比較的に観察が容易な点があり、したがつてまた確実を期しやすい点がある。

処が、この具体的言語は前述の如く一方言語によつて規定せられると共に、一方箇人の任意によつて規定せられる。それ故只一つの具体言語によつては、どれだけが言語によつてきめられ、どれだけが箇人によつてきめられたものかを区別しがたい。これを区別するには、出来るだけ多くの具体的言語について観察し、その中から、いつもかはらないきまり、即ち言語に属するものと、時によつてかはるものとを区別しなければならない。(『国文法体系論』)

〈わたし〉の国文法の教師はこの程度のことも教えてはくれなかった。ようするに何もわかってはいなかったのである。

橋本進吉がここで〈言語〉とよんでいるのは、普遍的には〈概念〉のことをさしている。そして〈具体的言語〉とよんでいるのは〈言語〉を意味しているようにみえる。しかし、範疇の混乱がどうしようもないために、この〈具体的言語〉なるものは〈概念〉によって規定される〈言語〉であるとともに、個々の具体的な〈言語〉(発語)でもあり、それが歴史的な範疇のようにも見做されている。ようするに〈言語〉とはなにかという問いにたいして無茶苦茶であり、ただ正確なのは品詞の分類と活用形の考察だけである。国文法の教師たちが、やたらに品詞の種類と区別と活用を暗記させたがったのはまったく当然といわなければならない。そういうものを教え、そういうものを研究するのが文法学だと思うよりほかに仕方がないように出来あがっているのだ。それでは、〈わたし〉たちが既得の言語を喋言りあるいは書くことを行なって生活している存在でありながら、なぜ、あらためて共同規範としての〈言語〉の動的な法規を学習しなければならないのか、という根拠はすこしも明瞭にはなっていない。

橋本進吉はここでも音韻論のばあいとおなじ問題に当面しているようにみえる。

V

30人への3つの質問

最も深く影響をうけた作家・作品は?

ファーブル『昆虫記』、編者不詳『新約聖書』、マルクス『資本論』。

戦後、最も強く衝撃をうけた事件は?

じぶんの結婚の経緯。これほどの難事件に当面したことなし。

最も好きな言葉は?

ああエルサレム、エルサレム、予言者たちを殺し、遺されたる人々を石にて撃つ者よ、……(マタイ伝二三の三七)。

再刊・複刻を望む本

アンケートの趣旨とちがいますが、いま読みたい本があります。榊俶『狐憑病新論』という本です。速水保孝『つきもの持ち迷信の歴史的考察』という本の序文で、柳田国男が、こういう本があることを書いています。明治二十七、八年ころ出た本のようですが、どなたか見せてくれませんか。

はじめの志

奥野健男もわたしも〈文学〉を大切にしている。まるで心の祭壇のように。これはある種の〈文化〉人がわたしどもからみると滑稽なほど〈科学〉を神聖視している心情と似ているのかもしれない。

ふたりとも、それは〈文学〉じゃない、〈文学〉はそんなものじゃないというようなことをつぶやきながら十数年もたってしまった。

そしてまだその〈文学〉はわたしたちに姿を現わさないような気がする。

試行小説集『序曲』

ここに収録されている作品群は、現在の日本の文学が生みだそうとしてもがきながら生みだせずにいる欠落を充たす原型である。

もしも日本の文学の尖端の思想を想定しうるとすれば、かならずこれらの作品群の延長線の上に開花するだろう。これらの作家たちが、自身で担うと否とにかかわらずそれは必至である。

梶木剛『古代詩の論理』

民族の古典万葉集を対象として、新進梶木剛がひたむきに書きついで最初の一冊を完成した。詩的主体＝政治的主体という等式関係を古代国家成立史の文脈に沿って位置づけるという作業をつうじて、独自の詩的世界を創出した本書は「第一部初期万葉における抒情詩の成立」「第二部柿本人麿」のふたつの論考によってなりたち、文学研究の現代におけるひとつの突破口を形成するものである。

桶谷秀昭『土着と情況』

この評論集を読みながら桶谷秀昭の自己体験の思想に羨望を禁じえなかった。戦後に合理主義の優位を誇張しすぎたために痙攣をおこしつつある戦前の年代や、戦争体験の優位を過信したためいささか死に急ぎしすぎた戦中の年代にくらべて、わずか数年、戦争に遅れたことを特権として開花させた世界がここにはある。

保田与重郎、伊東静雄、北一輝、竹内好といった近代日本の負性を一身にかぶった優れた曲者にむかえば、どんな批評家も眼をつぶって通りすぎるか、妙なところに力こぶを入れる破目に陥る。

桶谷秀昭はちがう。ひとびとが眼をつぶる所で、ちょうど直眼をぱっちりとひらき、ひとびとが妙な力こぶの入れかたをする恥部で、まさに清明な論理を行使する。その果てに桶谷秀昭の個性によって、はじめてのぞきこまれた近代日本の文化と思想の深淵が、颱風の眼のように静かに浮びあがって、かれの貌を映しているのがみえる。

奥野健男『現代文学の基軸』

奥野健男は近年の「政治と文学」論争において、柔軟な論理で敵を破砕しながら、その後にくる泥沼のような文学と社会の情況をつとに予見していた。そして予見の的中を噛みしめながら、みずからもまたこの泥沼に対処する批評家としての根拠を探求する道にむかった。本書はその成果である。

ここで展開されている高見順、伊藤整、太宰治、坂口安吾、石川淳を主軸とする現代文学の考察は、かれがみずから降りていった自己資質の世界と現在の文学と社会の情況にたいする洞察とが描きだした十字路である。奥野健男は鋭敏でやさしい現代の人間の誰もが出遇う課題をひとりで背負いながら立っている。

磯田光一『比較転向論序説』

磯田さんの功績は「転向」が個人の内面のドラマで

もなければ、後進社会の思想をおとずれる社会現象でもなく、人間が社会に存在しているかぎりかならず見出すことができる普遍的な軌跡であるという性格を確定したところにあるとおもう。

磯田さんがこの着想をいつどこで温めたのかわたしは知らない。ただ「転向」から倫理の問題を切りはなすのが手いっぱいであったわたしなどの遥か彼方に触手がとどいているのは確かである。才能がありすぎる磯田さんが才能を制御するかのように黙々とこの仕事を世間の眼のとどかない雑誌で展開しているとき、浅薄な批判をうけつけない磯田さんの批評家としての根拠を理解することができた。わたしが磯田さんの批評を信頼するのはこの仕事によってである。

成立の過程について
——「詩論について」註——

思潮社の編集部は、この時期にかかれた一連の詩論のリストを提示してくれ、リストに該当する資料を運んでくれた。わたしは、まず、そのリストにある資料を一つ一つ読んでいった。

まず、わたし自身の「戦後詩人論」を削除した。ほんとうは、わたしの文章はみんな削除したかったが、他の論文に迷惑を及ぼすので「前世代の詩人たち」をのこした。

鮎川信夫「『死の灰詩集』論争の背景」は、「詩と政治と表現の自由」というパステルナーク事件に関連してかかれた論文に代えた。わたしの記憶しているかぎりでは、パステルナーク事件について我が国でかかれた文章のうち、もっとも優れたものである。政治嫌いの鮎川信夫が、最大限に政治的な背景を探索してかいているこの詩人にとっても珍らしい論文である。

清岡卓行の「超現実と記録」は、「奇妙な幕間の告白」というわたしと武井昭夫を批判しつつ自己の戦争体験についての思索を述べた文章にかえた。当時、これを読んで、ここまで退いて構えられたら、おれとおまえとはちがうよというより外ないな、という感想をもったことを記憶している。

いつの時代でも、どんな社会でも、リベラリズムは歴史のなかで究極には勝利するものである。清岡卓行はこの戦中の孤独と怠惰についてかいた文章で、じつは勝利する不変の理念について述べている。わたしは、しかし、いつの時代でも敗戦し、敗北する理念と行為を択ぶことのほうが好きである。〈革命〉といえども必ず敗北する理念によって行われるのである。成果だけを頂戴するのが勝利する官僚理念である。現在、我が国で〈社会主義〉圏の勝利について語っている連中は、もちろん資本主義体制の繁栄の中か、〈革命〉後にしか役立たない「安全」な連中であることは改めて言うまでもない。

山本健吉「詩劇のための条件」、「詩について」は、それぞれ山本健吉の文学理論が貫徹されている「エリオットと日本の詩」、「文学と民俗学」とに代えた。山本健吉は折口信夫の学説を忠実に現代文学論に換骨する力量をもった唯一の批評家である。折口信夫という学者は、わたしには日本の現代以後の学者のなかで、学者というのはおそろしいなと感じさせる唯一の人物である。学者もここまでくれば敬意を表していいとおもわれる学者は、あらゆる人文科学の分野をふくめて、現代以後にはこの人くらいしかいない、という感想をもっている。

片桐ユズル「現代詩とコトバ」は、わたしのあまり上出来でない「審判」という詩をわざわざ引用して現代詩の難解さ、冗長さを論ずる素材につかっていたので『文学』に発表当時読んでおり、論者の意企に反して、この男は何の恨みでわざわざおれの出来の悪い方の詩をもってきたのかね、おれも思わぬところで恨まれているだろうな、という私小説的感想を覚えたのを、記憶している。結論の部分に引っぱってゆき方が粗雑だが、ほかにいいものがないので収録した。我が国の詩の世界では、啓蒙的な意義をもっているとおもう。また、プラグマチズムの言語論、意味論の誤謬を、わざわざアメリカから留学土産に忠実に運んできたという意味でも着目すべきである。アメリカにゆくな。ソ連にゆくな。中共にゆくな。ベトナムにゆくな。広島へゆくな。「なんでも見て」やるな。だまって拠点をほれ。

桑原武夫「現代詩は面白くない」は削除した。この種の論議は、日本の現代詩人が、桑原武夫等のフランス革命史の研究は面白くないというのと全く等価だからだ。現代詩は、面白くなかろうと面白かろうと、近代詩以後の詩的な流れのなかでもがいている。それは桑原武夫等のフランス革命の研究が、研究史のなかで位置づけられる意味とおなじである。フランス革命の研究史の流れを理解せずに、桑原武夫等の共同研究は面白くないと言えば、自身が鼻白んでしまう内奥の体験を感ずるはずだ。現代詩人もまた、この種の論議に、いつもおなじ白々しい内奥の体験をもつのである。もちろん、〈けれど面白くないものは、面白くない〉とつぶやく権利は誰もがもっているというだけだ。

関根弘「青春はすぎやすし」は、「マヤコフスキーの死」に代えた。

大岡信「昭和十年代の抒情詩」は、「保田与重郎ノート」に代えた。

いずれも、論者にとって動かし難い核が、もっともこめられていると考えたからである。

田村隆一「癌細胞」は、その資質が躍如としてあらわれている「若い荒地」という回想記にかえた。現実上の優れた話術師である田村隆一の特色は、退屈きわまりないはずの回想を優れた話体にしている。

わたしは、できるかぎり詩論という概念を拡大したいとかんがえた。そしてこの概念を拡大することに寄与していると日頃からかんがえている鶴見俊輔、寺田透、唐木順三、深瀬基寛などのこの時期の著書にあらためて当り直して、そこから収録する文章を抽きだした。

『自立の思想的拠点』あとがき

前著『模写と鏡』以後にかかれた詩、評論を柱にして、初期の詩、批評のうち未収録のまま散在していたものを集めて、この評論集を編んだ。わたしの著作を丁寧にたどってくれている読者を想定させてもらえば、本書の支柱となっている思想が、じりじりと現在の思想的な核心に近づこうとして、やや不明瞭な線と、明瞭になしえた線と重ねあわせながら、荒けずりな素描画で問題の所在を探りあてようとしている跡をたどることができるとおもう。『模写と鏡』で不明瞭であったものが、ここでどれだけ明瞭になっているか？　また、どれだけのものが依然として不明瞭なまま残されているか？　それが読者に了解されるとすれば、もって冥すべき途上にあるといえよう。それ以上の読まれ方を現在の段階で求めようとはおもわない。わたしに時間があれば、本書では、まだ二、三の描線でさっと触れ、つつき出したにすぎない問題を、あらためて渾身の力でとりあげることができるだろうし、そうしようと考えている。

情況的な課題と本質的な課題を相互に裏づけながら提出することとは、ここ六、七年来、わたしが意識的にやってきたことである。本書のどこに「自立の思想的拠点」が存在するのか? という疑問を抱かれる読者がいたら、これに対応する本質的な課題に相当する『言語にとって美とはなにか』や、現在、進行中の「心的現象論」を併せて参照してくれれば幸いである。わたしのそれらの論文は、本書の内容と決して別のことをおしすすめているわけではないが、現在、わたしたちの世界は何を思想的課題として、わたしたちに課しているか、何をわたしたちに未解決の課題として残しているか、ということについてのわたしの見解と、その残された課題にむかって歩みをすすめているわたしの足跡が一層はっきりと視られるはずである。

本書の構成、資料の収集、配列の仕方など、すべて徳間書店の宮下和夫氏の努力に負っている。わたしが、じぶんで書いたことも忘れかけていた詩や批評を蘇生させ、とうにわたしの手には残っていない資料を集めて、本書に挿入してくれたのは宮下氏である。前著『模写と鏡』のとき、おなじような努力を傾けてくれた岩淵五郎氏は、すでにこの世界にない。岩淵氏についての文章をここに収録することができたのは、同時に宮下氏への感謝ともなりうるものと信じたい。

本書に収録された詩や文章について巻末に発表年月日と場所を記載してあるので別に註を必要としないが、「思想的弁護論」について、若干の註記をしておきたい。この文章は六・一五事件の一被告に依頼されて行った特別弁護論である。わたしの特別弁護人の申請は却下されたが、被告本人の意見陳述としてならば採用するというので、法廷に提出された。ただこれを『週刊読書人』に公表するに際して、若干の加筆を行って思想的に普遍化した。したがって法廷に提出したものと、この文章は少部分において異っている。もちろん弁護論の実質としてではなく思想にかかわる部分においてである。

『情況への発言　吉本隆明講演集』あとがき

昨年の秋ごろ、わたしは学園祭から講演の依頼があると、期日の都合がつくかぎり応じてかなり無理をおしてとびまわった。手から口への仕事の条件がある事情から一段ときつくなり、その間隙をぬって「心的現象論」と「共同幻想論」をかきつづけるのが手いっぱいな状態で、この講演はわたしが外部をのぞく唯一の窓口であった。わたしは学生諸氏の質問や批判や反撃をうけとり、いいかえれば手応えの質がどこにあるかをうけとり、同時に僅かずつの謝礼金を獲ることができた。つまりわたしは二重にうけとったが、支払ったのは身体の消耗だけだったといってよい。もっとも、これは逆の言い方をしてもよいかもしれない。わたしはいまもっている知見や思想をはたいて支払ったが、うけとったのは割りのあわない謝礼金だけだったというように。

この間、徳間書店の宮下和夫氏は、わたしに同行して講演のテープをとり、それを整理した。宮下氏は距離のとり方を心得た人だから、わたしのほうは少しもうるさい迷惑な感じをせずにすんだが、宮下氏のほうはずいぶん辛気くさい目に出遇ったはずである。それをよく知っているので、その間のテープを中心にして講演集を一本にしたいと申出られても断りきるだけの勇気がなかった。そして本書ができあがったのである。わたしの思考の展開の経路をはっきりさせるために過去の講演のなかから必要ないくつかを同時に収録することとなった。

いまさら照れかくしに何をつけくわえることもいらないが、ここにあつめられた講演において、わたしはここに記録されているほどにも巧く喋言ったわけではない。しかし、実際にその場で喋言りもしなかったことを後から加筆しないという原則だけはまもることにした。ここに現在の情況が強いている思想的な課題にたいするわたしの基本的な構えを看取してもらっていいのである。ただしあくまでも基本的な構えであって、それ以外のものではない。喋言ることは即興性だが、思想的な構えは持続と過程に生命があり、それはおおくの補足を必要とするからである。この講演集がともかくにもわたしの即興的なお喋言りの無能さ加減に正直であるとともに、わたしの現在追求しつつある課題にたいして入門的な意味をもちうるならば幸いである。

昭和四十三年七月

『試行』後記

第一三号

『試行』はここに第13号目にはいった。別に当て屋的な方針もとらず、作為的な編集もやらず、べつに権威にも求めず、ただ個々の筆者にとって本質的な課題を追求した作品―論文だけで持続してきた。もちろんこれは原理にもとづいており、現在、気息絶え絶えの自称文学、思想運動にたいして強力な原理上のアンチ・テーゼとなっている。今後ともこの方針は貫徹されてゆくとおもう。

何よりも自分自身をおしあげる作品、論文でなければ、他人である読者をおしあげることはできない。こういう作品、論文である原稿の強力な寄稿をもとめる方針にもかかわりはない。薄っぺらなはったりで他人を動かそうなどという作家は、少くとも『試行』内部では通用しないことは、改めて説くまでもないことである。

直接購読者、予約購読者の数は、なお上昇している。『試行』はこれらの人々によって経済的に支えられている。所定の小売店での間接購読が副次的に財源となっているが、直接購読に比べてはるかに少い。今後とも『試行』の存在を価値あらしめるために、強力な直接購読をお願いしたい。

半年予約　五百円
一年予約　　千円
各号　定価百五十円　送料三〇―四〇円
尚、現在の在庫は2号、10号、11号、12号の各少部数である。

寄稿作品、論文は丁寧に目を通している。掲載の基準は、第一に、それが『試行』に寄稿する自主的な意志が存在することが確認できること。第二に、所定の水準に達していること。もし、ジャーナリズムの上で、多少とも存在を知られているライターであったら、ジャーナリズムに書くものより高い水準にあり、また、より本質的な作品、論文であること。

『試行』は乞食ではないから所定のテーマについて他に依頼することも、他の評価をもとめることもしていない。また、反対にどのような無名のライターのものであっても所定の水準において渾身の力をふりしぼったものならば、掲載しないということはありえない。

『試行』の唯一の制限は、経済的な基礎からのもので、毎号水準に達しながら次号へ次号へと繰越していかねばならない原稿があるのと、本来一挙に掲載すべき性質のものでも分載しなければならない原稿があることに、口惜しい思いをしている。これを打開するには、予約購読者の激増を頼みにするほか、現在の段階では方法がない。読者の強力な支援を願うのみである。

現在、当てようとせず、腰を入れ、はっきりと情況の判断をもち、現在の段階では理想像にほど遠いとはいえ、確乎とした原理のもとに、自信にあふれて歩んでいる雑誌は、『試行』以外には存在しなくなってしまった。読者、筆者、寄稿者はこのことを自らの胸にたたむべきである。敵には遠吠えさしておくべきである。それらの自滅は近い。『試行』は、現在までほんのひとかけらも、読者の有声、無声の支持や批判以外のものをあてにしたことはない。

第一四号

第12号、第13号とつづけて出血の発行であった。ここで出血というのは、全部数が販れたと仮定しても、欠損が自明であったという意味である。この理由は、主として紙代その他諸費の値上りによっている。

当然、定価の値上げについて種々の条件をかんがえてみたが、極端な値上げ以外は、悪循環の泥沼にはいり、無能な資本政府の政策のあとからきりきり舞いしながら踊ってあるくことになる。かろうじて定価の値上げを思いとどまって14号を発刊することになった。

連続的な出血にもかかわらず、発刊が可能なのは直接予約者の増加によって、予約金を先まで侵蝕しているからである。いいかえれば、直接予約購読制が、『試行』をささえている強烈な支柱となっている。

なんべんも繰返して訴えざるをえない。雑誌発刊をささえるために、直接予約購読の方法をとられることを読者にお願いする。『試行』が消滅したとき、商業雑誌、自称文学運動雑誌では補足することのできない空白が、現在の文学と思想のなかに生ずるのである。『試行』は、まだ未熟ではあってもそれだけの自負をもっている。

現在、在庫しているのは、第2号、第11号、第12号、第13号の各少数部数である。

現在、『試行』は特定の少数の小売店でしか店頭売りされていない。そのような小売店が増加することは希望するところである。しかし、それには条件がいる。それらの小売店が、現在の商業出版界の常識となっている売上げ金支払いの延期をおこなわず、二ヶ月以内に売上げ額を支払ってくれることである。なぜならば隔月刊を旨とする『試行』のばあい、二ヶ月以内に支払いが行われなければ、どれほど多数の部数が売れても、雑誌刊行の持続にたいして何も寄与しないのとおなじだからである。現在、『試行』が店頭にみられる書籍店は、このような支払いを自発的に守ってくれているところにかぎられると考えていただいて結構である。

『試行』の存在は、ある方面からは驚異の現象とみられており、ある方面からは脅威の現象とみられている。いずれもわが意を得たりといわざるをえない。文化の現象と持続的な主題とは、マス・コミ左翼や商業ジャーナリズムがかんがえるほど、資本制マス・コミにのみ存在するのではない。そこで資本制マス・コミの読者向けの放送やハッタリで一時をしのいでいる自称文学運動、思想運動にとって、黙々として時代の尖端のこころを表現し、しかも持続した課題を追求している『試行』の存在そのものが脅威であり、眼ざわりなのだ。しかし、それらは『試行』をたおすか、『試行』から学ぶ以外に存在の根拠を主張しつづけることはできないだろう。『試行』は、いつでも挑戦に応じうるし、またいつでも踏み台となる用意をもっている。『試行』は物心両面のどのような苦痛においてもぐちはこぼさないし、べつに雑誌にたいする物神性ももっていない。しかしやるときめたことはかならずやるのである。また、不可能なことはけっして及び腰でやったり、公言したりしない。

しかし、なお、『試行』は、膨大な直接購読者の層の支持を欲している。それが内容の質的な構造をささえる基盤であることをよく知っており、けっして物質的基礎を軽視してはいない。

第一五号

『試行』15号を送りだす。『試行』社の移転による整理と直接購読者への移転通知の準備、原稿の収集と連絡などに手間どって随分おくれたことになる。この間にも新たな予約読者との連絡、雑誌の発送などは懸命に行われた。遅滞がなかったと断言できないのは残念だが、事務上の間違いはなかった。また、『試行』14号はこの間にも流動して、ほとんど部数を残さなくなるまでに出つくした。依然として第16号を発刊するに必要な資金は保持することができたことを直接読者に報告する。

また、この間に現在の日本の文学の行手を暗示するに足りる試行小説集『序曲』が、出版部から発行された。この一冊の小説集から、今日の文学の情況が切開されることを固く信じている。

『試行』は、どのようなばあいにも所定の目的まで発刊される。『試行』に匹敵するだけの根柢的な原理と思想を内包する文学運動、思想運動は存在しないがゆえに、われわれは滅びないだろうし、われわれの敵は滅びるだろう。べつに滅ぼしてやる必要はない。自然に滅びるのは確実だからだ。

『試行』14号は、頁数を抑制したために、辛うじて全部数が販れたとき、とんとんで原価回収ができるという釣合いがとれた。このために貴重な原稿を掲載せずに、保留してある。一つ一つ連絡はしないが、それらは必ず誌上において読者にその存在を問うことは間違いない。道楽息子が家財を投じて発刊したピンボケ進歩雑誌とちがって、たえず経済的基盤からおびやかされなければならないのが残念だが、それこそがまた『試行』を実戦的に情況の本質的な課題へと駆りたてている根拠にもなっている。現在の思想情況とそれに迫る永続的な課題が、この雑誌のなかにのみ存在していることはいうまでもない。ひそかに『試行』を手にされる読者も、公然と『試行』を検討されている読者も、この一点において『試行』を信じてくれて結構である。

『試行』は、直接購読者変じて寄稿者となる日を願っている。文学と思想において、『試行』の読者が、トレーニングを怠っていないことを信じている。われわれも、いつも前へ前へとつき進んでいる。われわれは停滞することはないだろう。生きていることが停滞しないように、われわれは停滞することはできない。

新たな直接購読者は、日々増加している。現在の手づまりの状態で、大体一週間毎に、たまった購読者との連絡、発送の事務をやっているのが現状である。了解をえておきたいとおもう。

住所移転の通知がないため、発送しても戻ってくるケースが幾つかある。気付き次第連絡して欲しい。けっして事務上のミスで発送されないでも、『試行』が停刊しているのでもないから、間接的にでも耳に入ったら連絡を乞う。われわれは、うろたえることなく、確実に歩みつづけている。そして、すべてが直接購読者によって支えられることを願っている。

第一六号

『試行』は16号目で読者の需用に応じきれず若干の増刷を行うことになった。直接読者への通信を別にすれば、『試行』は現在までとりたてて広告をしていない。それにもかかわらず増刷しなければならなくなったのは、少しずつ滲透度が増加している徴候とうけとっていいとおもう。ただ、それが一概に喜ぶべきことであるのかどうかしらない。読者の増加は、現在の文化の情況では、ある意味で内容的イムパクトの水増しと対応するからである。『試行』が、現在、左翼ジャーナリズムと商業ジャーナリズムに横行している「文学」運動や「思想」運動の次元にすべりこんだら終まいだとおもっている。上りになって屍体の浮き上がった「運動」なるものの見本は、いたるところに転がっている。もちろんそうなってはならない見本としてである。すくなくとも『試行』においては寄稿者も読者も内的イムパクトの増加こそ目標とすべきだとおもう。

年が改まったとて、べつにとりたてて新しく『試行』について言うこともない。いままでとおなじように着実に前へゆくだけである。すでに「危機感」などという言葉が、進歩屋の愛玩物になっているとき、わたしたちは遥かに遥かにかれらに水をあけてきたことを感ずる。この水のあき具合は、さらに深まってゆくだろう。

『試行』は現在までもこれからも少数の人々の労力と、直接購読者の支持によってささえられてゆくだろうが、それらの人々に酬いられるのは、ただ内容の充溢ということ以外にはないだろう。わたしたちは、それを実行にうつしてゆく。

ここで突如として岩淵五郎氏の航空機遭難と死の確認の知らせに接した。氏は多忙な勤務にもかかわらず、『試行』の発刊を精神的に技術的に労力的に援護してくれた巨きな存在であり、うなだれて言葉がない。本号もまた第一校終了までを岩淵氏の力に負っており、「旅行から戻ったら二校をみますよ」というのが『試行』への最後の言葉であった。何よりも氏に本号を捧げる。

現在の情況では、強靭な持続力を手にもつほかに方法がない。すくなくとも表現者として振舞おうとするかぎり、である。また読者として振舞おうとするかぎり、である。ところで、この持続力にとって障害であるものは、いまも昔も物質的な基礎である。創刊号からかわらず直接購読者である人々に、それが『試行』にどんな批判的な否定的な読み方をしているにしろ、この意味で敬意を表するが、この困難な時期に持続的に『試行』を刊行してゆくために、新たな直接購読者をより多く必要としている。『試行』は一見するときわめて矛盾した方法をとって広告も何もしないで、しかも新たな購読者を求めている。

そして直接購読者を尊重するがゆえに、図書館収書部をのぞいては、どこにも寄贈していないし、誰にも寄贈していない。また、どのような寄贈の要請をも無視して、一切、受けつけていない。

これと逆に、直接購読者から、要求があれば、どの時点でも会計の公示、その他の要求に逐一報告を差上げることになっている。また、直接購読者の意見をきかずに、雑誌を改廃したり、転換したりしない。

第一七号

『試行』17号は、あいかわらずおそいテンポでやっと発刊のはこびになった。おそいというのは隔月刊というたてまえにたいしてである。しかしその間の『試行』事務、原稿整理、校正、読者との連絡などの背後の仕事は、間断なくつづいている。直接購読者のなかには、一年予約というと一年たって自発的に送金される人がいるから、はっきりさせておくが、一年予約ということは、六冊分ということで、年月の一年を意味していない。おなじように、半年予約というのは三冊分ということである。この隔月刊のおくれは当方の責任だが、けっしてさぼっているわけではなく、経済的理由から、自発労力にたよるほかない現状での最大限の努力はつづいていることを御了解いただきたい。

『試行』は読者の増加によって官僚文化組織にたいする脅威と圧迫感を増大している。これは文化官僚の挑発的なおびえた発言となってあらわれている。影におびえるという奴である。しかし『試行』は官僚組織の亜流などにはけっしてならない。また、かれらと妥協しない。わたしたちはただ創造された作品、論文の水準の高さによってあらゆる既成文化組織と商業ジャーナリズムとアカデミズムを超えようと念願している。そして、かならずそれらを止揚せずにはおかない。官僚文化組織を模倣することによって、かれらの運動論の水準まで下がってこれと対決し、粉砕することは容易なことだが、それは真の勝利を意味しないことは熟知されているのだ。わたしたちは骨身をけずって前進するだろう。もし、読者に心あらば、寄稿によってか、物質的にかわたしたちを援助してほしい。『試行』にたいして、しゃらくさいことをつべこべいう奴よりも、黙って、自分自身を前進させるために寄稿する者や、直接購読してくれる読者のほうが、ずっと有難いし、ずっと尊重すべき存在だとおもっている。

廻覧用の『試行』をまわしていたが、途中で蒸発したり滞溜したりする場合が多く、かえって希望者に迷惑をかけるので、廻覧を廃止したいとおもう。現在、『試行』の在庫は2号、11号、12号、16号の各少部数である。なお、国立国会図書館だけには習慣的な寄贈をやっているから、そこへ行けば閲覧できるとおもう。

『試行』は、いぜんとして経済的理由から頁数を制限せざるをえないため、一挙の掲載ができず分載するばあいや、まだ未発表のまま保存されている寄稿が多くあるのを残念だとおもっている。これを解決するのは、直接購読者の飛躍的な増加以外にない状態である。しかし、徐々にではあるが寄稿を消化してゆくつもりである。また、直接購読者は漸増しつつあるがまだ頁数を飛躍させるまでにはなっていない。ひきつづき直接購読をお願いする次第である。

住所変更の通知がないまま、せっかく送っても戻ってくるケースが少数ある。気がついたら連絡して欲しい。

『試行』は右や左の旦那衆や浮動読者をあてにして発刊されているのではない。はっきりとしたイメージをもった読者と寄稿者の前進をあてにしているのであり、そのためにわたしたちは片時も自らを前進させることを怠ってはいない。強い意志をもった読者や寄稿者はどこまでもわたしたちの前進に喰い下って欲しいとおもう。もし、わたしたちが停滞したら、見捨ててもらって結構である。

第一八号

はじめに、郵送料値上げの問題について注記する。

『試行』もこの問題について若干の調査をした。学術雑誌に準ずるという資格をうるには郵政省にたいし学術雑誌であることを証明する資料、内容、目的等を記載の書類をつくって申請しなければならないことが判った。この申請義務を純「手続上」の問題と解釈しても、その愚劣さは言語に絶する。そこで、『試行』一冊がどれだけの送料を増加しなければならないかを検査した。従来、『試行』一冊の送料は三十円であり、今回の値上げで四十五円となる。二冊は、従来五十円であったものが、六十五円となる。これはわたしたちにとって打撃ではあるが、つねに予約購読者の増加と更新によって支えられている現在の『試行』にとってこの打撃は現行のままで致命的ではない。『試行』の定価は依然として据置きのままとする。しかし、一冊購読申込みのばあい送料は増額となるから御承知おき願いたい。これを更めて左にかかげると

『試行』一冊購読　定価百五十円
　　　　　　　　　送料四十五円
『試行』半年予約購読　五百円（送込み）
『試行』一年予約購読　千　円（送込み）

すでに官僚文化・思想・政治組織および同伴者の退廃と解体は根深く進行しつつある。これは、思想的ピエロまでを動員する手段を択ばぬ挑発と策謀となってあらわれたり、一方で反帝反スタ組織と思想のスターリン主義補完物への転化として表われている。読者諸氏は、これを官僚思想組織を頂点とする全進歩陣営の解体劇の進行として注視して欲しい。思想、政治の集団的解体が、どう進行するものであるかを実物によって考察するには現在の思想情況は有益な資料を提供している。しかし、『試行』は別物であり、それは情況分析と絶えざる思想的営為の持続によって強靭にささえられている。かれらは現在の情況にたいして死と腐敗と解体を深化しつつある。しかし、『試行』は現在程度の情況では思想的に死なないと断言することができる。

『試行』が死ぬとすれば経済的な基盤によってのみである。国家による物質的なしめつけと進歩的官僚組織からの『試行』の影響力への破壊策謀は、これからも増々、熾烈をきわめてゆくとおもう。しかし『試行』はすでに内実によってそれらを超えつつある。それゆえに『試行』は着実に泰然と前進する。直接購読者層が現在の約二倍に増加すれば、わたしたちは、長篇の力作を一挙に掲載し、それによって、堆積しつつある水準以上の寄稿を消化できるのだが、それだけが残念である。ひきつづき直接購読の増加を訴える。なお、現在も依然として直接購読者は増加線をたどりつつあることを報告する。また、『試行』は、現在の読者層のもっとも良質な部分に着実に読まれ、影響力を増大しつつある。これを何物もとどめることができないだろう。

なお、『試行』の内容、会計状態について質問や開示の要求があれば、直接購読者であるかぎり、いつでも応ずることができる。それ以外からの会計開示の要求には応じない。もし、わたしたちの敵が、わたしたちの死活の問題である会計状態を知りたいとおもい、また如何に強固な直接読者層に支えられているかの象徴を知りたいならば、直接購読者となることである。

第一九号

『試行』19号はおくれながらも発行にこぎつけた。べつに名をあげないが、入れかわり立ちかわりする人々の無償努力の提供によるものである。寄稿にたいしても努力にたいしても何も支払うことはできない。ただ内容の水準が高くなることがそれにたいしてなしうる唯一の謝意であるとかんがえている。

予約購読者の増加と予約購読更新の増加によって、もう一号だけ様子をみて増刷に踏み切ることを考えている。また、現在、すでに在庫は皆無であることを新しい読者にお知らせする。こういう結果になったためではない。相対的に云って他の文化・思想運動誌と称するものが、内容的に下落し、思想的に死物と化して現実追随に陥りつつある情況があるため、『試行』への注目度が潜在的に高くなったというだけのことである。

しかし、風化と拡散に耐えることがそれ自体で困難なことになった現在では、この稀少価値さえも、あるいは守らなければならないものであるかも知れない。

『試行』は、べつに広告もしなければ、見掛けだおしの擬態をも公示していない。しかし現在までに文学・文化・思想の分野で我が国最大の強固な読者層にまみえ、その批判と検討にさらされている現状にあることをお知らせする。

『試行』はどんな寄稿にたいしても原稿料を支払っていない。またどんな個人・集団にも寄贈はしていない。また、どんな個人にも所定のテーマについて執筆することを依頼したことはない。このことを承知のうえでなお自発的に自らを前進させるために優れた寄稿があることを求めている。そういう内発力をもった原稿を欲していることには変りはない。わたしたちはどんな泣き言も云わない。やるだけのことは必ずやるのである。すでにマス・コミに浮び上った死体のくせに蘇生する術さえもじぶんに課さない連中の批判にたいしては、黙って云わせておくだけの自信をもっている。諸君は、現在もこれからも『試行』の存在自体の意味を無視しては、ほんとうは文化や思想について語ることはできはしないのだ。

『試行』出版部からは、吉本の『カール・マルクス』が公刊された。随分おくれて迷惑をかけたが、予約者にたいしては、発送の事務はほとんど終った。出版部はこれからも確実にあわてずに逐次単行本の叢書を刊行してゆくつもりでいる。次の刊行は梶木剛『古代詩の論理』である。

わたしたちは、情況的課題として切実であるとともに、本質的課題としても切実であるものを追求してゆく方針にかわりない。また内容の分野については、どのような制約をも設けていない。寄稿者は、その点について予め『試行』にたいして先入見をもたれる必要はないわけである。ただ自ら形成されてゆくものはあるかもしれないが、その形成をまた破壊してゆく内省力も失わないつもりである。また、『試行』は稀少価値くらいで自己満足しているつもりは、まったくない。

一歩でも半歩でも前へ前へすすんでゆくだろう。

第二〇号

『試行』は20号で若干の増刷を行った。21号からとかんがえたが間尺にあわなくなってしまったのである。これは直接予約購読者の増加状態が、当方の予想を遥かに上回ってきたからである。財政状態があり余るほどでない現在、水増しか、などとぜいたくをいわずに発行部数によってこの状態に対応すべきだとかんがえた。

現在、『試行』19号が9部ほど残っているほかに在庫はないことをお知らせせする。

つまらぬものが「復権」するきざしが左右両翼にみられる。くだらぬ現代マルクス主義者がやる常套的な左右ふりわけの中道法でこんなことをいうのではない。つまらぬ「左翼」が復権するから、つまらぬ右翼が「復権」するので、すぐれた左翼が復権するときだけ、すぐれた右翼が復権するのである。馬鹿気た連中を肯定するために戦後を歩んできたわけではないから、どんどんこういう連中を紙屑かごにたたき込んでゆくべきである。心の中のリストでは、ああ汝もだめかという員数が増加してゆくだけである。ひどい時代に入りつつあるが、このひどさはけっしてわたしの予想を上回ってはいない。もっともっとひどくなれ、そしてひどくなるだろうということは、ひどさを一掃するための愉快な条件である。絶望の中途半端であるのは希望の中途半端であるのにひとしい。

『試行』は、どんな中途半端な追随者をも欲しているのでもなく、どんなレッテル貼りを志向しているのでもない。それぞれの現在立っている状態の根拠を自分の手で切開し、自分の手で深化してゆくことを知っている寄稿者と読者とを切望している。それだけが現在の情況のなかで、信じうる人々である。またそれだけが、わたしたちの予想を、やがては上回るであろうひどさに耐えうるひとびとであると思う。じぶんの〈運動〉不足や肥満体をもてあましているために、〈運動者〉などと自称するどうしようもない連中などを少しも欲していない。こういう連中の絶滅は、いわば情況が切開されるための必須の条件である。かれら〈運動者〉の集る文化領域にはかならず死臭がただよっている。また、かれらは風見鶏だから、読者諸氏は、かれらの言動から、情況の退廃の深度を測ることができるはずである。

『試行』は読者がこれからも増加してゆくことを欲している。しかし読まざるを得ないから仕方なしに読むのだという契機をもった読者の増加を望んでいる。

そして、このような読者に読まれるためには、まだまだふもとをさ迷っているくらいの内容しかもっていない。もっともっと徹底的に前へ前へゆくほかはない。

また、『試行』は頁数を増加させることによって集積している寄稿原稿をいくらかでも早く心ある公衆の眼にとび込ませたいと願っている。しかし、現状では素直にいって頁数の飛躍的な増大は不可能である。こういうことに苦慮を感ずるときだけは、重たい心にさらされ、『試行』発刊のきびしさを骨身にきざみこまされる。内容については、やがてはふもとをさ迷っている状態を離脱してみせるという確信と悠然たる歩み方に自信をもっている。こういう状態を読者諸氏に御報告する。

第二一号

『試行』21号を送る。20号の峠を越したといっても格別の感想があるわけではない。いままでとおなじように、そしていままでよりもよりはげしい研鑽を自己に課するという以外に決意はない。『試行』は内容の充実ということ以外の要素によって何ものをも克服し打ち倒すことができないという原理を固執する。研鑽をやめた瞬間から大義名分を占有すると錯覚しているどのような文学、思想、文化の運動も諸個人も衰退の道をたどるほかはないことを銘記している。

『試行』はけっして特定の個人の思想への共感者から成立っているのではない。もしもそのように誤認される要素があれば、かれが『試行』に寄稿したという事実が、『試行』への執着を意味するという点においてだけである。そしてもうひとつつけ加えるものがあるとすれば、『試行』がそれぞれの個人が自己の立っている立場の根拠と課題をどこまでも掘り下げていこうとする態度において共感と連帯を感じているという意味においてである。あとからふりかえってみたら、つまらぬ挑発と自己にとって書く甲斐もないじぶんを棚上げした批判にすぎなかったなどという自称〈運動者〉の駄文などははじめから拒絶するのである。

退廃したマスコミ左翼によれば、ライターには運動族とパーティ族とがあるそうである。しかし『試行』はそんな族がこの情況に存在することを認めない。商業文壇、論壇とアマチュア文壇、論壇が存在することをみているだけである。進歩面をしたアマチュア文壇、論壇族は、すでに内容によって態度によってわたしたちに克服されている。しかし商業文壇、論壇をどんな他の要素も導入せずに内容によって克服するのは、資本主義体制そのものを克服することとおなじように困難な困難な課題であることをわたしたちはよく知っている。『試行』はマス・コミに広告されることを欲しないが、独りよがりを欲しているのではなく、どのようなマス・コミをも内容において超えうることを究極において構想するものである。そのためにはおそらくマス・コミ文壇、論壇のライターの何倍もの研鑽を不断に必要としている。これをやめたとき、わたしたちは世の退廃した進歩族とおなじように商業文壇・論壇の第二軍、マス・コミ産業予備軍に転化するのである。『試行』はマス・コミに進出するのにも遊撃戦をやっているのだといった自己ギマンの発言なしには出かけられない思想的小心者とは種族を異にする。出かけるときは、現在の情況におけるマス・コミよりも遥かに高い水準で悠然と出かける。いちいち金儲けや生活費かせぎに註釈をつけるような臆病者に倣うな。そういう右顧左眄なしに思想の往路と還路とを自由に歩むことのできる寄稿者を欲している。それとおなじように『試行』はけっしてアカデミックな学者に退化しない。たえず生々しい問題意識をもって現在の情況をつきぬけるためにだけ研鑽するのである。

『試行』は現在、熱心な直接購読者と間接購読者によってのみ物質的に支えられている。いかなる政党、政派、出版社からも、ただ一文の援助もうけていない。また直接購読者全員の見解を徴することなしにどんな内容上、雑誌価格上の方針変更もしないことを改めてお知らせする。また、直接購読者の熱心な支えを小馬鹿にするような、権威者や著名人士への寄贈を行なっていないことをお知らせする。

第二二号

『試行』22号は試行社の移転などがはさまり若干おくれたことになる。しかしこの間直接読者層は増加の一途をたどったため、22号においてふたたび若干増刷することになったことをお知らせする。その理由は内発的なものというよりも、むしろ他動的なもので、他の進歩屋たちの文学運動・政治運動・思想運動の機関誌などが居直りと延命を策しつつも、情況の本質につきささることができず、くさびをうちこむだけの力がないため下落しつつあるため、いわばその浮力によって『試行』の直接購読者層が増大したというにすぎないというのが素直な分析である。

『試行』は確乎として独自の原理と方法を堅持する。反スターリニズムを自称するスターリニストたちとこれに同伴する市民主義者たちは懸命な居直りと復活をマス・コミ内部で策しつつある。しかし情況はこの連中の中途半端な延命策などの手に負えるものでないことは、すでに既定の事実である。わたしたちにとって創刊の当初から今日の情況などは自明の過程として展望のなかに組み入れられていた。いまさらわたしたちを抱き込もうなどとしても、ただ嘲笑をむくいるのみである。そしてわたしたちはいうだろう「よせやい、確乎たる見透しと思想原理の確立への努力なしに、共同性を誇示するのは頓馬なロバのみ」。

『試行』は今日の文化思想情況における颶風の眼になりつつある。なぜならば『試行』のみが明瞭な原理と明確な情況分析をもっているからである。わたしたちは世の進歩屋たちのように、じぶんたちがやせ細ったのは反動勢力が復活してきたためだなどという、かえりみて他をいう泣き言をけっして云わない。またそういう論理を採用しない。『試行』がやせ細るときがあるとすれば自らやせ細ったのであり、それだけの力量しかなかったために自滅するのである。それは直接購読者層の増減によって手易く測定することができるから、そういう時がくれば明確に公示する。しかし幸か不幸か、現在、事態はまったく反対である。

『試行』の敵たちが『試行』の存在を無視しようとすればするほど、『試行』は確実に筋肉を強靭にしてゆく。わたしたちは颶風の眼だから一見すると静かであり、迂遠であるようにみえるかもしれない。しかし、これこそが何にもまして情況にたいする直接性の明証である。クレイではないが、いつでも味方を装った敵を一発で倒してみせる準備がある。ただ最後の敵だけは自分を倒すのが困難なように困難であるとかんがえているだけである。

わたしたちは今後とも研鑽をやめないだろう。また情況の本質にたいする洞察をやめないだろう。『試行』が内容的に思想的に世界水準を抜いたとき、『試行』は現在の世界にとって何ものかである。そこまではどうしても行きたい。

最後に事務的なことだが、転居の際には連絡して欲しい。連絡がないために宙に迷って戻ってくる雑誌が幾つかある。その他のばあいには事務上の厳密さは依然として保たれている。

第二三号

『試行』二三号はどうやら発刊の運びとなった。一カ月はおくれたことになる。しかしかんがえてみれば、商業的な販売ルートにたよっていないわけだから、商業的な理由から追いかけられる必要はない。ただ直接購読者にだけは追いかけられているような気がする。内容は遅々としてしか進歩せず到達すべき地点はほど遠いという思いが軌みを発している。

最近になってから『試行』の全冊をそろえたいという希望がひんぱんにやってくるが、現在、在庫するのは二二号だけである。すでにわたしたちにとっても『試行』を揃えるのが不可能になっている状態であることをお知らせする。

拡散し後退する情況のなかで、頓馬どもが悲鳴をあげたり、金切声でじぶんの政治的無力の腹いせを他人に転嫁するという論理を横行させている。かれらをしてかれらの責任をとらせよ。そしてかれらとわたしたちとを峻別せしめよ。わたしたちはわたしたちについて泣き言をいわないし、わたしたちについて責任を無限に負う。どんな泣き言も訴えない。

また、別種の頓馬どもはあいもかわらぬ同伴知識人である。じぶんの思想的な営為が全情況を支えうるという自負もなしに、ジャーナリズムで〈中国革命〉の〈実験〉などを論じている。こういうサギ漢はかならず打倒してみせる。

ポン引的な市民主義者の反戦理念に追従している学生運動などをおだてる気はさらさら無いが、思想や知識も、それが肉体に宿るかぎりは腕力に転化しうるということもしらずに、題目のように「物質力」、「物質力」などと口走っている連中と、角材をふりまわしたくらいで「暴力」だとおもっているくせに、中国の文化革命となると、とたんに信仰に転化してしまう連中との野合をみて、つばを吐きかける権利だけは保有する。こういう情況こそは全情況の象徴である。こういう連中が横行しているかぎり、『試行』は相対的な意味でも情況の中枢を荷わざるをえないのではないかとおもう。わたしたちは喜んで『試行』の役割というやつを引きうけるだろう。だが、そんなちゃちな役割などを自己目的にするわけにはいかないのだ。

わたしたちはどうやら思想的にも現実的にも未知の領域に入りつつあるようだ。そしてきょろきょろあたりを見廻している連中の不安な貌ばかりが文化と思想の領域に浸潤しつつある。しかし『試行』にはそんな悠長な余裕はない。ただ総力をあげてこの情況をまっしぐらにつきぬけるだけである。その意義はひとびとの云うにまかせよ、である。

新らたな直接購読者は増加しつつあるが、『試行』はまだまだ意欲ある寄稿の全部を掲載するためには、経済的な基礎を欠いている。わたしたちが口惜しい思いをしているとすればその点だけである。けっして過大な慾をもたないし、利潤をあげようなどという気は毛頭ないが、せめて現在あるかぎりの総力を誌上に反映するだけの基盤は欲しい。ひきつづき直接購読者の増加を訴える次第である。

第二四号

『試行』二四号は不測の事故が重なって可成りおくれてしまった。それとともに相当大量の増刷をおこなった。読者層の飛躍的な増加に応じきれなくなったためである。わたしたちはこのような読者層の激増が、内容の充実とかならずしも対応しているとはかんがえていない。わたしたちの高度な目標からすれば内容的にはまだほんの一歩を踏みだした程度にすぎない。だから読者層の激増をかならずしも自己に赦してはいない。だがある批判的な読者の寄せてきた感想によれば、〈残念ながら『試行』が光ってきたのを認めないわけにはいかない〉そうである。わたしたちの感想では『試行』が光ってきたのではない。他の文学、思想運動誌や商業誌の内容が下落してきたのである。もともと『試行』は顧みて他を云うことを嫌う。わたしたちの求めるのは相対的な浮沈ではなく、絶対的な上昇である。

ところで物質的な基礎からの観測では、事態は少しちがってくる。現在程度の読者層では、未だ内発的な寄稿の全てを誌上に披瀝するだけの経済的な余裕がない。この意味ではさらに直接購読者、間接購読者の増加を求めざるをえないのである。これは矛盾だが、しかしこの矛盾についての責任は『試行』の内部にはない。この情況が負うべきであるとかんがえる。

『試行』は現在在庫のバック・ナンバーをもっていない。いいかえれば創刊号から二十三号までの在庫は皆無である。したがって『試行』を取揃えたい読者は、特殊な保存者に依るよりほかに方法がない。なお、直接購読者で住所変更された方は新住所を知らせて欲しい。毎号、転居先不明で戻ってくるのが二、三部あるが、連絡がないかぎり当方ではどうすることもできない。

現在の情況に生きることはぐにゃぐにゃの泥沼の底に木のくいを打ちこむようなものである。打ちこみが浅ければ木のくいは立たない。またどんな深く打ちこんだつもりでも浮力でいつ浮き上ってしまうかもしれない。『試行』は与えられた情況ではなく、自らつくりだす情況をもとめて深く木のくいを打ちこもうとつとめてきた。可成りの年月を費したわりには、思うほどの成果をあらわしてきていない。しかし、頓馬な文化官僚に曳きずられたあげく、すでに白い腹を晒らして浮き上った屍体になってしまった連中にくらべれば、視えざる格闘の蓄積は潜在しているといえるのかもしれない。

そのせいかどうかしらないが、どうかんがえても気違い沙汰としかおもわれない文化人の茶番劇と衛生無害な文化の芸能化の背景とをもった舞台を眺めながら、すでにわたしたちは千里のむこうを走っているものの冷静さと意志力とを感ずることができる。困難なのはたんに自立ではない。それがどこまでとどき、どこに位置しているかということである。もしもわたしたちが何物をも打ち出すことができなければ、どこにもなにも残りはしないのだ。なぜならば他から浮き上らせられた死魚の腹の大きさや、他からかきまわされてできたアブクの多さを何物かであると錯覚するわけにはいかないからだ。それほどの頓馬にはなろうとしてもなりきれないからだ。わたしたちは直接購読者と内発的な寄稿者がもっともっと『試行』を不可避的におしあげてゆくことを求めている。

第二五号

『試行』25号は夏の盛りにやっと間に合った。予定よりほぼ一カ月おくれたことになる。何よりもこんど事務上で悩まされたのは郵便番号をつけた名簿を新たに作りなおすことであった。そのため直接購読申込者への連絡がおくれた部分がある。御了解ねがいたいとおもう。

ついでに御願いしておくが、今後あらたに直接購読を申込まれる方は、できるかぎり郵便番号を記載してほしい。当方の番号は一一三である。

情況はますます酸鼻をきわめてきた。ジャーナリズムに腐臭をまきちらしているタレント学者ホンヤク者どもは、下らぬ自己ギマンの口説を販るのをやめて、ヘルメット覆面の学生どもと対決して自己を試みるべきである。まさに荒廃の極に達しているのは頓馬な学者とその徒弟である頓馬な学生どもの世界である。学問を研さんするよりも、貧弱な知識に水を薄めて販ったり、ヤジ馬的な位相から何やら情況にコミットしているようなポーズをとっていい気になっている学者のもとで、学生が勉強するはずがないのだ。今日の思想の荒廃の責任はすべてこの連中が負うべきである。

このような情況こそは本当の意味で情況とはなにか、思想とはなにか、学問とはなにか、文学・芸術とはなにかをきわめるべき好機である。学問の府に学問がなく、うすっぺらな情況のポンチ絵だけがあるという情況は、学問にとっても文化一般にとっても本質的な照射を加えるべき絶好の契機である。

『試行』はジャーナリズムに巣くっているくだらぬ挑発者などを必要としていない。また毛沢東にあおられて自己喪失した心情のスターリニストやトロツキストを必要としていない。巧く情況に便乗した市民主義者や構革派の頓馬をも必要としていない。わたしたちは自らの思想の研さんと持続の意志力だけを信じてきたし、これからも信じてゆくだろう。わたしたちはそれが文学・芸術・思想・科学の分野で着々と開花してゆくことを期したいとおもう。

関西の某大学新聞をみたら、何某という構革派のジャーナリストが『試行』は七〇年に間に合わないだろうと書いていた。おもわず吹き出すほかはなかった。この男や構革派はいったい七〇年に何を間に合わせるつもりなのだろう。頭は空っぽ、組織は空っぽ、怠け放題怠けて間に合わせるものなど何もないではないか。わたしたちが『試行』を刊行したのは六一年であり、それ以後、すこしのたるみもなく思想の研さんをつづけてきた。七〇年などは何ものをも意味しはしないが、もし『試行』が何ものかに間に合わないとしたら、ほかに間に合うものなどは存在しないのである。読者はそれを確信していいとおもう。そこに情況の本質があるとみて大過ない。わたしたちは権力から与えられた情況への即自的な反射と、自らが内発的につくり出しえた情況はなんなのかを混同し、錯覚してはならない。わたしたちはなしえたことを自ら語るのを好まないが、わたしたちのなしえたことの外に、どこかになしえたことがあるということを少しも信じてはいない。『試行』が存在すること自体が、すでに現在の文化・思想の荒廃のなかで何ものかである。

第二六号

『試行』26号をおくる。購読者の増加にともなってこの号でまた若干の増刷をおこなった。購読者の増加現象はわたしたちにとってもっとも関心のある分析対象となるが、その結論はかならずしも楽観的なものではない。いま、いくつか理由をあげてみる。第一は『試行』自体の内容と情況にたいする適切さの向上である。第二に商業ジャーナリズムおよび左翼的ジャーナリズムの下落と拡散である。第三に読者層の年齢的・階層的な拡大である。第四に『試行』のもつ一貫性と持続性である。第五に『試行』が悪あがきしないことである。第六に『試行』の事務上の厳正さである。第七に発売法の厳密さである。

これらの理由のうち『試行』の内容と情況にたいす

る適切さとは、残念なことにそれほど急速な向上をしめしているとはいえない。ただほんのわずかずつすすみつつあるといいうるだけである。そうだとすれば、もっとも重要な点で『試行』はじぶんみずからを赦すわけにはいかないのである。現在の知的な荒廃と知的な慢性欠乏のなかで、わたしたちは根本的な思想と文化の創出への営為をうしなうことはできない。『試行』がそれをうしなえば、ほかにそれを与えうるものは、現在のところわが国では求めうべくもないからである。

『試行』は相対的には情況に適切に斬りこみつつあるようにみえる。しかしそれは『試行』みずからの力量によるというよりも、その日ぐらしの他の文学、思想の運動誌が、ついに間尺にあわない情況にたちいたったからである。すでにそれらのごまかしの手つきは白日のもとに醜骸をさらけだしつつある。べつだんわたしたちによって引導を渡す必要もなく足元から歯槽のうろうのように崩壊しつつあるといっていい。

じっさい問題として『試行』は現在の頁数をほぼ倍加できなければ、寄稿された作品・論文のすべてをスムースに消化することができない。もとよりすぐれた寄稿を生原稿のまま埋もれさせることは絶対にしないから、寄稿の増加はもっとも喜ぶべきだとかんがえている。そして同時に直接購読者の増加だけが頁数の倍加を実現する唯一の手段であるという点も変らない。『試行』の刊行の物質的な基礎は、すべてそれに支えられており、どこからの援助もないし、また、それを頼むつもりもない。

ただ、現在、わたしたちに希望的な観測をあたえるひとつのことは、かつての直接購読者が、つぎつぎにみずから表現者に転化しつつあるという事実である。わたしたちはながいあいだそれを待ちのぞんでいた。いつかはそれらのひとびとが、自ら表現者として自立して歩み去り、また歩み来るということはいく度もおもい描いた構図であった。わたしたちはみみっちい徒党の増加などを求めもしなければ、強いもしない。ただかれらが自己の資質と立脚点をどこまでも掘り下げ、拡大してゆくような存在に転化してゆくことだけが希望である。中途半端な存在ではなく、存在することにおいて徹底的な表現者が並び立つということは『試行』が描きうる最上の構図である。

直接購読者の増加を、寄稿者の増加を！ それが『試行』の内容を本質的なもの以外のところから制約されないで向上させるための唯一の条件である。

略年譜

大正一三年（一九二四）
十一月、東京都（市）中央区（京橋区）月島に生れる。三男。
昭和六年（一九三一）七歳
東京都（市）中央区（京橋区）佃島尋常小学校入学。
昭和一二年（一九三七）一三歳
東京都（府）立化学工業学校応用化学科入学。四年生ころから文学書にはじめて接した。幼稚な詩作をはじめた。記憶にのこる師は今氏乙治。
昭和一七年（一九四二）一八歳
米沢高等工業学校（現山形大学工学部）応用化学科入学。影響をうけた文学者、宮沢賢治、高村光太郎、小林秀雄、横光利一、保田与重郎。
昭和一九年（一九四四）二〇歳
この年九月、繰上げ卒業のため、十月、東京工業大学電気化学科に入学。
昭和二〇年（一九四五）二一歳
この年、徴用動員により富山県魚津市日本カーバイド魚津工場へ行き、ここで敗戦をむかえるまで生活。敗戦に衝撃。
昭和二一年（一九四六）二二歳
動員先より復学したが混乱・虚無でよるべき思想がなかった。記憶にのこる最も鮮明な教師と講義は、遠山啓「量子論の数学的基礎」。
昭和二四年（一九四九）二五歳
卒業後、絶縁スリーブ工場、化粧品工場に一年余就職したが職を追われ、この年、特別特交生として東京工業大学無機化学教室に舞もどる。稲村耕雄助教授に就く。
昭和二六年（一九五一）二七歳
東洋インキ製造株式会社青砥工場に勤務。
昭和三一年（一九五六）三二歳
東洋インキ製造株式会社を退職（あるいは脱職）。恋愛。結婚。
昭和三二年（一九五七）三三歳
長井・江崎特許事務所へ隔日勤務。一二月長女生れる。
昭和三五年（一九六〇）三六歳
安保闘争時。六月行動委員会に参加。共産主義者同盟主導下に行動。
昭和三六年（一九六一）三七歳
谷川雁、村上一郎と雑誌「試行」創刊（11号以後

「試行」は吉本の主宰となる）

昭和三九年（一九六四）四〇歳

七月次女生れる。

昭和四〇年（一九六五）四一歳

「言語にとって美とはなにか」を完了。文学理論の分野における古典左翼思想の止揚の基礎づけを終った。つづいて雑誌「試行」連載の「心的現象論」によって個体の幻想性についての一般理論の創造を試みている。

昭和四一年（一九六六）四二歳

知友岩淵五郎の死に衝撃をうけた。

解題

解題凡例

一、解題は書誌に関する事項を中心に、必要に応じて校異もあわせて記した。

一、各項は、まず初出の紙誌ないし刊本名を記し、発行年月日および月号数（発行日が一日の月刊誌の場合は年月号数のみを記載）、通号数ないし巻号数、発行所名の順序で記した。次に初収録の刊本名、発行年月日、発行所名を記し、さらに再録の刊本を順次記した。再録の記載は原則として著者生前のものとした。著者の著書以外の再録については主要なものに限った。また初出、初収録の表題との異同がある場合はそれを記した。初出の表題や見出しが複数ある場合の言及は最小限にとどめた。

一、校異はまずページ数と行数、本文語句を表示し、そのあとに矢印で初出や単行本などとの異同を示した。初出や単行本は［初］［自］［全著1］などの略号を使用した。

例　八・15　鋪装路＝［初］［全詩］［詩全5］←鋪装路＝［自］［全著1］［撰1］

一四・16　鋪装路＝［初］［自］［全詩］［詩全5］←鋪装路＝［全著1］［撰1］

これは「告知する歌」の本文八ページ15行目と一四ページ16行目で、初出では「鋪装路」となっているのを、『自立の思想的拠点』では一つめを「鋪装路」とし、『全著作集1』と『全集撰1』では二つめも「鋪装路」としたが、『全詩集』と『詩全集5』では初出に遡って「鋪装路」と改めていることを示す。

この巻には、一九六四年に発表された「マルクス紀行」「マルクス伝」のほかは、一九六五年から一九六八年までに発表されたすべての著作を収録した。（ただし、「言語にとって美とはなにか」の連載第一二、一三回、「共同幻想論」の連載、「心的現象論」の連載第一～一二回、「島尾敏雄の原像」、「島尾敏雄の世界――戦争小説論――」、および春秋社版『高村光太郎選集』解題の第一～五回は除かれている。）

全体を五部に分ち、Ⅰ部には、詩二篇を、Ⅱ部には、『カール・マルクス』を、Ⅲ部には、この期間の主要な評論・エッセイを、Ⅳ部には、作家論や追悼文や書評の形をとった評論・エッセイを、Ⅴ部には、アンケートや推薦文やあとがきのたぐいを収録した。

この巻に収録された著作は、断りのないものは『吉本隆明全著作集』を底本とし、『全著作集』以後に発表された著作については最新の刊本を底本とし、他の刊本、初出を必要に応じて校合し本文を定めた。また編者であった川上春雄旧蔵『全著作集』訂正原本の、主として引用出典との照合赤字入れを参照し、反映させた。引用文についてもできうる限り原文に当って校訂した。

I

この執着はなぜ

『一橋新聞』（一九六五年二月一五日　第七七二号、一橋大学一橋新聞部発行）に発表され、『自立の思想的拠点』（一九六六年一〇月二〇日、徳間書店刊）に収録され、『吉本隆明全著作集1』（一九六八年一二月二〇日、勁草書房刊）に再録された。また『吉本隆明全集撰1』（一九八六年九月三〇日、大和書房刊）、『吉本隆明全詩集』（二〇〇三年七月二五日、思潮社刊）、『吉本隆明詩全集5』（二〇〇六年一一月二五日、思潮社刊）にも再録された。

五・10、14、六・1、5　不思儀↑不思議＝［初］［自］（全著作集再録の際に「著者の原詩稿を参照して校訂」されたため、それ以降著者特有の用字が残された。）

告知する歌

『文芸』（一九六六年四月号　第五巻第四号、河出書房新社刊）に発表され、『自立の思想的拠点』に収録され、『吉本隆明全著作集1』に再録された。また『吉本隆明全集撰1』、『吉本隆明全詩集』、『吉本隆明詩全集5』にも再録された。

八・6　頭骸＝著者特有の用字（第七巻所収の「〈われわれはいま――〉」では「頭蓋」と校訂されていた。）

八・15　鋪装路＝［初］「全詩」［詩全5］↑鋪装路＝［自］［全著1］［撰1］

二・15　わずかな↑［初］わずかの

四・4〜10　一字下げ＝［自］［全詩］［詩全5］↑二字下げ＝［初］［全著1］［撰1］

四・16　鋪装路＝［初］［自］［全詩］［詩全5］↑鋪装路＝［全著1］［撰1］

II

カール・マルクス

「マルクス紀行」は『図書新聞』（一九六四年七月一八日　第七六六号、同年七月二五日　第七六七号、同年八月一日　第七六八号、同年八月八日　第七六九号、同年八月一五日　第七七〇号、同年八月二二日　第七七一号、同年八月二九日　第七七二号、図書新聞社発行）に七回にわたって連載発表された。

初出の表題は、「連載エッセー」の角書きのもとにすべて「マルクス紀行」で、表題あるいは角書きのしたに各回の回数が小さく付された。主な見出しは、第一回が、「幻想性の考察から／「詩的」と「非詩的」の逆立へ」、第二回が、「「疎外」という概念／「自然」哲学の範疇から発生」、第三回が、「エピクロスの蘇生／フォイエルバッハを媒介に」、第四回が、「独創性とはなにか／フォイエルバッハを超えて」、第五回が、「宗教から法・国家へ

／たどった政治哲学への旅程」、第六回が、「『幻想的な国家』の構造／ヘーゲル哲学を転倒させて」、最終回が、「『経・哲手稿』の経済思想／「疎外」がはらむ三つの意味」であった。

「マルクス伝」は「カール・マルクス」の表題で『20世紀を動かした人々1　世界の知識人』（一九六四年八月二〇日、講談社刊）に発表された。節題が付されていた。「マルクス紀行」と「マルクス伝」はそれぞれ「補筆改訂」され、「マルクス年譜ノート」「ある感想」をあらたに添えて、『カール・マルクス』（一九六六年一二月一日、試行叢刊第四集、試行出版部刊）に収録された。収録にあたって「マルクス紀行」は連載の各回が節番号で表示され、「マルクス伝」は節題に番号が付された。

『吉本隆明全著作集12』（一九六九年一〇月二五日、勁草書房刊）、『吉本隆明全集撰4』（一九八七年六月一〇日、大和書房刊）、『カール・マルクス』（二〇〇六年三月二〇日、光文社文庫、光文社刊）に再録された。文庫版再録にあたって「文庫版のための序文／二十一世紀のマルクス」があらたに付された。この項は光文社文庫版を底本とした。

あとがきにあたる「ある感想」にあるように「マルクス年譜ノート」のもとになる「マルクス年譜」と題する大学ノート一冊が「川上春雄文庫」（日本近代文学館）に残されていて、最初のページに「引用文献」の五冊がかかげられ、あとはマルクスの生年から没年までの年号ごとに一ページずつそれらの文献からの抜き書きで構成されている。

本文中のマルクス、マルクス夫人、エンゲルス、バクーニンの書簡はおおむね五冊の引用文献から再引用されており、マルクスの著作からの引用も訳者名はほとんど表示されていない。河野密訳が明示されている詩「楽人」と学位論文およびその付録の引用は、改造社版『マルクス＝エンゲルス全集』第一巻（一九二八年六月二五日）からであり、その他は『マルクス＝エンゲルス選集』（一九五二―一九五八年、大月書店）など複数の訳書からとられている。引用文はそれらに当たったが、傍点、句読点などの異同は必ずしも原文通りには校訂しなかった。河野密訳「楽人」の全篇を原文表記のまま掲げておく。

楽人はヴイオリンを奏でる、
淡褐色の髪の毛は垂れ下る、
　腰には剣を佩き、
巾広の、よれ〳〵の衣物を着て。
『楽人よ、楽人よ、汝は何をかく奏づるか？
　楽人よ、何すれぞ汝はかくけわしくあたりを見るか？

何すれぞ血は躍り、何ものぞ波の如く渦巻くか？
まこと汝の弓は引き裂かれし』

『人々よ、われは何を弾かう！　波は何を吼えやう？
波は轟きつゝ岩にくだけ、
　まなこはくらみ、胸はおどり、
　たましいは地獄のはてまで響くためぞ！』

『楽人よ、汝は嘲りもて汝の心を引き裂く、
光の神が汝に与へし芸術を、
　汝ははぐくみ、汝は楽の音波《ナミ》にのせて、
　星にまで響かしめよ！』

『何と、何と！　われはあやまたずつきさす
血に染む剣を汝のたましいにつきさす、
　神は芸術を知らず、神は芸術を尚ばず、
　芸術は地獄の塵の中より頭に上り、

遂に頭脳は狂ひ、心は乱れる、
われはそれを悪魔より授けられた。
　悪魔はわがために拍子《タクト》をとり、譜をしるした、
　われは物狂しく死の進行曲を奏でねばならぬ、

われは暗く、われは明く奏でねばならぬ、
　遂に心が糸と弓とをもて破る、まで』

楽人はヴイオリンを奏でる、
淡褐色の髪の毛は垂れ下る、
　腰には剣を佩き、
　巾広の、よれ〳〵の衣物を着て。

Ⅲ

自立の思想的拠点

『展望』（一九六五年三月号　第七五号、筑摩書房発行）に発表され、『自立の思想的拠点』に収録され、『吉本隆明全著作集13』（一九六九年七月一五日、勁草書房刊）、『戦後日本思想大系14　日常の思想』（一九七〇年五月九日、筑摩書房刊）に再録された。また、外国語の表記の変更や語句の訂正などわずかな補訂をして『吉本隆明全集撰3』（一九八六年一二月一〇日、大和書房刊）にも再録された。この項は『全集撰3』を底本としたが、権藤成卿の引用文は全著作集までの著者による表記に戻した。また「根柢」、「棄揚」などの語句も全著作集までの表記に戻した。

頽廃の名簿

『試行』（一九六五年六月一〇日　第一四号、試行社発行）に発表され、単行本未収録のまま『吉本隆明全著作集13』に収録された。初出では原題「情況への発言――

頽廃の名簿——」で掲載され、末尾に「(了)」とあった。収録にあたって副題が表題とされた。『「情況への発言」全集成1　1962～1975』(二〇〇八年一月二三日、洋泉社刊)、『完本　情況への発言』(二〇一一年一一月一八日、洋泉社刊)にも初出題で再録された。

詩論について

『現代詩論大系』第二巻〔(一九五五—一九五九)上〕(一九六五年六月二五日、思潮社刊)に「詩論について〈解説〉」として発表されたが、それに先立って「現代の詩論について」の表題で『現代詩手帖』(一九六五年六月号　第八巻第六号、思潮社発行)に掲載された。単行本未収録のまま『吉本隆明全著作集5』(一九七〇年六月二五日、勁草書房刊)に収録された。後半に「註　成立の過程について」が付されているが、本全集では第V部に収録した。

思想的弁護論——六・一五事件公判について——

『週刊読書人』(一九六五年七月一九日　第五八四号、同年七月二六日　第五八五号、同年八月二日　第五八六号、同年八月九日　第五八七号、同年八月三〇日　第五八九号、同年九月六日　第五九〇号、同年九月一三日　第五九一号、同年九月二七日　第五九三号、同年一〇月四日　第五九四号、同年一〇月一一日　第五九五号、読書人発行)に十回にわたって連載され、『自立の思想的拠点』に収録された。

初出の原題は「6・15事件裁判　思想的弁護論」でその下ないし右に連載回数が小さく表示された。第一回のみ、角書きが「6・15事件」で副題「架空の被告、公訴批判者として」が添えられていた。主な見出しと節題は、第一回が、「思想と行為事実との分断／社会の現実性と幻想性との切点の乱れにこそ「矛盾」の尺度が」、節題「1．序論」、第二回が、「独自な思想の表現／六・一五事件の背景について(1)」、節題「(1)検察官の論述に対する批判」、第三回が、「理解されない「思想」／六・一五事件の背景について」、節題「(1)検察官の論述に対する批判続」、第四回が、「中野・日高氏の見解／六・一五事件の背景について」、節題「(1)検察官の論述に対する批判続」、第五回が、「「自問」のバリケード／六・一五事件の背景について」、節題「(II)統一グループ公判における弁護人の陳述に対する批判」、第六回が、「検察官の主張の根拠／検察官の共同謀議成立論に対する反論」、第七回が、「進歩派の理念を写す鏡／検察官の共同謀議成立論に対する反論」、第八回が、「「意思」と発現形態と／検察官の共同謀議成立論に対する反論」、第九回が、「〝実力をもって〟の意味／法適用についての検察官の陳述」、第十回が、「〝武器〟なき闘いの極限／法適用についての検察官の陳述」であった。単行本収録にあたって表題が改められ、節題、小見出しが整理された。『戦後日本思想大系6　革命の思想』(一九六九年六月一〇日、筑摩書房刊)、『吉本隆明全著作集13』に再録され、語句の訂正などわずかな補訂をして『吉本隆明全集撰3』にも再録された。この項は『全集撰3』を底本とした。

なお、本文冒頭および収録単行本の「あとがき」で触れられているように、この論考は「六・一五事件裁判の一被告」のために用意された「意見陳述」を原型としており、その「わたしの被告」である常木守自身の「意見陳述」を骨子とした文章が「情況への発言――最終意見とはなにか――」として『試行』（一九六五年一〇月二五日　第一五号）に掲載されている。

戦後思想の荒廃――二十年目の思想情況――

『展望』（一九六五年一〇月号　第八二号）に発表され、『自立の思想的拠点』に収録され、『吉本隆明全著作集13』に再録された。

佃んべえ

『小原流挿花』（一九六六年二月号　第一六巻第二号、小原流出版事業部発行）に発表され、単行本未収録のまま『吉本隆明全著作集5』に収録された。『背景の記憶』（一九九四年一月一〇日、宝島社刊）とその文庫本（一九九九年一一月一五日、平凡社ライブラリー、平凡社刊）にも再録された。

情況とはなにか

『日本』（一九六六年二月号　第九巻第二号、同年三月号　第九巻第三号、同年四月号　第九巻第四号、同年五月号　第九巻第五号、同年六月号　第九巻第六号、同年七月号　第九巻第七号、講談社発行）に六回にわたって連載発表され、『自立の思想的拠点』に収録され、『吉本隆明全著作集13』に再録された。初出では、「時評」の欄題のもとに、第三回までは「情況とはなにか」を表題として単行本での節題を副題に、第四回以降は連載回数とともに「情況とはなにか」を連載題として小さく、単行本での節題を表題として大きく表示していた。単行本収録にあたって表題・節題が整理された。

三〇五・7、8、10　遠隔対象性↑［底］遠隔対称性（『書物の解体学』の「ジョルジュ・バタイユ」参照）
三〇五・8、9　対象性↑［底］対称性
三〇五・11、12　対象↑［底］対称
三〇五・13　遠隔対象↑［底］遠隔対称
三〇五・15、19　遠隔対象化↑［底］遠隔対称化

ポンチ絵のなかの思想

『試行』（一九六六年八月一五日　第一八号）に発表され、単行本未収録のまま『吉本隆明全著作集13』に収録された。初出では原題「情況への発言――ポンチ絵のなかの思想――」で掲載されたが、収録にあたって副題が表題とされた。『「情況への発言」全集成1　1962～1975』、『完本　情況への発言』にも初出題で再録された。

なぜ書くか

『われらの文学22　江藤淳・吉本隆明』（一九六六年一

一月一五日、講談社刊）に発表され、単行本未収録のまま『吉本隆明全著作集4』（一九六九年四月二五日、勁草書房刊）に収録された。初出では全集収録の著者が書き下ろす「私の文学」の企画題のもとに掲載された。また『背景の記憶』とその文庫本、『詩とはなにか――世界を凍らせる言葉――』（二〇〇六年三月一日、詩の森文庫、思潮社刊）にも再録された。

中共の『文化革命』についての書簡――内村剛介様――

『試行』（一九六七年三月一〇日　第二〇号）に発表され、単行本未収録のまま『吉本隆明全著作集13』に収録された。初出では原題「情況への発言――中共の『文化革命』についての往復書簡――」の総題のもとに「一、編集者からの手紙」として掲載された。返信は内村剛介の「二、編集者への返信」であった。収録にあたって副題が表題とされたが、本全集では表題のように改め、本文末尾にあった「内村剛介様」を副題として本文からは削除した。『「情況への発言」全集成1　1962～1975』、『完本　情況への発言』にも初出題で再録された。なおこの往復書簡は、「中共の『文化革命』について」の表題で内村剛介の『流亡と自存』（一九七二年八月三〇日、北洋社刊）にも再録された。

沈黙の有意味性について

『ことばの宇宙』（一九六七年一二月号　第二巻第一二号、テック言語教育事業グループ発行）に発表され、単行本未収録のまま『吉本隆明全著作集4』に収録された。初出では特集「沈黙」のもとに、その一篇として巻頭に掲載された。

異常性をいかにとらえるか

『看護技術』（一九六八年一月二〇日　一月号　第一四巻第一号、メヂカルフレンド社発行）に発表され、単行本未収録のまま『吉本隆明全著作集4』に収録された。初出では「焦点／精神分裂病へのアプローチ」の特集のもとに、その一篇として巻頭に掲載された。

幻想としての人間

『試行』（一九六八年四月三〇日　第二四号）に発表され、『情況への発言　吉本隆明講演集』（一九六八年八月一五日、徳間書店刊）に収録され、『吉本隆明全著作集14』（一九七二年七月三〇日、勁草書房刊）に再録された。全著作集の解題によれば、一九六七年一一月一二日に行われた、花園大学新聞会主催、花園大学中央執行委員会後援による花園大学本館落成記念講演録である。初出では原題「情況への発言――幻想としての人間――」で掲載され、末尾に「（昭和42年11月12日・花園大学本館落成記念講演）」とあった。単行本収録にあたって副題が表題とされた。『〈信〉の構造　吉本隆明・全仏教論集成　*1944.5～1983.9*』（一九八三年一二月一五日、春秋社刊）にも再録され、再録にあたって『門』の筋立ての訂正のほか、全体的に大幅な整理・手直しが行われた。この項は『〈信〉の構造』を底本とした。また『「情況への発言」全集成1　1962～1975』、『完本　情況への発言』にも初出題で再録された。（これらには全著作集版の本文で収録されている。）

新体詩まで

『季刊藝術』（一九六八年四月一日　第五号　第二巻第二号、季刊藝術出版発行）に発表され、『詩的乾坤』（一九七四年九月一〇日、国文社発行）に収録され、『詩学叙説』（二〇〇六年一月三一日、思潮社刊）に再録された。

文芸的な、余りに文芸的な

『三田文学』（一九六八年五月号、三田文学会発行）に発表され、単行本未収録のまま『吉本隆明全著作集4』に収録された。初出では「二十億の民が飢えている今、文学は何ができるか」の企画題のもとに、井上光晴、開高健、埴谷雄高、著者の四人が文章をよせた。

個人・家族・社会

『看護技術』（一九六八年七月二〇日　七月号　第一四巻第八号、メヂカルフレンド社発行）に発表され、単行本未収録のまま『吉本隆明全著作集4』に収録された。初出では「焦点／ニード（NEED）　定義と分析」の特集のもとにその一篇として掲載された。

学生について

『新刊ニュース』（一九六八年九月一日号　第一五三号第一九巻第一七号、東京出版販売発行）に発表され、単行本未収録のまま『吉本隆明全著作集5』に収録された。

四三・1　けう＝普通なら「きょう」だが、科白がそのように聞こえたか、旧仮名風に表記したとおもわれる。

Ⅳ

鮎川信夫論――交渉史について――

鮎川信夫著『戦中手記附戦中詩論集』（一九六五年一一月一日、思潮社刊）に発表され、『自立の思想的拠点』に収録され、『吉本隆明全著作集7』（一九六八年一一月二〇日、勁草書房刊）に「鮎川信夫」の項で「2　交渉史について」の表題で再録された。初出では解説として掲載された。また『背景の記憶』とその文庫本に「鮎川信夫との交渉史」と改題して再録された。

高村光太郎私誌

『高村光太郎〈決定版〉』（一九六六年二月一〇日、春秋社刊）に発表され、『高村光太郎〈増補決定版〉』（一九七〇年八月一五日、春秋社刊）、『現代の文学25　吉本隆明』（一九七二年九月一六日、講談社刊）、『吉本隆明全著作集8』（一九七三年二月一五日、勁草書房刊）、『高村光太郎』（一九九一年二月一〇日、講談社文芸文庫、講談社刊）に再録された。

ある編集者の死　［岩淵五郎］

『週刊読書人』（一九六六年三月一四日　第六一六号）

に発表され、『自立の思想的拠点』に収録され、『吉本隆明全著作集7』に再録された。『〈信〉の構造3　吉本隆明全天皇制・宗教論集成』（一九八九年一月三〇日、春秋社刊）、『追悼私記』（一九九三年三月二五日、JICC出版局刊）、『増補追悼私記』（一九九七年七月五日、洋泉社刊）、『追悼私記』（二〇〇〇年八月九日、ちくま文庫、筑摩書房刊）にも再録された。初出では原題「一編集者の死と私／遭難した岩淵五郎のこと」で掲載されたが、『自立の思想的拠点』で「ある編集者の死〈岩淵五郎ｉ〉」とされ、『全著作集7』では「岩淵五郎」の項で「1　ある編集者の死」とされ、『〈信〉の構造3』では「ある編集者の死——岩淵五郎」の「1」とされ、『追悼私記』以下では「岩淵五郎　現存するもっとも優れた大衆が死んだ」の「1」とされた。本全集での表題は「ある編集者の死」とした。

ひとつの死 ［岩淵五郎］

『試行』（一九六六年五月一五日　第一七号）に発表され、『自立の思想的拠点』に収録され、『吉本隆明全著作集7』、『〈信〉の構造3　吉本隆明全天皇制・宗教論集成』、『追悼私記』、『増補追悼私記』、文庫版『追悼私記』、『「情況への発言」全集成Ｉ　1962～1975』、『完本　情況への発言』に再録された。初出では原題「情況への発言——ひとつの死——」で掲載されたが、『自立の思想的拠点』で「ひとつの死〈岩淵五郎ⅱ〉」とされ、『全著作集7』では「岩淵五郎」の項で「2　ひとつの死」とされ、『〈信〉の構造3』では「ある編集者の死——岩淵五郎」の「2」とされ、『追悼私記』以下では「岩淵五郎　現存するもっとも優れた大衆が死んだ」の「2」とされ、『「情況への発言」全集成1』『完本　情況への発言』では初出題で表示された。本全集での表題は「ひとつの死」とした。初出冒頭の見開きページに「最後のメモから　岩淵五郎」と題して黒枠罫囲みで以下の事故死前の日程が掲載された。

二七（木）神田宅
　　吉本氏より電、常木君就職の件、
　　川辺君来社
二八（金）肥後和夫先生、近経辞典打合せ　吉永先生、巽氏
二九（土）読売文学賞発表（柳田泉、中西悟堂）
　　四時、東京会館、大熊先生、松田君と
　　編集会議
　　吉本隆明氏宅　試行校正
三十（日）試行校正
　　義博、万千子来宅
三一（月）肥後　木村健康（東大）
　　戸田より写真機借りる
一（火）読売新聞社、日本の理想

吉本さん宅、校正（試行）
北川さんより電、高村光太郎
二（水）北海道旅行　六・四五出発　八・四五　羽田全日空発
―一〇・四五函館着　特急北斗、トラヒスチヌ修道院見学↓洞爺湖、万世閣（牧、南雲）同部屋
三（木）一〇・四〇　昭和新山見学、昼食、一・五〇　洞爺発
四・五〇札幌着、真駒内自衛隊（十七回雪祭り）六時定山渓、鹿ノ湯ホテル、宴会、
・陣ノ内君と上る　二万
四（金）九時三〇分出発、一〇時札幌大通り公園雪祭り　一一時三〇　北海道新聞見学、
一二・半　たぬき小路えぞごてん昼食会
―自由行動、丸井デパート土産物買入
三・四〇　道新―五時千歳―五・五〇
七二七ジェット機　七時五分羽田着。

実践的矛盾について――竹内好をめぐって――

『文芸』（一九六六年八月号　第五巻第八号、河出書房新社発行）に発表され、『自立の思想的拠点』に収録され、『吉本隆明全著作集7』に再録された。初出では原題「実践的矛盾について――竹内好をめぐって――」で掲載されたが、『自立の思想的拠点』では「実践的矛盾について〈竹内好ⅱ〉」とされ、『全著作集7』では「竹内好」の項で「2　実践的矛盾について」とされたが、本全集では初出の表題に戻した。本文中に引用されている竹内好の「著者のことば」は『竹内好評論集』（全三巻、一九六六年四月―六月、筑摩書房刊）の「内容見本」に掲載された全文である。

一つの証言［江藤淳］

『江藤淳著作集2』（一九六七年一〇月二八日、講談社刊）の「月報」に発表され、単行本未収録のまま『吉本隆明全著作集7』に「江藤淳」の項で「3　一つの証言」として収録された。本全集では初出の表題に戻した。

メルロオ＝ポンティの哲学について

『ことばの宇宙』（一九六八年六月号　第三巻第六号、同年七月号　第三巻第七号、同年八月号　第三巻第八号、同年九月号　第三巻第九号）に四回にわたって連載発表され、『詩的乾坤』に収録された。初出では「連続書評」の角書きが連載回数の表示とともにあり、とりあげた本が末尾に掲示されていた。

島尾敏雄『日を繋けて』

『群像』（一九六八年九月号　第二三巻第九号、講談社発行）に発表され、単行本未収録のまま『吉本隆明全著作集9』（一九七五年一二月二五日、勁草書房刊）に収録された。初出では「書評」欄に、著者名・書名のほか

に原題「崩壊しつつある〝世界〟」が掲出されたが、収録にあたって表題のように改められた。『島尾敏雄』（一九九〇年一一月三〇日、筑摩叢書、筑摩書房刊）にも「『日を繋けて』」の表題で再録された。

橋本進吉について

『ことばの宇宙』（一九六八年一一月号　第三巻第一一号）に発表され、『詩的乾坤』に収録された。初出では「連続書評・5」の角書きがあり、末尾に「（未完）」とあって、とりあげた本が掲示されていた。

V

30人への3つの質問

『われらの文学』（全二二巻、一九六五年一一月刊行開始）の「内容見本」に発表され、単行本未収録のまま『吉本隆明全著作集5』に収録された。『背景の記憶』とその文庫本、『読書の方法——なにを、どう読むか——』（二〇〇一年一一月二五日、光文社刊）とその文庫本（二〇〇六年五月一五日、知恵の森文庫、光文社刊）にも再録された。初出ではこの文学全集に収録される著者たちへのアンケート回答として一覧表の形で掲載された。

再刊・複刻を望む本

『図書新聞』（一九六六年一一月五日　第八八三号）に発表され、単行本未収録のまま『吉本隆明全著作集5』に収録された。初出では「再刊・複刻を望む本／アンケート」の表題のもとに他の二十五人の回答とともに掲載されたが、収録にあたってアンケート題が表題とされた。なお「榊俶『狐憑病新論』」は柳田国男の記憶ちがいとおもわれ、榊俶《さかきはじめ》の論文は「狐憑病に就て」（『哲学雑誌』一八九三年）であり、『狐憑病新論』（一九〇二年）は門脇真枝《さかえ》の著書である。著者は『共同幻想論』の「憑人論」の項で門脇の著書として引用している。

はじめの志

『小説現代』（一九六八年三月号　第六巻第三号、講談社発行）に発表され、単行本未収録のまま『吉本隆明全著作集5』に収録された。初出では「フォト・アンケート／はじめの志」のグラビア・ページに「エンジニア」の見出しで、奥野健男と著者が喫茶店で向かい合わせに座り、煙草を指に挟みスーツ・ネクタイ姿でカメラのほうを向いている写真の下に無題で掲載された。収録にあたってアンケート題が表題とされた。ちなみに初出の他のページの組み合わせは、「画家／近藤啓太郎・三田佳子」、「音楽家／五十嵐勝美・黒柳徹子」、「宗教家／野末陳平・植木等」、「スポーツマン／米倉斉加年・東京ぼん太」であった。

試行小説集『序曲』

『試行』（一九六五年六月一〇日　第一四号）の裏表紙に、無署名で書かれた矢島輝夫・松下昇・浮海啓・加藤龍之共著『序曲』（同年九月一日、試行叢刊第三集、試

行出版部刊）の広告文。『吉本隆明資料集47』（二〇〇五年七月二〇日、猫々堂刊）にも収録された。

梶木剛『古代詩の論理』

『試行』（一九六七年六月一〇日　第二一号）の裏表紙に、無署名で書かれた同書（一九六八年二月一日、試行叢刊第五集、試行出版部刊）の広告文。『吉本隆明資料集47』にも収録された。

桶谷秀昭『土着と情況』

同書（一九六七年二月一三日、南北社刊）の帯に推薦文として無題で発表され、単行本未収録のまま『吉本隆明全著作集5』に収録された。

奥野健男『現代文学の基軸』

同書（一九六七年三月二〇日、徳間書店刊）の帯に推薦文として無題で発表され、単行本未収録のまま『吉本隆明全著作集5』に収録された。

磯田光一『比較転向論序説』

同書（一九六八年一二月一五日、勁草書房刊）の帯に推薦文として無題で発表され、単行本未収録のまま『吉本隆明全著作集5』に収録された。

成立の過程について――「詩論について」註――

『現代詩論大系』第二巻［（一九五五―一九五九）上］（一九六五年六月二五日、思潮社刊）に発表され、『吉本隆明全著作集5』に収録された。「詩論について」（第Ⅱ部に収録）の後半部に「註　成立の過程について」としてあったものを、本全集では独立させて表題をたてた。編者としての「解説」は第三巻［（一九五五―一九五九）下］（一九六五年七月三〇日）と合わせてのものであり、ここで言及されている作品は二つの巻にまたがって収録されているが、すべての収録作品について言及されているわけではない。

『自立の思想的拠点』あとがき

『自立の思想的拠点』（一九六六年一〇月二〇日、徳間書店刊）の「あとがき」として発表された。「吉本隆明」の署名があった。『吉本隆明全著作集5』に収録された。

『情況への発言　吉本隆明講演集』あとがき

『情況への発言　吉本隆明講演集』（一九六八年八月一五日、徳間書店刊）の「あとがき」として発表された。「吉本隆明」の署名があった。『吉本隆明全著作集5』に収録された。

『試行』後記

第一三号（一九六五年三月七日、試行社発行）、第一四号（同年六月一〇日）、第一五号（同年一〇月二五日）、第一六号（一九六六年二月一〇日）、第一七号（同年五月一五日）、第一八号（同年八月一五日）、第一九号（同年一二月一五日）、第二〇号（一九六七年三月一〇日）、第二一号（同年六月一〇日）、第二二号（同年九月二五日）、第二三号（同年一二月三〇日）、第二四号（一九六

八年四月三〇日）、第二五号（同年八月一〇日）、第二六号（同年一二月一日）に「後記」として発表され、『吉本隆明全著作集5』に収録された。初出の末尾に「（吉本記）」の署名があった。初出を底本とした。

略年譜

『われらの文学22　江藤淳・吉本隆明』（一九六六年一一月一五日、講談社刊）の巻末の一ページに発表された。本全集にはじめて収録された。底本には事実事項と年表記とのあいだにかなり誤記・誤認があるが、以下の年表記の箇所のみ校訂し他はそのままとした。

五四一・上・5　一九三一↑［底］一九一七
五四一・上・18　昭和二〇年（一九四五）二一歳↑［底］
昭和二一年（一九四六）二二歳
五四一・下・2　昭和二一年（一九四六）二二歳↑［底］
昭和二三年（一九四七）二四歳
五四一・下・6　昭和二四年（一九四九）二五歳↑［底］
昭和二五年（一九五〇）二六歳
五四一・下・9　無機化学↑［底］無材化学
五四一・下・11　昭和二六年（一九五一）二七歳↑［底］
昭和二七年（一九五二）二八歳

（間宮幹彦）

吉本隆明全集《よしもとたかあきぜんしゅう》9　一九六四―一九六八

二〇一五年六月二五日　初版

著　者　吉本隆明

発行者　株式会社晶文社
東京都千代田区神田神保町一－一一
郵便番号一〇一－〇〇五一
電話番号〇三－三五一八－四九四〇（代表）
〇三－三五一八－四九四二（編集）
URL http://www.shobunsha.co.jp

印刷・製本　中央精版印刷株式会社

ISBN978-4-7949-7109-8　printed in japan